시각
기호학

시각기호학

초판 인쇄 2019년 6월 25일
초판 발행 2019년 6월 30일

지은이 박일우 | **책임편집** 김수진 | **펴낸이** 이찬규 | **펴낸곳** 북코리아
등록번호 제03-01240호 | **전화** 02-704-7840 | **팩스** 02-704-7848
이메일 sunhaksa@korea.com | **홈페이지** www.북코리아.kr
주소 13209 경기도 성남시 중원구 사기막골로 45번길 14 우림2차 A동 1007호
ISBN 978-89-6324-659-8 93800

값 23,000원

* 이 저서는 2014년 정부(교육부)의 재원으로 한국연구재단의 지원을 받아 수행된 연구임(NRF-2014S1A6A4024575).
* 잘못된 책은 구입처에서 바꾸어 드립니다.

시각 기호학

박일우 지음

북코리아

머리말

참으로 오랫동안 붙들고 있었다. 기호학이란 학문에 관심을 가진 때가 1980년대 중반이니, 어언 30여 년의 세월이 흘렀다. 그 오랜 기간 동안 필자는 제대로 된 글 하나 변변히 남기지 못하였다. 핑계 없는 무덤은 없다. 기호학이 '의미작용'과 '소통'을 화두로 삼는다면, 삼라만상이 다 의미가 있음이랴, 기호학은 결국 모든 학문의 종합이 아니던가? 게다가 '시각'기호학이라니!

현대적 의미의 기호학의 시점을 소쉬르부터 보더라도 그 역사는 100년, 그레마스가 고등연구원과 콜레주 드 프랑스의 사회인류학연구소에서 기호학 세미나를 열고, 파리 학파에서 기호학이 학문으로 정립되고 국제기호학회(International Association for Semiotic Studies/Association Internationale de Sémiotique, IASS-AIS)가 결성된 1960년대를 기준으로 하더라도 60년의 시간이 흘렀다. 기호학의 연구가 진행되면서 '의미작용 체계'는 통제하기 어려울 정도로 발견되고 확장되었으며, 대상에 따라 요구되는 방법론 역시 백화만발의 양상을 보일 수밖에 없게 된 것은 필연적인 수순이다. 특히 미디어의 급속한 발전과 디지털 생태계로 대표되는 혁신의 시대에서 이 '의미체계'는 그 종류와 유형마저도 제대로 파악하기가 쉽지 않다.

그럼에도 되돌아보니 시각기호학이라는 한 꼭지를 붙잡고 늘어진 이유가 있다. 기호학은 한마디로 의미작용의 학문으로 규정되며, 그 학문의 구체적 이슈는 기호와 기호과정, 지시, 유추, 메타포, 상징, 의미작용, 커뮤니케이션 등 이름 그대로 인간을 인간으로 만들어주는 모든 정신적 영역의 활동과 산물을 연구대상으로 망라하는 방대한 학문임은 주지의 사실이다.

이 학문은 1994년 한국기호학회의 결성으로 우리 학계에도 자리를 잡게 되었다. 한국기호학회는 그 전부터 간헐적으로 단편적 연구를 산출해낸 개별 신청자들이 모여 여러 번의 시도와 조정 끝에 만들어진 결실이기도 하였다. 여타 학회들이 일반적으로 공고한 전문성과 잘 규정되어있는 인맥으로 구성됨을 볼 때, 기존 학제로 말하자면 언어학, 문학은 물론 역사, 인류학, 커뮤니케이션, 심리, 광고, 영화, 심지어 컴퓨터 전공자들까지도 모인 학제적 학문을 표방하는 학회의 탄생과 발전은 실로 우리 학계가 진일보하였음을 보여주는 '기호'였다. 국내에서 기호학 연구의 공식적 출발 20여 년이 되는 이 시점에서, 학회 창립 이전부터 시각기호학을 연구해온 필자가 이제 이 분야에서 작은 결실을 맺고자 한다.

한 학문을 정계(定界)하기 위해서는 그 전제 조건으로 목적과 대상, 그리고 방법론이 필요하다. 그러나 기호학이 그러하듯, 시각기호학의 면모를 확립하는 일은 결코 쉽지 않다. 시각기호학은 이름 그대로 시각기호를 대상으로 시각기호의 정의와 의미작용을 규명하는 것을 목적으로 한다. 기호학자들은 저 유명한 바르트의 '판자니 광고 분석'을 시각기호학의 효시로 삼는 데 동의한다. 그러나 시각기호학의 구체적 대상과 목적, 방법론을 선험적으로 규정하는 시도는 국내외를 막론하고 없었으며, 불가능하기도 하다. 시각기호학이란 분야는 이미 1974년 밀라노에서의 국제기호학회 제1회 학술대회 프로그램부터 등장하여 이후 4년마다, 그리고 최근에는 2년마다 열리던 동 학회 학술대회는 물론, 여타 국제적 기호학술대회의 단골 세션이었다. 그러면서도 우리는 여전히 무엇이 시각기호학인지 심도 있는 규명을 할 기회는 거의 없었다. 1994년 한국기호학회 창립총회에서도 필자는 시각기호학이란 선험적 개념이 아니라 당시까지의 연구 목록 분석을 통한 경험적 범주로 규정하여야 함을 역설하였다.

시각기호학은 이제 하나의 독립된 학문으로 정립되어야 한다. 이를 위해 시각기호학은 자신의 대상과 방법, 그리고 목표를 분명히 설정하여야 한다. '시각기호학'이란 합의되지 않은 이름의 영역에서 지금까지 진행된 방대한 결과물을 정리하고 연구방법론을 정립하는 일은 시각기호학의 학문적 체계 수립을 위한 필연적인 단계이다. 시각기호학이 기호학의 하위 영역들 중에서는 상대적으로 구체적인 대상을 확립하고 많은 연구 성과를 축적해왔지만, 이 역시 자신의 고유한 영역을 결정하기는 쉽지 않다. 기호를 시각 등의 감각별로 분류할 수 있는가의 논의는 별도로 하더라도, 국내외에서 시각기호학이라는 이름으로 진행된 수많은 연구들 역시 다양한 관점들과 이론(異論)들로 구성되어있기 때문에 시각기호학이라는 영역 역시 경험적으로 분류될 수밖에 없기 때문이다.

따라서 소통과 통섭의 관점에서 시각기호학의 다양한 하위 패러다임을 상호 대조하여 시각기호학 고유의 영역과 대상을 설정하고 이 영역에서 보편적으로 적용되는, 이미지의 의미작용을 기술하는 새로운 메타언어를 개발하겠다는 목표는 야심적인 기획일 뿐 아니라 반드시 필요하고 지속 가능하며 이 단계에서 실현 가능한 연구 주제였다. 이 책은 시간적으로는 1960년대 구조주의 기호학의 성과에서부터 최근의 디지털 담론에서 시각기호학이 차지하는 합당한 자격과 위치까지를 포괄한다. 공간적으로는 프랑스를 중심으로 한 유럽과 북미 대륙에서 생산된 주요 연구물을 리뷰하고 이를 통해 시각기호학의 하위 학파들이 추구하는 방법론을 상호 대조하고 각각의 효용성과 설명적 충족성을 검증한다. 이를 통해 독자적이면서 더욱 효과적인 일반 시각기호학 연구의 메타언어를 제시하고 이를 검증함으로써 목적을 달성하고자 한다.

필자는 지난 기간 한국연구재단의 중견연구자 지원사업의 지원을 받아 "시각기호학의 체계 정립을 위한 예비 연구"를 수행하였다. 이 연구는 시각기호학의 정체성을 규명하며 이를 자치적인 학문으로 체계화하려는 목표에서 진행되었다. 연구 내용은 먼저 기호학 대두 이후 서구 학계에서 진행된 시각기호학 분야 연구결과를 단행본 중심으로 검색 · 수집 · 분석한 후 데이터베이스(DB)를 구축하고, 이 과정에서 인접과학과 시각기호학의 관계를 포함한 시각기호학의 내적 영역을 완성하는 것이었다. 그 결과 신청자는 약 700권에 이르는 방대한 국내외 단행본과 도록을 수집하여 DB를 구축하였으며, 시각기호학 연구가 진행된 이래 생산된 결과물들을 분석하고 연구 동향을 파악하여 경험적 접근에 의한 시각기호학의 구성을 마인드맵 형태로 제안할 수 있었다. 이어서 한국연구재단의 저술지원 사업의 도움이 있었다. 그러고 보니 지난 6년간, 필자는 한국연구재단에 참 많은 빚을 지고 있었다. 이 자리에서 크게 절한다.

필자는 이 책의 저술 체계를 네 단계로 구상하였다. 첫 단계에서는 서론과 시각기호학의 이론적 배경 및 태동, 일반기호학과의 상대적 영역을 정계한다. 두 번째 단계는 시각기호학 인접학문과 연구의 통시적 고찰에 해당된다. 세 번째 단계는 시각기호의 연구대상별 접근으로, 개별 대상을 분석한 선행연구들을 조망한다. 네 번째 단계는 필자가 확립하고자 하는 시각기호학의 정체성과 향후 학문에서 시각기호학의 위상을 다루고자 하였다.

이렇게 의도는 거창하였다. 그러나 역시 이 방대한 주제를 혼자 힘으로 해보겠다는 것은 만용에 가까운 일이었다. 그동안 쓰다 말다를 되풀이하는 동안 표기체계가 흔들리고 맥락을 놓치는 일이 허다하였다. 모름지기 책은 오래 붙들고 있을 것이 아니다. 그나마 시각기호학 연구의 스펙트럼을 우르르 펼쳐놓기는 했으니, 후학들에게 시각기호학의 영역별 입문에 필요한 첫 사다리라도 놓은 셈이 된다면 더할 나위가 없겠다.

기호학에 입문하고 이제 그 일을 마무리하려는 시점에서 떠오르는 분들의 얼굴이 많기도 하다. 오래전 유명을 달리하신 고 오원교 선생님은 필자에게 기호학의 문을 가리켜주셨고, 고 김치수 선생님은 필자를 기호학의 세계로 이끌어주신 분이다. 김치수 선생님의 뚝심으로 진행되던 기호학 월례 세미나 초기, 김성도 교수와의 만남은 운명이라 할 만하다. 좌충우돌 독학으로 헤매던 필자에 비해 서구 무대에서 기호학과 언어학을 제대로 공부하고 돌아온 김성도 교수의 약진을 한국기호학회와 한국영상문화학회에서 20여 년 지켜보면서 필자는 많은 자극과 도움을 받았다. 그러나 이 책에서 유난히 김성도 교수의 이야기가 나오는 것은 글로벌 차원에서 그의 학문적 위상에 기인한 것이지 개인적 인연만은 아님을 밝혀둔다.

한국기호학회에서 인연을 맺은 많은 도반들, 특히 정병규, 송효섭, 김동윤, 박인철, 백선기, 홍정표, 박여성, 백승국 선생님들에게 이제야 감사 인사를 드린다. 이 분들이 국내 기호학 연구의 첫 세대라면, 이제 장년이 된 후속 세대 한 분 한 분의 얼굴과 성함은 마음에 담아둔다. 두루 감사하고 한편으로는 부끄럽다. 실은 이 책을 꼭 제일 먼저 손에 쥐어주고 싶은 도반이 가까이 있다. 남들은 학문연구의 여정을 접을 나이에 유아교육학을 시작하여 그림책 연구가가 된 아내 이석금 박사가 그이이다. 기호학이 뭐냐고, 그림을 읽는다는 것이 뭐냐고 물어오던 그 열정에 "그걸 어찌 한두 마디로!" 하고 퉁겨온 빚을 이 책으로 갚고 싶다.

오래 산통을 겪은 이 책을 세상에 나오게 해주신 북코리아 이찬규 대표님과 김지윤 선생님과 김수진 과장님에게 감사드린다. 이 대표님은 저자도 확신하지 못했던 이 책의 가치를 선뜻 알아봐 주시고 오히려 저자를 격려해 주셨다. 김지윤 선생님은 어설픈 원고 내용은 물론, 글 좀 쓴다고

자부하던 저자의 오만도 날카롭게 교정해 주셨다. 이분들의 도움이 없었다면 이 책도, 필자의 오랜 학문적 여정도 이 세상에 알려지지 않았을 것이다.

2019년 6월
궁산 자락 연구실에서
박일우

차례

Ⅲ.
시각기호학 연구의 하위 장르

Ⅳ.
시각기호학의 미래

I

시각기호학의 정계

1. 시각기호학의 태동

기호학의 태동과 발전기는 물론, 이 시점에서조차 기호학자들이 합의하는 유일한 사항은 연구대상을 '의미체계'로 설정한다는 것뿐이다. 그런데 의미체계라는 것이 실은 이 세상 모두를 말한다. 삼라만상이 다 의미를 가지는 것이다. 그러므로 기호학의 하위 영역을 규명하고자 할 때 가장 먼저 봉착하는 문제는 대상을 구체적으로 정계(定界)하는 일이다. 기호학의 연구가 진행되면서 '의미작용 체계'는 통제하기 어려울 정도로 발견되고 확장되었으며, 점차 넓어진 연구대상과 대상에 따라 요구되는 방법론 역시 백화만발의 양상을 보일 수밖에 없게 된 것은 필연적인 수순이었다. 특히 오늘날과 같은 미디어의 급속한 발전과 혁신의 시대에서 이 '의미체계'는 미처 그 종류와 유형마저도 제대로 파악하기가 쉽지 않다.

기호학이 대상을 분류하려는 노력을 하지 않은 것은 아니다. 그러나 그 기준은 인식론적 모델이 아니라 경험적 모델, 즉 이미 진행되었거나 진행하는 연구의 내용에서 비롯된 것이었다. 그러므로 기호학의 하위 영역 역시 연구가 다루는 대상을 통해 잠정적으로 규정되었으며, 이는 학술대회의 프로그램이나 기호학 아카이브에 그대로 반영되었다. 그나마도 기호학의 하위 영역을 규명하려는 노력은 신생 학문으로서 기호학이 한창 붐을 이루던 시기에 국한된 듯하다. 1970년대 초반, 즉 한창 기호학 연구가 탄력을 받던 시기에 기호학의 하위 영역을 설정하려는 시도가 일부 있었다. 그중의 하나가 에코의 제안이다. 그는 『텅 빈 구조 *La structure absente*』에서 기호학의 분야들을 열거한 바가 있다.[1]

동물기호학, 후각기호, 접촉 커뮤니케이션, 미각 코드, 병렬언어학, 징후학, 몸짓학과 근접학, 음악 코드, 형식언어, 기록언어-미해독-알파벳 암호, 자연언어, 시각 커뮤니케이션, 사물의 체계, 이야기 구조, 메스커뮤니케이션, 수사학

그런데, 에코가 열거한 기호학의 분야에서 각각의 항목을 규정할 수 있는 규칙성을 찾아보기는 어렵다. 이 결과는 기호학의 논리적 '하위 영역'이 아니라 당시 진행되던 기호학 연구의 경향을 묶은 것일 뿐이다. 이 목록은 그 당시에 이미 비판의 대상이 되었다. 예를 들어 프조(J. Pesot)는 "이들이 대상으로 하는 것들은 이미 전통적인 개별학문들이 다루어오던 것들이다. (…) 기호학이란 이미 있던 지식들을 체로 쳐내어 새로운 이름으로 포장해내는 것이라는 인상을 받을 수 있다"라고 신랄하게 비판한 바가 있다.[2] 프조의 비판은 오늘날에도 여전히 유효하다.

기호학은 하위 영역을 논하기 전에 독자성(autonomy)을 주장하기에도 민망할 정도이다. 하나의 독자적 학문이란 적어도 그 대상과 목표, 방법론을 가지고 있어야 한다. 기호학은 사실상 규정할 수 없는 무한한 대상을

1 Eco, U., *La structure absente: introduction à la recherche sémiotique*, Mercure de France, 1972, pp. 14-19.

2 Pesot, J., *Silence, on parle: introduction à la sémiotique*, Paris: Guerin, 1979, p. 21.

가진다. 기호학의 목표가 "기호의 의미작용을 규명"하는 것에는 모든 기호학자들이 공감하더라도 막상 기호학에 적용될 수 있는 일반적 연구방법은 물론, 대상에 따른 다양한 연구방법도 좀처럼 합의되기 어렵다. 그럼에도 불구하고 우리는 여기서 '시각기호학'을 기호학의 한 하위 영역으로 받아들이고자 한다. 과연 그것이 가능한 일인가?

'시각기호학'이란 명칭

오늘날 기호학이란 학문 이름은 국내 학계에서는 물론, 독자들에게도 그리 낯설지 않은 실정이다. 그럼에도 불구하고 여전히 '시각기호학(visual semiotics)'이라는 용어는 쉽게 다가오지 않는다. 가장 먼저 떠오르는 의문은 과연 기호학에 '시각'이라는 이름을 붙일 수 있는가, 나아가 기호학을 감각별로 대별할 수 있는가이다. 기호학이란 의미가 만들어지고 수용되는 모든 과정, 즉 세미오시스(semiosis) 전반을 대상으로 하는 학문임을 이해하더라도, 인간이 가지는 감각 중 하나인 '시각'이라는 한정어가 붙은 별도의 영역이 만들어져야 하는 이유, 나아가 그러한 접근의 정당성을 쉽게 납득할 수 없을 것이다.

런던만 아는 사람은 실은 런던에 대해 제대로 아는 것이 없다. 런던은 파리, 베를린 등의 대등한 도시들과 비교하면서 접근하였을 때 비로소 그 진면모를 보여준다. 이런 논리에서, 시각기호학을 제대로 이해하기 위해서는 다른 감각을 대상으로 하는 기호학이 가능한지부터 생각해볼 필요가 있다. 시각을 대상으로 하는 하위 영역이 시각기호학이라면 '청각기호학', '미각기호학', '촉각기호학', '후각기호학' 역시 존재하는가? 나아가 인간의 감각은 독자적으로 작동하는가? 이 의문에 대한 답은 제한적이다. 감각별 영역을 기준으로 기호학의 하위 영역을 분류 · 정계할 수 있는 이론적 가능성은 얼마든지 열려 있지만, 실제로는 각 분야의 연구가 얼마나 진행되고 있는가의 여부가 중요하기 때문이다. 시각기호학이란 명칭의 정당성, 나아가 시각기호학의 정계를 위해서라도 이에 대응하는, 말하자면 'N각기호학'의 존재 여부와 면모를 타진해볼 필요가 있다.

(1) 청각의 기호학: '음악기호학'

먼저 청각 자극에 바탕을 둔 자극을 연구대상으로 하는 기호학의 하위 분야는 무엇보다 언어학이다. 언어학은 구두언어 자료체를 일차적 대상으로 삼는다는 점에서 굳이 기호학의 하위 영역을 대상 감각별로 분류한다면 청각기호학의 한 분야가 된다. 이에 비해 '음악기호학(musical semiotics)'은 스스로 기호학의 한 하위 영역임을 자처한다. 그러나 기호학의 전통에서 음악기호학의 위상은 상대적으로 낮다. "기호학의 선구적인 패러다임의 기초를 깔고 일반기호학의 여러 학파들을 이끌어온 이론가들이 음악에 관한 관심이 거의 없었으며, 음악을 일반기호학 수립을 위한 사례 연구의 대상으로도 활용하지 않았음은 놀라운 일이다"라는 술회[3]는 소외된 분야의 연구자가 하는 단순한 투정을 넘어선다.

그런데 막상 음악기호학 연구는 시각기호학보다 앞서 체계화되었다. 음악기호학은 일찍이 1973년 벨그라드에서 최초의 학회가 열렸으며, 여기에서 스테파니(G. Stefani), 바로니(M. Baroni), 지라네크(Jaroslav Jiranek) 등의 연구자가 주목을 받았다. 특히 나티에(J. J. Nattiez)의 『음악기호학의 기초 *Fondement d'une sémiologie de la sémiologie*』는 이미 1976년에 발간되어 명실상부하게 음악기호학 분야에서 최초의 앤솔러지로 남아있다. 1985년, 파리에

3 Navickaité-Martinelli, L., "Musical performance in a semiotic key," Peter Pericles Rrifonas ed. *International Handbook of Semiotics* 2, Dordrecht, Heidelberg, New York, London: Springer, 2015, pp. 741-758.

서는 국영 방송이 주관한 '음악 의미작용(Musical Signification)'이라는 국제적 기획이 있었다. 이 기획은 스테파니, 드 랄랑드(F. De lalande), 카스텔라나(M. Castellana), 타라스티(E. Tarasti) 등이 참여하였으며 그 결과는 헬싱키 대학의 음악학과로 발전되고 "Congress on Musical Signification"이라는 이 분야의 정기 학술대회 명칭으로 승계되었다. 특기할 점은 이 분야에서 타라스티의 역할이다. 그는 음악기호학 분야의 지도적 연구자의 위상을 가질 뿐 아니라 일반기호학의 영역에서도 현존하는 선구자의 반열에 오른다.[4]

음악기호학은 지역별로 발전되어왔다. 유럽의 음악기호학은 다양한 방향으로 발전해왔으나 프랑스에서는 주로 그레마스 기호학의 영향을 받았다. 영국 역시 '음악 의미작용' 프로젝트에 참여한 모넬(R. Monelle)이 음악기호학 연구를 이끌었으며, 여기에 음악 메타포를 대상으로 삼은 스피처(M. Spitzer), 타라스티 · 그레마스 모델을 통해 음악을 분석하고자 하는 팽크허스트(T. Pankhurst) 등이 음악기호학의 진영을 구성한다. 북미에서는 작곡가이기도 한 리도브(D. Lidov)가 토론토에서 음악기호학 연구를 선도하고 미국에서는 해튼(R. S. Hatten)이 베토벤을 중심으로 한 고전음악의 수사기법과 음악 제스처 연구를 진행하였다. 오늘날 음악기호학은 국제적으로 음악학뿐만 아니라 일반기호학 가운데에서도 주요 영역으로 부상하고 있다. 음악기호학은 철학, 실존적 기호학, 생물 · 생명기호학, 보컬 연구는 물론, 인지적 접근으로까지 외연을 넓히고 있다.

최근 음악기호학의 관심은 공연예술 전반으로 확장되어 리투아니아의 나비카이테 마르티넬리(L. Navickaitė-Martinelli), 이탈리아의 마리노(G. Marino) 등이 활발한 연구를 진행하고 있다. 이들은 종래 음악학(musicology)에서 다루지 못했던 분야, 즉 음악의 사회적 · 경제적 · 문화적 요인들에

4 그는 또한 국제기호학회(International Association of Semiotic Studies)와 국제기호학연구소(International Semiotics Institute)를 포함한 크고 작은 기호학 관련 학회장과 대표를 역임하였고 현재도 활발히 활동 중이다.

관심을 가진다. 특히 음악 연주의 장에서는 일련의 약호화된 메시지가 교환되거나 실현되고 해독된다. 예를 들어 오페라의 경우는 무대 장치, 조명, 의상, 음악뿐 아니라 배우의 몸, 연기 등의 다양한 체계를 통해 의미가 전달된다. 이와 같이 음악을 연주한다는 것은 단순히 악보를 실현하는 것만이 아니라 이 역시 의미의 생산과 전달, 수용의 과정, 즉 '세미오시스'라 볼 수 있다. 따라서 음악기호학은 음악을 작품과 해석의 관계에서 이해하려는 관점에서 벗어나 다양한 매체를 통해 실현되는 문화적 현상으로 파악하며, 연주나 공연은 연주자와 청중 사이에 진행되는 다양한 형태의 커뮤니케이션으로 파악한다.

(2) 미각의 기호학: '음식기호학'

음식을 기호학의 시선에서 접근한 고전적 연구사례는 적지 않다. 음식은 문화를 이야기할 때 빼놓을 수 없는 주제 중 하나이기 때문이다. 예들 들어 구조주의 선구자 중 하나인 레비스트로스(Cl. Lévi-Strauss)가 요리에도 상당한 조예를 가지고 있었다는 사실은 잘 알려져 있다.[5] 마치 그레마스(A. J. Greimas)의 기호사각형이 기호학에서 의미생성과 작용의 보편적 설명 도구가 되듯, 레비스트로스가 제안한 요리삼각형(culinary triangle)은 이 세상에 존재하는 모든 요리의 유형을 설명하는 보편적 잣대가 된다.[6] 이에 의하면 요리는 '날것', '익힌 것', '삭힌 것' 이라는 세 가지의 문화소로 대별된다. 익힌 요리는 문화적 수단에 의해 변형된 날 음식이고, 삭힌 음식은 자연적 수단에 의해 변형된 날 음식이다.

---

5 Lévi-Strauss, Cl., *Le cru et le cuit*, Paris: Plon, 1964.

6 백승국은 레비스트로스의 요리 삼각형을 그레마스의 기호사각형으로 발전시키는 흥미로운 제안을 한 바 있다. 백승국, 「음식 기호학과 기호사각형」, 『프랑스학연구』 26, 2003, 131-148쪽 참조.

요리나 음식문화에 관한 레비스트로스의 접근은 궁극적으로 그의 신화학을 구성하는 요소로 상정된 것이었으나, 오늘날의 관점에서는 음식기호학(culinary semiotics, semiotics of food) 구축의 시작점으로 수용할 수 있다. 마찬가지로 기호학의 여러 분야에서 연구자들이 자기네 분야의 선배라 주장하는 바르트(R. Barthes) 역시 음식에 관심을 드러내었다. 뒤에서 시각기호학 연구의 시초로 소개될 바르트의 "이미지의 수사학(Rhétorique de l'image)"에서 분석대상으로 채택된 광고가 바로 '판자니 파스타'이었음을 기억하자.[7] 이뿐만이 아니다. 그레마스 역시 「피스투 수프, 혹은 가치 대상의 구성 La soupe au pistou ou la construction d'un objet de valuer」[8]이라는 논문에서 미각 약호란 사회적 협약 가운데에서 만들어지며, 우리는 이를 해독하는 과정에서 요리의 가치와 기쁨을 찾는다고 설명한다. 이처럼 기호학의 선구자들이 뒤를 받쳐주기 때문일까, 음식기호학의 전통은 최근까지도 이어지고 있다.

음식기호학은 우선 음식 역시 '무엇인가 다른 것에 대해 말할 수 있다'는 것을 전제로 한다. 마치 프랑스의 음식평론가 사바랭이 "당신이 먹는 것을 말해주면 당신이 어떤 사람인지 말해주겠다"고 한 것처럼 말이다.[9] 음식을 먹는 것뿐 아니라 이를 요리하고 이야기한다는 것은 우리의 사회적 정체성을 규정하는 하나의 요소가 된다.

음식기호학은 음식의 사회적 이론을 개발하고 테스트하고자 한다. 음식을 소비한다는 것은 단순히 영양을 섭취한다는 것을 넘어서서 음식 섭취의 경험에 의미를 부여하는, 기본적으로 기호학적인 성격의 행위이다.

---

7 Bartehs, R., "Rhétorique de l'image," *Communications* 4, 1964, pp. 40-51.

8 Greimas, A. J., "La soupe au pistou ou la construction d'un objet de valuer," in A. J. Greimas, *Du sens II: Essais sémiotiques*, Paris: Editions du Seuils, 1983, pp. 157-160.

9 Brillant-Savarin, *Physiologie du goût, Paris: Flammarion*, 1826/2001. 여기서는 백승국(2003)에서 재인용.

반대로 기호학은 지각과 음식을 연결하는 숨겨진 논리를 드러낼 수 있는 분석도구를 제공할 수 있다. 한편, 음식기호학은 음식 그 자체는 물론 조리의 담론과 실천에도 관심을 가진다. 음식은 다양한 이야기를 내포한다. 음식과 그 음식이 속하는 맥락은 텍스트를 만든다. 여기에서 음식이 주제로 등장하는 다양한 영화, 연극은 물론 블로그 등의 다양한 미디어에 단골로 등장하는 유명 식당 탐방기가 오늘날의 일상에서 화젯거리로 부상되는 현상이 나온다. 이와 같이 음식기호학이 대상으로 삼는 것은 가히 "생태학과 이데올로기, 영양학적 · 약리학적 차원을 관류하는 총체적인 문화사로서 하나의 복잡계 그 자체"[10]인 것이다.

음식기호학은 다른 분야의 연구가 부침을 겪는 가운데에도 여전히 발전하고 있는 것으로 보인다. 2014년 소피아에서 열린 제12회 국제기호학회의 경우 '음식기호학' 세션에서 10여 편의 논문이 발표되면서 이 분야의 연구가 진행 중임을 보여주었다. 이 세션은 마냐빠네(F. Magniapane), 스타노(S. Stano)를 비롯한 일군의 이탈리아 연구자들이 주도하였다.

(3) 촉각과 후각의 기호학

촉각 혹은 후각 자극을 대상으로 하는 기호학이 가능할 것인가라는 의문은 그 자체로서 매우 도전적이다. 이 두 가지 감각은 다른 감각과 마찬가지로 서구의 전통 가운데에서 일찌감치 포착되었음에도 불구하고 본격적인 기호학의 탐구 영역으로 독립될 만큼 연구가 축적되지 않았다.

서구의 지성사는 이해하기 어려운 이유에서 이 두 가지 감각을 상대

10 박여성, 「융합기호학(Synchretische Semiotik)의 프로그램으로서의 음식기호학」, 『기호학연구』 14, 2003, 129-170쪽.

적으로 낮게 평가하였으며, 이러한 전통은 오늘날까지 답습된다. 아리스토텔레스는 후각을 명확히 규명하지 않고 단지 '냄새'와 그에 상응하는 정서에 결부하는 정도로 다루었다. 플라톤 역시 후각을 다소 모호한 정서적 감각으로 규정하고, 더 나아가 순수한 요소는 냄새가 나지 않으며, 냄새는 혼합 상태의 물질이나 가지는 것 정도로 치부하였다. 이런 맥락에서 칸트 역시 후각은 미각과 함께 "잠깐 스쳐가는 저급한 감각"이므로 굳이 개발할 필요가 없는 감각으로 치부하였다.[11] 이후 서구에서 냄새는 일반적으로 '불쾌함'의 정서와 더 자주 연결되어왔다. 영어에서 'smell'은 부정적인 맥락에서 더 자주 등장한다. 우리말에서도 '냄새'는 '향내'와 대립되어 받아들여진다.

이렇듯 서구의 지성사에서도 후각에 대한 응당한 대우가 없었던 이유는 실은 후각을 언어적으로 기술할 수 없었기 때문이었을 것이다. 후각으로 얻어지는 미묘한 자극을 '필설로 논하기'는 어려웠던 것이다. 향장학(香粧學)에서는 수천 종류의 냄새를 분류하지만 이를 명명할 수 있는 어휘는 수백 개에 지나지 않는다. 그나마도 이 어휘목록을 갖춘 훈련된 전문가들조차도 사실상 무한에 가까운 냄새들의 조합을 어휘로는 구별할 수 없는 것이다. 결국 기호학, 나아가 서구의 학문이 후각기호학을 배태하고 발전시킬 수 없었던 이유는 후각과 '언어'의 관계가 본질적으로 명확하지 않았기 때문이다.

그럼에도 불구하고 후각적 환경은 인간의 생태계를 구성하는 요소의 하나이다. 매체로서의 후각 작용은 특이한 성격을 가진다. 굳이 후각을 통한 커뮤니케이션 도식을 염두에 두고 말한다면, 후각 메시지의 발신과 수용은 언어를 통한 커뮤니케이션이나 접촉의 경우와는 달리 발신자와 수신

11 "Olfaction," 〈Key Words〉, The Chicago School of Media Theory, https://lucian.uchicago.edu/blogs/mediatheory/keywords/olfaction, viewed 2015-12-20.

자의 의지를 넘어선다. 냄새는 그냥 코로 전해지는 것이다. 발신자나 수신자 모두에게서 별다른 의도가 개입됨이 없이 진행되는 후각 커뮤니케이션의 속성은 오히려 후각 커뮤니케이션이 다양한 사회적 양상을 설명하는 이론 틀로 발전할 수 있는 여지를 보여준다. 예를 들어 우리의 위생 상태는 우리의 의지에 관계없이 냄새로 발산되며, 이에 따라 나날이 성장하는 비누, 향수, 탈취제 산업이 나온다.

또 다른 예를 들어보자. 페로몬 향은 성적 매력과 여성의 배란을 동기화하는 데 영향을 미친다고 알려져 있으나 이는 의식적으로 맡아지는 것이 아니다. 페로몬 향은 다른 냄새와 마찬가지로 의식적인 감각과정 없이 직접적으로 정서적 반응을 이끌어내는 것이다. 이것이 후각 자극의 특징이며 힘이기도 하다. 바로 이 지점에서 조만간 '후각기호학'이 별도의 영역으로 만들어지고 발전될 여지가 보인다. 후각기호학은 그 일차적 대상인 후각 자극을 분류할 수 있는 메타언어를 개발하는 데서 시작하여 후각 자극의 코드체계와 의미생산을 규명하면서, 궁극적으로는 후각 자극의 심리학과 사회학, 나아가 '후각의 경제학'을 구축할 수 있을 것이다.

촉각의 경우는 사정이 나은 편이다. 아직은 '촉각기호학'이라 불릴 만한 영역을 정하기는 어렵지만 몸의 접촉을 통한 커뮤니케이션은 사회심리학에서 비구두 커뮤니케이션 분야의 주요 의제로 다루어져왔다. 이는 가끔 '근접학(proxemics)'의 하위 분야로 간주되기도 했다. 그러나 몸을 통한 접촉은 사회적 금기 대상으로 설정되어 그 영역과 의미는 엄격하게 축소되었다. 그럼에도 불구하고 촉각 자극을 추구하는 행위는 인간의 생태계, 나아가 일생의 과정을 구성하는 일부로서 전승되고 있다.

다양한 예를 들어보자. 어머니의 가슴에 안긴 젖먹이는 온몸을 통해 만족을 얻는다. 좋아하는 연예인과의 악수, 속칭 '하이파이브'는 유년기, 청소년기의 — 혹은 오늘날은 일부 장년기도 포함된 — 팬들이 얻을 수 있는 최고의 명예이다. 연인과의 신체 접촉은 더 말할 필요도 없는 본능적 충족감을 준다. 뉴욕 맨해튼 월스트리트의 명물인 황소 조각은 부를 기원하는 관광객들의 손길로 특정 부위가 반질반질하다. 교황의 손등에 입맞춤하는 것처럼, 모든 종교적 의례에서 종교지도자의 손길은 '접신(接神)'을 대체하는 강력한 경험을 준다. 촉각은 이처럼 생리적 · 본능적 요건과 문화적 의미를 포함하는 넓은 영역을 만들어준다. 이 영역을 기호학이 간과할 수는 없는 것이다.

촉각기호학을 구성할 문화권별 신체 접촉의 유형과 빈도에 관한 연구는 이미 근접학에서 상당부분 집적되었다. 본격적인 '촉각기호학'은 신체 일부의 접촉이 기호인지, 커뮤니케이션인지, 무엇보다 약호화될 수 있는지를 검토하는 데에서 시작할 것이다. 촉각을 통한 커뮤니케이션은 앞에서 본 황소상의 경우에서처럼 발신자가 없이도 실행된다. 게다가 적지 않은 경우 접촉은 무의식적으로 이루어질 수 있다. 그러나 대부분의 경우 접촉은 행위자의 의도가 없었더라도 무의식의 차원에서는 의도적인 커뮤니케이션으로 해석될 수 있다. 여기에서 접촉행위는 기호로 파악되고, 개별 행위마다 정도는 다르겠지만 약호의 존재를 관찰할 수 있다. 예를 들어 반가움을 표현하는 행위, 즉 악수, 포옹, 입맞춤은 문화적 맥락에 따라 엄격히 규정된다.

촉각은 다른 감각, 특히 시각과 청각을 대신하는 채널로도 작동한다. 시각이나 청각이 상실된 경우 촉각을 이용하는 대체 문자들의 도움을 받을 수 있다. 대표적 사례가 브라유(Braille) 문자이다. 기호학의 영역에서 촉각 문자 시스템을 규명한 젤다드(Geldad)[12]는 촉각 문자의 코드화 방법을 '직접적 중재', 즉 증폭된 음파를 피부로 수용하는 방법, '그림 전시', 즉 글과 그림의 시각 형태에 대응하는 패턴을 피부로 인식하는 방법, '코드화된

12 Geldad, F. A., "Tactile communication," in T. A. Sebeok ed., *How Animal Communicates*, Bloomington: Indiana University Press, 1977, pp. 211-232.

대체 언어', 즉 브라유 점자나 모스 부호와 같은 전기적 촉각을 이용하는 방법으로 구별하였다.

오늘날 촉각을 통한 커뮤니케이션은 더 넓은 적용 무대를 찾았다. 휴대전화를 비롯한 디지털 기기의 인터페이스는 일차적으로는 시각적으로 구성되어있으나 막상 그 작동은 접촉에서 시작된다. 이는 스마트폰이 일반화되기 이전부터 이미 '햅틱 폰'이라는 상품에서 강조된 것이다. 디지털 기기와 사용자의 손가락 사이에는 두 가지 종류의 커뮤니케이션이 작동한다. 디지털 기기의 차가운 금속성 표면은 가장 친밀하고 직접적인 접촉을 통해 인간과 연결되고, 더 나아가 접촉을 통해서 기기의 표면은 인간의 피부의 확장으로까지 받아들여지게 된다. 디지털 기기의 액정 스크린의 특정 부위에 가해지는 손가락을 통한 접촉의 양태, 즉 빈도, 강도, 지속시간, 방향 등의 섬세한 차이는 사용자와 기기 사이의 커뮤니케이션 혹은 상호작용(HCI)을 지원하는, 일종의 언어학적 변별 요소로 작동한다.

이 분야의 연구는 막 시작되었지만, 이미 인체공학과 기호학의 융합을 통해 효율적인 디자인의 척도가 개발되고 있다. 향후 '웨어러블 컴퓨터'와 가상현실을 지원하는 장비들이 일반화되면 인간의 몸 전체가 센서를 매개물로 하는 접촉 도구가 되고, 이 시점이 되면 촉각은 아마도 시각이나 청각에 뒤지지 않는 주요 감각으로 재부상할 것이다. 촉각기호학은 기존의 구두 언어를 대상으로 하는 언어학을 대체할 만한 새로운 언어학의 지위를 획득하게 될지도 모른다.

실은 감각은 개별적으로 존재하는 것은 아니다. 퍼지 상태의 모호한 연속체로서 수용되는 감각을 우리는 언어를 통해 범주화할 수 있다. 그러나 대부분의 감각은 특정 감각기관을 통해서가 아니라 공감각(synesthesia)의 형태로 수용됨은 물론이다. 한때 국내에서도 〈여섯 번째 감각The Sixth Sense〉이라는 영화가 인기를 얻었지만, 인간의 감각을 다섯 가지로 나누는 것도 석연치 않다. 어떤 감각은 진화 단계에서 사라지거나 무의식으로 숨어 들어간 것도 있을 수 있다. 인간의 감각을 규명하는 인지 지도를 만들기 위해서는 우리가 가진 잠재적 지식을 추가하여야 할 것이며, 이는 아직도 요원한 단계이다. 지금까지 논의한바 감각의 종류와 이에 대응하는 하위 기호학의 영역의 가능성은 어디까지나 시각기호학을 규정하기 위한 전 단계로서 의미를 가진다.

(4) 시각의 기호학: '시각기호학'

이제 시각의 기호학으로 돌아오자. 과연 '시각기호학(visual semiotics)'이라는 제목은 가능한가? 우리는 앞의 논의에서 '시각'기호학에 대응하는 감각별 하위 영역으로 '청각' 영역에는 음악기호학이, '미각' 영역에는 음식기호학이 존재하고 발전해나감을 보았다. 다른 감각, 예컨대 촉각이나 후각 역시 점차 증가하는 연구를 통해 기호학의 하위 영역으로서 발전해오거나 조만간 발전할 수 있는 가능성을 보이고 있다.

그런데 시각기호학의 경우는 여타 감각별 기호학과는 크게 다른 이유에서 배태되고 발전되어왔다. 현재까지 진행된 기호학 연구에서는 감각을 키워드로 채택한 개별 연구에서조차도 대상 감각 명을 그대로 제목에서 쓰는 경우가 많지 않는 데 비해, 시각 자극의 결과물을 대상으로 하는 연구에서는 '시각'이라는 감각 명이 자주, 명시적으로 사용되어왔다. 이는 인간이 가지는 다섯 가지 감각 가운데 시각이 가지는 위상을 생각해보면 납득이 된다. 그 위상은 심리학자들이 '시각 우세성(visual dominance)'이라 부르는 현상에서 단적으로 나타난다.

가장 중요한 두 가지 감각인 시각과 청각의 비교에서도 시각정보가 더 우세하다는 사실은 널리 알려져 있다. 인간이 외계에서 받아들이는 정보 가운데에서 80%는 시각적 정보라 알려져 있다. 심지어 청각정보 역시 시각정보의 영향을 받는다. 유아들에게 동화책을 읽어주면 대뇌의 청각정보 처리 영역과 시각정보 처리 영역이 같이 활성화된다. 이는 성인도 마찬가지이다. 고대인들이 말한 '에크프라시스(*ekphrasis*)', 즉 시각적 제재를 글로 묘사하는 기술도 마찬가지이다. 호메로스가 아킬레스의 방패를 묘사할 때 청중들은 이를 '그림'으로 받아들였다.[13] 이는 오늘날의 일상에서도 마찬가지이다.

예를 들어, 처음 가는 모임장소를 안내하는 친구의 휴대전화 통화 내용, 즉 청각정보는 곧바로 나의 머리에서 지도로 바뀌는 경험은 일상적인 것이다. 때로는 모든 시각, 청각정보를 다 노출하는 티비 드라마보다는 청각에만 의존하는 라디오 드라마가 더 재미있다. 우리는 그 드라마를 들으면서 실은 그 내용이나 장면을 머리에 '그리는' 것이다. 이 과정에서 진행되는 뇌의 왕성한 활동은 곧바로 창조의 경험으로 이어지며, 이는 유아교육이나 창의성 교육의 주요 이슈로 이미 부각되었다. 실은 이런 현상은 감각이란 따로 규정되고 작동하는 것이 아니라 통합되어 정보를 제공한다는 공감각의 좋은 사례이기도 하다.

시각은 청각과 마찬가지로 자극 대상과 어느 정도 거리를 유지한다. 촉각이나 미각과는 달리 시각은 사물과 직접 접촉하지 않고서도 인지가 가능하며, 이 거리는 본다는 행위에 관조적인 성격을 부여한다.[14] 한마디로 시각은 다른 감각에 비해 월등한 정보 채널로 작동하며, 일상의 경험으로도 시각은 가장 빈번히 사용되는 감각이다. 우리는 각성 상태에 있는 한 늘 무엇인가를 보고 있다. 혹은 항상, 무엇이든 보이는 것이다.

이런 이유에서, 시각은 현대기호학의 태동 단계에서부터 가장 먼저 주목받았다. 현대기호학의 아버지 소쉬르(F. de Saussure)가 『일반언어학 강

13 김세리, 『시각과 이미지』, 서울: 이담, 2013, 16쪽.

14 위의 책, 23쪽.

의』에서 '랑그(langue)'에 필적하는 다른 기호체계들을 대상으로 하는 학문, 즉 기호학(sémiologie)의 존재를 예견하면서 든 사례들 역시 시각기호 체계들이 주를 이루었음을 상기해보자.[15]

> 랑그는 아이디어를 표현하는 기호들의 체계로서, 이는 문자, 맹아용 알파벳, 상징적 제의, 예절 형태, 군사용 신호 등과 비교할 만하다. 랑그는 이 체계들 가운데 가장 중요한 것일 뿐이다(CLG: 33).

이뿐 아니다. 주지하듯 대서양 건너에서 소쉬르와 함께 오늘날 기호학의 주춧돌을 놓은 퍼스(C. S. Peirce)의 기호학 이론에서 발전된 도상성(iconicity)의 개념은 오늘날까지 사실상 시각기호학의 논의 전체를 떠받치는 기본 토대가 된다. 퍼스가 기호의 재현적 성격을 논하면서 기호와 대상의 유사성을 '도상(iconic)'이라는 용어로 설명하고 그 사례로 붉은 장미, 사진, 초상화, 다이어그램 등의 시각기호들을 언급하였음은 이미 널리 알려진 사실이다(CP II: 247, 277, 447).[16] 그러나 퍼스에게서 직접 시각기호학을 언급한 언명을 찾아보기는 어렵다.

퍼스는 근본적으로 과학이론가이며 논리학자이다. 그에 의하면 사고는 곧 기호이며 기호이론은 경험이론이며 동시에 의식의 이론이다. 방대한 퍼스의 사상 체계에서 기호학의 하위 영역은 명시적인 대상은 아니었으나, 미학은 퍼스 사상의 저변에 깔려 있다. 그러나 퍼스는 미학을 윤리학, 논리학과 함께 규범 철학에 자리매김하였으며 이들은 각각 추론의 이

15 Saussure, F. de., *Cours de linguistique générale*, édition critique préparée par Tulio de Mauro, Paris: Payot, 1984. 앞으로 이 자료에 한해 본문과 내주에서는 '(CLG: 면수)'로 표기하겠다.

16 Peirce, C., *Collected Papers of Charles Sanders Peirce*, I-VIII, S. Hartshorne. and C. Weiss, Cambridge eds., Cambridge: Harvard University Press, 1980. 앞으로 이 자료에 한해 본문과 내주에서는 '(CP: 면수)'로 표기하겠다.

상적 기준, 도덕성의 이상적 기준, 미의 이상적 기준이라는 규범적인 가치 판단을 목표로 한다. 퍼스가 염두에 두었음에 틀림없었던 미학기호학의 비전은 모리스(C. Morris)에 의해 실현된다. 그는 다음과 같은 말로 기호학의 영역을 확대할 필요를 강조하고 본격적으로 기호학의 영역에 미학을 도입한다.[17]

기호학은 과학들 중의 하나일 뿐 아니라 모든 과학의 오르가논, 수단이다(Morris, 1938: 80, 134).

한 곡의 음악과 한 폭의 회화는 그 실질이 주로 도상적 기호이며 이를 복합적인 도상으로 변환한 것이다. 이렇게 하여 이들은 도상적으로 표현할 수 있는 모두를 표현한다. (…) 그러므로 나는 예술을 언어로 간주하지 않을 어떤 이유도 발견하지 못한다(Morris, 1938: 80).

모리스에 의하면 미학기호는 '도상'과 '가치'의 두 가지 기준으로 정의된다. 미학기호는 무엇보다 먼저 '지시하는 것과 닮은 기호', 즉 퍼스가 주장하는 도상기호이다. 따라서 미학기호는 지시대상의 속성을 가진다. 두 번째 기준인 가치란 "어떤 이해관계에 대한 대상이나 상항의 속성, 즉 어떤 행위가 완결되기 위해 그러한 속성을 가진 대상을 요구할 때 그 요구를 충족시켜주거나 소진시켜주는 속성"이다.[18] 도상기호는 가치를 가져야 하는데 그것도 그 자신이 지시하는 가치를 가지고 있고 존재 자체만으로도 즉각적으로 가치를 인식하고 이해할 수 있는 어떤 것이어야 한다. 그

17 Morris, C., "Foundations of the Theory of Signs," in Otto Neurath, Rudolf Carnap and Charles W. Morris eds., *International Encyclopedia of Unified Science*, 1(2), University of Chicago Press, 1938.

18 Morris, C., *Signs, Language and Behavior*, New York: Prentice-Hall Inc, 1948, p. 193.

러므로 미학기호란 지시대상이 미학적 가치 그 자체이며 기호매체 자체가 지시대상이 되는 것이다.

한편 모리스는 "도상성은 정도의 문제다(Iconicity is a matter of degree)"라는 명제를 만들었는데, 이는 그 후의 다기 다양한 미학기호학 연구의 출발점이 된다. 이상에서 본 것처럼 퍼스에서 잉태되어 모리스에 의해 미학기호의 조건으로 정립된 도상기호의 개념과 도상성의 문제는 넓게는 미학기호학, 좁게는 시각기호학의 인식론적 단위로 정착되었다. 이처럼 시각기호학의 분야에서 퍼스의 이론 틀을 빌려왔다는 연구물, 특히 도상의 상대성을 차용한 연구들은 정도의 차이는 있지만 실은 모리스를 통해 퍼스를 해석한 것으로 보인다.

시각기호학이 여타의 감각 영역별 기호학에 비해 특별한 지위를 가지게 된 것은, 시각이 다른 감각에 대해 가지는 우위성뿐 아니라 다른 배경에서 나온 측면이 있다. 무엇보다도 시각기호학은 비교적 일찍 시작되었고 많은 연구물을 축적한 분야이다. 뿐만 아니라 시각기호학을 가능하게 한 선행 · 인접 학문 역시 나름대로의 오랜 역사와 방대한 연구결과를 가지고 있다. 한마디로 시각기호학은 미술사, 수사학, 현상학, 해석학 등의 기존 학문은 물론, 영상시대를 거친 후 디지털의 시대를 맞아 최근 싹트는 학문의 하나인 '디지털 인문학(digital humanities)' 분야와도 밀접한 관계를 맺으면서 상호 발전해온 것이다. 시각기호학은 훨씬 후에 애플의 창시자 스티브 잡스가 말한 "점을 이어라(Connect the dots)"라는 명제를 일찌감치 실현한 것이다.

시각기호학의 쟁점

(1) 시지각의 이해

시각기호학이 가장 먼저 다루어야 할 것은 '보다(seeing)'라는 행위와 결과, 즉 시지각(visual perception)과 인지(recognition)의 문제일 것이다. 〈그림 1-1〉은 시지각의 회로를 쉽게 이해하게 해준다.[19] 시지각 과정은 시각심리학에서 잘 규명되어있다. 눈은 시각 감각을 수용하여 망막에서 정보처리를 한다. 이 정보는 대뇌로 전달되어 시각피질에서 세부 특징을 변별하는 초기 지각의 대상이 되고, 이어 대뇌피질에서 상위 수준의 세부 특징이 분석되는 후기 지각이 일어난다. 마지막으로 대상의 지식과 대조하는 인지와 사고의 과정을 거친다. 이 과정은 다시 눈으로 전달되어 안구운동을 동반하면서 순환된다.

시각 자극이 기호학의 연구대상이 되는 것은 시각이 여타 감각에 비교하여 탁월한 기능을 가지며, 관찰자의 다양한 인지적 배경과 이에 따른 해석의 문제가 흥미롭기 때문이다. 시각경험은 눈에 주어지는 시각 자극뿐 아니라 두뇌에 의한 감각경험의 해석을 통해서 완성된다. 인간의 눈과 뇌는 있는 그대로를 보고 재현하고 해석하는 카메라가 아니다. 일단 인간의 시지각과 시각경험에는 생리적 한계가 있다. 예를 들어 적외선(赤外線)은 이름 그대로 스펙트럼에서 가시 영역의 한 극단을 차지하는 붉은색 '밖'에 존재하는 광선이며, 자외선(紫外線)은 다른 극단에 위치하는 보라색 밖에 존재하는 광선이다. 우리는 이들이 '눈에 보이지 않으니', 즉 지각되지 않으니, 이들을 뭉뚱그려 그냥 적외선, 자외선이라는 모호한 범주에 두는 것으로 만족하는 것이다. 이것이 인간이 가진 지각능력의 한계와 이를 해결하는 인간 행위의 한 단면이다.

더 중요한 것은 관찰자의 인지적 배경이다. 위에서 든 무지개의 예를

19 Velmans, M., "Reflexive Monism," *Journal of Consciousness Studies* 15(2), 2008, p. 13.

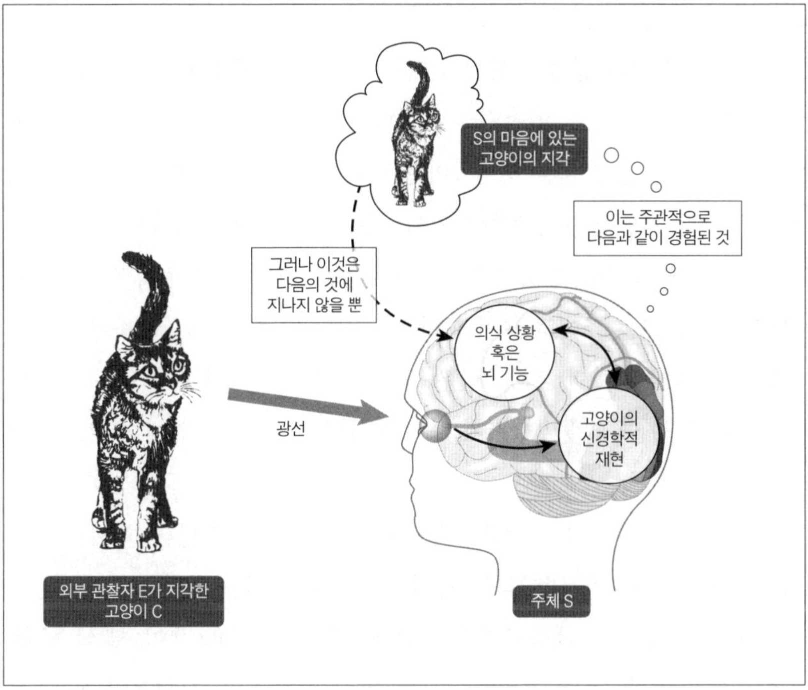

〈그림 1-1〉 시지각 회로

다시 보자. 우리는 무지개의 색이 '빨강, 주황, 노랑, 초록, 파랑, 남색, 보라'라는 완고한 신념을 가지고 있다. 그러나 자연계를 구성하는 색채는 물론, 모든 시간과 공간의 본질은 연속체(continuum)이다. 인간은 자연계를 구성하는 연속체를 그대로 받아들이기가 쉽지 않다. 원래 연속체였던 음을 분절(articulation)하여 음소라는 이산적 단위를 만들고, 이를 조합하여 음절, 단어, 문장을 만들어내어 온 언어 중심주의에서 나온 사고방식은 색채뿐 아니라 인간의 생존에 관련된 모든 요소들, 즉 시간이나 공간, 질량을 나누는 일관된 방법이기도 하다. 색채 전문가가 아닌 일반인들의 뇌리에 있는 어휘 장은 '빨강, 주황, 노랑, 초록, 파랑, 남색, 보라' 이상의 단위가 존재하지 않는다. 그러므로 무지개는 '빨강, 주황, 노랑, 초록, 파랑, 남색, 보라'

로 만들어진 것으로, '실제로 그렇게' 보이는 것이다.

시각심리학은 인간의 시지각 과정이 얼마나 왜곡되어있는지를 착시라는 현상을 통해서도 잘 설명하고 있다. 뿐만 아니라 우리의 뇌는 수용된 시각 자극을 있는 그대로 받아들이는 것이 아니라 미리 만들어둔 몇 가지의 패턴으로 치환하는 경향을 보인다. 게슈탈트 심리학은 이를 근접성, 유사성, 연속성, 폐쇄성, 안정성으로 설명한다. 이 원칙이 작동되면서 인간은 외부 세상을 있는 그대로 보지 못하고 보고 싶은 대로 재구성하거나 아예 처음부터 왜곡된 것만 본다. "산은 산이요, 물은 물이다"라는 선사(禪師)의 가르침은 일절 왜곡이 벌어지지 않은 차원의 시지각, 즉 완벽한 관조를 말한다.

우리는 두 가지의 색안경을 동시에 끼고 세상을 만난다. 하나는 개인적인 차원, 즉 경험의 망이라는 안경이고 다른 하나는 집단의 차원, 즉 교육을 통해 전승된 이데올로기라는 안경이다. 무지개의 색이 '빨강, 주황, 노랑, 초록, 파랑, 남색, 보라'라는 완고한 신념은 어린 시절부터 동요, 동시 등을 통해 반복된 교육의 결과이며 교육정책은 그 시대, 그 사회의 대표적 이데올로기인 것이다. 뿐만이 아니다. 인간이 이해하고자 하는 대상 가운데서 전적으로 개념적인 것은 쉽게 지각되지도 않는다. 이런 점에서 시지각은 일종의 환유(metonymy)이다. 지각되지 않는 대상들의 범주를 지정할 수는 있을 것이다. 그러나 그것은 정의상 지각되지 않는 것들이다. 따라서 관찰자는 그를 둘러싼 환경에서 다양한 지리적 위치에 서서 다양한 대상들을 관찰할 필요가 있다.

시지각에 한계가 있듯이, 기존의 시지각 연구에도 한계가 있다.[20] 기존의 시지각 연구는 '망막 매핑', '모듈 체제화', '시각정보의 특수성' 등의

20 Kennedy, J. H., "Vision," IN Bouissac. F. et al. ed., *Encyclopedia of Semiotics*, New York: Oxford: Oxford University Press, 1998, p. 635.

원칙을 둘러싸고 진행되었다. 그런데 시지각이 이차원 혹은 삼차원의 환경을 뇌에 재현하는 것은 단지 현실세계 일부의 '복사'일 뿐이다. 복사는 이해를 의미하지 않는다. 오늘날 대학생들이 과제를 인터넷 자료를 뒤져 복사해서 제출한다고 그 내용을 이해한 것은 아니라는 것과 같다. 특히 색채는 그 어떤 신경조직에서도 복사될 수 없다. 따라서 복사물, 즉 대뇌피질에 각인된 생리학적 현상이나 망막에 맺힌 형상을 연구한다는 것은 진정한 의미에서 시지각 연구의 목표가 아니다.

시지각은 중계 기지들로 구성된 복잡한 연쇄체를 사용하며, 외부 세계의 법칙에 지배되는 정확한 광학 정보에 의존하는 정보 획득 기제이다. 그러나 그 정보 획득은 단순한 생리학적 · 광학적 접근만으로는 해결할 수 없는 많은 난제를 품으며, 그 난제의 해법은 '시각성(visuality)'의 개념을 요구하게 된다. 시각성은 이를테면 시지각의 사회적 차원을 말한다. 예를 들어 원근법적 시각의 발견은 모더니티를 지배하였음을 규명하거나, 시각체제 속에서 규정되는 시각 주체와 지배적 시각 양식을 규명하거나, 시각과 권력의 관계를 논의하는 것은 시각을 사회적 관점에서 재조명하는 일이다. 이는 결국 시지각의 문제를 과학에서 인간학의 방향으로 선회하는 것이다. 시각기호학은 이 기획을 주도적으로 실현하는 방법으로서의 위상을 가진다.

(2) 시각기호학의 목표와 대상

시각기호학은 외부 세계의 실재(reality)가 아닌, 그 실재의 대치물로서의 시각기호, 혹은 관점에 따라 시각 이미지를 연구대상으로 삼는다. 시각기호학의 목표는 의외로 단순하다. 그 목표는 '기호과정과 의미작용을 규명'하는 기호학에서 '시각'을 추가하면 되기 때문이다. 시각기호학은 기호학의 하위 분야로서, 여기에서 만들어진 결과는 다시 일반기호학으로 환류된다는 점이 다를 뿐이다.

그런데 이 시각기호, 혹은 시각 이미지의 규정이 그렇게 쉽지는 않다. 시각 이미지는 기호의 한 종류이다. 예를 들어 한 폭의 정물화는 작품은 물리적으로는 채색된 반점들의 모임이지만 우리는 그 가운데에서 모종의 형상들과 그 의미를 간파해 낼 수 있다. '한 대상에서 그 대상이 아닌 다른 대상'이 가장 일반적인 의미에서의 기호이다. 그림을 보면서 우리는 실재를 인식할 수 있고 나아가 그 그림이 세계의 일부임을 알 수 있다. 앞에서 본 것처럼, 단순하게 보이는 시지각 회로에는 많은 이슈가 포함되어있다. 우리의 시각 능력은 제한적이며 그마저도 이데올로기라는 초약호(super-code)에 지배되어있음이 드러났다. 물리적으로 동일한 시각 자극도 수신자의 상이한 경험과 지식 틀, 이미지와의 소통이 벌어지는 사회문화적 맥락에 따라 상이한 해석결과를 낳음은 물론이다. 시각기호학은 '시각'을 대상으로 삼되, 처음부터 감각의 현상학적 측면, 시지각과 권력의 관계, 커뮤니케이션과 의미작용의 상보성 규명이라는 어려운 문제에 부딪히게 된다.

(3) 언어학 모델에서 기호학적 생태계로

기호학 연구가 막 시작된 1970년대, 기호학의 사명이 '전달'인가, '의미작용'인가라는 논쟁이 있었다. 기호학을 소쉬르의 명명을 따라 아직 기호론(*sémiologie*, semiology)이라 부르던 시절이라, 기호학을 '커뮤니케이션의 기호론(*sémiolgie de la communication*)'과 '의미작용의 기호론(*sémiolgie de la siginification*)'으로 나누는 것이 대세였다. 전자의 흐름을 명시적으로 옹호하는 학자로 프리에토(J. Prieto), 후자를 개척하다시피 한 학자로 바르트를 들 수 있다. 이 대립은 방브니스트(E. Benveniste) 등 좀 더 넓은 시야를 가진 언어학자들에 의해 곧바로 해소되었지만, 현재의 시점에서 되돌아보아도 그리 의미 있는 논쟁은 아니었던 듯하다. 전달은 의미작용을 전제로 하고, 의미작용 역시 소통과정의 일부인 것이다.

소쉬르가 『일반언어학 강의』에서 언어학의 일반 과학, 즉 커뮤니케이션에 동원되는 '일반기호 이론'의 존재와 그 학문을 예견하고 이를 기호론이라 명명하였음은 앞에서 말한 바와 같다. 소쉬르가 생각한 기호(*signe*)는 소통의 수단을 전제로 한 '협약적 · 자의적' 기호, 퍼스의 의미에서 '상징(symbol)'기호이다. 한편 소쉬르에게서 상징은 유연(有緣)적으로 정의되어 협약적인 기호와는 거리가 먼 개념이었다. 이 역사적 맥락과 용어, 역어의 혼동은 이후 국내에서의 기호학 수용과정에서도 상당한 혼선을 가져온 원인이 되었지만, 초기 기호학이 연구대상으로 설정한 것들이 소쉬르가 예로 든 깃발 신호, 교통신호등, 모스 부호 등의 협약적 기호를 넘어서지 못함으로써 결국은 일반기호 체계를 언어기호 체계의 대치물 혹은 병행물로 국한시키고, 연구방법이나 개념 틀 역시 언어학 모델을 차용하는 경향을 보여주었음은 분명히 지적할 수 있다. 초기 기호학에서 탁월한 연구방법을 제시한 것으로 평가되는 에코(U. Eco)의 약호이론(code theory) 역시 그 본질은 언어학적 단위에서 보이는 관여적 특질(*trait pertinent*)과 구성 단위들(-ème)의 음운론적 · 통사론적 · 의미론적 층위에서의 결합규칙을 차용한 것이다.

물론 언어기호 체계는 모든 기호체계에서 모델이 되고, 특히 20세기 이후 언어학은 단위, 체계, 구조라는 과학적 결과물을 만들어내면서 결국 구조주의(structuralism)라는, 당대의 모든 학문의 패러다임을 이끄는 파일럿 학문으로 부상하였지만, 실은 기호학은 태생 배경과 정의 자체에서 언어 이상의 대상을 가지며, 언어학은 기호학의 한 부분, 즉 '언어기호학'인 것이다. 언어학 모델이 모든 학문 분야에서 맹위를 떨쳐 급기야 '언어의 제국, 언어의 감옥'이 만들어져갈 때, 바르트는 언어의 외연을 확장하려는 기

획을 시도하였다.[21]

기호학은 그 본질이 무엇이든, 그 한계가 무엇이든, 모든 기호체계를 대상으로 삼는다. 의식이나 전범 혹은 구경거리에서 보이는 이미지, 동작, 운율을 가지는 소리들은 '언어'가 아닐지라도 적어도 '의미체계'는 구성한다.

기호학의 영역에서 언어학의 기계적 분석방법과 영향을 배제하고자 한 최초의 연구가 저 유명한 바르트의 1964년도 논문 「이미지의 수사학 Rhétorique de l'image」, 속칭 '판사니 광고(〈그림 1-2〉) 연구'이다. 바르트는 이 논문에서 광고를 구성하는 이미지와 문자체계 각각에 동일한 지위를 부여하면서 오늘날 시각기호학 연구의 전범을 제시하였다. 이 시점에서 기호학의 태동기에서 진행되었던 '커뮤니케이션 기호론'과 '의미작용 기호론'의 구별이나 기호학과 언어학의 상대적 위상 관계를 둘러싼 논쟁뿐 아니라 일부 학계, 특히 국내의 미학이나 문화과학계에서 주장하는바 기호학은 언어모델의 틀에서 벗어나지 못한다는 견해는 궁극적으로는 기호학의 창시자가 설파한 기호의 구성 원리나 기호학의 인식론적 구조에 대한 오해에서 비롯된 것으로 보인다. 초기 시각기호학

〈그림 1-2〉 판자니 광고 (➔ 225쪽 컬러 그림 참조)

21 Bartehs, R., op. cit., p. 79.

에서 시각기호 체계를 언어의 대치물로 국한한 이유는 소쉬르의 기호 개념이 이원성, 자의성, 선조성을 둘러싸고 있으며, 이에 부합하는 최적의 기호가 언어기호라는 믿음에서 기인한 것이다. 그러나 이는 김성도가 설파하듯,[22] 소쉬르의 의도를 일부만, 혹은 잘못 받아 들인 데서 기인한다.

소쉬르 제자들의 강의록을 보더라도, 그가 기호의 항구적인 속성들의 규명에 집착했다거나 기호들과 그 체계들의 대상을 규정하는 것을 필수 불가결한 작업으로 고려했다는 흔적은 찾아볼 수 없다.

기호학은 기호의 과학이지만 오늘날의 기호학 연구에서 기호 자체의 속성에 관한 연구는 크게 부각되지 않는다. 개별 기호학의 하위 영역에서도 기호의 속성은 최소한으로 규정되는 경향이 있다. 실제로 다양한 기호 체계들의 분류, 기호의 생산 양식, 이에 따른 인식론적 논의는 에코의 『기호』[23]에서 집대성된 후 후속 연구는 더 이상 눈에 띄지 않는다.

(4) 시각기호학의 성립과 학파

시각기호학의 태동과 발전의 역사는 카나리(M. Canari)의 연구가 권위를 가진다.[24] 이 자료를 중심으로 시각기호학의 연구 경향을 일별해보자. 잠재해 있던 시각기호학이 본격적으로 발흥된 것은 1960년대로 소급한다. 그 시작은 한 점이 아니라 지리적 · 시기적으로 동시다발적인 것이었다. 시각기호학은 70년대 초기 선구적 연구를 거

22 김성도, 『로고스에서 뮈토스까지』, 서울: 한길사, 1999, 283쪽.

23 Eco, U., *Segno*, Milan: ISEDI, 1973.

24 Canari, M., "Bilan des sémiotiques visuelles contemporaines," Visual semiotics worldwide. https://aisviavs.wordpress.com/history/visual-semiotics-worldwide, viewed 2015-12-22.

쳐 1980년대 중반에서 1990년대까지 괄목할 만한 성장을 기록한다. 여기에는 당시에 진행된 학제적 성격을 가지는 인문과학의 발전이 뒷받침되었다. 시각기호학의 발전은 분석철학, 지각현상학, 그레마스 문법, 인지과학의 발전으로 규정되는 당대의 조류에 영향을 받은 것이다.

시각기호학은 조형의 표현 면에 존재하는 조정자로서의 요소를 찾아내는 데 먼저 관심을 가지게 되었다. 따라서 관심사는 먼저 지각, 정서, 기억, 인공지능, 다중감각 등이 상호 연계된 문제들에 집중되었다. 뒤를 이어 독립된 학문으로서의 시각언어학의 정체성에 관한 고민이 진행되면서 도상적 의미효과에 근거한 '시각언어'의 인식이 생기고, 시각언어의 의미작용이 구체적으로 규명되면서 시각기호학은 성숙기를 맞이하였다.

시각기호학은 먼저 유럽과 북미를 중심으로 발전하였다. 이를 지역별, 시기별로 약술하면 다음과 같다. 파리에서는 1970년 초반을 기점으로 그레마스 기호학의 세례를 받은 플로슈(J. M. Floch), 튀를만(F. Thürlemann), 퐁타니유(J. Fontanille)를 중심으로 시각기호학 연구가 진행되었다. 그 전부터 '일반수사학'을 추구하던 리에주의 '그룹 뮈(Groupe μ)'도 이 무렵에 시각기호학의 대열에 참여하였다. 북미의 몬트리올과 퀘벡에서도 생마르탱(F. Saint-Martin)과 카나리를 중심으로 시각기호학 연구가 시작되었으며, 소네손(G. Sonesson)을 중심으로 하는 '스웨덴학파' 혹은 '생태학파'도 뒤를 따랐다. 여기에 오스트레일리아에서 진행된 할리데이(M. A. K. Halliday) 학파의 '사회기호학'이 덧붙여진다.

각 학파가 진행해온 연구경향을 약술해보자. '파리 기호학파'는 그레마스의 서술기호학이 제공한 개념적 도구들을 이미지 영역에 적용시켰다. 그레마스 특유의 방법론이 이미지 영역에서 보여준 생산성은 체계적으로 상호 정의된 개념과 술어들을 사용하여 이미지 담론의 특수성을 설명할 수 있는 능력을 갖춘 모델을 적용하는 데서 탁월한 성과를 거두었다. 특히 이 맥락에서 플로슈가 남긴 일련의 연구는 '조형기호학(sémiotique plastique)'

이라 따로 범주화할 수 있는데, 이는 광고 등의 개별 시각이미지 분석을 통해 시각기호학의 실천적 효용성을 보여주는 탁월한 성과이기도 했다.

그레마스 기호학의 전통은 인지과학과 현상학의 도움으로 인식론적 진화를 맞으면서 후기 그레마스 학파로 전승되었다. 그레마스와 퐁타니유의 공저로, 기존의 그레마스 기호학이 천착하였던 기호-서사 층위와 담화 층위에 '감각과 기질'의 문제를 다루는 선조건 층위를 새롭게 추가함으로써 기호학의 무게중심을 '행위'에서 '정념'으로 옮긴 것으로 평가되는 『정념의 기호학: 물적 상태에서 심적 상태로 *Sémiotique des passions: Des états de choses aux états d'âme*』[25] 출간 이후, 그레마스 기호학의 전통은 퐁타니유에 의해 '정념의 기호학(sémiotique des passions)'으로 발전되었다. 후기 그레마스의 시각기호학은 시각 발화체의 조형적 질료(substance)에서 도출할 수 있는 형식을 결정하는 데 관심을 기울이면서 다중감각, 즉 몸이 가지는 감각능력, 감정은 물론, 심지어 냄새 등에 근거한 '시각의 수사학'을 주된 연구대상으로 파악하였다.

이 틀에서 퐁타니유 특유의 시각기호학이라 할 수 있는 '빛의 기호학(sémiotique de la lumière)'이 대두되었다. 주지하듯, 퐁타니유는 그레마스의 직계 제자로서 파리기호학의 전통을 대표하면서, 기호학의 모든 진영에서 일종의 '계승자'로 간주되었다. 그런데 오늘날의 시점에서 보았을 때 시각기호학에서 그의 기여는 의문의 대상이다. '정념의 기호학'이 채택한 지나치게 난삽한 형식의 틀이 오히려 이미지의 의미작용을 설명하고 이해하는 데 방해가 되기도 하는 것이다.

파리학파의 시각기호학이 발전과 쇠락을 거치는 동안, 다른 지역의

25 이 책은 최근 우리말로 완역되었다. 알지르다스 J. 그레마스 · 자크 퐁타뉴 지음, 유기환, 최용호 · 신정아 옮김, 『정념의 기호학: 물적 상태에서 심적 상태로』, 서울: 강, 2014. 정념의 기호학에 대한 우리말 입문서 역시 비슷한 시기에 출판되었다. 홍정표, 『정념 기호학: 문학 텍스트에 나타난 희로애락』, 서울: HUEBOOKs, 2014.

시각기호학 연구 역시 일정한 성과를 남겼다. 벨기에의 '그룹 뮈'는 60년대부터 일반수사학 연구를 수행해왔으며, 언어학의 자질 분석과 수학 모델을 사용하여 고전수사학의 계통론에 나타나는 전의(tropes)를 새로운 방식으로 분석하여 이를 시각 발화체에 적용하였다. 이들은 또한, 도상 기호와 조형 기호는 둘 다 물질화된 기표와 기의를 분절해낼 수 있는 균질적인 발화체로 파악한다. 시각기호학에 관한 그룹 뮈의 연구는 1976년의 '일반수사학(rhétorique générale)'에서부터 비롯되었다. 이들의 시각수사학적 기획은 『시각기호 개설 *Traité du signe visuel*』(1992)에서 집대성되었다.[26]

'퀘벡 학파'는 시각기호학에서 활발한 공간을 창출시킨 본거지이다. 이 학파를 이끄는 생마르탱은 60년대부터 발표한 일련의 저작물에서, 그림은 일차적으로 유의미한 시지각의 대상이라는 가설에 기초한 시각기호학 이론을 다듬어갔다. 특기할 점은 퀘벡의 시각기호학은 기존의 미술사 분야의 부동성과 무기력을 타파하려는 미술사가와 비평가들에 의해서 주도되었다는 점이다. 이들은 시각적 의미는 모두 6개의 변수로 분석될 수 있으며, 그 변수들은 이미지의 표면에 나타난 모든 요소들의 가치에 대응한다고 본다. 이 같은 접근은 게슈탈트 심리학으로부터 빌려온 몇 가지 분석적 개념들을 차용하고 있다.

이후 이 학파는 형태, 색채, 질감, 시점을 통해 작가가 구현한 물질적 대상에서 발견할 수 있는 긴장과 중재과정의 에너지와, 관객이 이에 집중하는 정서적 · 상징적 투자에 관심을 기울인다. 생마르탱이 남긴 『시각언어의 기호학 *Semiotics of Visual Language*』[27]은 시각언어의 진화를 시각 예술, 특히 현대 미디어 예술과 같은 다양한 매체에서 규명하였다. 안타까운 점은, 오늘날 이 학파의 이름은 더 이상 이어지지 않고 있다는 점이다. 필자는

26 Groupe μ, *Traité du signe visuel. Pour une rhétorique de l'image*, Paris: Éditions Le Seuil, 1992.

27 Saint-Martin, F., *Semiotics of Visual Language* (Advances in Semiotics), Minneapolis: Indiana University Press, 1990.

이 학파의 전통이 2000년 이후 승계된 흔적을 아직 찾지 못하였다.

스웨덴에서 만들어진 생태기호학은 시각기호학의 영역에서도 자연 세계의 생태론과 같은, 보다 넓은 유형의 일반이론을 필요로 함을 역설한다. 이 학파는 로트만(Y. Lotman), 우스펜스키(B. Uspensky) 등이 주도한 타르투 · 모스크바 학파의 문화기호학에 영향을 받아 후설의 '생명계(Lebenswelt)'를 비판적으로 수용하면서 유기체와 실재계 사이의 인지적 상호작용에 연구의 기초를 둔 세미오시스의 생태학을 밝히고자 한다. 이 학파를 주도하는 소네슨은 2015년 현재, 자신이 창립멤버로 참여하였던 '국제시각기호학회'의 회장으로 활동하며, 특히 〈Semiotics Institute Online: Advanced courses in a variety of topics relevant to semiotics〉이라는 온라인 기호학 강의실에서 "Current Issues in Pictorial Semiotics"이라는 강의를 제공하면서 시각기호학의 확산에 기여하는 등, 시각기호학의 분야에서 적극적인 활동을 진행하였다.

기호학의 한 영역으로서 시각기호학이 제도적으로 성숙했다는 징표는 '국제시각기호학회(Association Internationale de Sémiotique Visuelle)'가 창립된 사실이다. 그 전후 사정을 기사 형식으로 기술해보자.

1988년 봄, 남쪽 멀리 피레네산맥이 병풍처럼 둘러쳐 있는 남부 프랑스의 작은 도시 페르피냥(Perpignan)에 갑자기 낯선 사람들이 몰려들었다. 한때는 마요르카 왕국의 수도였으며, 국경 건너 스페인의 도시 바르셀로나와 함께 바르셀로나 공국의 주요 도시였으나 이제는 그저 인구 십만여 명에 불과한 작은 중세풍의 도시에 움베르토 에코, 토마스 시비오크 등 당대의 석학들을 포함한 수백여 명의 기호학자들이 바르셀로나에서 개막한 '제4회 국제기호학회(The World Congress of the International Association for Semiotic Studies)'의 전반부 일정을 마치고 국경을 넘어와 두 번째 라운드를 펼친 것이다. 이 가운데 특히 이미지에 관심을 가지고 있었던 학자들이 있었다. 프랑스의 코스탕티니, 스웨덴의 외란 소네슨 등이 그들이었다. 이들은 벌써부터 지나치게 방대해진 기호학의 제전이 썩 내키지는 않았다. 국제 규모의 학술대회가 열릴 만한 단일 시설이 없는 페르피냥 시내 여기저기에 만들어진 세션별 발표장을 오가면서, 이들은 시각언어를 화두로 하는 연구에 관심이 있을 만한 사람들을 하나둘 규합하기 시작하였다. 마침내 이들은 1989년, 프랑스의 블루아(Blois)에서 '국제이미지기호학회(Association internationale de sémiotique de l'image)'를 결성하고 1990년 창립총회를 가지게 된다.

이 학회의 창립은 광범위한 시각언어의 의미작용에 대한 기호학적 접근의 관심이 제도화되었음을 의미하는 사건이었다. 이 학회는 1992년 국제시각기호학회(Association internationale de sémiotique visuelle)로 이름을 바꾸고 1996년 기관지 『비지오 *VISIO*』를 창간하였다.[28] 이때부터 '이미지의 기호학'이라는 다소 애매한 학문의 이름이 '시각기호학'으로 공식화되고, 이 명칭이 학문적 정통성을 얻게 된 셈이다. 국제시각기호학회는 전통적인 조형예술(회화, 건축, 조각, 데생)뿐 아니라 사진, 건축, 디자인, 영화, 비디오, 광고, 디지털 이미지 등의 더 넓은 영역을 포함하는 시각 대상의 의미작용을 기호학적으로 규명하는 임무를 스스로에게 부여함으로써 이전 세대의 기호론 · 기호학의 구별과 같은 난제를 불식하였다. 기호학의 발전과정에서 이전까지 일반기호학, 문학기호학 등과 차별성을 갖지 못했던 시각기호학이 자신의 영역을 만들어나가는 돌파구가 마련된 것이다. 이후 이 학회는 소쉬르에서 바르트에 이르는 프랑스의 전통, 퍼스에서 모리스를 거

28 캐나다 라발 대학의 지원으로 1996년 발행이 시작된 이 기관지는 2004년까지 지속되었다. 이 잡지의 수명이 길지 않은 것은 1963년 간행된 국제기호학회의 기관지인 『세미오티카 *Semiotica*』, 1973년 브뤼셀을 중심으로 발행된 학술지인 『드그레 *Degrés*』 등에서 시각기호학 연구결과를 충분히 수록해온 데다가, 별도의 기관지를 유지하기에는 후원기관이나 학회의 재정이 문제가 되었으리라 짐작된다. 대신 국제시각기호학회는 2012년부터 〈Bibliothèque VISIO〉라는 총서를 발간하기 시작하여 2014년 현재 『공간, 기호학과 인지 *Espace, Sémiotique et Cognition*』라는 일곱 번째 단행본을 내놓았다. 그나마 이 총서 역시 종종 『드그레』의 특집호를 단행본으로 재편한 결과이다.

쳐 시비오크(T. Sebeok)에 이르는 미국의 전통뿐 아니라 소쉬르, 옐름슬레우(L. Hjelmslev)를 거쳐 그레마스와 후기 그레마스 이론이 구축해온 문학기호학의 전통마저도 아우르는 연구의 산실이 되었다.

시각기호학의 태동과 발전을 관찰하고 정리한 주요 서지정보는 다음과 같다.

Carani, M.	Bilan des s miotiques visuelles contemporaines	1998
Deely, J.	*Introducing semiotics. Its history and doctrine*	1982

(5) 시각기호학의 인접과학: 의미와 해석의 문제

기호학이 기호의 의미작용, 즉 해석(interpretation)의 문제를 다룬다면 피할 수 없는 것이 해석을 다룬 선행, 혹은 전통 학문의 존재이다. 이 가운데에서 먼저 현상학(phenomenology)은 우리의 경험에 의해 세상이 구조화되는 방법을 규명하려 한다. 현상학은 기호학과 마찬가지로 사물이 의미를 우리에게 만들어내는 방법을 규명하는 것을 출발점으로 삼으며, 대상은 우리의 관점에 의해 규정된다는 점에서 현상학은 넓은 의미에서 기호학의 한 분야이기도 하다.

다음으로 고려할 학문 분야는 수사학(rhetoric)이다. 수사학은 고대부터 하나의 '에피스테메'로 정착되었고 그 후 실용적 목적에 종사하였으나, '그룹 뮈'의 노력으로 기호학의 영역 가운데 현대적 과학으로 다시 태어나고 시각기호학의 한 연구경향으로 편입되었다. 해석학(hermeneutics)은 더 복잡하다. 후기 그리스에서 시작되어 중세를 거쳐 발전된 해석학은 종교적 텍스트를 읽어내는 아리스토텔레스적 의미의 '아르스(*ars*)'였으나 르네상스를 지나면서 텍스트의 숨은 의미를 밝혀내는 '테크네(*techne*)'로 변모하였음은 주지의 사실이다. 슐라이어마허(F. Schleiermacher)와 딜타이(W. Dilthey) 이후 해석학은 철학의 전통에 편입되는데, 여기에는 하이데거(Heidegger)의 사유 개념과, 해석학에 사회과학적 지위를 부여한 하버마스(J. Habermas)의 기여가 전제되어있다. 가다머(H. G. Gadamer)에 의해 해석학과 수사학은 밀접히 연결되어 '자매 학문'으로 다시 태어난다.

실제로 해석학, 수사학, 기호학은 모두 커뮤니케이션의 과정에서 다른 위치를 점하고 있다는 점이 다를 뿐이다. 달리 말해 이들은 결국 커뮤니케이션의 과정에서 서로 다른 관점을 취하는 분학(分學)들이다. 단, 이 현상을 이해하기 위해서 우리에게 필요한 것은 커뮤니케이션 과정을 수학적 정보이론, 즉 야콥슨(R. Jakobson)이 주창한 커뮤니케이션의 일반이론, 이를 기호학의 영역에 도입한 에코의 선행연구를 벗어나는 일이다. 이 관습은 기호학, 나아가 시각기호학의 발전에 문제를 야기한다. 기존의 커뮤니케이션 도식에서 고려하는 매체는 모든 '세미오시스(semiosis)'를 포괄하지 못한다. 매스미디어 언어나 일반 구두 언어와는 다른 좀 더 직접적인 기호작용의 경우, 이 도식은 거의 유용성이 없어진다. 시각기호학이 채택할 커뮤니케이션 모델은 커뮤니케이션 참여자의 행동을 주목해야 할 것이다. 메시지를 만들어내는 발신자는 수신자를 끌어들이기 위해 수사학적 고려가 필요하고, 반대로 수신자는 다른 사람이 전하고자 한 것을 왜곡이나 훼손함 없이 복구하기 위해 해석학적 고려가 필요한 것이다.

기호학은 해석학과 수사학의 도움을 받을 수 있다. 자칫, 기호학은 '학제학'이라는 이름 아래 지나치게 방만한 영역을 다 포함함으로써 결과적으로 정계되기 어렵다고 생각하거나, 기존의 학문들을 연결하는 것일 뿐 자신의 정체성은 모호하다는 비판을 받을 수 있다. 그러나 기존의 학문들과의 상대적 관계로 기호학을 재규정할 수 있는 것은 아니다. 예를 들어 기호학은 전통적인 해석학과는 달리, 특정 사회적 맥락이 제공하는 자원을 통해서 소통이 이루어지는 사실을 주목하고, 수사학의 관계에서도 전통적인 수사학과는 달리, 특정 사회적 맥락이 없이는 그 누구도 자신을 표현할 수 없다는 것을 알고 있기 때문이다.

시각기호학에서 다루는 대상, 즉 시각기호의 개념은 상대적으로 명확하다. 비록 그것이 현실적으로는 방대한 경험론적 세계에 혼재된 것이라 할지라도 그것은 균질성을 가지고 있다. 시각기호를 통한 커뮤니케이션을 포함한 다양한 세미오시스는 수사학과 해석학의 도움을 받아 더 투명하게 규명될 수 있다. 특히 인간의 감각 가운데서 가장 효과적인 '시각'을 둘러싼 시각기호학은 따라서 매력 있는 연구대상이 된다. 그러나 그 대상은 또 다른 빛과 함정을 가지고 있다. 시각기호학은 미술사에서 많은 빚을 지고 있으며 그 빚은 결국 '시각연구(visual studies)'라는 새로운 접근방법을 용납하게 되었고, 그 결과 시각기호학은 오늘날의 시점에서는 마치 한 시기를 풍미하였으나 이제는 잊혀버린 과학으로 보이게 되었다.

2. 시각기호학의 사명

앞 장에서의 논의는 시각기호학의 경계를 타진하기 위해 시각기호학의 내재적 속성과 시각기호학의 태동 이후에 진행된 일련의 인식론적 흐름을 경험적으로 약술하였다. 그러나 그 범위는 시각기호학의 발전이 최고조로 달한 2000년대 초반 이전으로 국한되었다. 2000년대 이후 시각기호학 연구활동은 눈에 띌 정도로 줄어들었다. 이 현상은 몇 가지 징후로 확인할 수 있다.

첫째로, 대규모 학술대회에서 시각기호학 연구물이 양적으로 줄어들고 있다는 점이다. 예를 들어 1974년 밀라노에서 열린 국제기호학회는 특정 주제에 관심을 가지는 연구자들이 사전에 세션을 구성하는데, 회가 거듭하면서 '시각기호학'이라 명시적으로 독립된 세션이 점차 사라지고, 하위 분야, 예를 들어 '사진기호학', '영화기호학'이나 '도상성의 문제' 등의 구체적 이슈로 작은 세션들이 만들어지는 경향이 두드러진다. 이조차도 눈에 띌 정도로 줄어드는 추세를 보인다. 이에 더해 시각기호학연구에 특화된 국제시각기호학은 별도의 학술대회를 가지는 경우보다 국제기호학회의 학술대회 기회를 이용해 소규모의 모임을 가지는 경우도 자주 있었다. 국제시각기호학회 자체의 학술대회 역시 비슷한 정체를 보이고 있다.

최근 들어 시각기호 연구의 주류가 남미로 넘어간 것은 국제시각기호학회의 창립에서부터 다수의 남미 출신 학자들이 참여한 것을 볼 때 부자연스러운 일은 아니다. 하지만 부에노스아이레스에서 열린 제10회 국제시각기호학 학술대회(2012)에서 발표된 논문들의 대부분은 남미 지역 예술가들의 시각예술을 분석하는 사례 연구이고, 이 분야에서의 인식론적 발전을 꾀하는 시도는 눈에 띄지 않았다는 사실을 주목할 필요가 있다. 이는 2015년 리에주에서 열린 제11회 학술대회에서도 크게 다르지 않았다.

두 번째로, 기호학 교육의 장에서도 시각기호학 분야는 다소 정체 상태에 있는 것으로 보인다. 예를 들어, 앞에서 언급한 기호학 강의실 'Semiotics Institute Online'에 연재되던 소네슨의 강의 '시각기호학의 현재 이슈'는 2002년에 시작되었으나, 온라인에서는 5개의 강에서 멈추어 있다. 이 강의가 단순한 아카이브가 아니라 시각기호학 연구동향과 주제별 연구결과의 확산과 보급에 기여해온 바를 생각해보면, 2000년대 이후의 흐름, 예를 들어 디지털 이미지, 몸, 도시경관 등의 주제를 다룬 나머지 강이 아직 업데이트되지 않았다는 것은 유감이다. 마지막으로, 우리는 2010년 이후 몇 년 동안 시각기호학 분야의 단행본을 상당히 검색 · 수집하여 나름대로 아카이브를 구축하였으나 여기에서도 2000년대 이후의 자료는 이전의 10여 년 동안 출판된 자료에 비해 수적으로 적음을 확인할 수 있었다.

물론 이러한 징후는 주관적인 판단일 수도 있고 제반 정보의 양이 충분하지 않은 데서 기인할 수도 있다. 그러나 2000년 이후 명시적으로 '시각기호학' 혹은 시각 메시지의 의미작용을 제목이나 주제로 내건 연구물들의 양적 · 질적 빈도가 현저히 줄어든 것은 분명한 사실로 보인다. 왜 이런 현상이 나타나는가? 초기 시각기호학이 배태하였던 문제들이 대부분

해소되었기 때문인가? 그렇지는 않다. 2000년 이후 인접과학이 발전을 거듭하면서 시각기호학의 영역이 잠식되었기 때문이다.

굳이 시각기호학이란 명칭을 쓰지 않아도 최근 발달해온 학문들, 특히 인지과학, 문화과학, 매체이론 등의 발전이 시각 혹은 시각 메시지의 의미작용을 나름대로 규명하는 성과를 거두기 시작한 것이다. 우리는 역발상을 하게 된다. 일찍이 기호학의 선구자들이 예견하였듯, 기호학은 독자적 학문이 아니라 하나의 관점이었다. 초기 시각기호학의 영역과 최근의 인접과학들을 '하나의 시각(view)'으로 묶을 수 있을 것이다. 그 결과는 시각기호학의 재정계(redefining)가 될 것이다. 시각기호학은 쪼그라들거나 사라진 것이 아니라 다른 학문들의 발전에 발맞추어 진화를 거듭해왔을 뿐이다. 애초 시각이라는 감각에서 유래된 명칭에 집착하지 않고 그 외연을 확장한다면 현재, 그리고 미래의 시각기호학은 다시 태어나게 될 것이다.

'미술사' 유산의 비판적 수용과 대안

시각기호학의 직접적인 뿌리는 미술사임은 부정하기 어렵다. 시각기호학의 잠정적 매핑에서 미술사는 가장 상위에 위치하여야 한다. 미술사를 이름 그대로 특정 미술작품이나 양식의 역사적 추이를 연구하는 분야 정도로 단순화하는 것은 잘못이다. 미술사는 우리나라의 제도권 교육에서 되풀이되는 고착된 시점, 즉 단순한 연대기적 관점에서 벗어나 특정 양식의 성격, 대상 작품이 전달하는 의미를 규명하고 그 의미가 시각화되는 과정, 작품에 나타난 상징과 작품이 담론으로서 기능하는 양상을 해명하여야 한다. 이는 원론적으로는 일반 이미지를 대상으로 그 의미작용과 의미전달의 과정을 연구하는 시각기호학의 사명과 크게 다르지 않으며, 바로 이 점에서 시각기호학은 바사리(G. Vasari)를 필두로 바르부르크(A. Warburg) 등의 미술사가들이 기초를 다지고 파노프스키(E. Panofsky)에서 개화된 도상해석학에 직접적인 빚을 지고 있다.

도상해석학은 적어도 20세기 초까지는 미술사 분야에서는 가장 첨단의 패러다임으로 간주되었다. 그러나 이 방법의 학문적 타당성에 관한 의문은 진작부터 도상해석학의 진영 내부에서도 나왔다. 파노프스키가 설계한 해석 틀은 각 의미 단계를 엄격하게 갈라놓고 있지만, 실제로 작품을 해석하는 작업에서는 이러한 구분이 제대로 지켜지지 않는다. 조형예술이 창조적 표현을 통해 심미적 · 내재적 의미를 생산하는 데 비해 도상해석학은 조형미술의 창의성을 따라갈 수 없다. 파노프스키가 표방한바 카시러의 의미에서 상징 가치란 관습적 상징에 기초하는 것이 아니므로 역사적 · 해석학적 이해 차원의 사용을 넘어서서 학문적 해명에까지 도달하지는 않았던 것이다.

결론적으로 도상해석학의 방법은 스스로 설정한 학문적 요구에 충분히 부응하지 못하고 조형 작품에서 표현된 의미를 폭넓게 분석하는 정도에 그칠 뿐이라는 지적이 가능하다. 그런데 이 비판 가운데에서 가장 유의미한 것은, 조형예술이 가지는 창조성을 파노프스키의 해석 틀로 사후에 해석하기에는 한계가 있다는 점이다. 실은 이 문제는 미술사의 영역을 넘어선다. 의미분석을 위한 더욱더 포괄적인 방법은 미술사의 영역이 아니라 바로 기호학의 영역에서 탐구되어야 하기 때문이다. 최근 파리에서는 이 문제에 새로운 답을 줄지도 모를 이론가가 부상하고 있다. 조르주 디디위베르망(Georges Didi-Huberman: 1953-)이 바로 그다.

기존의 미술사는 가독성을 중시하고 해독과 해석 노력을 가능하게 하는 이미지의 기호학을 채택하면서 이미지의 미메틱 기능, 즉 '시각의 독재(*tyrannie du visible*)'를 강조한다. 여기에서 '읽을 수 있는 것(*lisible*)'과 '보이는 것(*visible*)'은 논리적 · 형이상학적 입장의 '개념-토템(notion-totem)'으로,

이것이 가지는 암시적 모토는 '봄을 위한 앎(*savoir pour voir*)', '앎을 위한 봄(*voir pour savoir*)'이었다. 디디 위베르망은 데리다의 관점에서 이를 보충하고자 한다. '봄'과 '앎'을 이미지의 '무의식', 불투명함, 명료하고 가독성을 가지는 형태에 대한 저항과의 변증법적 관계에서 보자는 것이다. 기존의 미술사에서 이미지는 적용, 통달, 해독 가능함의 영역에 머무르지 않고 시각장의 파열(*déchirure*), 기호의 약호화된 작동 위반, 단순한 추론 논리를 벗어나는 일련의 어지러운 연상으로 빠져드는 취약함의 대상이 된다. 이제 이미지는 도상해석학이나 도상학의 과정보다는 증상이나 꿈의 작용과 같은 프로이트 식의 개념으로 더 쉽게 다가설 수 있다.

비록 디디 위베르망의 새로운 이론이 모든 것을 해결하는 열쇠는 아닐지 모르나, 그의 방대한 사고체계 중 매우 적은 부분만을 더듬어본 것으로도 우리는 르네상스를 벗어난 현대미술까지 아우를 수 있는, 미술사의 새로운 버전뿐 아니라 제대로 된 시각기호학의 메타언어를 만들어가는 단서가 있을 가능성을 보게 되었다. 디디 위베르망은 현대미술의 이해에 필요한 '사후성(after effect)'의 개념을 필두로 하여 현상학적 전통을 벗어난 '응시', 프로이트의 이론에 바탕을 둔 정치한 이미지의 의미작용 메커니즘 등을 설파하였다. 디디 위베르망의 지적 바탕은 역시 프랑스 특유의 해석학과 현상학을 아우르는 것을 확인하면서 우리는 그의 의지에 관계없이 그를 시각기호학자의 반열에 초대하고 싶어지는 것이다. 다음은 디디-위베르망의 방대한 저술 목록 중 위와 같은 논의의 근거가 되는 자료들이다.

Devant l'image	1990
Ce que nous voyons, ce qui nous regarde	1992
L'homme qui marchait dans la couleur	2001
L'image survivante: histoire de l'art et temps des fantomes selon Aby Warburg	2002
Images malgr tout	2003
L'image ouverte: motifs de l'incarnation dans les arts visuels	2007
Quand les images prennent position	2009
Survivance des lucioles	2009
Remontages du temps subi	2010

도전과 응전: 두 가지의 VS
(Visual Semiotics vs. Visual Studies)

시각기호학의 발전과정을 기술하면서 가장 난제로 떠오르는 것은 1990년대 이후 대두된 '문화연구' 혹은 '시각연구'와 시각기호학의 관계를 설정하는 일이다. 당대 이미지 연구의 대가인 엘킨스(J. Elkins)는 『시각연구: 회의적 입문 *Visual Studies: a skeptical introduction*』[1]에서 해당 학문의 용어와 계보를 먼저 분명히 하였다. 여기에는 세 가지의 다소 모호한 용어, 즉 '문화연구(cultural studies)', '시각문화(visual culture)', '시각연구(visual studies)'가 함께 쓰인다.

이 가운데 '문화연구'는 1950년대 영국에서 진행된 이 분야의 고전적 저서들을 포함한 연구의 흐름을 지칭한다. 이 흐름은 미술사, 인류학, 사회학, 예술비평, 영화 연구, 젠더와 여성학, 저널리즘 등의 인접영역을 포

1 Elkins, J., *Visual Studies: a skeptical introduction*, New York: Routledge, 2003.

괄하면서 미국, 호주, 캐나다, 인도 등으로 파급되었다. 이후 1990년대 들어 미국에서 등장한 용어가 '시각문화'이다. 여기에서는 기존의 '문화연구'가 밟았던 전철인 마르크시즘의 영향에서 다소 벗어나, '보이는 것'을 둘러싸고 미술사와 바르트, 벤야민(W. Benjamin) 등의 영향이 더 크게 작용한다. '시각연구'는 이를 뒤이은 것으로, 미첼(W. J. T. Mitchell)은 이 용어를 미술사, 문화연구, 문학이론의 영향을 받은 연구 경향을 지칭하는 것으로 사용하였다. 이 가운데 일찌감치 공인을 받은 용어는 '시각문화'로, 이 이름 아래 다양한 텍스트와 앤솔러지가 출판되었다. 이 분야는 국내에서 '영상문화'라는 이름으로 통용된다.

미국에서 이 분야의 연구와 강의는 주로 회화, 조각, 건축을 대상으로 하는 미술사의 영역을 넘어선 영화, 여성학, 미디어 분야 학과에서 진행된다. 한편, 유럽이나 남미에서 시각문화 강의는 미디어, 기호학, 철학, 시각커뮤니케이션, 인류학 분야 학과에서 이루어진다. 결론적으로 엘킨스는 이 분야의 연구에서 세 가지 유형을 열거한다. 먼저 미국에서는 시각연구 관련 학과는 미술사 학과에서 분화·파생되는 경향을 보이고, 영국과 남아시아에서는 문화연구와 병행하며, 유럽에서는 기호학과 커뮤니케이션 이론 학과에서 진행된다는 것이다.

엘킨스의 보고를 장황하게 인용하는 것은 이 내용이 현재 시각기호학이 처한 근본적인 문제를 보여주기 때문이다. 이는 '시각기호학'의 정체성, 나아가 기호학 전체의 정체성의 문제와 관련된다. 포스트모더니즘에서 말하는 '탈영토화' 현상은 개별 학문의 경우에서만 적용되는 개념은 아니겠지만, 적어도 '독자적 학문'으로서의 시각기호학의 정체성을 찾기 위해서는 같은 시각 메시지에 관심을 가지는 인접 영역의 연구 경향을 주의 깊게 관찰할 필요가 있다. 이 분야에 접근할 수 있는 일차적 서지정보는 다음과 같다.

Anderson, N., Michael, R. D.	*The Educated Eye: Visual Culture and Pedagogy in the Life Sciences*	2012
Jacobs, K.	*The Eye's Mind: Literary Modernism and Visual Culture*	2000
Jenkins, H.	*Convergence Culture: Where Old and New Media Collide*	2008
Lister, M. et al.	*New Media: a Critical Introduction*	2009
Noth, W., Nina Berlin eds.	*Self-Reference in the Media*	2007
O'Neill, S.	*Interactive Media: the Semiotics of Embodied Interaction*	2008
Silverman, J., D. Rader	*The World is a Text: Writing, Reading, and Thinking about Visual and Popular Culture*	2008
Stocchetti, M., K. Kukkonen eds.	*Images in Use: Towards the Critical Analysis of Visual Communication*	2011

이런 맥락에서, 시각 메시지 연구를 공통 관심사로 하는 양 진영이 상호 소통하려는 의미 있는 만남이 대서양 양쪽에서 진행되고 있다. 이 가운데 2011년 10월 파리 7대학에서 열린 심포지엄 "Visual Studies/Etudes visuelles: un champ en question"이 특히 흥미롭다. 기록에 의하면 이 심포지엄에서는 대서양의 양쪽에서 시각기호학과 문화연구에 종사하는 당대의 전문가들이 모였다. 이 심포지엄에서 발제를 맡은 마가렛 디코비츠카야(Margaret Dikoviskaya)의 논문은 시각기호학과 영상문화 연구 사이의 갈등과 접점을 잘 규명하였다.[2]

최근 매클루언(M. McLuhan)에 비교되면서 연구에 자주 회자되는 미디어 철학자 플루서(V. Flusser)에 따르면, 디지털 시대에 인간은 상상을 기술로 실현한다. 이른바 '기술적 상상력(techno-imagination)'이 시대의 새로운 상

2 http://transatlantica.revues.org/5431#tocto1n1, viewed 2014-11-03.

징형식으로 떠오른 것이다. 과학과 미술이 만나 상상력과 시각화의 원리를 활용한 작품이 탄생하고 있으며 과학적 발견이 예술 작품의 소재가 되고 있다. 과학과 음악이 만나서 감성과 상상력을 활용한 작곡이 이루어지고 있다. 기술 및 공학과 미술이 만나 비디오 아트, 인터랙티브 디지털 아트 및 키네틱 아트 분야가 탄생했고 기술과 음악이 만나 전자악기와 미디(midi)가 개발되고, 컴퓨터를 이용한 음악저작 프로그램이 생겨나게 되었다. 특히 최근의 소셜네트워크 서비스(SNS)에서 볼 수 있는 쌍방향관계의 일상화는 예술과 과학의 관계를 숙명적으로 만들어버렸다. 갈수록 영역을 넓혀가고 있는 인터랙티브 아트(interactive art)에서처럼, 이제 예술은 작가의 일방적 전달이 아니라 감상자와 상호 소통하며 작품을 완성해나가는 쪽으로 나아가고 있다. 현대의 시각기호학은 이러한 현상을 기호학의 관점에서 규명해야 할 임무를 가진다.

다중양상의 대두:
인식론적 전환

기호학은 세미오시스의 전체적이며 다매체적인 접근을 통해 텍스트 가운데에서 기호들의 상호작용을 규명함으로써 더 복잡한 기호들이 만들어가는 현상을 규명하여야 한다. 실은 이러한 관점은 소쉬르를 포함하여 로트만 등의 기호학의 창시자들이 견지해온 입장이기도 했다. 이러한 입장에서는 모든 기호학적 공간을 지배하는 원칙은 하나의 통일된 메커니즘으로 간주된다. 이 경우, 우위는 특정 기호가 다른 기호에 대해 가지는 것이 아니라 '기호구(semiosphere)'라 부를 수 있는 '더 큰 체계' 가운데 있는 것이다. 이러한 입장은 특히 오툴(M. O'Toole), 할리데이(M. Halliday) 등이 주도하는 '사회기호학(social semiotics)'에서 더 분명해진다. 언어는 그 자신이 봉사하는 사회적 기능의 내적 조직을 반영한다는 이들의 관점이 다매체 연구 분야의 기초를 만들었다.

이 영역은 네 가지의 움직임을 보여준다. 첫 번째는, 과거 서구 학계가 견지해왔던바 단일양상(mono modal)을 선호하던 경향, 예를 들어 '대중문화'와 '고급문화'의 구별 등의 습관에서부터 다양한 대상, 다양한 예술, 디자인, 공연 등의 경계를 무너뜨리는 방향으로 관심의 대상을 바꾸어나가는 것이다. 두 번째는 모든 기호 양상, 즉 민속 의상에서 시, 교통 신호에서 고전음악, 패션에서 연극에 이르는 것들에 적용할 수 있는 이론적 틀을 만들려는 노력이다. 세 번째, 다중양상 담론에 관한 연구는 온라인상의 이미지, 음원, 비디오 등 자유로이 교환될 수 있는 엄청난 양의 멀티미디어 데이터와 이들을 통제할 수 있는 컴퓨터에 의해 가능해졌다. 마지막으로, 다중양상의 데이터들은 기록, 재생, 분석을 가능하게 하는 소프트웨어의 힘을 얻었다는 점이다. 이 자원들은 이제 기호학 커뮤니티들의 몫으로 넘어와 추상화 · 일반화할 연구대상으로 남게 되었다.

시각기호학에 대한 문화연구의 도전, 이에 따른 시각기호학 연구의 위기와 인식론적 전환의 근본적 배경은 기호를 감각적으로 분류하여 스스로의 대상을 '시각(visual)'으로 한정한 태생적 문제임을 지적하지 않을 수 없다. 우선 기호는 별개의 감각별로 구별할 수 없는 것이다. 하나의 시각자극은 독립적으로 존재하는 것이 아니라 인간의 다른 감각기관에도 동시에 호소하는 것임을 초기 시각기호학은 간과하였다. 게다가 인간의 감각수용과정 역시 한 종류의 감각만이 아닌 '공감각(synæsthesia)'의 형태로 진행됨을 기존의 시각기호학은 주목하지 않았다. 현대의 시각기호학은 '시각'이라는 스스로의 족쇄를 풂으로써 비로소 자신의 독자성(autonomy)을 가질 수 있는 역설적인 상황에 놓여있다.

최근 제기되는 '다중양상 기호학(multimodal semiotics)'은 기존의 '멀티미디어'의 개념에서 출발하여 기호의 생산과 전달, 수용에서 복수의 매체가 관여함을 일깨워주는 시도로서 시각기호학의 인식론적 전환에 기여할 것으로 보인다. 이러한 움직임 가운데 최근 열린 제10회 세계기호학회(Coruña, Spain, 2009)의 'Multimodal Semiotics in the Digital Age' 세션에서 제기된 문제들이 연구자의 관심을 끈다. 특히 오할로란(K. O'Halloran) 외의 '디지털 기호학(Digital Semiotics)'은 단일 감각에 의지하는 개별 기호학 연구의 문제점을 처음부터 적시하면서 기호학의 새로운 사명을 환기하였다.

다중양상이란 현상은 비단 기호학의 대상에 국한되지는 않을 것이다. 이미 다른 분야에서는 기호학을 다중양상의 현상을 설명할 수 있는 적설한 학문 분야로 인식하고 있다. 실제로 기호학은 가장 최근 교육, 특히 교육공학 분야에 적용되고 있다. 피카라이넨(E. Pikkarainen)을 중심으로 하는 일군의 교육학자들은 2013년 '국제 기호학 · 구조주의 연구 하계 학회(International Summer Congress for Semiotic and Structural Studies)'에서 별도로 '교육기호학(Edusemioitcs)' 세션을 열어 다중양상 기호학의 관점을 수용한 교수법의 이론과 실제 차원의 혁신을 논의하고, 이를 기호학의 한 영역으로 발전시켜나가고 있는 중이다.

시각기호학은 기술의 발전이 만들어준 거대한 자료들을 대상으로 새로운 판을 짜야 한다. 모든 기호현상이 다중적 · 중층적 존재 양상으로 돌아가는 현실에서 기호를 단순한 감각별로 분류하고 그 일부를 따로 떼어내어 연구대상으로 삼는다는 것은 이제 더 이상 불가능하다. 그럼에도 불구하고 다중양상을 충분히 인식하고 있는 기호학자들이 일차적으로 관심을 기울이는 것은 전통적 의미에서 '시각'이 주가 되는 대상, 즉 영화, 광고, 디자인 등이라는 사실도 흥미로운 현상이다. 다음 서지정보는 이 분야의 심화연구에 필요한 길잡이이다.

Halliday, M.	*Language as Social Semiotics*	1978
Hodge, R., G. Kress	*Social Semiotics*	1988
Jewitt, C. ed.	*Handbook of Multimodal Analysis*	2009
Kress, G., T. van Leeuwen	*Multimodal Discourses: The Modes and Media of contemporary Communication*	2001
Kress, G., T. van Leeuwen	*Reading Images: The Grammar of Visual Design*	2006
O'Toole, M.	*The Language of Displayed Art*	1994

문자학의 대두

소쉬르 사상 연구 분야에서 큰 획을 그은 김성도는 그의 역저 『로고스에서 뮈토스까지』[3]에서 현대기호학의 시원에 관한 새로운 이야기를 들려주었다. 그가 직접 수집한 일차 자료 가운데서 발견한 바에 의하면 『일반언어학』 통속 판본에서와는 달리, 소쉬르가 생각한 기호학의 연구대상으로 문자가 가장 중요한 대상으로 설정되어있으며, 소쉬르의 자필 원고에서도 기호학적 관점에서 문자를 언급한 부분은 빈번히 나타난다는 것이다. 그렇다면 문자를 둘러싼 성찰은 기호학의 하위 분야에서도 가장 오래된 분야로 남아있어야 한다. 그러나 문자를 또 하나의 시각 발화체로 볼 수 있다는 생각은 1990년을 기점으로 시각기호학의 외연이 넓어지면서 글과 그림의 관계에 관심을 가지면서 구체적으로 발전되기 시작하였다.

글과 그림의 관계를 규명하고자 할 때 가장 먼저 봉착하게 되는 것은 '그림'에서 시작된 문자의 시원과 발전과정이다. '문자학'이라 명명할 수

3 김성도, 『로고스에서 뮈토스까지』, 서울: 한길사, 1999.

있는 해당 영역을 시각기호학의 하위 영역으로 편입함으로써 시각기호학의 외연을 넓힐 필요가 있는 것이다. 이는 곧 '그룹 뮈'의 리더인 클린켄베르그(J. M. Klinkenberg)가 경고하였듯, 더 이상 특정 매체(회화, 사진, 광고, 영화 등)에서 만들어진 시각 메시지를 대상으로 특수(*ad hoc*)한 개념 틀과 방법으로 진행되는 것이 아니다. 현존하는 매체는 물론, 가능한 매체가 만들어내는 다양한 개별 시각 텍스트의 저변에 깔려 있는 총체적 리터러시 혹은 상호텍스트성을 선험적인 개념 틀과 정교한 이론으로 다루어야 한다는 것을 다시 확인하는 것이다. 시각기호학은 언어이론뿐 아니라 현상학, 정신분석학, 인지이론을 동원하여, 문자를 포함하는 다양한 매체 형식들은 각각 인간으로 하여금 어떻게 사고하게 하는가라는 문제, 나아가 이들의 저변에 깔린 공통점은 무엇인가를 다루는 수준까지 나아가야 할 필요를 느끼게 된 것이다. 다음의 저작물이 이러한 연구 경향을 보여주는 대표적인 사례로 생각된다.

Bouligand, Yves	*Les sciences de la forme aujourd'hui*	1994
Bourgine, Paul., Annick Lesne	*Morphogenese: l'origine des formes*	2006
Crow, David	*Left to Right: the Cultural Shift from Words to Pictures*	2006
Elkins, James ed.	*Visual Literacy*	2007
Gayon, Jean	*Les figures de la forme*	1992
Goody, Jack	*La raison graphique*	1979
Marin, Louis	*Des pouvoirs de l'image*	1993
Ranciere, Jacques	*Le destin des images*	2003

이런 경향의 연장에서 우리는 데리다의 『그라마톨로지 *Grammatologie*』, 특히 그가 제안하는 '에크리튀르(écriture)'론에 다시 주목할 필요가 있다. 데리다가 표방하는 '에크리튀르'는 단순한 문자학이 아니었다. 데리다에 의

하면 서구의 언어학은 음성언어를 일차적인 대상으로 간주하였기 때문에 로고스 중심주의에 매몰되는 오류를 저질렀으며, 음성언어 이전에 '원 언어', 즉 '에크리튀르'가 존재하였음을 인식하는 것이 중요하다는 것이다. 소쉬르가 문자를 하대하였다는 데리다의 견해는 문자를 기호학의 주요 연구대상으로 본 소쉬르의 원래 의도를 모른 것이라는 평가[4]를 받을 수 있다. 하지만 데리다의 주된 논지는 서구의 형이상학을 관류해온 음성 중심주의(phono-centrism), 이성 중심주의(logo-centrism)의 유산을 잠시 중단함으로써 결과적으로는 선사시대 이후 발전되어온 문자언어의 위상과 역할을 복권시킬 수 있다는 것이다.

데리다의 에크리튀르 이론은 프랑스 인류학자 르루아 구랑(A. Leroi-Gourhant)과의 부단한 상호작용에서 만들어진 것이다. 르루아 구랑의 탁견은 표음(phonation)과 그래피즘(graphisme)의 관계가 독립적임을 발견한 데 있다. 그림으로 만들어진 상징은 삼차원의 공간에서까지 표현되는 데 비해, 음성언어는 시간의 차원에서 진행되는데, 서구에서 진행된 알파벳 문자의 승리에 의해 그림 표현도 음성 표현에 종속되는 것으로 여겨지도록 해왔다는 것이 르루아 구랑의 정확한 진단이다. 알파벳 문자가 승리한 서구 문자이론의 배경에서는 상대적으로 최근에 발견된 에스키모, 인디언 등의 '그림언어'는 이해하기 힘들다. 이들 체계에서 표음과 그래피즘의 관계는 더 이상 '종속(subordination)'이 아니라 '대등(coordination)'이며, 그래피즘은 문자언어에서 볼 수 없는 차원적 자유를 획득한다. 이 그래피즘의 요소는 문자학의 대상이면서 동시에 문자학을 시각기호학의 영역에 편입하게 하는 단서가 된다.

4 위의 책, 267쪽.

건축·도시·경관

장면 1. 피렌체 산타 크로체 성당 바닥에는 윤곽만 남은 인물 형체의 대리석이 즐비하다. 실은 이들은 지하에 안치된 성자 · 사제들의 영묘를 장식하는 그림들이지만 관람객들이 그 위를 밟고 다니면서 무른 대리석이 닳아 반질반질해 진 것이다. 남의 선조들 무덤을 밟고 다니다니! 우리의 정서로는 도저히 이해할 수 없지만 성당 관리인의 설명은 달랐다. "먼저 간 성자들의 유해와 접촉하면서 좀 더 신의 뜻을 받아들이도록 하는 것입니다."

장면 2. 피렌체 아폴리네르 세나클의 전면은 알레산드로 알리오리가 남긴 프레스코화 작품으로 가득 차 있다. 전면 양쪽에는 높은 창문이 있는데, 오른쪽 창문만 열어두었다. 필자는 프레스코화 오른쪽에 묘사된 예수의 재림 장면에 자연 채광을 이용하여 빛을 부여하고자 한 것임을 쉽게 눈치 챌 수 있었고, 이 사실은 현장의 큐레이터가 웃으면서 인정하였다.

장면 3. 피렌체 카르미네 성당의 브랑카치 채플은 르네상스 초기 걸작으로 잘 알려진 〈낙원에서부터의 추방〉을 비롯한 프레스코화로 장식되어있다. 이 연작들은 마솔리노가 시작하여 마사초, 필리포 리피가 완성한 것으로 알려져 있는데, 예민한 관람객은 이 작품의 일부에서 화폭을 벗어난 사선 흔적들을 볼 수 있다. 바로 원근법의 대가인 마사초가 밑그림에 남긴 기준선인 것이다. 산타 마리아 노벨라 성당의 〈삼위일체〉에서 원근법의 압권을 직접 목격한 관객들은 이 디테일에서 희열을 느끼게 된다.

시각기호학이 다시 주목해야 할 분야는 건축 · 도시 · 경관이다. 위에서 묘사한 것처럼 필자가 답사한 피렌체는 회화, 조각뿐 아니라 무엇보다 각양각색의 양식으로 만들어진 건축물로 가득 찬 도시였다. 그레마스를 계승한 프랑스 기호학의 거두인 퐁타니유 역시 자신의 홈페이지에 관심

분야로 '건축'과 '경관'을 분명히 명시하고 있으며 다양한 연구결과를 남겼다. 국내의 영상문화학회, 기호학회에서도 간간이 도시와 건축이 학술대회 주제로 채택되어왔다. 회화, 조각과 함께 가장 전통적인 시각 메시지 중 하나인 건축은 실은 인간의 삶의 양태와 인간과 세상과의 만남을 직접 반영하는 궁극의 시각예술이다. 모든 예술 양식은 건축에서 시작되어 회화를 거쳐 문학으로 이전되었을 것이다. 학문 분야로서 건축이 가지는 외연은 폭이 넓고 깊지만 이는 시각기호학의 영역에서 연구방법론을 공유함으로써 상호 발전할 수 있을 것이다. 건축 · 도시 · 경관의 연구물로서 시각기호학 영역으로 편입할 만한 주요 도서들은 다음과 같다.

Lynch, Kevin	*The Image of the City*	1960
Kostof, Spiro et al.	*A History of Architecrure: Settings and Rituals*	1995
Pollio, Vitruvius	*The Ten Books on Architecture*	2012
Preziosi, Donald	*Architecture, Language, and Meaning: the Origins of the Built World and its Semiotic Organization*	1979
Roth, Leland M.	*Understanding Architecture: Its Elements, History, And Meaning*	2006

그림책

마지막으로 그림책 연구를 시각기호학의 응용 분야로 편입하는 문제를 고려할 필요가 있다. 필자는 여러 자료를 검색하는 과정에서 신기한 사실을 하나 발견하였다. 「글과 그림」[5]이라는 오래된 필자의 논문이 전혀 생각치 않았던 영역인 유아교육 분야에서 제법 인

5 박일우, 「글과 그림」, 『기호학연구』 1, 1995, 383쪽.

용되고 있었던 것이다. 이 논문에서 연구자는 다음과 같은 구절을 남겼다.

> 예를 들어 소설책에서의 삽화는 강한 기술성(descriptivité)을 가진다. (…) 그림책의 경우는 또 다르다. 예를 들어 어머니가 읽어주는 베르너 홀츠바르트의 『개가 무서워요』를 '듣는', 아직 글자를 배우지 못한 유아들의 입장에서는 한 면을 가득 채운 일련의 그림들이 바로 서술성의 근원이며 어머니가 읽어주는 내용(말 혹은 글)은 오히려 그 그림에 대한 기술이 될 뿐이다.

이후 글과 그림의 관계에 관한 논의는 특히 유아교육 분야에서도 상당히 발전된 것으로 보인다. 필자는 기호학과 일견 거리가 먼 것으로 보이던 유아교육의 분야에 아동문학의 일환으로 그림책 연구가 진행되고 있음을 뒤늦게 알게 되었던 것이다. 이에 필자는 이 분야 연구자들에게 존경과 감사를 표하면서 이 영역 역시 시각기호학의 한 하위 영역으로 편입하기를 고려하고자 한다.

시각기호학의 내적 구조

지금까지 기술한 과정을 거치면서 넓어진 시각기호학의 목표와 대상, 하위 영역의 발견 · 도입과정을 거쳐, 우리는 시각기호학 내부 구조를 〈그림 2-1〉과 같이 보일 수 있게 되었다. 시각기호학은 단순한 '그림'이 아니라 이미지 일반, 그중에서도 '보이는 것(*visible*)'뿐만 아닌 '보이지 않는 것(*invisible*)'과의 계열체적 관계까지 포함하여 규정된 연구대상을 가질 것이다.

특히 이 부분은 디디 위베르망의 새로운 시각을 고려한 결과이다. 연구방법은 인문과학과 사회과학 전반, 즉 미술사, 심리학, 커뮤니케이션 이

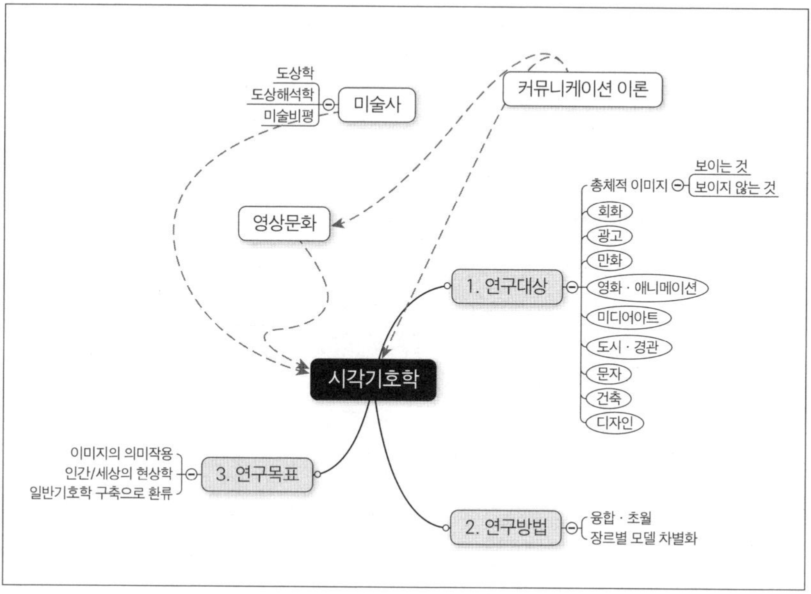

〈그림 2-1〉 시각기호학의 내적 구성

론뿐 아니라 시지각을 규명하는 생리학적 성과를 융합하고 가로지르는 입장을 택한다. 이를 통해 시각기호학은 전통적인 도상학이나 도상해석학의 성과를 넘어서는 수준에서 예술작품을 포함하는 넓은 의미에서의 이미지가 가지는 의미작용의 일반 모델을 구축하게 될 것이다. 이것이 시각기호학의 목표이다.

한편, 시각기호학의 궁극적인 사명과 정체성은 결국 현상학에서 말하는바 자기 수용적 주체(*sujet proprioceptif*)로서 인간이 외부 세계와 맺는 관계를 규명하는 데 있을 것이다. 주체의 몸은 가시 세계와 상호작용하는데, 지각 주체가 총체적으로 활성화되면 시선은 가시 세계를 돌아다니는 상상적 몸의 대리물로 작동할 수 있을 것이며, 이는 곧 일반기호학의 구축 차원으로 환류될 것이다.

II

시각기호학의 발전

미술사적 배경

새로운 대안

수사학적 배경

조형기호학

정념기호학

생태학적 배경

3. 미술사적 배경

하나의 새로운 연구 분야가 독자적인 학문이 되기 위해서는 먼저 연구대상과 연구방법, 연구목표가 정립되어야 할 것이다. 그러나 이런 조건이 충족되었다 하더라도 그 학문이 진행 · 발전되기 위해서는 그 이전에 발전되어온 인접학문과의 유기적 관계가 필수적이다. 시각기호학은 미술사, 심리학, 생리학, 커뮤니케이션 모델 등의 다양한 학문 분야의 연구결과를 활용하여야 한다. 이 장은 시각기호학과 미술사의 관계를 규명하기 위한 목표를 가진다. 논의를 시작하기 전에 우리는 먼저 전통적 도상해석학의 굴레를 시각기호학이 어떻게 벗어날지를 염두에 두고자 한다.

시각기호학은 독자적 학문으로 발전할 것인지 아니면 미술사에서 이미 제시한 목표와 연구대상에 접근하기 위한 '좀 더 나은' 방법으로 머물 것인지를 결정해야 한다는 소네슨(G. Sonesson)의 지적[1]은 많은 시사점을 내

1 Sonesson, G., "Pictorial semiotics. Gestalt theory, and the ecology of perception", *Semiotica*

포하고 있다. 소네슨의 자문에 물론 답변은 정해져 있다. 시각기호학이 하나의 독립된 학문으로 정립되기 위해서는 자신의 대상과 방법, 그리고 목표를 분명히 설정하여야 한다.

그렇다면 시각기호학은 무엇을 목표로, 무엇을 연구대상으로 삼는가? 이 질문은 아직도 명쾌한 답을 가지지 못하고 있다. 그렇다면 그전에, 미술사는 무엇을 목표로, 무엇을 연구대상으로 가지는지 미리 들여다볼 필요는 없을까? 주지하듯, 미술사와 시각기호학의 '행복한 만남'은 도상해석학이다. 그러나 오늘날 미술사에서 도상해석학은 근본적인 도전에 직면해 있는 것으로 보인다. 이 흐름에서 시각기호학은 자신이 추구하던 정체성을 규명하는 단초를 얻을지도 모른다.

시각기호학 분야의 선구자 중 하나이며 현재도 시각기호학 연구 동향을 집대성하는 방대한 작업을 진행하고 있는 소네슨은 미술사와 시각기호학의 관계에 대해서는 소극적인 의견을 가지고 있다. 그는 미술사는 예술작품으로 인정된 극히 소수의 작품들만을 다루며, 그림이 가지는 일반적 속성들을 무시한 채 작품들을 전적으로 개별 대상으로 연구하기 때문에[2] 시각기호학은 미술사에서 큰 도움을 얻지는 못한다고 주장한다. 이제는 짧지 않은 시각기호학 연구사에서 소네슨이 차지하는 위상을 고려하더라도 우리의 생각은 다르다. 시각기호학은 지각의 심리학과 인지 심리학, 현상학, 전통적인 구조주의 언어학과 오늘날의 인지 언어학에서 많은 도움을 받는다는 사실 외에도 기본적으로 오랜 전통을 가진 미술사의 노작에 큰 빚을 지고 있음을 부정할 수는 없을 것이다.

99(3/4), 1994, p. 329.

2 온라인 사이트 〈Semioticon〉(http://semioticon.com)은 당대 기호학 연구의 보고라 해도 무방할 것이다. 이 사이트의 하부 메뉴 중 하나인 'Semiotics Institute Online'은 기호학의 다양한 토픽을 주제로 일련의 강좌를 제공하고 있으며 그 중 하나가 소네슨의 〈Current Issues in Pictorial Semiotics〉이다. 소네슨은 이 강좌의 첫머리인 '강좌소개(course description)'에서부터 시각기호학과 미술사의 관계에 분명한 선을 그었다.

미술사와 기호학의 만남

르네상스 시대, 그리스를 지향하였던 시선은 미술이 미학적일 뿐 아니라 윤리적인 소산이라는 믿음이 있었다. '고대'는 그 자체가 아름다움의 전범, '카논'이었다. 그러나 오늘날 회화, 조각, 사진 등의 미술은 육화되지 않은 순수함의 발현이라기보다는 문화적 현상으로 미디어, 광고와 같은 문명의 이미지와 같은 반열에 속하는 것으로 기호학적 접근을 요하는 탐구, 조사, 해석의 대상으로 생각된다. 진정한 의미에서의 미술사, 특히 20세기 중반 이후 새롭게 규명되어온 현대미술의 역사는 전통적 미술사에서 유지되었던 합의, 예컨대 선, 형태, 색채 등의 형태적 요소들의 비교 분석의 수준을 넘어서면서 극단적으로 이론적인 경향을 가진다.

이러한 움직임은 독일어권의 '마르부르크학파'와 '비엔나 학파'에서 시작되었다. 마르부르크학파의 일원이었던 카시러(E. Cassirer)는 르네상스의 천재들이 연상될 만큼 폭넓은 사유세계를 가져 박사학위 논문인 「수학과 과학 지식에 관한 데카르트 비판Kritik der mathematischen und naturwissenschaftlichen Erkenntnis」에서 시작하여 3부작으로 출판된 유작 『상징형식의 철학』[3]을 정점으로 하고, 1935년부터 1945년까지 예일대학교에서 진행된 일련의 강의를 통해 라이프니츠(G. W. Leibniz)에서 비코(G. Vico)에 이르는 철학사상의 변화를 배경으로 언어와 예술, 철학과 정치, 정치적 신화에 이르는 상징 자료를 구축하였다.[4]

주지하듯 카시러는 상징을 의미생성 구조로 파악하여 '상징형식'이라는 용어로 개념화한다. 상징형식은 구체적이고 감각적 기호에 정신적 의

3 *Die Philosophie der Symbolische Formen*, 3 vols., Berlin, 1923-1929. 1. *Die Sprache*, 1923; 2. *Das mythische Denken*, 1925; 3. *Phänomenologie der Erkenntnis*, 1929.

4 그 결과는 Verne, D. E. ed., *Symbol, Myth, and Culture: Essays and Lectures of Ernst Cassirer, 1935-1945*, New Haven and London: Yale University Press, 1979로 출판되었다.

미내용을 연결한다. 카시러에게서 상징은 곧 기호와 동의어이다. 기호는 엄격한 규칙에 지배되면서 의미를 재생산하거나 전혀 새로운 의미를 생산한다. 결국 기호의 작동은 의식의 원칙과 구별되지 않는다. 무엇인가를 지시하지 않거나 추가적 중재를 하지 않는 것으로는 어떤 것도 특정될 수 없다. 따라서 상징형식은 재현으로서의 세계이다. 그 사례들로서 언어, 신화, 예술은 각자 독립적이고 개성 있는 구조를 가지는데, 이 구조는 외부에서 온 것이 아니라 내부에서 투영된 것으로 초월적으로 존재한다. 특히 뒤에서 언급하겠지만, 같은 독일어권에서 비엔나 학파의 맥락을 이어받은 파노프스키(E. Panofsky)의 도상해석학적 방법을 중심으로 진행된 미술사의 역정은 기호학적 접근의 효시였다.

한편 프랑스어권의 일군의 선구자들 역시 미술사와 기호학의 선구적 관계를 구축하는 데 기여하였다. 예를 들어 샤피로(M. Schapiro)는 매체, 틀, 윤곽, 면 경계와 주변부 등의 개념들을 동원하여 '도상 이미지의 장'에 관한 선구적 정의를 내렸으며[5] 이는 '시각언어'의 도래를 결정적으로 표명한 것이었다. 이를 이어 에코가 진행한 커뮤니케이션의 가치와 규범으로서 시각적 인지 약호의 존재를 규명하고 유지한 작업 역시 현대적 의미에서 미술사의 일부를 이룬다. 더 나아가 생마르탱(F. Saint-Martin)은 '형상의 기호학(sémiologue topologique)'을 통해 과거는 물론 현대의 시각이미지가 가지는 통사론적 · 의미론적 양상을 철저하게 규명하였다.

미술사와 기호학의 가교를 만든 학자들의 열반에서 거의 동시대에 활동하였던 영미권의 미술사가이며 이론가인 곰브리치(E. H. Gombrich)와 굿맨(N. Goodman)을 배제할 수는 없다. 곰브리치는 미술사와 시각예술 이론에서 통용된 개념들이 정치하지 않음을 비판하면서, 정보이론, 학습이

5 Schapiro, M., "Sur quelques problèmes de sémiotique de l'art visuel: champs et véhicule dans les signes iconiques," *Critique* 315/316, 1973, pp. 843-866.

론과 지각인지 심리학에 토대를 두고 예술작품의 수용과정을 분석한다. 그 역시 시각약호와 약호의 협약성을 주목하여 이를 통해 환각(illusion), 환각적 유사성, 캐리커처, 시지각과 경험을 다루었다. 곰브리치의 후반 작업은 의미의 문제와 양식 발전, 특히 르네상스 작가의 재발견에 집중되었다. 곰브리치의 관심사는 프라하 언어학파에서 발전된 언어학과 미학의 관계에서 시작하여 "운문의 언어를 모르면 미학 연구가 완성되지 않듯이 (…) 예술의 연구는 시각 이미지의 언어학에 점차 통합될 것이다"[6]라는 선구적 언명에서 표출되었다. 따라서 시각 예술은 일련의 유의미한 자질들 혹은 형상들로 구성되며, 상응하는 의미와 행동 원칙에 따라 인지된다.

주저인 『예술과 환각』에서 곰브리치는 미술사에서 양식의 변화와 변형을 심리학적 인지현상에 입각하여 논의한다. 예술 양식의 변화를 설명하기 위해 그는 삼차원에까지 이르는 역사적 발전을 언급하는데, 여기에서 시각이 모델의 지각과정에서 담당하는 역할과 대상을 렌더링하는 데 동원되는 순수 시각 양태의 발전을 설명한다. 곰브리치의 전제는 재현적 시각언어란 약호화된 상징체계, 즉 예술이 전달할 것이라 기대하는 신호의 종류에 부합하는 협약적 의미생산 장치라는 것이다. 이에 따라 곰브리치는 도상적 재현의 기술은 학습되는 것이라 주장하고, 미메시스와 같은 고전적 개념들을 재해석하면서 전통의 역할, 유사성의 한계와 시지각을 재현의 장으로 옮기는 문제, 시각 어휘, 예술의 발전, 채택된 공식의 부합성을 검토하고 수정하는 폭넓은 저술활동을 진행하였다. 특히 그는 후반 작업에서 시각 이미지의 기초인 도상성의 개념을 통해 회화분석에 도입할 수 있는 프로그램화된 지각 양상들을 탐구하였다.

마지막 단계에서 그는 자연적인 세상과 협약성의 문제에 천착하는데,

6 Gombrich, E. H., *Art and Illusion: A Study in the Psychology of Pictorial Representation*, New York: Random House, 1960.

이 당시 대표적 논문인 「이미지와 약호」에서는 『예술과 환각』에서 채택하였던 협약론적 입장을 수정하면서 회화에서의 환각주의는 자연에서 근거를 가짐을 강조하였다. 심리학자인 깁슨(J. Gibson)의 영향을 받고 굿맨과 에코와의 논쟁을 통해 그는 인간과 동물의 인지과정에서 생물학적으로 프로그램되고 범주화와 모델링에 의해 분류된 의미과정을 도출하였다. 그의 결론은 도상성이야말로 인간의 본질적인 지각 양상이며, 예술은 사치가 아니라 압도적인 필요성의 소산이라는 것이다.

미국 철학자 굿맨은 인식론에서 독자적이고 논쟁의 대상이 되는 저서들을 남긴 철학자이지만 『예술 언어』[7]와 『마음과 다른 문제들』[8]을 선우해서는 폭넓은 기호학적 문제들과 조우하게 되고 결과적으로 철학과 미술사, 기호학의 가교 역할을 하는 기여를 남겼다. 굿맨은 인식론과 존재론의 상대주의를 엄격한 방법론과 결합하였다. 특히 굿맨 특유의 유명론(nominalism)은 엄격한 방법론에 의해 보강되어 그의 저작 전반에 걸치는 특징으로 나타나며, 의미론과 기호학적 탐구에서도 이 원칙은 동일한 요소들이 만들어내는 다양한 구성을 배제한다.

이와 같은 개념적 단순화는 기호학이나 철학 담론에서는 중심을 이루는 다양한 범주화의 문제를 거부하게 된다. 예를 들어 외연(extension)과 내포(intension), 속성(property)과 사례(instance), 명시적 의미(denotation)와 내포적 의미(connotation) 등의 이분법은 굿맨의 사고 틀에서는 자리를 잡지 못한다. 그러나 굿맨이 지시대상 이외의 것을 의미이론에서 배제했다는 사실이 '상징(symbol)'과 '상징된 것(symbolized)'의 결합이 고전 철학적 의미에서의 명시적 의미의 차원에서만 국한됨을 의미하는 것은 아니다. 굿맨은 반대로 명시적 의미의 개념을 확장하여 언어뿐 아니라 그림과 음악 역시

7 Goodman, N., *Languages of Art: An Approach to a Theory of Symbols*, Indiananpolis: Bpbbs-Merrill, 1968.

8 Goodman, N., *Of Mind and other Matters*, Cambridge, Mass.: Havard University Press, 1984.

지시대상에서 명시적 의미작용을 수행한다는 점을 이해하였다.

이 관점은 더욱 발전되어 『예술 언어』에서는 '예시(exemplify)'의 지시적 관계를 상세히 논의한다. 예를 들어 체조 강사의 움직임은 수강생들이 따라야 할 행동의 속성을 예시하는 것이며, 각각의 동작 사례는 체조에 관여적인 속성을 예시한다. 이와 같이 상징은 자신이 실제로 가지는 속성만을 예시할 수 있을 뿐이다. 그러나 굿맨은 상징과 속성 사이에서 잠정적인 관계만을 가지는 경우를 역시 고려하였다. 그의 마지막 도식에서 상징은 '표식(label)', 즉 또 다른 상징을 예시하며, 여기에서 예시과정과 명시적 의미작용 과정의 관계는 더 분명해진다. '예시하는 상징'은 '표식'을 예시하며 이 표식은 그 상징을 명시적으로 의미한다. 따라서 예시는 명시적 의미작용의 과정을 반대 방향으로 진행하는 것이다.

굿맨의 이론은 스스로는 기호학적 산물이라고 생각하지 않았고, 특유의 유명론적 입장은 기호학에 별 기여를 하지 못하였다는 비판,[9] 특히 일상 언어를 논리적으로 재구성되는 기호체계와 혼동한다는 비판[10]을 받았지만, 일반 상징체계의 분류기준을 제안하는 효과를 가져옴으로써 곰브리치의 이론전개, 특히 에코의 일반기호학 이론 수립[11]에 영향을 미치게 되었다.

이상에서 개관한 것처럼 기호학은 예술과 지각, 인지, 이론은 물론 이들을 포괄하는 미술사의 발전에 큰 빚을 지고 있다. 이러한 맥락에서 미술사와 기호학의 관계에 천착해온 카나리의 다음 언명은 음미할 만하다.[12]

9 Rey-Debove, J., "Review of Nelson Goodman, Languages of Art," *Semiotica* 4, 1971, pp. 162-170.

10 Sonesson, G., *Pictorial Concepts: Inquiries into the Semiotic Heritage and Its Relevance for the Analysis of the Visual World*, Lund: Lund University Press, 1989.

11 Eco, U., *A Theory of Semiotics*, Bloomington: Indianan University Press, 1976.

12 Canari, M. dir. "Présentation," *De l'histoire de l'art à la sémiotique visuelle*, Sillery: Les éditions du Septention, 1991, p. 11.

형상을 고려한다는 것은 기능작용의 규칙을 의식한다는 것이며 이는 미술사라는 학문이 다루는 대상을 구축하는 방식으로 진행된다. 예술적 이미저리를 시각적 담화 가운데에서 설명하고 재현하기 위해 기호학은 우리에게 과학적 이성과 공간의 구조적 이론을 개발하는 관점을 부여하였다. 그 결과 오늘날의 미술사는 역설적으로 회화성과 재현, 시각화의 과정 등에 관해 극단적인 의문을 제기함으로써 기존의 미술사와 부딪힐 수 있는 시각적 재현 혹은 이데올로기의 역사가 없다면 존재할 수 없을 것이다.

도상해석학의 전통

시각기호학의 잠정적 매핑에서 미술사는 가장 상위에 위치한다. 미술사를 미술작품이나 양식의 역사적 추이를 연구하는 분야 정도로 단순화하는 것은 잘못이다. 미술사는 단순한 연대기적 관점에서 벗어나 특정 양식의 성격, 대상 작품이 전달하는 의미를 규명하고 그 의미가 시각화되는 과정, 작품에 나타난 상징과 작품이 담론으로서 기능하는 양상을 해명하여야 한다. 이는 원론적으로는 일반 이미지를 대상으로 그 의미작용과 의미전달의 과정을 연구하는 시각기호학의 사명과 크게 다르지 않으며, 바로 이 점에서 시각기호학은 바사리(G. Vasari)를 필두로 바르부르크(A. Warburg) 등의 미술사가들이 기초를 다지고 파노프스키에서 개화된 도상해석학에 직접적인 빚을 지고 있다. 오늘날 시각기호 연구의 효시로 모두가 동의하는 바르트의 저 유명한 논문[13] 「이미지의 수사학」도 실은 파노프스키가 없었다면 존재하지 않았을 것이다.

파노프스키의 도상해석학은 독일 비엔나학파의 '미술학(Kunst-

13 Barthes, R., "Rhétorique de l'image," *Communication* 4(4), 1964, pp. 40-51.

wissenshaft)'의 맥락뿐 아니라 19세기와 20세기의 다양한 학제적 환경에서 태어나고 점차 정제된 산물이다. 바로 여기에 파노프스키의 도상해석학이 단순히 미술사의 패러다임만이 아니라 근대 이후 인문학의 한 전범이 된 배경이 있는 것이다. 파노프스키의 도상해석학은 뵐플린(H. Wölfflin)과 바르부르크의 직접적인 영향을 받았다. 뵐플린과 바르부르크는 근대적 미술사를 청산하고 자율적인 미술사를 수립하려는 암묵적인 공동의 목표를 가지고 있었다. 뵐플린은 미술사를 '순수 시각'의 형식을 다루는 양식사로 파악하여 이 분야의 자율성을 얻고자 하였으나 현상에서 그 대응물을 발견할 수 없는 추상적 실체를 추구하였다는 비판을 받았는 데 비해 바르부르크는 형식적인 미술 관찰의 일면성을 극복하고 현실에 접근하기 위해 여러 분야들을 포괄하는 '문화학(*Kulturwissenshaft*)'을 수립하고자 하였다.

이때 그가 지닌 수단은 분석적 방법과 해석적 방법, 더 나아가 통찰력이었다. 이를 통해 그는 미술작품의 분석에서 양식적 특성보다는 모티프와 테마를 분석하고 결과적으로 작품의 종합적 · 총체적 해석을 추구하였다. 주목할 점은, 이러한 방법은 다시 말하거니와 오늘날 시각기호학이 지향하는 바와 크게 다르지 않다는 것이다. 파노프스키는 이러한 맥락을 이은 후계자로서, "시각 예술을 다양한 역사적 국면에서 과학적 · 철학적 · 정치적 사고, 문학과 서구의 학문전통을 포함하는 문화적 세계의 일부로 보는"[14] 이론가로 인정받게 되었으며 "미술사학 분야에서는 하나의 패러다임으로 권좌에 올랐다"는 평가를 받기도 했다.[15]

파노프스키는 1930년대부터 연구를 진행한 도상해석학 방법론을

14 Oskar, K. P., "Review of Renaissance and Renaissances in Western Art by Erwin Panofsky," *Art Bulletin* 44, 1962, p. 67.

15 캐멀링, 에케하르트 엮음, 이한순 외 옮김, 『도상학과 도상해석학: 이론 · 전개 · 문제점』, 사계절, 1997, 9쪽.

몇 차례 수정하여 1939년 『도상해석학 연구 *Studies in Iconology*』[16]의 서문과 1955년의 『시각예술에서의 의미 *Meaning in the Visual Arts*』의 서문에서 완결을 알렸다. 도상해석학적 방법의 핵심은 먼저 미술작품의 주제(subject matter) 혹은 의미(meaning)와 형태(form)를 대별하고, 다음으로 작품의 주제와 의미의 위계를 설정하여 이를 해석하는 것이다. 1939년 파노프스키가 제안한 도식은 1955년 일부 수정되어, '깊은 의미의 도상학적 분석'은 '도상해석학적 분석'이란 용어[17]로 대치된다. 1939년 판의 전통적 도식을 다시 정리하면 〈표 3-1〉과 같다.

일견 간단하게 보이는 모델이지만 실은 이 모델이 함축한 분석가의 임무는 결코 쉬운 것이 아니다. 첫 단계에서 파노프스키는 순수한 형태들, 즉 모티프들을 확인하는 것만이 아니라 이 형태가 대상의 재현임을 인식하고 이들의 관계를 사건으로 이해하고 나아가 표현적 요소를 인지해내는

〈표 3-1〉 도상해석학의 도식

해석 대상	해석 행위	해석 도구	해석 통제 원리
일차적 혹은 자연적 주제: 모티프	전 도상학적 기술	실제 경험	양식사
이차적 혹은 관습적 주제: 이미지, 이야기, 알레고리	좁은 의미의 도상학적 분석	문헌 지식	유형사
본래 의미, 즉 의미내용	깊은 의미의 도상학적 분석	종합 직관	문화적 징후

16 Panofsky, E., *Studies in Iconology: Humanistic Themes in the Art of the Renaissance*, Icon Edition, Boulder: Cumnor Hill, 1972. 이 책의 원본은 1939년에 나왔으나 독자들에게 보급된 판은 바로 이 'Icon Eition'이다.

17 실은 파노프스키는 도상학(iconography)과 도상해석학(iconology)이란 용어는 물론, 작가의 의도와 작품의 배후를 구성하는 문화적 의미를 분명하게 구별하지는 않았다. 파노프스키의 진정한 의도, 혹은 파노프스키 이후의 도상해석학 발전에 따른 성과로서의 방법론은 스트라텐이 제안한 도식에서 더 잘 나타난다. 여기에서 분석 단계는 전 도상학적 기술, 도상학적 기술, 도상학적 해석, 도상해석학적 해석의 네 단계로 진행된다. 이에 관한 자세한 논의는 Straten, R. V., *An Introduction to Iconography*, London, New York: Taylor & Francis, 1994, p. 16 참조.

작업까지 요구한다. 두 번째 단계에서 분석가는 첫 번째 단계에서 확인된 모티프들을 테마나 개념과 연결시킨다. 실은 이 두 단계는 방대한 문헌 지식으로 무장한 박학함이 필요함은 물론 수많은 데이터들을 상호 참조하지 않으면 불가능한 일일 것이다.

파노프스키의 주저인 『도상해석학 연구』에서 보이는 모든 분석 사례, 특히 제1장에서 15세기 피렌체의 화가인 피에로 디 코시모(Piero di Cosimo)의 두 유화군에 표현된 인간의 초기 역사는 작품에 등장하는 세부 사항들과 그들의 의미를 결코 놓치지 않는 엄밀한 도상해석학적 방법이 미술작품의 분석에서 어떤 풍요로운 결과를 만들 수 있는지를 잘 보여주고 있다. 파노프스키는 이 논문의 한 부분에서 피에로 디 코시모의 두 작품, 즉 미국 하트퍼드(Hartford)의 개인 소장가가 구입한 〈렘노스섬에서 불카누스의 발견〉(〈그림 3-1〉)[18]과 캐나다 국립미술관이 소장한 〈인류의 스승으로서의 불카누스와 아이올로스〉(〈그림 3-2〉)[19]의 특별한 관계를 밝히기 위해 단 하나의 모티프, 즉 〈그림 3-2〉의 배경에 보이는 한 노인이 바람의 신 아이올로스라는 것을 밝혀내는 고도로 심오한 추론을 진행하였다. 그가 먼저 동원한 것은 그리스 불카누스 신화의 정확한 해석, 그리스 · 라틴어 지식과 이들 언어로 쓰인 문헌에 대한 해박한 지식이었다.

다음으로 그는 수많은 르네상스 인문학자들과 학설은 물론, 코시모가 활동하던 시대와 코시모 개인의 양식사적 배경에 대한 실증적 탐구를 진행하였다. 게다가 파노프스키에게는 아이올로스가 어떤 맥락에서 등장하는가를 밝히기 위해 유럽과 미국 전역의 소장가들과 미술관들을 일일이 방문하고 답사하여 코시모의 전 작품을 추적한 성실함이 있었던 것이다. 이런 과정을 거쳐 그는 "하트퍼드 그림은 알려진 제목과는 달리 〈렘노스

18 https://kr.pinterest.com/pin/543317142525154917/

19 https://kr.pinterest.com/pin/112027109463161100/

〈그림 3-1〉 피에로 디 코시모, 〈렘노스섬에서 불카누스의 발견〉, 1490년경, 목판에 유채, 174×155cm, 워즈워스 미술관.

〈그림 3-2〉 피에로 디 코시모, 〈인류의 스승으로서의 불카누스와 아이올로스〉, 1490년경, 목판에 유채, 166.4×155.6cm, 캐나다 국립미술관.

섬에서 불카누스의 발견〉으로 보는 것이 옳으며, 이 그림은 캐나다 국립미술관에 소장된 코시모의 〈인류의 스승으로서의 불카누스와 아이올로스〉

와 함께 쌍을 이루는 것"[20]이라는 판단을 내린다.

단 하나의 모티프에 숨어있는 의미를 알아내기 위해 방대한 문헌 지식이 필요하다는 것은 시각기호학의 발전과정에서 에코가 진행해온 일련의 '백과사전'적인 정보의 축적과 활용을 연상하게 한다. 그러나 에코의 백과사전적 지식이 모든 분석가들에게 있는 능력이 아니듯, 파노프스키 이후의 미술사가들 역시 파노프스키 특유의 중세 이후의 다양한 학문내용을 다 섭렵할 수는 없었다.

최근 들어 파노프스키의 후예들은 이 단계에서 좀 더 효과적인 방법을 모색하였다.[21] 1972년 반 데 바알(van de Waal)은 조각, 회화, 드로잉 등에서 수집한 다양한 도상요소들을 목록으로 만들어 〈도상분류체계 ICONCLASS, ICONograohic CLASsification Systme〉라 명명하였다. 이 목록은 시각예술의 주제, 플롯, 등장인물, 대상 등을 필드로 가지는 데이터베이스로 구성된다. 반 데 바알은 시각예술 작품의 주제를 먼저 종교와 마술, 자연과 인간, 인류와 사회, 문명과 문화, 추상적 사고와 관념, 역사, 성경, 문학, 고전 신화와 고대 역사 등의 영역으로 나누고 각각의 항목을 다시 계속 세분하여 코드체계를 만들었다. 이 데이터베이스가 이상적으로 작동할 경우 모든 시각예술 작품들은 각자의 고유 코드번호를 가지게 된다.

예를 들어 네덜란드의 루카스 반 레이덴(Lucas van Leyden)이 남긴 판화 〈채찍질당하는 예수〉[22]는 '73 D 35 1'이라는 번호를 부여받는데, 그 의미는 〈그림 3-3〉에서와 같다는 것이다. 이 체계는 오늘날 네덜란드, 독일 등에서 상당한 발전을 이루었으며, 축적된 데이터들은 전산화되고 마침내 전용 브라우저가 개발되기도 했다. 스트라텐(R. V. Straten)은 대표적 도상 아

20 Panofsky, E., op. cit., pp. 43-44.

21 Straten, R. V., *An Introduction to Iconography*, London, New York: Taylor & Francis, 1994, pp. 117 sv.

22 루카스 반 레이덴, 〈채찍질당하는 예수〉, 1521, 12.2×8.4cm.

7	=	성경
73	=	신약
73 D	=	예수의 수난
73 D 3	=	체포, 재판, 고문
73 D 35	=	고문당하는 예수
73 D 35 1	=	병사의 채찍질. 예수는 보통 기둥에 묶여있음

〈그림 3-3〉 ICONCLASS 사례

카이브로 D.I.A.L.(Decimal Index of the Art of the Low Countires)과 마르부르크 인덱스(Marburger Index)를 소개한다.

파노프스키의 도상해석학 분석 단계가 여기서 머무는 것은 아니다. 그의 방법이 지향하는 궁극적인 목표는 그 작품의 발생환경이 되는 국가, 시대, 계층, 종교적 교리와 철학적 배경에 대한 이해에 이르기 때문이다. 이것이 그가 "깊은 의미의 도상학적 해석"이라 명명한 해석 도구가 작동하는 세 번째 단계의 목표이다. 그는 특히 『도상해석학 연구』의 제5장 「피렌체와 북부 이탈리아의 신플라톤주의 운동」과 제6장 「피렌체와 북부 이탈리아의 신플라톤주의 운동」에서 이 단계의 분석이 가져야 하는 치밀함과 섬세함의 전범을 보여준다.

파노프스키는 르네상스 시기 피렌체 철학의 중심이었던 피치노(M. Ficino)의 '플라톤 아카데미'에 참여한 주요 멤버들, 즉 베르길리우스, 호라티우스 및 단테의 주석가인 란디노(C. Landino), 동방에서 건너온 문헌들을 연구하여 '플라톤 계보'를 확립한 피코 델라 미란돌라(G. Pico della Mirandola) 등의 학설을 면밀하게 연구하였다. 그는 이들의 과제가 플라톤과 플라톤주의자들이 남긴 방대한 정보를 일관되고 생동적인 체계로 통합하여 새로운 의미를 부여하고 나아가 그 체계를 기독교와 조화시키는 일이었다고 설명하였다. 이어 파노프스키는 피치노의 철학적 사유의 중심축을 사랑, 즉 "신에게서 세계로, 그리고 세계에서 신으로 움직이는 흐름을 가리키는 또 하나의 이름"과 "아름다움에 대한 요구"로 규정하였다. 그 후, 이에 필적하는 피코 델라 미란돌라의 사유와 대조한 결과 이를 피렌체와 베네치아의 차이로 파악하고, 이를 피렌체 출신인 반디넬리(B. Bandinelli)의 에칭화 〈이성과 사랑의 전투〉와 베네치아 회화의 황금기를 가져온 티치아노((V. Tiziano)의 〈신성한 사랑과 세속적 사랑〉에 적용한다.

또한 파노프스키는 미켈란젤로의 조각, 드로잉, 심지어 미완성 작품에 내재된 신플라톤주의의 상징성을 규명하였다. 파노프스키는 특히 인간의 형이상학적 신념은 묘장 미술에서 직접적이고 분명하게 전달된다는 사실에 착안하여 미켈란젤로가 남긴 교황 율리우스 2세의 영묘와 메디치 채플에 내재된 신플라톤주의적 상징성의 분석을 진행하였다. 이는 파노프스키 도상해석학의 마지막 단계 사례의 압권을 보여준다. 율리우스 2세의 무덤에 표현된 내용은 "모든 가시적 물체에 초월적 의미를 부여했던 철학 정신을 바탕으로 서술적 장면과 알레고리, 그리고 의인상 등이 하나의 조각 프로그램을 위해 사용된 것으로서, 이 장식 프로그램은 피치노의 역작인 플라톤 철학이나 모세와 플라톤의 화합에 필적하는 미술작품이라 부를 수 있다"[23]라는 언명을 뒷받침하는 분석과정에서 파노프스키 특유의 박학함과 방법상의 엄밀함이 최고조로 구현되었기 때문이다.

23 Panofsky, E., op. cit., p. 198.

도상해석학과 시각기호학

도상해석학은 적어도 20세기 초까지는 미술사 분야에서는 가장 첨단의 패러다임으로 간주되었다. 그러나 이 방법의 학문적 타당성에 관한 의문은 진작부터 도상해석학의 진영 내부에서도 나왔다. 캐멀링은 도상해석학에 대한 이러한 비판적 입장을 정리하였다. 그에 따르면 먼저 파노프스키가 설계한 해석 틀은 각 의미단계를 엄격하게 갈라놓고 있지만 실제로 작품을 해석하는 작업에서는 이러한 구분이 제대로 지켜지지 않는다. 두 번째로는 조형예술이 창조적 표현을 통해 심미적, 내재적 의미를 생산하는데 비해 도상해석학은 조형미술의 창의성을 따라갈 수 없다. 세 번째로 파노프스키가 표방한바 카시러의 의미에서 상징 가치란 관례적 상징에 기초하는 것이 아니므로 역사적 · 해석학적 이해 차원의 사용을 넘어서 학문적 해명에까지 도달하지는 않았으므로 결론적으로 도상해석학의 방법은 스스로 설정한 학문적 요구에 충분히 부응하지 못하고 조형 작품에서 표현된 의미를 폭넓게 분석하는 정도에 그칠 뿐이라는 것이다.[24] 그런데 이 비판 가운데에서 가장 유의미한 것은, 조형예술이 가지는 창조성을 파노프스키의 해석 틀로 사후에 해석하기에는 한계가 있다는 점이다. 이러한 온당한 문제의식에도 불구하고 이후 미술사에서 새로운 제안은 나오지 않았다.

실은 이 문제는 미술사의 영역을 넘어선다. 의미분석을 위한 더욱더 포괄적인 방법은 미술사의 영역이 아니라 바로 기호학의 영역에서 탐구되어야 하기 때문이다. 기호학은 우선 도상해석학의 전통을 적극적으로 수용하였다. 예를 들자면, 월스(M. Walls)는 중세회화를 도상 기호와 상징의 체계로 해석하고 회화에서의 의미 장이 약호화됨을 보였다. 우스펜스키(B. A. Uspensky) 역시 도상해석학의 전통 가운데에서 '도상 회화의 언어'를 광학

24 캐멀링, 에케하르트, 앞의 책, 12-13쪽.

적 · 기하학적 체계인 '회화 알파벳', 표현대상의 특수성을 분절하는 '의미 층위', 도상을 보여주는 '문법 층위', 도상의 상징적 층위에 해당하는 '문장론적 층위' 등의 네 가지 층위로 체계화하였다. 그뿐 아니라 무카르조프스키(J. Mukarovsky), 벨트루스키(J. Veltrusky) 등의 프라하학파도 시학 혹은 문학에서의 기호와 같은 성격의 실재를 회화에서도 찾을 수 있다는 사실을 보여주었다.[25]

시각기호학에서 도상해석학의 전통은 실은 도상해석학과 다른 방향에서 시작된 논의의 결과에서 더욱 극적으로 나타난다. 바르트의 논문「이미지의 수사학」은 진정한 의미에서 시각기호학 연구의 출발이 된다. 주지하듯 이 논문은 언어 메시지와 이미지 메시지에서 보이는 외시적 의미(denotation)와 공시적 의미(connotation)를 포착하고 언어를 통한 공시적 메시지는 이미지의 해석을 유도하는 역할을 한다는 것을 보였다. 여기에서 더 나아가 바르트는 공시의미를 표현하는 상위 언어가 확립된다면 이는 체계화된 목록을 형성할 것으로 보고, 공시적 기의들의 공통 영역을 이데올로기라 설명하였다. 이 논문은 이미지의 의미작용에 참여하는 요소들이 되풀이되는 단순한 모델을 제시함으로써 이후의 시각기호학자들에게는 하나의 전범이 되었으며, 마랭(L. Marin), 다미쉬(W. Damisch), 쉐페르(J. L. Schefer) 등이 이를 예술작품, 특히 회화의 분야에 적용하게 되었다. 그런데 바르트의 모델을 회화에 적용한 결과는 도상해석학적 접근방법의 그것과 크게 다르지 않은 모습이 되었다. 다시 말해 바르트의 논의는 처음부터 도상해석학을 염두에 둔 것은 아니지만 크게 보아 도상해석학의 방법과 다르지 않았다는 것이다.

한편 시각기호학의 성립 초기에 전개된 에코(U. Eco)의 도상기호론 역

25 자세한 논의는 김치수 외,『현대기호학의 발전』, 서울대학교 출판부, 1999, 396-397, 405-406쪽 참조.

시 결과적으로 시각기호학에서 도상해석학의 필연적인 영향을 확인하는 계기가 되었다. 에코의 관심사는 시지각 현상에서 언어학적 구조를 찾아내어 이를 분절하고자 하는 구조주의적 접근이었다. 이 과정에서 그는 도상기호란 인식코드에 근거하여 공통적인 인식의 몇 가지 조건들을 재생산해낸다는 것을 발견하였으며 그 결과 시각기호에 내재하는 다양한 층위의 약호를 설정하였다. 이를 요약하면 〈표 3-2〉와 같다.

〈표 3-2〉 도상 약호의 층위

파노프스키의 의미 단계	에코의 약호 층위
자연적 주제	지각, 인지, 전달, 음조 약호
관습적 주제	도상, 도상해석학, 수사, 문체 약호
본질적 의미	취향과 감수성의 약호, 무의식의 약호

이후, 바르트의 노작과 에코의 약호이론을 바탕으로 시각 메시지를 읽어낼 수 있는 시각기호학 버전의 '도상해석학적' 방법이 꼬뀔라 · 뻬루떼(Cocula · Peyroutet)에 의해 제안 · 발전되었으며 이를 정리하면 〈표 3-3〉과 같다.[26]

이 모델은 시각기호 분석 모델로 더욱더 일반화되었으며, 시각기호학 연구의 전파와 교육적 측면에서는 상당한 성과를 거둘 수 있다. 그러나 이 모델에서도 큰 줄기는 여전히 파노프스키의 해석 틀을 따르고, 에코가 제시한 약호를 도상해석학적 접근단계에 배치함으로써 파노프스키의 해석 틀에서는 중복되기 쉽다는 비판의 대상이 되었던 단계별 임무를 좀 더 명료하게 구분한 것이다.

비슷한 현상이 1960년대 이후 각개 약진한 다양한 학파별 시각기호

26 Cocula, B. & Peyroutet, C., *Sémantique de l'image: pour une approche méthodiuqe des images visuels*, Paris: Librairie Delagrave, 1986.

〈표 3-3〉 새로운 도상해석학적 분석단계

단계	임무
예비단계	작가, 제작 일자, 제작 환경, 기법 등을 기술
직관적 접근	이미지의 직관적·총체적 파악
도상적 접근	'무엇이 보이는가'에 대한 답 중립적 입장에서 비도상 시각기호, 도상기호, 모티프, 상이한 기호체계들의 위상적 관계 파악
도상해석학적 접근	이미지의 다의성 규명, 즉 해석 범주별 약호 개입
종합	결론 및 이미지의 커뮤니케이션 기능 규명, 가치 판단

학 연구 동향에서도 공통적으로 발견된다. 이는 그룹 뮈가 경계한 바 있는 '거시기호학', 즉 특정 시각 발화체를 설명하기 위해 '그것만을 위한(*ad hoc*)' 개념들을 만들어 경험적 접근을 시도하는 연구사례에서뿐 아니라 미시기호학, 즉 선험적(*a priori*) 개념으로 무장하여 이론적 접근을 통해 개별적 사례(token)가 아닌 유형(type)의 관계체계를 수립하려는 '미시기호학'에서도 개별 시각 메시지를 구체적으로 분석할 때는 어쩔 수 없이 등장하는 방법이다. 주지하듯 파리 기호학파가 대두되면서 시각기호학의 연구도 새로운 패러다임을 맞이하였지만, 그레마스 학파의 방법론을 계승한 플로슈(J. M. Floch)의 조형기호학에서도 파노프스키류(類)의 도상해석학적 방법은 부분적으로 여전히 유효하였다.

플로슈는 예를 들어 비구상 작품인 칸딘스키의 〈구성 4〉 분석에서 보이는 불연속적인 단위를 추출하는 과정에서 이 작품의 통시성을 고려하고, 이 작품과 같은 시기에 발표한 작품들과 비교하면서 특히 제목이 작품의 내용을 압축한 작품들, 전체적 구성과 세부 사항들이 유사한 조형 요소들을 포함하는 작품들을 비교 대상으로 하는 전략을 구사할 수밖에 없었다. 이는 결국 파노프스키가 구사한 전형적인 '양식사의 통제 기능'을 이용한 것이다. 그레마스를 이은 퐁타니유의 이른바 '정념의 기호학'에서도 모티프의 확인과 구체적 분석단계에서는 여전히 도상해석학적 전통이 발현되는 것을 볼 수 있다. 한마디로 파노프스키의 도상해석학적 방법의 전통은 르네상스의 미술 연구에서만 유효할 뿐 아니라 서구의 지성사 전반에 흐르는 강력한 유전자로 각인된 것이다.

4. 새로운 대안

미술사가에서 시각기호학자로: 디디 위베르망

디디 위베르망(Georges Didi-Huberman, 1953-)은 아직 국내 기호학계에는 잘 알려지지 않았으며 미술사학계에서도 막 소개가 시작되는 프랑스의 미술사가이다. 그는 파리 사회과학고등연구원(EHESS)에서 「히스테리의 발명: 살페트리에르의 사진도상학 Invention de l'hysterie: L'Iconographie photographique de la Salpêtrière」(1981)이라는 논문으로 박사 학위를 받은 후, 로마의 빌라 메디치 연구원을 거쳐 1990년부터 파리 사회과학고등연구원에 재직하며 수많은 저서들[1]을 발간하고, 유럽 전역에서 강연, 인터뷰를 통해 왕성한 활동을 하는 중이다. 그는 벤야민, 바르부르

1 2017년 4월 현재 프랑스 아마존에서 디디 위베르망의 저서는 무려 80종이 검색되며 영어 번역본으로 미국 아마존 닷컴에서는 16종이 검색된다. 국내에서는 미술사 분야의 몇 편의 논문에서 그의 이론이 부분적으로 소개되었고, 한 편의 서평(신승철, 2010)과 『반딧불의 잔존』(김홍기 옮김, 2012)이 번역 출판되었다.

크와 파노프스키, 바타유, 질 들뢰즈 등의 석학들을 스승으로 하여 미술사뿐 아니라 정신분석학, 심리학, 문화비평, 문화기획에까지 이르는 인문학 전반의 영역에서 심도 있는 연구를 진행하면서 당대의 탁월한 미술사가로 평가받기에 이르렀다.

디디 위베르망은 아직은 국내 학계에 제대로 수용되지 않았지만 프랑스를 중심으로 하는 미술사의 새로운 움직임에서 부각되는 그의 존재를 인식하고, 단순히 시각기호학과의 관계에서만이 아니라 시각문화 이론 전반에서 그의 기여를 정치하게 분석하여 소개한 사례가 있다. 박기현은 디디 위베르망의 사유를 '시각 인류학' 혹은 '이미지 문화학'이라 명명한다.[2] 특히 박기현은 디디 위베르망의 방대한 저서들 중에서 전통적 미술사에 대한 비판과 대안으로 새로운 패러다임을 제시하는 이론서들과 전통적인 미술사의 범위를 '시각 인류학'의 차원으로 확장한 저작들, 마지막으로 자신의 사유를 실천에 옮기는 기획들로 나누었다.[3]

파노프스키의 극복 혹은 도전

디디 위베르망은 그에게 국제적 명성을 가져다준 주저 『이미지 앞에서』[4]의 영어판(*Confronting Images*, 2005) 서문에서 서구 지성사에서 큰 나무가 된 파노프스키와 도상해석학에 대해 도발적으로

2 박기현, 「현대 프랑스 시각 문화 이론 연구: 조르주 디디 위비르만의 '징후의 미학'을 중심으로」, 『인문과학연구』(강원대학교 인문과학연구소) 47, 2015, 187-223쪽.

3 위의 글, 193-196쪽.

4 Didi-Huberman, G., *Devant l'image: questions posées aux fins d'une histoire de l'art*, Paris: Edition de Minuit, 1990.

도 보일 수 있는 일련의 견해를 표명한다. 프랑스어판이 나온 이후 15년이 지나면서 디디 위베르망은 그 기간 동안 숙성된 자신의 이미지 철학을 설파할 만한 자신감을 바탕으로 프랑스어판에는 없었던 서문을 영문판에 단 것으로 보인다. 이는 새로운 미술사와 이미지의 개념에 관한 그의 창의적 관점을 엿볼 수 있는 주요 자료가 된다. 이 책의 서문에서 디디 위베르망은 도상해석학의 프레임을 바사리의 아카데미즘에서 나온 '마술의 주문'을 칸트 식으로 수용한 것이라 본다.

16세기 이탈리아의 휴머니즘에서 만들어진 이 프레임은 18세기 독일 철학의 틀에서 다시 나타나 19세기 카시러(E. Cassirer)와 파노프스키에 의해 표준화된 문헌적 역사에까지 편입되었으나, 프랑스 구조주의자들은 이를 낡은 골동품 같은 사적 미술사에 대항하는 도구로 채택하였다는 것이다. 이런 맥락에서 디디 위베르망은, 부르디외(P. Bourdieu)를 필두로 하는 문화사회학자들과 마랭(L. Marin), 다미쉬(H. Damisch)를 중심으로 하는 '기호론자'들이 파노프스키가 도입한 도식에 무비판적으로 집착하였다고 비판한다. 디디 위베르망의 논의는 이미지의 연구에 관한 한 서구의 지성사를 가로지른 도상의 문제에서 벗어나는, 말하자면 '탈도상'의 국면에 진입한다.

그는 서문의 첫 부분에서부터 파노프스키의 도상해석학이 가지는 두 가지 면을 지적한다. 먼저 긍정적인 측면으로, 도상해석학은 위대한 학문적 전통, 특히 중세의 학풍과 신플라톤주의에 입각한 르네상스의 전통이 그 이전 시대 기독교와 인문주의가 지배해온 서구의 이미지를 대상으로 그 의미를 밝혀내는 데 큰 기여를 하였다는 것이다. 이는 앞 장에서 본 바와 같이 세부 사항, 이를테면 탁자 위의 물 한 병, 자연경관의 묘사에서 토끼 한 마리가 가지는 의미를 결코 놓치지 않은 파노프스키의 섬세하고 치밀한 분석을 말하는 것은 물론이다. 그런데 디디 위베르망은 파노프스키류의 도상해석학적 방법은 모든 경솔함과 무례함으로부터 자신을 공고하게 차단하는 우를 범하였다고 지적한다.

그것은 치유력을 가진다. 다시 말해 그것은 학자들에게 가장 멋진 대답을 준다. 그러나 조심하라! 그것은 독이 될 수도 있다. (…) 파노프스키의 문제는 제약사가 제조한 독약의 위험을 자신의 '파르마콘(pharmakon)'으로 물리치려는 것이다(xvi).

"프린스턴의 대가"가 동원한 도구들은 이론의 장에서 첫눈에 예외적이라 보이고 이어서 풍성한 결과를 가져다주는 대상을 이해하는 일조차 허락하지 않는다. 그러므로 다른 모든 것을 포기하고 모두가 단 하나의 이해를 받아들이거나 도상해석학을 그 상위의 인식론적 영토에까지 투사할 필요가 있다. 이 영역은 파노프스키의 결정론이 끔찍하게도 "순수하지 않은" 이성의 시련, 즉 혼잡하고 모순되며 잘못 자리 잡았고 무정부적인 상황을 거친 후에 이루어진 '과잉 결정(over-determination)'적 영역이다(xx).

일종의 말장난으로 '파르마콘'이라는 이중적 의미를 가지는 용어를 동원한 디디 위베르망은 결국 파노프스키의 전통을 하나의 역설로 귀착시킨다.

만약 이미지가 우리를 사로잡는 힘, 즉 우리로 하여금 상상하도록 소환하는 능력을 통해서 지식의 긍정적인 혹은 객관적인 실행을 위태롭게 한다면, 우리는 어떻게 이미지를 안다 할 수 있는가? 만약 이미지가 우리로 하여금 상상하게 하는 것이라면, 그리고 그 (감각적) 상상이 (지적) 지식에 방해가 된다면, 우리는 어떻게 이미지를 알 수 있는가?(xvii)

디디 위베르망은 이러한 역설이 다소 자의적임은 인정하면서도 전통적인 미술사가 그 기초를 두었던 휴머니즘이나 기독교가 아닌 중부 유럽의 유태교 문화, 즉 파노프스키의 출신 배경문화에서부터 이 역설의 단초를 이끌어낸다. 물론 이 주술은 종교적 의미가 아니라 철학적 전통에서 나온 개념이다. 디디 위베르망의 비판은 파노프스키뿐 아니라 파노프스키의 스승이었던 바르부르크에까지 미친다. 디디 위베르망은 파노프스키가 도상해석학의 영역에서 추방하고자 하는 것은 이미지 스스로가 자초한 '변질(alteration)' 그 자체라고 주장한다. 이 '변질'은 끊임없이 나타나려는(haunt) 유령과 같은 힘을 가지고 모든 이미지에 들러붙으려는 속성을 가진다고 설명한다. 파노프스키는 유태교에서 말하는 악령인 '디벅(Dybbuk)'을 추방하는 주술사를 표방하였지만 이 과정에서 몇 가지 공과 과를 남겼다는 것이다. 이후 디디 위베르망의 도상해석학 비판은 파노프스키와 바르크부르크의 방법론을 '디벅 쫓아내기'에 비유하면서 진행된다.

새로운 관점들

디디 위베르망은 파노프스키가 미술사에서 낭만적인 '바이털리즘(vitalism)'[5]의 위험은 제대로 경고하였으나, 파노프스키의 미술사관은 본질적으로 연역적인 성격을 지니기 때문에 문화 현상이 가지는 역동적 양상에는 충분히 주의를 기울이지 못하였다고 비판한다. 다시 말해, 파노프스키의 관점은 다양하게 변해온 미술 양식과 특히 오늘날 진행되는 예술 매체의 혁신을 설명하기에는 미흡하다는 것이다. 두 번째로, 그는 파노프스키가 예술에 역사적 의식이 없는 접근을 함으로써 초

5 르네상스의 자연주의에서 만들어진 개념으로, 유기체의 생명과 기능은 물리 · 화학적 과정과 무관하게 비물질적 힘이나 원리에 달려 있다는 주의를 말한다(https://wiki.umn.edu/HSCI1814/RenaissanceNaturalism).

래될 수 있는 미학적 공허함은 잘 경고하였으나 그 역시 이미지가 가지는 유연성을 몰아내었다고 비판한다.

세 번째로, 그는 파노프스키가 자료화되지 않은 해석의 주관적 위험을 잘 경고하였으나 자신의 권위적이고 설명적이고 '잘 구성된' 대답에 스스로 만족하는 경향을 보였다고 비판한다. 파노프스키에게 있어서 이미지를 '설명'한다는 것은 모든 표현적 가치를 벗어난 것이며, 바르부르크에게 있어서 이미지를 '이해'한다는 것은 인류학적 관점에서 의미작용을 가로지르는 표현적 가치를 자유로이 드러내는 것이었다는 것이다.

한편 디디 위베르망은 자신의 입장이 파노프스키의 '순수 이성'에 서항하는 목표를 가진다고 밝혔다. 칸트와 계몽주의, 카시러가 만든 상징의 신학의 후계자로서 파노프스키는 이미지가 우리에게 요구하는 것이 계몽주의적 이성주의가 아니라 바르부르크가 "괴물의 변증법"에 대면하여 표명하고 프로이트가 "문명의 불만"에 대면하여 표명한 비극적 이성주의임을 잊었다는 것이다. 파노프스키는 미술사가들이 매 단계에서 자신의 이성과 자신의 '과학의 욕구'를 어떻게 결합하고 통제하는가를 이해하도록 해주었지만, '지식'과 '지식 없음' 둘 다를 두려워하지 않는, 즉 '디벅 쫓아내기'와 '디벅' 둘 다를 포용하여야 한다는 것이 디디 위베르망이 보여주는 '탈도상'의 입장인 것이다.

디디 위베르망의 대안은 그의 수많은 저서 가운데에서도 『이미지 앞에서』[6]와 『우리가 보는 것은 우리를 응시한다』[7]에서 주로 진행된다. 『이미지 앞에서』에서 진행된 논의는 2년 후 출판된 『우리가 보는 것은 우리를 응시한다』에서 구체적 사례를 거쳐 심화된다. 우리는 이 두 권의 책에서

6 Didi-Huberman, G., *Devant l'image: question posée aux fins d'une histoire de l'art*, Collection Critique, Paris: Les Editions de Minuit, 1990.

7 Didi-Huberman, G., *Ce que nous voyons, ce qui nous regarde*, Collection Critique, Paris: Les Editions de Minuit, 1992.

보이는 내용 가운데, 특히 도상해석학의 전통 가운데 진행된 시각기호학 연구의 패러다임에 직접적인 영향을 줄 만한 내용에 국한해서 그 의미를 되돌아보고자 한다. 이를 위해 우리는 미술사가들의 디디 위베르망 읽기에 많은 도움을 받는다.[8]

디디 위베르망은 오늘날 미술비평에서 주요 이슈를 이루는 '사후성(après-coup)'이라는 개념의 확립과 발전에 크게 기여한 것으로 보인다. 사후성이란 "시간적 측면에서 인과론적 과정이라기보다는 과거에 발생한 사건의 의미나 구조가 소급적으로 변형되고 재창조된다는 의미"[9]를 가진다. 그러므로 형식적 측면에서 사후성 혹은 사후적 읽기란 "작품을 우리의 시각정치와 인식론적 특성이 만들어낸 매우 불안정한 질서로 간주하고 이러한 시각 질서로부터 이탈한 혹은 그 내부에 잠재한 '부수적이고 초과된 읽기'의 가능성을 탐구하는 작업"[10]이 된다.

사후적 읽기에 관한 이론은 이미 바르트 등의 구조주의 기호학에서 잉태된 바 있으며, 디디 위베르망은 이들이 정신분석학을 동원하여 시각예술에서 형상성(*le figural*)의 역동적 측면, 의미화 과정, 형상성과 관객의 관계 등에 대한 체계적 이론을 제시함으로써 결과적으로 사후적 읽기 이론에 크게 기여하였다고 인정한다. 사후성이란 개념을 다시 형상적 측면과 상징적 · 언어학적 측면으로 나눈다면, 전자는 이미지가 압축된 상태로 여기에서부터 거의 무한한 형상을 발견할 수 있는 가능성이 있으며 아직 질서에 통합되지 않은 잉여 형상의 출현과정으로 설명되고, 후자는 발견된 형상 혹은 기표를 의미화, 언어화하는 과정으로 볼 수 있다. 그러므로 후

8 김원방, 「사후적 읽기와 끝나지 않는 작품」, 『미술사연구』 26(1), 2009, 305-341쪽; 신승철, 「조르주 디디-위버만, 우리가 보는 것은 우리를 응시한다」, 『서양미술사학회논문집』 33, 2010, 299-304쪽 등이 그 사례이다.

9 김원방, 앞의 글, 306쪽.

10 위의 글, 308쪽.

자는 전자를 무력화하고 새로운 질서를 부여하는 과정이다.

이 두 과정이 진행될 때 형상에 대한 오인과 통합된 형상질서를 찢어내며 출현하는 순간이 있다. 디디 위베르망은 이를 '이미지 찢기(*déchirure*)'라는 용어로 개념화한다. 질서정연하게 만들어진 이미지의 장벽을 찢으면서 튀어 나오는 부분을 그는 '형상화하는 형상(*figure figurante*)'이라 불러 '형상화된 형상(*figure figurée*)'과 대립시킨다. '형상화하는 형상'은 스스로 발생하여 출현하는 과정 가운데 있으며 '형상화된 형상'은 형상들의 결합을 은폐하는 장막이 되어버리는데, 이 장막은 우리의 응시(regard)를 통해 언제든 찢겨질 운명을 가진다. 이미지의 배후는 바로 이 순간, 즉 우리의 응시를 통해 이미지가 열리고 찢기는 순간에 그 실체를 드러낸다. 현대 미술이론에서 주요한 이슈인 사후성의 개념은 이와 같이 디디 위베르망의 논의를 통해 형상성, 응시, 실재와 같은 여러 개념들을 하나의 축 위에 배열할 수 있었다.[11]

디디 위베르망은 다른 저작들을 통해 '최종적인 이미지(*image malgré tout*)', '생존한 이미지(*image survivante*)' 등의 개념을 제안하면서 구체적 형상을 가진 이미지를 향한 필연적 귀환과 순환과정을 강조한다. 이에 따라 미술사는 이미지의 무한한 데이터베이스에서 출발하여 재생, 복귀, 재출현의 과정을 밟는 것으로 간주된다. 새로운 미술사는 전통적인 미술사가 대상으로 삼은 '형상화된 형상'이나 도상학 혹은 도상해석학적 질서와는 거리가 먼 것이다. '형상화된 형상'이 파노프스키의 대상이었다면 '형상화하는 형상'은 예고도 없이 출현하는 유령, 즉 '디벅'인 셈이다. 디디 위베르망의 논의에서 방점은 후자에 찍혀 있다는 것은 말할 나위도 없다.

디디 위베르망의 새로운 미술사의 요체 중 하나는 '응시'의 새로운 해석이다. 『우리가 보는 것은 우리를 응시한다』에서 그는 응시에 관한 한 현

11 위의 글, 319쪽.

상학적 배경에 익숙하였던 기호학자에게 많은 시사점을 던져준다. 사르트르와 후설, 메를로퐁티를 잇는 전통적인 응시의 담론에 의하면 응시는 이미지가 활성화되는 지점이며, 응시하는 주체의 몸은 총체적으로 활성화되면서 가시 세계와 상호작용한다. 그런데 디디 위베르망은 우리를 응시하는 것이 우리와 관계를 맺는 한에서만 모든 것이 가능하다고 생각한다. 이제 이미지는 더 이상 플라톤 이래의 '모방'이 아니라 생명을 지닌 능동적 존재가 된다. 이것이 『우리가 보는 것은 우리를 응시한다』의 첫 문장이 주는 함의이다.

우리가 보는 것은 우리를 보는 것을 통해서만 가치를 가지고 생존한다. 그러나 우리가 보는 것과 우리를 보는 것 사이에는 피할 수 없는 단절이 있다. 그러므로 본다는 행위는 곧 두 가지로 열리는 과정으로 진행된다는 역설에서부터 시작할 필요가 있다(9).

이 과정의 하나는 "눈을 감고 보라"는 유명한 제임스 조이스(J. Joyce)의 격언을 실천하는 것이며, 다른 하나는 눈을 뜨고도 볼 수 없다면 눈은 더 이상 시각을 위한 감각기관이 아니라는 사실을 이해하는 것이다. 이미지가 우리를 응시할 때 눈이 부셔서 우리의 시선은 이미지의 '비어있는 공간(espace d'évidement)'을 향하게 된다. 이미지는 더 이상 도상해석학에서 규명하고자 하는 상징이나 알레고리가 아니라 불확실성과 상실감의 대상이지만, 여기에서 우리는 비로소 가시성(visibilité)의 원리 저편에서 이미지를 관조할 수 있게 된다는 것이다.

디디 위베르망의 논의는 사후성뿐 아니라 전통적인 도상해석학의 전통을 벗어나는 이미지 일반에 관한 고찰의 물꼬를 터주는 기여를 하였다. 주지하듯 바르부르크와 파노프스키뿐 아니라 이 노선과 인접한 이미지 연구에서 주로 다룬 대상은 르네상스에서 매너리즘, 바로크에 이르는 미술

작품들이 주를 이루었다. 이 글의 제2장에서 본 바와 같이, 반 데 바알이 제안한 현대의 도상해석학에서도 작품의 주제는 마술, 자연-인간, 인류, 사회, 문명, 문화, 추상적 사고와 관념, 역사, 성경, 문학, 고전 신화와 고대 역사 등 여전히 전통적 맥락의 영역에 머물러 있었다. 도상해석학은 아무리 '현대화'하더라도, 현대미술이 보여주는 거대한 조형성의 스펙트럼에도 그대로 적용될 수가 없었던 것이다. 미술사가들이 디디 위베르망의 이미지 철학에 관심을 가지는 것은 바로 이 점에서 기인한 것이다.

'사후성'은 오늘날의 소위 '미디어아트'에서 볼 수 있는 상호작용이나 인공생명 예술에서 특히 두드러지는 속성이다. 여기에서 작품은 단지 데이터베이스일 뿐이며 관객은 작품에 개입하면서 의미는 사후에 만들어진다. 디디 위베르망이 정신분석학을 동원하여 시각예술의 형상성이 가지는 역동성에 천착한 것은 물질적 매체를 통한 가상성과 역능성에 기반을 둔 디지털 예술의 속성을 규명하는 단초가 될 수 있다 게다가 '형상화된 형상 찢기'라는 그의 언명은 특히 비구상 작품의 해명에 유용하다. 폴록(P. J. Pollock)류의 '올-오버 드리핑', 마송(A. Masson)과 같은 초현실주의 작가들의 작품들, 더 나아가 오늘날의 '미디어아트'라 불리는 작품들은 결국 사후성에 의해 의미를 부여받는다. 또한 디디 위베르망이 말하는 순수 시각성은 미니멀리즘이 지향하는 바와 맞닿아있다.[12] 미니멀리즘은 대상의 현전도, 거기에 필수적으로 따르는 시각적 혼란도 발생하지 않는다. 미니멀리즘의 이미지는 명확하고 단순한 시각적 대상 그 이상도 이하도 아닌 것이다.

현대미술은 이미지가 실제와 모방이라는 기본 토대를 무너트리는 데 성공하였다. 현대의 미술사가들은 이 지점에서 디디 위베르망을 주목하고 그의 이론을 새로운 예술 형식과 기술에 따른 새로운 이론의 하나로, 시대적 영향 가운데서 발생된 예술가의 성취와 이미지의 역동성을 제대로 설

12 신승철, 앞의 글, 2010, 301쪽.

명할 수 있는 이론으로 받아들이는 것이다. 그동안 시각기호학 진영이나 시각기호의 메타언어를 개발하려는 연구들은 이 흐름을 어떻게 받아들였던가? 우리는 이 질문에 아직 답할 수가 없다.

시각기호학은 독자적 학문으로 발전할 것인지 아니면 미술사에서 이미 제시한 목표와 연구대상에 접근하기 위한 '좀 더 나은' 방법으로 머물 것인지를 결정해야 한다는 소네슨의 지적은 이제 유효기간이 끝난 것으로 보인다. 아마도 소네슨은 미술사 스스로가 변용 · 혁신된다는 점을 다소 간과한 것으로 보인다. 소네슨의 이 언명은 물론 기호학의 다른 영역들과 차별화되는 시각기호학의 고유 영역을 강조하기 위한 맥락에서 나온 것임을 십분 이해하지만, 미술사에 대한 그의 견해에 우리는 동의하기 어렵다.

우리는 지금까지의 논의과정에서 파노프스키류의 도상해석학이 단순한 이미지의 역사가 아니라 피렌체 르네상스의 신플라톤주의를 잇는, 신칸트주의라 부를 만한 범위와 무게를 가진다는 것을 확인하였다. 16세기 이탈리아에서부터 만들어진 이 전통은 18세기 독일 철학의 틀에서 정제되었으며 이는 다시 프랑스의 지성사회로 유입되어 초기 기호학의 이론적 틀로까지 기능하게 되었음은 상술한 바와 같다. 비록 우리가 디디 위베르망과 같은 미술사의 혁신을 주목하더라도 파노프스키가 보여준 연구방법의 엄격함은 결코 기호학의 본질과 상치되지 않는 덕성으로 존중하고 닮아야 할 전범으로 여겨야 할 것이다.

우리가 지금까지 대해온 시각기호학의 연구사례들이나 시각기호학의 메타 이론들은 결국 파노프스키류의 도상해석학적 패러다임, 즉 공고한 서구 지성사의 장벽을 크게 넘어서지 못하고 있음을 보여주었다. 불행히도 이는 시각기호학이 미술사에서 진행되는 패러다임의 큰 변화에 무지했음을 보여준다. 이런 면에서 박기현이 판단한 미술사학자, 철학자로서의 디디 위베르망의 위상은 이른바 향후 시각기호학 연구의 방향성을 보여주기도 한다.

디디-위베르망의 끝이 없는 시각 인류학적 사유는 현재를 살아가는 우리들에게 이미지를 바라보고, 이미지의 시간에 대해서 시유하고, 역사 속에 숨겨져 있는 무의식을 탐구해 보라고 조언해주고 있다.[13]

13 박기현, 앞의 글, 2015, 217쪽.

5. 수사학적 배경

수사학의 기원과 위상

수사학(*Ρητορική, Ars Rhetorica*)은 그리스에서 시작된 가장 오래된 학문 중의 하나이다. 아리스토텔레스는 수사학을 대중 연설의 기술과 이론을 연구하는 학문으로 정의하고 이를 시학(*Περὶ ποιητικῆς, De Poetica*)과 구별하였다. 시학의 본질이 '모방'으로 특징 지어진다면 수사학의 본질은 '설득'에 있었다. 기호학적으로 말하자면 시학은 의미론의 차원이고 수사학은 화용론의 차원에 속한다.

수사학은 설득의 기술에서 단순한 웅변술이나 경우에 따라서는 사기술로 강조점이 바뀌면서부터 퇴보하게 되었다. 좁은 의미에서 수사학은 발화에서의 장식 기능으로 다양한 수사기법의 발전으로 진행되다가 문학에 적용되기 시작하였다. 문학 수사학은 13세기에서 르네상스에 이르러 시학과 함께 다시 출현하였으며 이러한 배경으로 수사학은 아직도 시학의 한 영역으로 간주되기도 한다. 이를 이어 수사학은 중세의 7대 자유학예 중 하나로 성립되었다. 당시의 교육과정 중 언어와 관련이 있는 것으로는 문법, 변증법(중세의 논리학), 수사학이 있었다. 문법은 '올바른' 발화를 만드는 기술이며 수사학은 기술적으로나 윤리적으로 '좋은' 발화를 만들기 위한 이론과 실천을 의미하였다.

고대 수사학은 *elcocutio*, 즉 웅변이라는 영역에서 문체론을 포함하였다. 이에 따라 오늘날 문체론은 수사학의 적자 혹은 현대수사학으로 간주되기도 한다. 그러나 수사학은 태생에서부터 세 가지 측면에서 다른 영역을 가지고 있었다. 먼저, 문체론이 기본적으로 텍스트의 표층구조, 즉 어휘적 통사적 표현의 변이체를 다루는 데 비해 수사학은 담화 전체의 구성 규칙을 다루므로 문체론을 포괄하는 범위를 가진다. 두 번째로, 문체론이 개별 작가의 특징적 언어에 관심을 두는 데 비해 수사학은 전통적인 규범에 의해 예견될 수 있는 구조적 패턴을 재발견하거나 추구하는 데 관심을 둔다. 다만 이 경우에는 문체론은 그 대상을 전통적인 것뿐 아니라 모든 것으로 삼기 때문에 문체론이 수사학을 포괄하게 된다. 마지막으로 수사학은 청중에게 미치는 담화 효과를, 문체론은 텍스트의 단일성에 관심을 가짐으로써 화용론적 텍스트의 상이한 국면, 즉 각각 텍스트의 수용과 텍스트의 생산에 초점을 맞춘다는 차이를 가진다.

수사학의 발전

고대 수사학의 체계는 설득 화법의 화용론적 차원을 강조하였다. 기호학적 접근 역시 수사학적 화용론에 새로운 관심을 보이거나 수사기법 체계에 국한되기도 했다. 모리스(Morris)는 수사학을 "제한된 초기 화용론의 한 형태"라 말하였다.[1] 대중을 설득하고 납득시

1 Morris, C. W., *Foundations of the theory of Signs*, Chicago: Chicago University Press, 1938, p. 30.

키는 일은 웅변가가 수사기법을 통해 달성하고자 하였던 목표였으며 담화의 기능과 이를 생산하는 국면은 고대 수사학에서부터 연구해온 화용론적 차원에 속하기 때문이다. 새로운 수사학, 혹은 수사학의 재생은 다양한 학파와 경향으로 진행되었다.

먼저 리처즈(I. K Richards)와 버크(L. Burke)의 신(新)수사학을 들 수 있다. 리처즈는 설득의 수사이론에 대응하여 문학이론, 의미론, 사회 심리학의 맥락에서 수사학을 "오해와 그 치유의 연구"로 재규정하였고[2] 버크는 "사람 사이의 정체성을 획득하기 위해 의식적 혹은 무의식적으로 사용하는 언어 혹은 비언어적 상징 전략"이라 정의하였다.[3] 이 외에도 설득 커뮤니케이션의 심리학, 커뮤니케이션 이론에 기반한 새로운 수사학, 청중 위주의 논증이론 등이 속속 제안되었으며 설득보다는 납득의 수사학을 강조하는 사회 · 정치적 상호작용의 합리적 논증조건에 초점을 맞추는 해석학적 비판 수사학도 나타났다.[4]

기호학적 접근

수사학의 기호학적 접근은 언어학, 텍스트 언어학적 기반과 특히 구조의미론을 통해 진행되었다. 구조의미론은 수사적 문체(figure)의 논의를 주도하였다. 이후 수사학은 퍼스의 수사학을 발견하면서 진전되었고, 대중매체 영역의 응용분석까지 그 범위를 확장하게 되었다.

2 Richards, I. A., *The Philosophy of Rhetoric*, Oxford: Oxford University Press, 1936, p. 3.

3 Johannese, R. L. ed., *Contemporary Theories of Rhetoric*, New York: Harper & Row, 1971, p. 75.

4 Jens, W., "Rhetorik," in *Reallexkon der deutschen Literturageschichte*, 2nd ed., 3, 1971, pp. 432-56, Berlin: de Gruyter; Kopperschmidt, J., *Allgemeine Rhetorik*, Stuttgart: Kohlhammer, 1973.

수사 문체에 관한 탐구는 퀸틸리안(Quintilian) 이래 고대부터 시작되었다. 문체를 단순하고 직접적인 표현방법에서부터의 탈피로 본 그의 개념 규정은 언어학적 관점에서 문체를 '언어적 비정상',[5] 혹은 '영도(degré zéro)'에서부터의 일탈[6]로 파악하는 현대의 언어수사학에까지 계승된다. 야콥슨은 은유와 환유를 전형적이며 대표적인 문체로 들었다.[7] 전통적으로 환유는 단어 x를 단어 y로 대치하는 것으로 설명된다. 이때 두 단어의 지시대상은 현상적으로나 관습적으로 연결된다. 예를 들어 화폐를 '금'으로 대신하는 경우, '백악관'을 미국 대통령으로 대신하는 경우가 그러하다. 야콥슨은 은유를 유사함(similarity)에 의한 대치로, 환유는 인접성(contiguity)에 의한 대치로 설명하고 각각 계열체(paradigmatic) 축과 통합체(syntagmatic) 축에 연관하였음은 주지의 사실이다. 리에주의 그룹 뮈는 야콥슨을 이어 수사 문체의 기호학적 체계를 개발하였다. 이에 관해서는 별도의 장에서 상술하고자 한다.

(1) 기호수사학

제한된 웅변술에서부터 문학, 텍스트, 시각 등 더 넓은 영역으로 기호학적 분석이 확장되면서 다양한 응용연구가 진행되었다. 텍스트 기호학의 영역에서 발레시오(Valesio)는 수사학을 세 가지 범주로 재정의하였다. 수사학은 인간이 수행하는 담화의 모든 기능적 차원, 즉 무의식적 담화를 포함한 모든 형태의 담화를 대상으로 하고, 두 번째는 전통적인 토포스, 논증, 문체들의 통합구조를 다루며 마지막으

5 Todorov, T., *Théorie de la littératue. Textes de formalistes russes*, Paris: Seuil, 1965, p. 108.

6 Dubois, J. et. al., *A General Rhetoric*, Baltimore: Johns Hopkins University, 1970.

7 Jakobson, R., "Two aspects of language and two types of aphasic disturbance," in Jakobson, R. *Selected Writings 2*, The Hague: Mouton, 1956/1971, pp. 260-66.

로 이들을 언어학적 기술방법뿐 아니라 철학적 대안으로 접근하는 극단적인 관점으로 구성된다는 것이다.[8] 법률기호학 분야에서 쉬레켄베르거(Schreckenberger)는 법률 담화의 기호학적 수사학을 발전시켰다.[9] 영화기호학에서는 메츠(Metz)가 영화 특유의 수사적 구성(*dispositio*)을 논의하였으며 이는 캐멀링(Kaemmerlig)이 참여하면서 영화의 시각 수사 문체 연구로 진행되었다.[10] 회화기호학에서는 그룹 뮈가 이미지 수사학의 범주를 제안하였다.

바르트는 대중매체의 연구를 통해서 수사를 신화와 이데올로기의 기호학적 대척점으로 파악하였다. 수사는 신화적 기표가 배열되는 다양한 형태에 따라 고정되고 통제되는 일련의 강요된 문체들이라는 것이다.[11] 예를 들어 '옳음의 신화'를 규정하는 일곱 가지 문체 중 하나로 동어반복이 있다. 바르트는 『패션의 체계』에서 옐름슬레우가 제안한 분석 층위를 도입한 수사체계를 시도하였다. 패션에서 수사적 기표는 패션 잡지가 설득에 동원하는 어법이며 수사적 기의는 패션의 이데올로기이다. 바르트는 이러한 이데올로기 기표들을 '공시자(connoateur)'라 명명하고, 일련의 공시자들을 '수사(rhétorique)'로 명명함으로써 수사는 이데올로기 양상의 의미작용임을 밝혔다.

---

8 Valesio, P., *Novantiqua: Rhetorics as a Contemporary Theory*, Bloomington: Indiana University Press, 1980, p. 39.

9 Schreckenberger, W., *Rhetorishe Semiotik*, Freibourg: K. Alber, 1978.

10 Metz, C., *Film Language: A Semiotics of the Cinema* (trans. *Essai sur la signification au cinéma 1*), New York: Oxford University Press, 1968/1974, pp. 117–119; Kaemmerlig, H. E., Rhetorik als Montage, in Kmili, F. ed., *Semiotik des Films*, München: Hanser, 1971, pp. 94-112.

11 Barthes, R., *Mythologies*, New York: Hill & Wang, 1957/1987, p. 150.

(2) 퍼스의 수사학

퍼스는 특유의 삼원론적 기호 분류를 수사 문체 체계의 모델로 동원하였다. 퍼스의 수사학은 '추론 수사학(speculative rhetorics)', 즉 '방법을 찾아내는 방법'의 학문(methodeutic)이다. 퍼스의 기호학은 이론과학, 추론문법, 비판논리학으로 구성된다. 문법이 기호학적 일차성의 차원에서 기호를 연구하는 것이고 논리학이 이차성의 차원에서 기호와 지시대상의 상호관계를 연구하는 것이라면 수사학은 기호가 어떻게 해석자(interpretant)로서 효과적인 역할을 수행하는지를 연구하는 삼차성의 이론이 된다.

퍼스는 수사학을 "마음에서 마음으로, 그리고 마음의 한 상태에서 다른 상태로 기호가 의미를 전달하는 필수조건의 연구"[12]이며 "상징의 힘, 즉 상징이 마음에 호소하는 형식적 조건에 대한 연구"[13]라 기술하였다. 이는 아리스토텔레스의 수사학 전체와 모리스(Morris)류의 화용론, 나아가 정신신경 기호학을 모두 포괄한다. 그러므로 퍼스의 수사학은 가장 중요한 철학적 결론으로 진행될 것으로 기대되는 거대한 학문 분야가 되는 것이다.

그룹 뮈의 수사학과 기호학

수사학의 기원과 발전을 거칠게 더듬어본 후, 시각기호학 연구의 배경 중 하나로 주목할 점은 1장에서부터 언급한 그룹 뮈의 일반수사학 연구와 기호학 사이의 연관성이다.

그룹 뮈는 1967년 리에주대학의 '시학연구센터'에서 결성된 연구가

12 Peirce, C. S., *Collected Papers*, Hartshorne, Charles., and Weiss, Paul., ed. Cambridge, Mass.: Harvard University Press, 1931-1958, 1:444.

13 Ibid., 1:559.

들의 학제적 모임이다. 초기의 멤버로는 에들린(Francis Édeline), 클린켄베르그(Jean-Marie Klinkenberg), 뒤부아(Jacques Dubois), 피르(Francis Pire), 트리농(Hadelin Trinon), 멩게(Philippe Minguet) 등을 들 수 있으며, 이들의 학문적 배경은 생화학, 문화사회학, 미학, 기호학에 널리 걸쳐져 있었다. 이들은 수많은 공저와 60여 편의 논문들을 남겼으나, 이들이 국제적 명성을 얻게 된 것은 쉐이유(Seuil) 출판사가 각각 발행한 1970년의 『일반수사학 *Rhétorique générale*』, 1977년의 『수사학과 시 *Rhétorique de la poésie*』, 1992년의 『시각기호 개설: 이미지의 수사학을 위하여 *Traité du signe visuel. Pour une rhétorique de l'image*』를 통해서였다.

특히 마지막의 『시각기호 개설』은 소네슨에 의해 언어학에서 소쉬르의 『일반언어학 강의』에 해당되는 시각 커뮤니케이션 분야의 고전이라 평가될 만큼 장르에 무관하게 이미지의 일반 문법을 구축함으로써 시각기호학은 물론 일반기호학의 발전에 큰 영향을 미치는 책으로 꼽힌다. 『시각기호 개설』은 먼저 조형기호(signe plastque)와 도상기호(signe iconique)를 구별하고, 이 두 기호의 관계를 비교함으로써 시각 메시지의 일반수사학을 구축한다. 그룹 뮈는 기호학 연구에서 '언어의 제국주의'를 탈피하려는 입장을 가진다. 이들은 표현 면의 연구에 있어서 두 가지 접근방법, 즉 '거시기호학'과 '미시기호학'을 구별한다.

거시기호학은 이미지를 개별 발화로 간주하며 '그것만을 위한(*ad hoc*)' 개념을 사용하며 경험적 방법을 채택한다. 이에 비해 미시기호학은 이미지를 구성하는 분자적 요소를 찾아 이를 기술하는 것을 목표로 삼고 '선험적(*a priori*)'인 개념을 사용하며 이론적 방법을 채택한다. 그러므로 거시기호학은 종합적, 미시기호학은 분석적이라 부를 수 있다. 전자의 범주는 경험적으로 규정되며 귀납적으로 나타나고, 후자의 범주는 국지적이며 선험적으로 나타난다.

그룹 뮈가 더 중요한 것으로 생각하는 '미시기호학'은 여전히 "일종의 분자로 간주되는 그림이 요소에서 시작되며, 단위들이 어떻게 집합과 결합을 통하여 메시지로 구성되는지를"[14] 보여준다. 하지만 이들은 '어떤 대상에 적용된 용어를 다른 대상에 전이시키는 것은 가끔 주문에 지나지 않는다. '분절', '통사론', '의소' 등의 개념을 시각 메시지에도 거리낌 없이 사용할 수 있을까?'라는 합당한 자문을 통해서 시각기호학은 그 대상을 명확히 규정하고 조작적 과정을 설명함으로써 과학의 자격을 갖추어야 한다고 주장한다. 이 책에서 다루어진 이미지의 구조기호학 문법의 개요를 알아보자.[15]

(1) 조형기호

그룹 뮈는 세 가지의 조형발화체로 옐름슬레우의 의미에서 형태(forme)와 색채(couleur), 조직(texture)을 제안하였으며, 이를 정교한 이론적 탐구의 대상으로 설정하였다. 이들은 각자 기표로서의 정체성을 가지면서도 시너지를 통해 궁극적으로는 하나의 의미체계를 구성하고 여기에서 의미효과, 즉 조형기의가 만들어진다.

형태

의미생산 과정은 시작 정보를 감각에 의해 포착하는 데서 시작한다. 눈은 병렬된 점들을 포착하는 것이 아니라 반점(tache)을 파악한다. 이 반점은 하나의 영역을 한정하는 최소 발화체가 되므로 시각정보에서 실재(entité)의 자격과 범국지적 자질(qualité)을 얻는다. 이

14 Groupe μ., *Traité du signe visuel*, Paris: Seuil, 1992, p. 48. 이하 인용부분은 내주로 처리.

15 이하 논의는 Granjon, E., "Le signe visuel chez le Groupe μ," In Louis Hébert dir., *Signo*, Québec: Rimouski, 2016(http://www.signosemio.com/groupe-mu/signe-visuel.pdf)을 참조하였다.

둘의 결합은 형태를 만드는데, 형태는 다시 '위치', '방향', '차원'이라는 세 가지 기표, 즉 형태소(formème)로 고유한 단위가 된다.

기의를 연구하는 것은 더 복잡하다. 그룹 뮈는 강하게 코드화된 단순한 형태의 의미내용과 규범적 도상 성격에 입각한 의미내용에 집중하였다. 이 기의는 두 가지 범주로 나누어진다. 형태소의 내용과 형태의 내용이 그것이다. 형태소의 기의는 위치에 따른 '척력(répulsion)', 차원에 따른 '우세(dominance)', 방향에 따른 '균형(équilibre)'이라는 용어로 확인된다. 형태의 내용은 형태소의 내용에 따른다. 예를 들어 중심에서 같은 거리를 가지는 점들로 만들어진 닫힌 평면을 그리는 곡선은 척력에 의해 '원'이라는 기의의 특징이 된다. 여기에다 '방향'이라는 형태소에 결부되는 기의를 고려하면 원은 이각(離角)이 없으므로 평면에서 방향이 없다. 이는 결과적으로 평형의 의미 행위가 구현된 것이라고 할 수 있다.

조직

조직은 "요소들의 반복으로 만들어진 미세지형도"로 정의된다.[16] 이는 표면의 점을 지각하고 이를 수신자의 시각·촉각적 감각에 의해 투영되어 만들어진 공감각적 기표들로 이루어진다. 요소들과 요소들의 반복은 조직소(texturème)로 설정된다. 조직 요소는 '작은 차원'의 단편, 즉 "어느 정도의 거리에서는 개인에 따라 지각되지 않아 형태를 구성할 수 없으며, 통합 조작에 의해서만 보편적으로 수용"되는 것이다.[17]

이런 종류는 형태가 반복되지 않으면 쉽게 지각되지 않는다. 요소들의 반복은 지각의 규칙을 따르며, 구성을 만드는 것은 결국 리듬이다. 기

16 Groupe μ, op. cit., 1992, p. 197.

17 Ibid, p. 199.

표의 자질이 곧 기의가 아닌 만큼, 그룹 뮈는 구성소를 곧 기표에 결부하지 않는다. 구성 기호의 보편적 기의가 존재한다는 것은 그것이 삼차원적이며 촉각적 동인이 있고 표현성이 있기 때문이다.[18] 그룹 뮈는 물리적 조직, 즉 촉각적으로 지각되는 것과 재현적 조직, 즉 촉각적으로 지각되지는 않으나 조직으로 간주되는 것을 나누지는 않은 듯하다. 일반적으로 조직의 가치를 평가하는 것은 실현매체의 성질, 재료의 선택, 작가가 실현매체에 부과한 방식에 의한다.

두 가지 유형의 기표가 조직과 결부된다. '알갱이(grain)'[19]와 '얼룩(macule)'이 그것이다. 알갱이는 실현매체의 미시지형이 다양함에 따라(캔버스, 목판, 유리, 종이), 사용된 재료의 화학적 속성(회화, 흑연, 구아슈), 부품(매끄러움, 부조)에 따라 다르다. 알갱이가 삼차원적임에 비해 얼룩은 최대한의 평면 형태에서 조직의 상태를 규정한다. 예를 들어 사진이나 비디오의 조형적 처리는 얼룩에서 나오며, 평면 회화 역시 부조 효과가 없다는 점에서 마찬가지이다.

색채

색채는 물리적 색채와 현상학적 색채의 두 종류가 있다. 물리적 색채는 색채 스펙트럼과 동일한 것으로 파장의 길이와 수용된 양과 반사된 양의 관계로 측정된다. 현상학적 색채는 자연의 색채로, 색채 스펙트럼에 쪼인 빛의 작용으로 규정된다. 기표로서 자연 색채는 형태나 조직과 함께 체계적으로 분절된다. 칸딘스키(Kandinsky) 역시 "특정 색채가 특정 형태에 의해 강조되거나 약화되는 것을 보는 것은 어렵지 않다. '날카로운' 색채는 날카로운 형태에 더 잘 부합된다(예를 들어 노란색과

18 Ibid., p. 201.

19 원 의미는 곡식류의 낟알이나 여기서는 문맥에 따라 알갱이라 번역해보겠다.

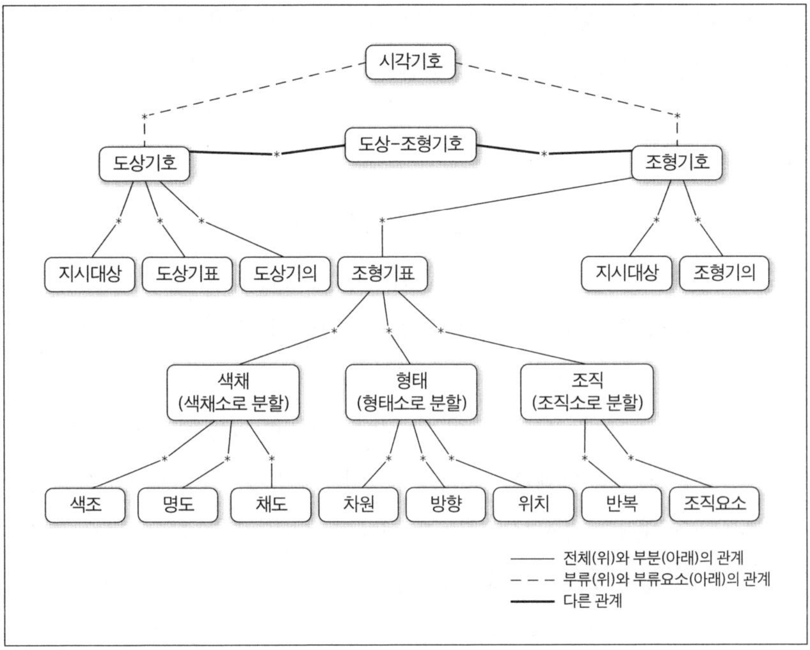

〈그림 5-1〉 시각기호 개념의 망

삼각형). 심오한 자질을 가진 색채는 둥근 형태에서 움직임이 강조된다(예를 들어 원 가운데의 푸른색)"고 말한 바 있다.[20]

색채는 세 가지 변수, 즉 '색채소(chromème)로 구성된다. 이들은 색조, 채도, 명도이다. 색채소는 다른 두 요소들과 함께 필연적으로 분절되면서 일차적 의미축을 환기하게 된다. 색채소는 내용 면의 수준에서 조형기의에 결부되어 일반적으로 문화적으로 코드화된다. 예를 들어 붉은색이 열정이나 관능뿐 아니라 금지나 분노 등의 상이한 의미를 가지는 것이 그러하다. 물론 이 문화적 도식은 시간이 지나면 바뀌게 된다.

20 Kandinsky, K., *Du spirituel dans l'art et dans la peinture en particulier*, Paris: Denoël, 1989, pp. 96-97.

지금까지 진행된 논의와 이어질 도상기호를 포함하여 그룹 뮈의 시각기호 개념의 망을 모두 도표로 보면 〈그림 5-1〉과 같다.[21]

(2) 도상기호

그룹 뮈가 제안하는 도상기호 모델은 아래와 같은 조건을 충족하는 선험적 개념으로 만들어진다.[22]

- ▷ 실제 존재하는 지시대상이 아니라 모델화되어있는 대상에서 시작하며
- ▷ 기호의 본질을 훼손하지 않도록 지시대상과 기호의 교체성을 설명하며
- ▷ 지시대상과 기표 사이의 동형성(homogation)을 설명하되
- ▷ 동형성의 형태가 다양하며 도상적 관계의 이질성과 불안정성, 특정 기호를 인식하는 코드의 문화적 성격을 설명할 수 있어야 하며
- ▷ 도상기호의 코드해독과 코드화를 설명하고
- ▷ 기호행위에 따라 달라지는 코드해독의 다양성과 코드 단위의 상대성을 설명할 수 있어야 한다.

그룹 뮈는 퍼스가 말한 "대상체는 반드시 있을 필요가 없다"는 명제를 모리스(Morris)의 이론을 통해 극복한다. 모리스는 기호의 대상체를 지시내용(*designatum*), 즉 인식된 대상체와 지시체(*denotatum*), 즉 실재하는 대상으로 구별하였다. 이에 그룹 뮈는 '세미오시스'의 범주에 들지 않는 지시체를 제외하고 지시내용을 다시 '유형(type)', '지시대상(référent)'으로 나누었다. 유형은 달리 분절되며 문화에 따라 확인되는 다소 안정된 부류이나 원

21 Granjon, E., op. cit., 2016, p. 4.

22 Groupe μ, op. cit., 1992, p. 133-134.

칙적으로는 특정 발화 상황과는 무관하다. 지시대상은 특정 의미작용의 환경에서 유형이 실현된 것이다. 부연하면 지시대상은 '실현된 유형'으로, 이는 모리스가 말하는 지시체와는 다르다. 이 과정을 통해 그룹 뮈는 퍼스가 보인 모순을 극복할 뿐 아니라 퍼스의 '대상체'를 범주화 · 구체화하게 되었다.

결과적으로 도상기호는 조형기호와는 달리 '도상기표'와 '유형', '지시대상'의 삼원적 구조를 가지며 이들 요소들이 맺는 양방향 관계의 총체로 만들어진다. 초기 기호학이 전가의 보도처럼 여겼던 소쉬르의 이분법이 그룹 뮈의 독자적 연구를 통해 크게 보면 퍼스의 삼원론으로 연결된 것이다. 이를 도식으로 보면 〈그림 5-2〉와 같다.[23]

이 도식에서 '지시대상'은 "조직되지 않는 자극의 총체가 아니라 하나의 부류에 속하는 구성원으로 이해되며 (…) 특수하며 물리적 성격을 가지는 것"이다. 재현된 한 형태의 지시대상은 모델의 대상이며 이는 실제 생활공간 가운데 물리적 경험으로 만들어진다.

도상기호의 기표는 "하나의 안정된 유형에 대응하는 시각 자극의 모

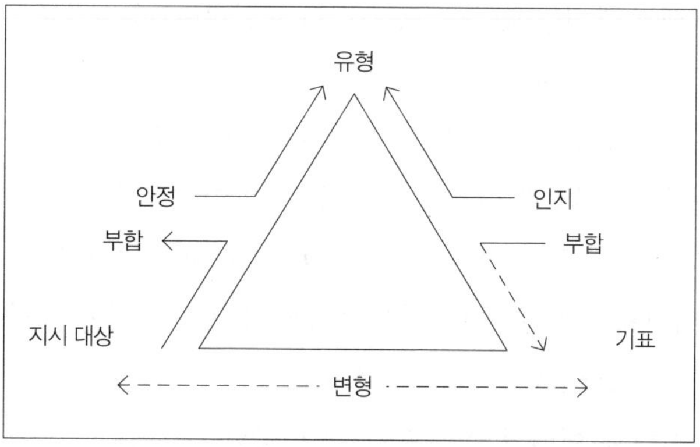

〈그림 5-2〉 그룹 뮈의 도상기호 모델

23 Ibid., p. 136.

델화된 총체"이다. 기표는 유형과 함께 특정화된 구조를 가진다. 기표는 다양한 단위들로 구성된다. 이를 그룹 뮈는 하위단위(sous-entité)와 표지(marque)로 설명한다. 한 유형의 기표는 단위(n), 하위단위(n-1), 상위단위(n+1)로 나누어진다. 예를 들어 /머리/라는 단위는 상위단위인 /몸/과 하위단위인 /눈/ 등으로 만들어진다는 것이다. 달리 말하며 상위단위 /몸/(n+1)은 머리(n)와 눈(n-1)으로 구성된다.

이에 비해 '유형'은 하나의 부류에 속하며 관념적 성격을 가진다. 즉, 유형은 "통합의 과정에서 만들어진 정신적 재현"으로, 물리적 실체를 가지지는 않는다. 유형을 인식한다는 것은 기표의 하위단위와 지표를 확인하는 비율에 따라 달라진다. 기표의 변별 특질이 눈길을 끌면 끌수록 확인은 명확해지고 유형에 부합된다. 그룹 뮈는 분석의 세 가지 수준과 유형화의 정도에 따라 최소 확인 비율, 즉, 그 비율 이하로는 형태가 인식되지 않는 경계선을 규정하려 하였다. 예를 들어 머리를 인식하기 위해서는 최소한의 하위단위들과 지표들이 유형에 부합되어야 한다. 하위단위들이 이 한계에 미치지 못할 경우 특질들이 인식되지 못하며 따라서 확인도 실패로 돌아간다는 것이다.

세 구성요소가 맺는 관계는 세 가지 축에 따라 구별된다. 먼저 기표-지시대상 축에서는 '변형(transformation)'의 관계가 보인다. 이 관계는 달리 말하면 '통분성(commensurabilité)' 혹은 동형성의 관계이기도 하다. 사물의 몇몇 특성은 변형을 통해 기호로 번역되며, 반대로 기호의 특질 중 어떤 것은 사물에 속하지 않게도 된다. 이 역시 결과적으로는 퍼스의 원래 의도, 즉 도상기호는 지시체의 속성을 공유한다는 명제가 녹이든 셈이다. 변형은 두 가지 방향으로 일어난다. 기표에서 지시대상으로의 변형은 기호의 수용과정에서 일어난다. 이때 변형규칙이 지시대상의 성격에 적용되어 기표의 기본 성격을 설정하게 한다. 지시대상에서 기표로의 변형은 반대 과정을 따른다. 한편 이 모델은 지시대상의 착각을 설명할 수 있을 뿐 아니라 두 가지 이상의 기표가 동일할 수도 있다는 것, 예를 들어 흑백 사진과 천연색 사진이 실은 같은 사물을 찍은 것임을 설명할 수도 있다.

두 번째로, 지시대상 – 유형의 축에서는 '안정(stabilisation)'과 '부합(conformité)'의 관계가 나타난다. 지시대상 – 유형의 방향에서는 지시대상에서 얻어낸 관여적 요소가 유형을 만드는 범렬체[24]에 더해지며 반대 방향인 유형 – 지시대상으로는 유형에 들어있는 요소와 지시대상의 요소를 확인하는 검증과정이 진행된다.

세 번째로, 유형 – 지시대상의 축에서는 '인지(reconnaissance)'와 '부합'의 관계가 보인다. 유형은 범렬의 총체이므로 시각 자극은 '부합'의 검증대상이 된다. 인지의 기준은 질적 · 양적 속성을 가진다. 그런데 문제가 되는 것은 유형이 가지는 특질의 수가 아니라 그 성질이다. 예를 들어 '고양이'라는 유형을 인지할 때 고양이 특유의 '콧수염', '귀', '눈' 등의 유형 중에서도 일부만 필요하다. 이는 기표 – 유형이 맺는 부합의 관계에서도 적용된다. 부합의 기준은 개별 대상(기표)과 일반모델(유형)을 대조하여 모델이 가지는 다양한 범렬체 중 일부가 특정 기표에 보이는가를 검증하는 것이다.

(3) 적용 사례

지금까지의 논의에서 보듯, 그룹 뮈의 시도는 수사학이라기보다는 이미지의 분석을 위한 이론적 프레임에 가깝다. 특히 『시각기호 개설』에 개진된 조형기호와 도상기호의 내적 구조와 단위들의 인식과정에 관한 기술은 그 자체가 하나의 이미지 분석의 방법론을 시사해준다. 이에 관해 그룹 뮈는 르네 마그리트의 작품을 대상으로 흥미로운 분석 사례를 제시하는 바, 일부를 보기로 한다.

24 소쉬르의 이분법적 개념인 계열체(paradigme)과 통합체(syntagme)를 다시 통합한 개념이다.

〈검은 마법〉의 조형기호

르네 마그리트의 〈검은 마법〉은 나체 여성의 프로필을 보여준다. 모델은 낮은 벽 앞에 서 있고 왼손은 돌 위에 놓여 있다. 머리는 오른쪽으로 약간 기울이고 두 눈을 감고 있다. 조형기호의 차원에서 이 작품에서 가장 먼저 주목할 것은 색채이다. 인물의 몸은 두 가지 색채가 있다. 아랫부분 배꼽부터 허벅지까지는 밝은 오렌지 색조로 정상적인 피부색이지만 윗부분은 푸른색이다. 배경은 바다로 남색으로 채색되고, 하늘에는 군데군데 흰 구름이 있으며 하늘의 색조는 뉘앙스를 가진다.

이 작품에서 색채는 마그리트 특유의 줄거리를 만들어낸다. 하늘, 바다, 인물의 색채는 주도인 푸른색으로 동일하다. 배경에서 색채는 채도의 변화에 따른 그러데이션을 보인다. 배경 하늘의 푸른색은 서서히 채도를 낮추어 그림의 중간, 하늘과 바다를 경계 짓는 수평선에서는 흰색에 가까워지다가 바다가 시작되면서 다시 올라간다. 채도가 높은 푸른색은 고개를 숙인 인물의 상체, 특히 머리의 색채와 같다. 인물의 상체에 보이는 모노크롬의 디자인에서 색채의 웅변효과는 최고점에 이른다. 몸의 형태가 가지는 정확성(실루엣, 여체의 곡선, 빛과 어두움의 작용)은 색채에서의 포화도의 작용, 즉 어두운 부분은 채도가 강조된 푸른색, 빛이 있는 부분은 밝은 푸른색으로 완벽하게 통제된다.

푸른색의 채도가 수행하는 역할을 분석하면서 이 조형기표의 두 가지 의미 축을 설정하게 된다. 먼저, 배경에서 채도가 강조된 푸른색은 '무한함', 즉 바다와 하늘의 특질과 상동관계를 이루고, 채도가 약화된 부분은 '한계', 즉 수평선과 상동관계를 가지는 것을 볼 수 있다. 두 번째로, 인체의 재현 부분에서 채도의 변화는 다른 한 쌍의 조형기의를 환기한다. 여체를 모방한 준(準)사실적인 이 형상에서 비록 이 색채들이 일반적인 인간의 육체와 같지는 않지만 각각의 상이한 색채에서 채도의 변화는 양감과 도

〈그림 5-3〉 르네 마그리트,
〈검은 마법 La magie norie〉,
1945, 유화, 60x40cm,
Musée Royaux des Beaux-Arts, Brussels, Belgium.
(➜ 225쪽 컬러 그림 참조)

드라짐을 보인다. 여기에서 채도가 강조된 푸른색은 '어두움'의 기표와 상동관계를, 밝은 푸른색은 '빛'과 상동관계를 맺는다.

인체의 상단부분을 차지한 단색이 주는 특이한 주제(그리고 상징적) 차원을 주목하자. 이 부분의 색조가 푸른색이라는 것과 위치가 위라는 것은 여성과 하늘 사이의 주제적 연상을 만들어낸다. 혹 이 육체는 하늘과 마찬가지로 안개처럼 가볍고 가스처럼 사라지는 것은 아닐까? 이 색채의 작용을 통해서 마그리트는 인체의 살을 하늘 허공의 살로 변형하는, 통상적인 것을 넘어서는 회화 언어를 만들어내었고 이를 통해 '여인'의 우주적 본질을 표현한 것이다.

〈개인적 가치〉의 도상기호

이어서, 그룹 뮈의 도상기호 이론이 낯선 형상을 이해하는 데 도움이 되는 사례를 들어보자. 〈개인적 가치〉는 1952

〈그림 5-4〉 르네 마그리트, 〈개인적 가치 Les valeurs personnelles〉, 1952, 유화, 77.5x100cm, 샌프란시스코 미술관. (➜ 226쪽 컬러 그림 참조)

년에 그려진 유화이다. 침실은 구름이 있는 하늘 천으로 덮여있고 흰 천장은 몇 가지 구획으로 나누어져 있다. 그림의 왼쪽에는 벽의 각도 반대로 목제 침대가 놓여있고 붉은색의 담요가 덮여있다. 그 위에는 검붉은 무늬로 그려진 뱀 장식이 달린 빗이 있다. 거울이 달린 옷장은 오른쪽 구석에 있다. 옷장 위에는 면도솔이, 바닥에는 검은색 배경에 연분홍 식물무늬가 들어있는 두 장의 카펫이 덮여있다. 왼쪽 카펫 위에는 성냥이 있고 오른쪽 카펫 위에는 분홍색 알약 하나가 있다. 그 사이에는 손잡이가 푸른색인 유리잔이 놓여있다.

관객들은 이 작품에 나오는 수다한 사물들, 즉 성냥, 면도솔, 빗 등은 실제의 상대적 크기를 벗어나는 초차원적 크기임을 주목한다. 여기에서 그나마 실제의 상대적 크기, 즉 삼차원에 종속하는 것은 침대와 옷장이다. 각각의 형상은 실제의 대상에 부합하는 재현물임에도 불구하고 전체 작품은 도상적으로는 궤도를 벗어나 있는 것이다. 일상적인 욕실이나 주방에서 흔히 볼 수 있는 것들이 침실에 있다는 것도 낯선 현상이다.

그것이 무엇이든, 이 상식 밖의 도상기호들은 그룹 뮈가 제안한 기표-유형의 축 위에서 모델화된다. 빗, 성냥 등에 대한 우리의 경험은 이 기호들이 사물 유형의 계열체에 위치함으로써 안정을 얻게 된다. 반대로 이 작품에서와 같은 계층적 관계는 공간적 불일치와 더불어 기표와 유형의 균형을 뒤흔들게 된다. 일상의 생활을 통해 사물에 대해서 우리가 가지는 재현과 경험은 문화적으로 코드화되어있으며 이에 따라 어느 정도 예상이 된다. 예를 들어 침실 탁자나 욕실 서랍에 있는 면도솔은 문화에 의해 안정된 도상적 연상이라 할 수 있다. 그러나 면도솔에 대해 우리가 가지는 도상적 환경의 기대와 지각은 옷장 위라는 위치에 따라 소실된다. 게다가 우리의 지각은 그 사물의 크기에 의해 한 번 더 기울어진다.

이미지의 형상적 '낯섦'은 도상기호의 논리적 기능의 단절에서 나온다. 여기에서 유형과 지시대상의 부합성은 총체적인 것이 아니라 이행되지 않은 것이다. 마그리트 초현실주의 도상의 작동을 이렇게 기호화할 수 있는 것이다.

시각수사학의 발전 혹은 대체

2000년 전후, 외관상 구조주의 기호학 연구의 발전이 정체되었다고 보이던 시기에 수사학의 영역에는 의미 있는 움직임이 진행되었다. 시각 텍스트와 수사과정의 시각적 성질에 대한 학제적 관심이 집중되기 시작한 것이다. 시각 수사를 둘러싼 연구들이 다양한 학회와 학술지에 자주 등장하게 되었다. 그러나 다양한 관점과 학파들 사이에 수사라는 용어에 합의가 이루어진 것도, 일관된 연구 범주가 미리 설정되어있는 것도 아니었다.

어떤 학파는 차트나 그래프에 나타나는 양적 표현에 관련 있는 시각 요소들을 고려하는가 하면, 어떤 학파는 단지 온라인 커뮤니케이션의 시각 요소들의 기능만을 대상으로 하기도 하였다. 문화적 관점으로 진행되는 일부 연구들은 미술사나 미술 이론을 기반으로 하였으나 여기에서도 시각 수사 혹은 시각문화(visual culture)라는 용어를 예술적 이미지에 국한하였다. 시각이라는 용어를 내적인 이미지를 만드는 심적 구성과정인 '시각화(visualizing)'로 국한하는가 하면 어떤 학파는 이 용어를 전통적인 이차원 평면에만 국한하기도 하였다. 여기에 인쇄물, 영화 광고, 텔레비전, 영화가 덧붙여지면서 갑자기 새로운 탐구 영역이 부상하였다. 이는 풍부한 가능성을 가지지만 반대로 그 폭을 알 수가 없을 정도가 되었다.

문제는 수사학자들이 매우 다양한 영역의 시각물들을 다루기 시작하면서, '시각'과 '수사'의 기본적 성질을 둘러싼 합의가 거의 없었다는 것이다. 어떤 학자들의 경우에는 '시각'을 연구한다는 것은 재현적 이미지를 분석하는 것을 의미하고, 어떤 학자들에게는 인간이 만들어낸 거의 모든 것들, 예를 들어 건물, 토스터기, 인쇄문서, 의복 등의 시각적 양상을 연구하는 것으로 받아들여지면서 시각수사학은 마치 디자인 연구와 상당부분 겹치는 것으로 되기도 했다. 또 어떤 학파는 시지각 과정, 혹은 '시선'을 연구대상으로 설정하여 이 대상이 가지는 심리적 · 문화적 함의에 몰두하기도 했다.

시각 분석에 종사하는 학자들은 점차 그들의 연구가 진정한 의미에서 수사학적인지 아닌지를 논의하는 방법을 망각하게 되었다. 여기에서 수사학과 문화과학, 기호학은 서로 갈피를 잃어버리게 된 것이다. 시각으로의 선회는 이 방법론들을 구별하려는 어떤 시도도 문제시하게 되었으며, 이미 학문 영역을 넘어서 혼란스러워진 사태를 더욱 부풀리게 되었다. 여기에서 시각 영역에서도 수사학의 정체성을 지키려는 일군의 시도가 나타났다.

예를 들어 힐(C. H. Hill)은 『시각수사학을 정의함』[25]을 통해 시각 분석에 종사하는 학자들에게 그들의 연구가 다루는 시각 양상들이 과연 '수사학'이라는 라벨에 합당하거나 아니면 유용한지의 여부를 따져보도록 권한다. 물론 이들이 원하는 것은 시각 수사라는 용어를 폄하하는 것이 아니라 모든 수사학자들이 동의할 수 있는 합의를 도출하자는 것이다. 이를 위해서 다양한 영역에서 시각을 다루는 학자들이 그들의 연구의 배후에 있는 정의수립 가설(definitional assumption)을 논의하고 시각 현상의 수사학적 분석을 공유함으로써 이 가설들의 사례를 제시하자는 것이다.

이들은 먼저 그들의 가설을 두 가지 방향으로 제시하였다. 첫 번째로, 정의에 관한 어떤 논의도 사후적(*post hoc*)이라는 것이다. 누가 어떤 정의수립 가설을 제시하든 그것은 연구를 통해 만들어지는 것이지 연구과정이 시작되기 전에 명확히 밝히는 것은 아니라는 말이다. 두 번째로, 시각수사학 발전의 벽두부터 학자들은 정의에 대한 긴 논의보다는 지엽적 · 국지적 대상에 먼저 관심을 가진다는 것이다.

오늘날의 관점에서 되돌아보면, 힐과 그의 동료들의 우려는 '영상문화'의 도래를 앞둔 위기감의 표명이기도 하였다. 그리스 이래 긴 역사 동안 서구 지성계에서 발전되어온 수사학은 전통적인 대상이었던 언어 텍스트를 벗어나 시각 텍스트를 맞이하면서 그 위상이 흔들리게 된 것이다. 시각수사학, 나아가 수사학의 대상과 방법이 정체성을 상실하거나 뒤섞이는 과정은 비록 학제학적이라는 타이틀을 가지기는 하지만 수사학의 인접 학문인 기호학에서도 또 한 번의 인식론적 전회(epistemological turn)를 예고하는 것이었다.

후에 영상문화 연구의 주력이 되는 미첼(Mitchell)은 이때쯤 시각수사

25 Hill, C. H., *Defining Visual Rhetoric*, New Yrok: Routledge, 2004.

학, 시각기호학과 새로이 대두되는 시각 현상의 문화적 연구의 새로운 관계를 새로운 용어로 규명하고자 하였다. 미첼은 '영상문화 연구(visual culture studies)'라 불릴 만한 분학의 문제를 먼저 다루었다. 미첼의 애초 생각은 영상문화 연구는 본질상 학제학적(interdisciplinary)이었다. 영상문화 연구는 전통적인 미술사로 보면 아웃사이더이며 '고급' 예술의 외부에 속해 있던 이미지를 당당히 학문적 대상으로 끌어올린 것이다. 시각기호학으로서는 가장 강력한 라이벌, 혹은 더 나아가 인식론적 전회를 맞이하게 된 것이다. 이에 관한 논의는 IV부 시각기호학의 미래에서 별도의 장을 배당하여 기술하고자 한다.

6. 조형기호학

장 마리 플로슈(Jean-Marie Floch, 1947-2001)는 프랑스 기호학의 전통을 시각기호학 분야에서 이은 그레마스의 후계자로, 이른바 '조형기호학(sémiotique plastique)'의 창시자로 잘 알려져 있다. 짧지만 적지 않은 연구 성과가 축적된 시각기호학의 역사에서 플로슈는 중요한 위치를 차지한다. 그의 주된 저작은 1985년의 『눈과 정신의 작은 신화』,[1] 1990년의 『기호학, 마케팅, 커뮤니케이션』,[2] 1995년의 『시각정체성』[3]이다. 흥미롭게도 이 세 권의 책은 비슷한 시간의 간격을 두고 발행되었는데, 이는 지난 20세기

---

1 Floch. J. M., *Petites mythologies de l'oeil et de l'esprit: Pour une Sémiotique plastique*, Paris: Editions Hadès-Benjamins, 1985. 이 책은 박인철 옮김, 『조형기호학: 눈과 정신의 작은 신화』(한길사, 1994)로 번역되었다. 선행 업적을 존중하여 이 글에서는 번역본을 사용하고 이하 PM으로 표기하겠다.

2 Floch. J. M., *Sémiotique, marketing et communication*, Paris: P.U.F., 1990. 이 책은 김성도 옮김, 『기호학 마케팅 커뮤니케이션』(나남, 2013)으로 번역되었다. 이하 SM으로 표기하겠다.

3 Floch. J.-M., *Identité visuelle*, Paris: P.U.F., 1995. 이 책은 권승태 · 박일우 옮김, 『비주얼 아이덴티티: 차이와 지속의 기호학』(커뮤니케이션북스, 2017)으로 번역되었다. 이하 IV로 표기하겠다.

후반 프랑스에서 진행되어온 시각기호학 연구의 한 흐름을 유의미한 시간대별로 엿볼 수 있는 시간적 표지가 된다.

이 장의 목표는 단순히 한 시각기호학자의 지적 편력을 되돌아보는 것도, 그가 남긴 세 권의 책을 읽고 종합 서평을 시도하려는 것도 아니다. 이 장은 시각기호 이론의 한 분야가 변해가는 궤적을 따라가 보고, 그 변화의 내재적 · 외재적 원인을 분석하면서 그러한 변화의 의미를 생각해보려는 목적을 가진다. 만약 한 시각기호학자의 지적 여정이 닿는 곳이 의미 있는 것으로 밝혀진다면 그 흔적은 현대와 미래의 인문학에서 시각기호학이 차지하는 새로운 영역과 한계를 생각해보는 단서가 될 것이다.

우리는 앞에서 시각기호학의 연구 경향을 방법론적 차이와 발전 단계별로 바르트 계열의 도상해석학적 접근, 그레마스 학파의 구조적 접근, 그룹 뮈의 수사학적 접근, 생마르탱의 시지각적 접근으로 크게 네 가지로 나눈 바 있다. 한편 김성도[4]는 도상과 조형의 관계에 대한 인식 차이를 기준으로, 그레마스 학파에 속하는 플로슈의 작업을 작품 분석과 해석의 구조적 방법론에 기초를 둔 접근 경향으로 인정하여 도상기호학이나 그룹 뮈의 접근 경향과 분리한다.

그런데 왜 플로슈는 시각기호학의 한 하위 분야로 조형기호학이라 부를 수 있는 학파를 수립하였음에도 불구하고 조형적 요소를 자율적 시각기호의 부류로 파악하는 보다 보편적으로 보이는 흐름, 즉 비슷한 시기에 진행된바 생마르탱을 필두로 한 조형예술에서 발현되는 지각, 정서, 기억, 인공, 지능의 개념들을 통한 코드의 해독에 치중하는 흐름에 동참하지 않았을까? 의미에 대한 구조적 접근이라는 전제에서 이미 그러한 가능성을 가지고 있었음에도 불구하고 왜 그의 마지막 책의 키워드는 '손재주 부리기'와 정체성의 문제로 귀착되었을까? 세 권의 책에서 나타난 플로슈의

4 김성도, 「지각 공간과 의미 작용: 시각기호학의 한 가지 문제」, 『동서문화』 32, 1999, pp. 47-79.

관심 변화, 혹은 이론의 변용(métamorphose)과정은 시각기호학의 발전과정에서 감지되는 인식론적 당위성과 흐름에서 벗어나 보인다. 하지만 지나치게 형식화된 그레마스 계열의 기호학 이론이라는 태생적 한계와 조형기호학의 수립과정에 내재된 모순에서 벗어나면서 오늘날의 영상 문화를 둘러싼 담론에서 방법적 틀로 기여할 수 있는 새로운 가능성과 대안으로서 의미를 가진다.

조형기호학의 성립

플로슈가 구상한 조형기호학은 두 가지의 이념을 가진다. 먼저 조형기호학은 "담화의 구상적인 계층과 추상적인 계층 사이의 관계를 기호의 기표와 기의 사이의 준(準)상징으로서의 소약호가 내용 계층의 구상적인 차원에서 다시 나타날 수 있다는 가설"(PM: 23)에 입각하여 기표와 기의 사이의 관계를 지배하는 것은 준상징체계(système semi-symbolique)[5]라 본다. 준상징체계란 표현 면과 내용 면에서 나오는 범주들의 상관관계로 특징지어지는 의미작용 체계를 말한다. 이러한 체계를 전제함으로써 조형기호학은 "소쉬르의 인식론적인 유산, 특히 기호의 자의성을 받아들였다고 공언하는 우리의 연구가 (…) 표현형식과 내용형식 사이에 존재하는 유연성의 조건에 대한 성찰"(PM: 19)에 이르게 된 이유를

5 이는 옐름슬레우의 상징체계(système symbolique)와 기호체계(système sémiotique)와 구별되는 제3의 체계이다. 상징체계는 표현 면의 각 요소에 오직 하나의 내용 요소가 상응함으로써 표현 면과 내용 면이 총체적으로 일치하는 체계이다. 이러한 체계에서는 두 면을 구분하는 것이 별 의미가 없다. 두 면이 동일한 형식을 갖고 있기 때문이다. 형식언어는 이런 점에서 교통표지판과 같이 상징적인 체계이다. 기호체계는 예를 들어 자연언어와 같이 두 면 사이에 일치성이 없는 언어들이다. 이 같은 언어는 표현 면과 내용 면을 구분하여 연구해야 한다. 박인철의 번역본에서는 이 용어가 기호-상징체계라 번역되었다.

해명하게 된다. 두 번째로 조형기호학은 표현 실질(substance de l'expression)이 시각적이라는 점을 분명히 인식한다. 조형기호학은 "시각적인 기표의 감각적인 자질에 대한 성찰"(PM: 21)을 두 번째의 관심사로 가진다.

준상징체계의 발견은 전통적인 도상해석학적 방법에 대한 대안으로 제기되었음은 물론이다. 조형기호학은 '가시적인 것(1e visible)'과 '언표 가능한 것(le dicible)'을 먼저 구별하지만, 가시적인 것으로 하여금 '언표 불가능한 것(l'ineffable)'의 존재 양상이 되도록 하려는 것은 아니다. 재론하지만 도상해석학에서는 도상성을 특권화된 모델로 여기고 가시적인 것만을 구두 인어를 매개로 인급하였다.

> 바르트는 파노프스키처럼 기표를 괄호 안에 넣고 (…) 작품의 구상적인 차원에 직접 접근하고 있다. 이러한 접근방법은 (…) 형태의 기호학적인 삶의 연구에 천착하면서 표현구조의 생성과정을 지배하는 근본원리를 도출하고자 하는 사람에게는 불만족스러운 것이다(PM: 21).

그레마스 학파에게 기호학이란 구조적이며 생성적인 관점에서 의미를 다루는 학문이다. 이들은 기호학의 임무란 의미의 대립을 설명하는 관계의 망을 구축하여야 하며 의미는 심층에서 표층으로 단계들을 밟아 생성된다고 믿는다. 따라서 조형기호학은 먼저 "기표의 범주를 이루는 두 사항이 기의의 범주를 이루는 두 사항과 상동관계를 이루는 준상징적 유형의 체계에 대한 연구"(PM: 20)로 규정된다. 그런데 이 명제의 역은 성립하지 않는다. "시각언어만이 기의를 구상적으로 독해해서 기표의 어떤 자질들을 활용하는 것이 아니기 때문"(PM: 20)이다.

시각적 표현의 실질에 대한 관심은 '도상(iconique)'에 대한 '조형(plastique)'의 복권을 이끌어내었다. 형태, 색채, 위상적 배치는 의미 대상을 구성하는 요소로 인정된다. "명암과 칠감의 대립, 적색이나 황색의 포화 상태, 화면 내부의 위상적인 배치관계 등의 시각 자질들이 의미생성 과정에서 아무런 역할도 하지 않을까?"(PM: 19)라고 플로슈는 자문한다. 이들이 유의미한 대상이 되면서부터 조형기호학은 구상화는 물론 추상적인 예술작품, 즉 '구상적인 것(figuratif)'과 '형상적인 것(figural)'을 모두 받아들일 수 있게 되었다. 구상적인 것은 우리가 이미지 가운데에서 자연세계에 대해 행하는 통상적인 분할, 인식, 활동을 뜻하며, 형상적인 것은 추상적인 것과 구상적인 것의 중간에 놓인 것으로 "가시적인 세계나 아니면 구축된 가시적인 세계에 대한 분절을 내포"(PM: 25)한다.

우리는 경험적으로 대부분의 예술 작품에서 이 두 요소가 같이 나타난다는 것을 알고 있다. 그러므로 조형기호학은 추상적인 산물이라 할지라도 "해석 가능한 작품들, 즉 그 의미 해석이 기표와 기의에 대해서 행한 분절을 동일한 방식으로 재현하는 작품들로 이루어질 수 있다는 것이 불가능한 일은 아니다"(PM: 25)라는 야심만만한 목표를 세운다. 이처럼 조형기호학은 자립적인 시각기호학 가운데에서도 시각적 실질을 통해서 형식적인 조작과 의미작용이 진행되는 하나의 개별 기호학이다.

지금까지 기술한 조형기호학의 이념이 『눈과 정신의 작은 신화』에서 실제로 어떻게 구현되어있는지를 분석해보자. 이 책의 첫 번째 글 「부바의 나체: 사진에 나타난 시적 기호학과 조형 담화 Un nu de Boubat: Sémiotique poétique et discours plastiques」에서 플로슈는 대조(contraste)를 조형예술의 단위로 설정하기 위한 설득력 있는 논리를 펴나간다. 대조를 표현 면의 단위로 인식한다는 점에서 작품의 의미를 파악하기 위해 "모티프를 어휘화"하는 것을 일차적 관심사로 삼는 기존 도상해석학적 접근을 거부하는 조형기호학의 입장이 드러난다.

예를 들어 희미함(flou)과 뚜렷함(net)의 대조는 통합체(syntagmatique)에 속하지만, 희미함 대 뚜렷함이라는 '범주'는 계열체(paradigmatique)에 속한다. 그러므로 대조는 전이(transition)라는 시각 범주에서 파생한 복합 항

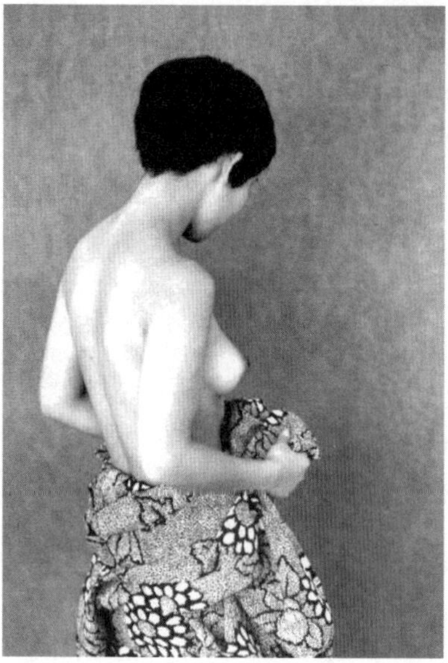
〈그림 6-1〉 에두아르 부바, 〈나체 Nu〉, 1974.[6]

이 실현된 것이다. 또한 대조는 몇 가지 유형으로 나누어진다. 예를 들어 밝음(clair)/어두움(sombre)과 같은 명암 대조는 단순한 성격을 가지는 조형언어의 기본요소 중의 하나이다. 그런데 '음영이 있는 것(nuancсé)'과 '대조가 뚜렷한 것(contrasté)'은 단순대조의 작용이 전제되는 복합대조이다. 이들에 비해 예를 들어 밝음과 어두움은 표현 면에 속할 뿐 아니라 의미적으로 빛과 그림자의 대립에 근거한다. 이와 같이 대립하는 두 표현방법이 한 작품에서 동시에 실현되는 빛의 대조를 플로슈는 기법상의 대조(contraste de techniques)라 부른다(PM: 55).

부바의 사진 〈나체〉에서는 기복(modelé)과 평평함(aplat)의 기법상의 대조가 나타난다. 기복은 대상과 공간의 입체감을 만들어주면서 밝음/어두움의 대조를 통해 실현되며 밝음/어두움은 기법상의 대조 가운데에 통합되어 의미를 잃게 된다. 플로슈는 〈나체〉를 구성하는 면들, 즉 바탕, 머리칼, 상반신 옷감의 질감을 보이는 면이 기복/평평함의 대조에서 파생된 네 개의 사항들과 어떻게 일치하는지를 기호사각형을 통해 보인다. 이 도식에 의하면 〈나체〉에서 모델의 상반신 부분은 기복이 있는 면에, 머리칼과 옷감 부분은 평평한 면에 대응한다. 이 두 항이 대조가 있는 형상이라면

6 https://www.pinterest.co.kr/robdavies1291/photography-boubat-%C3%A9douard/

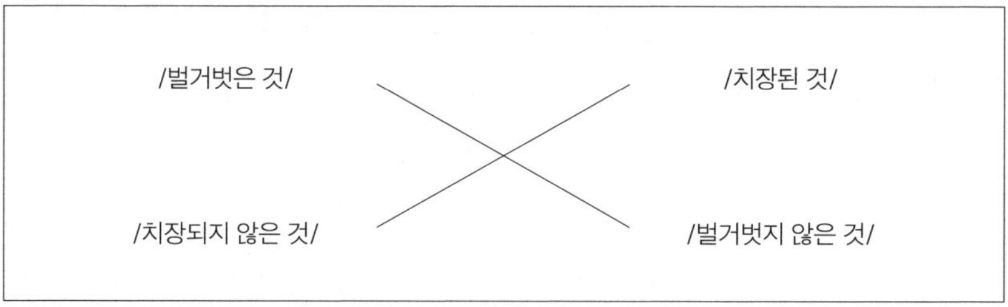

〈그림 6-2〉 모순 항 사각형

여기에서 파생되는 '비평평함'과 '비기복'은 바탕의 면에 속한다.

한편 내용 면의 분석에서 플로슈는 〈나체〉의 주제 단위를 '치장된 것(paré)'이라 설정하고, /벌거벗은 것/과 /치장된 것/의 범주를 이 작품의 주제적 계층에서 분절하고 여기에서 〈그림 6-2〉와 같은 모순 항의 사각형을 만들어낸다(PM: 32). 이 범주는 궁극적으로는 기호 서술구조의 계층에서 집단적 가치 체계의 범주인 자연 대 문화로 환원한다. 결국 표현 면의 형식을 구성하는 의미 범주의 복합 항인 대조는 내용 면을 구성하는 범주의 복합 항, 즉 자연과 문화를 매개하는 대상인 나체와 대응하게 된다.

플로슈는 부바의 작품을 표현형식과 내용형식의 관계를 고려할 때 '시적'이며, 자연과 문화의 두 반대되는 항이 화해를 이루는 지점에 위치함으로써 '조형적이라 평가한다. 여기에서 대조는 "감각적인 자질들로 이루어진 몇몇 동위적인 현상들을 선택하여 세계에 대한 담화를 다른 방식으로 재조직하고, 이 형상들이 보다 심오한 '말'을 확립하는 초분할의 지배를 받게 한다는 점에서 시적 담화의 귀중한 도구"(PM: 71), 즉 의미 대상을 구성하는 조형언어 단위를 구축하였다.

두 번째의 글 「칸딘스키의 〈구성 4〉Composition IV de Kandinsky」에서, 플로슈는 앞의 구상적 사진작품에서와는 달리 "자연 세계의 독해를 위한 틀(PM: 75)"을 활용할 수 없는 비구상 작품을 해석해내기 위해 좀 더 상위의 언어를 만들어보려 시도한다. 문제는 표현 면에서 불연속적인 단위들을 분절할 수 있는 기준이 기호학적으로 타당한지, 그렇게 해서 만들어진 단위들이 과연 유의미한지가 분명하지 않다는 것이다. 플로슈는 추상적 단위의 분절을 위해 구상적인 참조 근거를 찾아내기에 이른다. 이 작품이 만들어진 시기가 1911년임을 감안하여 이를 1907년부터 1916년 사이, 소위 '뮌헨 신예술가 연맹'과 '청기사 시대'에 칸딘스키가 제작한 다른 작품들과의 관련성을 고려한 것이다.

플로슈는 먼저 선의 수, 조밀 정도, 채색면 등의 위상적 배치를 고려하여 화면을 왼쪽, 오른쪽, 가운데 부분으로 분할하고, 각 면에서 특정적으로 나타나는 불연속 단위들을 다른 구상 작품들과 비교하여 잠정적으로 '표현체'로 분리하였다. 이 표현체들은 선의 하위체계를 구성하는 계열체적 조직(곧은/굽은, 긴/짧은, 연속/불연속 등)뿐 아니라 색채 계열체(밝은/어두운, 포화된/포화되지 않은, 빛나는/빛나지 않는)를 포함한다. 각각의 표현체는 나름대로 모티프에 대응한다.

예를 들어 V자형으로 겹쳐진 사선은 비슷한 시기의 풍경화에서 많이 반복되는 표현체로서 헐벗은 나무, 비 오는 하늘 아래의 검은 굴뚝일 가능성이 있으며, 비죽비죽한 모양이나 톱니 모양들은 기사들이나 트로이카의 질주가 뛰어넘은 공간, 이들이 정복한 공간을 나타내는 표현체로 보는 것이 그러하다. 그러나 이 과정에서 구축된 표현체들은 같은 시기에 속하는 구상적인 작품들에 통합되지 않고 비구상적인 성격은 부정되지 않았다. 오히려 각각의 표현체가 여러 구상적인 단위들을 포섭하는 것이 밝혀졌다. 또한 이들은 주제적 역할과 주제적 행정('전투자', 혹은 '수혜자', '승리' 혹은 '재생')을 나타낸다.[7]

7 플로슈의 〈구성 4〉 분석은 다음 절에서 파리기호학파의 소위 '정념의 기호학'이라 일컫는 분야의 회화분석의 맥락에서 다시 언급하고자 한다. 그가 진행한 일련의 선구적 연구를 '조형기호학(sémiotique plastique)'이라 범주화할 수 있다면, 이는 자크 퐁타니유(Jacques Fontanille)의 '정념의 기호학(sémiotique des passions)'이라는 새로운 인식론적 틀과 비교할 때 많은 시사점을 얻을 수 있기 때문이다.

〈그림 6-3〉 바실리 칸딘스키, 〈구성 4〉, 1911, Oil on canvas, 160×251cm, 노르트라인-베스트팔렌 미술관. (→ 227쪽 컬러 그림 참조)

비구상 작품의 조형 단위, 즉 플로슈가 표현체라 명명한 단위들은 구상 작품에서와는 다른 방법으로 조합될 것이다. 표현체가 회화 차원에서 분석되었다면 비구상의 발화행위(énonciation)는 레비스트로스의 '손재주부리기(bricolage)'로 설명할 수 있다고 플로슈는 믿는다. 손재주꾼이 처음부터 이미지나 개념을 가지고 작업을 하는 것이 아니라 이들을 매개하는 요소들을 가지고 작업을 하는 것과 마찬가지로, 칸딘스키는 사용하기 위해 구성한 기호들과 성상학적(iconographique) 단위들을 수집하여 작품을 만든다는 것이다.[8]

그런데 플로슈는 〈구성 4〉가 성상학에서 차용한 요소들을 사용한다고 해서 그것이 성상학의 '문법'을 그대로 따르지는 않는다는 점을 주목한

8 http://www.wassilykandinsky.net/work-114.php.

다. 〈구성 4〉의 화면 공간은 양분되어 두 개의 주제적 행정이 왼쪽과 오른쪽의 대립과 상관관계를 맺는다. 그런데 이 작품에서 실현된 상관관계는 성상학 체계가 요구하는 상관관계와 정반대이다. 두 번째로 칸딘스키는 성상학 체계에서는 묵시록의 기사들이 들어갈 화면 상단에 터키풍의 '대결'의 표현체를 삽입하였다. 이를 플로슈는 "해묵은 사회적 담화의 잔해를 가지고 자신의 이념을 짓는" 것이라는 레비스트로스의 말을 빌려 설명한다. 〈구성 4〉의 발화작용은 이질적인 기호들을 이용한 '손재주 부리기'로, 틀에 박힌 언어에 머물러 있는 피발화자의 '역량의 무력화'로 파악할 수 있다는 것이다.

플로슈는 〈구성 4〉의 분석을 통해 '구상'과 '비구상', 혹은 '추상'의 관계에 관해 중요한 언급을 남긴다. 그는 구상적 담화가 추상적 담화로 이행한다는 것은 주제적인 담화와 상관관계를 가지는 구상성에서 시각적 부문이 계열화된 것이라 본다. 선과 색채는 주제화(thématisation)를 통해 담화로 만들어지는데, 설사 이 과정이 구상적인 것에 의지한다고 해도 무방하다고 본다. 주제화는 구상성보다 더 추상적인 계층에 위치하며 무엇보다도 색채나 선적 요소들의 범주화와 주제 사이의 상관관계 역시 준상징체계에서 나오는 산물이기 때문이다. 이 차원에서 구상과 비구상의 대립은 별 의미를 가지지 않게 된다. 구상에서 비구상으로의 이전은 결국 시가 되어가는 과정(poétisation)이다.

이상의 분석을 통해 구상 작품과 비구상 작품을 대상으로 표현 면과 내용 면의 상동성을 규명하려는 조형기호학의 윤곽이 어느 정도 만들어졌다면, 「벤자맹 라비에르의 〈안락한 둥지〉: 준상징적 지형학과 조종의 원근법 〈Un nid comfortable〉 de Benjamin Rabier: Topographie semi-symbolique et perspective manipulatrice」은 만화의 배경이 준상징적 약호를 구성하고, 그것에 나타난 원근법 효과가 독자를 조종한다는 사실을 보여준다. 대조와 마찬가지로 원근법 역시 조형언어의 중요한 단위임을 인식한다면 이 글은 앞의 글에

〈그림 6-4〉 벤자맹 라비에르, 〈안락한 둥지〉(PM: 80)

서 제시한 조형기호학의 개요를 보완하는 성격의 것이다.

〈안락한 둥지〉는 한 면, 세 개의 단, 여섯 개의 난으로 이루어진다. 조형기호학의 성립에 관한 한, 이 글의 중요성은 배경에 나타난 공간과 사물들의 기호학적 역할을 면밀하게 분석한 데 있다. 이 공간은 대결 상태의 까마귀와 어린이가 만나는 곳, '대상의 탈취'를 가능하게 함으로써 '주체를 실현'시킨 공간이다. 위의 두 단에 공통적으로 보이는 그루터기는 자연에 대한 인간의 개업을 형상화한다. 이것은 바람에 뽑힌 나무 밑둥과는 달리 더 이상 자연적 요소도 아니며, 막대기나 굴렁쇠처럼 문화적인 대상도 아니므로 /비자연/의 위치를 가진다. 이에 비해 오솔길 끝의 베어지지 않은 나무는 인간이 개입하는 영역의 한계를 나타내는 형상, 즉 /비문화/를 나타내는 지형적 형상이다. 이 둘은 같은 구상적 자질의 결합이 도치된 것으로 서로 대립한다.

한편 언덕과 오솔길 역시 동일한 구상적 자질들이 결합되었지만 언덕은 놀이를 위해 사용되어 규칙적인 형태를, 오솔길은 땅의 성격 때문에 불규칙한 형태를 띤다. 여기에서 상동관계가 구축된다. 이와 같이 그루터기, 나무 밑둥, 나무 꼭대기, 마을 등은 '높은/낮은'이라는 범주에 의해 분절되는 의미의 소세계에서 서로 조직되고 의미를 가진다. 이 요소들이 가지는 동위적 관계들은 수직성을 분할하는 기호사각형에 배치된다. 결국 그루터기, 나무 밑둥, 언덕은 자연 /문화의 가치 체계를 분절한 기호사각형의 하위 반대 항들과 중성 항이 된다. 이에 비해 마을과 나무의 관은 반대 항들을 나타내는 표현체이다.

〈안락한 둥지〉의 배경을 이루는 요소들은 또한 원근법의 지배를 받고 있다. 발화체에서의 공간, 이 경우 여섯 개의 난이 만들어주는 공간과 발화작용의 공간, 즉 이 경우 화면의 틀로부터 만들어지는 독자의 공간이 원근법을 통해 동일하게 조직되어있다면, 처음 네 난에서 독자는 피발화자로서 밑에서부터 바라본다는 이유 때문에 기호사각형에서 문화의 축에 위치한다. 마지막 두 난에서는 수평선은 아래에 놓여있으며 독자는 새가 둥지를 튼 나무 위의 모자와 접근해 있다. 피발화자로서의 독자는 기호사각형에서 '자연'의 축에 위치하게 된다.

두 종류의 난에 나타난 원근법의 변화는 피발화자가 하나의 인식공간에서 이와 모순되는 다른 공간으로 이동한 것을 의미한다. 피발화자는 발화자가 만든 담화전략(stratégie discursive)에 걸려든 것이다. 주체와 대상이 이런 식으로 배치되어있고 그 위치에 '가치'가 투여된 이중의 배경을 설정함으로써 발화자는 독자로 하여금 '관점'을 바꾸게 한 것이다.

광고로 눈 돌리기

조형기호학은 『눈과 정신의 작은 신화』에서의 마지막 글 「조형기호학과 광고를 통한 전달Sémiotique plastique et communication publicitaire」에서 더욱 발전되어 융합기호학(sémiotique syncrétique)으로 진행된다. 실제 이 마지막 글은 뒤를 이어 나오는 『기호학, 마케팅, 커뮤니케이션』의 서론에 해당한다고 해도 무리가 아닐 정도로 앞의 글들과는 다른 성격을 가진다.

플로슈는 이 글에서 광고의 기호학이 성립될 수밖에 없는 이유와 진행 상황, 대안을 제시하는 데 상당한 페이지를 할애하고 서술기호학의 방법적 우월성을 역설한다. 기호학은 종종 환원적(réductrice)이고 인간과 세계의 관계, 인간과 인간의 관계를 삭막하고 생기가 없는 구조라는 용어를 통해 다룬다고 비난을 받지만 이는 단지 엄밀함의 조건이며 기호학 연구는 동시대에 전개되는 인간의 활동과 담화에 대해 거리를 두지 않는다는 것이다. 그러므로 플로슈는 기호학자의 임무에는 사회, 경제, 산업 분야의 계획 수립, 문화, 정치, 산업에서 새로운 전략을 세우고 개입하는 일도 포함된다고 본다.

구체적으로 광고 분야에 관한 한 기호학이 필요한 이유는 먼저 광고인들로 하여금 정보 전달의 메커니즘을 좀 더 잘 이해할 수 있도록 도와주고, 두 번째로는 "사회의 요구에 부응하는 것은 (…) 이론적인 지식을 응용하는 데 불과하다는 생각과 싸우기 위해서"(PM: 190)이다. 기호학은 사회현실에 개입함으로써 방법론적 도구를 검증할 수 있으며 이를 통해 발전이 가능하다는 것이 광고기호학의 존재 이유이다.

이쯤에서 플로슈는 전통적인 '기호론(sémiologie)'의 핵심 개념인 '기호', '의사전달', '공시(connotation)' 등의 개념 자체에 대해 사뭇 도발적으로 문제를 제기한다. 플로슈는 기호란 의미작용의 체계로서의 언어연구를 위한 유효한 단위가 아니라고 본다. 기호는 사용(usage)에서 비롯한 역사적 산물로서 발현 면에 속한 단위에 불과하므로 기호론은 시각적 · 조형적 이미지로 이루어진 단위들이 작동하여 의미를 산출하는 과정을 제대로 밝힐 수 없었다는 것이다. 두 번째로, 야콥슨(R. Jakobson)의 의사소통 모델은 정보 전달의 상황을 다루는 것이지, 예컨대 믿도록 하는 행위나 사도록 하는 행위와 같은 조종(manipulation)의 상황을 다루지는 않았다고 본다. 세 번째로 공시에 관해서는 공시자(connotateur)들을 분별하는 것은 일단 공시된 기의의 존재를 설정한 다음에야 가능하며, 이는 여러 차원과 계층에서 조작할 때만 분석가들에게 유용할 수 있다는 것이다.

결국 플로슈는 그레마스의 서술기호학이 광고에서도 대안이 된다고 주장한다. 그레마스 학파의 기호학은 기호론과는 달리 의미작용의 체계와 이를 발현시키는 언어들에 대한 이론을 구축하는" 목표를 가지기 때문에 "의미의 존재조건을 규정하는 심층구조로부터 이를 발현시키는 복잡한 형태에 도달하는 의미산출 과정"에 전념하기 때문이다. 서술기호학은 광고 분야에서 서술구조가 차지하는 부분의 분석은 물론, 광고의 정성적 분석에 기여할 수 있으며, 광고인들이 필수적으로 진행할 수밖에 없는 여론조사나 테스트 과정에서도 "명확한 이야기 분석절차 이론을 습득하고 구사할 수 있도록"(PM: 196) 해준다는 구체적인 이점을 가진다. 특히 담화의 일반 질서를 표현하는 생성 행정의 여러 계기들을 안다면 광고인들은 "인터뷰 대상의 응답의 가치를 결정하고, 의사전달의 행동자 구조가 논리적으로 함축하고 있는 발신자의 역량과 수행에도 접근"할 수 있도록 한다는 것이다.

플로슈는 '뉴스' 담배 선전광고의 분석을 통해 광고의 조형적 차원과 구상적 언어 발화체가 결합하는 모습을 보여준다. 이를 통해 형태, 색채, 명도 등의 이미지 구성요소와 함께 언어 발화체의 음성학적 차원이나 리듬이 어떤 식으로 작동하는지를 보이려 한다. 표현 면의 분석 결과 전면, 퍼즐, 장방형의 면 등 화중화(畵中畵)의 세 단위를 변별할 수 있고 이들은

〈그림 6-5〉 담배 광고 '뉴스'(PM: 146)

궁극적으로는 불연속성과 연속성의 대립으로 이루어진 범주에 근거를 둔다는 것을 밝힌다.

이 광고에서는 내용 면에서도 화중화가 발견되며 이는 신문이라는 통합체적인 집단 주체가 행하는 수행을 표현한다. 표현 면에서 광고의 전면과 장방형의 면 사이의 상동관계는 일간 신문의 1면이라는 의미와 한 갑의 담배 사이의 대응관계와 병행한다. 신문이 선별되고 조합된 뉴스들을 이용한 창조물이듯, '뉴스'라는 담배는 연초들을 특수하게 혼합해서 독특하고 짙은 향을 내는 창조물이란 것이다. 결과적으로 이 광고의 준상징체계는 표현 면에서 불연속성 대 연속성, 내용 면에서 동일성과 이타성의 심층적 대립으로 구성된다. 그런데 이 글이 특히 흥미로운 점은 공감각의 발견과 융합기호학의 단초를 제공한다는 점이다.

이 광고에는 대상의 정체와 품질을 나타내는 발화체(*International News, full f1avor special blend, 20 filter cigarettes*)와 대상의 추상적 · 이념적 정체를 보여주는 슬로건(*Take a Break in the Rush*)이 있다. 이 두 발화체의 관계는 조형적 차원이 신문의 1면과 담뱃갑의 구상적 차원이 가지는 관계와 동일하다. 한편 슬로건의 음성적 부분 역시 상동성이 실현됨을 볼 수 있다. 슬로건의 앞부분(*take a break*)은 폐쇄 자음으로 특징지어지고, 뒷부분(*in the rush*)은 지속되는 폐쇄음-반폐쇄음-진동 협착음-마찰 협착음의 연쇄를 만들면서 연속성의 효과가 나타난다. 이 음적 연쇄를 "정지를 주도하라"는 권유와 "사회

〈그림 6-6〉 반창고 광고 '위르고'(PM: 172-173)

생활의 작은 이야기"라는 의미 단위를 나타내는 표현체로 간주하면 여기에서도 표현 면의 불연속성 대 연속성, 내용 면의 통일성 대 이타성의 대립쌍이 발견되는 것이다. 유사한 분석을 색채와 향기의 차원에서도 진행할 수 있다. 플로슈는 뒤를 이은 〈위르고 반창고〉 광고에서 유사한 방식으로 슬로건의 운율 분석을 진행하고 언어적 발화체 문안의 준상징적 체계가 시각적 차원의 준상징적 체계와 접목됨을 보인다.

조형기호학과 그것이 발전된 융합기호학은 광고 분야에서 몇 가지 생산적인 분석 틀을 제공한다. 이를 플로슈는 '대학인(universitaire)'과 '직업인(homme de métier)'의 관점에서 설명한다. 이 두 부류의 사람들 사이에는 일종의 오해가 존재한다. 광고인들은 기호학의 목표와 대상에 대해 선입견을 가지고 있으며 연구가들은 광고를 대중의 새로운 마약으로 보기 때문이다. 그러나 기호학은 광고와 의미의 생성과정에 관심을 가진 두 부류의 사람들을 접근시킬 수 있는 것이다. 이것이 플로슈가 다음의 책을 통해 꾸준히 추구하는 주제이다.

마케팅에서 다시 일상의 의미로

『기호학, 마케팅, 커뮤니케이션』은 마케팅과 기호학의 행복한 만남에서 시작한다. 서문에서 플로슈의 태도는 마치 광고인의 그것을 연상케 한다. 프랑스 마케팅학회 부회장인 팽송(C. Pinson)의 서문과 이례적으로 서두에 불인 「도약과 깡충깡충 뛰기 A sauts et à gambades: 독자들에게 알리는 글」에서 플로슈는 광고인인 독자소비자에게 조형기호학과 스스로를 마케팅하는 모습을 보여주기 때문이다.

팽송은 마케팅과 기호학의 관계를 열거하면서 마케팅 분야의 오해에서 기인한 우려를 불식하고자 한다. 그에 의하면 의미의 소비자생산자의 위치를 제작자나 용역업자에게서부터 기호학에 넘겨주는 것이 아니라 기호학자에게 "의미생산이 어떻게 작동되며 주체들에 의해 의식적으로 또는 무의식적으로 작동되는 가치부여 전략들은 어떤 것인지 잘 이해되도록 설명해주기를 요청"(SM: ix)하는 것이다. 이를 위해서는 기호학자의 임무도 다시 규정된다. 기호학자는 다른 학문 분야의 도움이 없이는 그러한 기여를 해줄 수 없다. 마케팅 전문가가 기호학에 거는 기대는 다음과 같이 구체적이다.

예를 들어, 지각, 코드화와 코드해독, 범주들과 인지적 특질들의 발달, 정신적 · 기능적 구조들의 뒤엉킴, 원형, 스키마, 스크립트 프레임의 사용, 인상, 추론의 형성 등에 대해서 인지심리학에서 실행된 연구 업적들에 대한 탐구 없이 어떻게 의미 생성행로, 기호-서술 구조와 담화 구조를 말할 수 있단 말인가? 행위자들의 행동양식의 기저에 놓여있는 동기부여, 구조와 과정을 심화시키는 마케팅 문제 틀의 본질에 의해 유도되지 않은 채 어떻게 다양한 행동자들의 서술적 기능들에 대해 언급할 수 있단 말인가?(SM: ix)

이는 곧 플로슈의 작업이 그러한 것임을 역설적으로 추인한다. 마케팅 전문가의 주문에 대해 플로슈는 자신의 작업이 상당수의 기호학 연구는 그 기원에 있어서 "분석된 세계와의 친숙성에 따라서 해당 주제에 가져다줄 수 있는 지식의 교차"에서 비롯하며 "마케팅과 커뮤니케이션의 영역에서 겪은 경험으로부터 기호학이 생산 또는 변형의 세 가지 유형에서 실질적인 가치를 지닌다"(SM: 9)라고 응답한다.

첫 번째 글 「당신은 측량사입니까, 아니면 몽유병 환자입니까: 지하철 승객들의 행동 방식 유형론의 구축 Etes-vous apprenteur ou somnabule?: L'élaboration d'une typologie comportementale des voyageurs du metro」에서 플로슈는 지하철 승객의 행동방식을 관찰하여 유형으로 분석해낸다. 승객이 보이는 일련의 행동은 하나의 텍스트로 간주된다. 그것이 자율적인 총체성에 의해 개별화되어있으며 구조적 조직을 가능하게 하는 영역을 가지고, 특정 규칙에 따라 유한한 수의 단위들로 재단될 수 있으며 다른 텍스트처럼 방향성을 가지기 때문이다(SM: 21).

승객의 행동은 따라서 서술 행정을 구성한다. 일단 여정이 유의미한 과정으로 성립될 때 승객의 행동은 불연속성/연속성의 범주에 의해 조직화된다. 다시 말해, 어떤 승객은 군중의 흐름을 따라 움직이면서 멈추지 않는다. 지하철 역 구내의 표지판, 광고판, 가게, 유랑 음악가들이 그의 연속적인 움직임을 방해하지 않는다. 반대로 어떤 승객은 리듬을 타거나 반복적인 행동을 하면서 흐름이 자주 끊어진다. 불연속의 전략이 행로, 적정함, 고상함의 전략이라면 비불연속성의 전략은 연쇄, 위반의 전략이다.

이러한 행동 양식의 범주에 의해 네 가지 유형의 승객이 상호 정의되어 지하철과 파리 고속 전철의 승객들의 질적인 유형론을 만든다. '측량사, 전문가, 몽유병 환자, 한가롭게 거니는 사람'이 그것이다. 각 유형의 승객들이 자신의 여정에 대해 부여하는 가치는 각각 다르다. 측량사는 불연속성의 가치부여에 해당하며 여정을 '행로'로 받아들인다. 전문가는 불연속성의 가치부여에 해당하고 여정을 '연쇄'로 받아들인다. 몽유병 환자는 연속성의 가치부여에 해당하고 여정을 '궤도'로 받아들인다. 한가롭게 거니는 사람은 불연속성의 가치부여에 해당하고 여정을 '산책'으로 받아들인다. 이렇게 만들어진 기호사각형은 지하철 승객들이 실현하는 여정의 기의와 각 유형의 사고방식을 보여준다. 이와 같이 승객의 행동 양식을 면밀하게 분석한 결과는 매우 실용적인 측면을 가진다. 이 결과를 토대로 파리교통공단(RATP)은 안내용 케이블 비디오 커뮤니케이션(TUBE)에 대한 승객들의 반응을 즉각 차별화시킬 수 있었던 것이다.

고객의 행동에 관한 면밀한 관찰과 분석은 아마 마케팅 분야의 기본적인 작업일 것이다. 이 글에서 행해진 작업이 궁극적으로 다른 성찰 또는 다른 업무의 장에서 진행되는 전범이 되기를 플로슈가 의도하였음은 자명하다.

「하나의 별이 태어났다: 크레디 뒤 노르 은행의 시각정체성의 위기 Une étoile est née: La définition de l'identité visuelle du Credit du Nord」에서, 플로슈는 크레디 뒤 노르 은행의 시각정체성을 재구성하는 과정에서 기호학적 실천이 어떻게 판독 가능성과 변별성, 차이화를 실현하는가를 보여준다. 우선 이 은행이 콘셉트로 채택한 '명료함(clair)'은 기호학적 관점에서 구조적으로 분석되고, 그것의 서술적 정의는 발화작용의 문제 틀, 의미의 생산과 파악과 아울러 진리와 표시들에 대해서 만들어진 계약적 제안들을 피발화자의 위치에 있는 주체를 통해 받아들이도록 한다. 명료성을 진실성의 계약의 시각적 형상물로서 채택하고 서술 도식에 등록시키는 것은 은행과 고객의 신뢰관계에 대해서 담화 차원에서의 탐구를 가능케 했다.

크레디 뒤 노르가 시각적 정체성으로 명료성을 채택하여 '명료한 은행'이 되고자 한 순간부터 구체적인 몇 가지 사항이 대두되었다. 시각정체성에는 '정면성(frontalité)'의 원칙, 시선에 의해서 마주친, 또는 하나의 행로 당시 체험된 상이한 면들의 구별, 단정한 윤곽, 빛과 같은 요소가 들어가야 하며 이는 건축물에서도 투영되어야 한다. 크레디 뒤 노르의 옛 로고는 명료성의 담론으로 쓰일 수 없었다. 비스듬한 원근법, 형식적이며 근접 공간적인 다가성 등은 진솔함과 개성화의 의미효과를 산출하는 정면성을 확보하지 못했다. 더 나아가 사각형의 닫힌 형태와 스펙트럼답지 못한 색깔은 더 이상 명료성에 결부되지 않는다. 크레디 뒤 노르의 새로운 정체성을 옹축하는 새로운 로고가 필요하였다. 그것은 별이었다. 그 이유를 플로슈는 다음과 같이 역설하였다.

> 별은 열린, 환히 트인 불연속적인 공간에 위치하는 가시적 세계의 형상이다. 별은 파악할 수 있는 형태이며 성좌의 부분을 이룬다. 별이 유도하는 공간성은 따라서 은행의 공간성과 무관하지 않다. 또한 별은 표시, 식별이며 하나의 기호이다. 별은 방향을 확실히 해준다. 사람들은 "자신의 별을 믿는다, 좋은 별자리에서 태어났다"고 말하기도 한다. 참을 말하고 믿는 것이다. 별은 명료한 은행의 본질과 다르지 않다(SM: 78).

별을 사용하는 로고는 추상적이지 않다. 명료성이 요구하는 두 가지 담화적 구상(configuration discursive)을 충족하기 때문이다. 먼저 별의 공간 배치는 시각적 차원에서 블연속성과 정체 파악 가능한 형태들로 만들어지며, 두 번째로 서술 차원에서 두 주체들 사이에서 진실성의 계약을 설정하는 것이다.

「잼므, 잼므, 잼므…: 자동차 광고와 소비 가치의 체계 J'aime j'aime j'aime…: Publicité automobile et système des valeurs de consommation」에서는 자동차 광고에서부터 소비 가치의 체계, 즉 가치론(axiologie)이 전개된다. 자동차는 두 가지 종류의 가치가 크게 충돌하는 상품이다. 다루기 쉬움, 절제, 수용능력, 또는 안전도 등을 고양시키고 예증할 때, 자동차는 운송수단으로서 가치매김 되고 사용가치로 투자의 대상이 되었다. 반대로 자동차가 운전자 또는 여성 운전자의 정체성, 그의 사회적 위상, 남성미 또는 여성성을 표상할 때, 또는 자동차가 삶 또는 아름다움의 형상물일 때 자동차는 기본 가치가 투자된 것이다.

기본가치와 사용가치의 두 범주를 기호사각형에 투영하면 실제적(혹은 공리적), 유토피아적, 유희적, 비판적 등 네 가지의 가치부여(valorisation) 부류가 만들어진다. 실제적 가치 부여란 기본가치에 상반되는 것으로 파악되는 사용가치에 해당된다. 다루기 쉬움, 안락함, 건강함 등이 그것이다. 유토피아적 가치 부여는 사용가치에 상반되는 것으로 파악되는 기본가치에 해당된다. 정체성, 인생, 모험 등이 그 예이다. 유희적 가치는 공리적 가치의 부정에 해당된다. 유희적 가치 부여와 실제적 가치 부여는 모순 관계에 놓인다. 유희적 가치는 사치, 동기 부재, 세련미, "작은 광기" 등을 포함한다. 비판적 가치는 자동차에 투자할 수 있는 실제적 가치들의 부정에 해당된다. 예를 들면 품질/가격 또는 혁신/비용 등의 상호 모순적인 가치들이다.

플로슈는 시트로엥 BX의 한 광고에서 이 가치들이 어떤 식으로 부여되는지를 보여준다. 자동차는 일상적인 도시의 삶으로부터 탈주할 수 있는 확실하며 신속하고 편안한 수단이다. 그것과 더불어 길을 떠나 비를 맞으며, 파리를 떠나 태양을 향해 질주할 수 있다. 그것과 더불어 밤으로부터 낮으로, 땅에서 바다로 나갈 수 있다. 필름은 바로 그곳, 해변 장면에서 멈출 듯하다. 하지만 필름은 계속된다. 자동차는 바다 속으로 잠수해버린다. 이 같은 "작은 광기"는 예상외의 것이다. 잠수 장면은 BX 모델에 투자된 공리적 가치들의 부정을 표상한다. 시트로엥 BX는 더 이상 이 같은 순수한 도구, 효율적인 탈것이 아니다. 이 자동차는 기본 프로그램인 "시트로엥 BX, 그것은 삶의 체험이다"를 실현했다는 점에서 완수된 주체가 될 수 있다.

마지막 이중 인화는 자동차를 살아있는 사람으로 만든다. 그 자동차를 갈망하는 사람은 더 이상 '소유'가 아닌 '존재'를 추구하는 사람이다. "자정, 파리, 8시 바다"의 장면과 "신속한, 안전한, 편안한" 자동차가 나오는 장면은 실제적 가치 부여에 해당하고, 잠수하는 장면의 광기는 유희적 가치 부여에, "시트로엥 BX, 그것은 삶의 체험이다"라는 멘트는 유토피아적 가치 부여에 해당한다. 플로슈는 유사한 분석을 『시각정체성』에서 가구를 대상으로 진행하면서 가치론의 문제를 더욱 발전시킨다.

「알 속에서 죽다: 상이한 광고 철학의 기호학적 관건 Tue clans l'oeuf!: Les enjeux sémiotiques des differentes philosophies de Pub」은 광고 이데올로기의 메타 담론을 기호학적으로 재해석하는 내용을 가진다. 기호학은 기본적으로 차이를 파악하고 관계들을 규정하는 임무를 가지기 때문에, 다양한 광고 이데올로기가 존재한다는 사실은 기호학자들의 개입을 촉발하게 된다. 대표적인 광고 이데올로기는 재현적(representationnelle) 기능 대 구성적(constructive) 기능이라는 범주로 조직화된다. 이 범주를 기호학적 사각형 위에 투영하면 언어의 재현적 기능을 이야기하는 지시적(referentielle) 광고, 이를 부정하는 사선적(oblique) 광고, 언어의 구성적 기능을 이야기하는 신화적 광고와 이를 부정하는 실체적(substantielle) 광고와 같은 네 가지 유형의 광고 이데올로기를 구별하게 된다.

오길비(D. Ogilvy)로 대표되는 지시적 광고론은 현실의 복원으로서 진리를 파악하는 광고를 말한다. 오길비는 사실을 재현할 것을 당부하고 그러한 광고를 본 소비자는 "바로 그거야"라는 반응을 보인다. 미셸(Ph. Michel)로 대표되는 사선적 광고는 의미란 구성되어야 할 그 무엇으로 보고, 광고를 보는 사람들을 해석의 주체로 간주한다. 오길비의 광고가 거의 순간적인 독서 시간과 가능한 한 가장 신속한 반응을 위한 직접적인 이해를 추구하는 반면, 사선적 광고는 간접적인 이해를 가치로 삼는다. 그러므로 사선적 광고가 즐겨 채택하는 전략은 아이러니이다.

세구엘라(J. Seguela)로 대표되는 신화적 광고는 한마디로 "행복을 만드는 기계"로서의 광고이다. 광고는 상품에 꿈을 입히면서 일상적 구매의 권태로움을 제거해야 한다. 상품은 광고 없이는 단지 있는 그대로의 상품에 불과하다고 세구엘라는 주장한다. 비록 이러한 광고가 '볼거리 자체를 위한 볼거리'라는 비판을 받지만, 이를 통해 상품은 상상의 대상이 된 역사와 그 역사를 통해 만든 서술적 사용을 통해서 의미와 가치가 투자된다. 이것을 위해서 전설, 영웅, 상징들을 참조하는 일이 생기기도 하는데 이들은 강력하게 구조화되었고, 매우 잘 알려진 주제적 역할들이며 상품에 있어서 수용 구조로서 쓰인다. 광고는 문학 텍스트인 것이다.

이에 대한 비판적 대안이 펠드만(J. Feldman)의 실체적 광고이다. 신화적 광고의 이데올로기는 상품을 단순한 구실로 사용한다는 비난을 면치 못할 것이다. 실체적 광고는 또한 거리를 지칭하는 경멸적 술어인 비웃음, 미셸의 사선적인 광고가 심어주는 아이러니, 교활함 등을 거부한다. 펠드만의 모든 작업은 상품에 대한 "재중심화"로 귀착되며 그 상품이 자신의 고유한 가치를 소유한다고 확신한다. 즉, 문제의 핵심은 상품의 심오한 본질을 진정한 스타로 만들기 위해서 상품의 미덕을 개발하는 일이라는 것이다.

어떤 이데올로기를 선택할 것인가는 전적으로 광고인들의 몫이다. 주목할 것은 현실과의 관계에 대해서 광고와 마케팅 이론가의 다양한 담론을 해석할 수 있다는 것이다. 기호학은 이 같은 상이한 철학들 사이에 존재하는 관계들을 정의하고 그 같은 철학들을 보다 더 잘 이해하게 할 뿐 아니라 이 담론들의 합법성과 능력의 문제들도 다룰 수 있을 것이다.

손재주 부리기

이 장에서 분석대상으로 삼는 플로슈 조형기호학 삼부작 중 마지막인 『시각정체성』은 『기호학, 마케팅, 커뮤니케이션』의 속편으로서의 성격이 강하다. 그러나 이 책의 심층적 내용, 즉 플로슈 조형기호학의 마지막 단계는 앞의 두 권에서 표출된 내용에 비해 많은 차이점을 보인다. 플로슈는 기호학자가 아이템-상품을 분석하고 상업 공간을 이해하며 시각정체성을 규정하는 데 도움을 줄 수 있음을 보여주려 하였다. 이를 위해 소비 가치의 체계 혹은 광고 이데올로기에 관한 성찰들을 심화시켜 앞의 책에서 제안한 분석 모델들이 디자인에도 적용되는 것을 보여주고, 디자인된 상품에 부여된 가치, 혹은 형태와 기능의 관계라는 관점에서 디자인에 접근하려고 했다. 이 과정에서 그는 시각정체성을 익히 알려진 인류학적 개념인 '손재주 부리기(bricolage)'로 파악하려는 충동을 느낀다. 그의 말대로 주제를 바꿈으로 해서 제자리로 돌아가게 된 것이다. 그런데 실제로 그가 다시 돌아간 곳은 조형기호학이 아니라 '정체성(identité)'의 문제이다.

한편 이 책은 미학기호학(sémiotique esthéthique)의 수립이라는 프로젝트를 실천한다. 이 기호학은 '감각되는 것'과 '이해되는 것' 사이의 관계 양상을 기술하면서 일반기호학에 통합될 것이다. 다른 편으로 이 기호학은 같은 대상을 가지며 접근방법 역시 같은 인식론적 지평에서 만들어지는 다른 학문 분야, 즉 미학이론이나 예술사, 인류학과 같이 구조주의적 접근과 양립될 수 있는 분야의 학문들과 성과를 통합할 수 있다. 결국 시각정체성에 관련되는 의문은 양식, 언어, 혹은 공감각(synesthésie)과 같이 일반 미학의 문제와 결부되는 것이다.

첫 번째 글 「너무 다른, 너무 닮은 쌍둥이, 워터맨에서의 정체성 Deux jumeaux si differents, si semblables, L'identité selon Waterman」은 정체성의 개념이 제기하는 문제들에 기호학적으로 접근해보려는 시도이다. 〈그림 6-7〉은 쌍

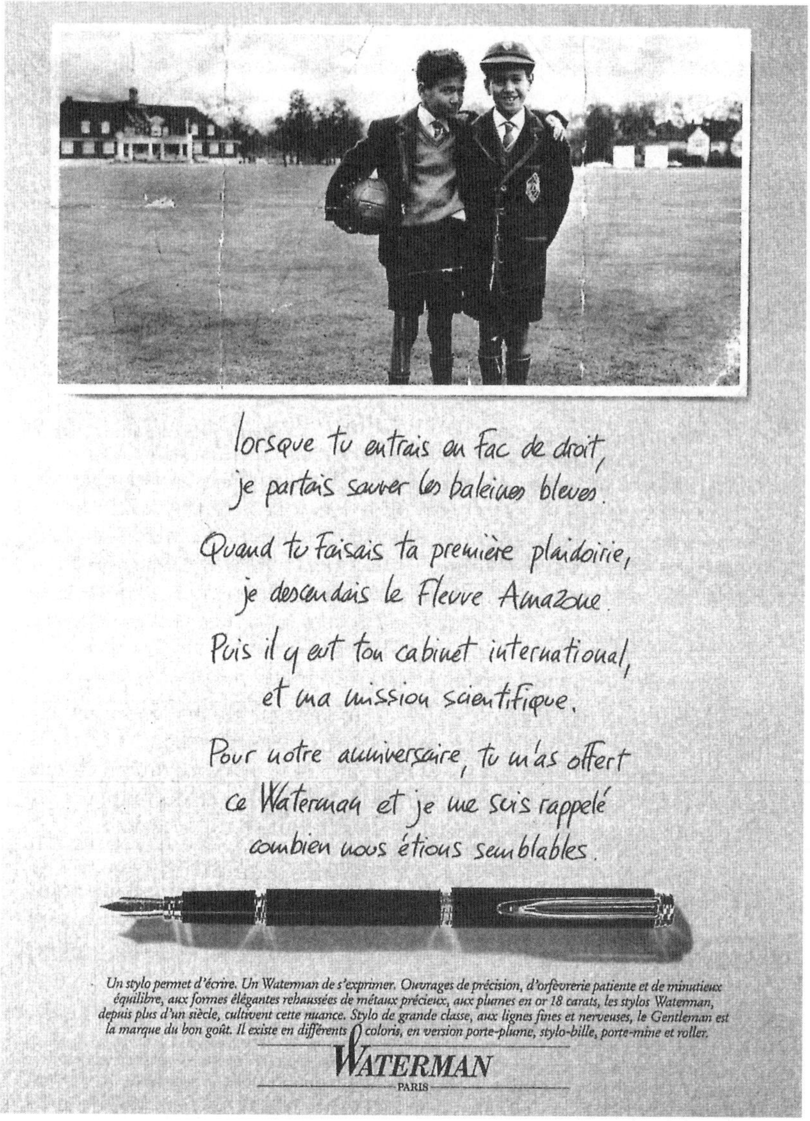

〈그림 6-7〉 만년필 광고 '워터맨'(IV: 15)

둥이 형제가 서로 다른 경력을 가지지만 그들의 삶에는 공통점이 있다는 것을 인식하는데 워터맨 만년필이 어떤 역할을 하는지를 이야기한다. 등장하는 두 인물 '너'와 '나'는 두 서술 프로그램의 주체로 간주된다. 법과 대학을 거쳐 변호사로 성장'과 '아마존강', 모험 공간으로서 '바다', 나아가 '고래 구조사업'에서는 두 가지 의미 단위가 빈번하게 나타나며, 이를 통해 두 가지의 동위성(isotopie)이 자리 잡는다.

'나'는 바다를 사랑하고 나중에 워터맨 만년필을 선물 받게 된다. 그러나 좀 더 가까이 다가가보면 두 사람 사이의 차이가 눈에 뜨일 정도로 단순화되었음을 알게 된다. "그다음에 너는 국제기구에, 나는 학술 임무를"에서처럼, 이제부터 두 쌍둥이는 같은 위상을 얻는다. 둘 다 사회적 명성을 얻었고, 둘 다 바람직한 경력의 끝마무리라고 간주할 만한 그 무엇이 어떤 것인지를 알게 된다. '나'가 '너'에게 선물로 받았고 그것으로 '나'가 '너'에게 보내는 편지를 쓰고 있는 워터맨은 이때부터 공통 정체성의 형상으로 간주될 수 있다.

쌍둥이의 이야기는 만년필에 대해 말하면서 텍스트와 이미지만이 가능한 의미 대상은 아니라는 것을 시사한다. '나'와 '너'의 이야기는 의미가 어떤 경로를 거쳐서 만들어지고 파악되는지를 보여준다. 이런 의미가 실제로 존재하려면 '나'는 그들의 삶의 행로가 만들어내고 토막으로 나눈 연쇄를 분절해내어야 한다. 두 사물의 정체성을 인식한다는 것, 혹은 정체성을 확립한다는 것은 이들의 이타성, 즉 이들을 구별하는 최소한의 의미 혹은 현상적 차이를 전제한다. 그러므로 정체성 확립이란 먼저 의미 혹은 현상적 분석을 요구하는 메타언어학적 조작이다. 정체성은 그것으로 하여금 의미대상이 되도록 하는 점차 복잡해지는 과정을 통한 생산 양상에 의해 규정된다.

두 번째 글 「로고의 노선: 아이비엠 로고 대 애플 로고La voie des logos: le faceàface des logos IBM et Apple」에서 플로슈는 아이비엠과 애플 컴퓨터의 로고에서 보이는 차이와 유사성의 원칙을 조사한다. 시각정체성 만들기와 확인 작업이 상업적일 뿐 아니라 제도적인 필요성과 제약에 분명히 복종한다면 이들은 원래 기호학적인 규칙, 다시 말해 의미생성의 일반 조건에도 마찬가지로 종속된다는 것을 보여주려 한다.

아이비엠 로고와 애플 로고에서 형상, 형태, 색상을 규정하는 조형불변체가 역전된다. 아이비엠 로고는 출발부터 약자였으며, 8개 혹은 13개의 일련의 띠로 세 글자를 가로지른 후에도 여전히 약자로 남아있다. 이 로고는 사라졌다가 나타나는 디지털 표현의 세계, 색채와 무색채의 세계뿐 아니라 구두 언어와 구두 언어의 선형화된 발현, 즉 문자의 세계로 귀착한다. 반면 애플 로고는 이미지의 계열이며 기호는 선형적으로 배열되지 않는다.

애플 이야기와 아이비엠 이야기는 두 가지의 서술 프로그램에 입각한다. 하나는 개념의 프로그램, 다른 하나는 상업적 관계의 프로그램이다. 첫 번째 프로그램에서 아이비엠과 애플은 각각 컴퓨터의 역사에서 불연속적인 주체가 된다. 아이비엠의 경우에는 하나 혹은 여러 개의 모델이 "진보된 것"이며 애플의 경우는 "대안"이다. 아이비엠은 "능력"이란 말을 쓰고, 애플은 "창조성"이란 말을 쓴다.

두 번째 서술 프로그램은 다른 역할을 가진 다른 주체, 즉 고객-사용자를 개입시킨다. 이 프로그램은 미리 만들어진 가치 대상의 커뮤니케이션으로 분석될 수 있는데 이 가치는 첫 번째 경우에서는 "서비스"로, 두 번째 경우에서는 "자유와 잘 어울림"이 된다. 그러나 두 로고의 메시지에는 서술적 유사함이 있다. 둘 다 부가된 가치의 생산에 대한 이야기, 컴퓨터 역사에 기여하는 바에 대한 이야기, 상업적 관계에 대한 이야기, 수혜자-고객에 대한 이야기를 담고 있기 때문이다.

「자유로움과 조신함: 샤넬 "토털 룩"의 미학과 윤리학La liberté et le maintien: Esthétique et éhtique du "Total Look" de Chanel」은 아마도 이 책에서도 가장 흥미로운 분석 사례로 보인다. 여기에서 플로슈는 샤넬의 토털 룩에서 보이는 변별적 특성을 뵐플린의 미학을 원용하여 해명하고 윤리적 차

〈그림 6-8〉 샤넬 토털 룩 (IV: 109)

원의 문제까지 언급함으로써 서술적 정체성의 문제는 물론, 기호의 침전과 혁신, 항구성과 인식이라는 미학적 차원에서 변증법을 제시하며, 시각적 발현과 다른 감각들의 발현 사이의 일관성까지 설명하기 때문이다. 〈그림 6-8〉에서와 같이 샤넬의 토털 룩에는 '샤넬임을 알아볼 수 있는' 공통적 요소로서 은색 코끝 구두, 금색 체인이 달린 누비 핸드백, 유명한 검은색 짧은 원피스 드레스, 십자가 모양 다색 브로치, "샤넬 투피스" 재킷, 리본 매듭, 동백꽃, 마지막으로 2개의 C 자가 각인된 금단추가 있다. 이들은 고정된 통합체를 가지나 유사한 실루엣의 계열체적 발현의 단위들이라는 점에서 기호인데, 이들은 디자이너 폴 푸아레가 지배하던 당시의 여성 패션에서 가장 특징적인 기호들과 다르다. 샤넬이 기존의 실루엣을 파괴한 것은 현대적인 활동의 자유와 자치성을 획득하기 위해서이다. 일의 기표와 남성성은 반대되는 기의, 즉 여성성과 부유함과 구체적으로 상관관계를 맺으면서 말이다.

샤넬 실루엣의 순수한 시각(視覺)적 차원을 분석해보면 고전주의적 관점이 실현되어있음을 알 수 있다. 샤넬의 실루엣에는 바로크적 요소들도 있다. 기본적으로 장신구들과 누비 핸드백의 체인 등이 그러하다. 슈트의 장식이나 짧은 검은색 원피스 드레스 실루엣은 고전주의적 시각에 고유한 '선형성'을 보여준다. 실루엣의 닫힘 효과는 뵐플린이 말한 '닫힌 형태'라는 것을 실현한 것이다. 윤곽선, 형태 분리에의 집착, 장신구의 분명한 배열 등은 다양성의 원칙에 부응하면서 바로크의 단위 개념과 대립한다. 검은색, 감색 등의 색채가 선호되고 저지나 트위드 등의 소재가 빈번하게 나타나는 것은 바로크가 좋아하는 상대적 명도에 대립되는 '절대 명도'를 만들어 내려는 수단으로 해석된다. 기호학적으로는 고전주의적 시각과 바로크적 시각이 구별되지 않고 뒤섞인 복합 항이다. 샤넬을 즉각 확인할 수 있는 기호들'은 모두 다 이 복합 항을 표현하거나 파악할 수 있는 필요 충분적인 기호들이다.

샤넬 실루엣은 한편으로는 고전주의적 시각과 다른 편으로는 대척이 되는 바로크적 시각을 대조를 통해 수용하여 고전적인 일반 형상으로 실현해낸 점에서 그 자체가 하나의 양식이기도 하다. 유행 현상이란 성격이라는 정체성의 극에 해당될 것이다. 반대로 양식 현상은 그것의 생산 논리에서는 조신함의 축, 다시 말해 윤리적이며 '삶의 계획'의 극에 해당될 것이다. 양식은 고정된 리듬을 가지는 통합체, 정체성-성격의 산물로 규정해야 할 것이다. 한편 조형적 차원은 샤넬 실루엣에 일종의 박자를 부여하고 이차적인 담론을 수행하게 한다. 이차 담론은 기본적으로 윤리적이다. '조신함'의 윤리가 생성되는 과정을 관찰하면 이 윤리가 샤넬의 고전주의적 미학에 잘 일치한다는 것을 알게 된다.

이 책의 마지막 글 「손재주꾼의 나이프: 오피넬 끄트머리의 재능 Le

couteau du bricoleur: L'intelligence au bout de l'Opinel」은 칼의 시각적 양상과 그 칼을 사용할 때 만들어지는 촉각적 가치의 관계를 통해 공감각의 문제를 다루고 엔지니어의 작업과 구별되는 '손재주 부리기'의 사례를 제시한다. 플로슈는 먼저 어휘소 분석 기법을 통해 오피넬 칼의 구성요소를 형상적 성분, 계통적 성분, 기능적 성분으로 대응하여 나눈다. 기능적 성분은 다시 기능적 차원과 사회적 차원, 미적 차원으로 나누어진다. 특히 기능적 차원에서 오피넬은 끊고 자르기뿐 아니라 얇게 썰기, 뜯어내기, 긁어내기, 긋기, 벗기기, 잘라내기 등의 1,000여 가지 일을 할 수 있다. 그러므로 이들은 서술 프로그램의 주체로 인식되어야 한다.

분리와 이접 행위가 그 칼의 기본적인 용도인 것은 분명하다. 복잡함의 정도가 어떠하든 모든 것이 훨씬 더 넓은 프로그램, 즉 생성(제조 혹은 수리) 프로그램에 속하며, 그 주체는 그 칼을 가지고 사용하는 사람이다. 오피넬은 또한 요리나 야금술에서 물이나 불이 그러하듯 위임 주체(sujet délégué)로 이해되어야 한다. 칼의 사용자와 칼 사이에는 조작 구조가 만들어진다. 인간은 이런저런 '손놀림'으로 칼로 하여금 양적 조작들 중 하나를 하게 하고, 그 형태와 칼날을 그 기능에 맞도록 만들었다. 모든 조작된 주체가 그렇게 해서 위임자가 되듯, 이 칼은 모종의 계약에 의해 위임되고 심지어 칼과 주인 사이에는 일종의 담보관계가 설정된다.

한편 오피넬과 스위스 칼의 비교는 엔지니어와 손재주꾼의 작업에 비유된다. 오피넬이 손재주꾼의 칼이라면 스위스 칼은 엔지니어의 칼이다. 손재주꾼은 다양한 목적을 가진 수많은 작업을 한다. 엔지니어와는 달리 그는 일의 목적에 맞게 만들어지고 준비된 애초의 재료나 연장을 구하는가의 여부에 구애받지 않는다. 손재주꾼의 세계는 닫혀 있으며, 작업은 늘 한정된 재료와 연장, 그나마도 잡다한 쓰레기와 같은 것들로 진행되는 것이 원칙이다.

오피넬을 규정하는 특질은 먼저 칼날의 끄트머리가 둥글기 때문에 다양한 목적을 가진 수많은 작업을 할 수 있게 하고, 두 번째로 주머니칼로서 오피넬은 "손쉬운 수단"이며 손재주꾼의 "유한한 도구의 총체"이다. 마지막으로, 오피넬은 용도가 늘어남에도 불구하고 "미리 강요된" 용도에 의해 제한되어있다. 이것이 손재주꾼이 사용하는 재료-기호들의 특성이다(IV: 204).

오피넬의 손잡이는 촉각과 세상이 만나는 장소이다. 예를 들어 '눌러 힘주기'에서 이 세상은 가까이 있고 동시에 감각할 수 있다는 것을 환기하게 된다. 두 가지 의미에서의 감각이다. 이 세상은 재료, 결, 형태, 선으로 만들어지며, 한편으로 개입에 반응한다. 그 반응은 미약하거나 저항적일 수 있다. 이 세상은 또한 가까이 있다. 나무 손잡이의 온기, 넓적한 날의 미끄러짐, 혹은 잘 관리된 칼등의 예리함이 칼을 쥘 때의 의미를 자극하고, 손잡이는 길지 않아 손은 사물의 표면과 실재의 거리를 느끼지 않는다.

지금까지 시각기호학자 플로슈의 지적 여정의 모습을 꽤 장황하게 그렸다. 그러나 이 장의 목적은 플로슈의 연구를 단순히 열거하자는 것은 아니었다. 플로슈 특유의 기호학이 가지는 인식론적 배경과 분석대상은 매우 폭넓은 스펙트럼을 보여주지만, 그 저변에는 하나의 방향이 있으며, 그 방향은 필연적인 조건들에 의해 지배된다.

길을 잃었는가, 대안인가

시각기호학의 발전과정을 도상성의 문제에서 이끌어낸 김성도의 관찰[9]은 이 분야의 넓은 스펙트럼에서 플로슈의 위상을 이해하는 데 도움이 된다. 그에 의하면, 초기의 도상기호학에서는 도

9 김성도, 앞의 글, 47-79쪽.

상성(iconicité)을 시각 이미지의 특권화된 모델로 여기고, 유의미한 조형 자료들을 회생시켜가면서 보이는 세계를 구두 언어의 매개, 상호작용, 변장을 통해서 언급함으로써 도상기호만이 유일한 기의의 자리를 차지하고 조형은 도상에 종속되었다. 그런데 이러한 전통은 린드켄스(R. Lindekens)에 의해 문제가 제기되었다.

그는 칸딘스키와 같은 추상화가의 작품에서는 '말해진 것'을 도상 코드에 의해 해석하기에는 역부족이란 사실을 깨닫고 점, 선, 면과 같은 조형의 기본 벡터 단위들을 다시 발화작용의 기술을 지배하는 지각-공간 차원의 주제로 설정하였다. 즉, 시각 작품의 해석에 구조주의적 방법이 도입된다. 여기에서 도상적 내용 차원과 조형적 표현 차원의 구별이 이루어지고 두 차원의 상동이 핵심 문제로 떠오르게 되었다. 그것은 서술성의 일반원칙을 발화작용 과정을 주체 수용자의 능력과 수행을 조정하는 것으로 기술하는 그레마스 학파의 입장에서 더욱 두드러진다.

그러나 이 진영은 조형적인 표현의 형식을 경험적으로 탐구하였지만 실질을 규정하는 데 이르지는 못하고 지시체의 '미메티시즘'의 인식론에서 벗어나지 못했다. 린드켄스의 공헌은 표현 면에서 시각발화체의 발현에 접근한 것인데, 이는 생마르탱을 비롯한 새로운 움직임, 즉 인지과학과 지각과학의 발전에 힘입어 조형예술에서 발현되는 지각, 정서, 기억, 인공지능의 개념들을 통한 코드의 해독에 치중하는 흐름에 더 많은 단서를 제공하게 되었다는 것이다. 이런 관점에서 본다면 플로슈의 지적 여정은 길을 잃었다고 볼 수 있다.

플로슈는 특히 첫 번째 저작 『눈과 정신의 작은 신화』에서 조형기호학을 성립하려고 하였다. 플로슈는 도상에 대한 조형의 복권을 이끌어내었지만 여기에는 한계가 있었다. 도상과 대립하는 '조형'의 본질은 제기되었지만 더 이상의 깊은 전개는 생략된 것이다. 서구 인식론의 역사에서 오랜 시기 동안 전개된 전통적인 도상성의 논의에 비해 플로슈의 조형이론은 상대적으로 빈약할 수밖에 없는 것이다.

그뿐만 아니라 플로슈의 조형에 관한 성찰은 동시대의 기호학자들인 그룹 뮈의 그것에 미치지 못한다. 그룹 뮈의 수사학은 좀 더 정교한 도상/조형의 대립 모델에 입각하여 발전되었다. 이들에 의하면 도상 언어와 조형 언어는 다양한 층을 이루는데, 수사적 문체는 순수하게 도상적이거나 조형적인 것뿐 아니라 도상-조형적일 수도 있다. 조형적 문체와 도상적 문체는 이들이 잠재태(*absentia*)인가, 실현태(*praesentia*)인가, 연접인가, 이접인가에 따라 구별된다. 이 요소들은 작품의 다차원 성에서 나오며 동시에 2개의 실재가 같이 나타날 수도 있는데 이것이 조형기호학을 구두 언어와 구별하는 기본이 된다.

플로슈는 조형기호학의 이념은 제시하였으나 그 내용은 치밀하게 구성하지 못했다. 그룹 뮈의 연구가 형태, 색채와 짜임새의 내적 변별력을 규명하는 데 바쳐진 데 비해 플로슈는 다양한 조형 요소들 중 색채, 대조 등 단지 몇몇 개를 선택하여 이를 파편적으로 논의하는 데 그치고 만 점도 약점으로 지적할 수 있다. 이는 먼저 전략적 차이에서 유래한다. 소네슨이 말하듯[10] 그룹 뮈의 전략이 텍스트 분류라면 플로슈의 그것은 텍스트 분석이었다. 플로슈는 모든 시각 요소들을 범주에 따라 기호사각형으로 분류·할당하였다. 이러한 작업은 말할 것도 없이 이중의 이분법으로 진행된 것인데, 실은 그것의 인식론적 모델은 레비스트로스의 신화분석이었다. 이 방법은 다시 생마르탱의 전략과도 비교된다. 생마르탱 역시 텍스트의 분석이 관심사이지만 그것은 더 큰 영역을 포함한다. 이 전략은 매우 정교한 조형의 '망(grid)'을 채택한다. 그룹 뮈나 생마르탱의 관점 역시 표현과 내용 면에 있는 의미의 구조화를 전제하고 있다는 점에서 플로슈의

10 Sonesson. G., "Pictorial semiotics. Gestalt theory, and the ecology of perception" in *Semiotica* 99(34), 1994, pp. 342-343.

조형 요소에 관한 서술이 이들에 비해 상대적으로 빈약하다는 것을 알 수 있다.

두 번째로, 플로슈의 조형기호학은 조형 요소들의 내재적 속성보다는 그들의 관계에 치중함으로써 빈약한 결과를 만들어낸 것이다. 그 원인은 플로슈의 생태적 한계, 즉 그레마스의 서술기호학에서 찾아볼 수 있다. 여기에서 중요한 것은 요소 그 자체가 아니라 요소들이 맺는 추상적 관계인 것이다. 이를 조형기호학에 대입하면 결국 조형기호학은 옐름슬레우의 표현을 빌리면 '표현의 실질'보다는 '표현의 형식'에, '의미의 실질' 보다는 '의미의 형식'에 더 무게를 둘 수밖에 없는 것이다.

플로슈의 독자들은, 특히 『기호학, 마케팅, 커뮤니케이션』을 읽은 독자들은 표현체를 기호사각형에 투영하기 위해 플로슈가 제안한 범주가 매우 자의적이라는 의심을 품어볼 수 있다.[11] 그레마스의 기호사각형이 아무리 일반성을 가진 강력한 분석 모델이라 할지라도 만들어진 분석 결과는 모든 것을 의도적으로 '4'라는 숫자에 맞추는 것으로 보인다. 예를 들어 「알 속에서 죽다」에서 다양한 광고 이데올로기 제공자들을 네 부류로 나누는 대목에서는 과연 이를 마케팅 전문가들이 수긍할까라는 의문과 함께 그레마스 계열의 학자들이 가진 강박관념마저도 엿볼 수 있는 것이다. 소쉬르의 기호 개념을 버린 그가 서술기호학의 강압적인 규범에 온존할 이유는 없었을 것이다. 플로슈 자신도 대안을 제시하였다. 플로슈는 첫 번째 저작인 『눈과 정신의 작은 신화』에서 광고 분야의 이론적 배경으로 서술기호학 뿐 아니라 다른 접근방법을 제안한 바 있다.

구상적인 것을 다루는 기호학은 상징, 모티프, 그리고 하나의 문화 내에 있는 현상들이나 여러 문화들에 공통된 현상들에 접근하는 방법을 제공해줄 수 있고,

11 플로슈는 첫 번째 저작 첫 번째 글 「부바의 나체」에서부터 "우리는 이 주제적 단위를 순전히 자의적으로 치장, 혹은 조금 더 정확히 말하면 치장된 것"이라고 말한다(PM: 64).

주체에 관한 이론은 그것의 정체를 분간하는 일이 늘 마케팅의 중요 관심사인 '사회-문화의 유형을 재정의하는 데 기여할 수 있을 것이다. (…) 사회기호학은 이러저러한 사회적인 역할이라든가 오늘날 유행하는 생활양식의 유형론에 대한 비판적인 시각을 제공할 수도 있을 것이다(PM: 197).

이 구절은 이어진 두 저작 『기호학, 마케팅, 커뮤니케이션』과 『시각정체성』에서 실현된다고 해도 과언이 아니다. 조형기호학의 이념이나 서술기호학의 방법론에 관한 기술이 서서히 줄어드는 것은 앞의 책에서 충분히 교육적인 목적을 거두었다는 이유도 있겠지만 이들의 내용과 실천이 더 이상 효과적이지 않다는 것을 깨달았기 때문이기도 하다.

앞 장에서 본 것처럼, 플로슈의 글에서 뒤로 갈수록 차용되는 것은 서술기호학의 개념들이 아니라 '손재주 부리기' 혹은 '정체성'과 같은 인류학과 철학의 문제들이다. 예술 작품에서 마케팅, 특히 광고를 거쳐 일상의 사물로 이르는 분석 대상의 변화가 인식론적 변화를 야기한 것이라기보다는 인식론적 발전단계가 그에 합당한 소재를 찾아내게 한 것이다. 이렇게 플로슈의 조형기호학은 좀 더 보편적인 발전단계, 즉 조형 요소의 내재적 규명을 거쳐 필연적으로 대두되는 형태심리학적 혹은 인지적 접근의 여정을 밟지 않고 다른 노선으로 발전되었다.

그러나 플로슈의 여정이 그룹 뮈나 생마르탱을 따르지 않았다고 해서 그의 노작들, 혹은 조형기호학의 가치가 없다는 것은 결코 아니다. 플로슈가 전개한 조형기호학은 변질이나 변화가 아니라 부단한 변용(metamorphose)을 통해 '삭막한' 기호학이 현실과 만났다는 측면과 새로운 통합 학문, 즉 융합기호학의 단서를 제공하였다. 첫 번째 저작 『눈과 정신의 작은 신화』에서 조형기호학과 광고의 소통을 시도하고 몇 년 후 『기호학, 마케팅, 커뮤니케이션』을 통해 마케팅 분야에서 기호학의 기여를 증명할 수 있었던 것은 실은 필연적인 수순이었지만 그 결과는 다음의 인용에서 보듯 기호학과 마케팅 모두에게 정말 큰 행운이다.

> 기호학은 콘셉트란 무엇이며 또 그것이 어떻게 광고의 콘셉트가 되는가를 보여준다. 콘셉트는 결국 다양한 역할들과 상황들로 이루어진 하나의 이야기, 장식, 연출일 터인데, 하나의 콘셉트를 선택할 때, 그것을 다시 사용할 때, 또는 경쟁적인 관계에 있는 다른 콘셉트들과 대결할 때 기호학은 '판독'할 수 있는 기준을 제공한다는 것이다(SM: 10).

> 기호학은 광고의 변별성 제공에도 기여한다. 기호학은 브랜드 미학 — 비인어적 메시지의 기표를 성립하는 형식, 볼륨 또는 리듬의 성질들의 정체를 파악하는 미학 — 에서 말하는 인지와 정의의 변별성이라는 특수한 문제들을 충분히 인식하여 (…) 브랜드 미학을 구성하는 시각적 · 음적 성질들을 인지한다. 기호학의 기여는 변별적인 형식, 색채, 볼륨 또는 타이포그래피를 선택하거나 보존하게 만들고, 바로 그러한 성질들은 포장, 상품디자인, 로고 등이 의미하려고 하는 바를 만들도록 해준다(SM: 12-13).

기호학은 마케팅 분야와 광고에서 새로운 해석의 층을 제공할 뿐 아니라 역으로 좋은 광고(물론 좋은 광고가 반드시 잘 팔리게 하는 광고는 아니겠지만)를 만들어낼 수 있는 근거를 제공할 수도 있는 것이다. 융합기호학은 플로슈가 특히 광고를 분석대상으로 의식하면서 제안한 개념으로, 시각기호학, 더 나아가서 일반기호학이 앞으로 추구할 그 무엇으로 보인다.

> 준상징적 체계들이 텍스트, 이미지, 구두 언어 및 비구두 언어를 섞어놓는 융합체적 발화체들(énoncés syncrétiques)을 제어하기 때문이다(SM: 86).

그러나 이 개념은 시각 이외의 감각을 통합하는 표현체를 대상으로 하는 것으로 확장될 수 있다. 이미 플로슈는 공감각이란 “이러저러한 개념, 이러저러한 가치와 상관관계를 갖는 동일한 표현 자질의 묶음이 서로 다른 감각 재료들 속에 발현된 것”(PM: 216)이라 설명한다. 실제로 ‘위고르’ 반창고 광고 분석에서 플로슈는 슬로건의 운율 분석을 진행하고 언어 발화체 문안의 준상징적 체계가 시각 차원의 준상징적 체계와 접목하고 있음을 보이며(PM: 233), 『이브와 시스트르』에서는 시지각과 미각의 관계, 오피넬의 분석에서는 칼의 손잡이가 주는 촉각적 표현체를 분석하기도 했다.

이 장은 플로슈의 세 권의 저작들이 유의미한 시간적 간격을 보이면서 조형기호학에서 광고와 마케팅을 거쳐 정체성과 ‘손재주 부리기’라는 문제로 변용되어가는 과정을 일일이 분석하면서 그 변용과정의 내재적 요인을 분석해보았다. 그 결과 우리는 그 과정의 아래에서 실제로 진행되는 흐름은 바로 ‘외삽한 이론에서 벗어나 세상’을 만난 것이라 생각하게 되었다. 불행히도 플로슈의 ‘조형’은 단지 이전의 ‘도상’에 대한 대립적 요소로 설정되었을 뿐이기 때문에 그 자체의 개념이 충분히 규명되지 않았다. 게다가 플로슈의 생태적 한계, 즉 서술기호학은 이상하게도 자의적인 잣대를 합리화해주는 ‘외삽한’ 이론 틀로 군림하는 것을 보았다. 그러나 플로슈가 광고를 거쳐, 혹은 이를 포함한 일상의 사물을 만났을 때, 융합기호학의 씨앗이 만들어진다. 플로슈가 거친 여정의 끝은 문화인 것이다. 영상문화의 꽃이라 할 수 있는 광고를 분석하는 플로슈는 디자인이나 메시지뿐 아니라 이익 창출에 필요한 개념적 · 방법론적 도구들을 제공하였으며 이어서 이 세상을 구성하는 사물들의 정체성과 존재의 양상을 규명하는 원리를 밝혀내었다.

7. 정념기호학

'조형'과 '정념'

시각기호학의 영역에서 더 일반적이고 효과적인 이미지 분석방법을 찾으려는 노력은 여전히 진행되는 중인 것으로 보인다. 예를 들어 그룹 뮈가 제안한바, 이미지 하나하나를 개별 발화체로 간주하여 '그것만을 위한(*ad hoc*)' 개념을 사용하며 경험적 방법을 채택하기보다는 이미지를 구성하는 분자적 요소를 기술하는 것을 목표로 삼고 '선험적(*a priori*)'인 개념을 사용하며 이론적 방법을 채택하자는 제안은 시각기호학의 역사가 짧지 않음에도 불구하고 아직 충족되지 않은 것으로 보인다. 이러한 대안을 만들어가는 과정에서 기호학 이론의 흐름 가운데에서 주류로 공인된 이미지 분석 사례의 전범을 참조하는 것은 피할 수 없는 과정일 것이다. 이 절은 현대 기호학의 본산인 파리 기호학파에서 진행된 이미지 분석의 방법론적 진화 양상을 살펴봄으로써 그 해법의 일부를 찾아보려는 목표를 가진다.

파리 기호학파의 내부에서 특히 이미지를 대상으로 연구를 진행해온 학자로는 장 마리 플로슈를 들 수 있다. 앞 장에서 본 바와 같이, 그가 진행한 일련의 선구적 연구를 '조형기호학(sémiotique plastique)'이라 범주화 할 수 있을 것이다. 한편, 오늘날 파리 기호학파의 대표로 인정할 만한 학자로 자크 퐁타니유(Jean Jacques Fontanille)를 거론하는 데에는 별 이견이 없을 것이다. 퐁타니유는 그레마스와 함께 『정념의 기호학: 사태로부터 정조로』[1]를 통해 기존의 기호학의 차원을 넘어선 '정념의 기호학(sémiotique des passions)'이라는 새로운 인식론적 진화를 기호학에 도입한 장본인이다.

'정념의 기호학'은 초기의 문학 연구를 위한 적절하고 효율적인 도구를 넘어서서 모든 종류의 담화 분석에서 보편성을 보여주면서 '시각(le visuel)' 혹은 '가시적 현상(le visible)'까지 적용 대상을 넓혀왔다. 특히 퐁타니유는 그의 주저 중 하나라 할 수 있는 『담화 기호학』(1998)[2]을 통해 소위 '주관의 기호학'과 '객관의 기호학'을 통합하면서 '정념의 기호학'을 한 차원 더 발전시켰다. 그 후에 『보이는 것의 기호학: 빛의 세계』[3]에서 통해 정념의 기호학의 이론적 틀을 시각 의미체계의 영역에 도입하여 '빛의 기호학(sémiotique de la lumière)'을 구축하고 시, 소설, 회화, 영화 등을 대상으로 정치한 기호학적 분석의 전범을 보여주었다.

이 장은 플로슈가 그의 첫 번째 저작인 『눈과 정신의 작은 신화: 조형기호학』(1985)에서 진행한 칸딘스키의 〈구성 4〉를 조형기호학에서의 회화 연구의 전범으로 보고, 퐁타니유가 『보이는 것의 기호학: 빛의 세계』에서 시도한 치우르리오니스[4]의 '그림 소나타' 연작 중 〈별〉 시리즈의 〈안단테〉

1 Greimas, A. J. and J. Fontanille, *Sémiotique des passions des états de choses aux états d'âme*, Paris: Seuil, 1991.

2 Fontanille, J., *Sémiotique du discours*, Paris: PULIM, 1988.

3 Fontanille, J., *Sémiotique du visible des mondes de lumière*, Paris: PUF, 1995.

4 치우르리오니스(Mikalojus Konstantinas Čiurlionis: 1875-1911)는 리투아니아의 작곡가, 화가이다. 그는 짧은 일생 동안 250여 곡의 음악과 300여 폭의 회화를 통해 상징주의와 '아르 누보' 운동에 기여하였다. 생전에 그는 예술가로서 큰 명성을 얻지 못하였으나, 음악과 회화의 영역

와 〈알레그로〉 분석을 정념의 기호학을 회화 분석에 적용한 사례로 보고, 이 두 사례에서 나타난 인식론적 틀과 구체적 내용 전개 양상을 대조하면서 회화 분석에서 이들이 가지는 효용성을 검증함으로써 궁극적으로는 우리의 궁극적 목표인바, 더 일반적이고 효과적인 이미지 분석방법을 개발하는 데 있어 영감을 얻고자 한다.

'조형'과 '정념'의 상동성

조형기호학을 대표하는 학자와 정념의 기호학을 대표하는 두 학자의 논의를 비판적으로 수용하고 대조한다는 것은 단순히 이들의 저명도 때문은 아니다. 이 두 논자들의 해당 저서, 즉 『눈과 정신의 작은 신화: 조형기호학을 위하여』와 『보이는 것의 기호학: 빛의 세계』는 서술 체제와 순서는 물론, 첫머리에서 이론적 배경을 서술하는 방법에서 놀라울 정도로 유사성을 가진다. 먼저 플로슈는 조형기호학의 정립을 위한 몇 가지 제안을 서론에서 진행하고 이어 사진(에두아르 부바의 〈나체〉), 회화(바실리 칸딘스키의 〈구성 4〉), 만화(벤자맹 라비에르의 〈안락한 둥지〉), 글쓰기(롤랑 바르트의 〈기호의 왕국〉과 〈롤랑 바르트가 쓴 롤랑 바르트〉), 건축(조르주 벤의 〈브라운슈바이크의 집〉)과 광고(〈뉴스 담배〉)를 분석한다.

한편 퐁타니유는 정념의 기호학에 바탕을 둔 논의의 연장으로 빛의 기호학을 제안하고, 이 새로운 관점을 시(폴 엘뤼아르의 〈고뇌의 수도〉), 회화(치우르리오니스의 〈소나타〉 연작), 영화(장 뤽 고다르의 〈정념〉)과 에세이(타니자키 준이

을 두루 섭렵하고 접목한 천재성으로 말미암아 사후에 재조명을 받고 있다. 그는 〈봄의 소나타〉(1907), 〈여름의 소나타〉(1908), 〈태양의 소나타〉(1907), 〈바다의 소나타〉(1908), 〈피라미드의 소나타〉(1908), 〈별의 소나타〉(1908), 〈뱀의 소나타〉(1908) 등의 제목으로 동일한 주제를 소나타 형식에 대응하여 각각 알레그로, 안단테, 스케르초, 피날레로 나누어 제작하였다.

치로의 〈어둠의 찬사〉)에 이르는 다양한 텍스트에 적용하였다. 이 두 저서의 내용과 형태에서 기호학의 용어를 빌리면 '상동성(homologation)'을 가지는 이야기 연작으로도 보인다.

두 저서가 10년의 차이를 두었다는 것을 고려할 때 퐁타니유가 같은 학파에 속하기도 한 플로슈의 서술 체제에 영향을 받았다는 것은 쉽게 짐작할 수 있을 것이다. 플로슈가 제기한 몇몇 전제들이 퐁타니유에게서도 그대로 보이기 때문이다. 먼저 이 둘이 궁극적으로 지향한 것은 실은 '시학기호학(sémiotique poétique)'이라 보아도 놀라운 일이 아닐 것이다. 시학기호학은 기의의 구상적 독해보다 더 심오한 말의 '표현체(fomant)'를 구성하기 위해 기표의 특정 자질들을 이용하는데, 조형기호학, 나아가 시각기호학 전반은 다양한 실질 중 눈에 보이는 것을 대상으로 하기 때문에 시학기호학의 한 가지 사례에 불과한 것이다. 이와 같은 입장은 퐁타니유의 저서에서도 밑바탕에 깔려 있다. 두 번째로, 양 논자는 분석대상으로 소위 '추상화'를 채택하는 데 주저하지 않는다.

그런데 이는 의도된 기획으로 보인다. 먼저 시각기호학은 '회화성'이니 '사진성' 등의 개별 장르의 속성을 규명하는 이론이 아닐 뿐더러, 개별 이미지는 기호학자에게 특별한 도상기호도 아니고, 그런 기호들로 이루어진 특별한 메시지도 아닌, 의미생성의 결과로 만들어진 개별 텍스트이다. 게다가 '도상성'은 기호 자체에 내재된 특성이 아니라 사회적 공시를 활용하는 특정 유형의 담화가 가지는 특성이다. 한마디로 '추상', 혹은 '비구상'이나 '구상'회화라는 구별은 미술 이론에서는 몰라도 기호학에서는 관여적 대립 항이 아닌 것이다.

이런 관점에서 플로슈는 형태, 색채, 위상적 배치에서 나타난 대상에서 구상적인 차원만을 어휘로 환원하려는 행위를 거부하면서 기호학 연구의 이상적 모델에 가까이 갈 수 있었고, 퐁타니유의 경우에는 지각 자체가 가지는 의미와 그 의미의 근원을 비언어 체계의 일반 의미작용에서 이끌어낼 수 있었던 것이다.

마지막으로, 즉각적인 해석이 가능한 도상기호보다는 일반적으로 복잡한 구성을 가지는 작품을 분석대상으로 삼을 때 생기는 어려움은 결국 지각-발화 주체의 적극적 개입을 요구하게 된다. 이 문제는 분석의 어려움이 아니라 오히려 분석과 기호학 이론의 풍성함을 낳은 계기가 된다. 플로슈는 구상 작품인 부바의 〈나체〉를 분석할 때부터 대조의 중요성과 기능을 이해하였고 이를 통해 이미지 일반을 분석할 수 있는 직관과 분석 절차를 확립할 수 있었다고 술회한다. 퐁타니유는 바로 이 지점에서 관찰자의 위치와 지각-발화 주체의 자기 수용적(poprioceptif) 중재자의 기능을 주목하게 되었을 것이다. 결국, 플로슈와 퐁타니유는 인식론적 단층과 시기적 거리가 있음에도 불구하고 같은 시작점을 가지며, 이는 주로 플로슈의 선행연구에서 만들어지고 퐁타니유가 수용 · 발전한 것으로 보인다.

분석 사례

칸딘스키의 〈구성 4〉를 분석하는 플로슈의 이론적 배경은 이전까지의 파리 기호학의 연구 성과를 망라한다. 이는 곧 그레마스가 『구조의미론』(1966)에서부터 『의미에 관하여 II: 기호학 시론』(1983)에 이르는 일련의 저서와 논문에서 제기 · 발전된 주요 기호학적 개념과 분석방법들이다. 플로슈는 『눈과 정신의 작은 신화: 조형기호학』의 말미에 수록된 "일반기호학의 주요 개념"이란 제목의 부록을 통해 그 당시까지 진행된 파리 기호학의 주요 개념을 간략하게 정리 · 소개하고 있다. 이 내용은 이미 널리 알려진 것이지만 곧 뒤따를 플로슈의 회화 분석에서 적용되고 일부는 분석과정에서의 수용 양상을 중심으로 비판될 뿐 아니라 퐁타니유의 이론적 배경과도 대조해볼 필요가 있기 때문에 이 자리에서 다시 언급하고자 한다.

플로슈는 먼저 자신의 조형기호학 이론 역시 소쉬르와 옐름슬레우의 맥을 잇는 그레마스 기호학의 연장이라 설명한다. 플로슈는 기호의 자의성을 추구하는 소쉬르의 인식론적 유산을 받아들이면서도 결국은 시각기표의 감각적 성찰과 표현형식과 내용형식 사이의 유연성(motivation)에 대한 성찰에 이르게 된 점을 스스로 지적한다. 하지만 이는 그가 수립하고자 하였던 조형기호학의 대상인 '준상징체계(système semi-symbolique)'를 이해한다면 필연적인 수순이며 기호학의 인식론적 진화의 결과로 보인다.

그는 언어의 두 국면, 즉 '체계'와 '사행'의 개념을 그대로 받아들이고, 이어 파리 기호학파가 생각하는 일반기호학의 임무를 계승한다. 기호학은 랑그뿐 아니라 모든 언어를 고찰할 수 있는 의미에 관한 이론이 되어야 하며, 이는 기호학자들이 다년간의 연구를 통해 얻은 의미 산출을 표현하는 모델, 즉 '의미생성 행정'으로 구체화되었다는 것이다. 이는 분석자가 경험적(a posteriori)으로 구축한 논리적 전개과정이지, 실제로 시간의 축을 따라 의미가 구체화되는 과정을 의미하는 것은 아니다.

발화체는 어떤 매체로든 실현된 의미생성의 논리적 '기원'으로 발화를 포함하며, 발화는 주체가 그의 도구인 의미체계가 제공하는 잠재적인 것들을 취하는 행위이다. 잠재적 영역은 다시 의미 단위들의 분류에 관련된 계통적 측면과 의미 단위들에 대한 기본적인 '조작'의 결과로, 이들을 관계 맺어주는 통사적 측면을 가진다. 의미생성 행정은 먼저 발화와 발화체의 개념을 전제하고 두 단계, 즉 '기호-설화 구조'와 '담화구조'로 나누어진다.

먼저 기호-설화 구조는 발화 주체가 취하고 활용하는 잠재적인 것으로, 이는 다시 심층구조와 표층구조로 나누어진다. 심층구조에는 분절 의미의 기초가 되는 변별 자질이 위치하고 변형 규칙이 적용된다. 이때 기호 사각형이 개입되어 심층에서 일어난 것을 시각적으로 보여준다. 표층에서는 심층의 관계들이 '상태'와 '행위' 문으로 전환되고 이 문들이 결합하고 연계한다. 표층에서는 '설화성'이 실현되며 '행동자' 역시 이 층위에서 나타난다.

한편, 담화구조는 체계가 제공하는 잠재적인 것들을 발화자가 선택하고 정돈함으로써 분절 의미가 만들어지는 단계이다. 이 단계에서 주체는 대립 항들을 고정하고 여기에 동질성을 부여한다. 설화 구조에서 규정되는 특정 기능들을 행동자가 수행하게 하거나 설화구조에서 만들어진 발화문을 좀 더 구체적인 모습으로 발전시키는 것도 이 단계에 속한다.

의미생성 행정은 시간적 축으로 배열되는 것은 아니지만 일종의 지질학적 단층으로 나타난다. 기호-설화 구조와 담화구조는 실은 표면 아래에 존재하는 층위이다. 표면에서는 아래 층위의 요소들이 발현하는 자리로, 내용은 표현 면을 이루는 매체에 따라 제약을 받게 된다. 언어의 경우에는 선조성이, 평면 이미지의 경우에는 이차원이라는 제약 등이 그러하다. 여기에서 '텍스트 구조'가 만들어진다. 결론적으로 의미생성 행정은 표면과 기호-설화 구조, 담화구조의 세 층위로 만들어지며, 이 층위는 각각 기호의 세 가지 존재 양식, 즉 '잠재성(virtualité)', '현동성(actualité)'과 '실현(réalisation)'을 보여준다.

한편, 플로슈에게 있어서도 기호사각형은 여전히 유효한 분석수단으로 쓰인다. 기호사각형은 동일한 의미 범주와 구조를 구성하는 변별 자질들이 만드는 관계들을 시각적으로 표현한다. 이 바탕에는 '반대', '모순', '함축'이라는 세 유형의 관계와 동태적 관점에서 '부정', '긍정' 조작이 함축되어있음은 주지의 사실이다.

조형기호학을 수립하기 위해 서술기호학에서 플로슈가 도입한 것은 '설화성(narrativité)'과 '담화화(mise en discours)', '양태(modalité)' 등의 개념들이다. 설화성이란 문장에서 단락, 면(plan), 시퀀스를 거치면서 이루어지는 일련의 상태와 변형의 상황과 행동이 정리된 것이다. 심층에 있던 관계들은 설화의 층위에서 '결핍'이나 '획득', '패배'나 '승리' 등의 '인간화'된 상태로 바뀌고, 변형과정은 '수행'이 되며 변형 조작자는 주체가 된다. 각각의 상태는 주체와 대상의 관계로 정의된다.

기호학이 한 단계의 도약을 이루는 계기는 양태의 개념을 행동자의 역량분석에 도입한 것이다.[5] 수행을 일종의 행위로 간주한다면 역량은 양태동사(vouloir, devoir, savoir, pouvoir)와 '행위(faire)'의 결합, 즉 '행위-의지(vouloir-faire)', '행위-의무(devoir-faire)', '행위-지식(savoir-faire)', '행위-능력(pouvoir-faire)'의 결합으로 파악된다. 역량을 양태의 위계관계와 획득 순서에 따라 재정의함으로써 기존의 역사적 · 문화적 유형론은 세련되고 빈틈없는 유형론으로 확립되었을 뿐 아니라, 설화 행정의 각 단계에서 행동자 역할(role actanciel)을 제대로 파악할 수 있는 것이다.

발화자는 담화라는 무대에서 벌어지는 광경을 전해주는 연출자이다. 허구적 작품에서는 발화 기원에서 동원되는 '나', '지금', '여기' 등의 인물, 시간, 공간의 연동소(embrayeur)가 나타나거나 반대로 이들을 발화 기원의 외부로 투사할 수 있다. 담화화란 발화 기원에서부터 출발하여 허구적 · 공상적인 세계를 '분리'시키고(debrayage) 다음 단계로 담화에 사실성을 부여하기 위해 다시 이들을 발화 기원에 '연동'하는(embrayage) 작업이다. 이를 통해 연기자들의 배치가 이루어지고 행동자 역할과 나아가 설화행정이 진행되는 시간적 · 공간적 배경이 만들어지는 것이다. 담화화의 다른 기능은 복잡하고 개별적인 의미 부여를 통해 추상적인 설화 행정을 구체적인 '주

5 『의미에 관하여 II』에 수록된 「양태의 이론을 위하여」라는 논문에서부터 본격적인 양태 이론이 촉발되었다. 기본적으로 기호학은 주체와 대상, 발신자와 수신자와 같은 행동자들의 행동에 관심을 가진다. 이에 따라 초기의 그레마스 기호학은 '행동의 기호학(sémiotique de l'action)'이라는 별칭을 얻게 되었다. 이 양태론은 단순히 행동자의 행위를 기술하는 도구로서의 수준을 넘어서서 더 깊은 층에 있는, 그러면서도 초기 기호학에서는 연구대상에서 배제되었던 '기질'의 문제, 감정과 정념의 문제에 접근할 수 있는 도구가 되었다. 정념은 양태론의 통사론을 통해 행동자 구조가 설명될 수 있는 것으로 판명되었으며, 양태론은 후에 '정념의 기호학'에서 더욱 세련된 이론으로 진화되면서 새로운 기호학을 가능하게 하는 방법론적 도구로 발전되었다.

제 행정(parcours thématique)'으로 만들고 이어 '형상 행정(parcours figuratif)'의 단계를 거치면서 더욱더 개별적이고 구체적인 결과를 만들어내는 일이기도 하다. 이러한 설화 행정의 단계를 추적하여 '주제 역할(rôle théematique)'을 끌어내는 것이 기호학의 임무인 것이다.

문학 텍스트뿐 아니라 일반 기호체계의 의미작용을 규명하기 위해 특히 플로슈가 주목하는 점은 표현과 내용의 관계가 다양하다는 사실이다. 플로슈는 모든 언어들을 '상징체계(système symbolique)', '기호체계(système sémiotique)'와 '준상징체계(système semi-symbolique)'로 구별하였다. 상징체계란 형식언어, 신호등처럼 언어의 두 면이 완전한 일치관계에 있어서 표현이 각 요소에 단 하나의 내용 요소가 대응하는 언어이다.

이러한 언어는 동일한 형식을 가지는 두 면을 구별하여 분석할 필요가 없다. 기호체계는 자연언어처럼 두 면 사이에 일치관계가 없으므로 따로 연구해야 하는 언어이다. 반면 시나 조형예술은 표현 면과 내용 면의 관계가 두 면의 고립된 요소 사이에서 이루어지는 것이 아니라 각 면의 범주 사이에서 이루어진다. 예를 들어 고개를 끄덕이는 것과 가로젓는 행위는 긍정/부정의 범주와 수직성/수평성의 범주가 대응한다는 것이다. 플로슈는 이러한 체계가 오늘날 사회에서 빈번히 관찰된다는 사실을 주목하였다. 이와 같은 다양한 '언어', 특히 준상징체계를 발견함으로써 플로슈는 특유의 조형기호학을 만들 수 있었던 것이다.

조형기호학은 의미생성뿐 아니라 시각 기표와 기의 사이에 있는 "어떤 유형의 의도성을 이해"[6]하고 "기표의 범주를 이루는 두 사항이 기의의 범주를 이루는 두 사항과 상동관계를 가지는 준상징체계에 대한 연구"[7]이며 "어떤 작품이 (세 가지 기호체계 중) 어떤 체계에 바탕을 두고 있는지를 식

6 Floch. J. M., *Petites mythologies de l'oeil et de l'esprit: Pour une Sémiotique plastique*, Paris: Editions Hadès-Benjamins, 1985, p. 13.

7 Ibid., p. 15.

별하는 일이 바로 우리가 조형기호학에 부여할 수 있는 임무의 하나"[8]인 것이다. 플로슈의 입장에서 이러한 조건에 매우 잘 부합되는 대상이 칸딘스키의 〈구성 4〉이다.

플로슈(1985)에서 채택된 분석대상 중 회화의 영역에 속하는 것은 칸딘스키의 〈구성 4〉이다. 이 작품은 같은 책의 앞에서 다루었던 부바의 〈나체〉와 같은 구상적 작품에 비해 분석에서 어려운 점을 내포하고 있다. 구상적 작품이 특정 "자연 세계의 독해를 위한 틀"에서는 한 단계 높은 메타언어를 필요로 하기 때문이다. 기호학은 먼저 대상에서 불연속적인 단위를 추출해야 하며 이 단위들은 유의성이 있어야 하는데 그러한 단위들을 분할하는 기준의 문제가 제기된다. 이를 위해서 플로슈는 제목에 포함된 '4'라는 숫자에서 이 작품의 통시성을 고려하고, 이 작품과 같은 시기에 발표한 작품들과 비교하되 특히 제목이 작품의 내용을 압축한 작품들, 전체적 구성과 세부 사항들이 유사한 조형 요소들을 포함하는 작품들을 비교대상으로 하는 전략을 사용하였다.

〈구성 4〉는 검은 선들과 몇 개의 채색면으로 분절되어있다. 플로슈는 선과 채색면의 형태와 성격을 잠정적 기준으로 하여 화면을 왼쪽, 오른쪽, 중간 부분으로 분절하고자 한다. 첫 번째 분할 결과를 도표로 정리하면 〈표 7-1〉과 같다. 여기에서 나타난 요소들은 아직 기호학적 지위를 가지지는 않는다. 이들을 내용 면에 속하는 단위들과 대응하는 표현 면의 단위들로 인정하기 위해서는 그림 전체의 의미내용을 고려할 때에야 가능한 것이다.

여기서 플로슈는 〈구성 4〉와 유사한 조형 요소들을 포함하는 작품들, 즉 폐쇄된 공간, 검은 선으로 된 망, 채색된 면 등으로 유사한 구성을 보여주는 '뮌헨 신예술가연맹'과 '청기사' 시대의 작품들을 참조 대상으로 삼았

8 Ibid., p. 19.

〈표 7-1〉 첫 번째 분할 결과: 불연속체

	선	채색면	위상적 배치	관계
화면 왼쪽	• 수가 많음 • 길이가 짧음 • 교차하는 경우가 많음	• 면은 좁은 면적을 차지 • 아랫부분이 진하게 채색됨	• 형태는 대칭 반복 - 상단의 갈고리 - 하단의 두 사선	• 계열체적 관점 - 시각 범주에 따라 대립되는 사항들이 공존함
화면 오른쪽	• 수가 적음 • 길이가 긺 • 교차하지 않음	• 면은 팽창함 • 아랫부분 백색이 혼합됨	• 백색의 두 띠 • 중앙의 파선 • 파선의 연장에 형태가 붙음 • 형태는 반복됨	• 통합체적 관점 - 형태들은 이원적 관계 - 반복(왼쪽)/대칭(오른쪽)
화면 가운데	• 독립된 부분 • 드물지만 길이는 긺 • 아래에서 위로 황토색 반점, 붉은 반점, 푸른색 반점과 교차 • 수직선과 파선은 대칭 교차: 왼쪽 부분의 특징 • 파선과 푸른 면의 윤곽이 되는 굴곡선의 만남: 오른쪽 부분의 특징			

다. 플로슈가 〈구성 4〉에서 먼저 찾고자 했던 것은 표현체이다. 표현체는 반드시 구상적인 것만을 의미하는 것이 아니라 추상적 표현체도 있다. 표현체가 구상적일 경우에는 '자연적 세계의 독해를 위한 틀'을 통해 하나의 기의가 결부된다. 이때 표현체는 '대상-기호(signe-objet)'가 된다. 예를 들자면 〈구성 4〉에서 가장 빈번하게 나타나는 통합체는 왼쪽 부분의 상단에 나타나는 갈고리 형상으로, 플로슈는 이를 구상적 의미 단위인 표현체로 간주하고 '기사'라 명명한다. 이는 칸딘스키의 다른 작품들에서도 나타난다는 것이다.

플로슈는 작가가 다른 작품에서 표현체를 처리하는 회화적 · 위상적 처리 방식을 특히 주목하였다. 표현체를 찾아내는 일련의 과정을 이해하기 위해 왼쪽 부분의 분석 사례만을 표로 요약하면 〈표 7-2〉와 같다.

플로슈는 유사한 작업을 오른쪽 부분과 중간 부분에서도 진행하였다. 이 글에서 그 과정을 모두 소개하는 것은 불필요하므로 몇몇 특징적인 분

〈표 7-2〉 대상-기호 도출과정의 사례

표현체	1	2	3
사례	• 왼쪽 상단의 '갈고리' 형상	• 왼쪽의 굵은 검은색 V자형	• 하단의 V자형
참조 작품	• 〈서정적인 것〉, 〈음향〉, 〈항아리와 함께 있는 아랍인 3〉 등	• 〈무르나우의 뒤나베르크〉, 〈습작 겨울 2〉, 〈비가 오는 풍경〉	• 〈장송 행진곡〉, 〈무지개와 사람이 있는 풍경〉
처리 방식과 연관 주제	• 비교적 길고 풀려진 선: 넓은 공간의 질주, 도약 • 촘촘한 선, 좁고 긴 요소가 검은 줄과 채색된 반점의 망을 차단함: 악을 상대로 한 전투와 승리	• 비죽비죽한 언덕: 불쾌한 공간 혹은 정복한 공간 • 검고 두툼한 톱니: 정복해야 할 적 • 부정적 가치	• 두 덩어리 사이 좁은 공간의 두 사람: 불유쾌한 내용 • 두 언덕 사이의 무지개: 고통과 환의가 교체되는 밤의 부정
대상-기호	• 기사	• 언덕	• 무지개

석과정과 결과만을 요약해보자. 오른쪽 부분에서 나타나는 표현체는 전투 현장의 인물, 혹은 전투의 목적이 되는 인간이다. 한편 동심원은 태양이나 꽃다발의 모습으로 사랑 혹은 영원한 삶과 같은 유의적 단위로 보인다. 가운데 부분의 표현체는 일렬로 늘어선 밝은 형태로, 이는 긍정적 가치를 가지는 집단적 행동자를 나타내고 있는 것이다. 한편, 솟아오른 두 줄의 검은 선은 2개의 창을 나타내는 표현체로 간주되며, 다변체는 성채로 간주할 수 있다.

이러한 분석과정을 통해 플로슈는 각 부분에서 주제적 성격을 발견해내었다. 왼쪽 부분은 생명의 군대와 죽음의 군대의 대결, 오른쪽 부분은 죽음의 부정에서 비롯되는 행복이라면 가운데 부분은 이야기의 계기가 되는 기원을 담고 있다는 것이다. 특히 이 부분에서는 비구상적 연기자(acteur)들이 표현체로 나타나며 상벌의 시간, 처벌의 시간이 표현되었다. 이 단계에 이르러 폐쇄된 공간은 기호학의 대상으로 변형되었다.

〈구성 4〉와 다른 구상 작품들을 비교한 결과 각각의 표현체는 여러 구상적 단위들을 포함하고 있으며, 표현체들이 결합하여 주제 역할과 주제 행정을 나타낸다는 사실도 입증되었다. 표현체의 선은 매듭(검은 줄, 갈고리), 문양(다른 줄에 접촉하거나 다른 줄을 가르는 되풀이되는 검은 줄), 나무(선들의 접촉), 열(평행을 이루는 기다란 선들) 등의 범주를 만들고 이는 색채의 범주와 함께 표현 면을 이룬다.

한편, 〈구성 4〉의 색채 역시 선의 경우와 유사한 계열체를 보여준다. 밝은/어두운, 포화된/불포화된, 빛나는/빛나지 않는 등의 범주가 색채 표현체계의 심층을 구성하는 것이다. 예를 들어 부지개는 /빛나는/이라는 자질을 공유하지만 명도와 포화도가 다른 색채 표현체들을 실현한 결과이다. 이에 비해 동심원의 원반은 /밝은/에서 /어두운/으로 이행하는 채색 띠들로 표현된다. 이와 같이 〈구성 4〉에서는 동일한 면에 두 가지의 담화, 즉 주제 담화와 선, 색채로 이루어진 시각 담화가 평행하면서 일종의 시적 담화가 표출되었다. 이 두 담화 사이에는 상동관계가 실현되었다. 이를 표로 표현하면 〈그림 7-1〉과 같다.

두 가지의 주제 발화체는 담화 차원의 기저에 존재하는 가치체계를 취한 것으로 파악된다. /전투의 행복한 결말/은 /죽음/을 부정하는 주제를 표현하고 /행복의 향유/는 /삶/의 주제를 표현한다는 것이다. 이러한 의미 범주는 다음과 같은 기호사각형에 투사된다.

두 발화체가 구성하는 이야기는 두 가지 반대되는 변형에서 나온다. 〈그림 7-2〉에서 보듯, 발화체 1에서는 부정 변형이, 발화체 2에서는 긍정 변형이 실행되고 있는 것이다. 결국 〈구성 4〉는 '삶'과의 연접을 이야기하는 것이 아니라 부정과 긍정의 상호 전제관계를 확립하고 있다.

플로슈는 〈구성 4〉의 주제는 '창조'라고 단언한다. 표현체들이 성상학에서 차용된 것이라면 특히 가운데 부분의 주제는 '상벌'이나 '심판'이 되겠지만 그 부분 역시 주체가 세계에 대해 가한 행동, 즉 변형으로 나타나

표현				내용		
수축 (왼쪽 부분의 색채 통합체)	:	팽창 (오른쪽 부분의 색채 통합체)		/전투의	:	/행복의
			::			
교차 (왼쪽 부분의 선 통합체)	:	첨가 (오른쪽 부분의 선 통합체)		행복한 결말/	:	향유/

〈그림 7-1〉 상동관계

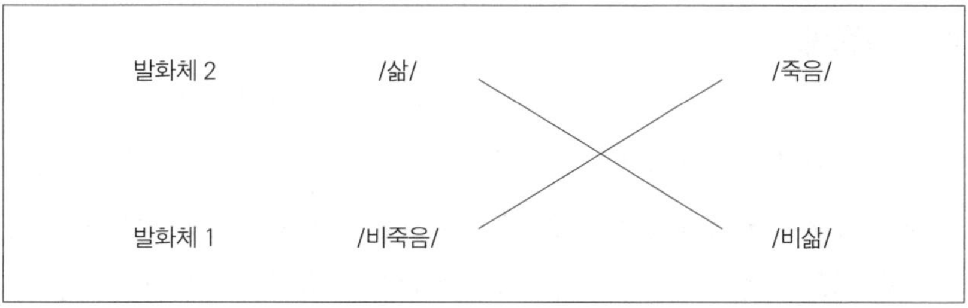

〈그림 7-2〉 의미 범주

기 때문이다. 결국 〈구성 4〉는 표현 면과 내용 면 사이에 만들어진 준상징 관계를 통해 유연성을 가짐으로써 발화자를 창조행위의 주체로 만든다.

특기할 점으로, 〈구성 4〉의 분석에서 플로슈는 발화체뿐 아니라 발화의 차원도 고려하였다. 이를 위해 그는 레비스트로스의 '짜맞추기(bricolage)'의 개념을 동원한다. 한마디로 이는 신화적 사고이며 "해묵은 사회적 담화의 잔해를 가지고 자신의 이념의 궁전을 짓는" 사고인데, 칸딘스키는 〈구성 4〉에서 기독교의 성상학에서 차용한 요소들을 활용하면서도 기존의 제약들에서 벗어나 이를 자유롭게 활용한다는 것이다.

플로슈는 칸딘스키의 작업에서 두 가지의 사례를 들었다. 첫째, 칸딘스키는 회화 공간을 양분하면서 오른쪽에 죄인을 놓고 왼쪽에 선택받은 사람들을 놓은 성상학의 체계를 전복하였다는 것이다. 두 번째로 칸딘스키는 상단에 터키풍의 '대결'의 주제를 가지는 표현체를 삽입함으로써 성상학에서 그 자리에 나타나야 할 모티프, 즉 '묵시록의 기사들'이 나와야 한다는 규칙을 어겼다는 것이다. 이와 같이 플로슈의 회화 분석은 발화행위의 고찰까지 포함함으로써 다음에서 볼 퐁타니유의 회화 분석과 큰 차이를 보인다.

빛의 기호학

파리 기호학은 80년대에 들어 인지과학과 현상학을 바탕으로 주요한 전환점을 맞게 된다. 인지과학은 기호학에서 주목한 내재적 구조가 실은 인간 정신의 기능 작동과 독립된 것이 아님을 가르쳐주었고, 현상학은 상징체계가 작동하기 위해서는 언어의 차원을 넘어 지각과 신체기관 가운데 자아, 공간, 시간에 대한 현상학적 경험이 필요하다는 것을 가르쳐주었다. 이를 위해서 기호학은 초기 이론에서 설정하였던 기호-설화 공간과 담화 공간에 새로운 '감각의 지대'를 설정할 필요를 느끼게 되었다. 여기에서 우리의 몸은 외부 세계와 내부 세계의 경계이며, 몸 가운데에서 기호학적 형태들이 감성으로 연결된다는 사실을 알게 되었다. 이에 파리 기호학파는 이전에는 관심을 두지 않았던 실체, 지각, 주체 등에도 관심을 가지게 되었고 이는 곧 담화의 정념적 차원으로 관심이 기울어지게 한 계기가 되었다.

주지하듯, 그레마스를 대표로 하는 초기 파리학파는 기호학 연구의 대상을 행동의 차원(dimension pragmatique)과 인식의 차원(dimension cognitive)으로 나누어 규명하고자 했다. 정념 차원(dimension passionnelle)은 행동의 차원에 부차적인 것으로 간주되었으나, 이 차원이 실은 행동과 대립될 뿐 아니라 오히려 이를 포함하고 있음이 밝혀진 이래, 기호학은 전통을 단절하고 완전히 새로운 기호학으로 태어나게 되었다.

무엇보다 퐁타니유는 빛의 기호학을 통해 자신의 관심사 중 하나인 '매체, 이미지, 가시적인 것'에 접근하고자 하였다. 빛은 시지각의 근원이며, 시지각은 중요한 지각의 하나이고, 지각은 우리의 몸에서 정념을 야기하는 근원이다. '정념의 기호학'이 빛의 문제에 관심을 가지게 되는 배경은 실은 이렇게 단순한 것이다. 정념으로서의 빛을 대상으로 하는 기호학은 정념과 의미의 보편적 이론을 표방하는 '정념의 기호학'이 제시한 행로에서 벗어나지 않음은 물론이다. '보이는 것의 기호학'을 전개하려는 시발점에서부터 퐁타니유는 이렇게 말한다.

몸이 가지는 기호학적 효용성, 즉 감각, 격정, 전율 등을 포기한다면 담화의 주체에게 (…) 몸을 어떻게 되돌려줄 것인지 알기 어렵다. 기호학에 '인상적' 범주가 차지할 자리가 있을까? 의심의 여지가 없다. 몸은 이런저런 방식으로 언어체들의 표현 면에 내포되어있으며, 더 나아가 내용의 구조화에 관련되기 때문이다.[9]

빛의 구성을 통해 가시 세계의 기호학을 받아들인다는 것은 (몸이 수행하는) 지각과 느낌에 입각하여 세상을 분절하는 의무를 수행한다는 것이다.[10]

그러므로 빛의 기호학이 취하는 인식론적 전략은 빛의 표현 면과 내용 면을 구별하고 각 면에서 분절되어 나오는 요소들과 이들의 의미 생성 과정을 규명하는 것으로 요약된다. 한편, 퐁타니유는 빛의 기호학을 구축하기 위해 비언어 체계의 일반 의미작용을 별도로 언급한다. 비언어 체계에서 의미작용은 표현 면과 내용 면에서 나오는 것이 아니라 감각에서 지

9 Fontanille, op. cit, 1995, p. 1.

10 Ibid., p. 2.

각으로 이르는 행로에서 나온다. 즉, 표현 면에서의 생성 행로가 곧 발화행위이며 의미는 여기에서 실현된다는 것이다. 따라서 비언어 기호학에서는 발화행위가 중요한 지위를 점하게 된다.

빛의 기호학은 정념의 기호학 일반에서 제기된 주체의 문제를 그대로 받아들인다. 시선은 가시 세계를 돌아다니는 상상적 몸의 대리물로 작동하며 가시 공간은 조형 공간의 지위에 이르고 조형 공간의 형태는 자연 공간의 형태와 동일시된다. 이때 주체는 자기 수용적 중재자로 변모한다. 이에 따라 빛의 기호학의 대상은 빛 그 자체, 빛의 속성, 환경과의 상호작용뿐 아니라 빛이 이를 재현하는 주체에 끼치는 효과를 아우르게 된다. 결국 이 새로운 제안의 임무는 개별 주체가 보는 것이나 물리적 세계의 속성이 아니라 주체의 지각-발화행동과 에너지 준위 사이의 직시, 양태, 정념적 상호작용에서 만들어지는 의미효과를 기술하는 것이다.

퐁타니유는 '보이는 것의 기호학'을 세 가지 측면에서 구성하려 한다. 이들은 긴장 공간의 분절과 같은 인식론적(épistémologique), 문화 생산에서 발화 실천과 같은 인류학적(anthropolpgique), 지각활동과 의미활동의 관계와 같은 방법론적 (méthodologique) 측면이다. 인식론적 측면에서 담화의 정념적 차원을 구축하기 위해서는 '정념의 기호학'에서 정립된 지각(perception), 형상화(figurativité), 감성(affectivité), 양태화(modalisation) 등의 정교한 개념과 이론적 구성요소들이 동원되는데, 퐁타니유는 빛의 기호학에서도 같은 전략을 구사한다.

이를 위하여 퐁타니유가 개발한 도식이 빛의 의미효과에 근거한 '빛 구성체(configuration de la lumière)'이다. 빛의 구성체는 선험적 성격을 가지면서 그 어떤 것도 예측할 수 없는 것이며, 여기에서 정념의 차원을 연구한다는 것은 문학작품에서 정념의 어휘적 표명의 분석과는 달리 긴장 공간의 분절을 통해 가치를 탐색한다는 것이다. '보이는 것의 기호학'이 가지는 인식론적 전략은 따라서 일련의 지각적 · 가치론적 개념을 다양한 자료체에 적용하고 재구성하여 가시적인 것의 변모를 설명하는 일이다.

한편, 인류학적 측면에서는 기호학은 지각 그 자체를 해명하는 것이 아니라 발화행위나 해석행위와 같은 차원에서 지각행위를 다루며, 이는 담화분석에서부터 재구성되고 그것이 실행되는 지각행위가 개별 혹은 집단 문화에 의해 굴절되는지를 보여줄 수 있다는 것이다. 이를 위해 퐁타니유는 시(폴 엘뤼아르의 〈고통의 도시〉), 영화(장 뤽 고다르의 〈정념〉), 문학 에세이(타니자키 준이치로의 〈어둠의 찬미〉)와 회화(콘스탄티나스 치우르리오니스의 〈채색 소타나〉) 등의 다양한 텍스트를 동원하고 있으며 이것이 바로 방법론적 전략이 된다.

빛이 기호학의 대상이 될 수 있는 이유는 사실 단순하다. 퐁타니유는 빛을 물리적 현상이며 동시에 심리적 현상이라 본다. 이 가설은 일반기호학 이론의 틀에 모순됨이 없이 수용되며, 빛의 효과는 전통적으로 기호학의 핵심 개념인 표현 면과 내용 면의 분절로 설명된다.

> 빛은 표현 면에서 물리적 세상의 형태와 한계를 드러냄으로써 표현 면에서부터 표현의 질료를 분절해낸다. 내용 면에서 빛은 빛을 지각하는 조건을 제시하고 내용의 질료를 분절해낸다.[11]

아마도 이 언명은 소쉬르와 옐름슬레우에 이어 그레마스로 이어지는 파리 기호학의 전통적 패러다임과 연구대상에 빛을 편입하려는 최초의 선언으로 보인다. 퐁타니유가 구상하는 빛의 기호학은 결국 빛의 표현 면과 내용 면을 구별하고 각 면에서 분절되어 나오는 요소들과 이들의 의미 생성과정을 규명하는 것으로 요약될 수 있을 것이다.

기호학적 차원에서 빛의 물리적 · 심리적 효과는 더 이상 구별되지

11 Ibid., p. 22.

않는다. 퐁타니유는 빛의 본질적 속성이 영화 이미지의 해석에 대해서 설명적 가치를 가진다고 본다. 영화 스크린의 움직임과 빛을 받는 착색 면이 시시각각 변하는 것은 자연계의 빛 효과와 동일한 효과를 준다. 그런데 이 두 가지 현상 사이의 동형성은 영화 스크린의 움직임이 가지는 기호학적 성격을 희생하는 가운데 이를 자연계의 지각과 같은 것으로 간주하는 것이 아니라, 자연계를 지각한다는 것 자체가 이미 기호화되어있다는 사실에서 나온다. 이를 통해 빛은 기호학적 존재로서 자치성과 균질성을 가지는 것으로 간주된다.

퐁타니유는 지각의 대상인 빛을 기호학의 영역에 수용하기 위해 지각 자체가 가지는 의미와 그 의미의 근원을 비언어 체계의 일반 의미작용에서 이끌어낸다. 비언어 체계에서 의미작용은 표현 면과 내용 면에서 직접 나오는 것이 아니라 감각에서 지각으로 이르는 행로에서 나온다. 달리 말해 표현 면에서 진행되는 생성 행로는 곧 발화행위(acte d'énonciation)이며 의미는 여기에서 실현된다는 것이다. 따라서 비언어 기호학에서는 발화행위가 우선적 지위를 점하게 된다. 표현 면의 생성 행로가 먼저 의미 면과 무관하게 진행된 다음, 개별 발화행위에서 실현된 의미를 고려하게 된다.

기호학이 통상 해왔던 것처럼 표현 면과 내용 면과의 상관관계를 먼저 고려할 경우, 이 범주들 사이의 기호-상징 체계가 분석의 장을 균질적인 것으로 만들어주므로 효율적인 과정으로 보이지만, 이는 조형이나 음악과 같은 지각 대상에 적용되기는 힘들다. 예를 들어 이미지의 분석은 표현 면의 리듬과 박자에서 시작되고 그다음에 이미지의 지각에 근거한 유사 본질, 즉 내용 면이 나오게 된다. 리듬과 박자는 표현 면에 의미를 도입하는 변조(modulation)의 개념을 이끌어낸다. 내용 면의 분절은 표현 면의 지각과 상관관계를 맺지만 이때 내용은 비형상적이며 비서술적인 성질을 가지는, 일종의 '위치 행동자(actant positionnel)'가 된다.

일반적으로 행동자(actant)는 양태화에서 나와 술어가 되고, 이는 양상화의 과정을 거쳐 서술적 차원에 도달하지만 위치 행동자란 내용의 형태에서가 아니라 내용의 본질에서 만들어지는 "약하게 투자된(faiblement investi)" 행동자를 의미한다. 예를 들어 음악의 경우 발화행위란 단순한 청각적 자극만 있는 것이 아니라 행로의 처음부터 모든 감각이 동원되며, 이 행로는 주체가 실제로 듣는 것과 무관하게 자신의 규칙을 따른다. 발화의 구성은 지각하는 행위를 필요로 하지만 음악의 경우 발화의 구성요소들은 발화행위에 대해서도 이미 자치성을 가지는 것이다.

박자, 리듬은 바로 그러한 구성의 산물이며 표현 생성행로에서 정박(ancrage)의 위치를 결정하고, 여기에서 궁극적으로 내용이 만들어진다. 이 위치에서 박자, 리듬 등이 가치가(valence)라는 용어로 개념화된다. 가치는 대상이 순환하는 리듬과 박자, 더 나아가 강도(intensité)와 양상(aspect)에서 만들어진다.

(1) 빛 구성체

먼저 퐁타니유는 전통적으로 규정되고 받아들여지던 빛의 세 가지 요소, 즉 명도(clarté), 색상(ton), 채도(saturation)를 기호학적 관점에서 재구성한다. 미학 사전에 의하면[12] 전통적으로 명도는 빛의 밝기(éclatant)를 의미하는 표현과 같이 쓰이며, 명도가 높은 색은 포화도가 크고 빛이 나는 것을 의미한다. 색상은 따뜻함, 밝음, 생동감, 긴장의 정도를 가지는 색채의 특성 자질을 의미한다. 한편 채도는 색이 그 자체로서 충분하며 더 이상 다른 색으로 바뀌지 않는 정도를 말한다.

그런데 기호학의 관점에서 명도는 광원에 결부된 강도이며 '밝음'과 '어두움' 사이에서 점층적 양태를 가진다. 색상은 조명을 받는 목표물의 질

12 Souriau, E., *Vocabulaire d'Esthétique*, Paris: P.U.F., 1990.

적 반응의 결과로 해석되며 이 역시 광원에 대한 목표물의 저항과 반작용으로 질적으로 변환된다. 채도는 흰색이 혼합된 정도, 즉 색상의 점진적 변이가 '색채'와 '비색채'의 갈등에 근거한 양태적 가치로 해석된다. 즉, 빛의 심리적 속성은 물리적 정의에 결부되면서 두 가지 결정 요인들 사이의 갈등으로 성격이 규정되는 긴장 공간의 내부에서 양태화로 재구성된 것이다. 이에 따라 '빛의 기호학'은 주체의 지각-발화 행동과 에너지의 구배(gradient) 사이의 직시적 · 양태적 · 정념적 상호작용에서 만들어지는 의미 효과를 범주별로 기술하는 목표를 가진다.

빛의 본질 그 자체는 표현 면에서 큰 정보를 가지지 않는다. 빛의 본질은 결국 에너지 파장이다. 파장의 대역은 무한한데 우리가 지각할 수 있는 것은 한정되어있다. 빛의 본질이 가지는 속성이 내용 면의 범주에 편입되고 그 결과로 기호화되려면 '정념의 기호학'에서 채택한 가설과 원칙에 부합하는 발화행위에 편입되어야 한다. 발화행위는 인식론적 단계에서 시작하여 일차적 감각을 지나 궁극적으로 의미작용에 이르는 길이며, 이는 빛과 보이는 세계를 동시에 직시화 · 양태화하여야 한다.

(2) 빛의 효과

빛은 네 가지 주요 효과를 가진다. 먼저 '섬광(clarté)' 효과는 빛 에너지가 국지적으로 집중되는 현상이다. '채광(éclairage)' 효과는 빛의 순환이 확산되는 양상을 의미하여 광원(source)과 목표물(cible)을 구분하는 개념이다. '색채(chromatisme 혹은 couleur)' 효과는 국한된 면에 결부되고 '부위(site)'를 결정한다. 마지막으로 '질료(matière)' 효과는 이름 그대로 빛-질료가 확산되면서 특정 공간을 점거하는 것으로 정의된다. 가치 공간에서 이 네 가지 빛의 효과들은 긴장의 잠재태(potentiel)의 차이를 보여주는 위치 행동자와 강도의 양적 · 질적 변조를 보여주는 가치가를 드러내준다. 기호학적 관점에서 재해석된 빛의 효과와 이들이 차지하게 되는 범주는 다음과 같다.

섬광

섬광은 에너지가 특정 부위에 집중되는 현상이다. 섬광이 전체 면에 작용된다면 중심과 주변이 나누어지게 된다. 이 효과에 결부되는 기저 범주는 국지화된 강도이다. 섬광의 진행(devenir)은 고정된 이미지의 경우에는 나타남/사라짐으로, 연결된 다수의 이미지 혹은 공간에서는 틈새를 나누는 시간으로 만들어진다.

채광

채광은 빛을 발하는 광원과 빛을 받아들이는 목표물 사이의 강도가 확산되는 공간의 벡터 표현에 입각한다. 행동자-광원은 빛을 발함으로써 대상을 드러내며 행동자-목표물은 빛을 흡수한다. 채광의 과정을 기술하면 다음과 같다.

(i) 원시 행동자(proactant)가 두 가지의 행동자(광원/광선)로 분열되고, 행동자-광원이 행동자-광선을 방출한다.
(ii) 목표물은 행동자-광선을 흡수하여 채광 면이 된다.
(iii) 위 단계에서 세 번째 행동자 쌍(광선/목표물)이 만들어진다.

색채

섬광이나 채광과는 달리 색채는 광원의 강도에 의존하지 않으며 따라서 광원-목표물의 요소가 아니라 부위들로 이루어진다. 이 경우 빛의 강도는 어느 정도 대상이나 위치에 내재한다. 빛을 만들거나 선택한다는 것은 특정 공간에 특정 빛을 국한하여 비춘다는 것이다. 여기에서 두 가지 전제, 즉 공간과 빛의 확산은 균질적이지 않다는 사실과 이차적인 광원의 제동(débrayage)이 나온다. 가시 공간은 질료로 가득 차 있으며 여러 가지 장애물과 부위들로 혼잡한 상태이다. 즉, 색채의 국지화란 비균질적인 공간 내부에서 에너지가 양태화된 결과이다. 따라서 색채의 기저 구성은 전체에서 국지로 이전하고, 각 부위에 양태화가 부과되며, 빛 에너지는 이산적이며 기복이 있다는 것으로 설명된다. 한편 색채는 다음과 같은 변형의 결과에서 만들어진다.

(i) 목표물에서 특정 부위가 빛의 강도를 흡수하여 색채로 전환한다.

(ii) 이 과정에서 또 다른 행동자가 나타난다. 목표물은 자신을 숨기고 채색면으로 대체되며 궁극적으로는 스스로 이차 광원이 된다.

(iii) 색채는 빛의 강도가 가지는 몇몇 자질들('따뜻한/차가운', '포화/불포화' 등)을 유지하지만 이 자질들은 광원-목표물 사이에서 대상의 전환이 가지는 양태성을 더 이상 보여주지 못한다.

채광이 균질적인 공간을 벡터화하고 직시화하는 반면, 색채는 공간을 각자 고유한 빛의 강도를 확산하는 부위들로 다룬다. 또한 색채는 원근법에서처럼 각자 다른 심도를 가지는 면에 대상들을 배치하는 데 이용되기도 한다. 결론적으로 비균질성, 상이한 양태화, 기복, 내적 제동이 색채를 규정하는 일반적 정의 요소가 된다.

질료

빛의 질료는 빛에 의해 지각되는 공간의 점거로 이해된다. 세부 요소(poussière), 볼륨, 면의 질감 등의 정보들 역시 빛이 우리에게 전해주는 것이다. 색채에서와 마찬가지로 빛-질료 역시 장애물에 의한 국지화의 원칙을 따르며 공간의 비균질성을 보여준다. 다시 말해 빛-질료는 가시공간에서 부위들을 배치하고 심도를 표현할 수 있으며 양을 포개거나 질료적 형태를 다른 질료적 형태로 대치함으로써 빛 효과를 지각하는 주체에 대해 대상이나 장소의 위치를 정하는 효과를 만들어 준다. 그런데 빛-질료는 채광과 광원/목표물과 마찬가지로 어느 정도 균질적인 성질을 가지고 있다. 빛-질료는 세부 요소, 볼륨, 면 혹은 선이 되어 장소를 변별하지만 부위는 규정하지 않는다. 색채는 각 부위의 속성이 되며 채광은 전체의 속성이 되는 데 비해 빛-질료는 전체와 국지 사이의 상호작용의 속성이 된다.

빛-질료는 다른 감각, 특히 촉각과 긴밀히 연결된다. 이 경우 빛은 시각에 '손'을 제공하여 관객으로 하여금 면, 볼륨의 크기, 질감 등을 느끼게 한다. 그러나 이러한 지각의 촉각성은 시선의 방향을 시간의 순서에 따라 결정함으로써 빛-질료를 총체적 · 동시적으로 받아들일 수 없게 한다. 빛의 구성체와 그들이 만들어내는 의미효과는 다시 관객의 몸에서 구체화된다. 관객의 시선은 몸의 대치물이 되어 시각 장을 헤집고 다니면서 형태를 접하고 빛의 내면을 파고든다. 이때부터 공간은 형상적 공간이 되고 그 형태는 궁극적으로 자연의 형태가 된다.

(3) 구성 범주: 양, 공간, 강도

'양', '공간', '강도'는 '정념의 기호학'에서 가장 일반적으로 나타나는 의미 속성이다. 퐁타니유는 『담화 기호학』에서 감각적 세상은 자기 수용적 주체에게 감각적 현전이 되고, 이는 지각의 첫 번째 분절로 이해되며 이 현전은 양, 범위, 강도로 표현된다고 설명하였지만 그 개념의 단초는 『보이는 것의 기호학: 빛의 세계』에서 만들어졌다. 단지 여기에서는 '충동'이나 '질투' 등의 어휘화될 수 있는 정념이 아니라 빛이 문제이므로 '범위'가 '공간'으로 바뀌어있을 뿐이다. 이 세 가지 가운데

양과 공간은 빛의 세계를 구성하며 가치가를 만들고 가치가는 가치로서의 빛의 기능작용을 결정한다. 따라서 빛의 기능작용을 이해하기 위해서는 양, 공간, 강도의 이해가 선행해야 한다.

양

양은 '전체(global)'/'국지(local)', '유일함(unique)'/'분산됨(distribué)', '전체(totalité)'/'다중(multiplicité)' 등의 질적 변조를 통해 파악된다. 각각의 변조를 빛의 네 가지 효과에 대응해보면 우선 섬광은 '유일함'에 연관될 것이다. 채광은 지각 장 전체에 연관되어 이를 균질적으로 만든다. 반대로 색채는 부위에 개별성을 부여하여 각 부위가 구별되게 한다. 그러나 실제로는 채광은 시각 장 전체뿐 아니라 특정 부분들에 작용되어 이들로 하여금 개별화되도록 하기도 한다. 빛-질료는 공간에 두께와 볼륨을 부여하면서 다중성을 부여한다. 좀 더 일반적 차원에서, 빛의 양화와 보이는 세계를 연결하는 규칙은 두 가지 조건을 충족해야 한다. 먼저 이 규칙은 발화 가능한 세계는 다수의 구성요소들을 가진다는 것을 보여주고, 다음으로는 빛이 양화된 공간들을 끌어 모으는 '단위 순간(moment d'unité)'을 설정하여 이들로부터 모종의 볼거리가 만들어짐을 설명하여야 한다. 이 규칙은 다음과 같은 다양한 현상들을 설명한다.

먼저 빛은 변별적 방법으로 다양한 장의 부분들을 채색하여 이들의 질료적 구조를 드러냄으로써 '합성체(composition)'를 만든다. 합성체는 정의상 다양한 장르의 부분들로 만들어지고 부분은 되풀이되는 특질들로 확인된다. 빛은 색채와 질료 효과를 통해 개별 부분들을 강조하고 이들을 결정된 부위에 정착시킨다. 다음으로 빛은 '구성체', 즉 장르별로 유사하여 계열체들로 재구성될 수 있는 부분들로 이루어진 총체를 만든다. 또한 빛은 상이한 종류의 부분들 사이에서 존재하는 공통적인 부분들로 '건축물(architecture)'을 만든다. 빛을 받은 면들과 어두운 면들은 인접한 부분들이 공유할 수 있는 것이다. 또 빛은 '응결체(aggolomération)', 즉 각 부위에 배열된 대상들이 독립적인 원칙에 의해 통일된 것이기도 하다. 예를 들어 채광은 광원-광선-목표물로 이루어지는 하나의 체계가 되어 시각 장의 부분들을 가로지르면서도 어떤 부분에도 속하지는 않는다. 마지막으로, 채광은 타동적이며 반복되는 것으로 시각 장의 하위 총체인 '고리(chaîne)'를 만든다.

빛의 세계에서 양이 다양한 질적 변조를 통해 파악되면 대상이 전체로 받아들여지는 단위 순간이 지각되며 이는 가치의 출현과 행동자들 사이에서의 가치 순환에 필요한 전제를 충족한다. 빛은 위에서 보듯 다양한 유형의 형태들을 결정하며, 각각의 형태는 보이는 세계에서 가치의 부류와 가치론적 순환의 양태를 규명한다. 즉, 빛은 보이는 것의 세계에서 모든 가치론을 소통하게 하고 걸러내는 통로가 된다.

공간

공간 범주는 구성체의 다양한 효과들이 상호 규정되고 예상되는 위치를 차지함으로써 안정된 구조를 가진다. 그러나 빛의 경우 공간은 역동성을 부여하는 에너지에 의해 정보를 제공받으며 반대로 빛은 매 순간 공간에 작용하여 궁극적으로 다양한 가치를 만들어낸다. 이 일련의 과정을 긴장 공간의 양식(style) 이론으로 설명하고자 하는 것이 퐁타니유의 전략이다.

공간에서 빛의 효과는 지각-발화 주체의 행동에 의해 직시화 · 양태화되는 공간의 주요 속성에 아래와 같이 상응한다.

(i) 섬광의 양태인 '점괄(pontualisation)'은 빛의 현전을 시사한다.

(ii) 벡터는 공간에서 방향을 가지며 이는 직시 공간이 요구하는 방향성을 충족해준다.

(iii) 다양한 부위들이 국지적으로 위치한다는 사실은 관찰자의 입장에서 장소의 목록이 된다.

(iv) 질료가 특정 공간을 점거한다는 사실은 공간의 접근성을 통제하며 여기에는 장애물, 윤곽, 시각 · 촉각적 특성들이 자리 잡는다.

긴장 공간과 빛의 세계가 만들어내는 이 동위성은 외부 지향적이고 객관적인 구성체와, 내부 지향적이고 주관적인 구성체가 포개지면서 보이는 것의 세계가 기호학적 균질성을 가진다는 것을 의미한다. 긴장 공간의 범주들을 구별할 때 변조(modulation)는 양태화(modalisation)로 바뀐다. 지각은 유의미한 형태로 변화되고 지각된 긴장은 의미작용이 만들어지는 첫 번째 밑그림을 만들어낸다. 그런데 개별 문화권에서 선택된 양태화는 가용한 수많은 변조들 가운데서 소수의 관여적 변조들을 선택한다.

『정념의 기호학 사태로부터 정조로』에서 그레마스와 퐁타니유가 제안한 기호-설화 층위의 네 가지 변조는 '개시적(couvrante)', '종결적(cloûtante)', '가동적(cursive)', '점괄적(pontualisante)' 변조이다. 이들이 각각 /savoir/, /vouloir/, /pouvoir/, /devoir/라는 양태 범주의 원형(préfiguration)으로 간주되는 것은 이미 '정념의 기호학'에서 설명되었다. 이 네 가지 변조들은 여전히 빛의 양태론에도 적용된다. 다만, 여기서 퐁타니유는 빛의 양태를 설명하기 위해 점괄적 변조 대신 현수적(suspensive) 변조를 선택하였다.[13]

여기에서 종결적 변조는 기호학적 진행을 완료하고, 개시적 변조는 진행을 재개하고 그 흐름을 자유롭게 하며, 가동적 변조는 진행과 동반하

---

13 점괄적 변조는 간헐적인 상태, 즉 연속적인 상태를 불연속적인 상태로 변화시키는 것이며 이는 달리 표현될 수도 있을 것이다. 실제 점괄적 변조의 자리에 들어오는 항목은 담화 층위에 소환되어 '기동', '완료', '지속'의 상(aspect)이 되어 다른 세 가지와는 성격이 구별된다. 자세한 논의는 홍정표, 『정념 기호학: 문학 텍스트에 나타난 희로애락』, 서울: HUEBOOKs, 2014, 841-842쪽 참조.

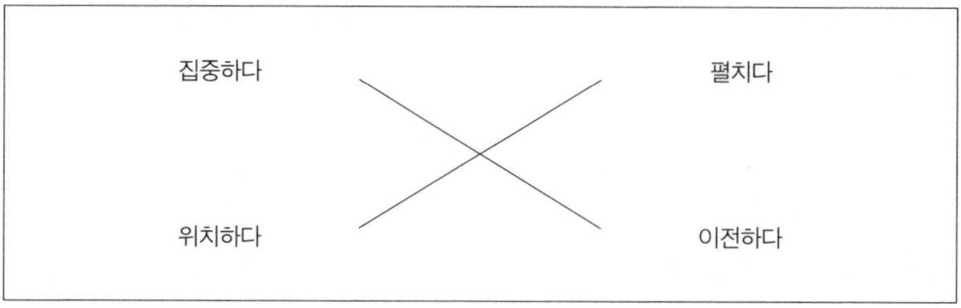

〈그림 7-3〉 빛의 긴장 공간

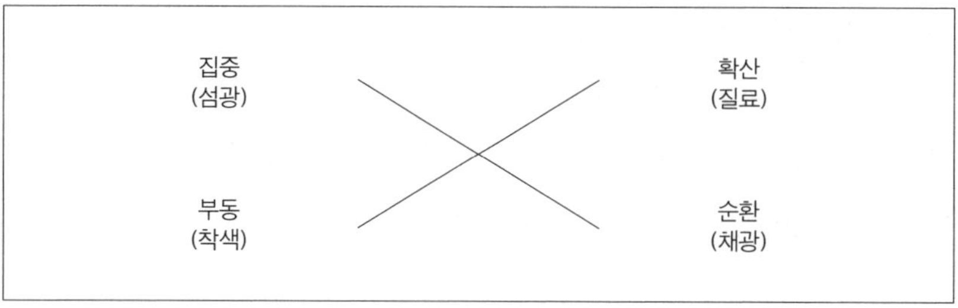

〈그림 7-4〉 빛 구성체 도식

면서 이를 지지하고, 점괄적 변조 대신 선택된 현수적 변조는 진행을 억제하여 중단하고 결과를 도출해낸다. 이 네 가지 양태사들의 위치에 '보이는 것의 기호학'은 다른 술어들, 즉 /concentrer/(집중하다), /déplacer/(이전하다), /étendre/(펼치다), /situer/(위치하다)를 배치한다(〈그림 7-3〉). 그러나 이렇게 대체된 술어 동사가 바로 빛이 야기하는 다양한 시각적 정념을 만들어내는 통사구조의 구성요소로 사용되는 것은 아니다. 양태사는 정의 자체가 faire(하다), être(있다)라는 술어를 한정하는 것이다. 빛의 공간에서 이들을 대체하는 양태사는 최종적으로 술어의 차원이 아니라 긴장 공간의 양식(style)들이며 이들은 궁극적으로는 〈그림 7-4〉에서와 같이 술어 동사가 아닌 명사로 나타난다.

빛은 비언어 기호체계이므로 양태사는 어휘 의미체계에서 채택하는 것과 같은 술어동사가 아니라 명사로 결정된다. '부동(immobilisation)'은 특정 범위와 장소에 빛을 고정하여 '착색(chromatisme)'의 상태에 이르게 한다. '채광(éclairage)'은 '순환(circulation)', '섬광(éclat)'은 '집중(concentration)', '질료(matière)'는 '확산(diffusion)'의 양태와 결부된다. '집중'은 빛이 점으로 모이는 효과로 '섬광'으로 실현되며 '순환'은 빛에 움직임을 주며 방사되는 광선의 방향과 노정을 정해준다. '확산'은 집중의 반대 항으로, 가능한 방향들을 배가하여 순환을 확장하여 빛의 질료를 지각할 수 있게 한다. 다양한 빛의 상태들은 기본적인 긴장 양식과 양태와 상관관계를 가진다. 일부 범주들은 통사적 역동성을 보여준다. '부동'은 빛의 '확산'을 중지하며 '순환'은 '집중'의 과정을 중지한다. 이 범주들은 단순히 위치만을 차지하는 것이 아니라 '조작'을 분절하며 확산과 순환, 집중과 부동의 형태들을 각각 변증법적으로 통합하는 통사적 역할을 부여받는다.

강도

'정념의 기호학'에서 강도는 일반적으로 주체가 대상에 대해 가지는 긴장의 정도로 이해된다. 주체가 어떤 대상을 지각한다는 것은 주체의 몸과 관련하여 자극이 위치와 양 혹은 범위를 차지하고 있기 때문이다. 대상의 위치와 양을 통상 '범위(étendue)'라 하고, 이는 주체가 받아들인 강도와 범위와 함께 현전을 이루는 두 가지 차원의 하나가 된다. 강도는 앞에서 본 것처럼 양, 공간과 함께 대상의 가치를 만들어내는 근원이 된다.

강도나 범위는 두 가지 한계선(seuil) 안에서 작동하는 개념이다. 강도는 가장 약한 것에서부터 가장 강한 것으로 이행될 수 있고 범위 역시 가장 좁은 상태, 즉 '집중'에서 가장 넓은 상태, 즉 '확산'으로 이행될 수 있다. 강도와 범위의 정도가 결합할 때 가치가 만들어지며 서로 다른 가치는 서로 다른 정도의 강도와 범위가 결합되면서 만들어진다.

예를 들어 큰 강도와 넓은 범위 혹은 약한 강도와 좁은 범위가 비례하면서 결합할 때 '환위적 상관관계(corrélation converse)'가 만들어지며 반대로 큰 강도와 좁은 범위, 혹은 약한 강도와 넓은 범위가 반비례하면서 결합할 때 '역 상관관계(corrélation inverse)'가 만들어진다. 이러한 도식은 빛의 경우에 매우 쉽게 적용된다. 빛은 그 자체로서 강도와 범위의 양태로 특징지어지기 때문이다. 섬광은 한 점에 강도를 집중한다. 색채는 주위에 퍼지는 정도의 강도를 요구한다.

채광은 주위에 퍼지는 빛을 벡터(vector)화하고 행동자로 만든다. 빛의 질료 효과는 범위의 점거 상태에 비례하여 강도를 변조한다. 결론적으로 빛의 강도는 보이는 것의 존재를 확인하게 하는 중개물이며 그 존재는 긴장의 변조와 공간의 역동성에 의해 접근할 수 있는 것이다.

빛의 강도에는 상한선과 하한선이 있다. 전적인 밝음과 전적인 어두움이 그것이다. 그 사이의 영역이 관여적인 것이다. 그 영역을 벗어날 때 세상은 보이지 않고 무의미해진다. 따라서 세 가지의 영역이 만들어진다. 전적인 어두움의 영역(obscurité totale)과 휘황한 섬광(clarté éblouissante), 그리고 그 중간 영역이 그것이다. 전적인 어두움의 영역에서 빛은 퍼져나가지 않고 그 어떤 존재도 직접적으로 외현의 대상이 되지 않는다. 휘황한 밝음의 영역에서도 마찬가지이다.

이 정도의 강도에서는 나타나는 모든 것들은 서로를 대체하며 혼란에 빠진다. 여기에서는 어떤 부위도 만들어지지 않는다. 전체와 국지는 섞여버리고 모든 방향은 우리의 혼란스러운 눈앞에서 서로 녹아들어버린다. 그러므로 우리의 지각이 기능하기 위해서는 이 두 경계선의 내부 영역을 벗어날 수가 없다. 이 내부 영역에서는 템포(tempo)의 변화가 있을 뿐이다. 상식적인 세상은 중간 템포와 두 경계선 사이에 존재한다. 밝음의 세상은 섬광의 강도를 보상해주는 매우 급한 템포로만 접근할 수 있고 반대로 어두움의 세상은 빛의 약한 강도를 보상해주는 늦은 템포로 접근하게 된다.

한편 행동자 유형론에서 보면, 상호 경쟁하는 빛 상태의 세 가지 영역에서 구성체의 요소들은 빛의 강도라는 기준을 통해 재편성된다. 중간 영역에서 강도의 하한에 가까울수록 '질료'가 확산되고 '색채'가 지배적인 효과를 가진다. 반면 상한에 가까울수록 '섬광', '채광'이 지배적 효과를 보여준다.

마지막으로, 빛의 강도는 한계선과 무관하게 구두 담화에서 나타나는 초분절적 요소로 기능 작용 할 수 있다. 강도는 빛의 단계적 국면들 사이에서 인위적이든 자연적이든 일종의 경계(démarcation)의 역할을 수행하게 된다. 구두 담화에서 강세, 템포, 운각 등이 정념적 차원으로 접근하는 확실한 수단인 것처럼, 보이는 것의 세계에서 구성체가 가지는 '운율적' 형태들도 정서적 측면을 통제하고 드러낸다.

퐁타니유는 치우르리오니스의 〈그림 소나타〉 연작 가운데 〈별의 소나타〉 시리즈의 〈알레그로〉와 〈안단테〉를 주된 분석대상으로 삼았다.[14] 이 작품들을 채택한 이유로 그는 이 작품들이 어두움 속의 화염, 전원 풍경, 태양, 천체들을 보여주면서 다양한 색채와 정교한 마티에르, 표면 처리 등을 통해 빛 구성체를 체계적으로 활용한 작품이기 때문이라 설명한다.

치우르리오니스는 작곡가이면서 동시에 화가였으므로 〈그림 소나타〉는 음악의 소나타 양식과 상동성이 있으리라 가정할 수 있으며, 실제로 〈그림 소나타〉를 대상으로 한다면 이 측면을 다루는 것이 더 적절한 문제제기일지 모른다. 그러나 퐁타니유는 회화 그 자체의 분석이 앞선다고 보고, 이 작품들에서 '기본 배치(dispositif de base)'와 발화행위가 어떻게 구현되어 두 가지의 균형 상태를 만들어 내는가, 그리고 이 균형 상태는 궁극적으로 두 가지의 템포에 부합되는가라는 문제를 제기한다. 이를 통해 각 작품의 양식을 규명하고 담화 구조가 '일관성 있는 변이체'로 실현되는 과정을 기술하고자 한다.

---

14 이 그림 자료들은 http://ciurlionis.licejus.lt/index_en.html에서 발췌하였다.

〈그림 7-5〉 치우르리오니스, 〈별의 소타나〉 중 〈알레그로〉, 1908, Giclée quality print on canvas, 72.2×61.4cm, M. K. Čiurlionis National Museum Of Art. (➜ 228쪽 컬러 그림 참조)

〈그림 7-6〉 치우르리오니스, 〈별의 소타나〉 중 〈안단테〉, 1908, Giclée quality print on canvas, 73.5×62.5cm, Lithuanian Art Museum. (➜ 228쪽 컬러 그림 참조)

한편 퐁타니유는 음악의 소나타 양식이 그러하듯, 〈그림 소나타〉 역시 기본 갈등에 근거한 다양한 긴장이 빛의 구성체 내부에 있을 것이란 가설을 세운다. 기본 배치는 수직선과 수평선으로 이루어진 망의 형태로 나타난다. 수평선은 개별 형태의 경계로, 수직선은 대칭의 축으로 나타난다. 이어 위치와 형태에 따라 구성요소들의 치환 상태를 분류할 수 있는데 이를 표로 요약하면 〈표 7-4〉와 같다.

여기에서 동원된 범주들은 직관적 범주에서는 삼각형/원반, 예각/둔각으로, 위상적 범주에서는 높음/낮음, 큼/작음, 앞/뒤로, 기타 범주에서는 밝음/어두움, 단수/복수로 나타났다. 그런데 이러한 결과는 아직 아무런 의미도 주지 않는다. 치환이 유의미한 방향을 가지는 변형으로 진행되

〈표 7-4〉 구성요소들의 치환

	〈알레그로〉	〈안단테〉
	비교되는 형태에 따라	
삼각형	• 하변이 면 아래에 있는 예각 삼각형 • 하변이 상단에 있는 대칭적 두 예각 삼각형	하변이 상단에 있는 하나의 둔각 삼각형
원반	수평 경계선 위의 작은 밝은 원반	• 크고 어두운 원반 • 경계선 위의 두 원반과 밝고 대칭을 이루는 두 타원
	위치에 따라	
상단	예각 삼각형이 관통하는 작고 밝은 원반을 감싸는 두 예각 삼각형	어둡고 큰 예각 삼각형
하단	수평선 일부를 가리는 밝은 둔각 삼각형('전면' 효과)	두 원반, 두 밝은 타원형으로 둘러싸인 크고 어두운 원반. 전체는 수직선들이 관통함('후면' 효과)

기 위해서는 여기에 의도성이 있다고 전제하고 치환과정에서 '위치 행동자'의 조작을 부여하여야 한다. 이 과정에 역동적 기층이 있음을 전제하고 행동자가 이 기층을 분절하여 유의미한 변형을 통해 다양한 치환물을 만든다는 것이다.

두 작품의 치환 결과를 보면, 형태가 크기로 부과될 때는 적어도 2개의 복제물을 동반하고(〈알레그로〉에서 큰 삼각형과 상단의 작은 삼각형들, 〈안단테〉에서 큰 원과 양 옆의 타원), 형상이 배경에서의 위치로 부과될 때에는 형상이 상단의 수평선을 넘어서고 반대의 경우에는 그 경계선의 아래에 국한되는 것을 볼 수 있다. 즉, 크기는 양을 지배하고 배경은 크기의 높이를 지배한다. 마찬가지로 힘의 관계는 특히 삼각형과 원반의 치환에서도 나타난다. 삼각형이 지배적일 경우는 전면으로 나서고 최대한 수직으로 팽창하며, 원반이 지배하면 모든 직관적 형상들은 망의 뒤로 숨는다. 이런 관점에서 힘의 관계는 면의 위치로 나타나며, 치환물을 구조화하는 기본 배치와 형상의 갈등은 연접/이접으로 재구성된다.

이어 다른 행동자 역할들이 규정되어야 한다. 먼저 기본 배치를 행동자-대상으로 간주할 수 있다. 이 경우 예를 들어 삼각형은 방해자로 볼 수 있을 것이다. 두 번째로 행동자-대상을 형상으로 보고 행동자-조작자를 기본 배치로 볼 수 있다. 이 경우 배치는 관찰자의 입장에서는 정보제공자의 역할을 한다. 기본 배치가 연접 역할을 할 때, 즉 망이 형상과 겹치지 않고 형상의 참조 면으로 작동할 경우 그 형상은 삼각형이 되며, 이접 역할, 즉 망이 형상과 겹치고 형상으로의 접근을 중재하거나 지연시키는 경우 형상은 원이 된다.

첫 번째 해법은 접속(jonction) 조작자로서의 역량을 보여주는 장점이 있으며 두 번째 해법은 대상의 역할을 하는 연기자(acteur)의 질적 변화를 잘 보여주는 장점이 있다. 이 해법은 음악에서 '주제적' 갈등이라 불리는 것에 내용을 부여할 수 있는데, 이 갈등은 〈그림 소나타〉와 같은 회화에서도 볼 수 있을 것이기 때문이다. 결론적으로 지배적 형태가 삼각형일 경우 삼각형 별들을 그 가장자리에 모으고(〈알레그로〉), 지배적 형태가 원반일 경우 원형의 형상들이 주위를 둘러싸면서 천체를 대체한다(〈안단테〉).

두 회화 작품을 구성하는 역동 도식은 또한 다양한 부차적 형상들에도 적용된다. 굽이치는 띠, 작은 천체들, 상단의 독수리 형상 등이 그것들이다. 이 형상들에서도 두 작품은 구성이나 조형적 처리에서 다소 차이는 있지만 대략적으로는(*grosso modo*) 동일한 유형의 공간 점거를 보인다. 면을 가로지르는 빛나고 투명한 띠가 그것이다. 그러나 무시할 수 없는 차이도 있다. 〈알레그로〉의 아랫부분에 작은 반점들이 흩어져 있는 점, 윗 부분의 빛나는 원반을 둘러싼 가늘고 긴 자국들이 수렴하는 점은 〈안탄테〉에서 보이는 어둡고 큰 원반의 주위 상황과 역전된다. 〈안단테〉의 어두운 띠들은 〈알레그로〉의 배경 후면에 나타난 어두운 띠와 비교된다. 이러한 사례들은 '함축성(prégnance)', 즉 분산과 불분명함의 속성과 '현저성(saillance)', 즉 단위성, 정체성, 구별의 역전으로 설명된다.

이러한 역전 현상은 지각적 연접의 가능성을 가져온다. 두 작품의 배경에 보이는 커다랗고 어두운 띠를 이것으로 설명할 수 있다. 이 두 어두운 띠들은 뒤에 있는 것들을 가리면서 동시에 삼각형이나 밝은 원의 뒤에 있으면서도 눈에 보인다. 이들을 가릴 수 있는 것은 가로 세로의 망으로 만들어진 기본 배치뿐이다. 그러므로 이 띠들은 〈알레그로〉에서의 삼각형과 같은 지위를 가지면서 가장 현저성이 두드러진 요소로 간주된다.

기본 배치와 형상의 치환에서 만들어진 행동자 구조는 여기에서 상당히 복잡해 진 것이나. 이에 대한 해법은 두 가지가 있다. 첫 번째 해법은 〈알레그로〉에서처럼 연접 위치에서 대상은 삼각형의 형태를 가지며 모든 파상문 띠와 겹치면서도 두 번째 대상으로 나타나는 밝은 띠를 지우지 않는다는 것이다. 두 번째 해법은 〈안단테〉에서처럼 이접의 위치에서 대상이 나타나 원반과 겹친다는 것이다. 대상의 변형은 아래와 같이 요약된다.

이제부터는 빛 구성체의 관점에서 두 작품을 분석해보자. 실은 앞에서 진행된 논의들, 즉 기본 배치, 지배적 형상, 기타 형상에 관한 논의는 실상 저변의 내용 면과 빛의 효과와의 관계를 설명하기 위한 전 단계로 보아도 무방하였다. 먼저 〈알레그로〉에서 삼각형은 형상적 변형의 근거가 된다. 빛의 도래, 이 세상의 여명에서의 빛의 탄생이 여기에서 도상화되어있다. 이를 통해 〈알레그로〉를 읽어보면, 아랫부분에서 세 군데 밝은 면들이 위로 수렴된다. 사선을 그리면서 흐르는 띠, 삼각형의 내부, 왼쪽의 부분이 그것인데 이들은 서로 간섭현상을 일으키면서 위를 향해 진행되어 상단의 원반으로 수렴된다. 이 간섭현상이 이 장에서 조형적 균질성을 부여하는 것이다.

반대로 〈안단테〉에서는 어두운 부분들이 바닥, 중앙의 원반에 집중되어있으며 밝은 부위들은 흩어져 있다. 게다가 원반은 기본 배치의 뒷면으로 물러나 있다. 여기에서 역동성을 가지는 것은 배경이다. 그러므로 빛

〈표 7-5〉 대상들의 변형 양상

〈알레그로〉에서	〈안단테〉에서
연접 위치(후면의 망)	이접 위치(전면의 망)
대상 - 천체: 삼각형	대상 - 천체: 원형
대상 - 은하: 밝음, 삼각형 뒤, 성운과 함께	대상 - 은하: 어두움, 원형 뒤, 별들과 함께

자체도 어두운 원반의 뒤로 물러나 있다. 〈알레그로〉의 '돌출 효과(effet d'emergence)'는 〈안단테〉에서 '후퇴 효과(effet d'immergence)'로 바뀐 것이다. 한편, 〈알레그로〉에서는 상단이 훨씬 더 도상화되어있다. 이 영역은 밝은 삼각형의 꼭짓점에 위치한다.

결국 직관적 구조의 치환은 변화하는 빛의 효과를 반영하고 있으며 〈그림 소나타〉의 두 움직임은 내용 면에서 빛 상태의 변형으로 읽을 수 있는 것이다. 〈알레그로〉에서, 섬광은 태양으로 보이는 원반에 집중되고 이는 다시 광원이 되어 좌우에 질료 효과를 부여한다.

바닥은 착색 부위로, 이는 완만한 불규칙적 사인 곡선(sinusoidal), 즉 분산되고 일정 방향이 없는 움직임에 의해 가동된다. 이어 예각 삼각형은 어두움이 주도하는 긴장 채색 덩어리에서부터 섬광이 분출되어 한 점에 집중되도록 해준다. 이 점은 주요 섬광이 나타나는 곳이며 광원이 되는 곳이다. 띠가 가로지르는 삼각형은 완만한 움직임으로 서서히 정상을 향한다. 에너지는 굽이치는 띠에서 보이는 부동 긴장을 지나면서 섬광을 향해 집중된다. 그러나 다른 점-섬광들 역시 고려해야 한다. 아랫부분에서는 발광 구형들이 수많이 있다. 따라서 섬광이 담당하는 양태인 국지적 집중은 많은 가능성 가운데에서 단 하나의 점-섬광을 선택하고 이를 광원으로 결정한다.

〈안단테〉에서는 섬광 덩어리는 커져나가면서 이 구도를 전복한다. 섬광은 더 이상 하나의 광원에서 나오지 않고, 이에 따라 광선은 기준을 잃고 더 이상 공간을 벡터화하지 않는다. 게다가 중앙의 원은 어둡기 때문에 섬광의 역전으로 나타난다. 중심의 어두운 큰 원들은 측면의 밝고 빛을 발하는 타원들과 대립한다. 어두운 큰 띠에 흩어져 보이는 천체-별은 빛을 발하지 않는다. 한편, 〈안단테〉에서는 공간에서 에너지의 이완과 분산이라는 매우 균질적인 현상을 보여준다. 어두운 띠는 면에서 느슨하게 전개되어있고, 중간의 원반에서도 빛은 확장되어있다. 이는 위의 삼각형이 보이는 수렴 효과와는 극단적으로 분리된다.

이상의 논의는 앞에서 본 빛 구성체 도식(〈그림 7-4〉)에 맞아떨어진다. 그런데 두 작품에서 행정은 나소 차이가 난다. 〈알레그로〉는 부동에서부터 확산에 이르는 도식 전체를 관통하되, 가로지른 띠의 줄무늬와 구불구불함에 결부된 빛은 채색 부위를 재구조화한다. 이 과정을 그림으로 보면 다음과 같다.

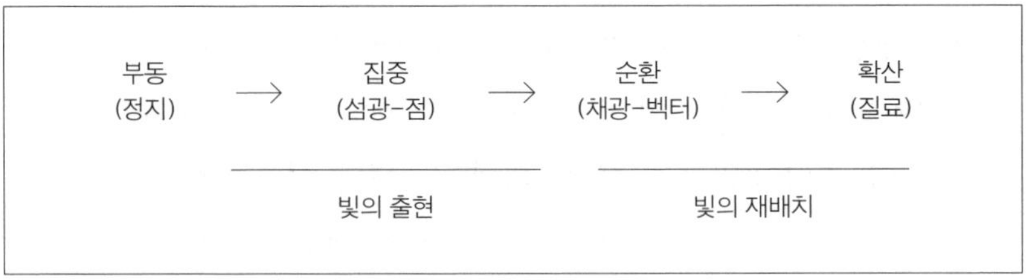

〈그림 7-7〉〈알레그로〉에서 빛의 행정

이에 비해 〈안단테〉는 채색 부위와 섬광을 국지화하고 소외시킴으로써 앞의 두 단계를 잠재적인 것으로 만든 것으로 보인다. 마찬가지로 빛은 기준을 상실하고 대신 약하게 차별화되고 대조가 되지 않는 질료 확산을 대신 취함으로써 중성화 되었다. 결국 〈안단테〉는 체계의 상태 중 하나를 지우고 앞선 단계들에 관한 불충분한 기억만을 가진다.

부동 — 집중 — 채광 — 확산

〈그림 7-8〉 〈안단테〉에서 빛의 행정

한 작품에서 수직으로 배열된 것들은 다른 작품에서 배경에 배치되고 그 반대도 마찬가지였다. 이는 왜 〈알레그로〉에서는 변형의 역동성이 시선의 축과는 직각을 이루는 수직 축을, 〈안단테〉에서는 배경에서 시선의 축을 이용하는지 설명해준다. 〈안단테〉의 경우 위에서부터 아래로의 시선을 제안한다면, 가장 밝은 쪽이 시작점이 된다. 반대로 가로 시선이나 〈알레그로〉에서와 같은 반부감 시선을 채택한다면 채색 부위들의 계층이나 채광에 의한 돌출과 벡터화의 움직임이 제대로 보인다. 세로축은 빛의 다양하게 공간화된 상태 사이의 긴장을 지지한다. 한 상태에서 다른 상태로의 변형은 시선의 축과는 구별된다. 시선의 축은 이 다양한 변형들을 포착하고 평가한다. 인지활동의 순기능은 이러한 '분리작용(debrayage)'에 있다.

반대로 〈안단테〉에서는 이 두 축이 뒤섞이고 그 결과 역동성이 보이지 않으며 기준 체계는 중화된다. 여기에는 '연동작용(embrayage)'이 있을 뿐이며 이는 변형이 있음을 파악하기 불가능하게 하며, 사태의 정조들 내부의 긴장을 드러내지 못한다. 〈알레그로〉에서는 분리작용이 빛의 의미효과의 변형을 만드는 담화 결합체의 완벽한 '양상화(aspectualisation)'를 가능하게 한다. 관찰자의 위치가 이 결합체의 단계들과 혼동되지 않기 때문이다. 〈안단테〉에서는 연동작용이 마지막 단계에서 관찰자의 시선을 고정함으로써 결합체 전체의 양상화는 금지된다.

플로슈가 분석의 마지막 단계에서 발화의 문제를 언급한 데 비해, 퐁타니유는 정념의 기호학에서 재발견한 자기 수용적 주체의 문제를 분석과정에 첨가함으로써 결론을 맺으려 한다. 회화 분석에 지각 주체 고유의 행정을 도입하면서 이 행정에서의 각 시선이 가지는 위치가 결정되고, 발화

행위는 시각 도식에서부터 이러한 시선을 선택하는 것이라 볼 수 있게 되었다. 즉, 빛의 구성체 내부에서 빛의 의미효과만을 기술하는 것은 충분하지 않으며, 이것이 담화 차원에도 통하는 조작이 되기 위해서는 발화 주체가 이 일을 맡을 수 있어야 한다.

여기에서부터 관점의 변화가 가지는 조작 가치가 나오며 이는 대칭축의 회전이라는 형태로 표현되는 것이다. 그 결과, 〈그림 소나타〉의 분석은 다음과 같은 결론을 얻게 된다.

(1) 대칭 구성, 다양한 계층의 전개 양상, 가로 세로의 선적 망은 '잠재화된 직관적 도식'의 구성요소들이며 동시에 좌표 체계로, 여기에 변형 조작이 만들어지고 재발견된다.
(2) 발화 실천은 직관적 · 위치적 · 행동자적 기초를 상이한 관점에서 환기해준다.

소나타의 두 가지 움직임을 전달하는 데 있어서 하나는 긴장, 다른 하나는 이완으로 나타났다. 관점을 수정함으로써 축의 회전은 역학관계, 행동자 위치, 빛의 의미효과에도 역시 영향을 미쳤다.

파리기호학파의 성과와 한계

플로슈와 퐁타니유의 이론적 배경은 같은 학파-이론의 논리적 진화과정을 대변한다. 정념의 기호학을 기존의 서술기호학에 비해 '전혀 새로운 기호학'으로 평가하는 경향도 있지만 적어도 앞에서 본 바 회화 작품의 분석에 관한 한 이들이 설정한 단계나 방법은 상당히 유사한 점들이 있다. 이제 두 분석이 가지는 공통점과 차이점을 찾아보고 더 나아가 이들이 제기하는 의문점을 제시해보자.

먼저, 두 가지 분석 작업 모두에서 특히 정밀한 관찰을 요구한 부분은 시각 메시지의 표현 면을 분석하는 과정이었다. 연속체를 이산적이고 유의적 단위로 분절해내는 일은 구조주의 기호학 전반을 통해 가장 먼저 시작되는 일이지만, 〈구성 4〉와 〈그림 소타나〉와 같은 시각 메시지에서는 이 첫 번째 단계를 시작하기도 쉽지 않았다. 무엇보다도 표현 면의 분할과 이에 대응하는 내용 면의 분할은 상호 전제되는 것인데, 두 작품과 같은 '추상'적 회화들은 내용 면과 표현 면의 일대일 대응을 넘어서는 또 다른 차원의 '자연세계의 독해를 위한 틀'을 요구하는 것이다.

실은 플로슈의 칸딘스키 분석은 앞선 연구인 비구상 조형담화의 기호학이 모태가 되었다. 이 글에는 『눈과 정신의 작은 신화: 조형기호학을 위하여』에 수록하지 않은 구절이 있다. 이 선행연구의 첫머리에서 플로슈는 "기호-언어학 연구 그룹을 이끌면서 다년간 '추상' 회화를 분석하는 이론적 · 방법론적 모색 작업을 진행해왔으나 (…) 기의가 없이는 기표에 대해 말할 수 없으며, 기의의 연구 없이 첫 번째 분할에서 도출된 단위에 기호학적 지위를 부여할 수 없다는 사실을 잊고 있었다"[15]고 술회한 것이다.

이 글에서 플로슈는 칸딘스키 작품의 분석 목표가 "하나의 평면 시각 대상, 특히 구상적인 것이 아니고 발현된 단위를 즉각적으로 어휘화할 수 없는 그러한 대상에 대한 기호학적 접근의 단계들을 보여주는 것"[16]으로 결론에서 늦게야 설정하고 이를 『눈과 정신의 작은 신화』의 머리말에서 저자는 〈구성 4〉의 분석을 "(부바의 〈나체〉 분석에서 비롯된) 이미지의 분할에서 대조에 대한 인식이 가지고 있는 중요성과 의미생성에서 대조가 담당하

15 Floch, J. M., op. cit., p. 135.

16 Ibid., p. 155.

는 중요성"이라는 가설을 확정하고 이 방법에서 형성된 우리의 직관과 몇 가지 분석절차를 조정하는" 작업이라 말하고 있다.[17] 그렇다면 〈구성 4〉의 분석은 어떤 의도로 진행된 연구일까?

플로슈의 〈구성 4〉의 애초 의도는 조형기호학의 이론적 배경을 모두 포괄하는 작업이었다기보다는 추상 회화 작품에서의 표현 면의 분절을 시도하는 쪽에 무게가 실린다. 그럼에도 『눈과 정신의 작은 신화』에서는 구상 작품의 분석에 동원된 방법의 유효성을 추상 작품의 분석에서도 확인하였다고 말하고 있다. 결국 이러한 미묘한 뉘앙스의 차이는 또 다른 의문의 근거가 된다.

〈구성 4〉의 분석에서 플로슈는 분석대상을 비슷한 시기에 만들어진 칸딘스키의 다른 작품들과 비교하여 일차적으로 보이는 요소들을 표현체라고 명명하고 각각의 표현체에 대응하는 구상적 요소들을 찾아내는 과업에 진력하였다. 그런데 이 과정은 비록 플로슈 자신은 부정하지만 그 스스로가 언급한바 "기호학의 문제 제기에서 배제되는 발생적 관점을 통해 접근"[18]한 것이 아닌가라는 의문을 지울 수 없다. 같은 내용의 의문은 퐁타니유의 분석에서 더 두드러진다. 그나마 플로슈가 동시대 작품들에서 모티프의 변이체, 결국은 조형 요소들의 의미로 이어지는 근거들을 제시한 데 비하여 퐁타니유가 분석한 조형 요소들의 치환 결과, 즉 플로슈가 표현체라 정의한 것에 해당하는 단위들의 의미는 그야말로 분석자의 자의에 근거한 것이거나 작품의 제목, 〈별의 소나타〉에서 유추한 것으로 보이기 때문이다.

이 지점에서 우리는 바르트가 글과 그림의 관계에서 발견한 글의 '고정(ancrage)'과 '중계(relais)' 기능을 떠올리게 되지만, 오늘날 보이는 더 복잡

17 Ibid., p. 16.

18 Ibid., p. 46.

한 추상 작품, 특히 자주 보이는 〈무제〉라는 제목을 가지는 회화 작품에서 백여 년 전에 리투아니아 작가가 한 것과 같은 '순진한' 제목 달기를 기대할 수는 없는 것이다. 물론 퐁타니유 역시 플로슈가 통시적으로 인접 작품들을 고려한 것과 마찬가지로 인접한 〈그림 소나타〉 연작들을 분석과정에서 참조하였지만, 빛나는 원반을 '태양'으로, 군데군데 빛나는 반점들을 '천체'로, 반투명의 가로지르는 띠들을 '은하수'로 읽어낸 결과에 대해서는 더 설득력 있는 설명을 제시하여야 하였다. 비록 두 분석 사례에서 표현면의 일차적 분할은 힘들고 정교한 과정을 거쳤지만 그 시작점은 회화 표면에 나타나는 '돌출'과 '후퇴' 효과에서 비롯된 가시적 형상에 지나지 않았던 것이다.

두 번째로, 두 분석 사례에서 차이점을 보이는 것은 이론적 배경의 범위와 실제 분석에서 적용된 양상이다. 결론적으로 말하자면 플로슈는 서술기호학의 전반적 이론 틀과 분석과정을 이미지의 분석에 적용하려는 강한 의지를 보여준 것으로 보인다. 첫 단계에서부터 의문의 여지는 있었지만 표현 면에서의 단위를 분할하고, 유의미 단위들을 분류하여 표현체라는 대상-기호를 정립하고 이들이 가지는 주제 역할과 주제 행정을 보였다. 또한 의미생성의 기원인 발화행위를 규명하고, 의미생성 행정을 보여주기 위해 주제 담화와 시각 담화를 규명하면서 이들의 상동관계를 입증하고 발화체의 의미 범주를 기호사각형으로 설명한 점이 그러하다.

이러한 분석과정은 플로슈 자신이 같은 책에서 간략히 설명해둔 그레마스 기호학의 주요 개념과 분석과정의 순서와 맥을 같이하고 있다. 이 점에서 플로슈는 문학 작품과 같이 어휘에 바탕을 둔 의미체계를 중심으로 발전해온 기호학의 영역에 이미지를 투사한 공적을 인정받아야 한다. 반면 퐁타니유의 회화 분석은 정념의 기호학이 제시하고 있는 이론적 패러다임 전반과는 다소 거리가 멀다. 그의 회화 분석은 정념의 기호학에서 제시된 이론 전반은커녕, 그 이론 틀에서 파생 · 발달된 빛의 기호학의 개요 또한 모두 다 담으려 하지 않는다. 이는 그가 행한 분석의 단점은 아니다. 우선 시기적으로도 퐁타니유의 해당 저서는 정념의 기호학이 만들어져가는 과정에 위치하며, 더구나 회화 분석은 빛의 기호학을 만들어가는 다양한 노력의 진행선 상에 있었기 때문이다.

그럼에도 불구하고 퐁타니유의 회화 분석에서 우리는 정념의 기호학, 나아가 빛의 기호학이 지향하는 일부의 노선과 그 구체적 사례를 발견할 수 있음은 물론이다. 여기에서 핵심은 바로 '빛의 구성체'를 개별 작품의 분석에 도입한 점이었다. 퐁타니유는 정념의 기호학은 진장의 분절과 같은 인식론적, 문화 만들기에서 발화 실천의 개입과 같은 인류학적, 지각 활동과 의미화 활동의 관계 맺기와 같은 방법론적 측면으로 구성된다고 보았다.

퐁타니유에게 있어서는 돌출된 형상이 시각 효과를 구현하면서 우리가 그 의미를 투사하게 한다는 기존의 설명은 더 이상 만족스럽지 않았다. 따라서 퐁타니유의 기본 입장은 담화의 정념적 차원은 지각, 형상화, 감성, 양태화 등이 동원된 구성을 통해 구축된다고 보는 것이며, 이 구성의 대표적인 것이 빛의 구성이라는 것이다. 결국 빛의 구성을 통해 가시 세계의 기호학을 받아들인다는 것은 지각과 느낌에 입각하여 세상을 분절하는 의무를 수행한다는 것이다. 이것이 바로 빛의 구성이며, 퐁타니유의 회화 분석은 빛이 세상을 분절하는 과정의 일부를 〈그림 소나타〉의 분석에서 보여주려 한 것이다.

이 두 가지 분석 사례가 일반 시각기호학의 연구방법론을 추구하는 우리의 입장에 기여하는 바는 어떤 것일까. 두 가지의 분석 사례에서 표현면의 단위를 분할하는 과정에서 자의적이거나 발생적 근거를 제시하였지만 그 대안은 있는 것일까? 더 나아가 그 대상이 이미지에 국한된, 좀 더 분명하고 구체적인 분석 절차는 없는 것일까? 이 문제에 관한 우리의 대답은 여전히 진행 중이다.

아른하임류(類)의 기존 미학이 보여준 조형 요소들과 조형 규칙들은 하나의 대안이 될 수는 있으나 실제로 표면에서 보이는 복잡다기한 치환물, 변형체를 만들어내는 과정과 의미를 설명하기 위해서는 파리 기호학파의 두 선두 주자가 제시한 것보다 더 정치한 변형 규칙들을 만들어내어야 할지도 모른다. 파리학파의 기호학 이론은 외삽하고 지나치게 도식화되어있다는 비판을 받지만 그 인식론적 배경과 논리적 과정에 관한 한 우리는 합당한 외경심을 품을 수밖에 없을 것이다. 이것이 궁극적으로 일반 이미지의 의미이론을 지향하는 우리로서는 피할 수 없는 과정의 일부이다.

8. 생태학적 배경

'기호학적 생태학'의 대두

1장에서 소네슨이라는 스웨덴 학자를 소개한 바 있다. 소네슨을 시각기호학의 성립에 영향을 준 배경의 하나로 별도의 장에서 다시 다루는 것은 이유가 있다. 우선 그는 다른 초기 이론가들과는 달리 아직도 왕성한 활동을 하는 중이다. 글로벌 차원의 관련 학회 등에서 그가 축적해온 활동이나 개별 연구물 목록은 논외로 하더라도, 소네슨이 현대의 시각기호학에 끼친 영향 중 가장 구체적인 것으로는 역시 1장에서 소개한 〈Semiotics Institute Online: Advanced courses in a variety of topics relevant to semiotics〉를 들 수 있다.

이 장에서는 그 온라인 강의의 제4강 "언어모델에서 기호학적 생태학으로: 그림과 지각 세상의 구조와 지표성 From the Linguistic Model to Semiotic Ecology: Structure and Indexicality in Pictures and in the Perceptual World"[1]을 중심으로

1 https://semioticon.com/sio/files/sonesson/Sonesson4.pdf.

하여, 소네슨 특유의 '그림기호학(Picture Semiotics)'과 자신의 연구 방향과 목표를 지칭하는 '생태학적 기호학' 혹은 '기호학적 생태학'의 개요를 더듬어 보고자 한다.

언어모델에서의 단서

소네슨은 옐름슬레우 등에서 파생된 언어 수사학의 전통을 되살리고 그 한계를 보정한 다음, 그 가운데에서 '시각성(visuality)'의 개념을 도출하여 언어모델을 그림의 차원에 적용하고자 한다. 이를 통해 그는 구두 세미오시스와 시각 세미오시스의 유사함과 인접성(contiguity)을 규명하고 '그림기호(pictural sign)'에서 프로토 타입(prototype), 아이디얼 타입(idealtype), 반 타입(antitype)이라는 하위 범주개념을 설정하여 의미작용의 양상을 설명하고자 한다. 마지막으로 그는 세상과 그림의 관계, 그림과 세상의 관계를 내재적 긴장(intension)과 외재적 확산(extension)의

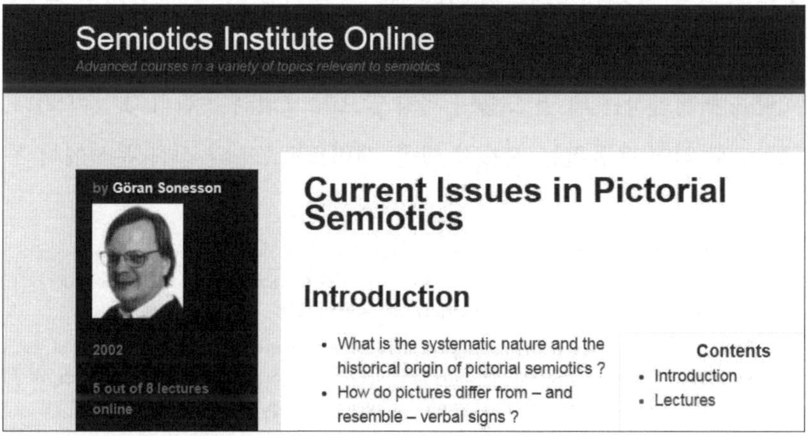

〈그림 8-1〉 소네슨의 온라인 강의실

차원으로 규명함으로써 스스로가 말하는 기호학적 생태론을 체계화한다.

소네슨은 시각기호학이란 용어 대신 그림기호학(picture semiotics)이란 용어로 대상을 확정한다. 그림기호학은 다음과 같이 정의된다.

> 그림기호학은 모든 그림과 모든 그림 유형의 과학이다. 일반기호학의 한 부분으로서 그림기호학의 첫 번째 목표는 그림이 어떻게 다른 기호나 의미들과 다르며 어떤 방법으로 그들과 유사한지를 조사하는 것이다.[2]

따라서 소네슨이 생각하는 그림기호학은 '본실석(*per se*) 그림기호', 즉 어느 정도 일반적인 속성을 가지면서도 도상성보다 더 그림에 특유한 성질로 정의되는 '그림성(pictorality)'을 연구대상으로 한다.[3] 그런데 그림기호학에 관한 이러한 정의는 시각기호학 영역 가운데에서 특정 대상의 문제이므로, 이를 체계화하기 위한 기본 개념이나 방법 틀은 여전히 시각기호학의 영역에 속한다. 그림은 도상기호이지만 동시에 도상기호의 정의인 '유사함(similarity)'이 '묘사(depiction)'로 충족되는 "매우 특이한 도상기호"[4]이다. 그림의 기호학 역시 논의과정에서 언어적 은유, 즉 그림도 구두 언어와 같은 방식, 특히 이중분절이나 패턴 만들기의 이중성 등의 속성을 가진다는 점을 피해갈 수는 없다. 그러나 구조주의 언어학적 은유는 그림기호학을 체계화하는 데 별 도움이 되지 않으며 오히려 논란의 대상이 된다. 그러므로 언어 은유라는 지름길 대신, 레비스트로스의 신화 분석에서 동

---

2 〈Lecture 1. The Quadrature of the Hermeneutic Circle〉, Current Issues in Pictorial Semiotics. p. 4(https://semioticon.com/sio/courses/pictorial-semiotics/).

3 Sonesson, G., "On pictorality. The impact of the perceptual model in the development of visual semiotics" in *The semiotic web: Advances in visual semiotics*, Sebeok, Th. & Umiker-Sebeok, J., eds., 67-08. Berlin & New York: Mouton de Gruyter, 1995, p. 68.

4 〈Lecutre 4. From the Linguistic Model to Semiotic Ecology〉, Current Issues in Pictorial Semiotics. p. 4(https://semioticon.com/sio/courses/pictorial-semiotics/). 이하 내주로 표시.

원된 것과 같은 이차적 수준의 해결책을 대안으로 삼을 수 있다.

그림은 요소로 분석될 수 있으나 그것은 언어 요소에서 보이는 것과 일치하지는 않는다. 이 점이 지각이론과 함께, 당연한 것으로 보이던 세상의 구성을 재고하게 한다. 소네슨은 그림이 가지는 의미 함축과 언어 특유의 성격을 구별한 최초의 연구자인 레싱(Lessing)으로 되돌아가서 논의를 시행한다.

지난한 논의 끝에 소네슨이 착안한 것은, 그림기호학의 범주에서 언어이론의 성과를 일반화할 수 있다면 그것은 기호 구성요소의 자의적 관계나 이차원 축에서의 조합과 결합 규칙이 아니라 옐름슬레우의 관여성의 원칙, 즉 형태(form)와 질료(substance) 사이의 대립이라는 사실이다. 다른 많은 의미체계와 마찬가지로 그림 역시 이런 관점에서 기능 작용을 하지만 그림의 경우에는 단위의 이산적 성격보다는 확률에 의해 관여성이 조절된다. 그림에서 부분들이 전체와 맺는 관계의 양상은 언어의 이중분절과는 확연히 다르다는 것이다.

'조밀함'과 '충만함'을 넘어서

그럼에도 불구하고, 그림언어의 단위에서 이산적 성격을 분명히 하려는 시도는 이어졌다. 기호학자들은 오랫동안 그림 의미의 최소단위, 즉 언어에서와 같이 그 자체로서는 의미가 없으나 상위 차원의 의미를 변별할 수 있는 단위의 존재를 보여주려고 노력하였다.

에코는 초기 저작에서 이 움직임을 대표하였으나 후기에 들어 그림의 변별자질은 없으며 이러한 문제 자체가 기호학에서 성립되지 않는다고 주장하였다.[5] 한편 굿맨(Goodman)은 상식 차원의 그림의 개념은 관여적이지 않다고 하면서도 전형적인 그림을 "유사한" 혹은 "의미론적 · 통사론적으로 조밀(dense)하고 충만한(replete)" 성격을 가진 기호라고 보았다.[6] '조밀하다'는 것은, 기호를 아무리 잘게 나누어도 이전에 나누어진 두 부분을 연결할 수 있는 요소를 다시 분리할 수 있으며 이 현상은 계속 이어진다는 의미이다. '충만한 체계'는 기호가 다양한, 혹은 무한한 관점에서 나누어질 수 있는 체계를 말한다. 조밀함과 충만함은 그의 용어로는 '지시대상(기호학의 용어로는 도상언어)'과 '사례 제시(즉 조형언어)'의 운반체로서 그림에 적용된다. 그런데 이 생각은 실은 그림은 기호학적 아톰(atom)으로, 어떤 너 작은 단위로 나누어지지 않는다는 결과를 가져온다.

굿맨과 에코의 논의는 그림언어를 구두 언어와 비교하면서 진행되었다. 초기의 에코는 두 언어 사이의 병행을 강조하였고, 굿맨과 후기 에코는 차이를 강조하였지만 말이다. 이들의 관점은 처음부터 잘못된 것이, 이들의 구두 언어에 대한 이해 자체가 잘못되었음을 현대 언어학이 밝혀주기 때문이다.

굿맨이 시도한 언어와 그림의 대립에 관한 설명은 두 가지 점에서 문제를 가진다. 우선 굿맨이 파악한 언어의 개념은 일상의 언어가 아닌 논리학자들이 재구조화한 언어이다. 다음으로는 그림의 구성을 철저히 박탈함으로써 그림이 의미를 전달하는 능력을 신비화한 것이다. 실재의 언어는 만약 그것이 하나의 체계로 지배된다면 굿맨의 용어로 "유창(hyletical)"한, 기호학 용어로는 통사적으로 비-이접(non-disjoint)적인 것이 된다. 언어가 그의 견해대로 의미론적으로도 비-이접적이며 밀도가 높으며 모호하다면

5 Eco, U., *La struttura assente*, Milan: Bompiani. Swedish translation, Den frånvarande strukturen. Lund: Cavefors, 1968.; *A theory of semiotics*, Bloomington: Indiana University Press, 1976.; "Perspectivas de una semiótica de lasartes visuales," in *Revista de estética*, 2, 1984. p. 4.

6 Goodman, N., *Languages of art*, London: Oxford University Press, 1968.

그것은 굿맨이 말하는 그림과 다를 바 없다. 그런데 그림과 언어가 의미론적으로 대부분 유사하다는 그의 견해는 의심스러운 면이 있다. 이 자리에서는 유사함이 아니라 상이함이 있어야 한다.

굿맨은 가츠시카 호쿠사이(葛飾北斎, 1760-1849)가 그린 〈후지산 36경〉(1826~1833)과 일본 정부기관이 만든 그 산의 다이어그램을 대상으로 분석하면서 그 차이를 다음과 같이 말하였다.

> 차이는 통사적이다. 그림 형상에 비교하면 다이어그램의 구성 양상은 표현상으로 밀접하게 한정되어있다. 다이어그램에서 유일한 관여적 요소는 선의 중심이 관통하는 점의 종좌표와 횡좌표이다. 선의 두께, 색채는 물론 다이어그램의 실제 크기는 문제가 되지 않는다. (…) 스케치에서는 그렇지 않다. 선의 두께, 선과 배경의 대조, 크기, 심지어 종이의 질 등 어떤 것도 배제되거나 무시될 수 없다.[7]

여기에서 굿맨의 의도는 이러하다. 그림에 나타난 상징은 상대적으로 조밀하며 충만한데 이는 일러스트레이션에서 상징의 사용과 다른 점이다. 상징체계는 서로 다른 지시대상을 가지기 때문에 통사론적이나 의미론적으로 달리 작동한다는 것이다. 소네슨은 이 문제에서 굿맨의 견해가 모호함을 지적한다. 위의 분석에서처럼 통사론적 · 의미론적 조밀함은 유사함을 설명할 수 없으며, 그림 역시 진정한 의미에서 조밀하거나 충만하지는 않다는 것이다. 소네슨은 대안으로 이 둘 사이에는 단 하나의 체계, 그가 '그림성'이라 명명한 것만이 적어도 어느 정도는 이접적으로 존재한다고 주장한다.

7 Ibid., p. 229.

구두 세미오시스와 시각 세미오시스

글과 그림, 즉 구두 텍스트와 시각 텍스트의 관계를 설명하는 방법은 많다. 그중 하나는 이들의 공존 양상을 보는 것이다. 글이 그림에 인접하거나 그림의 일부가 되는 방법, 혹은 그 반대는 기호의 다양한 상호작용을 촉발하며, 그 현상은 다분히 지표성(indexilcality)을 가진다. 그보다 더, 글과 그림의 상호작용은 개별적 토큰으로보다는 규칙이나 원칙의 문제로 오래 논의되었다. 그림의 해석은 글로 매개되는가 아니면 그 반대인가가 그것이다. 첫 번째 입장은 주로 프랑스의 구조주의 기호학자들의 것이다. 소네슨은 후자의 입장을 취하면서 이를 체계화하려고 노력해왔다.

글과 그림이 어떻게 서로 유사한가를 결정하는 문제, 즉 각자의 기호 구조가 서로를 반영하는가의 문제는 전혀 다른 성격의 것이다. 에코가 유사함으로 정의되는 도상기호의 존재를 부정한 것은 유명한 사례인데 그 주장이 글과 그림의 '유사함'의 개념을 기반으로 한 점은 역설이기 때문이다. 에코는 그림기호들도 언어기호처럼 협약적 기호이며 그 자체로는 의미가 없는 형상에 근거한다고 믿었다.

그림과 구두 언어는 다른 정도로, 다른 양상으로 자신의 속성들을 전달할 수 있다. 많은 논의에도 불구하고, 이 양자의 차이에 관한 최고의 분석은 레싱의 고전적 견해였으며 이는 많은 학자들에 의해 답습·발전되었다. 그러나 레싱의 견해에 일부 반하는 결론도 가능하다. 세상을 기술하는 현재까지 진행된 논의에서 그림만이 수많이 존재하는 선택들 가운데 하나만을 결정하는 것이 아니라 언어 역시 같은 식의 축소 행위, 즉 속성들 가운데서 제한된 분량만을 선택한다는 사실이 밝혀졌다.

그림은 이 세상을 언어보다 더 크고 더 복잡한 덩어리로 분석한다. 그러므로 언어는 실제 세상의 모습에 존재하는 것들에서 일부의 속성들만을 선택할 수 있으며 무엇이 중요하고 무엇이 의미가 있는지를 말해주는 더 정교한 장치를 가지고 있다. 언어에서 이분 대립은 기호학적 자원을 만들어내는 주요한 수단이다. 그러나 그림의 경우에는 그것은 이미 묘사에 의해 주어진 의미에 비하면 이차적인 수단이 되며 따라서 결핍된 장치를 대체하는 용도로 쓰인다.

그림기호의 범주론

지각의 한 양태로서 시각성(visuality)은 옐름슬레우의 의미에서 형태이다. 시각성은 이전에 지각된 경험이 이를 이해하는 데 충분하지 않더라도, 그림과 같은 지각할 수 있는 대상을 형태로 확인하는 관여적 장치이다.

세상은 구두이든 시각이든 다양한 관점의 기술로 표현되더라도 주로 시각적으로 지각된 세상이다. 프라하학파가 진행한 지각대상으로서의 기호 모델은 본질적인 차원을 포함하기 때문에 문헌 텍스트의 분석보다는 그림의 분석에 훨씬 더 부합된다. 그림기호들은 내재적으로 지각의 소산, 특히 본질적으로 시각의 대상들이라는 페르낭드 생 마르텡이나 그룹 뮈의 견해는 옳은 것이다. 이러한 주장은 지각이론에서 합리화되어야 할 뿐 아니라 오늘날 진행되는 지각심리학을 구성하는 몇몇 경합이론들 가운데에서 기반을 구축해야 한다.

모든 지각현상이 의미를 전달한다면 그림과 같은 시각기호들은 여타의 시각적 수단들이 의미를 전달하는 단순한 수준을 넘어서서 어떤 방식으로 작동하는지를 규명하여야 한다. 소네슨이 진행하는 논의 가운데에서 주목할 만한 것은 그림기호의 유형론이다.

소네슨은 로쉬(Roshce)[8]의 연구를 이어받아 실제 그림의 기초적 형태를 규명하면서 프로토 타입(prototype), 아이디얼 타입(idealtype), 반 타입(antitype)이라는 하위 범주 개념을 도입한다. 로쉬는 게슈탈트 학파에서의 의미로 단순한 형상들, 즉 사각형, 원, 삼각형과 수평선, 수직선, 사선 등의 프로토 타입이 인지적 지시대상의 기본요소로 작동함을 실험하였다. 예를 들어 어떤 사각형은 다른 것들보다 더 사각형다운 것으로 보이는데, 이는 사각형의 프로토 타입이 존재하여 사각형과 비슷한 형상들 중 사각형을 구별해내는 데 사용됨을 보여주는 것이다. 아이디얼 타입은 현실의 것, 즉 실증적 실제에서는 발견할 수 없는 것이지만 그 속성이 구체적 사례와 동일시되는 것을 말한다. 이 범주의 사례로 가장 좋은 것이 '이미지', 즉 심적 영상이다. 아이디얼 타입을 만드는 방법은 먼저 실증적 현상에서부터 현저한 속성을 찾아내고 이를 실증적 수준을 넘어설 정도로 강조하는 일이다. 안티 타입은 프로토 타입의 반대개념이다.

그러나 이 범주론이 절대적인 기준을 가지는 것은 아니다. 예를 들어 미술사에서 유명한 뵐플린(Wölfflin)의 다섯 가지 개념 쌍, 즉 선적/회화적, 평면성/깊이감, 폐쇄/개방, 다원성/통일성, 상대적 명료성/절대적 명료성의 대립은 아이디얼 타입의 예가 된다. 그러나 뵐플린이 설명한 고전주의 예술과 바로크 예술의 차이는 실은 같은 프로토 타입에 속하며 그 차이는 단지 작은 편차에 불과하다는 견해도 있다. 이 두 사조를 아이디얼 타입의 실현으로 보는 것은 학자의 관점이며, 같은 프로토 타입으로 보는 것은 감정가의 관점이다. 그러므로 아이디얼 타입을 이름 그대로 절대적 의미로 비현실적인 것으로 생각할 수는 없다.

다른 예를 들어, 전형적인 유아적 취향으로 형상을 강조한 그림은 실

8 Rosch, E., "On the internal structure of perceptual and semantic categories," in Moore, Th. E. ed., *Cognitive development and the acquisition of language*, New York & London: Academic press, 1973, pp. 111-144.

제 어린이가 그린 그림보다 더 유아적일 수 있으나 이는 부모세대들의 유아에 대한 애정의 발로인 것이다. 아마도 이는 많은 생물학자들이 바라보는 동물의 경우에도 마찬가지일 것이다. 결국 드로잉은 심리적인 세계의 대상이므로 한때 비사실적 형상은 사실적이 되어왔다. 중세의 모순적인 아이디얼 타입도 만약 할리우드가 개입하면 실제가 되는 것이다.

안티 타입은 좀 더 정교한 이해가 필요한 개념이다. 퀴를만(Thürlemann)은 클레의 작품에서[9] 두 가지의 '전이 도식(shcéma de transition)'을 발견한다. 하나는 채도의 포화/비포화의 대립을 중화하는 반(半)채도이다. 반채도는 의미론적 대립에서 제3의 항으로 다가온다. 두 번째로, 원과 직사각형의 중간에 있는 사각형이다. 이 사각형은 차원적으로는 원과 같이 대칭을 이루지만 직사각형은 아니며, 직사각형처럼 반듯하지만 원과 같이 둥근 모서리를 가진다. 이 경우 두 가지의 독자적인 척도가 필요하다.

제3의 요소가 나머지 두 요소들을 중재할 때 그 의미효과는 척도가 이에 상응하게 다양하다고 기대될 때만 가능하다. 예를 들어 목재는 다양한 형태로 자라난 살아있는 재료에서 얻어지며 이는 자연의 전형적인 사례이지만 이것이 건축에 쓰일 때는 규칙적 형태의 무생물이 되어 문명을 가능하게 한다. 마찬가지로 줄로(Zurlo)[10]는 레비스트로스의 중재개념을 이용한 서부활극(Western)의 텍스트 언어학적 분석에서 아메리카 원주민들과 이민자 사이에는 행동, 의복, 무기, 무기 사용 등 일련의 이차적 축에 앞서는 일차적 축이 있음을 밝힌다. 그러므로 서부극에서 중재자를 자처하는 인물이 있다면 그는 의복에서는 원주민의 가치에 부합하는 복장을 선택할

9 Thürlemann, F., and Paul Klee, *Analyse sémiotique de trois peintures*, Lausanne: L'Age d'Homme, 1982, p. 54. ff.

10 Zurlo, G., "Strukturelle Untersuchungen zu Western Texten(Film und Literatur)," in *Textsemiotik und strukturelle Rezeptionstheorie*, Koch, W. ed., 407-567. Hildesheim & New York: Olms Verlag, 1976, p. 336. ff.

수 있지만 행동에서는 이주민과 같은 양태를 보일 수 있는 것이다. 따라서 관련된 척도에 부여된 속성들 사이에 모순이 있는 것이 아니라 주도적인 척도에 부여된 가치들 사이에서 모순이 있는 것이다.

중재자 항목이 있다는 것은 두 가지 차원에서 특징지어지는 대립 항목이 있다는 것을 전제로 한다. 줄로의 예에서, 전형적인 원주민과 전형적인 이주민은 척도의 수에서 다르다. 이 대립현상과 로쉬가 말하는 프로토타입 사이의 유사성은 고도의 상관관계로 인지되며 명백히 드러난다. 새의 날개와 깃털과 마찬가지로, 이주민의 전형적 행동, 의복, 무기는 동시에 나타나며 원주민의 그것과는 최대한 대조가 된다. 여기에서의 중재 항목을 '반 타입'으로 명명하는 바, 이것이 만들어내는 모순은 '상관관계 구조'에서 기인한다.

경험 세계에서 유럽인과 미대륙의 원주민은 둘 다 인간이며 동물에 대립한다. 동물과 인간의 대립에 괴물이 제3의 범주로 들어온다. 괴물은 첫 번째 국면에서 자연과 문명이 지배하는 일부 척도에서는 동물의 위치를 차지하는 반 타입이 된다. 두 번째 국면에서는 자연의 위치가 낮아지면서 괴물은 프로토 타입이 된다. 자연의 위상이 낮아지면서 괴물이 되어가는 현상을 괴물이 가장 잘 표현하기 때문이다. 이 과정을 소네슨은 다음과 같은 도표로 설명한다.

〈표 8-1〉 괴물의 범주화

<table>
<tr><td rowspan="4">인류</td><td>유럽인</td><td rowspan="2">인류</td><td>유럽인</td><td>인류</td></tr>
<tr><td rowspan="3">인디언</td><td>인디언</td><td rowspan="3">괴물/동물</td></tr>
<tr><td colspan="2">괴물</td></tr>
<tr><td colspan="2">동물</td></tr>
<tr><td colspan="2">시각경험</td><td colspan="2">국면 I</td><td>국면 II</td></tr>
</table>

이 도식은 미개인의 외모, 이를테면 가슴이 축 늘어진 모습을 설명할 뿐 아니라 수많은 하이브리드 동물들의 모습도 설명한다. 문제는 괴물 같다는 개념은 인간 존재와 동물 존재, 문명과 자연의 특질들이 법칙에 맞지 않게 결합된 것으로 정의된다는 것이다. 아마도 눈앞의 것이 괴물같이 보인다면 이것은 동물로 전락하기 전의 프로토 타입 배경에 반하는 것이다. 만약 그러하다면 첫 번째 국면의 반 타입은 유럽인에게서 볼 수 있는 전형적 인간의 프로토 타입에 대립하게 된다.

부분과 전체: 긴장과 확산

지표적 관계는 두 가지가 있다. 하나는 인접성으로, 이는 독립적인 대상 사이의 관계이며, 다른 하나는 요인성(factorality)으로 부분과 전체 사이의 관계이다.

실은 전체(whole)란 개념도 애매한 것이다. 전체라는 용어를 둘러 싼 다양한 개념들, 예를 들어 '구조(structure)'와 '구성(configuration)'을 둘러싼 구조언어학과 게슈탈트 심리학에서 이해되는 내용은 자주 혼동되었다. 무카로브스키는 '구조'를 '전체주의'에서 이해하는 전체라는 개념과 구별할 것을 주장하였다.[11] 구조적 전체는 구성성분들 사이의, 부정적인 것들을 포함하는, 상호관계들의 결과이지만 전체주의적 전체는 일차적으로 영역 가운데에서의 한정, 테두리 설정의 결과이며, 여기에서 나중에 내적 차별화가 대립 양상을 가진다는 것이다.

소네슨은 전체와 부분의 관계를 규명하기 위해 먼저 구조에서의 전

11 Mukaořvský, J., *Studien zur strukturalistischen Ästhetik und Poetik*, München: Hanser Verlag, 1974. p. 7. ff.

형적인 관계의 상호작용과 구성에서 만들어진 한정(demarcation)의 차이를 논의한다. 물론 게슈탈트 심리학에서도 말하듯, 두 경우 모두에서 전체는 부분들의 총합의 이상이다. 그러나 구조에서 중심이 되는 것은 관계의 망이므로, 관계에 연결된 부분들은 서로 간에 더 변별적이다. 그러나 구성에서는 '전체'에 대한 일반적 생각과 모든 요소들이 어디에 속해 있다는 생각이 지배하므로 요소들은 분리된 부분들로 이차적인 것으로 받아들여진다. 소네슨은 아른하임(Arnheim)도 다른 게슈탈트 학파의 연구가들과 마찬가지로 구조와 구성의 개념을 혼동한다고 보고, 아른하임의 한 사례를 적절하게 사용하여 이 두 개념을 잘 설명하고 있다. 〈그림 8-2〉에서 왼쪽의 형태는 아른하임이 제시한 사례로, 사각형은 자신이 들어가 있는 V자의 영향으로 반듯하게 보이지 않는다는 현상을 설명한 것으로,[12] 전형적인 구성 효과임에는 맞다. 그런데 여기에 오른쪽과 같이 사각형을 하나 더 보태면 두 사각형의 관계가 두드러지며 구조적 효과를 만들어낸다. 만약 자로 이 두 사각형을 재어본다면 구성을 파괴하는 구조를 더 잘 확인할 수 있다. 오른쪽 형태에서 구조 효과가 가능한 것은 두 사각형의 위치 인접성과 총체적 구성에 기인한다. 대립에 따른 이차적 차이가 만들어진 것이다.

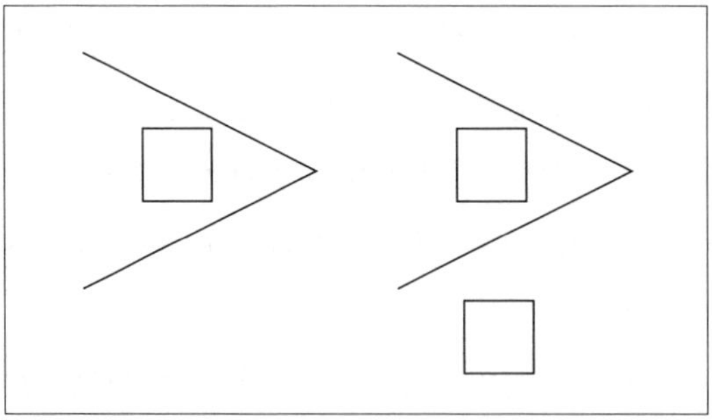

〈그림 8-2〉 구조와 구성

12 Arnheim, R., *Visual thinking*, Berkeley & Los Angeles: University of California Press, 1969, p. 6.

〈그림 8-3〉 카츠시카 호쿠사이, 〈후지산 36경〉 중 〈가나가와의 파도 아래〉, 1830-1832, 판화, 25.5×37.5cm, 기메국립아시아 미술관.[13]
(➜ 229쪽 컬러 그림 참조)

이와 관련하여 그룹 뮈도 유사한 사례를 들었다.[14] 호쿠사이의 대표작에서 파도들은 각자 달리 보이지만 동형성(isotopy)의 차원에서는 각각 삼각형의 형태, 위를 향한 꼭지, 흰색 점이 포함된 푸른색 색조 등으로 유사함이 있다. 이 작품에서 이러한 구조를 지각하는 것은 물론 가능하지만 구조는 구성 가운데 매립되어있다.

전체에서 부분을 찾기 위해 구성은 외견상 구조로 다루어질 수 있다. 특히 이 일은 언어의 경우에 자주 일어난다. 이것이 구조주의자들의 도그마이다. 그들에게는 언어 이전의 세상은 특별한 구성체계가 없는 혼란일 뿐이다. 소쉬르도 무정형한 세상을 전제로 기표와 기의를 나누었으며 훔볼트, 사피어, 워프도 '같은' 경험을 서로 구별되는 언어로 차별화할 수 있다고 보았다. 이러한 문제에 해법으로 나오는 것이 범주화의 문제, 즉 같은 범주에 속하지만 두 가지의 심급이 차원을 결정하는 것과 분절의 문제, 즉 광선 스펙트럼과 같이 연속체에서 두 가지 심급의 한계를 결정하는 방법이다. 이 방법은 언어의 표현 면을 분석하는 데뿐 아니라 그림의 경우에

13 https://www.indiepost.co.kr/post/7480/

14 Groupe μ., "Plan d'un rhétorique de l'image," in *Kodikas/Code* 3, 1980, p. 267.

도 관여적이다.

구조주의적 방법이 언어들 사이의 비교에 적용되는 데 비해, 옐름슬레우의 도식에서는 세 가지의 변이체들이 나오며 각각은 다시 세 종류의 가치를 가진다. 소네슨은 이 도식에 몇 가지 언어를 더 참가하여 〈표 8-2〉[15]를 만들었다. 이 도식에는 '혼란'이 보이지 않는다. 오히려 공통의 연속체 내부에는 다양한 차원에 배열된 변이체들이 각각의 다양한 비중을 가진다. 언어학적 상대주의는 종종 물리적 실제와 언어의 내용형식을 대립시킨다. 그러나 이런 시도는 이 대립의 사이에는 '생명계(Lifeworld)', 즉 살아있는 경험의 세계가 있으며, 여기에서 의미는 언어와 거리가 먼 많은 근거에서 만들어진다는 사실을 잊은 것이다.

〈표 8-2〉 다양한 언어에서 나무 영역의 의미 분절

	단계별 순서					
	나무	적고 고립된 개체들	많은 개체들	덩어리	재료	잘린 조각
프랑스어	arbre	bosqueteau	bois	forêt	(du) bois	(du) bois
독일어	Bäum	(kleines) Gehölz	Holz	Wald (Holz)	Holz	Holz
덴마크어	trae	krat	skov	skov	trae	braende trae
스웨덴어	träd	dunge	skog	skog	trä	ved
이탈리아어	albero	boschetto	bosco	foresta	legno	legna
스페인어	arbol	(bosuquecillo)	bosque	bosque (selva)	madera	leña
영어	tree	grove	wood	wood	wood	wood

15 Sonnesson, G. Current Issues in Pictorial Semiotics 3, p. 79.

이쯤에서 소네슨의 관심은 초기 후설이 제안한 '부분론(mereology)', 즉 전체와 부분의 과학으로 옮아간다. 부분론은 전체와 부분의 관계만을 설명하는 것이 아니라 다양한 종류의 전체들을 설명하는 것을 사명으로 한다. 소네슨 역시 전체를 부분들의 합으로 보거나 부분을 전체의 분할로 보는 것이 아니라 부분들과 전체의 일방적 혹은 쌍방적 관계를 강조하는 후설의 견해에 동의한다.

케스틀러(Koestler)에 의하면 실제는 "하위 총체들의 다층 레벨, 층위 구조"를 가진다.[16] 여기에서 각각의 하위 총체(holon)는 상위의 수준과의 관계에서는 독립적인 단위가 되고 자신의 부분과의 관계에서는 자아 충족적 전체가 된다. 만약 이러한 '전체층위(holarchy)'가 실제로 존재한다면 다양한 기호체계들이 이 다양한 층위에서 범주를 만들 수 있을 것이다. 그러나 심리학적 증거에 의하면 내재적으로 분리된 것들로 만들어진 '기초 수준(basic level)'이 가장 특권적 계층이다. 모든 부분은 전체이기도 하지만, 이 가운데에서도 어떤 전체는 더욱더 전체적인 전체이다.

심리학자인 로쉬(E. Rosch)는 실험을 통해 그림에 나타나는 기초 수준의 존재를 입증하였다. 이 수준은 동인 움직임이 하나의 범주를 규정하는 가장 높은 위계에 놓인다. 기초 수준에서 대상의 그림에 결합된 "평균 형상"들은 하위 수준에서보다 더, 그리고 상위 수준에서보다는 훨씬 더 잘 인식된다. 기초 수준의 범주는 그림에서 '시각 소음'을 찾아내므로, 기초 수준 범주를 우선시한다는 것은 물리적으로 동일한 자극에서 같은 반응이 나오는 것을 용이하게 한다.

로쉬는 기초 수준에서 그림에 나타난 대상들이 더 빨리 인식된다는 실험 결과를 설명하기 위해 상위 범주들은 기초적 대상의 부류에서부터 추론을 통하여 도출되며 하위 범주들은 그림에 나타난 부가적 요소들

16 Koestler, A., *Janus. A summing up*, London: Hutchinson & Co., 1978, p. 27 ff.

〈그림 8-4〉 페테르 파울 루벤스, 〈성 바르톨로메오〉, c. 1661, 유화, 108x84cm.[18]

에 의해 결정된다는 가설을 세웠다. 이를 파노프스키가 든 사례[17]인 〈그림 8-4〉에 적용해보면, 캔버스에 즉각적으로 보이는 형상은 남성이며, 따라서 이는 인간으로 추론된다. 이 형상은 인접해 있는 형상인 칼의 도움을 받아 결국 성 바르톨로메오로 확인된다. 여기에서 하위 범주화는 통상 인물인 대상에 인접한 다른 대상에 의해 얻어지며, 인접한 대상들의 의미는 협약적 혹은 지표적으로 고정되어있다.

계층, 혹은 전체층위에도 두 가지의 종류가 있다. 이를 엘렌(R. Ellen)은 하나를 '분석적(analytic)' 계층, 즉 사람-팔-손과 같은 구조의 계층이고 또 하나는 인간-포유류-척추동물과 같은 '종합적(synthetic)' 계층이라 설명한다.[19] 이 계층의 명명에는 문제가 있다. 사례로 든 것은 기초 수준을 기준으로 각각 하위 수준과 상위 수준으로 움직인 결과이기 때문이다. 그럼에도 불구하고 하여간 첫 번째 유형의 계층에는 모든 수준과 요소들이 두 번째 유형에서와는 달리 "구체적으로 존재"하는 것은 옳은 관찰이다.

17 Panofsky, E., *Meaning in the visual arts*, New York: Doubleday Anchor, 1995, p. 28. 사례로 언급된 그림은 필자가 수록.

18 https://gksbsjambi.blogspot.com/2013/05/mengenal-12-murid-tuhan-yesus_3.html#.XNGvnzAzbeY/

19 Ellen, R., "Anatomical classifcation and the semiotics of the body," in *The anthropology ot the body*, Blacking, J. ed., 343-373, London, New York & San Francisco: Academic Press, 1977, p. 344 ff.

첫 번째 계층구조에서는 아래로 내려갈수록 요소들이 차지하는 공간, 즉 '외재적 확산(extension)'은 좁아지지만 두 번째 계층에서는 그렇지 않다. 예를 들어 늙은 노파, 여성 식인종, 식인풍습, 인간은 같은 공간을 차지하지만, 우리의 통상적 육체나 일부 유럽인들이 주장하는바 남미의 식인문화에 적용한다면 각 단계가 내려가면서 좁은 공간을 가지게 될 것이다. 따라서 우리는 '외재적 확산 계층(extensional hierarchies)', 즉 하위 범주들이 점점 더 작은 공간을 소비하는 것과 '내재적 긴장 계층(intensional hierarchies)', 즉 확장이 고정되어 머무는 것을 구별할 수 있다. 문제는 외재적 확산 계층에도 기초 수준이 있는가이다. 로쉬의 실험에서 부분-전체의 관계를 내포하는 모든 범주들은 실험에서 배제되었다. 직관적으로는 외재적 확장 계층에 특권적 수준이 있음은 명확한 것으로 보인다.

〈그림 8-5〉 프란체스코 마페이, 〈유디트〉 혹은 〈살로메〉, c. 1650-1660, 피나코테카 코뮈날레, 파엔차.[20]

내재적 긴장 계층의 수준들을 이해하기 위한 예를 들어보자. 금속 조각을 구부리고, 스프링을 누르고, 총의 방아쇠를 당기고, 총을 발사하고, 실탄을 쏘고, 사람을 쏘고, 사람을 죽이고, 사법권으로 사형을 하고, 내 명의 목숨을 구하는 것은 다 손가락을 구부리는 것으로 기술할 수 있다. 하나의 행위와 그 후속결과를 분리하기는 쉽지 않다는 이 사례는 꼭 같은 사건이 계속 주제화되면서 상이한 내재적 수준에서 되풀이되어 기술될 수

20 https://judith2you.wordpress.com/2012/01/08/judith-and-salome-2/

있음을 보여준다. 그 사건은 더 넓은 맥락에 매립되어 그것의 부분을 만들기 때문이다. 즉, 내재적 긴장의 사다리를 타고 내려오면 외재적 계층으로 올라갈 때와 마찬가지로 더 넓은 외재적 확장을 고려해야 한다는 것이지만, 그럼에도 그 범주의 테마는 늘 같다.

파노프스키의 다른 예를 들어보자. 칼이 만들어내는 더 넓은 맥락에 젊은 여자가 보이고, 쟁반에는 목 잘린 남자의 목이 있으면 젊은 여자는 유디트라고 또 다른 내재적 긴장 수준에서 재기술된다. 그런데 같은 여자가 그녀의 아버지라 생각될 남자의 잘린 목을 쟁반에 들고 있다면 그녀는 살로메가 되는 것이다.

기호학적 생태학

그림과 지각대상의 세상을 비교하기 위해서는 세상이 어떻게 구성되는가를 밝혀야 하지만 세상의 구성이 어떻게 나오게 되었는가라는 질문에 제대로 대답하는 학문은 없다. 다양한 지각이론들이 다양한 대상을 둘러싸고 진행되지만 그나마 현상학은 다른 학문들에 비해 적절한 설명을 제공한다. 후설의 현상학과 게슈탈트 심리학은 '전체'에도 구조와 구성 등의 다양한 종류가 있음을 알려주었다. 그러나 이것도 전체를 이해하는 데 충분한 것은 아니다. 전체는 부분들을 결합한 것에서 나아가 외재적, 즉 고유의 부분들의 합과 내재적, 즉 속성 혹은 관점의 차원에서 규명된다. 외재적 층위들과 내재적 층위들 모두에서 기본 수준들이 설정되어야 하였으며 이들 역시 묘사된 세상에서 그림으로 진행되면 변화가 있음을 보았다.

범주화는 분절과 마찬가지로 그림과 다른 기호 자원들과 생태계의 관계를 설명한다. 이 범주들도 충분하고 필수적인 기준으로 설정된 것이 아니라 주도적인가의 여부 혹은 프로토 타입에 의존한다. 프로토 타입이 과장되면 아이디얼 타입으로 바뀌게 되며, 여기에 가공의 반대 항으로서 거의 동시에 실현될 가능성은 없는 안티 타입이 있다.

지금까지 약술한바, 시각기호학 연구의 생태학적 배경을 설파한 소네슨의 논의는 폭과 깊이에서 상당한 무게를 가진다. 실상 소네슨의 논의에서는 앞 장에서 보던 것과 같은 분명한 대상과 방법, 독자적 개념체계는 발견하기 어렵다. 그럼에도 불구하고 소네슨의 논의를 '생태학적 배경'이란 이름으로 별도의 장을 배당하여 미술사적 배경, 수사학적 배경, 조형기호학, 정념기호학과 같은 반열에 배치하는 이유는 소네슨의 논의의 폭이 앞의 모든 분학이나 각 분학의 다양한 이론들을 망라하기 때문이다.

이는 시기적인 이유도 있지만, 소네슨은 그를 앞선 시각기호학의 기반이 되는 거의 모든 이론들, 즉 언어학, 미술사, 도상해석학, 형태심리학, 조형기호학은 물론 그레마스 학파의 서술이론까지를 관통하면서 세부이론의 한계를 지적하고 대안을 제시하면서 결국 시각기호학 연구의 이론적 · 학문적 배경을 완성하였다고 해도 과언이 아니다.

이 과정에서 소네슨 특유의 관점은 흔들리지 않는다. 그가 말하는 '생태학'은 사전적인 의미의 생태학, 즉 생명체와 환경의 상호작용을 연구하는 학문과 혼동해서는 안 된다. 결과적으로 소네슨은 글과 그림의 관계, 그림의 생성 기원과 발전, 그림의 하위 범주를 19세기 후반부터 21세기 초반까지 진행된 이론적 생태계에서 재규명할 뿐 아니라, 궁극적으로는 그림과 세상의 관계에 천착함으로써 은유적 의미에서 이름 그대로 '기호학의 생태학(Semiotic Ecology)'을 체계화하고 있는 것이다.

〈그림 1-2〉 판자니 광고

〈그림 5-3〉
르네 마그리트,
〈검은 마법 La magie norie〉, 1945, 유화, 60x40cm, Musée Royaux des Beaux-Arts, Brussels, Belgium.

〈그림 5-4〉 르네 마그리트, 〈개인적 가치 Les valeurs personnelles〉, 1952, 유화, 77.5x100cm, 샌프란시스코 미술관.

〈그림 6-3〉 바실리 칸딘스키, 〈구성 4〉, 1911, Oil on canvas, 160×251cm,
노르트라인-베스트팔렌 미술관.

〈그림 7-5〉 치우르리오니스, 〈별의 소타나〉 중 〈알레그로〉, 1908, Giclée quality print on canvas, 72.2×61.4cm, M. K. Čiurlionis National Museum Of Art.

〈그림 7-6〉 치우르리오니스, 〈별의 소타나〉 중 〈안단테〉, 1908, Giclée quality print on canvas, 73.5×62.5cm, Lithuanian Art Museum.

〈그림 8-3〉 카츠시카 호쿠사이, 〈후지산 36경〉 중 〈가나가와의 파도 아래〉,
1830-1832, 판화, 25.5×37.5cm, 기메국립아시아 미술관.

〈그림 10-1〉 코레조, 〈목동들의 경배(성스러운 밤)〉, 1522, Oil on wood, 256.188cm, Alte Meister Gallerie, Dresden.

〈그림 10-2〉 조르주 드 라투르, 〈성 요셉에게 나타난 천사(성 요셉의 꿈)〉, 1640, Oil on canvas, 93×81cm, Musée des Beaux-Arts, Nantes.

〈그림 10-3〉 조르주 드 라투르, 〈목동들의 경배〉, c. 1640s, Oil on canvas, 107×131cm, Louvre, Paris.

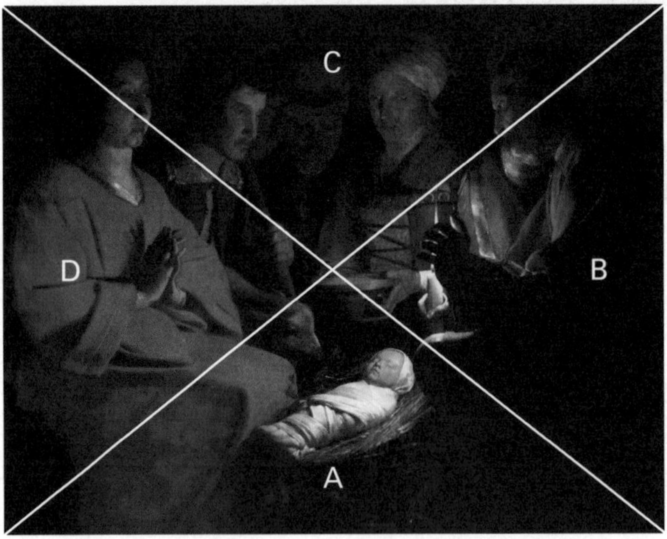

〈그림 10-4〉 〈목동들의 경배〉 사분면

III

시각기호학 연구의 하위 장르

사진

회화

광고

만화·애니메이션

영화

디자인

뉴미디어

문자·이코노텍스트

9. 사진

사진기호의 위상

사진은 오늘날의 영상문화를 촉발한 매체이다. 이에 따라 시각기호학의 영역에서 사진기호학은 전통적인 회화 연구와 같이 가장 앞서서 다루어야 할 중요성을 가진다. 국외는 물론 국내에서도 시각기호학 분야의 연구 가운데에서도 사진기호학이라는 제목을 포함하는 연구는 상대적으로 많이 진행되었다. 그러나 막상 사진기호학 연구의 태동과 발전과정, 현재 사진을 둘러싼 기호학적 논의의 윤곽을 더듬어보면 사진기호학은 첫 단추가 잘못 꿰어졌을 뿐 아니라 의외로 상당히 많은 논란을 불러일으키는 분야임을 알게 된다. 이 장은 바르트 이후 사진기호학의 현황을 정밀하게 추적하고 비판하면서 대안을 제시해온 소네슨의 글[1]에 바탕을 두고 이를 재구성하는 입문 성격의 내용을 보인다.

1 Sonnesson, G., "Semiotics of Photography: The State of Art", P. P. Trifonas ed. *International Handbook of Semiotics*, 1, New York/London: Springer, 2015, pp. 417-483.

우선 사진은 일반적으로 알려진 것처럼 도상기호일 뿐 아니라 지표기호이기도 하며, 무엇보다도 시각기호이다. 혹은 사진의 특성은 그것이 도상이나 지표기호에 속한다는 사실 이외의 것에서 도출된다. 소네슨은 시각기호를 세 가지의 기능적 기준으로 나눈 적이 있다.[2] 첫 번째 기준은 구성유형, 즉 기호 가운데에서 표현 면과 내용 면의 결합 양상의 차이이며, 두 번째 기준은 수단과 목적 범주, 즉 광고, 뉴스, 캐리커처, 포르노 사진 등 사회적으로 의도된 효과에 따른 분류이다. 세 번째로는 채널별, 즉 그림엽서, 포스터, 그래피티 등 시각기호가 유통되는 수단에 따른 분류이다. 다만 이 분류는 외재적인 기능을 둘러싼 것이므로, 프라하학파나 옐름슬레우와 같이 기호 기능 등의 기준을 채택하는 기호의 내재적 분류에서는 예를 들어 '구성유형'은 변수가 된다.

시각기호의 기능적 분류가 가지는 효용성에도 불구하고 다른 시각기호들과는 달리 사진의 경우는 순전히 기호학 내부에서만 논의되어 왔다. 바르트와 같은 초기 기호학자들은 시각기호의 두 국면을 유연적(motivational) 관계로 연결하고자 하는 입장을 취해왔으며 이는 특히 사진기호의 경우에서 더욱 강조되었다. 반면 에코는 사진을 다른 시각기호들과 동등한 것으로 간주하였다. 즉, 사진 역시 구두기호와 마찬가지로 자의적이란 것이다. 린드켄스는 이러한 관점을 더욱 발전시켜, 심지어 실험을 통해 이를 도식으로 입증하려고 하였다.

최근에는 사진에서 지표적 성격을 규명하려는 제3의 움직임이 진행되었다. 이 진영의 대표적 이론가들로 방리에(H. Vaniler), 뒤부아(P. Dubois), 쉐퍼(J. M. Schaeffer) 등을 들 수 있으며 이들의 입장이 반영된 사진작가로는 크라우스(R. Krauss)를 손꼽을 수 있다. 얼핏 보기에는 사진이 시각기호의 한 특별한 변이체라는 이러한 모색은 만족스러운 것으로 보인다. 그러나

2 Sonnesson, G., *Methodes and models in pictorial semiotics*, Lund, Semiotics Seminar, 1988.

사진의 본질에 관한 한 그러한 해법은 아직도 미흡한 것이다. 사진기호는 시각기호의 변이체라기보다는 전혀 다른 성질의 것일 수도 있다. 게다가 쉐퍼류의 입장을 반영하여 사진은 지표적 성질을 가진다고 인정하더라도, 우리에게는 여전히 사진 지표는 이 세상에 녹아들어있는 다른 지표들과는 다름을 규명하는 일이 남는다. 크라우스는 포스트모던 회화가 사진의 지표적 원칙을 다른 예술에 전이한다고 생각하지만, 이 경우에도 이 포스트모던 작품들이 본질적으로 대상과 닮은 사진과 왜 이렇게 차이가 나는지를 설명해야 한다.

지금까지의 개관에서 본바, 사진, 더 나아가 사진기호의 본질은 많은 선행연구에도 불구하고 아직 그 모습을 드러내지 않았다. 실은 이 점이 사진기호학이 시각기호학, 더 나아가 기호학 전반에서 위상을 가짐을 반증하는 것이다.

선구자 바르트의 공·과

바르트의 판자니 광고 분석이 시각기호학의 효시로 기록된다면 사진기호학의 경우는 이를 앞선다. 1961년에 발표된 바르트의 논문 「사진 메시지」[3]가 사진기호학의 효시인 것이다. 이는 저 유명한 「이미지의 수사학」[4]을 3년 앞선 것이다. 첫 번째 논문이 첫 문장부터 보도 사진을 중심으로 놓은 데 비해 두 번째 논문은 광고 사진을 분석대상으로 하고 있음은 이미 널리 알려진 사실이다. 이 두 논문은 바르트 특유의 기호학이 소쉬르, 더 정확히는 옐름슬레우(L. Jelmslev)를 승계하였음

3 Barthes, R. "Le message photographique," *Communications* 1, 1961, pp. 127-138.

4 Barthes, R.,. "Rhétorique de l'image," *Communications* 4, 1964, pp. 50-51.

을 보여주었다. 첫 번째 논문이 표현 면과 내용 면으로 구성되는 옐름슬레우 모델을 사진에 적용한 것이라면 두 번째 논문은 적어도 외견상으로는 하나의 특정 사진을 대상으로 하는 텍스트 분석을 보여준다. 이 두 논문에서 바르트 기호학의 가장 큰 이슈인 '약호 없는 메시지'론과 대립개념 '공시(connotation)', '외시(dénotation)'의 오해가 나온다.

> 사진 메시지의 내용은 무엇인가? 사진은 무엇을 전하는가? (…) 현실을 사진으로 옮기기 위해 그 현실을 기호라는 단위로 나눌 필요는 없다. (…) 대상과 그의 이미지 사이에 중계, 즉 약호를 개입할 필요는 없다. (…) 따라서 여기에서 사진 이미지의 특수한 지위가 나타난다. 그것은 약호가 없는 메시지이다.[5]

사진은 약호가 없다는 바르트의 견해는 아마도 유일하게 이후의 저서에서도 일관되게 유지되는 사항이다. 후기 구조주의의 다양한 분야들을 열었던 철학자로서 바르트의 사유는 수많은 영역을 가로지르던 활동을 마감하는 유작 『밝은 방』[6]에서 다시 사진과 만난다. 여기에서 사진 연구자라면 일종의 공리라 믿는 스투디움(studium)과 푼크툼(punctum)의 개념이 설파되었다. 주지하듯 스투디움은 독자의 선행 지식을 통해 사진 이미지에 내재한 기호들을 해석함으로써 얻는 감동이다. 반면 푼크툼이란 관객의 주체적 관점에서 만들어지는 일종의 메타 감정이다. 이에 관해 이경률은 사진은 약호가 없다는 바르트의 언명은 사진의 지표적 성질을 말하는 것이라 해석한다.

> 주체-관객의 관점에서 사진 이미지는 언어학적인 지시소나 지표의 지침 기

5 Barthes, R.,. op. cit., 1961, p. 128.

6 Barthes, R., *La chambre claire*, Paris: Seuil, 1992.

능만 갖지는 않는다는 사실이다. 사진-인덱스는 단순한 지표의 인과관계를 넘어서, 그 지시적인 유사성(혹은 인접성) 덕분으로 특별히 관객의 경험적 영역에서 환유적 전염과 엄청난 확장적인 힘을 가진다. (…) 확장의 가장 대표적인 것이 푼크툼의 확장이다.[7]

이경률은 사진 이미지와 이미지를 수용하는 관객과의 상호 주관성을 도출해내는 시선을 보였다. 바르트의 『밝은 방』에서 구체적인 장면의 시각정보는 언급하지 않았다는 사실에서 사진의 존재론적 지시대상은 관객의 상상에서 드러난다는 그의 설명은 타당한 것으로 보인다. 그러나 이는 바르트의 '약호 없는 메시지'를 대치하는 논리로는 시기적 편차를 가진다. 논의과정에서 동원한 뒤부아의 언명은 뒤에서 보겠지만 이미 바르트의 사진론을 넘어선 새로운 시각이었다. 마찬가지로 사진 이미지와 이미지를 수용하는 관객과의 상호 주관성 역시 바르트 자신의 논리를 넘어선 후대의 해석이다.

다음으로, 공시와 외시에 관한 바르트의 오해는 심각한 결과를 낳았다. 이 대립개념의 창안자는 옐름슬레우였으며, 그의 원 의도는 특정 문맥에서 선택할 수 있는 표현 면들 중 하나를 선택한 결과, 혹은 그 표현 면이 의미를 전달하는 방법의 선택에서 기인하는 간접적인 의미 혹은 텍스트적 함의를 말하는 것이었다. 그러나 바르트는 특히 아래와 같은 언명에서 보이듯, 객관적/주관적 의미로 공시와 의미를 이해하였다. 이런 차원에서 규정된 외시, 공시는 더 이상 엄격한 조작개념의 역할을 하지 못한다.

판자니라는 기호는 기업명뿐만이 아니라 그 울림으로 말미암아 말하자면

7 이경률, 「사진 영상의 상상적 의식작용과 자극-신호: 주체-관객 입장에서 본 사진 영상의 기호학적 접근」, 『기호학연구』 20, 2006, 238쪽.

"이탈리아 성"이라 할 만한 추가적 기의를 가진다. 이 언어 메시지는 따라서 외시와 공시 둘 다를 가진다. (…) 두 번째 기호 역시 거의 명백하다. 기표는 토마토, 고추, 그리고 세 가지 색상인 황색, 녹색, 적색으로 구성되었다. 기의는 이탈리아, 혹은 "이탈리아 성"이다 (…) 이 기호로 촉발되는 지식은 (…) 순전히 '프랑스적'인 것으로, 이는 관광 차원의 스테레오 타입에 근거한다(이탈리아인들은 그 고유명사가 가지는 공시의미는 물론, 아마도 토마토와 고추의 이탈리아 성을 거의 인식하지 못할 것이다.[8]

일반기호학 발전 전반에서 바르트의 기여를 부정할 수는 없지만, 시각기호학의 효시라는 논문에서 발견되는 바르트의 견해가 가지는 논리적 부실함은 이후 사진기호학의 발전 방향을 상당히 왜곡하게 되었다. 바르트 이후, 당시만 해도 첨단 매체로서의 사진과 자본주의의 총아인 광고가 가지는 매력에 이끌린 많은 연구물들이 바르트의 취약한 논리적 프레임을 무비판적으로 좇아 양산되었다. 바르트의 저작에서 나타나는 혼동은 후대의 연구에서 오히려 증폭되었다. 이들의 관심은 시각기호의 내용 측면, 더 정확히는 초기호적인 지시대상과 실제 세계에서 이것이 가지는 이념에 치우치고, 막상 이것이 어떻게 기호 가운데에서 변조되는가라는 문제는 무시되었다.

70, 80년대 서구 기호학계를 풍미하였던 광고기호학, 나아가서 '시각'기호학적 연구들은 정도의 차이는 있으나 대부분 이러한 계열에 속하는 것이었으며, 국내에서는 2000년대 이후 시각기호학의 수용과 함께 이 차원에 머무는 연구들이 마치 시각기호학 연구의 주류인 양 동시다발로 나타났던 사실을 우리는 기억하고 있다. 이에 따라 국내 기호학의 수용 역시 상당한 왜곡을 가져온 것도 사실이다. 앞에서 언급한 한 연구사례도 크

8 Bathes, R., op. cit., 1961, p. 41.

게 이 범주를 벗어나지 않는다.

바르트의 선구적 연구가 낳은 당대의 시대적 상황에도 불구하고, 플로슈가 진행한 일련의 광고사진 연구는 '조형기호학'이라는 새로운 프레임을 만나면서 좀 더 창의적 결과를 만들어내었음은 II부 6장 조형기호학에서 본 바와 같다. 같은 맥락에서 랭홀즈 레이모어(V. Langholz Leymore)는 레비스트로스의 신화 모델을 논리적으로 재구성하여 사진에 나타나는 이데올로기를 분석함으로써[9] 영상인류학(Visual Anthropology)의 성립과 발전에 기여하였다.

이러한 일부의 움직임은 바르트 이론의 혼란스러움에서 벗어나려는 시도를 보였음에도 불구하고, 여전히 사진의 본질 그 자체를 사진기호학 연구의 중심 주제로 승격시키기에는 한계를 보였다. 당대의 사진기호학 연구에서 만들어진 일반적 결론은 그것이 무엇이든, 그것이 광고 일반에 대한 결론인지 사진으로 중재된 광고에 적용되는 결론인지는 여전히 모호하며, 이는 바르트의 초기 두 논문이 범한 전철과 크게 다르지 않다. 사진기호학이 새로운 해결책을 만나기 위해서는 린드켄스와 이후의 연구자들을 기다려야 하였다.

린드켄스의 사진기호학

사진기호학, 나아가 시각기호학의 초기 이론가로서 벨기에 출신 린드켄스의 위상은 특별하다. 그는 그리 길지 않은 생애 동안(1927-1980), 『사진기호학 요강』[10]과 『시각기호학 서설: 사진, 영

9 Lanholz Leynore, V., *Hidden myth. Structures & Symbolism in advertising*, London: Heimmann, 1976.

10 Lindekens, R., *Eléments pour une sémiotique de la photographie*, Paris/Bruxelles: Didier/Aimav,

화, 그래픽』,[11] 그리고 일반에 널리 알려지지는 않았으나 이전의 연구물과 그 사이의 이론의 발전을 종합한 국가박사학위 청구논문인 「이미지 기호학 Sémiotique de l'image」(1978)을 주저로 남겼다. 주저의 제목에서 보이듯, 린드켄스의 연구는 사진에서 시작하여 이미지 기호학의 전반을 지향하였다.

그의 주저인 『시각기호학 서설: 사진, 영화, 그래픽』은 사진기호를 통한 이미지의 도상학을 구성하기 위한 기획이었다. 여기에서 그는 협약성(conventionalité), 이중분절(double articulation) 등 초기 구조주의 언어학에서 배태된 개념들을 이용하여 시각기호의 성질을 규명하는 데 초점을 맞추면서, 특히 사진기호를 특권적인 사례로 다루었다. 린드켄스는 먼저 사진, 나아가서 모든 종류의 이미지는 도상적 특성을 통해 즉각적으로 "읽히는" 것임을 보여주려 하였다. 물론 이 과정에서 이미지 읽기는 시각 실재와의 유추(analogie), 명시적 · 암시적인 언어화(verbalisation) 과정, 이를 통한 재현(re-présentation)을 무시할 수는 없다. 이러한 과정을 통해 독자는 이미지를 호명하고 어느 정도는 구두 언어의 논리에 도움을 받아 이를 알아보게 되는 것이다. 따라서 린드켄스의 논의에서 구두 언어의 우월성은 여전히 유지된다. 이미지는 고정된 것이든 아니든 이미 "그곳에 있는 것"으로, 우리는 이를 시지각을 통해 이 세상과 우리 자신을 판독하지만, 그 배경에는 의식하든 하지 않든 구두 언어의 우월성이 있다는 것이다.

한편, 이미지는 시각적 실재와의 유추라는 문제를 던져준다. 유추란 우리가 본 대상을 재현할 뿐만 아니라, 우리가 보고 싶어 하는 세상을 재현해주기도 한다는 것이다. 다시 말해 유추란 이 세상을 읽을 때 우리의 요구에 의해 부분적으로나마 이 세상을 재구성한다는 것이다. 그러나 이 문제는 좀 더 큰 차원의 일반기호학에서 다루어질 문제이며, 사진기호학

1971.

11 Lindekens, R., *Essai de sémiotique visuelle - le photographique, le filmique - le graphique*, Paris: Klincksieck, 1976.

은 우리가 가진 반 정도의 확신을 앞서는 관찰을 설명하는 데 필수 불가결한 이론과 우리 스스로가 일부인 몇몇 가설들을 다루는 임무를 가진다. 이런 관점에서 사진 이미지는 중층의 약호를 가진다. 사진기호는 도상적 의미체의 형태를 가지며 동시에 유동대리물(analogon)이며 명시적 · 암시적 언어화의 약호를 포함한다는 것이다.

시각기호학의 발전과정에서 후학에게 남긴 린드켄스의 기여는 크다. 이론적 배경 역시 당대 일반기호학의 배경을 망라하였다. 여기에는 바르트의 전통뿐 아니라 옐름슬레우 기호학의 이해, 그레마스 기호학적 접근, 현상학, 실험심리학이 포함된다. 이와 같은 배경에서 그는 오늘날 시각기호학의 연구방법의 전범을 남겼다. 특히 그는 실험적 사실에 근거하여 연구를 진행하였다. 예를 들어 사진에서 명암차(nuance)와 대조(contraste)의 대립관계에서 명암차가 커질수록 대조는 사라지고 그 반대로도 마찬가지라든가, 브랜드 마크로 쓰이는 기하학적 도형이 초보적 형태에서부터 다양한 의미효과를 보인다는 것은 실험에 따른 결과인 것이다. 이 방법은 철학적 성찰을 통한 시스템 분석과 결합하여 앞에서 본 두 주저의 근간을 흐르며, 개별 작품의 분석에 깊이를 더해주었다.

그러나 린드켄스의 기본적 교리는 오늘날의 관점에서 보면 많은 의문의 여지를 남긴다. 예를 들어 그가 역설한 사진의 협약성과 이분법적 구성의 주요 근거는, 사진에서 대조가 커지면 명암 차이가 사라지고 그 반대도 마찬가지이며 따라서 그중 하나는 항상 실재[12]에 비해 사실이 아니라는 현상, 혹은 사진의 윤곽과 세부 요소는 정확한 대조를 이루면서 동시에 얻어질 수 없다는 사실이다.

(정확한) 재현을 위한 최상의 조건들, 즉 윤곽, 세부, 대조 등을 추구하고자 할

12 린드켄스는 이를 'image aérienne'이라 명명한다.

때, 윤곽과 세부 요소의 총체는 결정된 대조와 반비례한다는 것을 확인할 수 있다. 사진영화 이미지에서 대조는 이에 대응하는 실재 이미지와 결코 대응하지 않는다.[13]

이 구절은 당대의 사진기술로는 사진은 실재의 세상을 총체적으로 보여줄 수 없었다는 사실을 보여준다. 그런데 린드켄스가 밝힌 이 사실들이 사진의 이분법적 구성과 어떤 관계를 가지는지 납득하기는 쉽지 않다. 린드켄스는 사실의 관찰과 탐구를 사진의 질료적 측면, 즉 유화액의 작용에서 도출하였으나 이는 사진기술의 발달과정에서 관찰된 것으로 사진의 관여적 특질이 아니며, 더구나 옐름슬레우의 의미에서 표현 면에 속하는 것도 아니다. 대조, 세부, 명암차 등은 지각적 대상이므로 이를 지각의 관점에서 기술하였다면 물론 관여적인 것이 되었을 것이다. 그러나 당대의 사진기술의 한계에서 비롯된 대상의 변형, 왜곡 현상, 그가 채택한 사진기술의 용어로는 '소산(消散, dissipation)', '광행차(光行差, aberration)' 등의 현상을 곧바로 도상 약호의 특성으로 채택하고, 나아가 언어학의 기초 단위 대립 개념에 해당되는 것으로 간주한 것은 적절하지 않기 때문이다. 약호이론이나 이분법적 체계의 기본이 되는 언어학적 최소 단위인 음소는 구현되는가, 구현되지 않는가, 즉 '있는가, 없는가'의 성격을 가지는 것이라면, 시각 메시지, 특히 사진에서 대조는 연속체에서 만들어지는 정도의 문제로, 이를 분절에 의해 만들어지고 이산적 성격을 가지는 언어학적 단위와 동일시할 수는 없는 것이다.

이 문제는 린드켄스의 실험적 방법론에서 되풀이되어 일어나는 한계이기도 하지만 당대의 이론적 패러다임이 초기 구조주의 언어학적 모델에서 벗어나지 못하였음을 감안할 때, 실은 사진의 인화과정에서 벌어지는 현상을 사진언어를 구성하는 단위로 받아들인 오류보다는 사진언어, 나아

13 Lindekens, op. cit, 1976, p. 29.

가 시각언어를 실험을 통해 체계화하였던 그의 시도는 여전히 기념비적인 공헌으로 남아있다.

사진기호학의 발전: 도상에서 지표로

사진기호학의 발전은 지표성(indexicality)의 개념을 둘러싸고 본격적으로 진행되었다. 이 과정에서 우리는 몇몇 이론가들의 공헌을 주목할 필요가 있다. 소네슨을 필두로 한 방리에(H. Vanlier), 뒤부아(P. Dubois), 쉐퍼(J. M. Schaeffer) 등이 그들이다. 이들은 공통적으로 사진의 기호학적 접근에서 벌어졌던 앞선 시기의 혼란을 정리하고 동시에 사진적 지표성이라는 개념을 발전시켰다.

(1) 소네슨의 '마멸(abrasion)'론

소네슨은 1990년을 전후한 일련의 연구에서[14] 그림의 범주를 세 가지 원칙으로 나누었다. 첫 번째는 '표현 면과 내용 면의 연결'이다. 이 기준에 따라 회화와 사진은 분별된다. 두 번째는 '사회적으로 의도된 효과'이다. 이에 따라 캐리커처, 광고, 포르노그래피 등이 구별된다. 마지막은 '사회적 유통 통로'이다. 이에 따라 그림엽서, 포스터, 주간지 삽화 등이 구별된다는 것이다. 이후 소네슨은 방리에, 뒤부아, 쉐퍼 등의 연구를 리뷰하면서 이들이 그림의 범주를 혼동하였음을 지적하

14 Sonesson, G., *Pictorial concepts, Inquiries into the semiotic heritage and its relevance for the analysis of the visual world*, Lund: Aris/Lund University Press, 1989; Sonesson, G., *Semiotics of photofraphy. On tracing its index*, Lund: Semiotics Seminar, 1989.

고, 사진의 지시성을 발전시키는 노력을 하였다. 소네슨은 텔레비전, 홀로그래피, 가상현실로까지 연구대상의 영역을 넓히면서 서체학과 같은 국지적 규모의 연구와 사진의 보편적 규칙을 구별하고, 나아가 사진 기호에서 도상성의 우위를 계속 탐구하였다.

소네슨의 이와 같은 시각은 크리스터 스트룀홀름(Christer Strömholm)의 작품들을 대상으로 연구한 마르너(A. Marner)의 박사학위 논문 「캔에 담긴 감정: 크리스터 스트룀홀름의 사진에서 초현실주의 – 기호학적 탐구」(1999)[15]를 현존하는 유일한 시각기호, 문화기호학적 방법을 쓴 사진 연구로 인성하는 데서 드러난다. 마르너의 논문은 '지금 여기에서의 나'라는 일상의 상황과 관련하여 좀 더 친숙한 것 혹은 좀 더 낯선 것을 만드는 수사학적 모델을 개발하였다. 이 모델은 '지금 여기에서의 나'의 위치를 기준으로 '높은 가치'와 '낮은 가치'를 설정하고 낯섦과 친숙함의 척도를 개발하였다. 이는 시간에서도 마찬가지이다. '지금 여기에서의 나'를 기준으로 회고(retroactivity)와 재구성(reconstruction)은 과거를 구성하는 방법이고, 기대(anticipation)와 갱신(contemporisation)은 미래와 관련된다는 것이다. 수사학적 모델은 사진의 역사를 가늠하는 데에도 적용된다.

소네슨이 마르너의 연구를 평가하는 이유는 마르너가 그의 이론인 원심력과 구심력의 구별을 차용하기 때문이다. 이 관점에서는 재구성과 갱신은 실천을 포착하는 데 있어서 구심적 형상이 되고 회고와 기대는 개별적 양상에 초점을 맞춘다는 점에서 원심적이라 볼 수 있다. 마르너는 이와 같은 방법으로 스트룀홀름의 사진에 담긴 초현실주의 수사와 작가가 작가 자신을 둘러싼 신화를 만들었음을 규명하는 독보적 연구를 수행하였으며 이는 소네슨 자신의 비판적 관점을 동원하였기 때문에 가능하였다는

15 Marner, A., *Burkkänslan. Surrealism i Christer Strömholms fotographi. En undersökning med semiotisk metod*, Umeå: Umeå Universitet, 1999.

것이다.

소네슨은 사진의 본질을 지표성이라는 관점에서 접근하는 최초의 이론가였다. 사진이 지표적이라는 것은 지표의 성질 가운데에서 특히 인접성(contiguity)을 전제하는 것이며, 인접성 가운데에서도 특별한 종류, 즉 강한 인접으로 인해 기호의 기능과 동시에 진행되는 것은 아닐지라도 그 기호에 다소간 앞서서 지시대상으로 하여금 기호의 표현 면을 닦아내버리는 성질을 말한다. 사실상 사진이 '그 자리에 있었던 것(*cela a été*)'의 의미를 전달한다는 논리는 바르트가 시종일관 지켜오고 뒤부아가 지표성을 논할 때 동원한 논리이다. 그러나 이것은 지표성을 환기하는 방법으로는 매우 비간접적인 것이다. 이 논리는 단지 시간적 양상에만 주목할 뿐, 그 결과가 나오게 한 인접성이나 그 특별한 양상을 보여주지는 않기 때문이다.

소네슨은 퍼스가 내린 지표성, 가추법의 정의와 시비오크, 에코 등의 선행연구를 통해 '마멸(abrasion)'이란 개념을 제안하였다.[16] 마멸이란 어떤 것이 다소 앞선 시간에 지시대상과 접촉한 다음, 지시대상과 분리되면서 기호의 표현 면이 되었으나, 기호의 표면에 보이지는 않더라도 모종의 사건에 따르는 시각적 흔적을 남긴 지표적 관계를 말한다. 이와 같이 체계적으로 규정된 개념은 지표성의 다른 종류들과 구별된다.

지표적 관계 역시 두 가지가 있다. 여기에는 기존의 인접성, 즉 전체에서 부분으로 진행된 인접성뿐 아니라 반대로 부분에서 전체로 진행되는 '순차성(factoriality)'이 있다. 마멸의 경우는 지표적 관계에 개입되는 것은 인접성이다. 특히 이 경우는 단순한 인접이 아니라 직접적인 접촉이다. 게다가 이러한 접촉을 가능하게 한 사건은 기호를 기호로 사용하기 전에 진행되었다. 동시에도, 그 후에도 아니다. 그 결과 이 사건은 이제 기호의 표현 면으로 기능하는 개별 사례에 흔적을 남겼고 따라서 그 기호의 해석은

16 Sonesson, G., op. cit., 1989, p. 30 ff..

역사적 지식에 기반을 둔 가추법에만 전적으로 의지하지는 않는 것이다. 소네슨이 마멸이라는 정교한 개념을 제시한 것은 예를 들어 셜록 홈스가 사소한 단서들을 정교하게 관찰한다면 이 단서들의 목록에 사진을 추가하고자 하는 것이다.

(2) 방리에의 '사진 흔적'

사진의 지표성에 관한 방리에의 견해는 몇 가지 구분들로 시작한다. 먼저, 사진이 현상된 것이라면 무엇의 현상물이며 어느 정도인가라는 것이다. 이 문제에 대답하기 위해 방리에가 채택한 지표성의 정의는 역시 퍼스의 그것과는 거리가 있다. 방리에는 사진이란 직접적이며 분명한 광자의 '흔적(imprint)'이며, 따라서 이것이 묘사된 대상을 간접적이며 추상적으로 대리한다는 것이다.

> 사건이 있었다. 그 사건은 분명히 이미 존재하였다. 그러나 사진의 사건은 광자와 필름의 만남이다. 이 물리화학적 사건이 다른 사건, 즉 대상과 행동이라는 구경거리와 일치하는지, 흔적으로 현상된 광자들이 그들이 발산한 것의 신호라는 것을 안다는 것은 훨씬 복잡한 문제이며 조심스럽게 밝혀져야 한다.[17]

방리에가 원하는 것은 사진에서 유사성의 요구 자체, 즉 사진이 일상의 경험적 세상에서 발생하는 인식할 수 있는 장면과 일치하는지를 물어보자는 것이다. 방리에의 논리는 이처럼 이전의 연구가 다루지 않았던 문제들을 찾아내는 것으로 시작하지만, 바로 이어지는 내용에서 "지표들은 원인을 기호화하고 이를 볼거리로 만든다"라고 말하면서 앞에서 제시한

17 Vanlier, H., *Philosophie de la photographie*, Les cahiers de la photographie, Paris: Laplume, 1983, p. 15.

문제들을 무효화하는 우를 범한다. 사진의 경우에도 기호관계는 사진 표면과 피사체에서 만들어지는 것이지 광자나 빛 사이에서 만들어지는 것은 아니기 때문이다. 그럼에도 불구하고 방리에는 주저 『사진 철학』에서 흔적이 가지는 독특하고 다양한 성질에 주목함으로써 사진의 이해에 많은 공헌을 남겼다. 이를 열거하면 다음과 같다.

먼저 사진의 흔적은 대상 그 자체에서 만들어지는 것이 아니라 그 대상이 발산하는 광자에서 만들어진다는 것이다. 그러므로 광자 흔적은 무게가 없으며 물체의 접촉, 예를 들어 야생돼지가 진흙에 남긴 이빨자국과는 다르다는 것이다. 방리에는 광자는 질료를 구성한다고 보기 어렵다고 주장한다. 그러나 사진에서 비물질적인 것은 사진의 인화과정이지 그 결과는 아니다.

방리에가 주목하는 두 번째 사진 흔적은 흔적의 말단 성격뿐 아니라 그 거리의 특수한 양상이다. 사진 표면에서 투영되는 광자는 그 근원과는 공간적 거리를 둔다. 즉, 이들은 양에 의해 규정된다. 사진 표면을 가장 잘 차별화하는 것은 카메라가 초점을 맞추는 거리에서 유래한 광자들이다. 이 사실은 사진 흔적에 두 가지의 추상적 성격을 부여한다. 건판에 재현되는 것은 소수의 층(layer)이므로 방리에는 '시각 장의 깊음(profondeur de champ)'이란 용어 대신 '시각 장의 얇음(minceur de champ)'이란 용어를 사진 흔적의 특성으로 동원한다.

세 번째는 사진 흔적의 프레임이다. 물론 사진의 경계와 광자의 활동, 광자가 나온 장면은 일치하지 않는다. 그런데 렌즈는 통상 원형임에도 불구하고 우리는 사진이 네모난 것으로 인식한다. 방리에는 이 사실이 고대 화가들이 세상을 관찰하던 프레임 망과 다르다는 사실을 지적하였다.

네 번째는 사진 흔적의 동형적 성격이다. 광자는 엄격한 계산에 의해 공간에 피사체를 위치시키고 이를 지리학적 · 천문학적 사진에 활용한다. 그러나 방리에의 관찰은 이러한 의미에서 동형성이라면 사진에서의 공간은 실제 공간이 아니라는 점을 분명히 한다.

다섯 번째는 사진 흔적에서의 시간이다. 사진에서의 시간은 경험할 수 있는 시간이 아니라 물리적 시간이다. 노출 시간이 얼마였든 사진 흔적의 시간은 공시적이다. 그 결과는 최후의 광자가 계산된 시간이기 때문이다. 그러나 방리에는 사진에서 시간과 공간의 문제에 착안하였음에도 불구하고, 이들이 어느 정도나 개입한 것이 사진 흔적 특유의 본질인지 논의를 발전시키지는 않았다.

여섯 번째는 사진이란 통상 포지티브로 만들어지지만 이는 사진 필름에 맺힌 원래 이미지의 역전이라는 점이다. 사진은 네거티브의 네거티브이다. 이 관찰에서 흥미로운 점은, 사진의 본질은 간접적 과정의 연속이라는 점이다.

일곱 번째 관찰은, 사진 흔적은 분명히 아날로그적이지만 디지털적인 측면도 있다는 점이다. 이는 어느 부분의 픽셀들이 흰색이며 어느 부분이 흑색으로 처리되는가라는 일련의 선택이 분석되며 이는 0과 1의 컬렉션으로 기술될 수 있다는 것이다. 항공사진에서 이 픽셀들은 아날로그적으로 인식되는 것이 아니라 실제 계산의 대상이 된다. 물론 이런 과정이 일반적인 사진에도 적용되는 것은 아니지만 일반 사진에서도 확대를 해보면 잠재해 있던 디지털적인 구조를 볼 수 있다.

마지막으로 방리에가 주목한 점은 사진 흔적에 담긴 정보는 실제 세계의 장면보다 더 적은 정보와 더 많은 정보를 준다는 사실이다. 사진은 실제 세계가 가진 색채를 그대로 재현하기는 어려우므로 많은 색채정보는 소실되며 이는 현실에서는 무한히 확장되어있는 선에서도 마찬가지이다. 그러나 사진은 움직이지 않고 손아귀에 놓여있다. 일상에서 움직이는 대상에서 찾을 수 없었던 새로운 사실들을 사진에서는 쉽게 발견할 수 있다는 것이다. 그러나 이 관찰에서 주의할 점이 있다. 이러한 사실은 다 옳은 것이지만 사진을 흔적이 아니라 그림으로 파악한 것이다. 또한 이 패러독

스는 외견상 옳을 뿐이다. 이는 사진의 프레임을 넘어서지 못한 매우 제한적인 견해, 관여성의 원칙을 도입하여 모티프 그 자체에서 사라져버린 특질들을 보도록 하는 논리인 것이다.

방리에는 그의 주저를 통해 사진 흔적의 추상적 특질들을 설파하였지만 그 결과들을 예상하지는 못하였다. 그가 진행한 논의의 대부분이 사진의 자연적 본성을 옹호하고 예시에 열중하다 보니 심지어 사진기호의 유연적 성격마저도 억제되었다. 그는 사진을 단지 지시대상의 간접적 흔적으로만 파악하였으며, 사진 흔적의 한계를 대상이 아니라 흔적이 새겨지는 재료에 전가하였다.

(3) 뒤부아: 지표성의 일반이론에서 사진 지표로

방리에의 접근에 대한 반론과 보완은 동시대의 이론가 뒤부아에 의해 진행된다. 슈투트가르트 학파나 페르피냥 학파와는 거리가 멀지만 지표에 의미를 부여하는 방식으로만 보면 뒤부아는 정통적 퍼스의 후예이다. 그에 의하면 모든 지표는 표현 면과 지시대상 사이에 실재하는 물리적 연결에 의해서가 아니라 '단일성(singularity)', '지시(designation)', '입증(attestation)'에 의해서이다.[18] 문제는 모든 지표기호들이 모두 이러한 속성을 가지고 있어야 하는가이다.

이 질문에 대답하기 위해서는 지표기호에 대한 명확한 이해가 선행되어야만 하지만, 이것이 쉽지는 않다. 퍼스 자신의 수많은 정의와 사례들 모두가 서로 부합된다는 공통적인 점은 그 어디에도 없다. 게다가 후대의 기호학자들이 든 사례들을 모두 수용한다면 일은 더욱 복잡해질 것이다.

18 Dubois, P., *L'acte photographique*, Paris/Bruxelles: Nathan/Labor, 1983, p. 48 f.

그럼에도, 비록 퍼스 자신은 부정하였을지라도 그 사례들 역시 무시할 수는 없는 것이다.

그런데 뒤부아가 주장한바 모든 지표기호들이 단일, 특유한 사례를 향한다는 견해는 의심의 여지가 있다. 사진의 경우에서도 마찬가지이다. 우선, 지표라고 생각되는 기호가 항상 개별 대상을 의미하지는 않는다. 예를 들어 백과사전의 항목에 삽화로 수록된 동물은 개별 동물이 아니라 그 종(種)을 대표하고 다른 종들과 구별되도록 하는 것이다.

다음으로 모든 지표는 무엇을 지시한다는 견해이다. 예를 들어 프리젤 광고는 화살표가 지시하는 방법이 아니라 도상층들의 중개를 통해 제과점을 지시하는 것이다. 사진은 공간적 · 시간적 좌표를 가지지 않으므로 그 자신이 손가락으로 지시하듯 사물 그 자체에 관심을 끌도록 할 수 없는 것이다. 사진이 지시자가 된다는 것은 은유에 지나지 않는다.

마지막으로 지표는 무엇인가의 존재를 입증한다는 것이다. 그러나 사진의 경우에서도 이 원칙은 그대로 따를 만한 것은 아니다. 가짜 사진은 진짜와 구별되기 어렵다. 특히 디지털 기술은 실제로 존재하지 않는 사물들의 사진을 얼마든지 만들어낼 수 있다. 물론 우리는 무엇이 진짜 사진인가 하는 우리 나름대로의 기준은 가지고 있지만 이때 사진은 이미 지표의 영역이 아니라 상징의 영역에 포함되어버린다.

뒤부아는 퍼스의 이론을 그대로 받아들여, 사진의 의미론은 화용론의 영역에 녹아들 수 있으며 사진은 언어학의 전환사(shifter)와 유사하게 기능한다고 말한다.[19] 그런데 이 주장은 설득력이 없다. 예를 들어 전형적인 전환사인 일인칭 주어 '나'는 발화되는 상황과 문맥에 따라 매번 다른 의미를 가진다. 그러나 사진은 한번 만들어지면 매번 동일한 의미를 유지한다.

뒤부아는 사진이란 연기, 먼지, 정액과 태양으로 인한 화상, 그림자

19 Ibid., p. 49. ff.

와 흉터와 같은 것이라고 말한다. 말할 것도 없이 이 사례들은 다른 많은 관점들에서 비판을 받을 수 있다. 예를 들어 폐허는 그 자체가 기호인 사물의 한 질료적 부분이다. 아마도 그것은 한때 건물이었을 것이다. 그러나 이러한 사례들에서 뒤부아가 생각하는 다른 지표기호들과 차별되는 사진 지표의 특성을 도출할 수 있다. 그것은 "고립되고, 평면이며, 빛나고 불연속적"이다.[20]

'고립되었다'는 것은 '거리'를 내포한다. 그 거리는 공간적일 수도 있고 시간적일 수도 있다. 매우 미미하기는 하지만 이러한 시간적 거리가 보이는 경우로 뒤부아는 폴라로이드 사진의 사례를 든다. 마찬가지로 실루엣 사진에는 공간적 거리가 있다. 이 두 가지의 거리는 기성품, 해프닝, 공연, 바디 아트 등의 지표기호에서는 지워진다. 이들에서는 지시대상이 곧 기호이기 때문이다. 이러한 견해에도 여전히 의문이 남는다. 물론 사진에는 시간적 거리가 있으며 공간적 거리 역시 실루엣 사진에는 대상과 화면 사이에 존재한다. 그러나 방리에가 말하였듯, 대상과 사진 사이의 접촉은 광자가 담당하며 이 사실 자체가 거리를 만들어내기에 충분하다. 어떤 경우에도 이러한 공간적 인접성은 사진의 생산에서 만들어지는 것이지 사진의 수용현장에서 나오는 것은 아니다.

사진 지표는 빛의 흔적이며 불연속적이라는 견해에 대해서는 별로 보탤 말이 없다. 그러나 여기에도 일종의 역설이 있다. 카메라의 암실은 대상과 그림으로서의 표현 면 사이의 인접성을 줄임으로써 형상을 만든다. 이는 사진이 대상과의 접촉에 의한 수단을 동원하지 않으면서도 사진 흔적을 다시 실제의 세계로 돌려보내는 임무를 가지고 있다는 것이다. 결국 사진의 지표성을 보완하는 것은 일종의 협약성이며 이는 도상적 기능에 할당된 것이다. 이 문제는 쉐퍼가 천착한 부분이다.

20 Ibid., p. 94.

(4) 쉐퍼: 유사함의 흔적

쉐퍼의 주저 『불안정한 이미지』[21]가 지금까지 사진기호학 연구에서 가장 큰 공헌을 해왔음은 의심의 여지가 없다. 앞에서 보았던 린드켄스, 방리에, 뒤부아의 이론을 비판적으로 접근할 수 있었던 것도 쉐퍼의 견해에서부터 비롯되었다. 사진기호학에서 쉐퍼가 천명한 사실들은 다음과 같다.

- 사진은 구두 언어 기호에 적용되는 식의 협약성으로는 설명할 수 없다.
- 사진에는 지표적 요소뿐 아니라 도상적 요소도 있다.
- 사진은 지각의 단위로 이해되어야 한다.
- 지각은 광학 사진과는 달리 디지털적이 아니며 포토그램을 사진의 중심 사례로 보지 않는다.
- 사진의 이해는 이를 이미지의 한 종류라 보는 데에서부터 시작한다.
- 사진은 본질적으로 시간과 공간과 관련된다.

쉐퍼는 에코 역시 다른 기호학자들과 마찬가지로 협약성을 학습된 것, 규칙의 현전을 요구하는 것이라고 보았다고 비판한다. 에코는 학습은 경험에서 비롯되는 것이며 이는 자연세계를 관찰하는 데서 시작하며, 다시 이것은 가끔 동일한 사건이 되풀이되는 것이라고 생각하였다. 여기까지는 틀리지 않았다. 진리가 없다면 삶이나 관찰에서 학습되는 것은 없으며, 모든 가르침은 자의적으로 명기된 확인된 사항을 전달하는 것이다.

그러나 예를 들어 도로에서 물웅덩이를 만났을 때 우리가 가장 먼저 비가 왔다고 생각하는 것은 다른 가능성을 일단 제거하는 일이다. 쉐퍼는 물웅덩이를 비가 왔음을 지시하는 사실이 아니라 예를 들어 수도관이 파

---

21 Schaffer, J. M., *L'image précaire*, Paris: Seuil, 1987.

열되었거나 길거리 청소의 결과로 볼 수 있음을 강조하면서 섣부르게 결과를 내리는 방식, 즉 학습에 의한 해석을 경계하였다. 사진의 본질에 관한 위의 언명들은 이러한 쉐퍼의 방법론에서 기인한 것이다.

쉐퍼는 사진 기호를 지표적 도상기호(indexical icon) 혹은 도상적 지표기호(iconic index)로 파악하면서 경우에 따라 다른 의미로 받아들이기를 제안한다. 그러나 사진은 기본적으로 지표적 도상기호이다. 실제로 사진은 다른 것들과 함께 수많은 지표들을 담고 있기 때문이다. 예를 들어 사진이 찍힌 앵글, 사진이 찍힐 때 있었던 빛의 조건, 사용한 필름의 종류 등이 사례이다. 우리는 이런 지표들을 사후에야 읽어낼 수 있으며 이는 자연스러운 일이다.

사진기호학은 아직도 매우 젊은 분야이다. 이 분야는 바르트에 의해 시작되었지만 그는 사진기호를 일종의 동어반복으로 간주함으로써 처음부터 사진기호학의 중요한 의제를 한쪽으로 밀어넣어 버렸다. 린드켄스 역시 사진기호학의 창시자이지만 그는 사진을 자의적 기호로 보는 분명히 잘못된 주장을 함으로써 역설적으로 후대에서 사진의 본질을 둘러싼 논쟁을 촉발하는 기여를 하였다. 사진기호학의 발전에 가장 큰 기여를 한 것은 방리에, 뒤부아, 쉐퍼 등의 지표론자들이었다.

그러나 이들의 견해를 자세히 들여다보면 여전히 더 발전해나갈 여지가 있다. 사진은 발자국과 같은 지표가 아니다. 발자국은 최초로 만들어진 자리에 무엇인가가 지나가거나 머물렀다는 것을 보여주지만 사진은 원천에서 이동한 것이다. 그러므로 사진은 기본적으로는 도상적이지만, 일련의 보편적인 매핑 규칙에 의해 지각적 실재에서 파생되었다는 점에서 예를 들어 서체학의 이미지와는 다른 것이다.

10. 회화

이 장은 정념의 기호학에서 발전된 빛의 의미효과 이론을 프랑스 바로크 양식을 대표하는 화가인 조르주 드 라투르(Georges de La Tour, 1593-1652, 이하 라투르로 표기)의 〈목동들의 경배 Adoration des bergers〉(1552-1530) 읽기에 적용해 보려는 목적을 가진다. 이러한 시도는 시각기호학의 보편적 연구방법을 모색하고자 하는 오래 진행된 기획의 일부이기도 하다. 정념의 기호학은 그레마스와 퐁타니유에 의해 발전되었음은 주지의 사실이지만, 퐁타니유는 이를 더욱 발전시켜 다양한 시각 메시지의 의미작용을 빛의 의미효과 이론, 즉 '빛의 기호학'으로 규명하고자 하였음은 앞에서 본 바와 같다.

우리는 그의 선구적 작업을 존중하면서도, 그가 왜 하필이면 회화의 영역에서는 상대적으로 잘 알려지지 않은 작가의 난해한 추상 작품[1]을 분

1 앞에서 본 바와 같이 퐁타니유는 리투아니아 출신의 작곡가 화가인 치우르리오니스의 〈그림 소나타〉 연작 중 〈별〉 시리즈의 〈안단테〉와 〈알레그로〉를 분석하였다.

석 모델의 적용 대상으로 정함으로써 결과적으로 빛의 의미효과라는 중요한 기호학적 이슈를 이해하기 쉽지 않은 사변 체계로 이끌어갔는지 자문하게 된다. 이 장은 그러한 의문에 대한 우리 나름의 답변이 된다.

이 장은 '바로크(Baroque)'라 불리는 미술 사조에서 생산된 회화 작품들이 빛의 기호학에서 적절한 예시가 될 것이라는 가정에서 시작된다. 특히 바로크 양식의 특성을 '빛'과 '움직임'으로 규명하는 미술사에서의 선행연구들은 이 글에 고무적인 동기를 부여해준다. 이 장에서 우리는 미술사와 미학, 나아가 철학의 관점에서 바로크 양식이 어떻게 규명되는가를 개관하고, 바로크 회화에서 '정념(passion)'이 차지하는 위상을 확인하고자 한다. 이를 통해 바로크 회화가 정념의 기호학, 나아가 빛의 기호학이 제안하는 분석방법이 적절하게 적용될 수 있는 대상이 될 뿐 아니라, 반대로 이를 통해 이 새로운 빛의 기호학이 다양한 시각 메시지를 읽어내는 좀 더 보편적인 모델이 될 수 있다는 사실을 보이고자 한다.

이 과정에서 정념의 문제가 기호학에 편입되는 과정을 일부나마 되돌아볼 수 있는 결과도 부수적으로 얻을 것이다. 다만 우리는 빛의 기호학을 구성하는 모든 논의와 결과 모두를 개별 시각 메시지 분석에 적용하기는 어렵다는 비판적 관점을 유지하고, 다른 한편으로 단 하나의 작품에 적용되는 해석과정과 결과가 일반적인 성격을 얻기는 어렵다는 점을 염두에 두고 이를 한계로 명시하고자 한다.

바로크 회화에서 정념과 빛

미술비평이나 미술사에서는 바로크를 기술할 때 먼저 그 용어의 어원을 설명하는 일반적인 경향을 보여준다.[2] 바로크는 포르투갈어의 '*barrocco*'에서 파생된 것으로, 보석 세공업자들 사이에서 "완벽하게 둥글지 않은 진주" 혹은 "매우 불완전한 원형의 진주"를 지칭하는 기술적 용어로 쓰이다가, 1740년의 『아카데미 사전 *Dictionnaire de l'Académie*』 3판에서 "비유적으로 '불규칙적인', '엉뚱한', '균일하지 않은' 등의 뜻으로 인간의 행동을 기술하는 형용사로 사용된다"고 등재되었다. 이 단어가 가지는 부정적 의미는 19세기 말 이후 활동한 박월한 미술사가인 뵐플린(Wölfflin)이 아래와 같이 바로크를 하나의 양식으로 인정하고 복권시키면서 사라지게 되었다.

> 칭퀘첸토의 (고전적) 미술과 세이첸토의 (바로크) 미술은 가치라는 측면에서는 동등하다고 할 수 있다. (…) 바로크는 고전적인 것의 몰락도 아니고 고양도 아닌, 전반적으로 아예 다른 미술이다.[3]

이어 이 단어는 1930년대부터 유럽의 사진에서는 르네상스 혹은 고전주의와 함께 짝을 이루어 등장하며, 예술 양식뿐 아니라 특히 건축에서는 한 시대를 지칭하는 용어로 자리 잡게 되었다. 이 단어의 의미가 이와 같이 다양하다는 것은 그만큼 바로크라는 예술 양식이 복잡하고 흥미로운

2 정연복, 「17세기 프랑스 회화에서의 바로크와 고전주의 I」, 『프랑스문화예술 연구』 23, 2008, 556쪽; 박기현 · 진형준, 「상상계와 바로크 미학: 질베르 뒤랑의 문화 현상에 대한 구조적 접근 II」, 『프랑스어문교육』 22, 2006, 372쪽; Tansey, R. & S. Fred., *Gardner's Art through the Ages*, 10th ed., Fort Worth: Harcourt Brace College Publishers, 1996, p. 818. 특히 Levillain, H., *Qu'est-ce que le baroque?* Paris: Klincksieck, 2003은 바로크란 용어의 역사를 별도의 장으로 다루고 있다.

3 하인리히 뵐플린 지음, 박지형 옮김, 『미술사의 기초 개념』, 시공사, 1994, 31쪽.

현상이기 때문일 것이다. 따라서 바로크 양식의 탄생 배경과 특징은 미술사의 관점에서는 물론, 미학적 · 철학적 관점에서 접근할 때 더 잘 규명될 수 있을 것이다.

먼저, 미술사는 바로크 양식의 등장을 반종교개혁 혹은 가톨릭개혁의 관점에서 설명한다. 고종희[4]에 의하면 바로크 양식은 반종교개혁 운동은 트리엔트 공의회를 통해 실현되었다. 여기에서 정립된 미술가들의 수칙 중 하나가 미술은 교화의 기능을 가져야 하고, 프로테스탄트의 공격을 피하기 위해서는 미술작품이 다루는 내용은 성서와 전승에 합당해야 하며, 주교와 사제들은 예술품 제작과 설치에 대한 감독의 의무를 강조하였다는 것이다.

고종희는 트리엔트 공의회의 수칙을 실현한 대표적 화가로 카라치(Annibale Carracci, 1560-1609)를 든다. 카라치의 〈피에타〉에 보이는 성모 마리아의 모습에서는 앞 시대에서는 볼 수 없었던 감정 표현이 나타난다. 여기에서 동원된 특별한 조형 요소는 빛과 어두움으로, 배경에서 중앙 부분을 어둡게 처리함으로써 관객이 주제에 바로 몰입할 수 있도록 하였다는 것이다. 결국 카라치로 대표되는 가톨릭개혁 회화의 특징은 강렬한 표정과 감정이며 이는 동시에 바로크 미술의 탄생 배경이 된다는 것이다.

한편, 정연복은 미학적 관점에서 바로크를 고전주의와 길항관계를 가지는 예술 사조로 파악하면서 프랑스에서의 바로크 회화의 발전을 개관한다.[5] 그에 의하면 이미 16세기 초에 빛과 움직임에 의해 입체감을 강조하여 사물의 견고함과 본질을 암시하는 경향이 보인다는 것이다. 정연복이 분석 사례로 든 코레조(Corregio, 1489-1534)의 〈목동들의 경배(성스러운 밤)〉

4 고종희, 「가톨릭개혁 미술과 바로크 양식의 탄생」, 『미술사학』 23, 2008, 350쪽.

5 정연복, 「17세기 프랑스 회화에서의 바로크와 고전주의 I」, 『프랑스문화예술연구』 23, 2008, 560쪽.

〈그림 10-1〉 코레조, 〈목동들의 경배(성스러운 밤)〉, 1522, Oil on wood, 256.188cm, Alte Meister Gallerie, Dresden. (→ 230쪽 컬러 그림 참조)

(〈그림 10-1〉)[6]는 이 글의 분석대상인 라투르의 〈목동들의 경배〉의 원형으로 보일 만큼 유사하다. 여기에서 빛은 선택된 대상인 성모 마리아에게 집중되고 전경과 후경은 희미하게 처리되어있다. 작가는 자신이 부각하고 싶은 세계를 선택함으로써 완성된 세계가 아니라 두려움과 놀라움, 긴장을 표현하였다는 것이다.

위에서 본 작품들과 유사한 모티프와 빛은 카라바조의 영향을 받은 16~17세기 북유럽 회화에서 흔히 나타난다. 랑토니(Lanthony)는 이 시기의 촛불 혹은 촛대가 등장하는 회화에서 보이는 공통적인 흥미로운 관점에

6 http://www.abcgallery.com/C/correggio/correggio2.html

서 분석하였다.[7] 촛불은 약한 광원으로, 촛불에 밝혀진 공간은 기본적으로 암실 환경에 가깝다. 일반적으로 밝기는 광원과의 거리의 제곱에 반비례하며, 이 규칙은 17세기에 이미 알려졌다. 어두움을 전문적으로 다룬 작가로 네덜란드에서 활동한 위트레흐트 학파를 대표하는 반 혼토르스트(Van Honthorst, 1592-1652)는 예를 들어 〈어린 그리스도〉에서 이 규칙을 충실히 지켰다.

그런데 이 작품에서 촛불에서 멀리 떨어진 인물들의 얼굴은 관객의 입장에서는 지나치게 어둡게 느껴지도록 표현되었다. 이와 같이 작가의 입장에서는 광원과 조명 부위를 정확하게 표현하기 어렵고 관객의 입장에서는 등장인물을 식별하기 어렵다는 이유로 다른 화가들은 광원과 대상의 거리에 따른 구별 없이 주요 등장인물은 같은 밝기로 표현하려 했다. 이때 화가들이 고안한 방법이 촛불을 등장인물의 손이나 등장인물 전체로 가리는 것이었다. 관람자는 인접한 표면의 효과들만 볼 뿐, 광원을 볼 수 없으므로 실제 광원의 강도가 회화에서 재현되지 않아도 되는 것이다.

그런데 이 방법은 관객에게는 매우 강렬한 효과를 주게 된다. 광원은 보이지 않지만 회화에 등장하는 인물은 다들 밝게 빛나고, 상대적으로 배경은 매우 어두워진다. 이와 같은 방법을 동원한 동시대 화가들의 작품은 빛과 움직임이라는 바로크 양식의 주요 요소를 적절히 활용하였다는 공통점을 가지는 것이다.

라투르의 작품에서 이 경향은 더욱 두드러진다. 라투르의 〈성 요셉의 꿈〉[8]이 전형적인 사례일 것이다. 정연복[9]이 이 작품을 읽어내는 방법은 뒤에서 진행될 우리의 라투르 읽기에 많은 시사점을 준다. 촛불은 천사의 팔

7 Lanthony, P., *Lumière, vision et peinture*, Paris: Editions Citadelles et Mazenod, 2009, p. 168.

8 http://www.abcgallery.com/L/latour/latour53.html.

9 정연복, 위의 글, 566쪽.

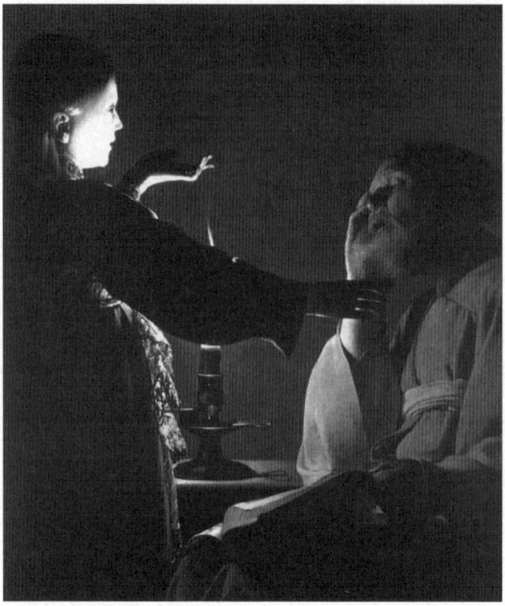

〈그림 10-2〉 조르주 드 라투르, 〈성 요셉에게 나타난 천사(성 요셉의 꿈)〉, 1640, Oil on canvas, 93×81cm, Musée des Beaux-Arts, Nantes. (➜ 231쪽 컬러 그림 참조)

에 가려져 있어 천사의 얼굴과 손등이 광원을 대신한다. 이 빛은 잠에 빠진 요셉을 감싸 안고 있다. 여기에서 빛은 천상의 세계, 깨어있음, 신성성의 은유이며 어둠은 지상의 세계, 잠 · 육체의 세계의 은유이다.

한편, 화면의 촛불은 아기천사의 들숨, 날숨에 따라 방향을 바꾸게 된다. 끝없는 정적과 고요 가운데에 변화와 움직임은 멈추지 않는다. 여기서 성 요셉이 들고 있는 책은 어둠과 빛의 경계를 이루면서 시선을 대각선으로 움직이게 하는 시작이 된다. 빛과 어두움은 상호 침투하고 동화되면서 끊임없이 변화하는 세계를 만든다는 것이다.

바로크 회화의 특징은 미술사의 관점에서 진행된 이상의 선행연구에서 어느 정도 밝혀졌지만, 우리의 논의를 위해서는 바로크 양식에 대한 좀 더 심층적인 이해가 필요하다. 예술 양식은 실은 당대의 지적 움직임을 보여주는 기호이기 때문이다. 바로크는 토마스 아퀴나스의 신학적 해석으로 설명되고 규정되었던 세상을 버리기 시작하면서 새로운 철학적 · 과학적 의문이 분출하는 시기에 개화되었다.

이에 따라 바로크는 닫힌 세상의 모든 문제들과 결별하고자 하는 최초의 현대성이라는 개념을 획득하게 되었다. 지리적 발견으로 인한 공간 확장, 인쇄술의 발견에 따른 새로운 지적 세계, 물리학과 천체학의 발전에 따르는 과학적 사고의 시작, 사상의 유통에 따르는 언어학적 개방 등이 바로 바로크가 개화하던 시기와 일치한다.

한편, 바로크란 미술 양식은 이후 개화하게 되는 '정념'의 논의와 밀접한 관계가 있다. 앙굴방(Angoulvent)은 바로크라는 예술 사조가 가지는 본질적인 속성을 철학적 관점에서 고찰하면서 필연적으로 정념의 문제와 만나게 되었다. 앙굴방은 바로크의 본질을 다음과 같이 설명한다.

> 이 모든 기호들은 바로크를 구성하는 요소들이 있음을 보여준다. 개인으로 하여금 자연 상태에서 문화 상태로 옮기도록 하는 변용, 형상들을 단 하나의 지고한 형상으로 옮기도록 하는 변용, 정념의 불안정함과 그로부터의 도피, 욕구에서 나와 부단히 움직이는 삶, 마지막으로 이성(Raison)이라는 키르케-프로테우스 커플이 그들이다.[10]

앙굴방은 또한 정념이 개별성, 정체성을 표현한다고 본다. 이 '표현'은 절대적으로는 본성에서, 상대적으로는 문화사회에서 기인하는 인간의 조건이 된다. 바로크는 무엇보다 인간의 상호 모순되는 정념들을 표현하는 양상이며, 정념, 욕구, 이성 등의 정조의 진행에 따르는 상징행위의 움직임으로 간주된다. 바로크는 인간을 인간 자신의 행로와 운명으로 이끌어주는 번민과 희망이라는 기질을 모델로 만들어냄으로써 궁극적 정념을 객관화한다는 것이다. 이와 같이 바로크라는 예술 양식과 정념은 생태적

10 Angoulvent, A. L., *L'esprit baroque(Coll. Que saisje?)*, 2rd ed., Paris: P.U.F., 1999, p. 9.

으로 불가분의 관계에 놓인다.

한편, 서양의 지성사에서 정념의 본격적인 논의 역시 바로크 회화와 동시대에 절정에 달한다. 주지하듯, 철학에서 정념의 논의는 데카르트의 마지막 저서인 『정념론*Les passions de l'âme*』(1649)에서 비롯되어 스피노자, 흄, 칸트를 거쳐 발전해왔다. 초기의 정념의 논의는 의학과 윤리학에 결부되면서 20세기에 들어와 리보(Theodule-Armand Ribot)를 대표로 하는 윤리 실험심리학의 대상이 되었다. 이에 비해 언어기호학자들은 정념을 담화의 생성과 수용에서 개입하는 주관성의 문제와 담화가 가지는 상호 주관적 힘에 관심을 가졌다. 데카르트 이래의 고전적 정념 논의는 오늘날 파토스의 서술기호학적 생성 행로를 재구성하는 밑바탕이 되었으며 기호학의 주류인 프랑스 기호학의 내부에서 정념의 기호학이 만들어지게 된 인식론적 배경의 하나가 되었다.

그레마스와 퐁타니유도 기호학이 정념의 문제를 받아들인 과정을 『정념의 기호학』에서 간략히 언급하였다. 이에 의하면 철학은 정념을 다루는 데 있어서 무엇보다 체계성과 명증성을 가진다는 점에서 기호학과 유사성을 가진다. 그런데 기호학의 입장에서 보면 정념의 철학적 접근은 특정 문화권에서 선택된 정념의 분류와 모든 개별 문화권에 통하는 연역적 계통 사이에서 갈등을 노정한다고 본다. 데카르트는 『정념론』에서 먼저 정념의 분류와 명명에서 시작하여 여섯 가지의 원초적 정념을 제시한 후[11] 각각을 기술하고 징후와 생리적 근거를 설명하였다. 그런데 데카르트의 정념론은 두 가지 이유로 기호학자의 비판을 받는다.

첫 번째, 여섯 가지 원초적 정념의 결합은 무한한 결과를 만들지만 이는 하나의 기준이 아니라 서로 중복되는 두 가지 기준을 가진다는 것이다.

11 데카르트가 원초적 정념으로 설정한 것들은 경이감(admiration), 사랑(amour), 미움(haine), 욕망(désir) 기쁨(joie)과 슬픔(tristesse)이다. 이들이 결합되면서 다른 정념을 만들어낸다.

데카르트가 제시한 첫 번째 기준은 내재적인 인종 계통학에서 나온 것으로, 이는 다소간 랑그라는 체계에 충실한 것이다. 두 번째 기준은 개별 언어(idiolectale) 계통론으로, 이는 데카르트가 특유의 생리학적 메커니즘을 고수한 데서 기인하기도 했지만 각각의 정념을 도덕적 판단을 도입하여 정의 내린 결과이다. 다시 말해 데카르트의 정념 분류는 개별 문화권의 언어에서 어휘화되지 않는 정념을 고려하지 못하고 이미 만들어진 계통학을 우선하다 보니 결국 다양한 정념을 자의적으로 명명하게 된 오류를 가진다는 것이다.

두 번째, 데카르트의 원초적 정념들은 무한한 결합이 가능하지만 중심이 되는 원칙이 부재하였으며, 이렇게 만들어진 정념의 계통은 정념이란 개별 문화마다 상대적인 소산임을 반영할 수 없다는 것이다. 결국 데카르트의 정념론은 생리학이나 신체적 기능에서부터 설명되었다는 약점을 가지며 그 결과 정념 그 자체는 정적(statique)인 것으로 치부되었다.

이에 비해 정념의 기호학에서는 고착된 정념의 결합 목록을 만들지 않고 단지 예상할 뿐이다. 이는 정념의 통합체가 가질 수 있는 위상과 공통 원칙을 고려하고, 나아가 담화 가운데에서 정념의 발생규칙과 통사규칙을 고려한다는 것이다. 이를 위해 정념의 기호학은 의미이론의 내부에 존재하는 파토스 차원의 자치성을 확인하고, 기호학 전반의 이론과 혼동되지 않고 동시에 공시적 계통론이 만들어낸 문화적 변이체에 구애받지 않는 정념의 이론을 만들어내고자 한다. 정념의 기호학은 정념이 모든 의미의 근본(fondement)이 되며 용례 안에서만 파악이 가능하다는 입장을 취한다. 따라서 분석대상은 실현된 담화 가운데의 어휘적 · 문학적 코퍼스이며, 자연언어를 도구로 사용하여 궁극적으로는 정념의 체계를 구축하고자 하는 것이다.

『정념의 기호학』에서 천명된 철학과 차별화된 목표와 전략은 『긴장과 의미』에서 좀 더 발전된다.[12] 여기에서 기호학은 정념의 문제에 관한 한 전통적인 철학적 · 심리적 정의와 단절하게 되었다. 이제 정념이란 서술 분석의 결과가 아니라 관점 변화의 결과로 대두되었다. 정념이란 먼저 긴장과 지각의 문제에 근거하고, 통합체적 · 양태적 · 양상적 구성을 가지며 발화 실천을 담당하는 것으로 간주된다. 길지 않은 정념의 기호학 역사를 되돌아볼 때, 정념의 계통학은 정념의 통사론으로 발전되었으며, 중심 의제는 양태화(modalisation)에서 양상화(aspectualisation)로, 이어 강도(intensité)의 문제로 넘어가게 되었다. 달리 말해 기호학은 정념의 개념을 연구대상으로 받아들이면서 서술 통사론에서 긴장 통사론으로 발전되었다. 구체적으로는 80년대는 어휘 분석과 정념의 역할에 치중하다가 90년대 이후에는 담화의 정념적 차원, 특히 비구두 언어에서 정념의 발현에 관심을 가지게 되었다. 이러한 노력과 과정 중의 하나가 바로 '빛의 기호학'임은 7장에서 본 바와 같다.

기호학의 관점을 벗어나 더 일반적 관점에서 보면, 빛은 모든 예술과 예술행위 그 자체, 즉 창작과 수용을 가능하게 한다. 우리의 시선은 빛을 받은 부위에 집중되며 바로 여기에서 객관적 · 물리적 세계를 넘어서는 주관적인 시각의 세계가 만들어진다. 이 세계는 또한 회화의 세계이다. 모든 회화에서 빛은 예술가가 추구하고자 하는 효과를 결정해준다. 그러나 빛은 화가를 위해 존재하는 것이 아니다.

랑토니는 이 문제에 대한 화가들의 대처방법이 가지는 미술사적 의미를 원근법과 같은 비중으로 평가한다.[13] 회화의 발전과정에서 대상의 상징적 의미에 관심을 가지는 것이 아니라 관찰한 대상의 세상을 재현하겠다면 이를 비추는 빛이 제공하는 외양을 먼저 재현하는 것이 논리적임을

12 Fontanille, J. and CL Zillberberg, *Tension et signification*, Sprimont: Mardaga, 1998, pp. 221-225.

13 Lanthony, P., op. cit., 2009, p. 12.

깨닫게 되면서 화가들은 비로소 빛 그 자체가 아니라 빛의 효과를 재현하기로 하였다. 르네상스의 원근법이 예술에서의 놀라운 발견이라면 북유럽에서 진행된 빛의 발견 역시 이에 버금가는 사건이다. 전통적인 원근법의 정의를 패러디한 것으로 보이는 다음과 같은 문제 제기는 미술사가뿐 아니라 시각 메시지에서 빛의 의미작용을 규명하려는 기호학자의 관심사이기도 하다.

빛을 받는 삼차원의 자연적 대상을 빛 효과의 모조품인 이차원의 인위적 재현으로 바꾸기 위해 화가들은 어떤 노력을 했는가?[14]

〈목동들의 경배〉에서 빛의 의미효과

시각 메시지의 분석방법이 날로 발전하고 있지만 여전히 파노프스키의 이론에 근거한 도상해석학적 분석방법은 회화 분석의 첫 단계에서는 유용한 것으로 보인다. 6장에서 본 바와 같이, 조형기호학(sémiotique plastique)을 수립한 플로슈가 시도한 칸딘스키의 〈구성 4〉 분석과 빛의 기호학을 제안한 퐁타니유의 회화 분석에서도 이와 같은 수순을 거치고 있다. 이에 따라 우리도 이 작품(〈그림 10-3〉)[15]의 분석을 도상해석학적 접근방법에서 말하는 예비 단계에서 시작하고자 한다.

라 투르는 17세기 중반 로렌 지방의 뤼네빌을 중심으로 활동한 화가

14 Zajond, A., *Catching the light. The entwined history of light and mind*, New York: Bantam Books, 1993. Lanthony, P., op. cit, 2009에서 재인용.

15 https://en.wikipedia.org/wiki/Georges_de_La_Tour#/media/File:Georges_de_La_Tour_001.jpg.

〈그림 10-3〉 조르주 드 라투르, 〈목동들의 경배〉, c. 1640s, Oil on canvas, 107×131cm, Louvre, Paris. (→ 232쪽 컬러 그림 참조)

이다 그는 평생 빈한한 삶을 살았고 고향을 거의 떠나지 않았으나 동시대의 북부 프랑스와 네덜란드에서 활동한 위트레흐트 학파를 통해 당대의 카라바조 화풍을 배운 것으로 추측된다. 미술사가인 튈리에르에 의하면,[16] 라 투르는 사후 2세기 가까이 무명의 화가로 남아있다가 1863년 알렉상드르 졸리의 『로렌 고고학회지 *Journal de la Société d'Archéologie Lorraine*』에서 최초로 언급되었다. 1915년 헤르만 보스가 낭트 미술관이 소장하던 그의 두 작품을 '예술사를 위한 아카이브(Archiv für Kunstgeschicte)'에 편입한 후 1934년 폴 자몽과 찰스 스털링이 기획한 전시회인 〈현실의 회화 Peintres de la Realité〉에서 최초로 전시되었다. 이 전시회에서 라 투르의 작품은 일반의 관심을 끌었으며, 이어 1948년에 그의 모든 작품이 전시되면서 그가 가진 천재성이 알려지게 되었다.

이 당시 북부 유럽의 화풍은 이탈리아의 카라바조가 중심이 된 바로크 양식이 주를 이루었음은 앞에서 본 바와 같다. 그는 동시대 화가들과 같이 '어두움의 장면'을 즐겨 다루었으며, 비록 작품에서 극적인 요소는 떨

16 Thuillier, J., F. Claris, trans., *Georges de La Tour*, Paris: Flammarion, 1993.

어지지만 어두움의 표현은 앞선 화가들을 능가하면서 미술사적으로는 '네덜란드의 카라바조' 양식을 종교적 주제로 변환한 것으로 평가된다. 그의 작품 대부분에서 촛불이 등장하는 배경은 이러하다.

플로슈와 퐁타니유의 선행연구를 따라 〈목동들의 경배〉를 이루는 표현 면을 분절해보자. 표현 면의 분절은 통상 기준점을 가지는데, 우리는 이 작품에 나타나는 불연속 요소들을 왼쪽에서 오른쪽, 위에서 아래로 순차적으로 기술하고자 한다. 플로슈와 퐁타니유의 분석은 비구상 회화를 대상으로 하여 불연속적 요소를 수집하기 위한 지난한 과정을 필요로 하였으나 〈목동들의 경배〉와 같은 구상 회화에서는 〈표 10-1〉과 같이 도상 요소들을 열거하는 것으로 충분하다.

구상 회화에서 쉽게 드러나는 불연속체들은 플로슈가 도출하고자 한 통합체, 즉 준상징체계(système semi-symbolique)의 요소들과 구별된다. 또한 이들은 한 텍스트에서 보이는 구성요소들이 다른 텍스트에서 유의미한 방

〈표 10-1〉 〈목동들의 경배〉에서 보이는 불연속체

	왼쪽 ——————→ 오른쪽				
화면 상하 9/10 이상	어두우나 가장자리가 상대적으로 밝은 띠				
화면 상하 9/10~2/5	3/4 정도 정면을 향하고 붉은 긴 옷을 입고 머리쓰개를 한 여자	왼손으로 지팡이를 들고 머리에 아무것도 쓰지 않은 남자 양의 머리와 등 일부	왼손으로 지팡이를 들고 모자를 쓴 남자	양손에 토기를 들고 붉은 김프와 가슴받이를 한 여자	긴 수염이 나 있고 빵모자를 쓰고 오른손으로 잡은 촛불을 왼손으로 가린 옆모습의 앉아있는 남자
화면 상하 2/5 이하			포대기로 둘러싸여 버들광주리에 비스듬히 누워 있는 갓난아기		

향으로 치환된다는 퐁타니유의 관찰과도 무관하다. 이들은 단지 파노프스키의 분석 틀이 적용되어 다양한 약호체계 가운데에서 의미가 만들어지는 과정과 결과를 설명하는 도상해석학적 단계로 바로 이동될 뿐이다. 그러나 정념과 빛의 의미작용을 염두에 둔 입장에서 〈목동들의 경배〉를 분석하는 진정한 목표는 이 작품에서 나타난 빛의 양상과 의미작용을 밝혀내는 것이다.

이제 퐁타니유의 빛 구성체론을 라 투르의 작품에 대입해보자. 빛과 움직임의 바로크 예술을 대표하는 라 투르의 〈목동들의 경배〉에서는 놀랍게도 퐁타니유가 열거한 네 가지 빛의 의미효과 아바타가 위상적으로 잘 구별되어 드러난다. 이를 확인하기 위해서 우리가 하는 조작은 〈그림 10-4〉와 같이 단지 이 작품에서 2개의 대각선을 그어 화면을 4개의 공간으로 나누는 일뿐이다.

사분면 A에서 두드러지는 빛 효과는 빛-심광이다. 양태는 '집중(concentration)'이 된다. 광원은 사분면 B의 요셉의 손에 들린 촛불임에 틀림없지만 이는 앞에서 말한 것처럼 손으로 가려져 있으며, 대부분의 빛은 바로 아기 예수를 향해 비치고 있다. 빛의 강도는 네 가지 아바타에 공통적으로 적용되지만, 이 사분면에서 상한에 가까이 나타난다. 관객은 가시 세계와 상호작용하는 자기 수용적 중재자가 되어 이 사분면에서 가장 강한 에너지를 느낀다. 물론 등장인물의 시선 방향과 작품의 구도와 같은 형태심리학적 요인이 관객의 시선을 제일 먼저 이끄는 요소이지만 이 글에서는 논의를 빛의 의미효과에만 국한한다.

사분면 B에서 두드러지는 빛 효과는 빛-질료이다. 여기에서 양태는 '확산(diffusion)'이 된다. 질료는 미세 부분, 양, 질감뿐 아니라 빛에 의해 지각되는 공간의 점거 양상을 말한다. 여기에서는 장애물에 의한 국지화의 원칙이 구현되어 공간은 비균질적으로 재현된다. 같은 사분면에서 요셉의 몸 전과 후가 그 예가 된다. 요셉의 몸 뒤는 가장 어두운 부위로, 다른 사분

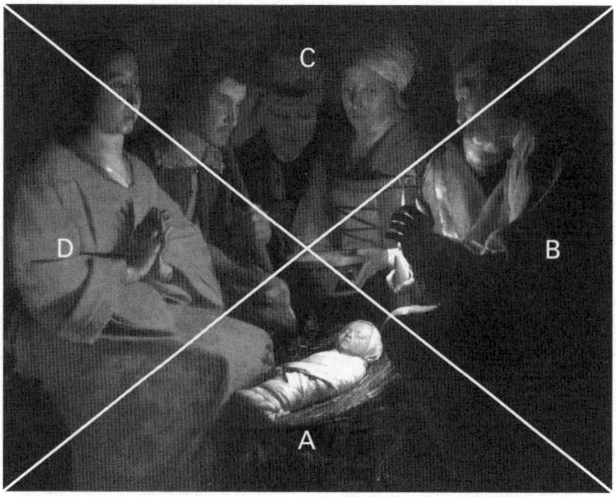

〈그림 10-4〉〈목동들의 경배〉 사분면 (➜ 232쪽 컬러 그림 참조)

면들, 특히 사분면 A와 강한 대조를 이룬다. 이와 같이 사분면 B에서는 그 내부와 외부를 망라하고 응집과 비응집의 힘 사이에서 긴장감을 유발하고 바로크 카라바지즘 특유의 입체감을 강조하여 사물의 견고함과 본질을 암시하는 전략이 실현되었다.

사분면 C에서 두드러지는 빛 효과는 빛-채광이며 양태는 '순환(circulation)'이 된다. 회화 분석에서 빛의 문제는 결국 채광의 문제로 귀결된다. 채광은 광원과 목표물의 관계를 보여주고 광원의 강도로 통제되며 공간에서 벡터의 속성에 근거한다. 빛의 순환에서 빛을 발산하는 주체와 목표물은 구별된다. 퐁타니유는 전자를 '근원-행동자(actant source)', 후자를 '목표-행동자(actant cible)'로 명명하고, 빛의 발산 단계에서 근원-행동자가 대상을 드러내주며 빛의 수용 단계에서 목표-행동자가 이를 흡수하는 것으로 설명한다.[17] 이 작품에서 물리적 광원은 사분면 B에 위치한다. 그러나 촛불의 광선 대부분은 사분면 A에 집중되고, 이에 따라 아기 예수에서 다시 반사된 빛이 이차적 광원으로 작동한다. 즉, 빛은 B~A~C로 순환하

17 Fontanille, J., *Sémiotique du visible: Des mondes de lumière*, Paris: P.U.F., 1995, p. 31.

는 것이다.

그런데 광원과 사분면 C에 포함된 목표물의 거리는 각자 다르지만 등장인물의 얼굴은 같은 강도의 빛을 받고 있다. 이는 앞에서 본 바와 같이 카르바지오의 후예들이 발견한 '촛불 가리기' 전략의 결과이다. 퐁타니유의 도식은 이 작품에서 아기 예수가 발산하는 빛이 사분면 C의 인물들에게 전달되면서 만들어내는 과정의 은유적 내용을 설명하기도 한다. 말할 것도 없이 이 빛은 아기 예수가 우리에게 골고루 전해주는 생명인 것이다.

마지막으로, 사분면 D에서 두드러지는 빛 효과는 빛-색채이며 양태는 '부동 (immobilisation)'이다. 색채는 특정 부위를 형성하며 색조와 색감의 변이체를 생산해낸다. 한편 색채는 공간에서 빛을 국한하고 위치시킨다. 여기에서 목표-행동자는 빛의 강도에 따라 고조되거나 반대로 안정된다. 색채가 만들어내는 부위는 그 자신이 행동자가 되어 목표-행동자를 자신의 속성으로 전환한다. 사분면 D는 균질적인 색상과 미묘한 색감의 변이체로 채워져 있다. 촛불은 여전히 가장 먼 목표에도 동일한 강도로 전달된다.

석양 때 가장 잘 보이는 색채는 주홍이다. 마찬가지로 회화에서 석양의 약한 빛에 대응하는 약한 광원인 촛불 장면은 노란색이나 오렌지색이 주조를 이룬다. 마리아가 입은 옷이 오렌지색인 것은 그녀가 그 옷을 입어서라기보다는 촛불의 속성과 그것이 가진 은유적 속성이 목표-행동자에게 그대로 전달되었음을 의미한다. 목표행동자는 근원-행동자의 속성을 부여받으면서 자신의 정체성은 소실된다. 마리아와 아기 예수는 동일한 속성, 즉 성스러운 존재로 범주화된다.

지금까지의 논의에서 보듯, 직관적 단초에서 이끌어낸 네 가지 빛 효과들은 긴장 공간 가운데에서 다양한 행동자들을 이끌어내면서 가치와 강도의 질적 · 양적 변조를 설명할 수 있었다. 빛이 있는 공간은 역동성을 부여하는 에너지에서 정보를 얻고 반대로 빛은 매 순간 공간에 작용하여 다양한 가치를 만들어낸다는 것을 이해할 수 있었다. 이는 반대로 라 투르의 회화가 담고 있는 의미를 좀 더 객관적으로 읽어낼 수 있는 도구로 작동하였다.

회화분석에서 '빛의 기호학'의 한계와 쟁점

우리는 빛의 의미효과 이론이 잘 적용될 대상은 빛과 움직임을 가장 중요한 요소로 가지는 바로크 양식의 회화일 것이라는 가설을 제시하고 논의를 진행해왔다. 미술 양식과 개별 작가에 관한 예비적 지식과 맥락을 얻기 위해서 여전히 시각기호학은 미술사의 도움을 필요로 한다. 바로크라는 양식이 정념의 문제, 특히 빛과 움직임을 담고 있다는 미술사가들의 가르침은 이 글의 근거를 만들어주었다. 그러나 시각 메시지의 분석에서 미술사가들이 즐겨 채택하는 파노프스키 식의 접근은 분석자의 주관적 정서와 관점을 더 자주 반영한다는 평가를 받는 반면, 퐁타니유가 제안하는 빛 구성체 모델은 좀 더 정치하면서 보편적인 회화 분석의 도구가 될 수 있는 것으로 보인다.

우리는 이 장에서 빛 구성체 모델을 개별 작품에 적용함으로써 이 작품이 가지고 있었던 다양한 빛의 양태와 그것이 가지는 의미, 더 정확하게는 그것이 야기해주는 정념의 양태를 분석할 수 있었다. 그러나 이 연구는 한 가지 작품, 그나마도 회화를 구성하는 다양한 조형 요소들, 예를 들어 등장인물의 구도, 형태, 색채 등의 변수들은 고려하지 않고 단지 빛의 문제만 다룬 것으로, 이렇게 만들어진 결과가 일반적 성격을 가질 수 있다는 생각은 처음부터 할 수 없었다.

여기에는 더 큰 딜레마가 있다. 모든 기호학 이론은 궁극적으로 모든 유형, 장르의 텍스트에 적용되어야 하는 것이지만 설화기호학이 정념의 기호학으로 발전되면서도 여전히 분석은 대부분의 경우 이야기가 있는 문학 텍스트 중심으로 진행되고 있다. 뒤를 이어 제안되는 이론들 역시 설화기호학의 큰 틀을 여전히 쉽게 벗어나지 못하고 있다는 점이다. 퐁타니유는 이와 관련하여 비구두 언어체계의 특성을 음악을 예로 들어 아래와 같이 설명한다.

(비구두 언어에서) 의미작용은 표현 면과 내용 면의 관계에서 나온다는 전통적 유형이 아니라 음을 감지하고 이를 음악으로 인식하고 다음으로 이를 해석하는 과정의 처음부터 나온다. (…) 표현의 생성 행로는 발화행위로 귀착되며 이 행로의 의미는 이 행위에서 실현된 것에 다름 아니다. 이 경우 양태화 · 서술화 · 양상화 · 공간화된 것은 발화행위 그 자체이지, 통상 말하듯 발화된 내용이 표현에 협약적으로 결부되었기 때문은 아니다.[18]

우리로서는 이 언명과 같은 책의 바로 앞 페이지에 나오는 다른 언명 사이에 보이는 괴리를 좁히기가 어렵다.

빛은 표현 면에서 물리적 세상의 형태와 한계를 드러냄으로써 표현 면에 서부터 표현의 질료를 분절해낸다. 내용 면에서 빛은 빛을 지각하는 조건을 제시하고 내용의 질료를 분절해낸다.[19]

퐁타니유의 말을 따르자면 시각 메시지의 분석에서 새로운 기호학 이론이 가지는, 혹은 가진다고 주장하고 싶을 보편성은 예를 들어 같은 비

18 Fontanille, J., op. cit., p. 24.

19 Ibid., pp, 22-23.

언어 구두체계이지만 음악의 기호학에서 또 수정되어야 한다는 의미가 될지도 모르겠다.

우리는 빛의 기호학의 모태가 된 정념의 기호학에서 일관성을 가지고 제기된 다른 이슈를 떠올리게 된다. 퐁타니유는 『보이는 것의 기호학』에서 회화와 영화를 분석하면서 양상화의 문제를 규명하는 데까지는 도달하지 않은 것으로 보인다. 앞에서 보았듯, 정념의 기호학이 종래의 서술 기호학과 구별되는 것은 정념의 계통학을 정념의 통사론으로 발전시키고 중심 의제로 양태화와 양상화를 제기한 까닭이다.

퐁타니유가 제안한 빛 구성체 이론을 되짚어보면 긴장 공간의 도식이 있으며 다시 이는 양태화와 양상화의 도식이 나타난다. 『보이는 것의 기호학』에서는 긴장 공간과 기호-서술 공간, 담화 공간과의 관계, 즉 '이산화', '전환', '소환', '유형화' 등의 과정들은 단지 서론에서만 언급될 뿐, 개별 시각 메시지의 분석에서는 적용되지 않고 있다. 그 결과 빛의 구성체 이론은 공간의 분절에서는 상당한 효과를 주었지만 막상 빛의 의미작용의 '일반이론'까지 이르기에는 미흡한 점이 있는 것이다.

만약 이것이 회화가 스토리 없는 시각 메시지라 양태동사나 양상동사로 치환될 수 없기 때문이라 설명한다면, 이는 라투르가 묘사한 '아기 예수 탄생'이야말로 서구사회에서 가장 유명하고 오래된 서사물이라는 사실을 잊고 있다는 것에 다름 아니다. 회화 분석에 관한 한 퐁타니유의 문제는 자신이 말한 것처럼 빛이 드러내준 물리적 세상의 형태를 분절해내기 매우 어려운 비구상 회화만을 염두에 두었기 때문이라는 추측이 나올 수 있다.

만약 7장에서 본 것처럼 퐁타니유가 치우르리오니스의 난해한 비구상 작품인 〈그림 소나타〉를 분석하는 대신 애초부터 정념과 운동으로 이미 미술사에서 성격이 규정된 라 투르의 〈목동들의 경배〉를 대상으로 하였다면 양태화 이론을 좀 더 구체적으로 설명하고 나아가 양상화까지도 설명할 수 있는 더 보편적인 '빛의 기호학'을 수립하지 않았을까. 시각 메시지의 분석에 관한 한 이후의 성과를 퐁타니유에게서 찾기 어려운 이 시점에서 이 일은 앞으로도 우리의 것이 될 듯하다.

11. 광고

바르트의 저 유명한 〈판자니〉 광고 분석을 시각기호학 연구의 효시로 보는 일부의 생각을 수용한다면, 광고기호학은 아마도 시각기호학의 영역에서도 적통의 자리를 요구할지도 모르겠다. 광고 특유의 압축된 메시지 전달 양상은 물론, 광고 메시지 자체가 가지는 대중성과 유희성은 일반의 관심을 끌기에도 충분한 만큼, 1990년 이래 국내 · 외를 막론하고 진행되어온 시각기호학 연구물의 상당수가 광고를 대상으로 한다. 그러나 광고기호학의 이론적 배경은 그동안 축적되어온 기호학의 배경이론들을 망라하는 만큼 결코 단순한 것은 아니다.

광고기호학의 요체는 경제학적 성격의 상품 교환에서 통상 수반되는 광고 기호의 교환을 연구하는 것이다. 이 장에서는 초기 광고기호학의 대두에서부터 진행된 광고기호학의 학제적 성격과 광고기호의 수준별 의미, 광고에 내재된 의미구조와 신화, 서사구조를 약술하고 광고 기호의 특징인 지표 세미오시스를 살펴본 후, 광고기호학을 체계화한 페니누(Georges Péninou)의 광고기호학 이론 일부를 포함하여 최근의 이데올로기 분석을 통한 광고기호학 연구 일반의 경향을 알아볼 것이다.

학제학적 성격

광고(advertising)는 경제학적 측면과 의사소통 관련 학문의 대상이다. 경제학의 영역에서 광고는 상품의 교환과정에서 하나의 요소가 된다. 기호학의 영역에서 광고는 메시지의 교환과정일 뿐이다. 이 두 학문 영역에서 별도로 다루어지던 연구는 그러므로 학제학적 기호학 연구 분야에 통합될 수 있으며 기호학은 광고의 연구방법론으로 작동하며 연구목표를 규명할 수 있다.

경제적 과정에서 광고는 수단이면서 동시에 교환의 대상이다. 광고 메시지가 상품을 구매하도록 영향을 미친다는 점에서 수단이 되는 것이다. 마찬가지로 광고는 생산의 기호이다. 광고를 광고기획자가 만들고 상품생산자가 구입하며, 이러한 과정은 글로벌 차원에서 나날이 진보되고 매체의 발전에 따라 파급된다는 점에서 광고 그 자체가 결코 무시할 수 없는 경제적 상품이며 산업이기도 하다. 예를 들어 〈표 11-1〉은 10대 국가별 광고시장의 규모와 추이를 보여준다.[1]

광고는 1960년대부터 학문적 연구의 명시적 대상이 되었다. 이 연구들의 배경이 된 인접학문은 심리학, 사회학, 인류학, 마케팅, 저널리즘, 매스미디어, 수사학, 문체론과 언어학을 막론한다. 이러한 연구 영역에서 특히 마케팅과 언어학을 배경으로 진행된 연구들은 암시적으로라도 기호학적 연구라 간주된다. 언어학의 배경을 가진 광고언어의 연구가 진행되는가 하면 마케팅의 영역에서는 상품의 판매, 구매, 소비의 연구가 가장 기

1 「2015~2017 광고시장 현황 및 전망」, https://brunch.co.kr/@andycha/5.

〈표 11-1〉 국가별 광고 지출 TOP 10

2015			2018		
1	USA	182,615	1	USA	204,861
2	China	73,601	2	China	92,562
3	Japan	36,590	3	Japan	38,181
4	UK	24,901	4	UK	28,268
5	Germany	21,412	5	Germany	23,058
6	South Korea	11,364	6	South Korea	12,137
7	France	11,278	7	France	11,544
8	Australia	10,634	8	Australia	11,528
9	Brazil	10,146	9	Brazil	10,529
10	Canada	8,768	10	Canada	10,272

호학적 연구에 가까운 형태로 진행되었다. 이 연구들은 후에 '상징적 소비 연구(symbolic consumption research)', '소비자 미학(consumer aesthetics)' 등의 이름으로 그룹화되었다.

기호와 설득 전략을 대상으로 하는 연구는 전통적으로 두 가지 극단적 축으로 진행되었다. 하나는 이데올로기 비판이고 또 하나는 통계를 동원하는 실증적인 마케팅이 그것이다. 전자는 경제적 상황이나 조건에 대한 성찰 없이 진행되었다는 비판을 받는가 하면 후자는 의미작용과 소통이라는 복잡한 영역을 배제한 나이브한 접근이라는 한계를 가진다. 물론 이 극단 사이에서 응용기호학과 소비자 상징연구는 더 풍요로운 제3의 지대를 만들 수 있다. 기호학이 이러한 공간을 만들어 내기 위한 제도적 시도는 우미커 시비오크(Umiker-Sebeok)가 주관한 1985년의 '기호학과 마케팅 국제학회'의 결과로 출판된 『마케팅과 기호학』[2]이 그 시작으로 남아있다.

2 Umiker-Sebeok, J. ed., *Marketing and Semiotics: New Directions in The Study of Signs for Sale*,

광고의 의미 해독

빅넬(A. Bignell)[3]이 말하듯, 현대 광고 중 그 어떤 것도 소비자들로 하여금 상품을 구매하라고 직접적으로 요구하지는 않는다. 이런 식의 '어려운 판매' 전략은 넓은 영역에서 수행되는 다양한 기능들에 의해 대치된다. 광고는 소비자를 매혹시키거나 퍼즐을 제공하거나 스스로의 복잡다기한 성질을 과시한다. 광고의 목적은 소비자를 의미 구조에 끌어들여 언어적 · 시각적 기호를 해독해내는 행위에 참여하고 이를 즐기도록 하는 것이다. 광고는 당대에 유통되는 기호, 코드, 사회적 미신을 활용하여 소비자가 그것을 인식하고 즐기도록 한다. 윌리엄슨(J. Williamson)도 이렇게 말한다.[4]

> 광고가 의미하는 것을 이해하는 유일한 방법은 '어떻게' 의미하는가를 발견하고 그 작업을 분석하는 것뿐이다. 광고가 '말'하는 것은 단지 말한다고 '주장'하는 것에 지나지 않는다. 광고가 그 뒤에 있는 메시지를 단순히 투명하게 전달하는 운반체라고 믿는 것은 광고가 가지는 기만 신화의 일부이다.

기호학의 관점에서 광고를 분석한다는 것은 일련의 '부자연스러운' 과업을 수행하는 것이다. 따라서 광고를 분석하기 위해서는 광고를 원래 있던 자리, 맥락에서 분리해서 보아야 한다. 가끔 광고가 위치한 맥락은 광고 자체를 분석의 대상이 아닌 것으로 만들어버리기 때문이다. 예를 들어 뉴욕의 타임스 스퀘어나 상하이 푸동 지역의 고층빌딩 벽면을 가득 메

Berlin: Mouton de Gruyter, 1977.

3 Bignell, A., *Media Semiotics. An Introduction*, Manchester: Manchester University Press, 1977, p. 33. ff.

4 Williamson, J., *Decoding Advertisement. Ideology and Meaning in Advertising*, London, New York: Marion Boyars, 2002, p. 17.

〈그림 11-1〉 뉴욕 타임스 스퀘어의 광고판

운 미디어 파사드(media façade)의 광고들은 더 이상 광고라기보다는 도시의 한 모습으로 인식되면서 자본주의가 만들어낸 대도시의 환경, 생태계를 구성한다.

대중작가들은 광고 장르에 숨어있는 의미를 해독해내는 일을 즐긴다. 이데올로기 연구가들은 광고가 그런 내밀한 전략으로 대중을 기만하는 것을 비판한다. 기호학에서는 광고의 의미가 가진 다양한 층위들이 관심의 대상이 되었다. 이를 규명하기 위해 광고기호학은 앞에서 본 대부분의 개념적 배경들을 다시 활용한다.

(1) 내포의미와 이데올로기

바르트의 〈판자니〉 광고 분석을 비롯한 초기의 광고기호학에서부터 옐름슬레우의 내포의미(connotation), 외시의미

(denotation) 이론은 단골로 등장한다. 외시의미가 기호의 사전적 의미에 해당한다면, 내포의미는 이 일차적 수준의 의미 저변에 숨어있는 내용 단위를 지칭하므로, 내포이론은 광고의 '숨어있는' 층위의 의미를 가장 설명하기에 가장 적절한 이론이 된다.

바르트는 내포의미는 문화적 근거를 가지며 따라서 코드화된다고 보았다. 내포기호의 기표는 '내포자(connotateur)'라 불리며 이는 광고에서 '내포체계(système connotatif)'에 녹아든다. 이러한 내포자들의 총체가 결국 광고를 만드는 것이다. 이러한 정의에서 수사는 표현의 차원에서 만들어진다. 이에 해당하는 내용의 차원에서는 내포자의 체계는 주어진 사회의 이데올로기로 나타난다. 수사와 이데올로기는 기호를 만들며, 여기에서 수사는 표현 면이 되고 이데올로기는 내용 면이 된다.

바르트의 논리는 초기 광고기호학자들에게 많은 영향을 주었다. 예를 들어 페니누는 한 잡지와의 인터뷰[5]에서 바르트가 에콜 프라티크에서 진행한 일련의 세미나에 참석하고 바르트의 〈판자니〉 광고 분석, 정식 명칭으로는 「이미지의 수사학 Rhétorique de l'image」에서 광고기호학 연구의 계기를 찾았으며, 당시의 동료들과 결성한 광고연구소(Institut de Recherches et d'Etudes Publictaire)에서 연구자로서의 이력을 만들어갈 수 있었다고 밝힌다. 바르트 스스로도 자신의 이론을 패션잡지의 연구로 확장해나갔음은 잘 알려진 사실이다.

(2) 광고의 코드

코드는 정의상 모든 문화적 커뮤니케이션의 저변에 놓인 지식의 체계이므로 광고와 같은 다차원 기호체계의 메시

5 *Zoom*, n° 13, 1972 7-8. 조르주 페니누 지음, 김명숙 · 장인봉 옮김, 『광고 기호 읽기』, 서울: 이화여자대학교 출판부, 1972/1998, p. 17에서 재인용.

지나 숨겨진 메시지의 의미를 규명하는 데 유용한 개념이다. 광고 분석에서 최초로 코드 개념을 동원한 바르트는 저 유명한 〈판자니〉 광고에서 세 가지 유형의 메시지를 구별하였지만 이 가운데 두 가지만 코드화되어있다고 주장하였다. 첫 번째는 언어 메시지로, 이는 언어의 코드에 입각해 있다. 광고에서 언어 메시지는 브랜드 이름이나 구두 코멘트, 흔히 '카피'라 불리지만 정식 명칭은 'advertising copy' 혹은 'slogan'으로 불리는 부분을 만든다. 다른 두 유형의 메시지는 이미지 부분에서 나온다. 하나는 '코드화되지 않은 도상'으로 실제의 대상을 유사하게 지시하는 사진 이미지로, 여기에서 기표와 기의는 '준동위적(quasi-tautological)' 관계에 놓인다. 다른 하나는 코드화된 도상 혹은 '상징' 메시지이다. 상징은 그림의 내포의미를 포함하면서 그 상품의 '이미지'를 만든다.

광고약호에 관한 한 다시 에코(U. Eco)를 재소환하지 않을 수 없다.[6] 에코는 먼저 광고에서 구두 목록과 시각 목록을 구별하고, 다섯 가지 종류의 시각 코드화 수준을 열거하였다. 이를 정리하면 다음과 같다.

▷ 도상(iconic) 수준. 바르트의 코드화되지 않은 도상 메시지와 유사한 개념
▷ 도상학적(iconographic) 수준. 역사적 · 문화적 장르 합의에 기반을 둔 수준
▷ 전의적(tropological) 수준. 수사 문체의 시각적 대응물
▷ 주제적(topic) 수준. 논증의 가설과 주제의 수준
▷ 생략 삼단논법(entymematic) 시각적 논증의 실제 구조. 이는 이미지들의 병치로 암시되는 완성되지 않는 삼단 논법이다.

6 Eco, U., *La struttua assente, trans. Einführunh in die Semiotik*, Mümchen: Flink, 1968/1972, p. 271.

(3) 광고 메시지의 원형

다양한 기호학적 수단과 전략이 개발되었음에도 불구하고 광고는 여전히 공고한 의미론이나 화용론의 영역에서는 하나의 텍스트로 간주된다. 화용론의 관점에서는 광고의 모든 과정은 상품 교환의 목적을 가진 메시지 교환이라는 기호학적 행위이다. 의미론의 관점에서 광고는 판매 혹은 구매에 결부된 상품에 관한 메시지일 뿐이다. 광고는 이러한 단순 불변의 텍스트이므로 의미론적으로는 극단적으로 닫힌 텍스트로 간주되며 의미론적으로 열린 시와 대립한다.

모든 소비자는 광고 장르가 전달하는 핵심 메시지에 익숙하다. 그러나 광고 메시지의 불변체 중 일부는 광고의 표면구조에 위장한 채로 숨어있다. "엄폐 전략(strategy of occultation)',[7] 즉 경제적 이해관계를 지시하는 그 어떤 언급도 광고 메시지에서는 회피되거나 위장된다. "X를 사시오"라는 것이 대부분의 광고들이 직설적으로 표현하고 싶은 '구매 호소'이지만 이는 자주 "X를 즐기시오"라는 '소비 호소'로 대치된다. 마찬가지로 광고에서 소비자에게 향하는 호소는 광고제작자나 상품제작자가 아니라 대부분의 경우 메시지를 불편부당하게 전달하고 발언에서 권위를 가지는 (혹은 가진다고 대중이 믿는) 인물, 예를 들어 연예인 등 인지도가 높은 인물이 대신한다.

따라서 소비자의 입장에서 광고는 두 가지로 해석되는 메시지이다. 명시적, 혹은 표면적 메시지와 숨어있는 메시지가 그것이다. 숨어있는 메시지는 역하(subliminal) 의미를 담지 않고 있으나 판매와 구매의 경제적 이해관계를 그대로 반영한다. 그 실체는 표면에서는 감추어져 있을 뿐이다. 이처럼 광고에서는 이면과 표면의 내용 사이에 늘 긴장이 존재한다.

7 Charaudeau, P., *Langage et discours: Elements de sémiolinguistique*, Paris: Hachette, 1983.

(4) 텍스트 기호학

광고의 텍스트 기호학적 연구는 구조주의, 구조주의 의미론, 구조주의 언어기호학으로 이어지는 일련의 학문적 전통에서 수행되었다. 예를 들어 랭홀츠 레이모어(Langholz Leymore)는 광고에서 의미론적 보편성을 찾는 의미 심층구조를 레비스트로스의 신화 분석 구조적 모델과 그레마스의 구조의미론을 따라 규명하고자 하였다.[8] 이 연구에 의하면, 광고는 구체적인 것(상품)과 추상적인 것(기호)의 매개자이다. 광고의 의미 성격은 이분법적 구조로 나타나는데, 이는 광고된 상품의 긍정적인 속성과 경쟁 상품의 부정적인 속성의 대립이 명시적 혹은 암시적으로 나타난 것이다.

이 두 상품과 이들의 긍정적/부정적 속성은 이중적 성격의 기호를 만들며, 전자는 이 기호의 기표, 후자는 기의에 해당된다. 이 이중적 기호의 내부에서 두 상품과 그들의 질적 성질 가운데서 균형의 관계가 유지된다. 이 이분법적 대립 분석은 결론적으로 광고 역시 신화와 마찬가지로 삶/죽음, 행복/불행, 전쟁/평화, 증오/사랑 등의 보편적 인간문제에 답을 찾는 것임을 보여주었다. 이러한 보편적 주제들은 광고와 신화 모두에서 심층구조에 존재하지만 광고는 단순한 수단이므로 신화의 퇴화된 형태로 보인다.

그레마스의 기호언어학 모델은 광고 연구의 틀로 자주 사용되었다. 앞의 조형기호학 장에서 상술한 바와 같이 플로슈[9]는 『기호학, 마케팅, 커뮤니케이션』에서 광고 담화를 다음과 같이 네 가지의 가치 유형으로 나누고 기호학 사각형에 투영하였다.

---

8 Langholz-Leymore, V., *Hidden Myth: Structure and Symbolism in Advertising*, New York: Basic Books, 1975.

9 Floch, J. M., *Semiotique, marketing et communication*, Paris: Presses Universitaires de France, 1990.

- ▷ '실제적 가치'는 상품의 실질적 가치를 말한다.
- ▷ 유토피아적 가치는 실천적 가치와 대립하며 정체성과 삶에 관련하는 실존적 기초 가치이다.
- ▷ 유희적 가치는 실천적 가치의 부정 위상에 놓이며 사치, 동기 부재, 세련미, "작은 광기" 등을 포함한다.
- ▷ 비판적 가치는 실제적 가치의 부정으로 예를 들면 자동차에서 품질/가격 또는 혁신/비용 등의 상호 모순적 가치를 말한다.

(5) 지표적 기호작용

퍼스의 삼원론적 기호 유형, 즉 도상, 상징, 지표는 여전히 광고 분석에서도 차용되어 풍성한 연구를 낳았다. 퍼스의 기호 유형을 기반으로 상품의 도상적 재현과 이에 따른 소비자 양태의 비교, 은유 등의 연구가 있는가 하면[10] 광고에 나타나는 슬로건, 브랜드명, 상표 등을 상징기호로 파악하는 연구도 다수 있다.

그런데 광고제작자의 입장에서 소비자의 주목을 특정 상품에 끌려는 노력은 일종의 지시 행동이므로 이에 대한 연구는 지표적 기호의 개념을 차용하게 된다. 지표적 기호작용은 의미 부여와 이미지 창조에서도 미묘한 전략으로 만들어진다. 이러한 과정은 지표-속성(feature)상의 이전으로 기술된다. 상품의 긍정적인 속성을 도상적으로 재현하기 어려울 경우에는 가치 있는 대상, 예를 들어 잘 알려진 연예인에 인접함으로써 의미의 이전을 기하는 것이다. 이때 그 모델의 '가치 있고', '잘 알려진', 혹은 '바람직한' 대상이나 인간성이 덜 알려진 상품과 결부된다. 이러한 과정이 지표기호의 의미과정을 포함한다. 상품으로 이전된 속성은 지표기호로 성립된

10 Forcevill, S., *Pictorial Metaphor in Advertising*, London: Routledge, 1995.

다. 광고 캠페인에서 상품들이 결부되는 대부분의 내포의미들은 이러한 지표적 기호작용에 의해 만들어진다.

이에 비해 〈그림 11-2〉의 고양이용 다이어트 사료 광고는 지표의 기호작용을 넘어서는 좀 더 복잡한 구조와 내포의미를 가지는 사례이다. 일반적 통념으로는 날렵해야 할 반려동물 고양이가 바다표범처럼 살이 찌고 게을러서는 안 된다는 메시지를 바다표범과 과하게 살이 찐 고양이 사이의 도상적 유사함과 함께, 공간적으로는 비현실적이지만 대상 동물들이 가까이 있는 것으로 처리하였다. 인접성뿐 아니라 '역설'을 동원하여 전달하려는 메시지를 표현한 것이다. 게다가 바다표범의 무리에 편안히 누워 있는 고양이는 고양이의 속성을 버리고 바다표범의 모든 속성을 이전받았음을 보여준다.

〈그림 11-2〉 "고양이는 고양이다워야죠", 아이엠스 애완동물 다이어트 사료, 이제석 광고연구소.[11]

11 http://www.jeski.org/article_view.php?category=poster2&idx=178#.Woxg2pUUnrc

(6) 광고 메시지의 기능

저 유명한 야콥슨의 여섯 가지 구두 언어의 커뮤니케이션 기능 모델[12] 역시 광고의 화용론적 연구에 하나의 패러다임으로 차용된다. 이 기능들은 광고 메시지의 유형론을 규명하는 바탕이 되기 때문이다. 정보를 전달하는 광고에서는 메시지의 지시적(referential) 기능에 초점을 맞춘다. 이를 약술하고 예를 들면 다음과 같다.

- ▷ 표현적(expressive) 기능은 광고제작자의 정서를 표현하는 메시지에서 주도적 기능이 된다.
- ▷ 광고는 결국 소비자로 하여금 모종의 반응을 하도록 하는, 즉 여기서는 구매와 소비행위를 촉진하도록 권고하고 초대하는 것이 목적이므로 지령적(conative), 혹은 호격(appellative) 기능이 중요함은 말할 필요도 없을 것이다.
- ▷ 친교적(phatic) 기능은 소비자와의 접촉을 만들고 유지하는 것이다. 오늘날 웹사이트나 휴대폰 등의 디지털 매체에서 빈번히 소비자의 의지에 관계없이 스크린을 따라다니는 광고, 링크의 대부분이 이 집요한 친교적 기능이 구현된 것이다.
- ▷ 방브니스트 등의 초기 기호학에서 메타언어학적(meta-linguistic) 기능은 구두 언어에서만 나타나는 기능으로 이해되기도 했으나,[13] 이는 광고에서도 일부 나타난다. 예를 들어 상품 이름을 연호하거나 상품명이 바뀌었음을 호소하는 광고 메시지는 메타언어학적 기능을 수행한다고 볼 수 있다.

12 Jakobson, R., "Closing Statement: Linguistics and Portics," in *Style in Language*, ed. T. A. Sebeok, New York: Willey, 1960, p. 353.

13 방브니스트는 "해석하는 체계(interprétant)"와 "해석되는 체계(systèmes interprétés)"의 대립에서 구두 언어는 자신을 포함하는 모든 기호체계를 해석하는 특권을 가진다고 설명하였다. 여기에서 구두 언어 이외의 기호체계는 스스로를 설명할 수 없다는 믿음이 만들어졌다.

▷ 시적(poetic) 기능은 코드에 초점을 둔다. 광고의 경우 메시지를 소통할 때 특이하고 창의적 방법으로 다양한 수사기법을 동원한다. 광고야말로 현존하는 시각 매체 가운데에서 가장 창의적 기법을 요구하는 작품이라 할 수 있을 것이다.

특정 광고를 접한 소비자들은 그 광고에 출연한 인기 연예인은 기억하지만 도대체 그 광고가 무엇을 팔자는 것인지는 기억하지 못하는 경우가 있다. 결국 이 광고에서는 지시적 기능은 사라지고 친교적 기능이나 표현적 기능만 강조된 것으로, 실패한 광고가 되는 것이다. 위의 광고 기능의 열거에서 간단히 언급되어있지만 광고 메시지에서 작동하는 기능은 위계를 가지며 달리 작동한다. 페니누는 이를 다음과 같이 정리하였다.[14]

▷ 광고에서 제작자의 '나'는 커뮤케이션에 자신을 넣을 필요가 없다. 그는 '당신'을 우선하는 발현을 위해 사라진다. 그러므로 표현적 기능은 거의 표가 나지 않을 것이다. 그러나 이 사실이 광고제작자의 정체성을 모두 무시하는 것은 아니다. 실제 시중에 유통되는 광고 중 제작자의 특징, 예를 들어 남다른 창의성을 통해 제작자와 관련된 정보를 보여주는 경우는 있다.[15]

▷ 반대로 수신자의 특징들은 명령법, 인칭대명사 사용, 상품의 도상성, 담화 상황 등의 문법적 · 도상적 연결고리에 의해 편재한다.

▷ 지시적 기능은 가장 우세하게 작동한다. 상품은 어떤 상황에서든 대상, 주제로 머물러 있다.

▷ 시적 기능은 유사한 재현을 피하고 미학적 특성을 광고에 부여한다. 이는 광고제작자의 능력에 전적으로 달려 있으며 광고를 시적 구조를 가

14 조르주 페니누, 앞의 책, 111쪽 이후.

15 예를 들어 국내에서 '광고천재'로 알려진 이제석이 제작하는 일련의 광고는 제작자 특유의 창의적 속성을 쉽게 보여준다. 남들이 다루지 않은 모티프, 반전이 있는 스토리텔링, 은유와 함께하는 재치있는 문구 등이 그러하다.

진 메시지의 카테고리에 위치시킨다.

다양한 기호학적 수단과 전략에도 불구하고, 광고 메시지는 불변의 화용론적 · 의미론적 핵심을 가져야 한다. 광고가 상품의 지시적 핵심 메시지를 전달하는 데 실패하거나 구매행위를 촉발하는 지령적 핵심을 가지지 않는다면 그 광고는 실패한다. 이러한 핵심 메시지는 소비자 측의 광고 텍스트 장르의 일반적 인지 프레임에 속한다. 광고의 핵심 메시지가 비록 표층구조에서는 위장되어있더라도 소비자들은 자신의 텍스트 화용론적 지식의 틀을 대체물로 활용하여 이를 해독한다.

(7) 광고에서의 이데올로기

영상문화(visual culture) 연구의 대두는 시각기호학의 인식론적 전환을 요구하고 있음은 2장에서 본 바와 같으며, 이는 이 책의 말미에서 다시 언급될 것이다. 영상문화의 이념과 목표를 구현하는 데 있어 광고는 매우 적절한 시각 대상이며 동시에 영상문화의 배경 학문과 밀접한 관계를 맺는 연구대상이 된다. 특히 이러한 연구 경향은 주로 네오마르크시즘의 배경에서 미디어를 연구하는 학자들이 선호하였다. 이들의 연구를 정치한 기호학적 연구라 부르기는 힘들지만, 광고 텍스트 분석에 관한 한 하나의 흐름으로 크게 보아 시각기호학의 새로운 양상을 보여주는 미디어 기호학(media semiotics)의 영역에 수용할 수밖에 없을 것이다. 뒤에서 보겠지만 미디어 기호학은 시각기호학 연구의 발전과정에서 새로운 양상을 보여준다.

빅넬은 여성용 향수 광고를 예를 들어 광고에서의 내포의미와 여성 이데올로기 신화를 분석한다.[16] 빅넬은 가상의 광고를 설정하였으나 우리는 분석과정의 이해를 위해 전형적 향수 광고를 이용하고자 한다(〈그림 11-3〉).

광고에서 모델이 된 여성 사진은 상품 사진과 인접해 있다. 여기서부터 지표성이 작동하는 것이다. '여성의 아름다움'은 상품과 모델에서 모두 표현된다. 이 광고의 구조는 상품과 모델에 들어있는 신화적 의미가 자동적으로, 놀랍지 않게 나타나도록 한다. 향수 광고는 향수가 여성을 아름답게 만들어 준다고 직접적으로 말하지는 않는다. 그 대신 이 메시지는 광고 내부의 기호구조와 광고의 신화적 의미를 해독해내는 방법에 의해 전달된다. 그러므로 광고의 이데올로기 비판은 이 광고가 자신이 작동하는 방법을 은폐한다는 사실을 먼저 지목하여야 한다.

먼저, 이런 부류의 광고에서 다른 유형의 모델이 등장할 경우 의미가 어떻게 달라지는가를 보자. 광고에서는 다른 속성들이 부가된 다양한 모델들이 나온다. 예를 들어 '젊은/나이 든', '날씬한/뚱뚱한', '키 작은/키 큰' 등의 대립들이 그러하며, 이 대립의 리스트는 얼마든지 길어질 수 있다. 〈그림 11-3〉의 모델이 2010년대부터 왕성한 활동을 하고 있는 가수 테일러(Swift Taylor)임은 광고 하단의 브랜드 이름으로 사용된 그녀의 엠블럼에서도 확인된다. 이에 대립되

〈그림 11-3〉 여성 향수 광고의 전형

16 Bignell, A., op. cit., p. 35 ff.

〈그림 11-4〉〈샤넬 No 5〉 광고

는 향수 광고로 한 세대 전의 프랑스 여배우 카트린 드뇌브(Catherine Deneuve)의 우아함이 모티프가 된 〈샤넬 No 5〉를 들 수 있다(〈그림 11-4〉). 여기에서는 '원숙함/유치함', '우아함/조야함', '고급스러움/저급스러움' 등의 대립이 나온다.

두 가지 사례 모두에서 특정 향수의 기호인 모델이 가지는 긍정적 속성들은 각 대립에서 첫 번째 항이 가지는 긍정적 항목들로 표출된다. 각각의 첫 번째 항에 긍정적 가치를 부여하는 것이 당대 사회문화적 배경이 반영된 약호의 약호, 즉 이데올로기이다.

사례로 든 광고들은 '아름다움' 혹은 '우아함'의 도상기호로서 여성모델을 제시하였다. 페미니스트들은 광고뿐 아니라 많은 매체에서 여성을 지시하는 도상기호들은 실재 여성에 관한 억압적 이데올로기 신화를 영속시킨다고 비판한다. 향수 광고는 젊음, 날씬함, 큰 키 등 젊음의 사회적 가치를 호명함으로써 여성의 아름다움이 어떤 것인가라는 주도 이데올로기를 지지하는 것으로 기술된다. 그런데 과거 혹은 다른 문화권에서 본다면 이러한 여성의 아름다움에 관한 이데올로기적 관점은 자연스러운 것이 아니라 문화적이다. 역사적으로 앞선 시대나 지구상의 다른 곳에서 여성의 이데올로기 신화가 항상 젊고 날씬하고 큰 키는 아니다.

우리의 예를 들어 이를 좀 더 살펴보자. 중국 항저우나 타이완의 박물관에서 만나는 당대(唐代)의 미인상은 '지금 여기서' 기대하는 것과는 사뭇 다르다. 당시 미인의 조건은 이른바 삼백(三白), 즉 눈처럼 흰 피부, 치아, 손과 삼흑(三黑), 즉 칠흑같이 검고 윤기 도는 눈동자, 눈썹, 머리카락, 그리고 삼홍(三紅), 즉 앵두처럼 붉은 입술, 발그레한 볼, 분홍빛 손톱에다가 작은 발, 향기로운 체취를 꼽았다. 경국지색이라던 양귀비의 모습은 〈그림 11-5〉에 가까웠을 것이다.

〈그림 11-5〉 당대 미인의 전형[17]

다시 빅넬의 논의로 돌아가자. 광고가 만드는 신화적 의미는 통상 상품에서 초점이 맞추어진다. 광고는 상품에 모종의 사회적 의미를 부여함으로써 실제 세계에서 소비자의 취향, 트렌드와 이데올로기적으로 가치가 부여된 속성들을 내포하는 기호가 된다. 그러므로 광고는 상품, 상품의 소비자, 광고의 독자, 소비자와 상품이 존재하는 세상 모두를 독자로 한다. 이 과정에서 중심이 되는 양상은 광고가 상품의 소비자에게 접근하는 방식이다.

광고 비판은 사회 구성원들 사이의 실질적 차이는 부를 생산하는 과정과의 상이한 관계에 기반을 둔다고 주장한다. 마르크스의 자본주의 사회의 경제적 분석에서 만들어진 이러한 관점에서는 한 사회를 구성하는 실질적 기반은 개인들 사이와 다양한 계층 사이의 경제적 차이라 본다. 어떤 사람들은 고용주이며 어떤 사람들은 생산과정에 참여하는 노동자인 것이다. 그런데 광고는 이러한 사람들 사이의 실제 경제적 구별을 전혀 다른 방식, 즉 사회에서 우리의 상대적 지위와 가치를 완전히 다른 방법으로 대

17 https://www.pinterest.co.kr/pin/364510163562857651/?lp=true

치해버린다.

광고나 광고가 재생산하는 이데올로기에서는 우리는 우리가 소비하는 상품의 종류에 따라 구별된다. 사회적 지위, 특정 사회단체의 회원자격, 우리 스스로가 가지는 특별한 개인적 특성은 우리가 소비하고자 선택하는 상품에 따라 의미가 부여된다. 그러나 지표로서 다양한 상품들은 단지 최소한의 의미 차이를 가질 뿐이다. 광고의 첫 번째 기능은 특정 상품을 같은 부류의 다른 것들과 차별화하고 사회적 의미를 부여하는 것이다. 상품이 일단 자신도 그 부분인 다양한 신화적 개념으로 차별화된 의미를 부여받으면 그것은 사회적 가치를 가진 기호가 된다. 상품은 그 소비자에 대한 모종의 의미도 드러낸다.

마르크스에 영향을 받은 비평가들은 사회구조는 상품 생산과정과의 관계에 입각해 있다고 생각한다. 그러나 광고는 사회의 실제 구조를 드러내기는커녕, 우리의 정체성은 생산이 아니라 소비에 의해 결정된다는 신화에 기여한다. 그러므로 광고는 생산 수단을 가진 사람과 자신의 노동력을 팔아 대신 임금을 받는 차이에 기반을 둔 실제의 사회구조를 은폐한다. 소비자의 사회에서는 이러한 사람들과 계층 사이의 경제적 차이는 상품의 구매와 소유를 둘러싼 신화적 의미의 대안 구조에 덮어 쓰인다. 그러므로 이러한 비판적 관점에서 볼 때 광고는 이데올로기적 기능을 한다. 광고가 우리로 하여금 소비를 조장하여 마치 다른 삶의 양식을 누리는 그룹에 속한다는 착각을 하게 한다는 것이다.

그러나 실제로 광고가 하는 일은 소비문화를 소유하고 컨트롤하는 사람들의 이해관계에 종사할 뿐이다. 상식적 차원에서도 이데올로기는 우리가 사는 사회의 경제적 조건에 의해 필요한 수단이다. 그러나 세상을 통찰하는 이데올로기는 현재의 사회 조직, 즉 소비사회를 지지하고 영구화한다. 이 세상에 소속되며 이를 경험하고자 하는 개인의 욕구가 이데올로기에서 형성되며 매개되고 일시적으로나마 충족된다. 우리의 삶에 의미를 주기 때문에 이데올로기는 필요하고 쓸모가 있다. 그러나 문제는 이데올로기가 영속화하는 것이 어떤 종류의 의미인가 하는 것이다. 즉, 그 의미가 불공평한 사회 시스템을 은폐하고 자연스러운 것으로 만들지 않는가 하는 것이다. 광고는 우리의 문화에서 예를 들어 소비에 기반을 두거나 여성을 억압하는 일을 중성화하고 주도하는 이데올로기의 사회적 제도라는 비판을 오랫동안 받아왔다.

이상과 같은 광고의 이데올로기 비판 역시 이론적 문제들이 있다. 여기에서 주된 담론은 광고에서 영속화된 이데올로기 신화를 통찰하는 것이었다. 이데올로기 비판은 자신이 분석하는 대상을 자신에게서 분리하고, 광고가 이데올로기를 영속화하는 방법을 조사한다고 주장한다. 이러한 자세는 마치 과학자가 대상을 좀 더 객관적으로 파악하기 위해 대상과 거리를 두는 것과 유사하다. 이러한 분석 모델을 제창한 알튀세는 자신의 방법이 과학적이며 객관적이라 믿었다.[18] 그러나 이데올로기 비판이 가진다는 과학적 객관성은 논란의 여지가 많다. 마르크스주의 식의 분석방법이 다른 사회에 접근하는 다른 이론적 방법보다 더 과학적이라는 결정적 근거는 없는 듯하다.

과학 담론은 많은 이데올로기 가운데 또 하나의 다른 이데올로기일 뿐이다. 과학적 관점이라는 개념은 경험의 외부에 위치하여 사물의 진리를 통찰하는 특별한 능력을 가질 때 다른 모든 것들에 앞서는 지위를 자동적으로 부여받는다. 과학 역시 하나의 담론으로, 이는 자신의 코드와 고유한 사회적 의미를 가지는 언어를 사용하는 방법이다. 과학은 표면적 효과의 관찰에서 시작하여 이를 설명하는 근저에 깔린 이론을 제안하는 것이다.

18 Althusser, L., "Ideology and ideoloical state apparatuses: notes towards an investigation," in *Lenin and Philosophy*, London: New Left Books, 1971, pp. 121-173.

기호학은 과학의 가정을 빌려왔다. 기호학은 표면 효과, 즉 기표에서 시작하여 내포의미가 전달하는 신화적 의미를 드러낸다. 기호학은 또한 특정 기호 세트의 신화적 의미에서 시작하여 그 바닥에 깔려 있는 이데올로기를 드러낸다. 두 경우 모두에서 표면에 있는 것을 관찰함으로써 기호학자는 표면의 아래에 있는 것으로 향한다. 관찰에서 지식으로, 개별적 사례에서 일반적 이론으로 진행하는 것이다. 과학적 담론과 같은 가설을 수립함으로써 기호학과 이데올로기 이론은 진리라 보이는 것의 이면에 있는 진정한 진리를 밝혀낸다.

과학적 담론은 현대문화 가운데에서도 높은 위상을 가진다. 그러나 앞의 광고 분석에서와 같은 방법으로 우리는 코드화된 기호들의 사용을 비판할 수 있다. 광고 분석에서 '여성미'라는 신화적 의미는 나이 듦, 뚱뚱함에 대립하는 젊음, 날씬함 등의 긍정적 내포의미에 기반을 두었다. 그런데 과학적 진리는 주관성의 내포의미가 아니라 객관성인 긍정적 내포의미에 기반을 둔다. 일단 과학적 진리가 문화적 소산이라면, 그것의 특별한 지위는 자연적이 아니라 문화적으로, 즉 우리의 문화가 스스로와 실제를 지각하는 방법에 필연적은 아니라도 인접한 방법으로 획득되어야 한다. 과학적 진리는 여성미와 마찬가지로 신화인 것이다.

과학적 담론이 그것이 분석하는 담론들보다 반드시 상위에 있을 필요는 없지만 기호학적 분석과 이데올로기 이론이 과학적이라는 주장을 하려면 주의를 요한다. 기호학적 분석 담론은 모종의 '비자연적' 과정을 채택한다. 어떻게 광고 기호가 작동하는가를 연구하기 위해서는 연구대상이 되는 광고를 맥락에서 분리하여야 한다. 일반인들이 하는 것 이상으로 주의하여 광고의 의미가 어떻게 구성되는지 세부에까지 집중해야 하기 때문이다. 이를 통해 광고의 신화적 의미와 이데올로기적 가치에 도달하더라도 광고 읽기가 옳았다는 것은 그 어떤 기준보다도 분석의 엄격함이 따라야 정당화되는 것이다.

이러한 속성이 있다고 해서 광고의 기호학적 분석이 쓸모가 없거나 결론이 잘못되었다는 것은 아니다. 그러나 기호학자는 기호학적 방법이 야기하는 한계도 분명히 인식할 필요가 있다. 기호학은 매우 강력한 분석 담론이지만 항상 다른 것들과 싸우면서 자신의 입지를 만들어가야 하는 것이다.

12. 만화·애니메이션

만화

(1) 만화기호학을 위한 몇 가지 조건

만화를 읽는다. 어릴 적, 부모님 몰래 만화방에서 빌린 추동성(고우영)의 〈짱구박사〉나, 나중에 알았지만 일본만화를 개작한 로봇물 몇 권을 꾀죄죄한 셔츠 안에 불룩 감추고 숨죽여 대문을 열고 들어와 뒷방 구석에서 몰래 보던 만화를, 이제 머리가 희끗희끗한 나이가 되어 서재에서 떳떳이 펴놓고 읽는다.

기호학은 의사소통과 의미작용의 일반 규칙을 탐구하는 학문이다. 초기의 기호학이 기호를 규정하고 분류하는 데 관심을 가졌다면, 오늘날의 기호학은 의미이론과 미학을 수용하여 모든 미적 텍스트를 수용하고 해석할 수 있는 일반이론으로 자리매김되었다. 아마도 만화 비평사의 최근 단계에서 기호학이 수용된 것은 바로 이러한 기호학의 필연적인 발전을 염두에 둔 것으로 보인다.

기호학의 연구대상 영역이 넓다 보니 기호학이라는 이름 아래 진행되는 연구나 관점들 역시 넓은 스펙트럼을 가진다. 또한 일반 시각기호 체계를 대상으로 하는 인식론적 배경 역시 상당한 역사적 성과를 이룩한 터에, 이 중 어떤 이론을 만화 연구에 적용할 수 있을지 종잡기 어렵다. 게다가 만화는 어느 나라에서나 그야말로 아이들이나 보는 '만화(漫畫)'에 불과한 것으로 치부되어, 회화나 광고, 영화 등의 시각언어 매체들 가운데에서도 그 중심에서 밀려나 있었다. 진지한 만화 담론이 진행되기에는 이와 같이 만화의 내재적인 이유와 사회적인 제약이 있었다.

불행히도 아직 만화는 시각기호학의 발전 가운데에서 결정적인 논거로 채택된 적은 거의 없었다. 만화기호학이 만들어진다면 그것은 두 가지 측면을 충족해야 할 것이다. 그 이론은 만화의 정의는 아니더라도 적어도 만화의 본질 혹은 만화의 관여적 성질을 밝혀주어야 할 것이며, 두 번째로는 이미 상당히 진행되어온 일반 시각기호 체계 대상의 인식론적 흐름에서 벗어나지 않아야 할 것이다.

만화가 무엇인가. 놀랍게도, '만화'가 무엇인가라는 첫 번째 질문조차 흡족한 대답을 아직 찾을 수 없는 형편이다. 만약 만화를 글과 그림이 합성된 텍스트라 부른다면 당장 우피치 미술관이 소장하고 있는 시모네 마르티니의 목판화 〈수태고지〉가 700년 세월을 건너와 만화로 분류되어야 할 것이다. 오죽하면 쿤즐(D. Kunzle)은 만화를 정의하는 대신 '어떤 나라에서든, 어떤 시절에서든' 만화라고 불릴 수 있기 위해서는 일련의 분리된 그림들이 보이고, 이미지가 텍스트에 우선하며, 인쇄되어 대중에게 전달이 용이하고, 이야기는 풍속을 반영하며 동시에 현실적이어야 한다는 네 가지 조건을 들고 나와 협상을 시도하였을까.[1] 그러나 이 조건들 중 오늘

1 Kunzle, D., *The Early Comic Strip: Narrative Strips and Pictures Studies in the Europe Broadsheet from c. 1450 to 1825*, Berkeley: University of California Press, 1973, p. 2.

날의 만화 작가나 독자들은 몇 가지에 동의할까. 만화를 규정하기 위해서는 이와 같은 접근방식으로는 불가능하다.

한편 쿠퍼리(Couperie)는 "만화는 한 명 혹은 여러 명이 손으로 그린 (…) 고정되고 (…) 여러 개가 배열된 (…) 그림들로 이루어진 이야기"라고 규정하면서 영화, 사진과 같이 손으로 그리지 않은 것, 애니메이션과 같이 고정되지 않은 것, 일러스트레이션과 같이 하나로 된 것과 만화를 차별화하기 위해 애를 썼다.[2] 1970년대 초기에 성립된 이 정의를 따른다면 오늘날 실험 정신이 왕성한 젊은 작가들의 일러스트레이션이나 웹툰 등은 만화의 영역에 들어올 수 없을 것이다. 결국 이러한 정의들은 만화의 내재적 성격이든 다른 매체들과의 관계에서든 만화가 가지는 일부의 속성을 말하거나 혹은 매체의 발전을 미처 예상하지 못한 견해인 것이다.

그렇다면 만화는 어떻게 규정해야 하는가. 수다한 시각기호 체계들과 구별되는 만화만의 속성은 무엇인가. 의외로 프랑스어 단어 '방드 데시네(bande dessinée)'에서 그 해답을 찾을 수 있다. 말 그대로 만화는 개별 그림들이 연속으로 나타나 보이는 것이다. 만화는 무엇보다 '방드(bande)', 즉 띠다. 이 띠는 만화의 서술성(narrativité)을 보장해주는 중요한 매체 기능이다. 만화 작가는 이 매체의 본성을 고려하여 시나리오를 만들 수 있다. 한편 만화는 '데시네', 즉 그려진 것이다. 손으로 그리든 컴퓨터로 그리든 그것은 본질적으로 만화의 속성이 도상적임을 의미한다. 만화를 단순히 글과 그림이 합성된 '이코노텍스트'로 보기는 다소 불만스럽다. 만화의 경우 도상 요소가 텍스트 요소보다 앞선 작품 가운데에서 말풍선에 쓰여있는 글은 다시 도상화된다. 고정된 인쇄 활자뿐 아니라 작가는 얼마든지 이야기의 진행에 걸맞은 자신만의 타이포그래피를 쓸(그릴) 수 있다. 이것은 만화

2 Couperie, P., "Antécédents et définition de la bande dessinée," Herdeg, W. et Pascal, D. éd., *Comics: l'art de la bande dessinée*, Zürich: the Graphis Press, 1972, pp. 9-13.

만의 특권이다.

이 두 가지 측면, 즉 한 컷 한 컷이 구별되어있지만 결국 하나의 서술들을 이룬다는 성질과 글에 대한 그림의 우월성, 이것이 만화라는 매체의 가장 본질적인 성격으로 생각된다. 다시, '띠'와 '그림'은 서로를 규정하고 제한한다. 만화의 그림들은 한편으로는 분리되어 각각의 모티프와 사례를 보여주면서 다른 한편으로는 조형적으로, 의미론적으로 미리 규정되어있는 것이다.

만화가 단순히 연속된 그림이라면 일본의 두루마리 그림이나 병풍과 다를 것이 없다. 만화가 정말 만화다운 것은 바로 칸과 말풍선이 존재한다는 점일 것이다. 칸과 말풍선, 그리고 칸 사이의 간격 등이 만화의 일차적인 표지임에는 틀림없다. 그런데 흥미로운 것은, 칸으로 구획된 평면의 내부 공간이다. 작가가 백지에 칸을 나누는 순간, 독자들이 그 칸을 인식하는 순간, 그 칸은 전혀 다른 기호학적 성격을 부여받는다. 그 속에는 현실과는 다른 세상이 펼쳐진다는 것을 우리는 서로 안다. 그 속에 있는 말풍선은 또 하나의 다른 우주다. 칸은 단순히 페이지를 분할하는 장치가 아니다. 그러므로 반드시 같은 모양일 필요도, 같은 크기일 필요도 없다. 뒤에서 서술하겠지만 크리스 웨어의 작품에서 정교하게 나누어진 칸들이 서로 연결되어 하나의 서술문을 만들고, 심지어 하이퍼텍스트와 같은 고리 기능을 하는 칸이 뚜렷이 드러나는 것을 보라. 칸 나누기 그 자체가 철저하게 계산된 서술 장치이며 묘사 기법이다. 그것은 곧 작가의 의지이며 자신의 표현이다. 같은 기능이 말풍선에도 들어있다.

이제 만화의 본질이 거의 밝혀졌나 보다. 띠와 그림들, 칸과 말풍선이 만들어 내는 다양한 '공간지형학(spatio-topie)'적 관계들과 말풍선(혹은 그에 대응하는)에 보이는 텍스트 (혹은 거의 그림이 된) 사이에는 분명히 상동관계가 존재한다. 그 가상의 공간에서 이야기가 진행된다. 만화를 읽을 때, 우리의 망막은 시각 자극만이 아니라 공감각을 전달해준다. 만화책의 주인공이 애니메이션 주인공으로 바뀌어 우리에게 나타나 말을 걸 때, 우리는 "어, 재는 저 목소리가 아닌데!"하고 실망하기도 한다. 우리는 글을 읽고 그림을 보았지만 동시에 주인공의 목소리를 (혹은 자신의 것을) 들은 것이다.

만화기호학 역시 일반기호학의 틀에서 벗어나지 못한다면, 무엇보다도 만화의 관여적인 구성요소를 찾아내야만 할 것이다. '띠'와 '그림'이 한 축에, 그리고 칸과 말풍선이 다른 축에 속하면서 그 목록에 들 것이다. 그 다음에는 이 요소들이 맺는 관계들의 유형이 낱낱이 열거된 것이다. 만약 채색 만화라면 다시 색채 약호도 추가될지 모르겠다. 그런데 이것은 너무 재미없지 않은가? 그림이 따로 연결되어있되, 가끔 칸은 깨어지고 말풍선도 터져버리는 것이 만화답기 때문이다.

이미 도상 기호 체계에서 소위 관여적 요소의 존재 자체에 대한 회의가 있었다. 방브니스트가 예술언어란 기호가 존재하지 않는 기호체계라고 말했을 때, 만화 언어의 분석에서 시각기호의 존재 여부는 중심 문제가 아니었다. 글과 그림이 아니라 그림과 그림이 어울린 만화에서 더 이상 언어 중심주의적인 접근이 필요할까. 만화에서 도상 요소와 조형 요소들을 끌어내고, 이 요소들의 분절 양식을 연구하고 어쩌고 하는 것이 더 이상 일반기호학 차원의 이론적인 기여도 없이 번잡한 개념들만 범람하게 하고, 매우 일반적인 도식만 만들어내어 오히려 만화 언어의 일관된 기술에 이르는 데 오히려 방해가 될 수도 있다.

(2) 만화기호학 연구의 효시

만화의 발전은 시각예술의 발전과 동행한다. 만화의 기원은 동굴벽화에서 시작하여 11세기 프랑스 바이외 태피스트리(Bayeux Tapestry)를 거쳐 레오나르도 다 빈치와 18세기 전반에 활동한 영국 화가 호가스(William Hogarth), 19세기 후반의 독일 작가 빌헬름 부슈

(Wilhelm Busch) 등의 선구적 작가를 지나, 1980년대 들어 미국의 대중매체에서 자주 보이게 된 긴 역사를 가진다.

영어권의 'comics', 한 컷짜리 '카툰(cartoon)'에 대응하는 연속된 'comic strip', 프랑스어의 'bande dessiné(그림이 그려진 띠)', 일본어로 '망가(漫画)'로 지칭하는 이 매체의 다양한 명칭 자체가 각 문화권의 수용 자세를 설명해준다. 영어권과 일본에서 이 매체는 코믹한 내용을 전제하고, 프랑스어권에서는 매체의 형식적 측면을 지칭하는 것이다. 그런데 만화는 꼭 내용이 코믹하거나 띠 그림으로만 만들어지지 않는다. 일정한 서사구조를 가진 띠 그림이라면 오히려 이집트의 파피루스, 일본의 모노가타리류(類)에서 보이는 에마키(絵巻), 『회인과경 繪因果經』, 『부모은중경 父母恩重經』 등의 불교 경전이나 안견의 〈몽유도원도 夢遊桃原道〉에서 보이는 두루마리 그림이 앞선다.

만화는 태생적으로 '저급한' 예술, 아이들이나 즐기는 장르, 때로는 선정적이고 폭력성을 유발하는 유해한 문화 정도로 간주되었다. 만화 장르는 교육적으로 위험하며 중요하지 않은 것이라는 생태적 배경은 오랫동안 논쟁의 대상이 되었으며, 그나마 팝 아트의 하나로 여겨진 것도 비교적 최근의 일이다.

미국의 현대작가 리히텐슈타인(R. Lichtenstein)은 아예 만화 형식을 차

〈그림 12-1〉
리히텐슈타인,
〈WHAM〉

용한 일련의 작품 활동을 할 정도로 특히 미국에서는 만화의 영향력은 대중예술과 고급예술의 장벽을 무너뜨릴 만큼 영향력을 미쳤다. 만화가 교육적 수단으로 활용될 수 있으며, 만화 장르가 교육과정에 포함되고 만화를 해석과 분석의 대상으로 삼을 수 있다는 사실을 발견하고 실천하게 된 것은 1970년대에 이르러서였다. 기호학의 영역에서 만화연구는 에코의 선구적 시도[3]를 기다려야 했으며, 초기 기호학적 연구는 만화의 서사에 나타나는 신화적 구조에 집중되었다.

초기 만화기호학 연구자로는 프레스노-드뤼엘(P. Fresnault-Deruelle), 구베른(R. Gubern), 코흐(W. Koch), 휘니히(W. Hünig), 크라프트(U. Kraft), 레이(A. Rey) 등이 언급된다. 특히 프레스노-드뤼엘은 벨기에 만화작가 에르제(Hergé)[4]의 인기 연작 〈땡땡의 모험〉 연구를 필두로 다양한 주제를 다루면서 2017년 현재 아마존 기준으로 50권의 저서와 공저를 냈다. 만화기호학 연구의 중심인물로 활동하면서 척박한 국내 만화기호학 연구에도 상당한 영향을 미치고 있다.

〈그림 12-2〉 에르제, 〈땡땡의 모험〉

3 Eco, U., *Apokalyptiker und Intergrierte*, Frankfurt: S. Fisher, 1964.

4 실명은 조르주 레미(Georges Remi)이다.

(3) 만화의 도상 코드

만화기호학은 만화 특유의 도상 코드, 비구두 커뮤니케이션, 만화언어, 만화서사를 둘러싸고 개화되었다. 만화에서의 비구두 언어 부분은 시각커뮤니케이션이 요소로, '도상기호' 혹은 '시각코드'라는 이름으로 다루어졌다.[5]

칸

만화에서 발현되는 도상 코드는 선과 색채라는 일반적인 그래픽 요소와 '칸(panel)'이라는 장르 특유의 그래픽 요소와 함께 시각 은유(visual metaphor)로 구성된다. 만화는 일반적으로 선묘(線描)로 만들어지며 그 결과는 도상적 요소가 된다. 선묘 결과는 원근법에 기초하며 형상과 바탕으로 구별되면서 서구의 그래픽 재현이라는 일반적 약호를 따른다. 만화 특유의 도상 코드로는 가장 먼저 칸을 들 수 있다. 통상 사각형의, 가로 세로 비율이 고정되는 스크린의 영화와는 달리, 만화는 다양한 형태와 크기를 가지는 칸을 자유로이 연결하고 배열함으로써 등장인물의 행동 변화를 도상성으로 표현할 수 있으며, 만화 서사의 전개 기능도 가지게 된다.

초기의 만화기호학 역시 초기 구조주의 기호학의 영향을 받아 만화 텍스트의 구성 성분을 밝히려는 노력을 기울였다. 요소 분할의 시도 가운데 칸을 만화 텍스트의 궁극적 단위로 보는 견해가 있는가 하면[6] 만화 텍스트의 구성요소 역시 언어 코드 구조와 유사한 원칙을 따른다는 견해도 있다. 후자의 한 사례로, 코흐와 휘니히는 다음과 같은 분할단계를 제시하

---

5 그러나 이 용어들은 타협의 소산이기도 하다. 만화에 나타나는 시각적 요소들 모두가 도상적인 것은 아니며, 반대로 구두 언어적 요소들도 시각적 형상을 가지는 것이 만화의 특징이기 때문이다.

6 Fresnault-Deruelle, P., *La bande dessinée*, Paris: Hachett, 1972, p. 20.

였다.[7]

- ▷ 일련의 띠는 하나의 텍스트(text)를 만든다.
- ▷ 각각의 칸은 '통사소(syntacteme)'로, 언어학의 문장에 해당한다.
- ▷ 자주 나오는 단위들, 즉 인물, 대상, 행동 등은 '논리소(lgemes)'로, 언어학의 단어에 해당한다.
- ▷ 논리소는 최소 의미단위인 시각 '형태소(morpheme)'들로 구성된다. 예를 들어 등장인물의 눈, 입 등의 드로잉 유형은 형태소라는 것이다.

선 · 색채

만화 장르 특유의 요소로는 소위 '스피드 라인' 혹은 '액션 라인'을 들 수 있다. 이 선은 움직임의 방향과 양상, 강도를 표현한다. 만화는 애니메이션이나 영화와는 달리 동작이나 소리를 보여줄 수 없다. 그럼에도 불구하고 독자들은 스피드 라인을 통해 만화에서 움직임을 본다. 오시로 요시타케는 이를 유선(流線)이라 명명하고 일본회화의 전통 가운데 두루마리 그림에서 그 기원을 찾는다.[8]

〈그림 12-3〉 스피드 라인 사례

이시동도법(異時同圖法)이란 동일한 배경 속에 동일 인물의 상이한 순간의 동작을 묘사하는 기업이다.

7 Koch, W., *Varia Semiotica*, Hildesheim: Olms, 1917, pp. 37-42, Hünig, W., *Strukturen des Comic Strip*, Hildesheim: Olms, 1974, pp. 32-42.

8 오시로 요시타케 지음, 김이랑 옮김, 『만화의 문화기호론』, 눈빛, 1966, 35쪽.

(…) 이들 기법에 따라 만화는 '동작'을 획득하는 데 성공했다.

만화에서 색채는 항상 도상적 성격을 가지는 것은 아니다. 특정 정서나 분위기를 표현하는 데에는 문화적인 색채 상징을 사용하는 것이 효과적이기 때문이다. 서구 만화에서 통상 악마는 초록색으로, 미스터리한 존재는 회색으로 표현하는 것이 그 예이다.

글과 그림으로 구성되는 만화의 도상 코드로 시각 은유가 있다. 시각 은유는 다시 언어적 은유로 번역되며, 이러한 '기호 내재적 번역(inter-semiotic translation)'은 언어 코드와 시각 코드에서 이중의 도상성을 만들어낸다.

(4) 비구두 언어학적 접근

생략 · 과장

만화의 등장인물은 표정, 제스처, 몸짓 등으로 전형적인 비구두 언어학적 커뮤니케이션을 수행한다. 따라서 만화기호학은 비구두 언어학적 접근을 주된 연구방법으로 채택한다. 비구두 커뮤니케이션이 시각적 변형을 거치는 주된 방법은 생략(reduction)과 과장(hyperbole)이다. 특히 생략은 삼차원의 시각 공간을 단순한 선묘로 처리하는 경제적 이유와 움직임을 정태적 이미지로 번역하는 데 효과적인 기법이다. 이를 통해 만화는 두려움이나 화냄 등의 기본적 감정, 사랑 혹은 미움과 같은 인간관계, 걷기나 달리기와 같은 일상적인 몸 움직임 등 제한된 목록의 스테레오 타입을 통해 비구두 언어 커뮤니케이션을 수행한다.

한편, 만화는 기본적으로 '과잉'의 예술이다. 일본 만화연구의 선구자 요모타 이누히코는 그의 대표작 『만화원론』의 서문에서부터 이렇게 선언

한다.[9]

만화는 세계에 존재하는, 아니 세계 속에 존재하면서 상상할 수 있는 모든 사물과 사건이 자기와 무관하지 않다고 목소리 높여 외친다.

만화는 지시대상을 사실적으로 묘사하는 것이 아니라 과장, 변형(일본에서는 '디포르메': deformation), 생략을 통해 기호화하는 시각예술 장르이다. 이와 같은 과정을 통해 사실적인 대상에서 색다른 것을 끄집어내어 단순한 선묘를 통해 이목을 끄는 이화작용(異化作用)이 일어난다. 오시로 요시타케는 이를 '허풍의 미학'이라 규정한다.[10]

허풍은 만화의 표현양식이다. (…) 만화는 이 허풍의 양식에 따라 만화다워진다. 과장 · 디포르메 · 생략되어 표현된 만화 기호는 그 지시하는 대상의 본질을 노출한다. 사람들의 소망 · 의지 · 이상 · 실의 · 악이 형체를 띠고 나타난다. 허풍 속에 마침내 아름다움이 떠오른다. 바로 허풍의 미학이다.

만화 공간

프레스노-드뤼엘은 만화 공간의 세 가지 차원으로 청각 공간, 시각 공간, 접촉 공간 등을 설정하고 각 공간에서 기능하는 근접 약호를 옐름슬레우의 표현-형태(expression-form)와 내용-형태(content-form)의 이분법을 사용하여 규명하였다.[11]

먼저, 표현-형태 차원에서 청각 공간은 말풍선의 형태로 나타난다.

9 요모타 이누히코 지음, 김이랑 옮김, 『만화원론』, 시공사, 2000, 11쪽.

10 오시로 요시타케, 앞의 책, 33쪽.

11 Fresnault-Dereuelle, op. cit., p. 117 ff.

말풍선의 크기, 형태와 화살표의 방향은 화자와의 거리를 표시한다. 말풍선 안의 글자 크기와 형태는 발성된 음의 크기와 도상적 관계를 가진다. 내용-형태에서 청각 공간은 협박, 경고, 구원을 바라는 비명소리 등과 같은 다양한 양상의 대립으로 구조화된다.

시각 공간의 표현-형태는 다양한 재현적 시점에 의해 결정된다. 이는 영화에서 카메라의 움직임이나 시점 변화와 같은 효과를 가진다. 이 부분에서 만화가 영화와 다른 점은, 만화는 인접한 칸들 전체를 가로질러 주인공들 사이의 시선 맞추기를 재현할 수 있다는 점이다. 이는 만화에서의 시각 공간이 전통적인 의미에서의 공간의 단일성을 파괴한다는 점을 보여준다.

얼굴표정

만화에서 등장인물의 표정은 사실적인 대상에서부터 추상화 · 기호화의 과정을 거쳐 일반적으로 선묘로 표현된다. 이는 또한 칸 내부에서 전하는 메시지를 경제적인 방법으로 전달하는 수법으로, 만화 특유의 코드를 구성한다. 만화의 등장인물이 만드는 표정은 비구두 커뮤니케이션 이론의 발전과 밀접한 영향을 주고받으면서 일찌감치 발전해온 분야이다. 버드위스텔(R. Birdwhistell), 홀(E. Hall), 캔던(A. Kandon), 해리슨(T. P. Harrison)은 인류학적 배경에서 인간의 동작이나 몸짓, 얼굴표정이 만들어내는 의미단위를 때로는 실증적으로 분석하여 동작 코드, 표정 코드, 시선 코드 등을 정립함으로써 궁극적으로 비구두 커뮤니케이션 차원의 만화 코드를 수립하는 데 바탕이 되었다. 예를 들어 국내 만화학자인 권경민은 얼굴표정에 관한 제 이론을 다음 도표로 정리하였다.[12]

12 권경민, 『기호학적 만화론』, 심포지움, 2007, p. 18.

〈표 12-1〉 비언어 행동에 대한 코드화의 예와 그 해설

연구자명	기호	의미
Birdwhistell (1970)		안구를 굴리다
		입을 뾰족 내밀다
	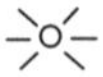	입술을 오므리다
Hall (1963)		위를 향해 누운 남자
		앉거나 몸을 웅크리고 무릎을 세우고 앉은 남자
		서 있는 남자
		위를 향해 누운 여자
		앉거나 몸을 웅크리고 무릎을 세우고 앉은 여자
		서 있는 여자
Kendon (1969)		웃고 있는 입
		입을 열고 웃고 있는 입
		이를 보이며 웃고 있는 입
Harrison (1964)	m(-)	다문 입
	m(u)	아래로 굽어 있는 입
	m(n)	위로 굽어 있는 입
	b(--)	보통 눈썹
	b(A)	가운데가 올라가 있는 눈썹
	b(V)	가운데가 내려가 있는 눈썹
	e(. .)	보통 눈
	e(~~)	반 감겨 있는 눈
	e(uu)	감겨 있는 눈
	e(oo)	크게 열린 눈

(5) 만화언어

말풍선

만화언어는 그래픽과 어휘의 두 가지 차원에서 전개되어 텍스트를 구성한다. 그래픽 차원의 문자언어는 표의문자(ideogrpahic)의 성격을 보여주면서 도상적 성격을 띤다. 카툰의 경우에는 일반적으로 문자 텍스트는 지문 혹은 서사내용을 담으며 네모난 테두리 안

에 배열되지만 만화의 경우에는 말풍선 안에 배열된다.[13]

〈그림 12-4〉 말풍선 코드

말풍선은 만화 장르에 특유한 요소로, 그 자체가 주요한 만화 코드 중의 하나이다. 특히 칸의 내부에 있으나 말풍선을 벗어나는 문자언어는 비언어적인 경우가 대부분이다. 즉, 말풍선은 등장인물들의 의사소통을 위한 장치이지만 내부에서 언어 메시지는 최대한 생략된다. 칸 내부에서는 발화행위상의 경제원칙이 작동되며, 이는 별도의 그림 부분과 함께 협업하면서 서사를 진행하는 것이다.

흥미로운 것은, 말풍선 자체가 양상(mode)을 가진다는 것이다. 말풍선의 크기나 형태, 화살표의 방향은 다양한 발화행위를 지시한다. 말풍선과 화살표가 실선으로 그려져 있을 경우 이는 직접적인 발화행위를 지시하지만 '잔 구름(cloudlet)' 형태의 화살표는 발화되지 않은 생각을 표현하며, 점선으로 된 말풍선은 속삭임을, 반대로 파선 말풍선은 분노와 같은 강한 감정을 표현한다.

시각화된 언어

또 다른 만화언어의 특징 중 하나는 다양한 타이포그래피의 출현이다. 이는 활자체의 형태와 전달하려는 언어 메시지 사이의 도상적 관계를 표현한다. 예를 들어 큰 목소리는 볼드체로 자주 표현되며 떨리는 손글씨는 공포를 표현하는 등이다. 더러 비명소리 등에서

13 http://kurlander.net/DJ/Projects/ComicChat/resources.html

처럼 의도적인 스펠링이나 맞춤법 파괴가 있는데 이 역시 만화언어 특유의 구어체 표현 형태이며, 단어를 대신하는 표현들, 예를 들어 '!!!'는 놀라움, '?'는 의문, 'zzz'는 잠을 대신하는 사례들도 빈번하다.

만화 어휘

어휘적 차원에서, 만화언어에서 빈번하게 출현하는 것은 감탄사와 의성어이다. 이는 목소리나 기타 음향을 모방하는 것으로, 등장인물의 감정을 효과적으로 전달하는 만화 특유의 창의적 수단이기도 하다. 이 외에도 만화언어는 각종 신조어나 일반적인 구두 언어가 아닌 근원을 가진 형태소로 특징지어지며 이 역시 만화 읽기의 재미를 증가시켜주는 요인으로 작동함은 물론이다.

(6) 만화서사

최소 단위로서의 칸은 인접한 다른 칸과 함께 하나의 단(strip)으로 발전하고 단은 면(page)로 발전하여 이야기가 담기면서 만화 특유의 서사를 담게 된다. 김기국 외[14]가 말하듯, 정지된 이미지가 단으로 연결되고 더 나아가 면으로 확장되는 순간, 그토록 긴 시간 동안 만화가들이 꿈꾸었던 살아 움직이는 연속적 서사는 현실 공간에서 그 실체를 드러내는 것이다. 여기에서 더 나아가, 스콧 맥클라우드는 '칸 새(gutter)', 즉 칸과 칸 사이, 단과 단 사이의 공간이 가지는 기능을 주목한다. 칸 새는 만화의 핵심에 자리 잡은 마술과 미스터리의 주역을 담당하며 독자는 이 공간에서 장면을 연결하는 상상력을 발휘한다는 것이다.[15]

---

14 김기국 · 오세정, 「만화의 공간과 상상력의 스토리텔링」, 『인문콘텐츠』 2010, 283쪽 이하.

15 스콧 맥클라우드 지음, 김낙호 옮김, 『만화의 이해』, 시공사, 2002, 74쪽.

그런데 앞에서도 논의하였듯 칸은 반드시 사각형의 프레임만을 가지는 것이 아니라, 그 형태와 크기는 전달하려는 서사 내용, 즉 형식-의미 면에서 동형성을 가진다. 세상을 분절하는 데 있어서 작가의 무한한 상상력을 구현할 수 있는 무한한 선택이 가능하면서부터 만화 특유의 서사구조가 만들어지는 것이다. 일본 만화연구의 선구자인 요모타 이누히코는 이를 등장인물의 입장에서 흥미로운 논지로 설명한다.[16]

어느 순간 등장인물들은 자신들이 닫힌 평면에 사는 사람들이고, 남은 컷(칸)의 수만큼밖에 목숨을 부지하지 못한다는 사실을 문득 깨닫게 된다. 그래서 그들은 궤선(프레임)에 선을 대 그것을 파괴하거나 궤선 밖으로 과감한 탈출을 기도한다. (…) 만화의 설화행위가 다른 어떤 장르에도 귀착 환원되지 않는 독자적인 성격을 갖고 있다고 판명되는 것은 바로 이 순간이다.

만화 서사에서 칸의 파괴 혹은 재구성이 보여줄 수 있는 양태와 관련되어 극단적인 사례로 받아들여지는 것은 크리스 웨어의 경우이다. 국내 만화 이론가의 선구자인 성완경은 만화의 개념을 혁신한 작가 크리스 웨어(Chris Ware)의 『에크미 노벨티 라이브러리 *The Acme Novelty Library*』(1993-2000) 중 세 번째 연작인 『지미 코리건: 세상에서 가장 똘똘한 아이 *Jimmy Corrigan: The Smartest kid on Earth*』 일부에서 극단적인 사례를 발견하였다.[17] 연작이 진행되면서 산발적으로 진행되던 이야기, 즉 주인공과 아버지 사이의 희·비극적 관계가 드러난다는 것이다. 칸의 크기, 위치는 다양한 양태를 보여주면서 일종의 하이퍼텍스트로 독자의 시선을 안내하지만 실은 그 궤적은 주인공의 삶을 한눈에 보여주는 서사구조인 것이다. 이를 성완경

16 요모타 이누히코, 앞의 책, 45쪽. 괄호 속은 필자 주.

17 성완경, 『성완경의 세계만화탐사』, (주) 생각의 나무, 2001, 283쪽 이하.

〈그림 12-5〉 크리스 웨어, 〈지미 코리건〉 중 한 장면[18]

은 다음과 같이 기술한다.

시간의 흐름을 미분화시키는 크리스 웨어의 솜씨는 인간의 심리에 대한 집요한 통찰과 짝을 이룬다. 사물들을 내러티브의 맥락에 따라 자유자재로 클로즈업시키고, 사물들 속에 들어가 또 다른 사물들을 만들어내고 연결하면서 크리스 웨어는 원인과 결과의 순환을 만들어낸다. 때로는 일종의 다이어그램 같은 도해를 사용하기도 한다. 미세한 시간과 에피소드의 갈피 갈피에 플래시백으로 삽입되는 기억과 연상, 그리고 욕망과 환각 등의 모든 시각적 기호들이 '손톱을 씹으며 외롭게 살아가는' 주인공의 어렸을 적 자신을 억압하고 늘 춥게 만든 아버지에 대한 분노와 두려움, 그리움과 배신감 같은 것들을 어둡게 드러낸다. 또한 마마보이로서 어머니에 대한 끔찍하리만치 애절하면서도 바보스러운 심리적 종속이 묘사된다.

18 http://www.labalenabianca.com/2017/05/17/storia-universale-dellinfamia-paterna-jimmy-corrigan-di-chris-ware/

그러나 만화 특유의 서사를 추동하는 요인은 칸만은 아니다. 만화의 칸은 이야기의 전개를 위한 기본 공간이지만 만화의 이야기는 주로 등장 인물의 대화를 담는 말풍선, 이야기의 배경 묘사를 위한 지문, 그리고 인물의 표정이나 몸짓, 의성어 · 의태어로 만들어진 효과 글자 등으로 진행됨은 지금까지 본 바와 같다.

(7) 웹툰

웹툰의 기원과 발전

웹툰(webtoon)은 국제적으로 공인된 학술용어가 아니다. 이는 웹(web)과 카툰(cartoon)을 조합해서 만든 한국식 영어표현이기 때문이다. 굳이 영어권에서의 표현을 찾자면 인터넷 만화를 통칭하는 'webcomic'이 있다. 그러나 일본의 만화가 '망가(manga)'라는 용어로 국제화되었듯, 한때 IT 강국으로 명성을 떨치던 우리나라 특유의 커뮤니케이션 생태계에서 만들어진 이 용어는 점차 동남아를 시작으로 하여 프랑스를 비롯한 서구로도 진출하고 있다.[19] 나무위키는 수용자의 입장에서 웹툰의 성립을 다음과 같이 설명한다.[20]

최초의 웹코믹은 1985년에 연재된 에릭 밀리킨(Eric Millikin)의 'Witches and Stitches'이다. 국내 최초의 웹툰은 한희작의 1996년작 〈무인도〉로, 20년 정도의 짧은 역사를 가지고 있다. 1990년대 말 2000년대 초의 〈스노우캣〉부터 〈마린블

19 프랑스는 우리나라 만화 산업의 유럽 교두보이기도 하다. 특히 2013년의 앙굴렘 국제만화 페스티벌은 우리나라가 주빈국이 되어 한국의 만화를 유럽시장에 알리는 계기가 되었다. 이 때 우리나라 만화의 내용은 물론, 만화유통에 IT가 도입된 사례로 당시 삼성전자가 출시한 휴대전화(PDA)는 전 세계인들의 관심을 끄는 장면을 필자는 현장에서 목격하기도 하였다.

20 「웹툰」, 나무위키, https://namu.wiki/w/%EC%9B%B9%ED%88%B0

루스〉와 같은 개인 다이어리 툰이 대세를 이루며 웹툰의 원조격 작품이 된다. (…) 1990년대 중반에 서비스되기 시작한 PC통신 만화 서비스의 맥을 이어, 여러 포털사이트에서도 인터넷 만화 서비스를 시작하였으며 여러 신문사와 사이트에서도 자사에 연재되는 만화를 인터넷 홈페이지를 통해 게재하였다. 이 시기에 포털사이트나 신문사, 출판사와는 관련 없이 자체적으로 만화를 연재하는 만화 웹진이 여러 개 생겨났다.

오늘날 웹툰은 산업 측면에서도 놀라울 정도로 강력한 매체로 부상하고 있다. KT 경제경영연구소는 2016년의 국내 웹툰 시장규모를 5,840억 원으로 파악하였으며, 2020년에는 1조 원으로 예상한다.[21] 새로운 미디어 생태계에서 웹툰의 위력은 더욱더 부각된다. 오늘날 전철은 말할 것도 없고 심지어 위험하기 짝이 없는 대로 횡단보도에서마저 이어폰을 꽂고 시선을 스마트폰 화면에 집중하는 군상들은 더 이상 남녀노소를 가리지 않는다. 이들의 시각과 청각을 지배하는 콘텐츠 중의 상당 부분은 웹툰이다. 웹툰 콘텐츠가 이웃 매체인 영화와 드라마로 변하는 'one source multi use'의 전형이 된 지도 오래이다.

문제는 이 웹툰을 만화 · 애니메이션의 영역으로 포함할 것인지의 여부이다. 한창완 · 이승진은 이를 컴퓨터상에서 구현되기 위한 만화의 디지털화로 인정하고, 이동성이 강조되는 플랫폼을 기준으로 기존 만화와 같은 형식을 그대로 디지털로 옮긴 CD만화를 0세대로 1세대 스캔만화, 2세대 스크롤 만화, 3세대 기존의 웹툰, 4세대 멀티미디어 플랫폼에 따른 맞춤만화로 구분한다.[22]

21 「2017 웹툰 산업을 돌아보다」, Byline Network, 2017. 11. 27, https://byline.network/, viewed 2017-12-27.

22 한창완 · 이승진, 「디지털 플랫폼에 따른 맞춤만화 모델링 연구」, 『애니메이션연구』 6(4), 2010, 128쪽 이하.

웹툰의 장르 특성

웹툰이라는 비교적 최신의 장르를 장르의 일반이론에 귀속하기에는 아직 좀 더 시간이 필요할 것이다. 만화에서 웹툰으로의 선형적인 발전에 머무르거나 기술적 측면, 혹은 유통 방식, 산업적 측면에서 접근하는 연구들이 주조를 이루기 때문이다. 그럼에도 불구하고 웹툰의 장르적 특성을 규명할 수 있는 단서와 선행연구는 다수 존재한다.

먼저 웹툰은 그 독법에서 만화와는 다른 특징, '세로 스크롤' 방식을 가진다. 컴퓨터 스크린이나 스마트폰의 화면에 특화된 이 독법은 당연히 웹툰의 서사구조에 영향을 미친다. 만화에서의 칸은 한 페이지에 보이며, 앞 절에서 논의하였듯 그 자체의 형태와 위치에 따른 의미효과와 함께 서사를 전달함으로써 독자는 한눈으로 동시에 여러 개의 칸을 보고 서사를 이해할 수 있으나, 컴퓨터 모니터나 스마트폰 화면에서는 '마우스 클릭' 혹은 '스크롤(scroll)' 방식으로 연결되는 일련의 화면에서 서사구조가 드러난다. 게다가 오늘날 독자들은 시선을 한 화면에 머물게 하는 것보다는 매우 빠른 시간에 화면을 '쓸어내리는 데' 익숙하다. 스크롤은 이런 습관을 만들어낸 원인과 결과를 동시에 제공한 것으로 보인다. 이에 따라 웹툰은 특성상 독법에 시간성을 부여하며 이는 시간 숏을 연출하는 데 유리하게 작용한다.

주지하듯 숏(shot)은 영화나 애니메이션의 최소 구성단위로, 일반적으로 감독이 지시하는 "컷!"으로 분할되는 단위이다. 김시은은 특히 숏을 통한 시간 연출을 '컷'과 '트랜지션(transition)'으로 구별하여 설명한다.[23] 컷은 화면을 잘라내어 시간의 변화를 표현하는 기법으로, 예를 들어 동일한 그림에 빛 효과를 넣는 것이 있다. 트랜지션은 화면 전체가 검은색으로 변하

23 김시은, 「숏(shot)을 모델링 연구」, 『한국콘텐츠학회논문지』 7, 2017, 484쪽.

는 블랙아웃(black out)이 그 대표적 사례로, 신(scene)의 이전을 보여주는 과도기적 연출기법이라는 것이다.

한편, 웹툰 특유의 서사구조를 규명하려는 일련의 발전된 연구도 있다. 예를 들어 류철균 · 이지영[24]은 텍스트의 내재적인 구조에 대한 서사적 변화를 규명하려 한다. 이를 위하여 웹툰의 형성기에 나타난 주요 작품들의 서사적 특징을 분석한 결과, 한국 웹툰은 작품 외적 허구(external fiction)를 다루는 방식을 장르적 특성으로 가진다는 사실을 규명하였다. 웹툰은 작가와 독자 사이의 관계에 대한 메타적인 인식을 반영하고, 수용자를 능동적인 주체로 부각해준다. 반면 주인공-작가는 지시싱이 중성화되어 등장인물-독자에게 말을 거는 서사자로서의 정체성을 부여받는다. 웹툰은 디지털 문화의 소통 양식인 개인 미디어, 사적 글쓰기를 통해 작가-독자 개념을 만들고, 만화, 애니메이션 등의 인접 매체들을 포섭하여 복합 매개적 디지털 서사체로 성립되었다는 것이다.

웹툰기호학의 가능성

후발 시각예술 매체로서 등장한 웹툰의 위력은 대단하다. 한때 한국 만화산업의 발전 동인이었던 대본소, 즉 '만화방'이 사라진 자리에 고급화된 '만화카페'가 들어서서 일부 수요를 충족하기는 하나, 대부분의 독자들은 스마트폰을 통해 '웹툰'을 즐기며, 만화는 이 매체가 가지는 특성에 부합하기 위해 새로운 서사구조를 만들어가야 한다.

웹툰은 단순히 테크놀로지의 발전에 편승한 만화의 진보된 형태는 아니다. 웹툰에는 웹툰에서만 가능한 예술성의 영역이 있을 것이다. 웹툰이 전개되는 디지털 공간에서 개인은 하나하나의 모나드(monad)로 존재하

24 류철균 · 이지영, 「형성기 한국 웹툰의 장르적 특질 연구」, 『우리문학연구』 44, 2014, 484쪽.

며 웹(web), 즉 '거미줄'로 연결된다. 그러므로 웹툰은 "개인의 미시서사를 표현하고 향유하기 적합한 속성을 텍스트에 적극적으로 포섭하고 이러한 변별점을 통하여 인접 장르와는 차별적인 양상과 소구력이 확보될 수 있었다.[25]

한국 웹툰의 담화체를 '개인 미디어'에서 찾은 류철균 · 이지영의 연구를 비롯한 몇몇 시도들은 웹툰의 장르적 특성을 인접 장르 영역에 대해 규명하는 데 일부 성공한 것으로 보이나, 아직은 기존의 연구들이 웹툰 특유의 코드와 의미작용, 즉 기호학적 관점을 획득하는 데 이르지는 않았다. 형성기 웹툰뿐 아니라 지난 시기 동안 발생하고 성공한 다양한 양식의 웹툰 텍스트가 축적되어 웹툰의 통시적이고 공시적인 양태를 통해 독자적인 서사성을 규명하는 연구뿐 아니라 일반기호학적 관점이 작용된다면 궁극적으로 '웹툰기호학(Semiotics of Webtoon)'이 만들어질 이는 역으로 만화, 영화, 애니메이션 등의 인접 매체들과 함께 다중매체 시각기호학의 발전에 공헌하게 될 것이다. 특히 웹툰은 우리나라에서 발전된 시각예술이다. 웹툰의 장르적 특징이 있다는 것이 좀 더 규명되어 보편적 가치를 얻게 된다면, 웹툰기호학은 글로벌 차원의 기호학적 연구 장에서 경쟁력을 가지는 분야로 발전해나갈 것으로 믿는다.

애니메이션

(1) 애니메이션의 수용

이 책에서 만화와 애니메이션을 하나의 장으로 묶은 것은 그만한 이유가 있다. 직관적으로 볼 때, 오늘날 일반적으

25 위의 글, 589쪽.

로 받아들여지는 의미의 애니메이션은 만화의 발전과정에 포함된다. 만화가 기본적으로 이차원의 평면에 그려진 인쇄물로 정태적인 데 비해 애니메이션은 이름 그대로 '움직이는 그림(動畵)'이라는 점에서 매체의 차이는 분명히 보이고, 만화 특유의 도상 코드와는 다른 성질의 코드로 서사가 진행된다. 하지만 시각언어의 분석에는 관심이 없을 일반 독자들로서는 여전히 애니메이션을 단지 '움직이는 만화'로 생각하게 된다. 말하자면 애니메이션은 매체의 발전에 따라 만화가 새로운 형태로 발전하게 된 결과로 받아들여지는 것이다.

애니메이션 역시 만화에 못지않은 긴 역사를 가지고 있다. 알타미라 동굴벽화에 묘사된 멧돼지의 다리가 네 개가 아니라 여덟 개로 그려져 움직임을 표현한다는 것은 널리 알려진 바이다. 라스코 동굴벽화에 보이는 낭자한 동물들의 발자국 역시 움직임을 보여주는 나름대로의 수단이었다. 유사한 사례들이 시실리 몬테펠레그니로, 인도 데칸지방, 태평양 이스터 섬의 아나카이탕카 동굴 천장 등 고대 문화가 있었던 곳에 산재해 있다.[26] 그뿐 아니라 중국 산둥성 무량사의 사당 부조, 캄보디아 앙코르와트 여신상 등 동양의 오래된 문화권에서도 율동감을 찾을 수 있다.

우리나라에서는 전통적으로 〈주작도朱雀圖〉의 도상은 '삼두삼족(三頭三足)'으로, 특히 선조의 목릉(穆陵)이나 인선왕후 영릉(寧陵)에 묘사된 주작의 움직임이 매우 역동적으로 표현된 것을 볼 수 있기도 하다. 한때 애니메이션의 종주국이라 할 만했던 일본에서는 비상하는 청룡의 모습에서 운동감을 느낄 수 있는 고송총(高松塚) 고분벽화를 애니메이션의 기원으로 볼 수 있다. 이 전통은 지금까지도 '플립 북(flip book)' 혹은 면이 넘어가는 의성어를 차용한 '파라파라 북(para para book)'라는 이름으로 계속된다.[27] 여

26 황선길, 『애니메이션 영화사』, 범우사, 1998, 21쪽 이하.

27 같은 이름으로 일본 걸그룹 특유의 단순하고 반복되는 싱크로나이즈 동작을 주로 하는 댄스나 댄스곡을 의미하기도 하는데, 이 역시 움직임-애니메이션의 한 도구로서 파라파라 북의 존재와

〈그림 12-6〉〈주작도〉, 1630, 선조목릉천장산릉도감의궤.

〈그림 12-7〉 Para Para Books, Vol. 9 〈God of Bug Eater〉, 주식회사 청유사.

러 장의 작은 면으로 만들어져 한쪽을 엄지손가락으로 지그시 누른 채로 넘기면 점진적으로 진행되는 움직임이 이어지면서 짧은 애니메이션 효과를 주는 독특한 출판물이다.

필자 역시 플립 북의 작가이기도 했다. 어린 시절, 지겨운 수업시간에 교과서의 오른쪽 여백은 훌륭한 '셀(cell)'의 역할을 해주었으며, 빼곡히 면마다 그려진 선묘들을 넘기면 애니메이션이 되었다. 로켓 발사 혹은 권투시합 따위의 움직이는 그림은 친구들 사이에 베스트셀러가 되었다.

무관하지 않은 것으로 보인다.

(2) 애니메이션 장르의 정체성

필자의 기억까지 동원하여 애니메이션의 기원을 서술하는 이유는, 이 장르가 실은 인간이 가지는 표현 욕구를 충족하는 데 가장 효과적인 매체이기 때문이다. 거창하게 말하면 시간과 공간은 인간 실존의 조건이다. 애니메이션은 시간과 공간을 한꺼번에 담는 최초의 예술 장르로 만들어진 것이다. 게다가 애니메이션의 기본이 되는 이미지는 원래 이마고(imago), 즉 '죽은 자의 마스크'에서 비롯되었다. 국내에서 흔하지 않은 애니메이션 연구가 김윤아는 다음과 같이 말한다.[28]

> 시간을 정지시켜 죽음과 결별하고 초극하려는 방식의 하나로, 필멸의 존재인 인간은 죽음의 해체에 '이미지의 재구성'으로 맞선 것이다. 죽음을 초월하여 영원히 삶을 이어가려는 인간의 욕망 탓에 이미지는 그 무엇보다 매혹으로 다가왔다. 이미지는 주술이 되었고 환상을 주었으며 믿음의 대상을 그려냈다. 이렇듯 정지된 이미지가 죽음을 초월하려는 인간에게 매혹이었으니 그 이미지가 살아서 움직임을 갖게 된다면 그 매혹의 정도는 상상을 초월하는 것이었을 터이다.

인용한 내용은 원래 애니메이션과 영화의 관계를 설명하기 위한 문맥을 가진다. 김윤아는 컴퓨터 그래픽(CG)를 비롯한 매체의 발달로 말미암아 영화마저도 실사보다는 애니메이션을 동원하는 추세를 지적하면서, 애니메이션이 영화의 한 종류가 아니라 오히려 애니메이션의 영역에 영화를 포함할 것을 제안한다. 우리는 이 생각에 동의한다. 원래 영화 역시 '활동사진' 즉 동화였기 때문이다. 오늘날 시각예술에서 영화가 가지는 범위와 영향력을 생각해볼 때, 영화를 포함하는 애니메이션의 영역과 종류는 동원되는 재료나 이미지를 구현하는 테크놀로지의 발전에 따라 무한히 진

28 김윤아, 「움직이는 그림, 애니메이션을 다시 생각하기」, 『현대영화연구』 8, 2008, 60쪽.

행될 수 있다.

한창완에 의하면 애니메이션은 다양한 제작방식에 따라 그림 애니메이션(drawn animation), 모델 애니메이션(model animation), 컴퓨터 애니메이션(computer animation)으로 대별되고, 각각은 다시 동원되는 재료에 따라 여러 가지로 세분된다.[29] 문제는 애니메이션의 분류가 표현방식이나 생산 국가별 관점에서 내용이나 주제상의 분류로 이르지 못하고 있다는 것이다. 즉, 기호학의 관점에서 시각 텍스트로서 애니메이션 연구는 아직 본격적으로 시도되지 않았다는 것이다.

매체의 관점에서 애니메이션은 사진, 만화, 영화와 밀접한 관계를 맺는다. 오늘날의 '비디오스페르'의 효시로서 사진은 말할 것도 없지만 만화기호학과 영화기호학은 이미 상당한 수준으로 발전해왔음은 이 책의 해당 장에서 본 바와 같다. 그럼에도 불구하고 애니메이션의 경우 장르 특유의 코드 혹은 서사이론에 관련된 논의는 국내외를 막론하고 그리 많지 않은 실정이다. 이러한 저간의 사정은 애니메이션 연구자들도 인식하고 있는 것으로 보인다. 예를 들어 박민주[30]는 만화와 애니메이션, 그리고 영화의 공통적 속성과 장르적 상관관계를 다음과 같이 설명한다.

> 코믹 스트립과 초기 애니메이션, 그리고 영화는 그래픽 내러티브에 그 기반을 두고 있는 예술로 모두 통사론적 숏의 배열, 혹은 몽타주 안에서의 숏의 연속으로 이루어져 있다. (…) 영화가 1930년대 이후부터는 문화 예술 비평가들에 의해 독자적 '예술'로 인정받아온 반면, 코믹 스트립(혹은 코믹스)은 최근에 이르러서도 무시와 멸시를 당하고 있다는 점에는 주목할 필요가 있다. 왜냐하면 이러한 이유로 코믹 스트립을 영화적 용어들로 정의하고 분석하는 것이 지배적 경향이 되

29 한창완, 『저패니메이션과 디즈니메이션의 영상전략』, 도서출판 한울, 2001, 27쪽 이하.

30 박민주, 「코믹 스트립과 초기 애니메이션의 그래픽 내러티브 연구」, 『애니메이션연구』 12(4), 2016, 56쪽.

어버렸기 때문이다. (…) 코믹 스트립과 애니메이션은 각각 존중받을 만한 그들만의 언어를 발전시켜왔으며 그 두 가지 언어는 공통적으로 세기를 거듭하며 축적된 가공의 그래픽 아트의 과정에서 성숙되어왔다.

문제는 '애니메이션의 언어'가 무엇인가라는 문제이다. 만화와 영화의 사이에서 애니메이션은 독자적 언어를 가질 필요가 없을지도 모른다. 애니메이션 기호학이 아직 씨앗이 뿌려지지 않은 이유이다.

(3) 애니메이션 약호

애니메이션의 역사나 국가별 특징, 나아가서 문화산업으로서의 성격을 규명하는 것은 시각 텍스트로서 애니메이션이 가지는 기호학적 성격을 탐구하는 것과는 거리가 있다. 애니메이션의 장르적 속성이 만화, 영화와 밀접한 관계를 가진다 해서 애니메이션의 서사구조나 코드체계를 그 장르들의 영역에 대충 나누어 편입해버릴 수는 없는 노릇이다. 그러나 현실은 그렇지 않은 듯하다. 그리 많지 않은 애니메이션 연구도 대부분의 경우 만화, 영화와의 비교를 통해 진행되기 때문이다. 이 경우 종종 논의는 애니메이션이 아니라 영화나 만화로 흘러가버린다.

그나마 박기수의 연구[31]는 애니메이션의 서사를 대상으로 상대적으로 정치한 논리를 전개한다. 박기수는 애니메이션의 본질을 "조형성과 음악성 그리고 서술성이 상보적으로 융합됨으로써 향유자의 참여적 수행이 강화되는 가장 대표적인 장르"[32]로 보고, 영화에도 그대로 적용될 이 정

31 박기수, 『애니메이션 서사 구조와 전략』, 논형, 2004, 17쪽 이하, 100쪽 이하.

32 위의 책, p. 17.

의에서 애니메이션의 변별성은 시뮬라크르(simulacre)를 통한 허구성의 극대화에 있다고 본다. 즉, 애니메이션의 특징은 영상을 기반으로 하는 융합 장르이며 시뮬라크르를 통한 허구성의 극대화, 디지털 환경에 적합한 참여적 수행으로 정리된다는 것이다. 이 관점은 애니메이션의 언어를 설명하는 출발점이 된다.

조형성

〈그림 12-8〉 애니메이션에서 의도적 왜곡의 사례[34]

애니메이션 언어는 자립적이고 변별적 특성을 가진다. 영화는 카메라의 기술적 특성과 한계들이 반영되는 데 비해 애니메이션은 "작가의 시각이 미리 앵글의 설정구도를 각 프레임별로 기획하여 연출"[33]하는 장르로, 전형적인 '작가 시각 중심 미학'이 된다. 애니메이션 작가는 자신이 상상하는 모든 것을 표현할 수 있다. 표현의 소재나 영역의 선택에서 누리는 이 자유야말로 애니메이션 장르의 가장 큰 특징이며 궁극적으로 애니메이션의 유희성을 보장하는 기반이 된다.

작가의 무한한 선택의 폭은 조형성에서도 유감없이 발휘된다. 애니메이션은 자연 법칙이나 관습을 무시하고 실재하는 대상을 재현하는 것이 아닌 순수한 창의적 작업을 가능하게 한다. 작가들이 동원하는 수

33 한창완, 『저패니메이션과 디즈니메이션의 영상전략』, 한울, 2001, 18-19쪽.

34 http://steven-universe.wikia.com/wiki/File:Don%27t_be_such_a_Baby!_You_wanted_to_be_a_Pancake!.gif

법은 '단순화', '왜곡(distortion)', '캐리커처'이다.[35] 이를 통해 만들어지는 것이 실재의 부재, 즉 시뮬라크르이다. 여기에서 기의는 사라지고 기표들의 상호작용만이 남는다. 이 세계에서는 진실/허위, 실재/허구, 원본/사본, 현실/가상의 이분법은 사라지고, 각각의 대립에서 전자의 항이 누리던 우월성도 사라진다. 이와 같이 애니메이션 조형언어는 최종 기의에 구속되지 않고 다양한 기표들의 유희를 지향하면서 작가 시각 중심의 미학을 기반으로 시뮬라크르의 체계를 강화한다.

음악성

애니메이션에 등장하는 음악은 관객으로 하여금 관람에 몰입하게 하는 효과를 가지며, 경우에 따라 그 자체로 파생상품으로서 수익을 올리기도 한다. 예를 들어 월트 디즈니 그룹의 2013년 〈겨울왕국〉은 극장용 뮤지컬 판타지 코미디 애니메이션으로 큰 영화로 국내에서도 큰 성공을 거두었으며, 막상 애니메이션을 관람하지 않은 사람들도 주제가 〈Let It Go〉의 멜로디를 따라 하기도 한다. 이러한 배경 음악은 일반적으로 서사 진행 가운데 결정적인 시점에 등장한다. 다분히 계획된 가운데 뮤지컬 요소를 몰입의 기제로 사용하는 이 전략에 따라 "관객은 다양한 체험의 접점을 마련하였다는 오인(méconnaissance)을 하게 되며 작품에 대한 비판적 거리를 상실"[36]한다. 이는 디즈니사를 비롯한 할리우드 특유의 지배 이데올로기를 구현하는 대표적 양상으로 시작되어 오늘날 애니메이션 전반에 파급된 장르적 속성이다.

35 존 핼라스 · 로저 맨벨 지음, 이일범 옮김, 『애니메이션의 이론과 실제』, 신아사, 2000, 83쪽.

36 박기수, 앞의 책, 119쪽.

서술성

애니메이션이 가지는 조형성과 음악성은 각각 자립적으로 존재하면서 융합된다. 물론 그 융합의 중심에는 서술성이 있다. 그런데 애니메이션에서는 문학 텍스트나 영화와는 달리 서술성이 다른 속성을 압도하지 않는다는 점이 특징이다. 실제로 애니메이션, 특히 디즈니의 애니메이션은 창작 시나리오보다는 이미 잘 알려진 이야기, 이를테면 〈인어공주〉(1989), 〈포카혼타스〉(1995), 〈노트르담의 꼽추〉(1996) 등의 이야기를 시나리오로 사용한다. 물론 여기에는 이미 그 완성도가 입증된 이야기는 파생 상품으로서 애니메이션의 흥행을 극대화하려는 측면도 있을 것이다. 그럼에도 관객은 이 작품들에서 이미 잘 알고 있는 이야기를 좇으려 드는 것이 아니라 음악성과 조형성에 더욱더 매료된다.

참여적 수행

박기수는 애니메이션 장르의 특징으로 관객의 참여적 수행에 천착하였다.[37] 그는 우선 디지털 기기의 인터페이스에서 진행되는 커뮤니케이션의 순간성이라는 양상, 즉 "본질적으로 생성적이고 역동적인 탈구조화된 커뮤니케이션의 공간에서 (…) 발신자이며 수신자, 생산자이며 소비자, 중심과 주변의 경계가 파괴"된 공간이 애니메이션의 특성에 잘 부합됨을 역설한다.

수행자의 역할이 경계를 넘어서 자유로워지면 참여는 자연스럽게 일어날 것이다. 참여적 수행이 가능한 것은 애니메이션의 다양한 요소들이 계열체의 축에 놓여있기 때문이다. 애니메이션은 서사성이 조형성이나 음악성을 압도하지 않으므로 통합적 관계를 강조하는 다른 서사물들과 차이가

37 위의 책, 121쪽 이하.

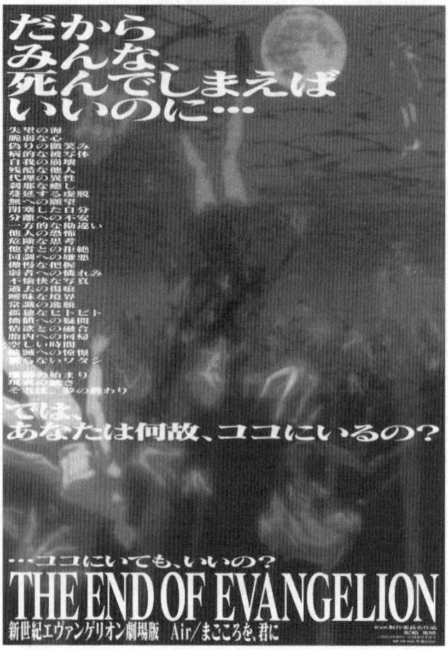

〈그림 12-9〉〈엔드 오브 에반게리온〉(1997) 극장판 포스터

난다는 견해는 설득력이 있다.[38]

애니메이션에서 참여는 텍스트 내적 과정과 외적 과정으로 나누어진다. 예를 들어 〈에반게리온〉에는 조형적 요소, 음악적 요소뿐 아니라 종교적 상징, 정신분석학적 코드, 로봇메카닉적 요소, 기존 문화콘텐츠의 패러디 등의 다양한 요소들이 산재해 있다. 애니메이션을 구성하는 다양한 이질적 요소들은 그물(net)을 형성하는데, 관객은 여기에서 자신의 취향과 능력에 따라 새로운 접점과 그물을 만들어낸다는 것이다.

텍스트 내부에서 만들어지는 참여적 수행이 향유자들의 커뮤니티에서 공유될 때 더 큰 그물이 만들어진다. 애니메이션 주인공을 흉내 내는 '코스프레'가 전형적인 사례이다. 텍스트 외적 과정에서 참여적 수행은 향유자들에게 강한 자극을 주었던 요소들을 분리하여 향유하는 행위이다. 이는 해당 작품의 방영이 끝난 후에라도 추체험을 통해 캐릭터 상품, 팬시 상품, 자료집, 화보집, '프라모델' 등 소위 '굿즈(goods)'의 형태로 파생되며 향유자들의 강한 결속을 만들어낸다.

38 위의 책, 127쪽.

(4) '다중양태'로서의 애니메이션

박기수는 참여적 수행이 가장 대중적인 장르인 영화에서 보다 애니메이션에서 강하게 나타나는 현상에 착안하여 이를 애니메이션 장르의 특성이라 보지만, 실은 유사한 현상이 소위 '아이돌 그룹'의 '광팬'들 사이에서도 나타난다. 이 경우 참여자의 수행은 도를 넘어서서 급기야 이들이 '득템'하지 않으면 안 되는 '굿즈'를 판매하는 전문 쇼핑몰이 출현하는 것이 작금의 현상이다. 사실상 아이돌 그룹의 기표도 팬들에게는 애니메이션의 그것과 유사한 것으로 받아들여진다. 여기에서도 기의는 사라지고 기표들의 상호작용만이 남는다. 이 현상은 정치가의 전략으로도 활용된다. 결국 다중양태의 시뮬라시옹 과정에서 구현되는 '볼거리'는 그것이 영화이든 연예물이든, 심지어 정치적 연출이든 마찬가지의 속성을 가지는 것이다.

실은 앞에서의 웹툰의 경우와 마찬가지로 애니메이션 기호학을 독자적 탐구영역으로 설정하기를 주저하게 만드는 것은 역설적이게도 애니메이션 특유의 성격으로 탐구되어온 '참여적 수행'이라는 개념이다. 언젠가는 '웹툰기호학(Semiotics of Webtoon)'이나 '애니메이션 기호학(Semiotics of Animation)'이 체계화되어 궁극적으로는 시각기호학과 일반기호학의 발전

〈그림 12-10〉 아이돌 그룹 '방탄소년단' 전문 쇼핑몰 사례[39]

39 http://btsofficialshop.com/

에 공헌하게 될 것이다. 그러나 그 움직임이 향유자의 수행이나 단순히 시뮬라크르의 용이한 생산/수용의 측면에서 디지털 매체의 특성을 중심으로 진행된다면, 해당 분학(discipline)의 체계화 과정에서 가장 먼저 제시되어야 할 연구대상, 즉 장르의 확정부터 어려움에 봉착할 것이다. 좀 더 생산적인 만화기호학, 웹툰기호학, 애니메이션기호학은 좀 더 보편적인 성격과 관점에서 수행되어야 할 것이다.

13. 영화

영화는 종합예술이다. 영화는 또한 가장 복합적인 성격을 가지는 텍스트이다. 그런 만큼 영화를 이해하는 데에는 다양한 관점들이 있을 수 있고 있어야 한다. 그 관점 중의 하나가 기호학이다. 기호학은 한마디로 정의하기 어렵다. 그러나 일찍이 소쉬르가 기호학을 예견한 후 오늘날까지 여전히 변하지 않은 것이 하나 있다. 기호학이란 무엇보다도 소통을 연구하는 학문이라는 사실이 그것이다. 여기에서 말하는 소통은 단순히 발신자와 수신자 사이의 메시지 교환과 해석이라는 현상만이 아니라 물리학, 심리학, 언어학, 예술비평 등의 개별 과학 사이의 상호 소통과 접점이 기호학의 틀 가운데에서 이루어진다는 것을 의미한다.

이런 배경에서 기호학의 발전에 발맞추어 진행된 영화이론의 발전 역시 필연적으로 여러 과학들의 상호작용 가운데에서 진행되어왔을 것이며 그 과정에서 우리는 당대의 영화미학들뿐 아니라 다양한 사상들이 서로 소통하였으리라 기대할 수 있다. 그런데 '영화기호학'이라는 분야가 만들어진 후 최근 대두되는 '영화인지기호학'까지의 변천양상을 보면 굳이

'기호학'이라는 타이틀을 가지면서도 '일반'기호학의 발전을 공유하는 필수적인 과정이 미흡하였던 것으로 보인다.[1] 이 장은 영화인지기호학까지 이르게 된 영화기호학과 인식론적 대전환을 맞이하는 기호학 사이의 좀 더 긴밀한 상호소통과 상호 참조를 제안하고자 한다.

영화기호학의 전개 양상

언어학이 한 시대의 패러다임이 되면서 언어학적 모델은 영화이론에서 배제하여야 한다는 주장과, 반대로 언어학 모델과 기호학적 관점을 이어받아 영화 특유의 '영화언어'를 만들자는 발상이 나왔다.

먼저 언어학과 영화는 아예 양립할 수 없다는 주장의 예를 들어보자. 오늘날 소통과 통섭을 이야기하고 유의미한 의미체계들의 일반의미론을 꿈꾸는 기호학자들은 인지주의자인 커리(Gregory Currie)의 『이미지와 마음: 영화, 철학 그리고 인지과학』(1995)의 여기저기에서 보이는 표현들에 당혹감을 느낄 것이다.

> 영화언어가 있다는 가설은 〈시민 케인〉의 언어가 영어이며 〈라쇼몽〉의 언어는 일본어라는 주장으로 이해될 때에만 참이다.[2]

1 국내의 경우 기호학 이론들을 수용한 영화담론들은 대부분 영화학계에서 생산되었다. 이 가운데 적지 않은 연구들이 기호학의 개념이나 인식론적 틀을 오해하고 있다. 그럼에도 막상 기호학계의 내부에서 영화에 관한 기호학적 접근은 찾아보기 어렵다. 그나마 백선기의 『영화, 그 기호학적 해석의 즐거움』(커뮤니케이션북스, 2007)이 기호학의 진영에서 본격적인 기호학적 영화 분석의 연구결과들을 보여주고 있으나 여기에서도 방법 그 자체에 대한 비판적인 검증은 미흡한 것으로 보인다.

2 그레고리 커리 지음, 김숙 옮김, 『이미지와 마음: 영화, 철학 그리고 인지과학』, 한울아카데미, 2007, 173쪽.

언어학의 영화이론과의 관련성에 대해선 회의적이나 (…) 언어 철학에 대해서는 그와 비견되는 적대감을 함축하고 싶지 않다.[3]

무엇이 커리로 하여금 영화이론에서 언어학의 기여를 이렇게까지 부정하게 만들었을까? 이 정도는 아니더라도 왜 기호학에 대한 일종의 두드러기 현상이 많은 영화이론가들에게서 나타날까? 그 이유는 실은 그들의 내부에 있는 것으로 보인다. 이들은 언어학, 궁극적으로는 기호학에 대해 충분한 정보와 이해를 가지지 못하고 있었던 것이다. 앞에서 본 커리는 예술의 어떤 장르도 언어학의 이론 만들기에 사용되는 어떤 사례와도 공통점이 없으며 언어학은 예술을 해석하고 감상하는 방식을 설명하는 데 어떤 도움도 주지 않는다고 단언한다. 그가 보기에는 자연언어의 본질은 '생산성'과 '관습성'이다. 이 말은 틀린 말이 아니다. 언어는 소쉬르의 의미에서 자의적 기호체계이며 촘스키의 의미에서 생산적이다.

그러나 커리의 이어지는 논의는 언어학에 대한 이해의 정도가 충분하지 못함을 보여준다. 그는 단어는 의미가 있고 더 큰 단위, 즉 문장의 의미에 기여한다고 말한다. 그러므로 단어는 언어의 원자라고 본다. 그러나 "원자는 개별적으로 의미가 할당되고 구성 규칙은 전체의 의미를 부분 의미의 함수로 만들기 때문에 자연언어에서의 의미는 비문맥적이다"[4]라는 주장에 이르러서는 커리가 언어에 대해 가진 이해는 초기 구조주의 언어학의 형태론과 통사론에 머물고 있음을 볼 수 있다. 관습성만이 언어의 본질이라고 믿어버린 그로서는 "어떻게 문학 해석의 문맥적 감수성이 언어적 의미가 비문맥적이라는 사실과 양립할 수 있나?"[5]라고 항변하는 것은

3 위의 책, 179쪽.

4 위의 책, 191쪽.

5 위의 책.

당연하다.

한편 그는 영화 이미지는 비원자적이긴 해도 영화 이미지가 재현할 수 있는 장면의 수는 무제한이며, 비순환적이며 동시에 생산적이기 때문에 영화 이미지는 관습적일 수 없으며 자연적 의미라고 주장하였다. 비록 영화 이미지들의 조합 양식이 부분적으로는 의미가 있다 하더라도 이미지의 분절들 속에서 문장 내적인 구문론적 구조같은 것을 찾을 희망은 없다고 단언한다.[6]

언어에 관한 한 커리와 반대의 입장을 가진 논자들이 바로 메츠(Christian Metz)와 일군의 그 후배들이다. 커리의 말처럼 언어는 '관습'이니 영화도 근본적으로는 관습이나 약호의 소산이라고 보고 '영화의 언어'를 만들어 영화기호학의 분야를 연 학자가 메츠이다. 메츠의 영화기호학은 최근 대두되는 영화인지기호학의 모태가 되었다. 영화인지기호학은 최근 벅랜드(Warren Buckland)를 통해 체계가 수립되었다.[7] 그러므로 벅랜드의 논의를 따라가면 메츠의 언어관이 영화이론에서 어떻게 수용되고 발전되었는지를 일별할 수 있을 것이다. 벅랜드는 보드웰(David Bordwell)이 『픽션 영화의 서사』(1985)에서 제기한 네 가지 질문[8]에 답하는 형식으로 언어학과 기호학을 영화연구에 적합한 패러다임으로 보는 것을 거부하는 인지주의를 새로운 틀에 통합하려 시도하였다. 따라서 그의 대답들은 한편으로 영화인지기호학에 투영된 메츠류(類)의 언어관과 영화기호학의 윤곽을 재구성해준다. 보드웰의 질문은 아래와 같았다.

6 위의 책, 190-192쪽.

7 워런 벅랜드 지음, 조창연 옮김, 『영화인지기호학: 영화 이해의 인지과학적 전환을 위하여』, 커뮤니케이션북스, 2007, 5-19쪽.

8 Bordwell, D., *Narration in the Fiction Film*, London: Methuen, 1985, p. 23. 이 책은 국내에 『영화의 내레이션 I』, 『영화의 내레이션 II』로 번역되었다.

1. 영화 서사 분석에서 언어학적 개념들의 사용이 왜 필수조건이 되는가?
2. 언어학이 의미작용 일반이론의 아래에 영화를 포함할 방법을 제공할 것 같은가?
3. 언어학은 우리가 받아들일 만한 탐구방법을 제공하는가?
4. 언어학은 영화적 과정에서 국지적이고 시사적인 유추들의 보고인가?

이에 대해 벅랜드는 언어학적 개념들이 필수조건은 아니지만 기호학적 관점에서 영화를 연구한다는 것은 단순히 영화를 언어에 비교하는 것이 아니라 영화의 특수성을 찾을 수 있는 방법이라고 답한다. 언어학에서 발전된 분절과 환입, 통합체, 약호 등의 방법과 개념을 제공해주었다고 세 번째 질문까지 대답을 한 후, 전체를 종합하여 네 번째 질문에서 언어학은 영화이론에서 보고 이상의 것이라 대답한다.

이 지점에서 벅랜드는 나름대로는 매우 신중한 자세를 취한다. 기호학자들의 영화 분석은 영화와 자연언어의 유사성을 전제하는 것이 아니라 영화 역시 일종의 매체로서 기저체계를 가지며 그것이 모든 영화에 구조를 부여하고 가독성을 제공하는 방법을 보여준다. 따라서 그들의 연구는 영화의 특수성을 정의하는 불변적 특성을 분석하는 데 한정된다는 것이다. 벅랜드가 도달한 결론은 주로 약호체계의 개념에 힘입은 바가 크다.

그런데 보드웰의 두 번째 질문에 대한 벅랜드의 긍정적인 대답은 약호체계에 대한 신뢰에서 나온 것이다. 벅랜드의 주장에 의하면, 기호학자들은 의미작용을 통해 역사적 체험을 전달하는 구조에 인지성을 부여하고자 하는데 이 역할을 하는 것이 약호체계이며 그 원형은 인간의 문화적인 약호인 자연언어다. 관객은 영화에서 연속성과 통일성을 체험하는데 이것은 인지되지 않는 약호의 기저체계에 근거한다. 이 체계를 밝히기 위해 영화기호학은 구조주의 언어학의 방법인 '분류'와 '분절'을 사용하였으며, 약호체계의 계층적 설정은 "기호학자들이 영화이론에 기여한 주요한 공로"

라는 것이다. 특히 그는 메츠의 '거대통합체(grande syntagme)'야말로 고전적 영화의 토대와 구조를 형성하는 중요한 약호라고 보았다.

벅랜드는 언어학적 모델에 회의를 품는 시각에 맞서 인지과학과 기호학(실은 언어학)은 통합될 수 있다는 논의를 진행한다. 이는 곧 영화인지기호학의 인식론적 배경이라 해도 무방할 것이다. 잠시 그 논의를 따라가 보자. 영화인지기호학은 인지영화 이론가들과 언어학 · 기호학에 토대를 둔 현대영화 이론가들의 대립을 통합하기 위해 언어분석의 전통과 인지과학의 상호작용을 유기적으로 연결하는 분야라 자칭한다. 유럽 인지주의자들은 인지과학을 기호학적 틀 속에 동화시키고, 구조주의 언어학 방법에 토대를 둔 메츠의 영화기호학을 화용론, 인지과학, 변형생성 문법을 통해 변환시키려 한다.

영화인지기호학은 메츠의 '비인칭 발화이론'을 발전시킨 새로운 발화이론, 기호화용론, 변형생성 문법이론의 인지적 위상에 힘입은 영화문법 등으로 발전하고 있다. 영화인지기호학의 특징은 영화 텍스트 그 자체를 연구하기보다는 영화 텍스트를 이해하고 만드는 데 관여하는 실제 정신적 행위들을 모델화하는 것이다. 따라서 촘스키의 작업은 영화인지기호학의 이상적인 패러다임이 된다는 것이다.

흥미로운 것은, 벅랜드가 영화인지기호학의 언어학적 배경과 패러다임을 변형생성 문법에 두면서도 실제로 언어 이해의 차원은 여전히 이산적인 언어 단위의 분류와 분할에 매진하는 구조주의 언어학의 차원에 머물러 있다는 점이다. 벅랜드는 이렇게 말한다.

영화연구에서 생성언어학적 맥락이 갖는 타당성 검증은 일차적으로 영화가 이산적 무한성에 의해 구조화되는가를 알아보는 것이다. (…) 이산적 무한성은 메츠가 거대통합체를 구성하면서 성공했던 것처럼, 이산적 언어 단위들을 분류하고

분할하는 능력을 갖기 때문이다.[9]

여기에서 두 가지 의문이 떠오른다. 첫 번째는 정말 메츠의 거대통합체 이론이 성공했는가라는 의문이고, 두 번째는 "메츠 영화기호학의 근본적 문제가 구조주의 언어학에 지나치게 의존하고 있다"[10]는 것을 알면서도 이를 기각하는 대신 굳이 또 언어학의 발전 결과, 즉 화용론, 인지과학, 변형생성문법을 통해 이를 '변환'하려는 이유가 무엇인가라는 의문이 그것이다. 메츠의 영화기호학은 어떤 것이기에 이렇게 큰 그늘을 드리우는가라는 의문이다.

주지하듯 메츠는 첫 번째 저서 『영화의 의미작용에 관한 소론』(1968)에서 여덟 가지의 거대통합체를 제시하였다.[11] 거대통합체는 일련의 유한한 시퀀스들로, 감독은 이 시퀀스들을 통사적으로 배열하여 영화적 사건을 표현할 수 있다고 메츠는 주장하였다. 그러나 이 주장은 곧 생명을 잃었다. 이 이론은 언어의 통합체 축을 지배하는 원리를 영화의 시간 축에 투영한 발상이었을 뿐, 벅랜드의 주장처럼 영화예술의 특수성을 담보하는 약호는 아니었던 것이다. 영화 언어와 자연언어의 직접적인 비교는 피했다는 벅랜드의 변호는 현실에서 빛을 잃는다. 메츠 스스로도 이 이론의 한계를 절감하였을 것이다. 곧이어 방브니스트(Emile Benveniste)의 발화행위 이론을 끌어들이고 이어 정신분석학의 프로이트와 라캉을 찾아 언어학을 벗어나게 되는 것이다.

발화행위 이론은 그러면 성공적으로 영화이론의 보고가 되었던가?

9 위의 책, 33쪽.

10 위의 책, 27쪽.

11 자율 숏, 병행 신태그마, 괄호 신태그마, 묘사 신태그마, 교체 신태그마, 신, 삽화 시퀀스, 일반 시퀀스. 이에 대한 자세한 논의와 적용 사례는 이인숙, 『영화분석과 기호학: 〈너에게 나를 보낸다〉를 중심으로』, 집문당, 1988, 17-48쪽을 참조하라.

벅랜드의 논의를 따라가면서 메츠의 두 번째 영화기호학의 면모를 일별해 보자. 영화는 스스로를 지향하는 속성이 있다. 통상 영화 텍스트의 재귀적 측면이라 부르는 것이다. 메츠는 이를 '자기 현시'라 부른다. 메츠는 발화 행위 이론을 따라 '발화행위(énonciation)'와 '발화체(énoncé)'라는 대립 개념을 받아들이고 다시 발화체를 '담화(discours)'와 '이야기(récit)'로 구별하였다.[12]

담화는 발신자와 수신자의 정보 지표들을 내부에 담고 있고, 이야기에는 그것들이 숨겨져 있다. 메츠는 담화란 자기 현시, 즉 재귀적인 것이며 이야기는 관음증적이라 돌려 말하면서 방브니스트의 발화이론을 심리학적 시각이론으로 굳이 바꾸어 놓았다. 예를 들어 고전적 영화서사는 발화행위의 흔적을 감추고 있어 무엇보다 관음적이다. 발화행위를 두드러지게 나타내면 연속성의 환상은 깨어지고 그 환상을 구성하는 약호가 모습을 드러내게 된다. 메츠의 새 이론은 후에 '비인칭 발화행위 이론'으로 발전되면서 알튀세의 호명이론과 라캉의 정신분석을 만나 더욱 풍성해지면서 『상상적 기표』에서 만개하였다는 것이다.

벅랜드의 바람대로 메츠는 인지주의와 기호학의 접점을 보장해주는 든든한 지주가 되었을까? 메츠의 비판은 불행하게도 바로 보드웰 자신에게서 나온다. 보드웰은 "기호학은 지나치게 정적이고 폐쇄적인 의미작용 개념에서 벗어나는 방편으로 방브니스트의 이론에 기대고 있다"고 비판한다.[13] 무엇보다 신랄한 비판은, 메츠와 그 동료들이 방브니스트의 개념을 제대로 이해하지 못했다는 것이다. 영화가 발화작용이라는 것은 방브니스트가 다른 사례로 제시한 픽션과 같은 글쓰기에도 적용되기 때문에 발화작용은 영화에 있어서 필요조건일 뿐인데, 메츠는 이를 영화의 충분

12 국내 영화이론 서적에서 프랑스어 énonciation을 '언명', énoncé를 '발화', discours를 '담론'이라 번역하는 경우를 자주 본다. 적어도 언어학에서 나온 용어라면 언어학자들의 역어를 존중해주었으면 하는 바람이다.

13 데이비드 보드웰 지음, 오영숙 옮김, 『영화의 내레이션 I』, 시각과 언어, 2007, 69-76쪽.

조건으로 간주하였다는 것이다. 문제는 발화행위 이론에 기반을 두는 설명이 언어학적 모델에 집착하면 할수록 영화에 적용하기는 점점 더 힘들어진다는 사실이다.

우리는 다른 관점에서 메츠와 그의 동료들의 궤적을 바라볼 수 있다. 비록 최초의 관점이기는 했지만, 혹은 그렇기 때문에, 그 후의 지난한 수정과정을 동반하였던 거대통합체론은 당대의 패러다임인 언어학의 권능에 영향을 받아 영화를 손쉽게 자연언어와 동일시한 결과는 아닌가라는 의문을 지우기 어렵다. 영화언어의 고유한 특수성을 찾겠다던 영화이론이 자신에게 고유한 내재적 대상이나 방법을 찾을 여유도 없이 언어학의 변천과 발전에 발맞춘 정황은 부정할 수 없는 것이다.

초기 구조주의 언어학이 음운론 모델을 만들고 이것이 구조주의 전체로 파급되는 시대적 상황에서 메츠 역시 언어의 통합체(syntagme) 개념을 영화의 서사구조 단위로 그대로 차용한 것이다. 이 과정에서 정의상 통합체와 상호 규정되는 계열체(paradigme)라는 개념은 실종되었다. '영화적 계열체'가 규정되지 않고서 '영화적 통합체'를 말하는 것은 애초부터 불가능한 착상이었던 것이다. 메츠가 영화에서는 언어가 지니고 있는 이중분절이 불가능하고, 이미지는 다른 이미지와 교환이나 대체가 쉽지 않으므로 언어와는 다르게 계열체적 속성이 없다는 것을 알았을 때, 그는 영화는 이미지의 선택보다 창조적인 이미지의 배열이 더 중요하다고 얼버무릴 것이 아니라 통합체의 개념을 포기하고 진정한 '영화언어의 고유한 특수성'을 모색하는 편이 나았을 것이다.

미트리의 현상학적 영화이론

메츠의 영화기호학이 막 싹이 틀 무렵, 인문학의 영역 확장에 발맞추어 초창기의 모든 영화이론을 집대성한 학자가 있었다. 바로 미트리(Jean Mitry, 1907-1988)이다. 미트리는 초기 영화이론의 두 큰 줄기인 사실주의적 영화이론과 형식주의적 영화이론을 변증법적으로 통일하면서 '영화의 헤겔'이라는 평가를 받는다.[14] 그는 초기 영화이론의 주요 이슈였던 몽타주의 문제에서 양 진영의 견해를 적절히 수용하여 통일을 꾀하고 있다.

사실주의적 영화이론 진영에서 당대 최고의 영화평론가인 바쟁(André Bazin)은 영화는 무엇보다 현실을 그대로 재현하며, 화면의 자의적 재구성은 현실을 왜곡하게 된다고 믿었기 때문에 몽타주에 거부감을 느꼈다. 그는 "구체적인 지속의 표현은 몽타주의 추상적인 시간에 의해 방해를 받는다"라고 단정하고 "한 사건의 본질이 두 가지 이상의 행위들을 동시에 제시할 필요가 있을 때는 몽타주는 금지된다"라는 원리를 미학적 법칙으로 정립해야 한다고까지 주장하였다.[15]

한편 형식주의적 영화이론은 몽타주란 영화예술의 본질로 여겼다. 에이젠슈타인(Sergei Eisenstein)은 "세포분열이 일련의 상이한 유기체를 만들어내듯, 화면 나누기는 충돌과 갈등을 거쳐서 개념을 만들어낸다. (…) 몽타주의 역동성이 영화에게 충격을 주어 표현의 목표로 이끌어간다"고 말한다.[16]

미트리는 형식주의 진영에서 정립된 몽타주 개념을 받아들여 이를 더욱 발전시켰다. 그는 영화언어에서 결정적인 역할을 몽타주가 수행하

14 더들리 앤드루 지음, 김시무 외 옮김, 『영화이론의 개념들』, 시각과 언어, 1995, 24쪽.

15 앙드레 바쟁 지음, 박상규 옮김, 『앙드레 바쟁의 영화란 무엇인가?, 1975/1998, 82-85쪽.

16 Mitry, J., *La Sémiologie en question: langage et cinéma*, Paris: Les Editions du CERF, 1987, p. 22.

며, 몽타주에 의해 연결된 이미지들은 연상작용을 통해 다른 이미지들을 생산해낸다고 생각하고 이를 '효과몽타주(effet-montage)'라 명명하였다.[17] 몽타주에 관한 미트리의 견해는 실은 미트리가 구축하는 영화이론의 한 사례일 뿐이다. 영화의 본질을 구성하는 나머지 요소들인 영화 이미지와 프레임이라는 이슈에서도 미트리는 몽타주에서 보인 입장을 일관되게 유지한다.

미트리에 있어서 이미지는 현실이 아니라 단지 현실의 이미지이며, 이미지에 의해 재현된 현실은 같은 것(le-même)이면서 동시에 다른 것(un-autre)이다. 이미지는 "현실의 모든 형식적 외양을 보존하고 있지만 변형된 현실, 현실의 정신적 도치"이다.[18] 미트리는 형식주의 전통은 이미지의 재현 기능을 무시하는 경향이 있으며, 사실주의 전통은 이미지가 실은 의도적으로 생산된 것임을 잊고 있다고 비판하였다. '이미지는 현실이 아닌 현실의 점근선'이라는 바쟁의 설명을 넘어서는 종합적인 영화 이미지론을 수립하게 되었다.

프레임의 문제에서도 미트리는 같은 입장에 선다. 사실주의 영화이론에서 프레임은 시야를 제한하는 것이 아니라 오히려 영화가 예술이 될 수 있는 이유로 이해되었다. 바쟁은 스크린과 프레임을 구별하면서 스크린은 영화에 나타난 세계를 분절하고 제한하는 프레임이 아니라 세계를 향하는 '창'이라고 설명한다. 이는 형식주의자들이 프레임에 부여하는 정의, 즉 필름의 폭, 카메라 렌즈에 의해 결정되는 사각형의 틀이라는 기계적인 정의와는 사뭇 다르다.

17 Mitry, J., *Esthétique et psychologie du cinéma*, Paris: Les Editions du CERF, 1963/1965, p. 184. 이 책의 초판은 1권 『구조들 *Les Structures*』, 2권 『형태들 *Les Formes*』로 나누어져 각각 1963, 1965년에 출판되었고 1990년 합본이 나온 후 다시 2001년 미트리의 제자인 브누아 파타르(Benoît Patar)에 의해 출판되었다. 이 글은 마지막 판본을 텍스트로 삼았다.

18 위의 책, 131쪽.

미트리에게 있어서 프레임이란 기본적으로 현실세계와 재현된 세계의 구별을 가능하게 하는 것이었다. 프레임 내부에서는 조형 효과, 다양한 시점들, 영화의 형식적 방법을 망라하는 모든 시도가 가능하다.

한편 프레임은 영화 이미지에 현상학적 가치를 부여하는 장소이다. 영화는 현실을 재현하지만 재현된 현실은 현실 그 이상의 것이라는 미트리의 근본 입장은 영화의 본질 중 하나인 프레임의 성격을 규명하는 데 있어서도 형식주의와 사실주의의 두 관점들을 통합할 수 있는 바탕이 되었다.

이쯤에서 주목할 것은, 미트리는 어떻게 해서 각각의 이슈에서 당대 영화이론을 양분하던 형식주의와 사실주의의 논의들을 통합할 수 있는 관점을 가지게 되었나 하는 것이다. 결론적으로 우리는 그의 관점이 바로 '기호학적'이었음을 알게 된다. 미트리는 바로 현상학에서 출발하여 기호학적 관점을 실천하였던 것이다. 현상학은 독일 철학자 후설의 『논리연구』(1901)에서 비롯되었지만 60년대 이후 프랑스에서 '후설 르네상스'를 맞아 사르트르를 이어 메를로 퐁티를 거치면서 더욱 발달하게 되었다. 메를로 퐁티는 후설과 사르트르의 실존철학을 이어받아 지각이론을 중심으로 하는 현상학을 구축하였다. 그는 후설의 순수의식을 육화된 의식으로서의 '신체(corps)'라 보고, '주체로서의 신체'라는 개념을 확립하였다. 지각은 바로 이 주체가 이미 거기에 있는 세계와 끊임없이 대화하는 방식이며 지식을 감각에 환원시키는 것이 아니라 지식의 발생에 참여한다.

이러한 프랑스 현상학의 전통을 미적 경험의 영역에서 체계화한 사람이 뒤프렌이다. 그는 『미적 체험의 현상학』(tome 1, 2, 1953)에서 미적 체험을 예술가의 체험과 향수자(관객)의 체험으로 나누고 향수자의 미적 체험에 초점을 맞춘다. 미적 대상과 미적 체험은 상호 규정되며 이는 노에마와 노에시스[19]의 유대성으로 귀착된다. 미적 대상은 '감각적인 것', '재현된

---

19 후설 현상학의 주요 대립개념으로 노에마(Noema)는 의식의 작용에 의하여 생각된 객관적인 대

대상', '표현된 세계'로 나누어지고 각각은 '현전', '재현', '성찰'로 불리는 지각활동의 대상이 된다. 이로써 '미적 대상의 현상학'은 '미적 지각의 현상학'에 자리를 내어주는 것이다.[20]

미트리의 영화이론은 메를로 퐁티와 뒤프렌의 현상학적 미학에서 직접적인 영향을 받았다. 영화는 현실의 한 변형이며 우리는 상상이나 생각이 아니라 지각에 의해 영화 속의 삶을 경험할 수 있다. 그런데 영화의 궁극적인 가치 혹은 목표는 현상학적 리얼리티를 넘어선다. 카메라는 감독의 것이지만 일단 영화가 만들어지고 스크린에 비치면 영화의 리얼리티는 관객의 지각에 의해 재구성된다는 탁견은 미트리 영화이론의 본질을 보여준다.

언어와 영화의 관계에 대한 미트리의 성찰은 소박하지만 오히려 지금의 관점에서도 더 타당한 것으로 보인다. 미트리는 먼저 언어와 영화의 상이한 본질을 분명히 인식하였다. 언어는 생각이나 감정을 표현하는 매체이며 영화는 현실을 재현하되 현실을 넘어서는 새로운 의미를 표현하는 매체이다. 그러므로 영화 역시 하나의 언어라 할 수 있다. 그러나 영화라는 언어는 일상 언어가 아니라 기호와 상징의 체계를 변증법적으로 조직하되 재현 대상의 의미를 능가하는 새로운 의미를 창조할 때만 가능하다. 이미지는 단어처럼 단순한 기호가 아니라 대상, 즉 구체적 현실이다. 여기에서 대상은 결정된 의미작용을 스스로 맡거나 우리가 부여한다. 영화가 언어가 되는 것은 바로 이 때문이다. 영화는 먼저 그것이 재현이고, 그 재현을 위해 존재할 때만 언어가 된다. 즉 그것은 '두 번째 단계(second degré)의 언어'이다.[21] 영화언어는 재현의 수단으로서만 언어학적 가치를 얻으며

상 면을 지칭하며 노에시스(Noesis)는 지각, 상상, 기억, 판단, 의욕, 감정 등 의식의 기능적인 작용을 지칭한다.

20 위의 책, 419쪽.

21 위의 책, 32쪽.

예술적 창조에서부터 생겨난다. 그럼에도 메츠의 견해는 영화를 영화에 적절하지 않은 틀 안에 가두어놓음으로써 영화를 경직시키는 막다른 골목으로 몰기만 하였을 뿐이라는 것이다.[22]

어쨌든 메츠의 영화기호학이 구조주의와 함께 승승장구를 하고 있을 때, 진정한 영화기호학의 이면에는 미트리의 현상학적 영화이론이 숨어있었다. 미트리의 탁견은 영화 분석 영역에서 파리 학파가 진행한 일련의 심도 깊은 성찰만을 기다리고 있었던 것이다.

정념의 기호학과 영화 분석

그레마스의 기호학, 보다 정확히는 의미생성 행정의 모델이 다양한 텍스트를 대상으로 하는 보편적 분석 모델로 한창 활용되던 시기인 80년대, 한편에서는 기호학은 주요한 전환점을 맞이하게 된다. 바로 인지과학, 현상학, 미학이 그 전환점을 주었다. 인지과학은 위에서 언급한 '내재적 구조'들이 인간 정신의 기능 작동과 독립된 형식적 실제들이 아님을 일깨워주었다. 의미생산의 과정들은 무엇보다 그 과정에 참여하는 주체와 불가분의 관계에 있다. 즉, 이 과정은 발화능력뿐 아니라 기억, 상상력, 추론, 지향성, 지각을 비롯한 세계에 대한 주체의 신체적 현존방식과 감각기관에 의존하는 것이다.

두 번째 전환점은 현상학이 제공하였다. 상징체계가 작동하기 위해서는 언어의 차원을 넘어 지각과 신체기관 가운데 자아, 공간, 시간에 대한 현상학적 경험이 필요하다는 깨달음이다. 현상학은 기호학에 몇 가지 새

22 이후 미트리는 『의문스러운 기호학』(1987)에서 메츠와 메츠의 뒤를 이은 이론가들의 오류를 구체적으로 지적하게 된다.

로운 가르침을 부여하였다. 첫째, 기호-설화 공간과 담화 공간에 감각의 지대를 두어야 한다는 점이다. 또 하나의 가르침은 우리의 몸은 외부 세계와 내부 세계의 경계로서, 이 몸 가운데에서 기호학적 형태들을 감성으로 연결한다는 사실이다.

마지막 가르침은 의미생성 행정의 시작과 끝을 수정하는 것이다. 그 시작점은 살아있는 세계, 느껴진 세계, 즉 지각의 차원이며 그 끝은 실천된 담화라는 것이다. 내재성의 원칙을 고수하던 그레마스 학파는 앞에서 논의하였던 계기들을 맞이하면서 전통적 구조기호학에서 배제되었던 실체, 지각, 주체에 관심을 가지게 되었고 이는 곧 담화의 정념적 차원을 주목하게 된 배경이 되었다. 기호학의 가장 심오한 단계에서 기호학자가 다시 찾은 것은 인간과 세계를 연결하는 미학적 근원이었다. 바로 미트리의 현상학적 미적 체험론이 긴 시간을 뛰어넘어 다시 복구된 것이다.

다시 영화로 돌아오자. 퐁타니유는 『보이는 것의 기호학: 빛의 세계』에서 고다르(Jean-Luc Godard)의 영화 〈정념 Passion〉(1982)을 분석하였다. 〈정념〉은 영화감독인 저지(Jerzy)의 영화 제작을 둘러싼 이야기로, 저지와 동료들의 회화 미학과 영화 미학의 탐구과정을 형상화한 작품이다.

이 작품에서 흥미로운 부분은 타이틀 시퀀스이다. 이 부분은 사전에 제시된 전체 작품의 메타 담화적 주석으로, 영화가 시작된 후 점차 고조되는 음악에서 갑자기 소음으로 넘어가는 부분으로 구획된다. 타이틀 시퀀스에서는 구름이 떠 있는 하늘을 비행기가 가로지르는 숏(A1~A4)이 네 번 되풀이되고 그 사이에는 전형적인 세 가지 서사 상황, 즉 공장에서 일하는 이자벨(B), 길에서 대화하는 이자벨과 저지(C), 아파트에서 옷을 입는 미셸과 아나의 모습(D)이 삽입되어있다. 타이틀 시퀀스는 'A1-B-A2-C-A3-D-A4'로 구성되어있다. B, C, D는 메츠의 이론에서는 '병행 신태그마'들이지만 이 숏들의 연관이 구름(A1, A2, A3, A4)과 불가분의 관계에 있으므로 이 일곱 개의 숏들은 모두 하나의 통합체로 간주되고 몽타주는 공통의 테마에 의해 진행된 것으로 간주된다.

흥미로운 것은 네 가지 구름 숏들은 그림에서 본 빛의 의미효과 구성과 완벽하게 맞아떨어진다는 점이다. '섬광'은 강렬한 흰색 영역에, '채광'은 광원이 구름 뒤에 가려진 채 밝음과 어두움이 대비를 이룬 것에 해당되며, '질료'는 구름 덩어리에 모델과 구조를 부여하고 있다. 유일한 착색 지역은 푸른 하늘 부분이다. 타이틀 시퀀스를 구성하는 두 유형의 숏들 중 구름 숏들은 늘어나고 반복되며 에워싸면서 전체 신태그마를 지배하면서 낮은 밀도의 의소를 가진다. 삽입된 세 가지의 서사 숏들은 집약적이며 지배되고 결정된 것들로 높은 밀도의 의소를 가진다. 구름 숏들은 영화 관객의 스테레오 타입화된 기대에 부응하지 않으며 조형적 차원에서도 디제시스적 변형도 수반하지 않는다.

그러나 잘 보면 비행기의 움직임에 따라 프레임이 서서히 변하는 것을 알 수 있다. 오른쪽 아래에서 왼쪽 위로 진행되는 비행기의 흔적은 수많은 숏들에서 나타나는 지배적인 조형 구성이다. 이것은 마치 지각-발화 과정이 수행된 것으로 보이며 이 과정은 담화 전체를 안정시키려 한다. 프레임의 변화 덕분에 빛의 변형이 이루어지며, 2개의 구름 덩어리를 연결하는 서서히 진행되는 운동의 방향이 프레임 내부의 방향과 중첩되면서 의미가 만들어진다.

담화가 안정되는 것은 빛의 긴장 공간과 '감각하는 주체'에게 고유한 '현전의 장'이 포개지면서이다. 이 덕분에 지각 주체는 빛의 공간에서 자신의 고유한 시간 · 공간적 참조체계를 투영한다. 관찰자의 면전에서 빛은 발화체 내부에서 정보를 구성하고, 여기에는 움직임의 표현도 포함된다. 각각의 참조체계가 중첩되면서 이들은 '친교적 연접'을 만든다. 관찰자와 정보 제공자의 친교적 연대는 긴장 공간에서 기호학적 존재를 만든다. 이 존재의 동질성은 고유한 몸의 개입으로 얻어지는 것이다.

퐁타니유의 영화 분석이 여기에서 끝나는 것은 아니지만 이 정도면 인식론적 전환을 거친 '정념의 기호학'이 영화를 포함한 유의미한 의미체계에 어떤 식으로 접근하는지는 짐작할 수 있을 것이다. 지각과 감성은 '양태화'나 '형상화'라는 주요 개념들과 나란히 같은 비중으로 제시된다. 우리가 세상을 지각할 때 외부의 의미는 우리 몸의 중개를 통해 내부의 의미로 바뀐다. 이는 곧바로 현상학의 명제이기도 하다. 기호학은 지각과 지식의 문제를 떠나 존재할 수 없다. 김성도의 말대로 기호학의 기의와 지각적 기의, 현상학적 기의는 숙명적인 동의어이다.[23]

기호학과 영화학의 소통

이 글은 일반기호학의 입장에서 영화학계의 기호학 논쟁을 돌아보고, 그들의 논쟁이 실은 기호학의 차원이 아니라 언어학의 발전에 편승한 자기 모순적 내부 논쟁이었음을 밝히려 하였다. 오늘날의 언어학이 단순히 언어의 내재적 단위와 이들의 조합을 둘러싼 모색에서 머물러 있지 않는 것과 마찬가지로, 오늘날의 기호학은 더 이상 언어학이 건네준 개념인 약호나 관습에 머물러 있지 않고, 세계와 인간의 관계, 그 관계를 중재하는 주체의 문제에 관심을 가지면서 의미는 결국 주체에게서 만들어지는 것이라는 데까지 이르렀다. 미트리는 그런 의미에서 현상학적 영화미학자일 뿐 아니라 오늘날의 일반기호학, 특히 그레마스 이후의 인식론적 도약과 맞닿는 선구자이기도 하였다. '정념의 기호학'이 보여준 기호학의 가장 심오한 단계에서 얻은 교훈은 이미 미트리에서 배어 나오고 있었다는 것은 위에서 본 바와 같다.

23 김성도, 『구조에서 감성으로: 그레마스 기호학 및 일반 의미론의 연구』, 고려대학교 출판부, 2002, 61쪽.

한편 그가 시종 견지하였던 입장, 즉 한 가지 현상을 모든 관점에서 철두철미 관찰하고 종합하면서 대척점들을 변증법적으로 통일하거나 그 중 하나를 기각하면서 명확한 대안을 제시하는 자세는 일반 학문에서뿐 아니라 기호학에서 더욱 요구되는 연구윤리이다. 따지고 보면 메츠 이후의 영화인지기호학 역시 기호학의 입장에서 보면 손해 볼 것은 아니다. 그 과정에서 얻어졌을 영화예술의 내재적 구조와 의미작용의 법칙들 역시 기호학이란 이름 가운데에서 얻어진 결실일 터이고, 이것은 다시 기호학의 자산이며 기호학을 풍성하게 만들어주는 것이다. 메츠의 영화기호학과 영화인지기호학이 자신을 의탁하고자 했던 언어학, 정신분석학, 인류학, 이데올로기 분석, 비판 철학 등의 개별 학문이론들은 물론, 미트리와 그레마스가 그 가운데서 조우한 현상학 등은 모두 기호학의 영역이라면 영역이다. 기호학은 모든 학문과 사상들이 소통하고 부딪히면서 발전해나가는 열린 장이기 때문이다.

14. 디자인

디자인을 시각기호학 연구의 한 영역으로 다루기는 다소 주저하게 된다. 2장에서 보았듯, 시각기호학의 연구대상은 일차적으로 감각별로 분류된 물리적 대상인데, 디자인(design)이란 단순히 '그려진 것'만은 아닌, 매우 다의적인 용어이기 때문이다. 우선 디자인은 '어떤 대상, 시스템, 또는 계량할 수 있는 인간 상호작용을 구축하기 위한 설계도 혹은 합의'를 말한다. 이러한 의미에서 디자인은 건축 청사진, 공학 설계, 사업 계획, 회로도, 심지어 수예 패턴 등을 포함한다. 디자인의 내포 의미는 더 넓다. 도자기, 기술, 경영, 코딩, 그래픽 디자인 등이 디자인 마인드를 이용하는 것들이다. 게다가 디자인이란 개념은 창조된 사물의 범주를 총칭하는 명사이기도 하고 창조의 과정을 의미하는 동사이기도 하다.

사정이 이러하다 보니, 디자인을 시각기호학의 영역에 포함할 수 있는 가능성을 타진하는 입장에서는 이 가운데 일부, 그나마도 제한된 연구를 언급할 수밖에 없다. 이 장에서는 먼저 디자인 일반의 역사를 개관하고 기호학적 입장에서 상대적으로 가까운 디자인의 학문 정체성, 디자인의 심리학, 건축의 기호학, 일상에서 디자인의 의미를 다룬 선행연구 일부를 살펴본 후, 마지막으로 디자인 기호학의 기획 사례를 살펴볼 것이다.

디자인 이념의 발전

현대 디자인의 초기 작가들로는 건축 디자이너인 루스(Adolf Loos, 1870-1933), 바우하우스 설립자인 그로피우스(Walter Gropius, 1833-1969), 백화점 실립자이면서 건축가의 고객이자 커미셔너인 카우프만(Edgar J. Kaufmann, 1885-1955) 등을 들 수 있다. 루스는 과도한 장식을 비판하였고, 그로피우스는 1919년 바우하우스 선언을 통해 엠블럼의 대상인 성당도 시대의 영적 가치를 반영하여야 한다고 선언하였다. 여기에서 촉발된 '좋은 디자인' 논쟁은 대상의 형태가 어떻게 삶의 질을 제고하는가라는 이슈로 옮아갔다. 50년대와 60년대의 이성주의 디자인의 담론은 '스위스 타이포그래피'에서나 '브라운(Braun) 스테레오 사운드 시스템(〈그림 14-1〉)'에서와 같이, 불필요한 요소를 제거하는 것을 이상적인 디자인으로 여겼다.

〈그림 14-1〉 브라운 스테레오 시스템[1]

그러나 80년대, 90년대에 들어와 반전이 일어났다. 사물은 경험의 상징적 영역에 여전히 중요한 존재로 남아 있지만 작가들은 점점 상품과 디자인 실천 학문에 의미와 가치를 부여하는 심리적 · 사회적 · 문화적 맥락에 관심

1 https://www.pinterest.co.kr/pin/239957486366062772/

을 집중하였다. 이 전이는 1980년대 초 몇몇 작가들이 제기한 모더니즘과 포스트모더니즘 사이의 의심스럽고 간결하며 이데올로기적으로 간편한 구별에 기반을 둔 것은 아니었다. 이러한 전이는 오히려 20세기 전반부 디자인 영역을 구축하였던 디자이너, 역사가, 평론가, 이론가들은 이해하지 못하거나 적절하게 탐구되지 못하였던 모종의 인식에 의해 유도된 것이다. 현대 디자인 담론이 과거와 극단적으로 결별한 것은 아니다. 현대 디자인 이론은 이전 시대에 묻혀 있었던 이슈와 문제를 포함하는 넓은 영역에서 진행된다.

디자인의 역사가 실제로 발생한 구체적 사건을 재현하고 해석할 때, 디자인의 비평과 이론은 다양한 환경 가운데에서 만들어진 많은 사례들을 통해서 디자인 과정, 실천 그리고 상품의 본성을 연구한다. 철학적 의문은 일반원칙의 미래의 비판과 이론에 이바지한다. 그것이 비판적이든 이론적이든 철학적이든 이런 성찰은 역사적 사건이나 역사적 재료의 고찰을 통해 나타난다. 그러나 문제 해결의 방향은 디자인에 관한 당대의 문제와 미래의 실천과 디자인의 이해에 영향을 줄 수 있는 사고에 맞추어져 있다.

디자인은 의미론적 문제이며 의미작용의 탐구의 대상이다. 의미론적 문제는 20세기 들어 디자인 사고를 형성하는 데 기여해온, 인간이 만든 세상에 대한 지적이며 실천적인 영역에서 나온다. 디자인 담론은 시초부터 다양한 사고와 방법, 철학적 가설을 반영해왔으나 이론가들이 말하고자 하는 본질적인 문제에서 다양한 관점들을 구별하기는 쉽지 않다. 이 사실이 디자인 학파 사이의 이데올로기 논쟁을 촉발하였으며 또한 의미 탐구의 공공의 장에서 디자인 연구를 발전시켜왔다. 그러나 논쟁 참여자들 사이의 의미론적 차이가 차츰 익숙해지면서 건설적인 대화의 가능성이 열렸다.

디자인과 문화

디자이너들은 디자인을 통해 세상에 영향력을 행사하겠다는 목표 아래 상품의 정확한 본질을 파악하기 위해 최선의 노력을 다하겠지만, 인간의 경험에서 볼 때 상품을 만들어내어 온 이력은 디자이너들이 그러하듯 인간이 인위적인 세상에 의미를 부여하는 능력에 달려 있다. 상품의 의미는 사람들의 상호작용에서 만들어지는 것으로, 디자이너의 통제를 벗어난 것이기 때문이다.

상품으로서의 디자인 의미와 관련해서 두 가지 주제를 생각할 수 있다. 첫 번째는 상호작용이다. 인간은 상품 메시지의 수동적 수신자가 아니라 의미를 만들어내는 적극적 참여자이다. 두 번째는 의미의 구성이다. 의미는 비록 인접성과 개인 경험의 다양성 및 기대에 달려 있지만 나름대로는 체계화되어있다. 일반 소비자는 주위의 상품의 의미를 읽어내는 기법이나 해석을 인식하지 않고 있더라도 그러한 기법이나 학문은 존재하여 상품의 의미가 어떻게 개인이나 사회의 삶 가운데서 의미를 획득하는지를 규명하는 비평가들이 있어 의미를 분절해낸다. 이러한 탐구영역에서 복수의 존재는 현대 담론의 특징이다. 상품의 의미를 탐구하는 데 학자들이 도움을 받는 학문은 기호학, 언어학, 수사학, 논리학, 변증법과 함께 사회심리학, 현상학이 있으며 이들이 상품의 의미를 이해하고자 하는 상품의 의미론을 구성한다.

디자이너와 소비 집단들은 문화권을 형성한다. 인류학이나 문화이론은 문화 실천으로서 디자인에 충분한 관심을 표명하지는 않아 디자인이 개인이나 세상에 끼치는 영향은 거의 규명되지 않았다. 그러나 우리는 상품이 없이 살 수는 없으며 더 나아가 우리가 구할 수 있는 상품들과 함께 우리의 삶을 형성해나간다.

따라서 디자인은 유의미한 여러 가지 방법으로 문화적으로 작동한다. 먼저, 상품은 사회적으로 인식되는 정체성의 개념을 내재하면서 의미의 상징적 교환에서 토큰으로 기능한다. 두 번째로, 상품은 개인이나 집단 모두에서 일회성 소모품부터 취미, 시간 보내기의 대상에 이르는 도구로 작동한다. 세 번째로, 경제적 교환의 토큰으로서 상품은 글로벌 무역 패턴과 자본 축적에서 중심적인 요소이다. 개인이나 집단의 차원에서 디자인 철학과 가치가 우리의 삶에 관한 성찰에 개입하듯, 디자인 정책은 국가의 경제와 사회 발전 논의에서 항상 단골로 등장한다.

디자인의 학문

현대 디자인의 문제는 많은 전통적인 학문들을 관통하지만 이 문제를 다루는 수많은 연구들은 하나의 경향성을 가진다. 불행하게도 디자인은 종종 제대로 이해되지 못하거나 단지 상업적인 영역에 국한되어 호기심의 대상 정도로 받아들여졌다. 연구자들은 디자인의 연구가 다른 학문들처럼 제도화되기를 희망한다. 제도화의 방법은 이전의 학문 모델들을 답습할 수도 있다. 그러나 디자인에서 새로운 학습 노선이나 디자인 이론, 실천, 생산의 과정을 통합하는 새로운 노선을 추구하는 움직임도 있다.

디자인 기호학이라 불릴 만한 학문 분야가 성립되기 위해서는 먼저 디자인 학문의 본질과 그것이 가지는 다른 학문 분야, 나아가서 지식계에서의 관계를 규명하여야 한다. 두 번째 주제로, 디자인 실천의 영역에서 당대의 성찰과 역사적으로 발전해온 아이디어의 연결을 보아야 한다. 세 번째로는 디자인 아이디어의 콘셉트, 기획, 표현을 다루어야 한다.

이러한 전제 아래, 기호학의 성격에 부합하는 논의의 사례로 프라스카라(J. Frascara)[2]와 파파넥(V. Papanek)을 들 수 있다.[3] 이들은 디자인의 미학적 · 윤리적 · 인간적 가치에 관련된 문제들을 논의한다. 이들은 디자인이 사회과학에서 나온 일련의 실천적 지식들을 수용하여야 한다고 지적한다. 프라스카라는 디자인이 미학적 측면을 지나치게 강조하면서 그래픽 디자이너들은 그들의 작업의 질을 올리는데 마찬가지로 중요한 사회적 커뮤니케이션을 제대로 이해하지 못한다고 주장한다. 프라스카라가 지적한바, 디자이너들이 중시하는 시각 양식의 오류는 다음과 같다.[4]

- ▷ 미학적 맥락 가운데에서 시각 구조의 중요성을 지나치게 강조한다.
- ▷ 부합성에서 문제를 야기한다.
- ▷ 도로표지판, 양식, 시간표, 지도, 교육용 교재 등에서 그래픽 디자인의 영역을 제외한다.
- ▷ 시각 창조물과 시각 조작의 차이를 구별하지 못함으로써 커뮤니케이션의 개념을 무시한다.
- ▷ 시지각 능력에 관련된 문제를 야기한다.
- ▷ 대중의 자세와 사고에 끼치는 그래픽 커뮤니케이션의 영향에 관련된 문제를 야기한다.

그는 디자이너들이 현대 생활 가운데에서 그래픽 디자인이 수행하는 넓은 영역의 기능을 인식하고 청중들에게서 만들어지는 교환의 기능 측면에서 작품을 만들기를 촉구한다. 시각적 성분들의 상호관계를 바라보는 디자이너의 시선을 관객으로 이전함으로써 관객들로 하여금 의미의 구축

2 Frascara, J., "Graphic Design: Fine Art or Social Science?," in V. Margolin, and R. Buchanan eds., *The Idea of Design*, Cambridge MA, London: The MIT Press, 1966, pp. 44-55.

3 Papanek, V., "The Future Isn't What It Used To Be," in V. Margolin, and R. Buchanan eds., *The Idea of Design*, Cambridge MA, London: The MIT Press, 1996, pp. 56-69.

4 Frascara, J., op. cit., p. 44.

에 능동적으로 참여하도록 유도한다는 것이다.

프라스카라의 지적이 의도적으로 커뮤니케이션 기능과 미학적 요소들을 평행선에 놓은 데 비해, 파파넥은 그래픽 디자인에서 산업 디자인으로 눈을 돌려보면서, 미학의 지나친 강조가 아니라 명료성이라는 이름으로 인간의 물리적 요구를 무시하는 고급기술의 기능주의를 비판한다.

비록 현대사회에서 디자인 사고는 많은 학문 영역에서 얻은 지식에 기초하여야 하지만, 디자인 사고의 핵심은 여전히 상품에 관한 아이디어를 구상하고 기획하고 표현하는 것이다. 지식은 디자인에서 영감의 근원이며 실천적 한계이기도 하고 평가의 기준이기도 하다. 그러나 지식은 디자이너의 상상력이 아이디어와 이미지, 세계관으로 바뀌어 다른 사람들과 효과적으로 커뮤니케이션하는 데 활용되지 않는다면 무용지물이다.

아른하임(Arnheim)의 디자인 심리학은 이런 사실에 주목한다.[5] 아른하임은 스케치를 일종의 변증법으로 파악하고 디자인 과정에서 심적 이미지와 시각적 재현 사이의 관계를 논의한다. 그는 디자인에서 스케치 행위의 본성과 기능은 오늘날 더욱더 중요시되어야 하며, 괄목할 만큼 유연한 도구로서, 서구 문화의 이성 중심적 분위기에서 훈련된 디자이너들은 그 중요성을 미처 깨닫지 못한다는 사실을 강조한다. 디자인이란 새로운 학문은 따라서 정교한 지식과 커뮤니케이션 능력을 함양하도록 하되 언어에만 기반을 두어서도 안 되며, 문자 그대로든 은유적이든 비전의 과학이라는 것이다. 주목할 점은, 아른하임은 디자인 학문을 오늘날 그 중요성이 점점 더 대두되는 '자유학예(Liberal Arts)'[6]의 하나로 보는 것이다.[7]

5 Arnheim, R., "Sketching and the Psychology of Design," R. Buchanan eds., *The Idea of Design*, Cambridge MA, London: The MIT Press, 1996, pp. 75-88.

6 자유학예학문과 자유학예교육, 즉 '교양기초교육'의 개념은 17장 '기호학의 새로운 사명'에서 상세히 볼 것이다.

7 Arnheim, R., op. cit., p. 79.

디자인은 현대 문화에서 새로운 자유학예 학문 중 하나로 볼 수 있다. 우리는 사람들로 하여금 진정한 인간으로 만들고 그들의 경험에서 의미와 가치를 찾을 수 있는 능력을 주는 자유학예 학문의 범위 안에 디자인의 학문을 위치시켜야 한다.

아른하임의 통찰은 이어서 그가 인용한, 유니시스(Unisys)사의 '통합산업디자인 및 인간 요인' 부회장이었던 바서만(Arnold S. Wasserman)이 스탠퍼드 디자인 포럼에서 한 발언의 일부와 맥이 닿는다.

디자인은 나머지 세상 사람들이 이해하는 관점에서 자신의 수행을 평가하는 능력이 없다 보니 스스로를 평가할 수 있는 도구도 가지지 못합니다. 교수들 역시 학생들에게 전수할 "지식"을 만들어오지 못했습니다. (…) 디자인이 문화적으로 맥락화된 역사, 이론, 연구, 비평을 결여하니 결과적으로 학교는 디자인 기법만을 훈련시킬 뿐이고 디자인 전문가를 양성하지 못합니다.[8]

디자인 기호학의 정초

나딘(Mihai Nadin, 1938-)은 이제 몇 남지 않은 기호학 원로의 하나이다. 그의 관심사는 전기공학, 컴퓨터 과학에서 미학, 기호학, 컴퓨터 디자인, 후기 산업사회 등 다양한 영역에 이르지만, 그의 학문이 절정에 달했던 1980년대에 디자인과 기호학의 만남, 혹은 진정한 의미에서 '디자인 기호학'을 체계화한 장본인이기도 하다. 이 자리에서 그의 디자인 기호학의 개요를 간략하게나마 되돌아보는 것은 퇴조해가는

8 이미 1990년대에 제기된 이 문제가 오늘날의 고등교육에서 얼마나 해소되었는지, 혹은 더 악화되어 가는지 이 책은 판단을 보류한다.

기호학 연구 제1세대에 대한 존경과 오마주이기도 하다.

나딘은 1980년대, '어떤 계기로 말미암아' 디자인에 기호학을 적용하고자 하는 디자이너들에게 기호학을 강의하였다. 게다가 디자인에 대한 관심은 컴퓨터와 인공지능 연구에 관여적인 자신의 연구과정의 일부이기도 했다. 나딘이 진단하기로는 지금과 마찬가지로 당시에도 디자인은 인간의 창조적 행위 가운데에서도 상대적으로 정착되고 제도화되지 못한 영역으로 남아있으며, 비판적 방법이 결여된 상태에 놓여있었다. 그럼에도 불구하고 디자인 학문은 과거의 미학이나 형태론적 이론에서 '구조'와 '기호'로 전이되기 시작했다. 나딘은 자신의 홈페이지에 수록한 논문 「디자인과 기호학」[9]이 일련의 발전에서 나타난 학파들의 특징과 역동성을 다이어그램을 위주로 설명하였다.

(1) 디자인의 기호학적 성격

〈그림 14-2〉는 상품으로서 디자이너의 작업 대상을 규정하는 차원의 설명을 넘어서서 디자인의 문제를 다루기 위해 고안한 것이다. 여기에서 디자인은 오늘날의 주도적 패러다임인 '문제해결'로 정체성을 가진다. 디자인 과정은 디자인 지성, 문화적 감성과 비판

〈그림 14-2〉 디자인 세미오시스

9 "Design and Semiotics," http://www.nadin.ws/wp-content/uploads/2007/02/design_and_semiotics.pdf.

적 자세를 포함하며 이들은 인간 행위가 가지는 많은 형태들 가운데서도 기호학적 성분이다. 디자이너는 목표를 달성하기 위해 기호학적 수단의 도움을 받는다. 그 수단은 경우에 따라 미학적 · 문화적 · 경제적 · 정치적 요인들을 포함한다. 디자인이 직관적 소산인가, 아니면 기호학에 근거한 방법을 요구하는가라는 질문에는 합의된 대답이 나오기 힘들지만 디자인이 많은 시스템 혹은 방법들, 특히 타이포그래피, 신호체계(signage), 전문화된 커뮤니케이션 등을 필요로 하는 것은 분명하다. 여기에다 디자인은 창의성, 자발성, 심지어 우연성 등의 '인간의 손길'이 필요하며, 이것이 없으면 디자인의 표현적 완성은 죽어버린다.

(2) 설명 모델

디자인 행위는 구두 언어 모델에만 국한되지 않는다. 나딘은 디자인 기호학의 기본 틀인 디자인 기호를 퍼스의 기호 삼원론 도식을 응용하여 <그림 14-3>의 도식을 제안하였다.

포스터의 해석은 구성요소들의 재구성을 의미한다. 매번 기호가 해석될 때마다 기호작용(semiosis) 역시 배가된다. 일반적인 평면 그래픽 디자인인 포스터의 경우 이 과정은 상대적으로 간단하다. 그러나 상품 디자인, 실내 디자인, 건물 디자인의 경우에는 표현체(representamen)는 더 복잡하고 질료, 조직, 리듬, 키네틱스 등 기호학적 층위에 대한 정교한 고찰이 따라야 할 것이다.

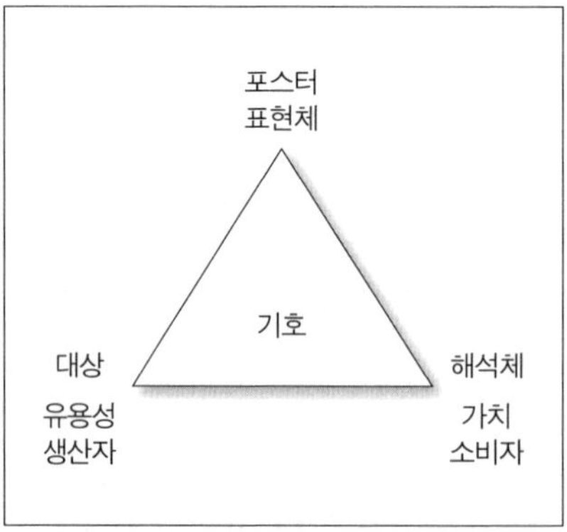

<그림 14-3> 디자인 기호

디자인을 올바로 해석한다는 것은 해석자가 비교할 만한 가치를 지니는 디자인을 생성해낼 수 있다는 것을 의미하지 않는다. 그것은 디자인의 구조와 디자인이 해석되는 구조 사이의 대칭을 인식하는 것이다. 하나의 디자인 작품을 안다는 것은 모든 디자인을 안다는 말은 아니다. 그러나 실제로는 사람들은 이전의 디자인 해석을 새로운 디자인의 이해에 적용한다. 마찬가지로 디자이너는 기호학적 원칙을 연구하지 않았더라도 공통적인 기호학적 지식을 적용한다. 따라서 디자인은 응용기호학의 하나가 된다.

(3) 디자인 과정에서 기호학의 기여

기호 조작, 즉 '대치(substitution)', '삽입(insertion)', '생략(omission)'은 디자인 언어의 규칙이기도 하다. 이를 시작으로 일련의 디자인 언어가 구축되었다. 커뮤니케이션의 현대적 방법에서 겪는 디자이너의 고충은 어떤 매체를 선택하는가에 달려 있다. 보편적인 방법은 없으나 디자인 언어를 적절하게 선택하면 효과적인 디자인이 만들어진다. 디자인은 다양한 관객, 퍼스의 용어로는 '해석자(interpretant)'들에 의해 해석되거나 사용된다. 기호학은 디자이너에게 다음의 활동을 가능하게 한다.

- ▷ 최적의 커뮤니케이션 수단을 이해하고 효율적으로 활용한다.
- ▷ 디자인을 통해 해결하고자 하는 문제에 다양한 답을 생성하고 평가한다.
- ▷ 문제를 해결하기 위한 기술적 수단을 선택한다.
- ▷ 디자인의 역동적 성격을 고려한다.

오늘날의 사회가 더 많은 기호를 사용하고 사람들 역시 그 어느 때보다 정보 수집을 기호에 의존함에 따라 기호학은 지금까지 잊혔거나 피상적으로 다루어진 아래의 문제들을 해결하는 데 기여한다.

- 신호의 부합성(appropriateness), 즉 신호체계가 도시에서의 삶과 문화적 전통에 얼마나 잘 통합되고 수행하고자 하는 기능과 사용하고자 하는 표현수단에 적합한가.
- 일관성(coherence), 즉 신호체계가 잠재적 사용자가 지각하고 해석하는 양식을 설명하는가의 여부. 일관성은 디자이너가 기호학적 정체성의 원리를 적용할 경우 다양해질 수 있다.
- 통합(integrity), 즉 디자인의 질과 커뮤니케이션의 질이 상호 보완되는가, 모순되는가의 여부. 통합은 예를 들어 도시구조 내부에서 신호체계가 가끔 급속하게 변하는 건축 환경에 적응하는가의 문제를 포함한다.
- 중요성(significance), 즉 잠재적 사용자가 접근할 수 있는 정보에 부여된 중요성으로, 예를 들어 서비스의 질과 사용자, 사회적 기능의 암시적 진술이다.

기호 기능은 다음 사항을 요구한다.

- 신호체계의 모든 구성요소를 명확하게 확인
- 최적화, 즉 최소한의 필수적 기호 성분을 사용
- 주어진 환경을 인식하고 아래와 같은 새로운 기호를 디자인하는 맥락 정의
  -주어진 환경에서 수용 가능성 여부
  -전체 시스템과의 일관성
  -각 구성성분과 시스템 전체에 대한 비판적 평가

마지막으로 기호학은 아래의 디자인 과정에서도 적용된다.

- 기술과정, 즉 비교분석

- 기능부여 과정, 즉 구조적 성격의 정의에 근거한 광고의 기능 결정
- 생성과정, 즉 새로운 모델을 만들고 테스트하고, 개선하여 최종 결실을 거두는 과정

15. 뉴미디어

'미디어 기호학'의 위상

미디어 항목을 시각기호학, 나아가서 기호학의 영역에 편입하고자 하는 데는 망설임이 따른다. 미디어 연구는 기호학의 영역이 아니라 문화과학에서의 전유물처럼 여겨지기 때문이다. 1장에서 본 것처럼, 인간의 감각 가운데서 가장 효과적인 '시각'을 둘러싼 시각기호학은 따라서 매력 있는 연구대상이 된다. 그러나 그 대상은 또 다른 빛과 함정을 가지고 있다. 시각기호학은 미술사에서 많은 빚을 지고 있으며 그 빚은 결국 '시각연구(visual studies)'라는 새로운 접근방법을 용납하게 되었다. 그 결과 시각기호학은 오늘날의 시점에서는 마치 한 시기를 풍미하였으나 이제는 잊혀버린 과학으로 보이게 되었다. 이 문제에 관해서는 17장에서 다시 언급할 것이다.

그 결과인지, 전통적으로 기호학의 진영에서는 미디어 연구가나 '문화과학' 연구가가 자칭하는 '미디어 기호학(Media Semiotics)'을 기호학의 한 영역으로 취급하는 데 상당히 인색하다. 예를 들어 기호학의 영역별 규명과 연구동향을 망라한 역서로 기호학 연구의 시금석이 되는, 부이삭(Paul Bouissac)이 편집한 『기호학 백과사전』의 개정판(1998)[1]에서조차 '미디어'라는 항목은 없고 단지 '커뮤니케이션' 항목에서 내용의 일부가 언급되는 것이 그러하다.

그럼에도 불구하고, 미디어 분야에서 인식론적 배경으로서 기호학적 접근을 추구하는 노력은 집요하게 진행되었다. 이러한 현상은 17장에서 다시 언급하겠지만 국제적 단위의 대소 기호학회에서부터 먼저 시작되었다. 점차 시각기호학이란 초기의 단골 세션이 사라지는 자리에 '영상문화', '미디어' 등의 키워드가 나타나는 현상은 필자의 감각으로는 2000년대 이후 학회 프로그램의 특징이 되어가면서 학회장에서 필자의 발걸음을 무겁게 하곤 하였다.

시각기호학을 대치한 영상문화 연구, 특히 그 가운데에서 미디어 연구 분야는 영상시대의 도래와 이에 대한 발 빠른 학계에서의 노력으로 발전되었음은 물론이다. 예를 들어 빅넬(J. Bignell)은 명시적으로 『미디어 기호학』을 표명하고 광고, 여성잡지, 신문, 텔레비전, 영화 등을 "기호학적" 배경에서 접근하였다.[2] 미디어학의 새로운 계기, 즉 디지털 컴퓨터의 등장을 '새로운 매체'의 출현으로 일찍 규정한 마노비치(L. Maovich)의 주저 『뉴미디어의 언어』는 미디어 이론이 기본적으로 언어의 이론에 기반을 두고 있음을 선언한다.[3]

그런가 하면 문화과학과 기호학의 경계를 없애려는 노력 역시 지속되어왔으며, 이러한 움직임에서는 미디어 연구에서 기호학적 개념과 방법은 좀 더 명시적으로 채택된다. 예를 들어 트와이츠(T. Thwaites) 등의 『문화

1 Bouissac, P. ed., *Encyclopedia of Semiotics*, New York, Oxford: Oxford University Press, 1998.

2 Bignell, A., *Media Semiotics. An Introduction*, Manchester: Manchester University Press, 1997.

3 Manovich, L., *The Language of New Media*, Cambridge, Mass.: Massachusettes Institutes of Technology, 2001.

미디어 연구 이해』[4]는 사실상 이데올로기 분석을 통한 문화연구 개설서이나 분석도구로 기호학의 기본 개념들, 즉 기호, 체계, 텍스트와 텍스트성(textualities), 간텍스트성(intertextuality), 서사 등의 개념부터 도입하여 미디어 기호학 분야에서 적절한 교과서로 활용할 수 있을 정도의 내용을 가진다. 크레스(G. Kress)의 시의적절한 명저 『다중양태: 현대 커뮤니케이션의 시회기호학적 접근』[5]은 사회적 현상인 커뮤니케이션의 양상을 기호학적 배경에서 그 양태와 의미, 텍스트의 문제, 네이밍, 디자인은 물론 인지와 학습의 이론까지 확장함으로써 오히려 시급히 규정해야 할 '다중매체의 기호학'의 뿌리가 된다.

국내에서도 유사한 노력이 진행되었다. 백선기는 오랫동안 '~의 즐거움'이란 이름을 가진 일련의 미디어학 저서들을 발간하고 있다. 그는 커뮤니이션 과학의 하위 분야로 송신자론, 수신자론, 메시지론, 미디어론, 상호작용론, 효과론을 들고 특히 미디어이론에서 커뮤니케이션과 기호학이 만나는 지점을 발견한다. 그는 기호학이 사회적 의미나 문화적 의미 등 보다 근원적이고 근본적인 의미를 파악하는 데 더욱더 주목함에 일찍 착안하여 기호학이 커뮤니케이션 과학을 풍요롭게 만들어주고 특히 서구의 경험적인 커뮤니케이션 모형의 취약점을 보완해준다고 믿는다.[6] 미디어와 관련된 또 다른 기호학적 접근을 체계화한 저자로 도쿄대학의 이시다 히데타카(石田英敬) 교수를 빼놓을 수 없다. 그는 미디어 연구를 명실상부하게 '미디어 철학'의 반열로 올려두었으며 그 인식론적 기반은 기호학이다. 이 분야를 별도의 절로 다루고자 한다.

4 Thwaites, T., L. Davis, and W. Muls., *Introducing Cultural and Media Studies: A Semiotic Approach*, Houdnmils: PALGRAVE, 2002.

5 Kress, G., *Multimodality: A Social semiotix approach to contemporary communication*, New York: Routledge, 2010.

6 백선기, 『미디어, 그 기호학적 해석의 즐거움』, 서울: 커뮤니케이션북스, 2007.

뉴미디어

자칫 논의가 '문화과학'으로 흐르지 않게 뉴미디어(new media)의 기초적 개념만 정리해보자. 뉴미디어라는 용어는 1980년대에 나타나 급속하게 보급되었다. 비록 이 범주에 속하는 미디어, 예를 들어 인쇄, 사진, 텔레비전, 나아가 컴퓨터와 인터넷 환경은 지역마다 안착하는 데 선후의 시차를 가졌지만, 미디어와 커뮤니케이션의 세계는 이 용어를 계기로 이전의 개념과 다른 개념을 얻게 되었다. 물론 이러한 미디어는 기술적인 배경을 가지지만 이에 따른 제도적 · 문화적 발전과 변화가 뒤를 따랐음은 물론이다.

뉴미디어 분야의 초기 전범을 제시한 것으로 판단되는 리스터(M. Lister) 외 논자들에 의하면 뉴미디어가 촉발한 변화는 다음과 같다.[7]

- ▷ 모더니티에서 포스트모더니티로. 논쟁의 여지는 있으나 1960년대 이후 사회구조와 경제구조의 구조적 변화를 촉발하였다. 미학적 · 경제적 관점에서 뉴미디어는 그 교환의 장에서 주요 지표가 되었다.
- ▷ 세계화 과정 가속화. 국가와 부속 영토가 교역, 협업, 관세, 문화, 정체성, 종교적 신념의 측면에서 경계가 무너지는데 뉴미디어가 하나의 요소로 기여하였다.
- ▷ 서구에서 제조업 기반의 산업시대가 후기 정보산업 시대로 대치. 고용, 기술, 투자와 이윤 창출 등 모든 측면에서 물리적 상품보다는 뉴미디어를 활용하는 '정보 산업'의 전형이 만들어졌다.
- ▷ 지정학적 질서의 분권화. 서구의 식민지에 대한 권력과 통제가 분산적이고 탈경계적인 새로운 커뮤니케이션 미디어에 의해 약화되었다.

7 Martin, L., J. Dovey, S. Giddings and K. Kelly, *New Media: a critical introduction*, London & New York: Routledge, 2009, p. 10. ff.

이러한 현상 끝에 뉴미디어의 등장은 기존의 사회적 · 기술적 · 문화적 변화의 영역을 훨씬 능가하는 영역에서 '기술문화(techoculture)'를 만들어내는 데 이르렀다. 이에 따라 뉴미디어에는 새로운 이데올로기적 내포의미가 부여된다. 여기서 말하는 '새로운(new)'이란 단어는 통상 가치기준이 부여되어 '더 좋은 것'으로 받아들여지나 실은 이 역시 기술의 발전이 가져다준 모더니즘적 발상이다.

이와 같이 오래된 신념은 뉴미디어라는 이름에 다시 각인되었다. 뉴미디어는 증가된 생산성과 교육기회라는 희망이 결부되어있으며 이 역시 서구사회의 권력 이데올로기의 소산이며 서사임을 염두에 둘 필요가 있는 것이다. 뉴미디어의 본질은 디지털(digital), 상호작용(interactive), 하이퍼텍스트(hypertextual), 가상(virtual), 네트워크(networked), 시뮬레이션(simulated)이다. 우리는 앞에서 비판한 바와 같은 형용사를 사용하여 뉴미디어의 영향을 다음과 같이 정리할 수 있다.

- ▷ 새로운 텍스트 경험. 새로운 장르와 텍스트 형태, 오락, 즐거움, 미디어 소비 패턴(컴퓨터 게임, 시뮬레이션, 영화의 특수효과 등)
- ▷ 새로운 세상의 재현. 비록 명확하게 규정되지는 않았으나 미디어는 새로운 재현의 가능성과 경험을 제공(몰입 가상환경, 스크린 기반 상호 멀티미디어)
- ▷ 주체와 미디어 기술의 새로운 관계. 일상에서 이미지와 커뮤니케이션 미디어의 사용과 미디어 기술이 담보하는 의미 교환
- ▷ 구현, 정체성, 커뮤니티 사이의 관계에서 새로운 경험. 개인적 · 사회적 차원에서 시간과 공간이 전이되면서 사람들의 경험과 위치 인식에까지 영향
- ▷ 생물학적 몸의 새로운 이해와 기술적 미디어의 관계. 인간과 인공지능, 인간 본성과 기술, 몸과 기술적 기관, 실제와 가상의 구별에 대한 도전
- ▷ 조직과 생산의 새로운 패턴. 미디어 문화, 산업, 경제, 접근성, 소유, 통제 등의 새로운 규정과 통합

미디어 기호학

(1) 미디어 기호학의 효시

따지고 보면 기호학이 미디어의 문제를 다룬 지는 오래되었다. 그것은 1957년, 바르트가 기호학의 개념과 방법론을 만들어내면서 적용대상으로 당시의 매스미디어에 투영된 대중문화를 분석한 『신화론』[8]에서 비롯되었다. 여기에서 바르트는 당대의 자본주의 문화를 상품 소비의 문화로 진단하고 멈추지 않는 텍스트와 수행적 양식과 형태의 반복으로 보았다. 대중이 상품을 구매하는 것은 현대의 인간을 역사적 기반을 가지는 의미와 결부하는 이차적 내포의미를 상품이 반영하기 문이다. 바르트는 또한 매스미디어의 텍스트와 볼거리는 문화 중심의 신화적 주제에 기반을 둔 것으로 보았다. 원래의 의미에서 신화와 미디어에서 보이는 신화를 구별하기 위해 후자를 'mythologies'라 명명한 것이다.

20세기에 들어서면서 학문 영역에 본격적인 '미디어 기호학'이 나타났다. 미디어 기호학은 일반 미디어 연구 가운데에서 텔레비전, 라디오, 인터넷, 비디오 게임, 소셜 미디어, 문자대화 등의 영역에서 진행되었다. 미디어 기호학과 일반 미디어 연구에 영향을 준 요인은 기술의 역할과 의미 과정의 세계화였다.

인터넷 시대가 도래하기 전부터 매스 커뮤니케이션 기술, 의미작용, 문화적 진보 등이 가지는 내재적 교차점은 이미 바르트는 물론 매클루언(McLuhan)의 통찰에 나타나 있었다. 미국의 커뮤니케이션 학자인 쉬람(Wilbur Schramm)은 이 결합을 연구하기 위한 공통적 개념목록을 만들었다. 코드화(encorder), 탈코드화(decorder)라는 용어와 커뮤니케이션 과정으로 발신자(sender)-메시지(message)-채널(channel)-수신자(receiver), 약자로 SMCR

8 Barthes, R., *Mythologies*, Paris: Seuil, 1957.

모델은 아직도 사용된다.[9]

(2) 후기 구조주의에서의 접근

오늘날 말하는 미디어의 학문 혹은 미디어 기호학은 구조주의의 패러다임, 즉 구성요소의 분절과 대립 혹은 계열체/통합체의 대립 구조를 벗어나면서 비약적인 발전을 이룩하였으며, 역으로 후기 구조주의의 담론을 일부 담당하기도 하였다. 구조주의에서 가장 자주 나타나는 '대립'에서 나오는 의문은 한 쌍의 대립 항 가운데에서 무엇이 기본이며 무엇이 파생된 것인가 하는 문제이다. 예를 들어 밤/낮의 대립에서 우리가 지각하는 바는 낮이 더욱더 기본에 가깝다. 이 사례에서 낮은 '표식(marked)' 극이 되고 밤은 '무표식(unmarked)'으로 명명된다.

초기 미디어 기호학에서 표식의 개념은 다양한 텍스트의 내용과 진보를 설명하는 개념으로 활용되었다. 예를 들어 시트콤에서 자주 나타나는 '남편과 아내'의 설정에서 남편은 표식 극이 되고 아내는 무표식 극이 된다는 식이다. 그러나 표식 개념은 대립의 개념에서 파생된 생태적 한계를 가진다. 데리다와 푸코에 의해 촉발된 대립개념의 와해는 결국 미디어 기호학은 소쉬르 계열의 구조주의 전통을 버리고 퍼스의 노선과 초기의 개념적 은유 이론에 의지하게 되었다.

오늘날 미디어 기호학은 먼 길을 우회하여 퍼스의 개념인 '해석체(interpretant)', 즉 "무엇을 대신하는(stand for)" 과정을 재발견하였다. 이것은 특정 텍스트가 기호과정을 생성하도록 설계된 것을 설명하는 데 특히 유용하다. 마찬가지로 퍼스 기호학을 기반으로 하는 공통적 기법은 도상성

9 다만 인터넷 시대에 발신자와 수신자는 자료의 무한 포스팅 혹은 '리트윗(retwit)'을 통한 복제와 전파를 통해 발신자와 수신자는 종종 동일시되기도 한다.

물놀이 장난감 광고.
물이 튀김의 의성어('splash')를
도상적으로 채택하였다.

폴로 광고.
폴로 시합 장면을
도상적으로 표현하였다.

〈그림 15-1〉 도상성을 이용한 광고와 브랜드 사례

이 어떻게 텍스트의 형태와 내용을 만드는지의 양태를 확인하는 것이다. 도상적인 브랜드명과 로고가 마케팅의 현장을 지배하기 때문이다(〈그림 15-1〉).

미디어 기호학이 즐겨 차용하는 개념으로 '시뮬라크르(simulacre)'가 있다. 보드리야르(J. Baudrillard)의 혜안이 담긴 이 개념은 오늘날의 사람들이 미디어에 계속 노출되면서 실재와 판타지를 더 이상 구별하지 않거나 구별하지 않으려는 현상을 잘 설명해준다. 이런 관점에서 미디어가 만들어내는 세상은 실제보다 더 실제 같은 '초실제(hyper-real)'이다. 영화 〈매트릭스〉는 이런 현상을 완벽하게 묘사하였다.

미디어 기호학은 미디어에 내재한 구조의 의미를 밝혀내고 이들이 기술적 · 사회적 변화 가운데서 어떻게 시간의 축을 따라 회전하는가를 연구한다. 미디어의 기호학적 접근은 한편으로는 자동차, 요리, 노래, 춤, 패션 등의 볼거리에 대중이 열광하는 이유를 심리학적으로 드러내기도 하며, 다른 편으로는 궁극적으로는 문학 텍스트의 비평에서 사용하는 방법을 그대로 채택하기도 한다. 문학 비평과 마찬가지로 미디어 기호학은 다양한 장르를 찾아내고 각각 장르의 관객들의 본성을 탐구하기도 하기 때문이다.

기호학적 개념들과 기법들은 현재 디지털 미디어, 소셜 미디어, 미디어아트의 분석에 활용되는 중이다. 이 가운데 인터넷과 모바일 기기가 만들어내는 공간은 이미 미디어 기호행위가 진행되는 플랫폼으로 자리 잡았다. 이 공간에서 발신자와 수신자의 구별은 사라졌으며 원본과 복제의 구별 역시 진작 사라졌다. 그 대신 이 공간은 권력과 자본이 행사하는 이데올로기의 경연장이 되어가고 현실과 시뮬라크르를 구별하지 못하거나 구별하려 들지 않는 일반인들은 이들의 제물이 되어간다.

그뿐 아니라 온라인 커뮤니케이션에서 우려되는 것은 '미니이치 만들기(miniaturization)'이다. 예를 들어 온라인에서의 대화는 이른바 '통신언어', 즉 기존의 언어규칙을 무시한 조어들로 진행된다. 이를 통한 소통은 결국 언어가 만들어낸 이성과 '사람됨'을 변질시키게 된다. 다음 절에서 상론하겠지만, 이른바 '포스트휴먼'의 일그러진 모습은 바로 이러한 메커니즘을 통해서이다. 미디어 기호학은 결국 이러한 현상까지를 주목하고 대안을 만들어야 할 것이다.

미디어철학

이시다 히데타카는 미디어 이론을 새로운 인문학으로 승격시키려는 노력을 해왔다. 필자는 한국기호학회와 한국영상문화학회 석상 등에서 오랫동안 그의 발표를 대하고 그의 연구물들을 읽으면서, 그가 추구하는 것은 '미디어의 철학'이라는 느낌을 받게 되었다. 특히나 인터넷, 모바일 환경이 지나칠 정도로 잘 보급되어 오늘날 온갖 사회문제가 거기에서 나올 정도가 되어버린 일본과 한국의 디지털 생태계를 공유하는 그의 지적 탐구의 행로는 많은 공감대를 불러일으킨다.

그는 전통적인 기호학에서 출발하여 디지털의 기술적 측면에 대한 깊은 이해를 바탕으로 정치한 디지털 미디어 이론을 제시한다. 디지털 문화가 전통적인 기호학이나 미학, 미술사 등 기호학의 인접과학, 나아가 미디어 연구뿐 아니라 사실상 모든 학문 분야에서 '인식론적 전회'를 요구하는 시점에서 특히 그가 제시한 기호 피라미드의 역전론(〈그림 5-2〉)[10]은 미디어 기호학뿐 아니라 기호로 대표되는 현대 학문의 패러다임 변화를 일목요연하게 보여준다. 이 도식의 상반부는 물론 퍼스의 기호 삼원론을 보여준다. 그런데 이시다는 이를 미디어를 고찰하는 도구로 사용한다.[11] 미디어 커뮤니케이션은 상징부분에서 성립한다. 문자로 만들어진 편지를 예로 들 수 있다. 아날로그 미디어 테크놀로지는 영상과 음성의 흔적을 기록

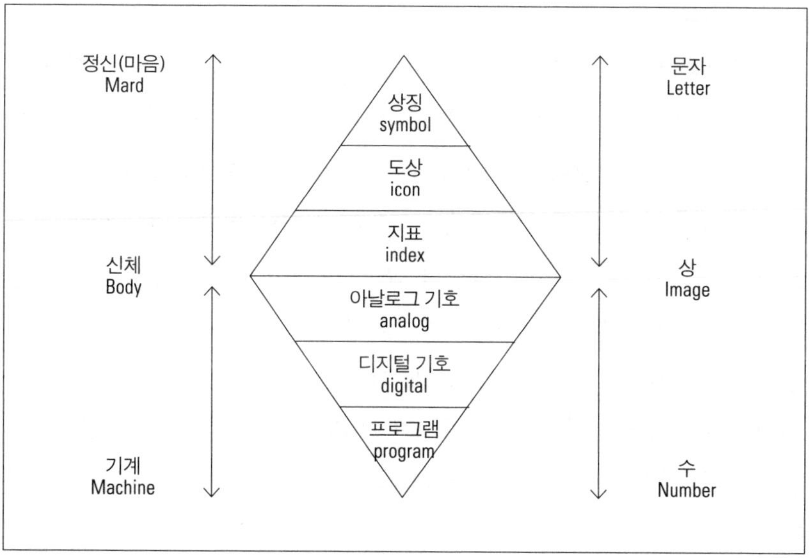

〈그림 15-2〉 기호 피라미드와 기호 역(逆)피라미드

10 이시다 히데타카 지음, 윤태석 옮김, 『디지털 미디어의 이해: 플랫폼과 알고리즘의 시대 읽기』, (주)사회평론아카데미, 2016/2017, 133쪽.

11 위의 책, 93쪽 이하.

하는 것으로 지표의 수준에 위치한다. 이는 정신활동의 커뮤니케이션이 감각정보를 포함하는 신체의 커뮤니케이션으로 옮긴 것이다.

도식의 하반부는 이시다 특유의 창의성과 논리의 결정이다.[12] 아날로그 미디어가 포착한 흔적은 디지털로 변환된다. 여기에서 유의미한 정보를 추출하기 위해 프로그램이 개입한다. 인간은 이제 정신을 직접적으로 활용하는 기호 생활에서 신체와 이미지의 수준에서 정보처리 과정에 접근하게 되었다. 컴퓨터와 인간의 경계면(interface)에서 인간의 마음과 기계의 알고리즘이 마주하는 것이다. 그러므로 인간이 세계를 지각하고 정신에서 의식과 의미를 추구하는 동안에 기계는 인간의 감각경험과 행동 패턴, 사고를 해석하는 정보처리 프로세스를 시시각각 실천하는 것이다. 전자를 기호학에서 '세미오시스'라 부르는 데 대해 이시다는 후자를 '정보기호론'이라 부른다.

간단하게 보이는 도식이지만 이 도식의 상반부에 이어 하반부가 만들어지는 과정은 지난한 것이었다. 이시다는 이 도식의 하반부를 설명하기 위해 먼 길을 걸어온 것이다. 이를 위해 그는 현대 자본주의의 속성을 규명하고 심지어 '리비도 경제', 즉 인간이 삶에 필요한 최소한의 재화를 생산하고 소비하는 것이 아니라 꿈, 욕망을 충족하기 위한 생산과 소비의 경제학을 규명한다. 이를 위해 그의 논의는 20세기 자본주의와 문화산업의 표리관계를 간파한 아도르노(Theodor Adorno)와 호르크하이머(Max Horkheimer)를 관통한다. 그의 논의는 이어 디지털 미디어 혁명과 정보혁명을 거친다. 이런 지난한 과정을 통해 기호 역피라미드의 하반부가 만들어진 것이다.

이시다의 기호 역피라미드론이 제기된 이후, 인류는 더욱 놀라운 사건을 목도하게 되었다. 2016년 벽두, 세계최강의 프로바둑 기사를 꺾은

12 위의 책, 132쪽 이하.

인공지능 '알파고'의 출현이 그것이다. 이 이야기는 더 이상 언급할 필요가 없을 정도로 식상하다. 문제는 그 뒤를 이은 인공지능의 활약상이다. 인공지능은 더 이상 이시다가 말하는 것처럼 "인간의 감각경험과 행동 패턴, 사고를 해석하는 정보처리 프로세스를 시시각각 실천"하지 않는다. 자기들끼리 서로 학습하는 것이다. 이른바 '딥러닝(deep learning)'이 그것이다.

딥러닝은 복수의 비선형 기법이 높은 수준의 추상화를 시도하는 기계학습 알고리즘의 집합이다. 불과 2016년의 알파고에서도 사람의 사고방식을 컴퓨터에게 가르치는 기계학습의 수단으로 딥러닝이 채택되었다. 그러나 알파고 이후 인공지능은 '스스로 혁신'되는 중이다. 일련의 알파고 시리즈 중 불과 1년 후인 2017년에 나타난 최신 버전 '알파 제로'는 단지 바둑의 가장 기초적 규칙, 즉 상대방보다 넓은 집을 짓고 내 돌로 상대를 둘러싸면 된다는 규칙 하나만 입력된 후 아래와 같은 자가 혁신을 스스로 진행하였다.[13]

- ▷ 3시간 후, 알파 제로는 바둑에 입문한 인간의 흉내를 내며 상대방의 돌을 탐욕스럽게 긁어모았다.
- ▷ 19시간 후, 알파 제로는 생사 전략, 착점 후의 판세, 영토 같은 한 단계 발전한 바둑의 전략을 완전히 이해하였다.
- ▷ 70시간 후, 알파 제로는 인간의 능력을 넘어서서 전 세계를 무대로 그 어떤 프로기사의 도전도 물리치게 되었다.

70시간. 더 놀라운 것은 알파 제로는 알파고와 같은 복수의 서버, 즉 비선형 기법이 적용된 것이 아니며 이에 따라 에너지 사용도 44:1로 줄어

13 "AlphaGo Zero: Learning from scratch," https://deepmind.com/blog/alphago-zero-learning-scratch.

들었다는 점이다. 무한 학습과 엔트로피 생태계에서 극소화된 에너지 사용이 한 단계 진화된, 그것도 스스로 진화된 인공지능의 현 위상인 것이다. 이시다 교수는 여전히 미디어 정보론에 천착하고 있다. 그의 관심사는 사물 인터넷, 알고리즘을 포함한다. 견고한 기술적 이해를 바탕으로 전개되는 그의 미디어철학은 궁극적으로 인지 테크놀로지의 규명과 플랫폼, 삶 그 자체의 알고리즘화에 이른다.

2017년 현재 그는 '디지털 휴머니티'라는 인문학 쇄신의 대열에 동참하고 있다. '기계' 앞에서 점점 더 왜소해지는 인간 존재의 복원을 기호학의 새로운 사명으로 삼고, "학교에서는 미디어 재귀적 인간, 스스로 의식적으로 주의력의 배분을 조직할 수 있는 인간"을 길러내어야 한다는 그의 주장에 적극 동의하면서 이 주제에 관한 필자 나름대로 실천 가능한 방안을 다음 절에서 개진하고자 한다.

본질적 미디움으로서의 글쓰기

글쓰기는 인간의 전유물이다. 그러면서도 글쓰기는 가장 오래되고 가장 본질적인 커뮤니케이션과 의미작용의 매체이다. 필자는 지금까지의 미디어 이론이 왜 아직도 본질적인 '글쓰기'에는 관심을 가지지 않는지 늘 궁금해했다. 게다가 미디어 학자들은 미디어의 기술적 발전에 매우 민감하다. 그러면서도 글쓰기의 송신자, 수신자이면서 내용 그 자체인 '인간의 변화'에 따른 글쓰기의 고찰 역시 미디어 기호학의 일부가 되어야 한다는, 다소 장르적 비약을 감수하는 제안, 혹은 궁극적으로 새로운 사명을 가지는 기호학의 한 부분을 개진하고자 한다.

(1) 포스트휴먼의 기호학적 재해석

교육학의 일각에서는 시대가 달라졌다고, 인간의 규정이 달라졌다고 글쓰기와 글쓰기 교육도 달라져야 한다는 주문이 나온다. 이른바 휴머니즘에서 반휴머니즘, 그리고 트랜스휴머니즘을 거쳐 포스트휴머니즘으로 향하는 일련의 과정을 통해 인간은 달리 규정되어왔다.

1999년, 헤일스의 『우리는 어떻게 포스트휴먼이 되었는가』가 출판된 이후 포스트휴먼 담론이 본격적으로 우리 학계에 상륙하였다. 포스트휴먼 담론의 배경은 간단히 말하자면 근대 이후 전통적 인간의 규정 혹은 존재 양태는 과학기술의 도래로 말미암아 기계화되면서 새로이 규정되어야 한다는 것이다.

포스트휴먼 담론을 이끄는 논자 중 하나인 페란도(F. Ferrando)는 이 포스트휴먼이란 포괄적 용어(umbrella term)가 가지는 다양함과 이에 따르는 방법론적 · 이론적 혼란에 우려를 표명하였다. 섬세한 변별이 필요한 파생 용어들을 원어로 보면 posthuman(ism), transhuman(ism), antihuman(ism), metahuman(ism) 등을 열거할 수 있을 터인데, 이와 관련된 상세한 설명은 이미 국내의 선행연구[14]에서도 어느 사이에 규범처럼 되어버린 듯하다. 다만 논의를 위해 '포스트휴먼'과 '비판적 포스트휴먼'의 함의는 먼저 짚고 가야 할 것이다. 포스트휴먼 앞에 '비판적'이라는 수식어를 붙이기 위해서라도 포스트휴먼의 의미를 좀 들여다볼 필요가 있겠다.

국내에도 소개된 포스트휴먼 담론 중 헤어브레히터(S. Herbrechter)의 논지를 들어보자. 그는 먼저 전통적인 인간상과 인류가 더 이상 유지될 수 없는 이유로 단순한 기술, 환경 혹은 경제적 요인 등의 외적 변화뿐 아니

14 성정혜, 「비판적 포스트휴머니즘으로 살만 루시디 읽기: 『악마의 시』에 나타난 휴먼/포스트휴먼」, 『영미연구』 35, 2015; 이소연, 「포스트휴먼 시대 인문학적 사고와 글쓰기 교육 방안」, 『한국문학이론과 비평』, 21/2, 2017, 29-54쪽, 127-152쪽.

라 형이상학적 · 윤리적 요인 등 내적인 요인을 열거하였다. 이에 따라 이성적이며 자율적이고, '비인간적인 것들', 즉 자연, 사물, 기계 등과 명확하게 경계를 가지던 전통적 휴머니즘의 인간상은 극복의 대상이며 이데올로기로서 비판 대상이 된다. 헤어브레히터가 밝히는 포스트휴먼의 계보는 이성적 주체의 해체작업(니체, 마르크스, 프로이트), 반 휴머니즘 사상(후기 구조주의), 인간과 테크놀로지의 존재론적 관계를 성찰하는 다양한 분학들(진화생물학, 신경과학, 인지과학, 로봇공학, 정보과학, 유전공학 등)에서 비롯되었다. 결론적으로 말하면 전통적인 휴먼이라는 개념은 트랜스휴먼, 포스트휴먼이라는 이름의 타자들과의 관계에서 다시 사유된다는 것이다.

필자는 다소의 무리를 무릅쓰고 철학자들이 발전시켜온 용어들의 상관관계를 나름대로 이해하기 위해 그레마스가 제안한 기호학 사각형(carré sémiotique)에 투사해 보고 싶었다(〈그림 15-3〉). 기호사각형은 의미 범주가 분절되는 양상을 시각적으로 표현하는 도구로, 반대 관계, 모순 관계, 함의 관계를 드러나게 하는 데 유용하기 때문이다.

'반휴먼(S2)'은 전통적 인간의 규정을 달리하게 촉발한 외적 환경의 변화가 야기한 결과를 총칭하는 개념으로 '휴먼(S1)'과 상반되는 관계에 있다. 마찬가지로 '트랜스휴먼(-S2)'은 인간의 기계화에 방점이 찍힌 반면 '포스트휴먼(-S1)'은 기계화된 존재를 넘어서는 새로운 인간의 양태를 설명하면서 상반되는 위치에 놓일 수 있을 것이다. '휴먼'과 '트랜스휴먼', '반휴먼'과 '트랜스휴먼'은 상보적 혹은 함축 관계를 가진다. 여기까지는 그레마스의 도식이 철학자들의 논의와 잘 부합되는 것으로 보인다. 예컨대 리오타르가 자연과 문화의 변증법을 설명하면서 덧붙인 "비인간적(테크놀로지)인 것이 신체화(트랜스휴먼)되거나 또는 심지어 포스트휴이 되려고 한다"[15]는 진단은 이 도식에서 시각화된다.

15 슈테판 헤어브레히터 지음, 김연순. 김응준 옮김, 『포스트휴머니즘-인간 이후의 인간에 관한 문

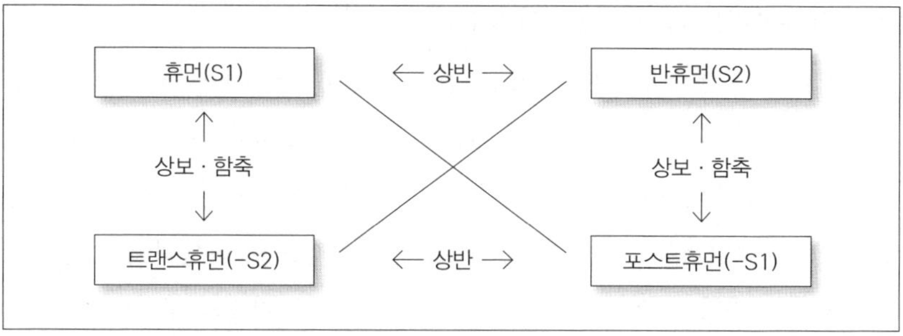

〈그림 15-3〉 포스트휴머니즘의 계보 사각형

그런데 '반휴먼'과 '트랜스휴먼', '휴먼'과 '포스트휴먼' 사이에는 이 도식이 의도하였던 '모순'의 관계를 넘어서는 복잡함이 보인다. '포스트휴먼'은 단순히 '휴먼'의 반대 항이나 모순 항이 아니라 극복의 관계이며, 한편으로는 단절이 아니라 연속의 관계임을 철학자들이 역설하고 있기 때문이다.

흥미로운 것은 헤어브레히터가 접두사 '포스트'를 다의적으로 규정한 점이다. 인간 이후는 곧 인간 이전이기도 하며, 영속성과 새로움 사이에 완전히 '다른' 인간이 만들어질 수도 있다고 본다. 다시 말해 이 접두사로 수식된 새로운 인간이 반드시 시간적 계기성을 가지는 것이 아니며, '진화'된 존재로 해석되지는 않는다는 점이다. 테크놀로지의 도래가 포스트휴먼을 낳은 것은 분명하겠지만 여전히 그 존재 역시 형이상학적인 휴머니즘에서 벗어날 수 없는 영속성을 가지는 것이다. 따라서 "비판적 포스트휴머니즘 프로젝트는 기술문화적 조건을 진지하게 받아들이지만 이것을 결코 절대적이며 필수 불가결한 것으로 받아들이지는 않으며"[16] "기술적 변화

화철학적 담론』, 성균관대출판부, 2012, 21쪽.

16 위의 책, 33쪽.

를 이상화하지도 않지만 부인하지도 않는다."[17]

따라서 트랜스휴먼과 포스트휴먼은 분명히 구별되는 개념이며, 기호 사각형에서와 같이 심지어 '상반'되는 개념이기도 하다. 이제는 진부해진 4차 산업혁명 담론 중 상당수가 자칫 인공지능 등의 인간과 기술의 '행복한 결합'을 선양하는 맥락, 즉 트랜스휴먼을 중심으로 진행되어온 경향을 여기에서 비판할 수 있다. 이에 비해 포스트휴먼은 기술의 발전에 따른 생태계의 변화를 직시하고 기존의 인간관을 재규정하고자 하는 새로운 종족이다. 선행연구의 하나인 윤지영[18]은 본문도 아닌 각주 하나에서 이를 다음과 같이 잘 설명하였다.

> 트랜스휴머니즘이 인간 개념의 확장을 통해 비인간에 해당하는 것을 인간적으로 포섭하는 방식이라면 여기서 인간은 절대적으로 지키고 고수해야 할 보존의 대상이 된다. (…) 포스트휴머니즘의 관점에서 인간은 강화와 보존, 지속의 대상이 아니라 인간 개념과 비인간 개념의 연속성과 비연속성 안에서 인간 중심주의를 비판적으로 제고하게 하는 것이다.

이 인용문은 선행연구 가운데서 가장 설득력 있게 포스트휴머니즘의 핵심을 설명한다. 포스트휴먼을 둘러싼 철학자들의 논의는 푸코류(類)의 "인간의 죽음"을 이어 과학기술의 발달로 변화되는 인간신체, 즉 트랜스휴먼을 상정하였으며, 이는 최종적으로 포스트휴먼이 되는 과정에 있는 종족을 가리킨다. 그런데 인간의 정의는 고정된 것이 아니었다. 어느 시대에서나 인간은 항상 '포스트'한 존재였다. 1990년대 포스트모더니즘 담론이 인문학 분야에서 한참 맹위를 떨치더니, 어느 사이에 슬그머니 사라져버

17 위의 책, 47쪽.

18 윤지영, 「비판적 포스트 휴머니즘: 근대적 인간개념의 해체와 하이브리드적 주체성」, 『시대와 철학』, 26/3, 2015, 39-83쪽.

린 사례를 보자. 포스트모더니즘을 한 20년 이야기하다보니 어느새 '포스트'가 아니라 '지금'이 되어버린 것이다. 포스트휴먼, 포스트휴머니즘 역시 포스트모던, 포스트모더니즘의 아바타로 보인다.

(2) 포스트휴먼 시대의 글쓰기 방향

이소연은 포스트휴먼 시대 글쓰기 교육의 사례로 '비트리우스 인간'을 비판적으로 고찰하고 〈공각기동대〉를 통한 포스트휴먼의 비판적 성찰을 제시하였다. '비트리우스 인간'을 포스트휴먼 시대에는 극복해야 할 전통적 휴머니즘이 발현된 전형적 사례로 보고 이상적인 것 혹은 완전함에 대한 의문, 서양인 · 남성 위주의 이데올로기 비판, 시각적 · 외형적 기준의 절대성에 대한 의문, 나아가 아름다움의 기준에 대한 의문을 "학생들의 발문"으로 이끌어내는 것까지는 의미 있는 것으로 보인다. "자연과 문화, 인간과 기계를 이분법적으로 나눌 수 없는 새로운 시대에 우리는 포스트-휴먼의 정체성을 다시 규명"[19]해야 한다는 저자의 말에 동의한다면 말이다.

그런데 〈공각기동대〉는 무엇인가. 트랜스휴먼 이야기이다. 포스트휴먼 시대 글쓰기 교육을 먼저 포스트휴먼 시대를 이해할 수 있는 계기에서부터 시작하자는 아이디어를 이해하지 못하는 것은 아니다. 그러나 이 작품이 "인간의 기계-되기, 혹은 기계의 인간-되기를 통한 생성의 측면과 (…) 여성성과 남성성의 미분화를 표면적으로 드러내어 (…) 생물학적 인간의 생사로 정의되던 생명체 개념을 과감히 확장"[20]하였더라도 주인공 쿠사나기 모토코는 우리가 앞에서 규정하고 이해한 '포스트휴먼'은 아니다. 설

19 이소연, 앞의 글, 134쪽.

20 위의 논문, 142쪽.

사 백 보를 양보해서 이를 포스트휴먼이라 인정하더라도 이를 글감으로 하는 글쓰기 교육 콘텐츠는 포스트휴먼 혹은 포스트휴머니즘을 이해하는 데 도움이 될 수 있을지언정, '트랜스휴먼의 이해' 정도에서 머물러버린 문제를 가진 채로 '포스트휴먼 시대 글쓰기 교육'의 첫 사례로서 포스트휴먼 시대의 글쓰기 전범인 양 보급 · 파급할 가능성이 있는 것이다.

대안은 있는가? 결론적으로 말해 필자는 인간의 규정이 달라진다고 글쓰기 자체가 달라진다고 생각하지 않는다. 물론 기계의 도움으로 글쓰기 매체, 기법, 표현 양상은 달라질 수 있을 것이다. 마치 오늘날 학생들이 가장 애용하는 글쓰기 매체와 기법은 Ctrl-C, Ctrl-V라는 사실처럼 말이다. 모든 글은 잠재태로 모듈형태로 데이터베이스화되고, 작가는 이 가운데서 자신이 원하는 재료들을 소환하고, 아마도 인공지능이 나서서 모듈화된 요소들을 적당히 봉합하여 매끈하게 완결된 텍스트를 만들어줄 수는 있을 것이다. 그 조짐은 나타난 지 오래되었으며 나날이 발전되는 중이다. 오늘날 스마트폰이 자랑하는 '자동완성 기능'이 그 시작이다. 그뿐인가. 고가의 스마트폰이 고가가 될 수 있음을 보상해주는 인공지능(Siri, 빅스비 등)이 '말'한 것을 '글'로 옮기는 것은 오늘날의 테크놀로지에서는 어려운 일이 아니다.

그런데 그것이 '글'이기는 한가? 인간의 규정이 바뀌면 글의 정의도 바뀌어야 하는가? 실은 반 휴먼-트랜스휴먼 – 포스트휴먼으로 갈수록 인간은 자신의 정체성을 고수할 필요가 있다. 내 신체가 머무는 문화적 · 기술적 생태계가 전통적 휴머니즘의 잔재와 격리되면 될수록 내 정신은 시간과 공간을 초월하는 인간의 본질에 터를 두어야 한다. 포스트휴먼의 정의가 인간의 본질이 바뀌는 것이라면 더 이상 할 말은 없다. 그러나 포스트휴먼은 다가오는 미래에는 휴먼이 된다. 실은 포스트휴먼 담론이 진행되는 이 순간에도 우리는 포스트휴먼을 넘어서서 다시 휴먼이 되어간다.

포스트휴먼의 계보학은 기본적으로 선형적 · 연대기적으로 진행되어온 의혹이 든다. 기본적으로 포스트휴머니즘은 전통적인 의미의 휴머니즘을 극복하는 개념으로 정립되었다. 이는 마치 '새로운 것은 좋은 것이다'라는 근거 없는 확신에 터를 둔 것으로 보인다. 현실은 그렇지 않다. 고등교육의 현장에 몸담고 있는 사람들이라면 한 학기, 한 해가 갈수록 학생들의 글쓰기 능력은 진보가 아니라 퇴보하고 있다는 사실을 부정할 수 없을 것이다. 이때 말하는 글쓰기 능력은 글감을 만들고 글을 전개해낼 수 있는 사고의 폭과 깊이, 글쓰기 스킬 등의 총체적 리터러시, 즉 인간이 어떻게 재규정되든 변할 수 없는 글쓰기 행위의 상수를 말함은 물론이다. 우리는 이런 학생들에게 인간이 원래는 '사고하는 존재'였음을 어떻게 설득할 수 있는가? '호모 사피엔스'를 넘어선 포스트휴먼의 도래를 말하는 철학자들은 이들이 '호모 사피엔스'의 단계에 진입하지도 않았음을 간과하였거나 의도적으로 눈길을 돌린 것이다. '포스트휴먼 시대의 새로운 글쓰기'라는 첨단의 어젠다는 이 순간 빛을 잃는다.

필자는 '새로운 글쓰기'를 논의하기 전에 교육현장에서 '글 읽기'가 점점 더 파행으로 달리는 문제를 더 심각하게 받아들인다. 글을 읽고 이해한다는 것은 요소들을 재구성한다는 것이다. 글을 구성하는 단위들은 맥락 가운데서 의미를 가진다. 분절된 요소에서 의미를 도출하기 위해서는 선행 코드체계가 필요하다. 그런데 디지털 시대가 도래하면서 학생들은 글을 '디지털'하게 읽는다. 디지털의 특징이 연속체에서 이산체로의 이행이라면 디지털 세대의 글 읽기에서 내러티브는 사라지고 파편화된 몇몇 요소들만 의미단위로 분절될 뿐이다. 그렇게 분절된 단위들은 또 다른 맥락을 가진 텍스트로 아무런 제한 없이 연결되어버린다. 이른바 하이퍼텍스트의 본질은 맥락을 고려하지 않는 것이다. 디지털의 세상에서 학생들은 그 선행코드를 자신의 두뇌에 내재화할 필요를 느끼지 않는 것이다. 밤낮 손에 들고 다니는 스마트폰은 더 이상 기계가 아니라 '외장 뇌'이고, '이 세상의 모든 지식 네○버'는 오염과 왜곡으로 점철되었든 말든 필요하면

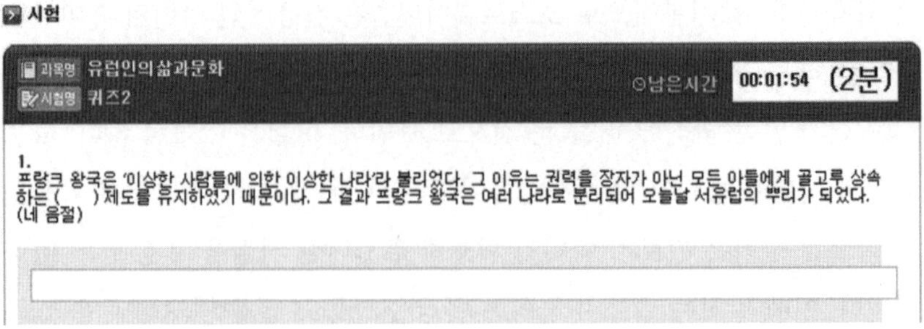

〈그림 15-4〉 가상강좌 퀴즈문제 사례

인제든 소환할 수 있는 데이디베이스, 데이터뱅크이기 때문이다.

사례를 들어보자. 〈그림 15-4〉는 필자가 진행하는 한 가상강좌에서의 퀴즈 사례이다. 학생들의 입장에서는 퀴즈 문제를 보니 '프랑크 왕국' 운운하는 단어가 제일 먼저 눈에 띈다. 손은 외장 두뇌인 스마트폰으로, 거대한 데이터뱅크인 네○버 지식검색으로 움직인다. 검색어를 다 '쓰기'도 전에 자동완성 기능이 글쓰기를 대신해준다. 이 문제에서 유난히 '클로비스'니 '카롤루스'라는 오답이 많았던 이유이다. 기계와 일심동체가 된 학생들로서는 퀴즈 문제가 제도의 이름을 묻는 것이란 것은 물론 이해할 필요도 없었고 퀴즈 문제 자체가 애초에 '읽기'의 대상도 아니었다. '이 세상의 모든 지식 네○버'가 가진 빅데이터가 제공하는 관련 검색단어 성공 확률에 무한 신뢰를 가지도록 어릴 적부터 조련된 '트랜스휴먼'은 이제 고등교육의 장에서도 글쓰기, 글 읽기를 계속할 필요를 느끼지 못한다. 아마도 이 문제는 미래에 더욱 심각해질 것이다.

오늘날 초중등 학생들은 모국어 말하기, 쓰기를 학교에서 배우지 않는다. 일상생활은 물론 글쓰기를 포함한 모든 정신적 활동의 규범-교사는 '아이돌 그룹'과 같은 연예인이고, 스마트폰 화면이 바로 강의실이며 화면 쓰다듬기가 곧 학습활동이기 때문이다. 그 학습활동은 불행히도 하루 24시간 전일제로 진행된다. 이것이 어설프게 받아들인 '기계와의 공진화',

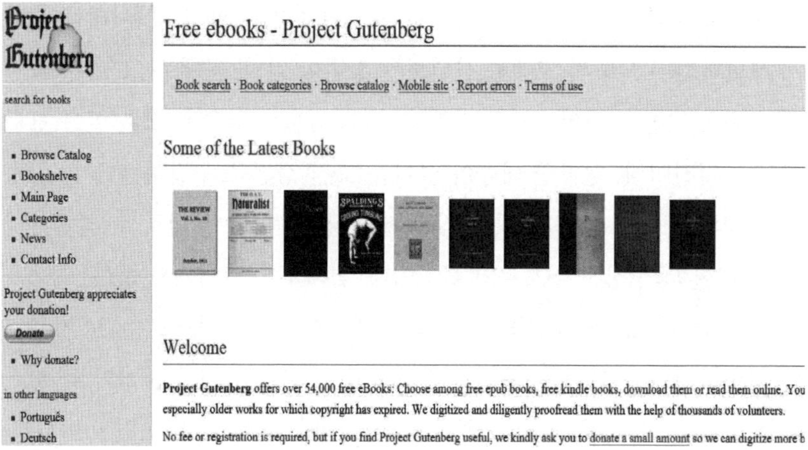

〈그림 15-5〉 프로젝트 구텐베르크(Project Gutenberg)

'뉴미디어 시대의 글쓰기'가 낳은 실상이다.

글 읽기 교육은 별도의 논의를 필요로 할 것이나 글 읽기가 선행되지 않는 글쓰기 교육은 불가능하다는 것이 필자의 생각이다. 제대로 된 글을 쓰기 위해서는 제대로 된 글을 읽어야 한다. 교양기초교육, 혹은 자유학예교육(Liberal Arts & Science Education)에서 글 읽기 교육, 고전교육의 중요성을 굳이 상술할 필요는 없을 것이다. 시카고 대학의 애들러(M. A. Adler), 허친스(R. M. Hutchins), 블룸(A. Bloom) 등이 제창한 '위대한 고전 프로그램(Great Books Program)'은 포스트휴먼의 시대가 도래하였음에도 불구하고, 혹은 그렇기 때문에, 오늘날 미국의 상위 200여 개 대학의 필수 교양 교육과정이 되었다. 한편 고전은 인류의 공동자산이다. 예를 들어 1971년 미국의 마이클 하트(M. Hart)가 창시한 '프로젝트 구텐베르크(Project Gutenberg)' 사이트(〈그림 15-5〉)는 인류의 고전을 포함하여 2017년 10월 현재 54,000건('권'이 아니라) 이상의 e-book을 무료로 공개하여 글로벌 무대의 유수 대학의 글 읽기 교육 교재 아카이브 역할을 하고 있다.

국내에서도 2000년 이후 교양교육으로서의 글 읽기 교육과정이 우선 고전교육의 일환으로 본격적으로 도입되었다. 이때 교재는 대학이 자체 개발하거나 시중의 교재를 선택하는 방법이 있다. 문제는 그 '총서'들의 성격이다. 고전을 정의 · 분류하고 정전(canon)을 수립하는 것은 실은 모든 학문의 결정이다. 웬만한 내공이 없이는 고전 정전을 수립하는 일은 협량한 분학의 이해관계를 등 뒤로 감춘 집단이기주의가 부딪히고, 참여자가 각자의 '현학'의 장으로 흐르기 십상이다. 필자의 경험이기도 하다.

여기에다 교재 '개발'의 어려움이 따른다. 무릇 텍스트는 그 자체로 완결된 하나의 단위이다. 이를 학습자의 수준, 수업진행의 절차와 한계 운운을 앞세워 '발췌'하거나 '요약'할 경우, 그 텍스트는 이미 고전이 아니다. 그럼에도 불구하고 대부분의 대학에서 자체 개발한 교재 중 상당수가 이런 수준을 벗어나지 못한다. 교재 선정부터 시작하여 개발이 제대로 되지 않는데 글 읽기 교육이 제대로 될 리 없고, 글 읽기 교육이 제대로 되지 않는데 글쓰기 교육이 제대로 될 수가 없다.

2000년대 이후 대학 교양 교육과정에서 가장 가시적인 발전을 거두고, '사고와 표현 학회', '한국교양교육학회' 등에서 활발한 연구가 진행되면서 지속적인 참여를 보이는 분야가 글쓰기 교육 분야이다. 한국교양기초교육원이 진행하는 대학별 교양교육 컨설팅에서도 글쓰기 교육과정을 강화하라는 주문은 컨설턴트들의 단골 주문이다. 글쓰기와 관련된 이론적 · 실천적 발전 가운데에서도 특히 '과정적 글쓰기'와 '창의적 글쓰기'는 구체적인 성과를 거둔 분야이다.

그런데 포스트휴먼 시대를 맞이한 오늘날, 과연 창의적 글쓰기, 과정적 글쓰기의 목표는 달성되었는가. 창의적 글쓰기를 화두로 삼고 실천해온 김기호는 최근 몇 년 동안 진행한 일련의 연구 끝에 창의적 글쓰기의 목표 의식조차도 아직 부재함을 역설하고, 시급히 보완할 점으로 "학생들이 창의적 글쓰기에 대해 인식하고 성찰하고 혁신하도록 입문과정을 도입"할 것을 주장하였다.[21] 과정적 글쓰기, 특히 동료첨삭을 통한 과정적 글쓰기의 이론적 배경과 실천, 평가에 매진해온 김종록 역시 최근의 연구에서 정치하지 못한 과정적 글쓰기 수업설계와 수업환경에서는 결국 기존의 결과중심적 글쓰기와 유사한 결과가 나올 수 있다는 점을 지적하였다.[22]

이 분야 전문가들이 진단하는바 오늘날의 고등교육의 현장에서 벌어지는 글쓰기 교육의 실상은 아직 우리 학생들이 '호모 사피엔스' 단계마저도 제대로 졸업하지 못했음을 보여준다. 게다가 현장에서 글쓰기를 지도하는 교 · 강사들의 감각으로는 오늘날의 학생들은 호모 사피엔스 단계를 아예 건너뛰어, 검증되지 않은 저열한 수준의 소위 '집단지성', 무책임한 '무한 포스팅' 결과들로 점철된 상업용 데이터베이스를 맹신하는 '트랜스휴먼'의 변이체, 극단적으로는 '무뇌아'들로 점차 퇴행하는 것으로 보인다.

휴머니즘에서 반휴머니즘, 그리고 트랜스휴머니즘을 거쳐 포스트휴머니즘으로 향하는 일련의 과정을 통해 인간은 달리 규정되어왔다는 거창한 진단과, 이를 둘러싼 담론이 한쪽에서 진행된다. 이 담론에 참여하고 있는 모든 분야에서, 우리의 경우에는 글쓰기 교육 분야에서, 무엇인가 후속 조처를 만들어내어야 할 것 같은 압박을 느낀다. 그러나 우리의 교육 대상이 보여주는 수행 실태는 갈수록 전통적인 인간됨마저도 포기하는 모습을 보인다. 이 간격을 어떻게 좁힐 것인가? 이른바 포스트휴먼이라 해서 기술적 뉴미디어의 은총으로 본질적 미디움인 글쓰기를 면제받은 종족은 아닌 것이다.

21 김기호, 「창의적 글쓰기의 개념과 목표에 대한 대학생들의 인식과 혁신」, 『동아인문학』 36, 2016, 91-124쪽.

22 김종록, 「동료첨삭을 통한 과정적 글쓰기 교육의 효과 분석」, 『국어교육연구』 62, 2016, 131-170쪽.

16. 문자·이코노텍스트

우리는 2장에서 문자를 시각기호학의 영역에 편입해야 할 당위성을 논의하였다. 데리다의 '에크리튀르'는 단순한 문자학이 아니라 음성언어 이전의 '원 언어'를 재구하려는 노력이었다. 알파벳 문자가 승리한 서구 문자이론의 배경에서는 지구 각 지역의 오래된 문명권에서 만들어지고 심지어 아직도 사용되는 '그림언어'를 고찰 대상으로 삼을 수는 없었을 것이다. 그림언어 체계에서 가끔 표음과 그래피즘의 관계는 대등할 뿐 아니라 그래피즘은 문자언어에서 볼 수 없는 차원적 자유를 획득한다. 우리의 전통예술인 민화 가운데 특히 '문자도'의 존재가 그러하다.

민화 문자도의 기호학적 속성

민화는 일부 작가와 마니아를 중심으로 전통예술의 하나로 계승 · 발전되어왔지만 정규 학문의 장에서는 크게 주목을 받지 못한 것도 사실이다.[1] 이는 민화를 민속학적 관점에서 '전통의 회복'이라는 사명 의식으로 무장한 수집가, 일부 호사가, 자생적 민화작가들 사이의 전유물 정도로 인식되면서 초래된 결과일 수도 있다. 실제로는 '민화'는 이름 그대로 '민중의 그림'이었음에도 말이다.

그런데 민화, 특히 문자도는 기호학적 관점에서 보면 매우 친숙한 예술 장르이며 많은 것을 말할 수 있는 연구대상이다. 무엇보다 문자도는 문자 텍스트와 이미지가 융합된 전형적인 도상 텍스트, 즉 다른 말로 이코노텍스트(iconotext)로서, 문자와 이미지라는 상이한 기호체계가 결합하여 제3의 체계를 형성하고 있다. 문자도의 내부에는 따라서 서구의 기호학자들이 천착해온 글과 그림의 관계, 문자의 기원과 발전, 형상의 기호화 과정 등 그라마톨로지(grammatologie)의 관점에서 다룰 수 있는 많은 이슈들이 들어있다.

한편 문자도에는 '규범'과 '일탈'이라는 문체론의 기본 이슈가 나타난다. 문자도의 기원은 우리나라의 경우 조선 초기에 만들어진 〈행실도 行實圖〉 시리즈로 보인다. 이는 유교를 지배 이데올로기로 한 조선 왕조가 백성들로 하여금 유교 윤리[효(孝) · 제(悌) · 충(忠) · 신(信) · 예(禮) · 의(義) · 염(廉) · 치

1 문자도는 민화 전반을 대상으로 하는 연구서에서 부분적으로 언급될 뿐이다. 그나마 미술사나 민속학적 관점에서 발표된 독자적 문자도 연구로는 유홍준(1993)의 『문자도』, 이명구(2005)의 역작 『동양의 타이포그라피 文字圖』, 윤열수(2006)의 「文字圖를 통해 본 民話의 地域的 特性과 作家 研究」(동국대학교 대학원 박사학위논문) 정도를 들 수 있다. 특기할 점으로는 이명구의 역작이다. 저자는 다양한 문자도 자료의 수집과 분석을 통해 조선 문자도의 형성과 발전, 문자도의 상징성, 양식적 특징을 규명하고자 하였을 뿐 아니라 중국, 일본, 베트남의 유사한 장르와의 비교를 시도하여 향후 본격적인 문자도 연구의 토대를 제공하였다.

(恥)]에 적응할 수 있도록 하는 국가 정책의 일환으로 개발된 것이다. 그러므로 그 시작은 국가 기관인 도화서의 직업 화가들이 담당하였으며 이는 엄격한 서법을 따르는 자체와 '매우 잘 그린' 사실적 이미지로 구성되었다.

그러나 이러한 예술 양식이 민간에 넘어가면서 예술가다운 창의력이 발휘된다. 무릇 예술가란 부단히 새로운 형식, 새로운 해석을 추구하면서 기존의 틀을 깨어나가는 기질을 가지고 있어 유교 윤리라는 엄정한 사회 문화적 맥락도 이들의 도전 정신을 멈추지는 못하였다. 여기에서 오늘날 우리가 진정한 민중의 예술이라 부르는 독특한 형태와 조형 요소들이 태어난 것이다. 마지막으로 문자도에는 다양한 수사기법이 나타난다. 배경 설화에서 도입된 다양한 모티프들은 문자도를 구성하는 요소이면서 동시에 민화 장르 전체를 관통하는 공통 요소들이 문자도 가운데에서 위상적 재배치를 통해 '민화성(民畵性)'이라 부를 수 있는 특성을 만들어낸다.

이와 같은 관찰을 통해 민화는 기존의 민속학적 입장이 아니라 시각기호학의 관점에서 접근할 때 더욱더 그 본질이 드러날 수 있다는 사실을 확신하게 된다. 특히 민화 가운데 문자도는 서구의 시각기호학이 천착해 온 많은 이슈들을 포함하고 있는 매력적인 예술 형식인 것이다. 역으로 말하면, 오늘날 서구의 시각기호학이 제안하고 있는 다양한 분석 모델 가운데에서 문자도마저 포괄할 수 있는 것이 있다면 우리는 이 모델이 이미지 일반을 대상으로 하는 보편적 분석 모델에 한층 더 가까워진 것이라는 판단을 내릴 수 있을 것이다.

문자도의 내재적 대립요소

문자도는 이름 그대로 '글'과 '그림'으로 만들어져 있다. 문자도의 에크리튀르로서의 성격을 규명하려는 논의에 맞추어 두 가지 점을 주목하고자 한다.

문자도의 주제이자 그 자체가 문자도의 하위 종류가 되는 '문자'는 전술한 바와 같이 "효 · 제 · 충 · 신 · 예 · 의 · 염 · 치"의 여덟 종류로 한정된다. 각 문자의 자형이 가지는 조형성이 양식상의 변용과정을 거치면서 부각된 것이 문자도의 본질이다. 그런데 이 과정에서 문자도 내부에 몇 가지 대립되는 양상이 나타난다.

먼저 도상학적 규제와 자유로운 창의성이다. 문자도는 국가 기관인 도화서의 정식 화가에서 시작되어 민간의 무명 화가로 전이된 예술 장르이다. 공인이었던 화원들이 준수하였던 도상학적 규제는 아마추어인 민간의 무명 작가들이 추구하는 창조성으로 대치되었다. 이는 도화서 화원들의 작품이었던 초기 문자에서는 자획 내부에 배치되었던 관련 도상들이(〈그림16- 1〉A) 민간의 무명 화가들이 생산한 작품에서는 자획의 경계를 넘어서서 표현되고 더불어 자형이 단순화되면서 점차 주제와 상동성을 가지는 상징적인 형태(〈그림 16-2〉B)로 회귀되는 사실에서 볼 수 있다.

두 번째로, 문자도에는 부분적이기는 하지만 유교적 덕목과 도교적

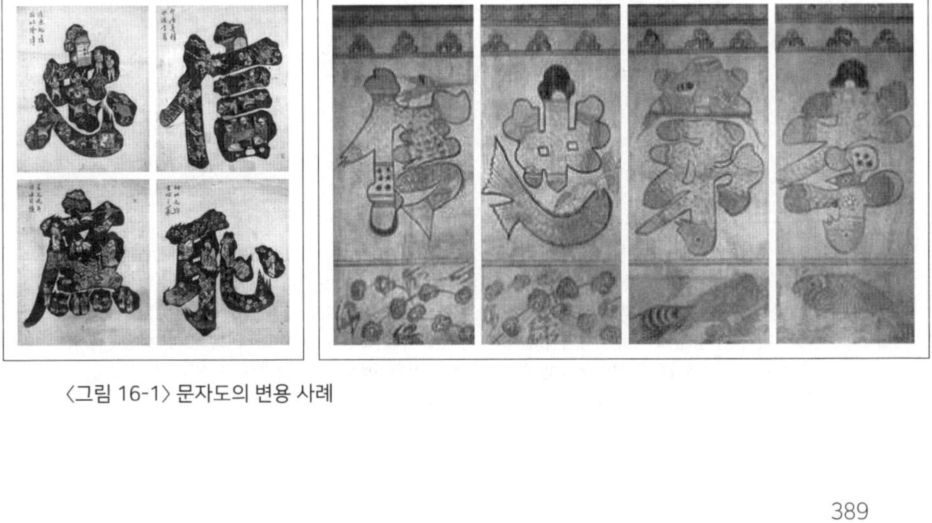

〈그림 16-1〉 문자도의 변용 사례

배경의 대립이 나타난다.[2] 문자도가 보여주는 주제는 조선시대 초기부터 중기에 이르는 시기의 유교적 덕목을 일반 백성들에게 계몽 · 교화하는 내용으로, 이를 달리 해석하면 유교를 배경으로 한 정권의 통치이념을 주입하는 내용이었다. 그러나 〈행실도〉류에서 시작된 문자도의 주체가 민간으로 넘어오면서 배경 설화와 이를 표현하는 도상들은 다분히 도교 전통에 뿌리를 둔 것들도 공존하게 된다. 여기에서 문자도의 주제와 이에 상응하는 배경 설화와 이들을 뒷받침하는 도상을 다시 환기해보자.

〈표 16-1〉 문자도 구성 설화와 도상

문자	설화내용	도상
효(孝)	왕상빙리(王祥冰鯉), 맹종설순(孟宗雪笋)	잉어, 죽순, 베개, 부채, 귤, 거문고
제(悌)	상체지화(常逮之華), 도원결의(桃園結義)	옥매화, 산앵두나무, 매·죽·송, 할미새, 집비둘기, 유비·관우·장비
충(忠)	기신광초(紀信誑楚), 어변성룡(魚變成龍)	대나무, 가재, 조개, 거북
신(信)	상산사호(商山四皓), 한무고사(漢武故事)	고니, 기러기, 청조, 복숭아, 연못, 가릉빈가
예(禮)	하도낙서(河圖洛書)	공자, 거북이 별자리
의(義)	도원결의(桃園結義)	복숭아꽃, 유비·관우·장비, 꿩, 새
염(廉)	소부(巢父), 허유(許由)	봉황, 게
치(恥)	백이(伯夷), 숙제(叔齊)	매화, 월상도

2 초기 민화 연구가들은 민화를 분류하는 데 있어서 일관성 있는 기준을 제시하지 못하였다. 이는 '민화'라는 용어를 제안한 야나기 무네요시의 관점에서 크게 벗어나지 못한 채, 민화의 정의, 양식, 분류 등에서 정통회화와의 관계를 제대로 규정하지 못한 미술사적 관점의 혼선이 빚어낸 현상이다. 이런 상황에서 유일하게 일관성을 가진 분류 기준은 이우환이 제시한바 민화의 주제와 도상의 배경이 되는 종교별 분류를 들 수 있을 것이다. 예를 들어 십장생, 사신수, 벽사, 신선은 도교적이며 문자도, 문방도는 유교적이라는 것이다.

이 가운데에서 특히 '信'을 구성하는 설화와 대부분의 도상은 원시 도교의 경전인 『산해경』에 기록된 신적 인물인 서왕모 이야기와 관련된다. '한무고사'에서 파랑새가 서왕모의 내왕을 알리는 메신저로 나타난 후 파랑새를 좋은 소식을 알리는 길조로 생각하게 된 것이다. 한편 기러기 역시 철새로 1년 중 이동시간이 일정하며, 실제 서신을 전달하는 메신저로 사용된 역사를 가지므로 믿음의 의미를 표현하는 도상으로 채택된 것이다. 그뿐 아니라 '廉'에 자주 등장하는 봉황 역시 유교 이전의 동아시아 전설에서 사령(기린, 봉황, 영귀, 용)의 하나로 등장하는 상상의 동물이다. '悌'와 '義'에 단골로 등장하는 유비 · 관우 · 장비는 『삼국지연의』의 주인공으로, 관우의 경우 민간에서 수호신으로 여겨져 특히 동남아를 중심으로 하는 도교사원에 배향된다는 사실을 눈여겨볼 필요가 있다.

실은 문자도를 넘어선 민화 일반에서 자주 나타나는 도상들은 더욱 자주 도교적 배경을 가진다. 문자도를 포함한 모든 민화 장르에서 볼 수 있는 송학, 오봉일월, 방위신, 12지신상 등은 길상(吉祥), 벽사(辟邪)의 의미를 가진 사물들로, 그 배경은 도교를 중심으로 성립된 민간 무속이라 볼 수 있다. 이와 같이 문자도의 문자와 배경 설화는 유교적 배경을 가지지만 이에 등장하는 도상은 유교를 넘어서 도교, 불교설화 등의 신화적 배경을 반영한다는 사실은 '에크리튀르'로서의 문자도의 성격을 규정하는 중요한 단서가 된다.

'에크리튀르'로서의 문자도

문자도는 조선의 근대화 과정이라는 특정 사회문화적 배경에서 만들어진 예술 장르이지만 이 과정과 결과만이 문자도의 고유 특성을 만들어낸 것으로 간주될 수는 없다. 개별 문화권에서 만들어진 문화유산은 국지적 성격과 각자의 고유성을 유지하는 것으로 보이지만 넓은 관점, 예를 들어 인류학적 · 고고학적 관점에서 보면 필연적으로 당대 혹은 유사한 발달과정 가운데에서 보편적 속성을 공유하는 것으로 드러난다. 문자도는 오늘날의 시각문화 생태계에서 자주 접하게 되는 현상들과 연계하여 관찰될 때 더 보편적인 이론으로 설명하고 반대로 이 분야의 발전에 기여할 수 있는 많은 논점을 제공해준다. 부단히 변용된 문자도는 작가의 의지와는 상관없이 그와 유사한 이미지들을 촉발하고 생산해내는 보고가 되는 결과를 가져왔다. 몇 가지 사례를 보자.

〈그림 16-2〉의 A는 문자도의 전형을 보여준다. 문자를 구성하는 일부 획이 문자 자의에 일치하는 모티프들로 대치되어, 즉 '글'과 '그림'이 몽타주 기법을 통해 조화를 이루면서도 문자로서의 가독성을 유지함으로써 문자도의 정체성을 잃지 않은, 문자도의 변용과정 가운데에서도 가장 전형적인 문자도의 사례로 보인다. B는 일견 남녀 한 쌍의 얼굴을 그린 것으로 보이나 실은 〈평범 平凡〉이라는 한자로, 현대서예, 혹은 조형서예라 알려진 분야의 작품이다. 작가는 '平'과 '凡'이라는 한자 단어가 가진 조형성을 평온하고 조신한 표정을 짓고 있는 남녀의 얼굴로 환원함으로써 음양의 온전한 조화가 가장 평범한 상태라는 도교적 사상을 표현한 것이다.

C는 특정 상품의 로고이다. 디자인 분야에서 '캘리그래피'라 부르는 바, 문자의 조형성을 극대화하는 이 작업은 그 자체로 시각 예술의 한 분야를 이룰 뿐 아니라 최근 들어 각광을 받으면서 각종 로고, 간판 등에서 일상적으로 만나는 사례이다. 이러한 추세는 문자를 일종의 문양으로 이용한 패션디자인 작업까지 진행되고 있다. 게다가 사이버 공간을 누비는 다양한 이모티콘(D)은 이제 세대를 불문하는 새로운 글쓰기, 더 나아가 새로운 가치 창출의 수단으로까지 인정할 수밖에 없는 수준에 이르게 되었다. 거칠게 말하자면 그림에서 시작하여 알파벳 문자로 진행되어 온 에크리튀르의 긴 역사 끝에 다시 만나게 되는 이 새로운 '그림'들을 우리는 어

A

〈문자 · 책거리 8폭〉 중 일부
호암미술관 소장

B

〈평범 平凡〉
일사 석용진

C

〈처음처럼〉
롯데칠성 음료

D

이모티콘
네이트 메신저

〈그림 16-2〉 문자도류(類)의 발전 계보

떻게 설명하여야 할까?

이러한 현상의 저변에는 공통적인 메커니즘이 흐르고 있다. 이 현상을 먼저 촉발한 문자도부터 이모티콘은 최근 기호학 연구에서 다시 대두되는[3] 그라마톨로지의 개념에 포함될 수 있으며 역으로 학문 분야로서 그

3 21012년 10월 중국 난징에서 열린 제11회 국제기호학회에서 '시각예술과 기호학', '기호학과 미학'을 주제로 내건 원탁회의(round table)에서는 물론, 상당수의 논문이 문자학에 관련된 것이었다. 물론 이 학회가 오랜 문명권의 문자 가운데에서 거의 유일하게 살아남은 '한자' 문명권의 중추에서 열렸다는 점이 동아시아 전역에서 진행된 문자학 분야 연구들이 대거 발표된 배경이 되겠지만, 결과적으로 이를 통해서 문자학에 대한 관심이 제고되고 다시 기호학 연구의 한 주요 영

라마톨로지의 주요 대상이 될 수도 있다.

『그라마톨로지』의 저자 데리다에 의하면 서구의 언어학은 음성언어를 일차적인 대상으로 간주하였기 때문에 로고스 중심주의에 매몰되는 오류를 저질렀으며, 음성언어 이전에 '원 언어', 즉 '에크리튀르(écriture)'[4]가 존재하였음을 인식하는 것이 중요하다는 것이다. 데리다의 논지는 언어학뿐 아니라 근대 서구의 형이상학을 관류해온 소쉬르의 유산을 일부 중단하고 결과적으로는 선사시대 이후 발전되어온 문자언어의 위상과 역할을 복권시키게 되었다. 이 점은 바로 문자도와 '문자도류(類)', 즉 〈그림 16-2〉에서 본 바와 같은 '현대의 그림문자'들을 해명하는 중요한 단서가 된다.

> 그라마톨로지는 에크리튀르가 무엇이며 에크리튀르의 개념의 다의성과 다가치성이 어떻게 만들어지는가를 안다는 조건에서 가능하다. (…) 언제, 어디서 음성언어와 문자언어의 공통뿌리인 에크리튀르 일반, 즉 흔적이 통상적 의미의 '문자언어'로 좁혀지는가?[5]

데리다의 논지는 프랑스 인류학자 르루아 구랑(Leroi-Gourhan)의 탁견에 지대한 영향을 받은 결과이다. 르루아 구랑은 에크리튀르의 발전과정과 기술의 발전의 역사에서 보이는 상동성을 거시적으로 풀어내면서 이 가운데에서 문자도의 위상을 매길 수 있는 많은 시사점을 제공해준다. 그

역으로 인식된 것도 사실이다.

4 김성도는 데리다의 『그라마톨로지』 번역 전면개정판 서문에서 데리다가 사용한 기본 개념어들의 다의성을 주목하고 이를 고정된 용어로 옮기기를 거부한다. 예를 들어 'écriture'는 문자, 문자언어, 글쓰기 등으로 이해된다는 것이다. 이에 역자는 이 용어를 '에크리튀르'라고 옮긴다. 우리는 같은 학술용어라 하더라도 맥락에 맞지 않는 고정된 번역어가 초래하는 소통의 어려움을 자주 경험해왔다. 우리는 김성도의 주장에 동의하고 '에크리튀르'라는 용어를 사용한다.

5 데리다 지음, 김성도 옮김, 『그라마톨로지』, 민음사, 2010, 221쪽.

중 하나가 그림과 알파벳 언어의 관계를 규정짓는 관계, 더 나아가 선형화(linéarisation)와 다차원(multidimension)이다.

르루아 구랑은 인류의 발달과정 가운데에서 호모 사피엔스의 도래를 '사고를 물질적 상징에 고정하는 능력'으로 본다. 이때부터 조형예술과 에크리튀르의 관계가 만들어지며 그 사이에는 리듬과 가치가 미적 양상을 가지며 개입하여, 서서히 개인적 · 집단적 사고의 산물을 사회가 항구적으로 보존하는 체계가 만들어진다는 것이다.[6] 그는 기술적 미술(art descrpitif)을 이어 그림문자(pictographie), 그림문자를 이어 표의문자(idéographie)로 진행하는 경향을 신화문자(mythogramme)의 도래로 설명한다(GP: 268). 이 단계에서는 표음(phonation)과 그래피즘(graphisme)은 같은 목표를 가지고 있었으나, 이후 4,000년 동안 진행된 선형적 에크리튀르, 즉 알파벳 문자의 발전과정을 통해 양자는 분리되었다는 것이다.

르루아 구랑의 탁견은 이 둘의 관계가 독립적임을 발견한 데 있다. 그림으로 만들어진 상징은 삼차원의 공간에서까지 표현되는 데 비해, 음성언어는 시간이라는 한 차원에서 진행되는데, 그동안 서구 에크리튀르의 발전과정에서 진행된 알파벳 문자의 승리에 의해 그림 표현도 음성 표현에 종속되는 것으로 여겨지도록 해왔다는 것이 르루아 구랑의 정확한 진단이다(GP: 272).

이는 선형적 문자를 연구하는 언어학자들이 그림 문자에 대해서도 같은 입장을 취해온 오류에서 나온 것이다. 알파벳 문자가 승리한 서구 문자이론의 배경에서는 상대적으로 최근에 발견된 에스키모, 인디언 등의 '그림언어'는 이해하기 힘들다. 새로이 발견된 체계에서 표음과 그래피즘의 관계는 더 이상 '종속(subordination)'이 아니라 '대등(coordination)'이며, 그래피즘은 문자언어에서 볼 수 없는 차원적 자유를 획득한다. 이것이 바로

6 Leroi-Gourhan, *Le geste et la parole*, Paris: Albin Michel, 1964, p. 261. 이하 내주에서 GP로 표기.

선형적 문자언어를 벗어나는 체계들이 에크리튀르의 역사에서 다수 존재하는 이유이다.

이 지점에서 르루아 구랑의 논의는 필연적으로 초기 한자, 오스트레일리아 원주민, 북미 인디언의 경우로 옮겨간다. 이들은 신화적 사고를 통해 풍부한 상징이 이 세상을 표현하는 체계를 만들었다. 통상 원시사회에서는 신화와 다차원적 그래피즘이 일치한다. 르루아 구랑은 이를 신화-언어(mytho-logie)라는 용어로 지칭하면서, 이는 곧 "구두 언어에 입각하여 만들어낸 다차원"이라 설명한다(GP: 272).

지금까지의 논의가 알파벳과 그래피즘의 상호 배척을 의미하는 것은 아니다. 르루아 구랑의 논의는 알파벳 문자에서 찾아보기 어려운 다차원적 체계 역시 일차적 표기 방법이 있다는 점을 놓치지 않는다. 예를 들어 구석기 동굴벽화에서 숫자나 단순화된 동물의 형태를 알아볼 수 있다는 사실은 이 그림들이 선형성을 가지고 있으며 여기에는 모종의 음성학적 현상이 개입되었음을 의미한다. 십자가, 창, 수건을 감은 갈대가 상이한 음적 표현을 넘어서서 예수의 수난을 표현하듯, 형상은 문자언어가 잊고 있었던 외재화의 가능성을 가진다. 이러한 형태를 가지는 표의문자는 그림문자에 앞서며 구석기 시대의 모든 예술은 표의문자적 기능을 가진다(PB: 280).

이후 르루아 구랑의 논의는 한자로 옮겨진다. 한자는 이집트 문자와 함께 음성화된 표의문자 체계를 가지지만, 이집트 문자가 점차 그 성격을 소실한 데 비해 한자는 여전히 그래픽 상징이 바탕이 되어 하나 이상의 차원을 유지하기 때문이다. 르루아 구랑의 논의를 따르면 한자는 신화문자적 체계와 음성학적 선형성의 체계가 상보적으로 만들어낸 독특한 에크리튀르이다. 다만, 김성도가 설명하듯,[7] 서구의 지성사에서 한자는 다소 착각

7 데리다, 앞의 책, 262-263쪽. 김성도는 데리다의 『그라마톨로지』 전면개정 번역판에서 본문의

이나 환상의 대상이기도 했다. 라이프니츠는 언어의 변화에 상관없이 동일한 의미를 표현할 수 있는 이상적인 언어의 문자로 여겼으며 나아가 한자의 육서법(六書法)으로부터 사물의 분류체계가 존재한다는 확신을 가지기도 했으나 한자의 절대다수가 상형성, 회화성, 표의성과 무관한 표음성에 기초한 글자들이라는 사실이 알려지면서 한자를 상형문자나 표의문자의 이상적 모델로 보는 착각은 사라지게 되었다.

동파문의 사례

르루아 구랑 역시 한자를 한편으로는 그래픽을 통한 표현이라는 가장 오래된 체계로 회귀되면서 수학이나 생물학적 개념을 충실히 번역하고, 동시에 상징들을 배열함으로써 문장뿐 아니라 의미를 가지는 일련의 이미지들을 생산해내는 두 가지 기능의 평형상태를 보인다는 견해를 표출한다(GP: 289). 이 역시 서양 지성사에서 이루어진 맹목적인 한자관(觀)에서 크게 벗어나지 않는 것으로 보인다. 이에 우리는 한자 이전의 문자, '이 세상에 남아있는 유일한 상형문자 체계'로 알려진 동파문자에서 알파벳과 그래피즘의 공존을 관찰하고 이를 문자도와 비교해 보기로 한다.

동파문자는 중국 운남성 서북부 여강 지역의 납서(納西, Naxi)족들이 사용하는 문자로서 19세기 말엽에 세상에 알려졌다. 동파문자는 그래피즘이 주도하는 상형문자와 표음성에 기초한 문자의 융합을 보여준다. 엄밀하게 말하면 동파문자는 상형문자인 동파문(東巴文)과 음절문자인 가

무게에 버금가는 심도 있는 '옮긴이 주'를 통해 그라마톨로지의 세부 내용을 보충하고 이해를 돕는다.

파문(哥巴文)으로 나뉘며, 모두 2,000여 개의 문자로 구성된다. 이 가운데 90% 정도가 부분적으로는 음절문자의 속성을 지니기도 하는 동파문이다. 흥미로운 것은 음절문자로 정립된 가파문을 제외하고라도, 상당한 어휘 생성능력을 가진 동파문의 조자 방식이다. 동파문의 기본 형태는 상형문자로서의 속성을 충실하게 보여주면서 대상의 형상을 간략하게 표현한다. 그러나 기본 형상에 가해지는 몇 가지 조작이 더 많은 어휘를 만들어낸다.

예를 들어 상형의 일부를 생략함으로써 '약해짐', '분열'의 의미를 만들고 위치를 바꿈으로써 거기에 상응하는 의미를 만들어낸다. 그런가 하면 기본 상형에 점과 선을 부가함으로써 더 많은 어휘를 만들어낸다. 이때 점, 선은 물론 육서법에서 규정하는바, 한자의 지사(指事)에 해당하면서 다양한 변이체들을 만드는 근원이 된다. 예를 들어 선의 형태 가운데 요동치는 선은 주로 움직임을, 곡선은 '결말, 하강', 직선은 '말하기, 보기', 끊어진 선은 '단절'이라는 각각 다른 의미장을 구성한다. 점이 지사로 등장할 때는 '다수, 많음, 풍족함'의 의미를 만든다.

구체적인 예를 들어보자. 〈그림 16-3〉의 A는 동파문에서 태양, 달, 비를 의미한다. B의 오른쪽 형상은 태양 아래 몇 가닥의 선이 달려 있는데

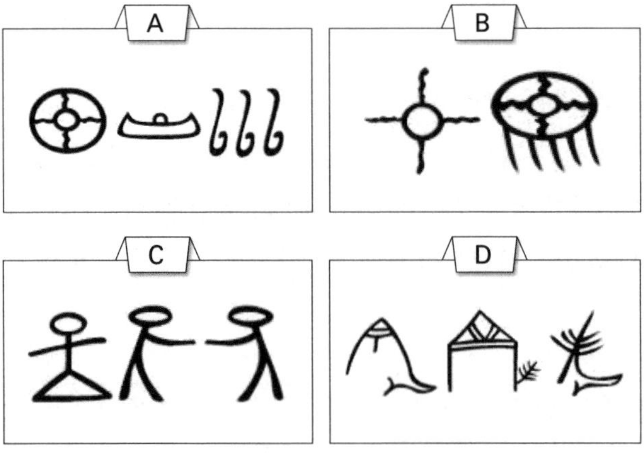

〈그림 16-3〉
동파문자의 조자 규칙 사례

이는 '활발한 천체 현상'을 의미하는 지사 요소이다. 따라서 B는 내리쬐는 햇볕, 혹은 맑은 날이란 의미가 된다. 한편 C는 기본 형태, 여기서는 사람의 동작과 방향에 따른 변이체를 보여준다. 왼쪽 인물은 앉아있으나 오른쪽 두 형상은 인물을 떠나 각각 '왼쪽', '오른쪽'의 의미를 가지게 된다. D의 경우는 조금 더 복잡하다. 이 경우는 기본형에 더불어 음성학적 · 의미론적 지표까지 결합되어 각각 산기슭, 집 뒷면, 나무뿌리를 의미한다.[8] 문제는 과연 동파문은 서구 지성사에서 규정하는 에크리튀르의 종류 중 어느 곳에 속할까 하는 것이다. 기존의 '알파벳'과 '그래피즘'의 대립 자체가 동파문을 설명하기에는 안이한 발상임을 알 수 있는 것이다.

다소 장황한 내용이었지만 동파문자까지 끌어들여 서구적 관점에서 에크리튀르의 문제를 되돌아보는 이유는 궁극적으로 에크리튀르로서의 문자도의 성격을 규정하려는 의도였다. 물론 동파문자는 하나의 문자체계로서 자신의 조자 규칙을 가지고 다양한 어휘가 만들어지는 생산력을 가지는 데 비해 문자도는 단 여덟 가지의 어휘만을 가지는 한정된 예술작품으로 언어학적 의미에서 문자체계라 부를 수도 없을 것이다. 그러나 우리가 주목하는 것은, 오늘날 동파문자 역시 의미 생산의 기능보다는 자형이 가지는 조형성이 더욱 주목된다[9]는 사실이다.

예를 들어 일본의 서예작가 타시로 슌가쿠(田代俊嶽)는 동파문자를 이용한 서예 작업을 진행한다.[10] 〈그림 16-4〉에서 작가는 '남'과 '여'의 손잡은 형상, 상단 중앙의 '가슴', 남녀 사이에는 진실함을 의미하는 '바늘', 중앙 하단에는 '바다'를 의미하는 동파문자를 배열하여 "진정한 사랑은 바다보다 깊다"라는 의미의 '문장'을 '쓴' 것이다. 그러나 수신자의 입장에서

8 http://sinoglot.com/naxi.

9 동파문자가 가지는 조형성과 유희성은 일본의 대중문화 영역에까지 침투되었다. 모바일 기기와 PC에서 구동되는 동파문 번역 프로그램을 통한 결과는 메신저에서의 이모티콘으로 활용된다.

10 http://shungaku.jp/index.html.

〈그림 16-4〉〈바다보다 깊은 애정 海よりも深い愛情〉, 타시로 슌가쿠

이 작품을 굳이 동파문자의 지식을 통해 문장으로 대체할 필요는 없을 것이다. 이는 마치 앞 장에서 본바 문자도의 맥락을 이어받은 석용진의 조형서예 작품(〈그림 16-2〉 B)을 굳이 문자 〈平凡〉으로 대체할 필요가 없는 것과 마찬가지이다. 슌가쿠나 석용진의 작품은 같은 '신화문자'로서의 생산과정과 독법을 가진다. 이 점에서 르루아 구랑의 다음과 같은 생각은 옳았다.

> 동물들을 재현하는 데 있어서 어떤 동물은 '글자'처럼 보이고 어떤 것은 '그림'처럼 보인다. 형상을 상징적으로 조합한 것의 배후에는 구두 맥락이 반드시 있는 법이며 상징들의 조합은 그 구두 맥락과 대등하게 배열되어 공간 가운데에서 그 의미를 재생산하는 것이다(GP: 273).

문자도는 비록 한정된 종류의 '어휘'만을 담고 있지만 그 본질은 문자와 상징으로 표현된, 배경 설화에서 나온 도상들의 배열에 있다. 문자도는 그것이 표음문자에 가깝든 상형문자에 가깝든, 이미 '알파벳 문자'의 반열에 들어있는 문자(孝 · 悌 · 忠 · 信 · 禮 · 義 · 廉 · 恥)들을 다시 그림으로 되돌려 놓으면서, 알파벳 문자가 제공하지 못하는 다차원성의 미학을 만들어낸다. 한편 문자도에는 문자가 제시하는 주제에 상응하는 배경 설화의 상징적 도상들까지 등장함으로써 문자도는 더욱더 신화문자로서의 위상을 획득하게 된다.

게다가 여기에는 표음문자로 대변되는 기존의 규범을 예술가 특유의 창의성으로 변용하는 과정, '유교'로 대변되는 타율적 강령을 '도교'로 대변되는 좀 더 오래 내재화된 자율적 이데올로기로 대체하는 과정까지 포함되었다. 한마디로 문자도는 단지 조선 후기의 전통 예술장르의 소산만이 아니라 르루아 구랑이 말하였듯 현재도 '어렵게 보존된' 인간 정신활동의 전형이다.

> 우리는 한 가지 언어를 사용하고, 그 소리는 그에 결부된 문자에 기록되어있지만 여전히 우리는 사고가 그림을 통해서 마음껏 발산되는 그런 표현 세계의 가능성을 어렵게나마 보존하고 있다(GP: 273).

문자도, 그리고 조선시대의 문자도와 동등한 반열에 오를 수 있는 다양한 조형예술, 디자인 '캘리그래피', 더 나아가 아예 그래피즘이 알파벳 문자를 대신하게 된 이모티콘 등은 결코 구석기 시대의 산물이 아니라 바로 르루아 구랑이 예견한 것처럼 선형적 문자언어의 역사에 반기를 들고 사고가 마음껏 확산될 수 있기를 원하는 오늘날의 인류가 만들어낸 새로운 표현 세계의 에크리튀르이다. 또한, 데리다의 말처럼[11] 표음문자는 비선형 문자의 과거에 뿌리를 두고 있으나 인류의 기술적 성공은 신화문자를 억압하였다. 하지만 다차원의 속성을 회복한 신화문자들은 다시 현전의 장으로 환원되었다. 이들의 출현은 단순한 고대 문자로의 복귀가 아니라 선형 모델에 종속되었던 합리성이 또 다른 형식으로, 또 다른 시대적 배경에서 나타난 것이다.

11 데리다, 위의 책, 243-247쪽.

형상화 과정

문자도가 그라마톨로지의 관점에서 해명할 수 있는 기호학적 실체라면 이는 문자도 역시 시각기호학이 구축하고자 하는 일반이론의 대상이 될 수 있는 인식론적 위상을 이미 가지고 있다는 것을 의미한다. 우리는 다시 문자도의 조형적 특성으로 돌아와 이를 좀 더 보편적인 분석 틀로 입증하고, 반대로 이를 가능하게 하는 이론이 있다면 그 이론을 시각기호학을 구축할 수 있는 일반이론의 한 가지 가능성으로 받아들이고자 한다. 우리는 선행연구에서 문자도를 가치중립적인 시각기호학의 대상으로 보고, 시각기호학 분야에서 정립된 '조형기호학적 접근 방법'의 입장을 일부 적용한 바 있다. 주지하듯 조형기호학은 시각적 표현의 실질, 즉 형태, 색채, 위상적 배치 등의 조형적 요소에 주의를 기울인다. 다음 단계로, 문자도의 조형 요소들이 어떤 내적 구조를 가지는가를 규명할 필요가 있는 것이다.

최근 프랑스의 시각기호학자 피에르 부동[12]은 「형상화의 위계 les ordres de la configuration」라는 논문에서 일반 조형체의 계보를 제안하였다. 다소 난해한 내용이지만 요약하면 '형상화'에는 일련의 과정이 나타나며, 형상을 구성하는 요소와 이들의 결합 메커니즘은 일상의 형상화(figuration mondain), 기하학적 형태(forme géométrique), 장식(ornement décoratif) 사이의 상호 길항관계에서 만들어진다는 것이다.

부동의 논의는 먼저 도상 이미지의 유형을 '일상의 형상화', '기하학적 형태', '장식'으로 나누면서 이들의 상호 연관성을 파악하는 데서부터 시작한다. 전통적 서구 사상으로는 세상을 표현하는 이미지란 일차적으로는 대상을 모방(mimétique)하는 것으로, 지시대상이 없는 추상적 형태를 표

12 Boudon, P., "Les ordres de la figuration," in *La sémiotique visuelle: nouveaux paradigmes*, (Coll. Bibliothéque Visio dir. M. Costantini), Paris: Harmattan, 2010, pp. 133-155.

현하는 이미지는 당연히 대상을 모방하지 않는 것(non-mimétique)으로 여겨졌다. 그 결과 미학적으로도 세상을 형상화한 이미지가 주류가 되며 장식적인 이미지는 부차적인 것으로 여겨졌다. 그러나 부동은 세상은 항상 '모방'으로, '미학적'으로만 표현되는 것이 아니라는 사실을 발견하였다. 아시아, 북미, 중앙 아프리카 등지의 전통 예술에서 보듯 모방과 비-모방의 형태들은 서로 겹친다. 따라서 세상을 표현하는 일상의 형상과 기하학적 형태, 조직-매트릭스(trame/matrice)는 미학적으로도 연속성을 가진다.

이 견해가 궁극적으로 문자도의 조형적 특징도 규명할 수 있는 이유는 두 가지이다. 우선 이 견해는 주류 이미지를 모방의 결과에서 받아들이던 서구 지성사회의 관점을 탈피하여 문자도와 같이 비교적 최근에야 그 존재가 알려진 체계들을 망라하여 고안된 일반 도식을 가능하게 한다는 점이다. 이는 앞 장에서 논의한바 르루아 구랑과 데리다의 보편적 그라마톨로지 구축 노력과 맥을 같이한다.

두 번째는, 특히 '조직-매트릭스'과 '문자소(graphémie)'의 개념이 문자도류의 새로운 에크리튀르를 설명하는 데 있어서 관여적이라는 점이다. 문자소는 기존의 문자와 그래피즘을 망라하는 개념으로 제시된 것으로, 이를 달리 말하면 "소통의 수단에 고유한 기록, 코드화, 단순화의 개념을 표현하는 것"이다.[13] 앞 장에서 보았듯, 서구인들에게 있어서 문자란 곧 알파벳, 즉 언어의 음소가 이산적인 형태로 만들어진 구성체를 의미하지만, 더 일반적인 의미에서 에크리튀르는 초보적 수준의 것이라 할지라도 모든 종류의 재현물을 망라하는 것이다. 이를 부동의 도식을 통해 보면 상형문자는 '형상 윤곽(contours figuraux)', 표의문자는 초보적인 '기하학적 형태'에 결부되어 만들어진 것이다.

한편, 이렇게 만들어진 에크리튀르는 어떤 식으로든 공간에 '배열'

13 Ibid. p. 149.

되는데, 그 순서가 상하이든 좌우이든 원주형이든 선형이든 결국 에크리튀르의 배열은 선형성과 분절의 원칙에 따르며, 이 원칙에는 암시적인 조직-매트릭스의 메커니즘이 깔려 있다는 것이다.

부동은 이 지점에서 에크리튀르의 기원에 의문을 표한다. 과연 이것은 다른 형상들과 동시에 만들어진 것인가, 아니면 선사시대 이후 확인된 '형상 윤곽'에서 파생된 것인가? 이 의문에 대한 답은 이미 르루아 구랑에서 볼 수 있지만, 부동은 형상화의 과정이라는 측면에서 답을 구한다. 부동의 견해로는 모든 에크리튀르는 축소(reduction)과정의 산물이다. 이는 '형상 윤곽'의 단순화와 '기하학적 형태'의 단순화를 의미한다. 이 두 과정은 결과적으로 유한한 수로 이루어진 협약적 기호를 만들며 이것이 에크리튀르의 약호가 된다는 것이다.[14]

부동의 도식에서 나타나는 모든 사항에서 본질적인 사실은, 모든 표현은 보이는 세상뿐 아니라 개념으로 만들어지는 상상의 세계와 결부된다는 사실이다. 부동의 말처럼, 피카소의 판화 연작에 나타나는 형상이나 라스코 동굴의 소가 다양한 과정을 거쳐 실선으로 바뀌는 것은 추상화되고 도식화된 것이라기보다는 하나의 계열, 즉 그래피즘에서 다른 계열, 즉 알파벳 문자로 이전하는 것을 의미한다. 그러므로 이전 과정의 최종 결과물인 유한한 수의 유형화된 기호들이 진정한 알파벳이 아니라, 이전 과정의 대상이 되는 '기하학적 형태'와 '형상 윤곽'이 알파벳의 요소가 되며, 여기에 덧붙여 '조직'이 알파벳 구성 모듈이 된다[15]는 부동의 견해는 경청할 만하다.

위에서 정리한 부동의 도식을 문자도에 적용해보자. 문자도에는 부동의 논의에서 시작점이 된 요소들이 모두 나타난다. 우선 문자도는 '일상의

14 Ibid., p. 150.

15 Ibid., p. 151.

형상화'를 구현한다. 되풀이하지만 문자도는 유교 이데올로기라는 특정 주제의 문자와 이와 관련된 도교적 배경 설화가 일치하는 예술 장르이다. 상형성과 표음성으로 만들어진, 이미 고정된 문자로서의 한자는 말할 것도 없이 세상에서 그 지시대상을 가지며, 배경 설화에서 동원된 다양한 도상들은 문자도의 작가와 관객이 사는 세상의 재현이며 동시에 심리적 세상의 상징이다. 문자도는 문자로 표상된 문자를 한 번 더 상징으로 만드는 '메타 에크리튀르'이지만 그 조형적 측면의 저변은 여전히 이 세상을 표현하는 도구성을 가진다.

두 번째로 문자도는 '장식'의 측면을 가지고 있다. 실은 문자도 자체가 여덟 폭의 병풍으로 꾸며져 귀족 계급은 물론, 서민들의 거주 공간을 장식하는 예술품으로 만들어지고 소비된 것이다. 그러나 여기에서 문제가 되는 것은 '장식' 형상으로서의 문자도의 내재적 성격이다. 문자도는 하나의 예술 형식으로 나름대로의 양식을 가지고 있다. 문자도의 기반이 되는 문자 자체가 다양한 한자체 양식의 한 결과임은 물론이고, 문자도, 장르 자체도 양식의 변화를 수반하였음은 우리의 선행연구에서 본 바와 같다. 문자도의 양식 변화에도 불구하고 불변요소로 남아있는 것은 바로 배경 설화에 나타나는 도상들이다. 이 도상들은 종종 장식으로서의 기능을 한다. 〈그림 16-5〉는 문자도의 여백뿐 아니라 문자도 공간의 위아래를 장식적 요소로 메운 사례를

〈그림 16-5〉 〈孝, 悌〉, 서울 개인 소장

보여준다.[16]

마지막으로 많은 문자도는 기하학적 형태를 보인다. 이는 문자도 양식의 발전에 따른 필연적인 귀결이기도 하지만, 이 세상만을 형상화하는 '모방'의 예술을 넘어서서 하나의 이미지 안에 또 다른 세상을 실현하는 문자도 특유의 성격의 소산이기도 하다.

형상화에 관한 부동의 견해가 문자도를 규명할 수 있다는 것은 도입 차원의 논의에서 그치는 것이 아니다. 부동이 제시한 도식 자체가 모든 형상을 설명할 수 있는 생산력을 지니고 있지만 특히 문자소가 알파벳 문자와 그래픽 문사를 통합한다는 섬은 앞 장에서 본 것과 같이 보편적 에크리튀르로서의 문자도의 성격을 보증해주는 근거로 작동한다. 문자도는 부동의 도식에서는 특히 '형상 윤곽' 모듈의 소산이면서 동시에 '기하학적 형태'의 성격을 가지는 장르의 위상을 가지게 된다.

또한 문자도의 양식 변화는 '형상 윤곽'과 '기하학적 형태'의 단순화라는 명제를 충실하게 따른 예술 장르이다. 비록 이러한 결과에도 불구하고 문자도 자체의 '어휘' 수는 고정되어있지만, 앞 장에서 본 바와 같은 무수한 '문자도류'의 에크리튀르는 동일한 단순화의 메커니즘을 통해 무한개의 어휘를 만들어내는, 명실상부한 알파벳 문자로도 작동한다. 마지막으로, 부동의 도식이 주는 궁극적인 메시지는 모든 표현체계는 결국 개념으로 만들어진 상상계와 결부되어야만 한다는 것이다. 이 점에 관한 한 문자도는 '신화-언어'로서의 특별한 위상을 여전히 간직하고 있다.

16 그러나 이 장식 형상이 지나치게 대두될 경우, 문자도는 가독성이 떨어지면서 자신의 정체성을 잃게 된다.

기호학적 보편성

문자도는 말할 것도 없이 우리 전통문화의 하나이며 우리의 정서적 생태계가 만들어낸 산물이다. 이를 강조하는 입장에서는 민화라는 용어 대신 '겨레그림'이라는 용어를, 문자도라는 용어 대신 굳이 '효제도', '충신도' 등의 주제별 용어로 나누기도 한다. 여기에는 우리의 전통문화를 인식하고 그 가치를 알아보는 작업을 일본의 미학자 · 수집가인 야나기 무네요시(柳宗悅)에게 선점당했고, 무네요시의 민화 미학이 '비애미(悲哀美)' 라는 키워드로 진행되었다는 자괴심과 일종의 노여움이 바탕을 이루고 있다는 점도 우리가 모르는 바는 아니다. 민화에 대한 관심과 체계적 연구는 최근 들어 배가되고 있으며, 심지어 민화를 국제화하자는 구호 역시 난무한다. 그럼에도 불구하고 아직 민화의 '국제성'을 학문적 차원에서 검증하고, 원근의 다른 문화권들의 유사한 이미지들과 비교하려는 시도는 없었다.

이 절은 일차적으로는 위와 같은 시도의 하나로 진행되었다. 이 과정에서 우리는 서양의 지성사에서 신화적 지위를 차지하는 데리다, 인류학자 르루아 구랑은 물론, 바로 이 시점에서 시각기호학의 새로운 패러다임을 부단히 고민하는 그룹 EIDOS(Etude de l'Image Dans une Orientation Sémiotique)에서 활발한 활동을 펼치는 한 현역 이론가의 도식까지 빌려왔다. 그러나 우리는 여전히 이것이 효과적인 전략이었는지는 확신하지 못한다. 데리다의 『그라마톨로지』는 단순한 기호학 이론서가 아니라 현대의 사상체계를 구성한다는 사실 외에도, 이 책을 꿰뚫는 것은 음성언어에 문자언어를 종속시킨 서구의 형이상학 전통에 대항하여 문자와 '로고스'의 정당한 관계를 복구하고자 하는 방대한 작업이기 때문이다.

한편, 르루아 구랑은 아마도 데리다의 소개와 더불어 국내 지식사회에 도입된 이론가로 보이지만, 아직 국내에는 번역되지 않은 그의 대표작 『행동과 말』 역시 한편으로는 기억과 기술 행위, 다른 편으로는 리듬과 형태의 상징제도라는 두 가지 양상의 사회현상을 생물학적 관점에서 탐구한 것으로 이 역시 에크리튀르 문제를 둘러싼 직접적인 논의와는 거리가 멀다.

그럼에도 불구하고 우리가 이 두 이론가들의 관점과 단지 국지적 언급들을 소중히 여기고 이를 이해하고자 하는 것은 또 다른 이유가 있다. 결론부터 말하면 문자도는 더 이상 민속학이나 미술사에서 강조하는 것과 같은 독특한/전통적인/뛰어난 개별 문화현상이 아니라 인간 본연의 소통의 욕구와 사고 표출의 욕구를 나름대로 충족시켜 준 보편적 기호체계의 하나로 이해되어야 한다. 음성 중심주의가 초래한 제도적 억제 — 이는 데리다가 말하는 서구의 지성사뿐 아니라 그에 말미암아 덩달아 진행되어 온 국내의 지성사를 아울러 지적하는 것이지만 — 에도 불구하고 문자도의 생성과 변용의 기저에 깔려 있던 '에크리튀르'로서의 기능과 위상이 오늘날 국내는 물론 글로벌 차원의 사회에서 다시 발현되고 있기 때문이다.

다양한 '문자도류', 다시 말해 문자도가 촉발한 새로운 에크리튀르가 오늘날의 이미지 생태계를 주도하는 것은 이들이 소통과 표현이라는 인간 본연의 요구를 수용하는 데 있어서 음성문자보다 더 유용한 도구이며, 어쩌면 그 욕구와 진정한 상동성을 가지는 제도이기 때문일지도 모른다. 문자도의 기호학적 위상을 규명하는 데 있어서 당장의 구체적인 논의나 실증적 접근보다는 다소 거리가 있어 보이지만 궁극적으로 인간이라는 생물이 가지는 욕구와 그 욕구를 충족하는 일련의 과정을 다루는 데리다와 르루아 구랑의 거시적 관점, 그리고 부동의 형상과 과정의 보편 도식이 필요했던 이유가 여기에 있다.

이를 통해 우리는, 문자도는 시각기호학의 관점에서 접근할 때 더욱더 그 본질이 드러날 수 있다는 사실을 다시 확인하였으며 문자도는 서구의 시각기호학이 설명하기 어려웠던 많은 문제들을 해결할 수 있는 단서를 제공하고 있음을 볼 수 있었다. 나아가 우리는 이 글에서 동원된 관점과 모델이 이후 시각기호학의 보편적 연구방법론을 구축하고자 하는 우리의 오랜 작업에 포함될 수 있음을 확인하였다.

그럼에도 불구하고 이러한 연구의 성과 역시 아직은 미흡하다. 문자도가 가지는 에크리튀르의 위상을 확인하고 나아가 문자도의 형상화 과정을 일부나마 규명하였으나, 여전히 문자도는 문자도로서가 아니라 인류의 진화과정을 관통하고 당대의 사회현상을 설명하는 '메타 에크리튀르'의 자격을 지니고 있음을 좀 더 설득력 있게 논의하는 것이 필요하다.

이미 서구의 지성은 음성 중심주의의 허와 실을 간파하고 있었다. 이들의 시선은 일찌감치 서구 내부뿐 아니라 에스키모, 북미 인디언, 아즈텍, 동파문자를 진작 향하고 있었다. 이들의 시선이 문자도에까지 미칠 때, 우리는 제2, 제3의 야나기 무네요시를 만날 수 있다. 그 결과는 1900년대와 같이 단순히 전통문화 가운데 하나가 상실되는 것이 아니라 또 다른 버전의 서구 지성사에 우리가 종속됨을 의미할 수도 있다. 개별 문화현상 중 하나일 뿐으로 여겨질 수 있는 문자도가 시급히 학제적 관점에서 공동 연구되어야 할 이유가 그것이다.

IV

시각기호학의 미래

인식론적 위기

기호학의 새로운 사명

17. 인식론적 위기

시각기호학, 나아가 기호학은 '한물간' 학문인가? 15장 뉴미디어에서 언급한 이시다 히데타카의 '푸념' 어린 회고에 필자는 큰 공감을 느낀다. 내용이 다소 길지만 그대로 인용하고자 한다.[1]

지금 기호론[2]을 전공하고 있다고 연구자들이나 출판 편집자 앞에서 입을 뗐다가 "아 그거 끝장난 학문이지요"라는 다 안다는 투의 반응을 여러 번 마주했다. (…) 기호는 시니피앙과 시니피에로 구성되어있다든가, 구조주의라든가, 롤랑 바르트의 기호학이라든가, 레비스트로스의 인류학이라든가, 야콥슨의 언어학이라든가 하는 지식이 대체로 기호론일 거라고 예단하고 있다는 것이다. 확실히 그것

1 이시다 히데타카 지음, 윤태석 옮김, 『디지털 미디어의 이해: 플랫폼과 알고리즘의 시대 읽기』, (주) 사회평론아카데미, 2016/2017, 55쪽.

2 일본에서는 기호학을 '記號論'으로 쓰고 있다. 이를 역자가 그대로 옮긴 듯하다. 중국에서는 같은 학문을 '符號論'으로 쓰고 있다. 그러므로 이 문맥에서 출현한 기호론을 기호학의 벽두에 잠시 나타났던 방브니스트의 기호론(sémiologie)과 기호학(sémiotique)의 구별과 연관 지을 필요는 없다.

들도 기호론이기에 틀린 말은 아니지만, 그러한 낡은 이론을 어떻게 다시 재구성하는가가 더욱 중요한 과제다.

기호학 연구의 퇴조 분위기는 이시다 교수가 위의 글을 쓴 2016년이 아니라 이미 2000년대 초에 감지되었나 보다. 14장에서 언급하였던 나딘, 2017년 현재 고령의 나이에도 왕성한 활동을 이어가는 그는 2000년대 중반에 이미 기호학의 원로로서 후배들을 질타하고 기호학의 미래를 걱정하는 글, 「제일 필요할 때 기호학은 어디 있어?」라는 제목의 글을 남겼다.[3] 이 글에서 나딘은 2004년 리옹에서 열린 세계기호학회의 프로시딩을 접하고, 그 내용이 세계기호학회의 창설자들, 즉 그레마스, 야콥슨, 크리스테바, 방브니스트, 시비오크들이 천명한 기호학 연구의 정신(ésprit)을 이어가지 못한다고 지적한다. 심지어 그는 그 정신을 이어가는 "소수의 후배"들의 실명을 거론하고, "(프로시딩을) 좀 자세히 들여다보면 기호학의 이름 아래 초기의 낙관주의를 충족하지 못하며 (…) 그나마 유일한 의미 있는 일은 이러한 비관여적 현상에도 불구하고 이런 이벤트들(그리고 결부된 프로시딩의 출판)이 계속 열리는 것"이라 비꼬고 있다.

우연의 일치인가, 필자 역시 유사한 제목의 글을 남긴 적이 있다. 필자는 2013년 6월 8일부터 11일까지 핀란드 이마트라에서 열린 〈세계 기호학 · 구조주의 연구 하계 학회 International Summer Congress for Semiotic and Structural Studies〉에 참여하였다.[4] 2013년 이 학회에는 55명의 학자가 참여

3 http://www.nadin.ws/wp-content/uploads/2010/07/where-is-semiotics-when-you-need-it-most.pdf.

4 이 모임은 세계기호학회에서 파생되어 특히 스웨덴, 핀란드, 러시아 등의 북유럽 기호학자들이 중심이 되어 설립되었다. 이 모임은 기호학 연구뿐 아니라 기호학 교육과 연구자 교류에 초점을 두는 글로벌 차원의 유수 학회로, 세계기호학회 회장인 타라스티(E. Tarasti)가 역시 회장을 맡고 있다. 특히 이 학회는 매년 여름 수십 명에서 100여 명에 이르는 학자들이 북유럽의 휴양도시인 이마트라(Imatra)의 유서 깊은 성(Rantasipi Valtuonhotelli)에 모여 숙식을 같이 하면서 발표장은 물론 일상 가운데에서 자신의 관심사를 공유하고 상호 교류하는 전통으로 유명하다.

하였으며 동양에서는 필자가 유일한 참가자였다. 필자는 "Semiotics for Education: Transforming Theories and Practices" 분과에 참여하여 2년여 동안 진행해온 '시각기호학의 체계 정립을 위한 예비 연구'의 결과를 중심으로 하는 논문을 구두 발표하였으며, 같은 분야에 관심을 가진 학자들(Jani Koskela, Eetu Pikkaranien, Sébastian Pesce, 특히 3년 후 인 2016년에 유명을 달리한 원로 기호학자 Solomon Marcus)과 교류하면서 소중한 피드백을 얻을 수 있었다. 그런데, 필자가 이 학회에서 구두 발표한 논문의 제목이 하필이면 「시각기호학은 어디로 갔는가? Where has the Visual Semiotics gone?」였던 것이다.

필자의 논문 제목이 나딘의 그것과 비슷하다는 점이 결코 나딘과 필자의 공통점을 부각하려는 것은 아니다. 세계기호학회 창설 멤버이자 기호학의 전 영역에서 주옥같은 전범을 남긴 그와 필자를 비교한다는 것 자체가 어불성설이기 때문이다. 그러나 나딘의 우려는 사실상 현실이 된 듯하다. 필자의 과문일지는 모르나, 기호학 연구 열풍은 2000년대를 고비로, 1960년대 이후 1990년대에 이르는 초기의 그것에 비해 질과 양 모두에서 뒤떨어지는 것은 사실이다. 이 사실은 그동안 필자가 수집한 기호학 연구 서지목록 데이터베이스에서도 일부 입증된다. 그 자리를 차지한 것은 다름 아닌 '영상문화'였다.

이 책의 2장과 15장에서 간간이 언급한 것처럼, 시각기호학의 발전 과정에서 가장 난제로 떠오르는 것은 1990년대 이후 대두된 '문화연구' 혹은 '시각연구'와 시각기호학의 관계를 설정하는 일이다. 당대 이미지 연구의 대가인 엘킨스(J. Elkins)의 주도로 진행되기 시작한 '시각연구'는 미술사, 인류학, 사회학, 예술비평, 영화 연구, 젠더와 여성학, 저널리즘 등의 인접영역을 포괄하면서 미국, 호주, 캐나다, 인도 등으로 파급되었다.

1990년대 들어 미국에서 등장한 '시각문화'는 '문화연구'가 밟았던 전철인 마르크시즘의 영향에서 다소 벗어나, '보이는 것'을 둘러싸고 미술사와 바르트, 벤야민 등의 시각기호학의 선배를 공유하고, 미첼(W. J. T.

Mitchell)은 미술사, 문화연구, 문학 이론의 영향을 받은 연구 분야를 개척해 나간 것이다. 기호학 연구, 특히 '시각기호학'이 점차 국제적 차원의 기호학 학술대회에서 고유의 세션마저 잃어버리고 있을 때에, 1990년을 기점으로 분출된 '시각문화'는 나딘이 언급한 현대기호학의 발아 시점에서 풍미한 '정신'을 구현하기 시작한 것이다.

특정 학문의 도입과 발전에 더 이상 국경개념은 없다. 이시다의 술회를 다시 보자.[5]

> 1980년 무렵 학생 시절을 보낸 사람들은 이 학문의 이름을 기억하고 있을 것이다. 그러나 근대 이후 일본의 경우 슬프게도 해외 학문의 유행과 쇠퇴 현상이 매우 심했다. 기호론도 일본이 거품 경제로 들끓고 있던 시대에 '소비사회 현상을 설명하는 이론으로 한때 유행했다. (…) 기호론은 일본뿐만 아니라 세계적으로도 이미 유행이 끝난 학문이다.

우연은 아니다. 우리나라에서도 외래 학문의 유행과 쇠퇴 주기는 물론, 기호학 연구의 궤적은 일본의 그것과 흡사하다. 게다가 기호학은 그 학문의 기초가 되는 제반 이론들의 충분한 이해도 없이 예를 들어 '~의 기호학적 연구'라는 이름으로 시니피앙, 시니피에 정도만 들먹거려도 해당 학술지에 여과 없이 실리는 현상이 한동안 진행되었다. 그러다가 결국 기호학은 일부 논자들에 의해 "외삽하고 틀에 끼워 맞추는" 학문으로 폄하되었다. 여기에는 기호사각형과 복잡한 개념 틀로 악명 높은 그레마스류의 프랑스 구조주의 기호학이 국내 기호학 담론의 주도적 위치를 점하였다는 이유도 없지 않은 것으로 보인다. 그러나 기호학에서 그레마스 류는 그 자체의 중요성은 부정할 수 없으나 이 역시 기호학 연구의 방대한 영역

5 이시다 히데타카, 앞의 책, 54쪽.

과 방법, 관점의 하나에 지나지 않는다. 기호학으로서는 억울한 면이 있다.

학문의 부침을 해당 학회의 움직임으로 보는 방법도 있을 것이다. 국내의 학문연구 생태계는 여전히 학맥 · 인맥으로 점철되어있다. 동일 영역의 학문 분야에서도 학문 외적 요인으로 비슷한 학회가 난립되어있는 것이 현실이다. 그런데 1994년 한국기호학회가 설립될 당시, 이런 불문율은 고려되지 않았다. 물론 학회 창립 준비과정에서는 당시 막 문화부 장관의 소임에서 돌아온 이화여자대학교 교수 출신인 이어령과 당시 같은 대학 불문학과에 재직하던 문학평론가 고 김치수 교수의 주도적 노력이 있었다. 그러나 적어도 초기 회원들의 면면을 보면 전공 분야나 출신 학교, 재직 학교나 전공에는 그 어떤 작위도, 제한도 없었다.

이는 기호학이 원래 학제적인 성격을 가지기 때문이기도 하겠지만, 초기 회원들은 김치수 교수의 강력한 추진력과 온화한 성품에 매료되어 매 달 한 번씩의 연구발표 모임과 그 뒤의 설렁탕 회식을 손꼽아 기다리곤 했다. 당시 회원들은 학맥, 인맥, 전공이 다 다른 이 학회가 과연 성공할 수 있을까, 만약 이 학회가 10년만 유지된다면 우리나라 학계의 생태계에서 매우 모범적인 학회로 자리매김할 것이라는 대화와 다짐을 하였다. 한국기호학회는 2019년 현재에도 활발한 활동과 발전을 계속하고 있다. 특히, 초기부터 지금까지 열성 회원이었으며 한국기호학회장을 일찍이 역임한 김성도 교수가 2014년 세계기호학회의 부회장으로 선임되는 개가를 올리기도 했다.

한국영상문화학회의 경우는 다소의 부침이 있었다. 학회는 1999년 5월 창립 학술대회를 가졌지만 그 이전에 수많은 세미나를 거치면서 당시 갓 상륙한 '시각문화', '문화연구', '시각연구', '시각기호학' 등으로 혼재된 영상문화 연구의 정체성을 확립하려는 노력을 기울였다. 이 학회의 시작은 우리나라 학계의 일대 사건으로 기록될 만하다. 초기 회원들은 인문학, 예술학, 사회학을 필두로 디자인, 컴퓨터 공학, 경영학, 뇌과학 등 그야말로 이미지에 관심을 둔 모든 분학 전공자들을 망라하였다. 비단 학계뿐 아니라 이미지 관련 산업계, 언론계, 출판계에서도 다수의 열성 회원들이 나타났다. 이런 사전 노력과 구성을 바탕으로 한국영상문화학회는 창립 첫해 가을, 바로 제2회 한국영상문화학회 학술대회 및 국제세미나를 개최하는 기염을 토했다. 1994년과 1999년은 기호학과 시각연구의 태생과 국내 상륙의 시간적 간격을 보여준다. 그러나 그 뒤, 한국영상문화학회는 발족 당시 지나치게 다양한 인적 구성이 결국은 문제가 되어 한동안 학계에의 연착륙에 어려움을 겪다가 2015년 이후 강력한 지도력이 형성되면서 영상문화 연구의 안정된 허브로 다시 태어났다.

다시 기호학 연구의 현황으로 돌아가자. 기호학, 특히 시각기호학이 시각문화 연구에 자리를 내어주면서 퇴조해간다는 인상을 주게 된 이유는 두 가지의 원인이 있는 것으로 보인다. 하나는 학문 내재적 성격이다. 시각기호학은 이미 시각적 대상을 분별하고 그 의미작용을 설명하는 원리를 상당히 가다듬어두었다. 물론 이는 1, 2장에서 본 바와 같이 기호학의 배경이 되는 선행 학문과 일반기호학의 발전에서 기인한 것이다. 시각문화 연구나 미디어 기호학에서 진행되는 연구들은 단지 대상의 특화에 따른 차이일 뿐, 실제로 시각문화의 개별 연구 내부에는 시각기호학이 녹아들어있는 것이다.

두 번째는 미디어 혁명, 정보혁명의 여파이다. 실상 시각문화 연구가 맹위를 떨치게 된 이유는 2000년대 이후 디지털 미디어의 보급과 이에 따른 급격한 사회문화적 변화에 힘입은 바가 크다. 한때 '문화과학'이란 이름으로 진행되던 좌파 경향의 이데올로기 비판 연구 경향도 최근에는 이념적 성향을 지우고 미디어와 미디어의 사회적 의미 규명에 몰두하는 현상도 이와 무관하지 않다.

시각기호학, 나아가 기호학은 결코 인식론적 암초에 걸린 것이 아니다. 이시다가 말하듯, "현실 세계를 보면 지금이야말로 우리의 세계, 우리의 생활이 '기호론'화 하고 있다."[6] 이시다는 더 나아가, 기호학을 근본적으로 재구성하고 혁신하기를 주장한다. 이 지점에서 이시다는 잠시 판단을 잘못한 듯하다. 그는 이 시대적 작업을 외로운 것이라 호소한다. 세계에서 오직 세 사람 정도의 이론가만이 이 작업을 진행한다는 것은 '다행히도' 이시다의 착각이다. 이 책도 그 작업의 일환이며, 필자의 동학들도 묵묵히 그 작업에 동참하고 있는 중이다.

이제 시각기호학, 나아가 기호학은 한층 더 외연을 넓혀야 한다. 비록 그 대상이 직접적이고 전통적인 기호학의 성격은 아니라 할지라도 적어도 독자적 학문이라기보다는 모든 학문의 패트론, 혹은 방법론으로서의 기호학의 태생적 취지에 부합한다면 기호학은 이를 자신의 영역에 포함시키고 자신의 사명으로 삼아야 한다. 단 여기에도 조건은 있다. 그렇지 않아도 방대한 기호학에 새로운 영역을 만들어 참여하고자 하는 분학은 시대의 요구, 즉 시대정신을 가져야 한다. 다음 장에서 상술할 교육기호학은 오늘날과 같은 지식 사회가 요구하는 시대정신의 발로의 전형이다.

6 이시다 히데타카, 앞의 책, p. 54.

18. 기호학의 새로운 사명

앞 장에서 우리는 교육이 기호학의 영역에 들어와야 하는 당위성의 일부를 개진하였다. 오늘날과 같은 초지식 사회, 초연결 사회에서 기호학의 기여는 교육의 혁신으로 귀결되어야 한다. 특히 최근의 고등교육의 위기는 교육학이나 교육정책으로만 접근해서는 해결책을 찾기 어려울 정도로 심각하다. 기호학은 학문들의 사이를 중재하는 학문이자 연구방법론으로 전통적인 교육, 즉 '자유학예(Liberal Arts)'를 오늘날의 고등교육의 장에서 재구성하는 데 기여하여야 한다. 이것은 기호학의 새로운 사명이며 동시에 스스로를 오늘날의 시대정신에 따라 혁신하는 길이기도 하다.

초지식사회의 도래와 기호학의 새로운 사명

4차 산업혁명은 기술융합을 통해 "모든 것을 완전히 바꿀 것"(Schwab, 2016: 25-29)이며, 인공지능(AI), 로봇공학, 사물인터넷(IoT), 자율주행 자동차, 3D 프린팅, 나노기술(NT), 바이오기술(BT), 정보기술(IT), 인지과학, 신소재공학, 에너지 저장기술, 양자 컴퓨터 등의 과학기술의 약진을 통해 하드웨어와 소프트웨어의 결합, 사물이 인터넷으로 연결되며 데이터를 생산하는 초연결 사회(hyper-connected society)를 만들어내는 중이다. 4차 산업혁명은 테크놀로지가 생산, 가치 사슬(value chain), 소비 행태 등의 경제 생태계를 재편하면서 시작하여 사회 모든 분야에서 파괴적 변화(disruptive change)를 요구하고 있으며, 이는 궁극적으로 국가 차원의 정책수립으로 귀결된다.

20세기 말 '지식기반 사회'의 대두와 함께 본격적으로 진행된 지식사회의 지형 변화는 4차 산업혁명 시대를 맞아 더욱 가속화되면서 전면적이고 근본적인 교육의 변화를 요구한다. 4차 산업혁명은 물론, 곧 다가올 N차 산업혁명의 준비를 위해서는 현행 교육 시스템의 혁신이 필요하며, 특히 고등교육은 부단히 진행될 혁신을 주도하고 미래 세대를 차기 산업혁명의 주체로 키워내야 할 사명을 가지고 있는 것이다. 교육 분야에서 4차 산업혁명은 미래의 불확실한 고용시장을 고려하여 일자리를 준비하는 교육이 필요하다는 일반적 차원의 인식에서 나아가, 교육이란 기존 지식의 보급이 아니라 새로운 지식의 생산을 위한 창의성의 플랫폼이 되어야 한다는 인식론적 전회(epistemological turn)와 인간의 삶의 질을 향상시킬 수 있는, 더 절박하게는 인간 그 자체를 존속시킬 수 있는 혁신적인 패러다임 수립 · 실천을 요구한다.

어떤 산업혁명도 인간 자신이 그 최종적 목적이 되도록 해야 한다. 지금까지의 산업혁명은 우리의 삶을 보다 풍요롭게 만들었지만 그 열매를 탐닉하게끔 우리를 끝없이 몰아붙이면서 생명을 경시하면서 도구적 존재로 전락시켰다. 이러한 삶의 방향에서 한 발짝 물러서서 이 방향을 역전시킴으로써 자기 자신을 쉴 수 있게 만드는 것에는 인색했다. 따라서 앞으로 맞이할 N차 산업혁명은 과학기술이 영향을 미칠 물질적 변화뿐만 아니라 인간의 정신적 변화에도 주목함으로써 인간 자신에게도 관심을 기울이고 생명이 그 자체로 존중받을 수 있도록 해야 한다.

4차 산업혁명은 '호모 사피엔스'의 역사에 비추어보면 또 하나의 혁명일 뿐으로, 앞으로 혁명은 더 자주 일어날 것이다. 4차 산업혁명이 요구하는 고등교육의 이념과 목표 역시 교육철학 발전과정에서 필연적으로 대두된 것으로 전혀 새로운 것은 아니다. 최근 10여 년 동안 〈한국교양교육학회〉와 〈한국교양기초교육원〉을 중심으로 고등교육의 새로운 이념, 목표와 이를 가능하게 하는 교육과정과 교육편제 혁신을 위한 담론이 전개되어왔다. 이는 2016년 이후에나 대두된 4차 산업혁명이라는 시류와는 무관하게 교육의 본질을 둘러싼 지속적인 해법을 추구하는 과정이었다. 결국 4차 산업혁명과 빅데이터 담론의 파급은 국내외를 막론하고 교육 혁신 담론을 다시 추동하는 환경을 만들어준 순기능의 역할을 해주었다.

(1) 4차 산업혁명의 시대적 요구

고등교육의 혁신은 현재 진행 중인 4차 산업혁명뿐 아니라, 그동안 쌓여온 국내 고등교육의 폐단을 일거에 척결하고 산업혁명에 주도적으로 대비하기 위해서라도 '지금 이 자리'에서 진행되어야 할 시급한 정책 과제이다. 4차 산업혁명이 교육, 특히 고등교육에 요구하는 바는 다음과 같다.[1]

1 백승수, 「4차 산업혁명 시대의 교양교육의 방향 모색」, 『교양교육연구』 11(2), 2017, 18-20쪽.

- ▷ '지식의 빅뱅', 즉 폭증하는 지식을 교육으로 소화하는 것에 근본적인 한계에 다다랐으며 보편적 지성을 함양하는 교육, 인류 문명을 만들고 지탱해온 문화적 유산을 확인하고 인간과 세계에 대한 폭넓은 이해를 확장해나가는 것이 더욱 긴요해짐.
- ▷ 지식의 수명이 급격하게 단축되는 시대에 교육을 통해 미래의 새로운 가치를 탐색하면서 스스로 지식을 창출하고 활용할 수 있는 역량을 함양하여야 함.
- ▷ 지식의 내용이 융합을 중심으로 재편되면서 어느 특정 학문 분야에 종속될 수 없는 보편성과 일반성을 가진 학제적 융합이 필요함.
- ▷ 4차 산업혁명을 이끄는 스마트기술의 발달은 교육의 패러다임이 바꾸어놓으면서 교육의 방법적 혁신을 강하게 요구하고 있음. 인간은 인공지능이 할 수 없는, 인간만이 할 수 있는 새로운 영역을 개척하여 인류의 미래 가치를 창출해나가야 하며 그 중심에 '리버럴아츠' 교육이 있음.
- ▷ 4차 산업혁명 시대를 맞이하여 학문적 필요, 학습자 요구 그리고 사회적 수요라는 교육과정의 요소가 동시에 급속하게 변화하고 있음. 초융합성, 초연결성, 초지능성을 확산하는 4차 산업혁명의 전방위적 전개는 교육의 목표와 내용 그리고 방법에 걸친 전반적인 변화를 요구함.

한 국가의 정책, 특히 교육정책은 당대의 단기적 상황이나 시류와는 무관하게 지속성을 가져야 한다. 예를 들어 대학 구조개혁은 단지 정원 감축, 학과 통폐합 등의 수동적인 대응 방안이 아니라 교육의 질을 높이고 학문 후속세대를 양성하는 정책을 통해 근본적이며 질적인 변화를 모색하여야 하는 것이다. 다른 사례로, 2000년대 이후 불기 시작한 인문학 위기 담론은 실은 '인문학자'들이 그동안 누려온 기득권의 위기를 반영하였을 뿐이다. 정부 재정 지원사업에 기댄 대학의 인문학 진흥 노력은 결국 '역량 계발'이라는 명목으로 인문학의 실용성만을 강조한 나머지 4차 산업혁명의 특성과 이념을 반영하기에는 근본적인 한계점을 내포하였다. 특히 우리나라 고등교육계 특유의 실타래처럼 꼬여있는 여러 문제,[2] 예를 들어 집단이기주의로 점철된 학과-전공 중심 대학 편제의 폐쇄성, 혁신에 대한 교수들의 냉소적 자세와 기득권 수호 작태, 일자리와 구직자의 미스매칭, 이른바 'N포 세대'로 표현되는 청년실업 문제, 나아가 대학의 기업화와 양극화, 기초학문의 고사, 그에 따른 학문 후속세대 단절, 특히 현안으로 부각되는 부실 교육기관 처리 등은 기존의 대증적 치유로는 결코 해결할 수 없는바,[3] 이 모든 문제를 근본에서 해결할 수 있는 정책이 필요하다.

(2) 고등교육의 이념 혁신

4차 산업혁명이 요구하는 교육의 이념은 "생각하는 방법을 학습하는 것(Learning to Think)"과 배우기 위해 배우는 것을 학습(Learning to Learn)하는 것이며, 이를 구현하기 위한 교육목표, 나아가 교육과정은 다음과 같은 사고능력을 함양하는 것이다.

▷ 창의적 사고(creative thinking)
▷ 비판적 사고(critical thinking)
▷ 수리적 사고(mathematical thinking)
▷ 컴퓨팅 사고(computational thinking)
▷ 심층적 사고(deep thinking)

2 외부의 시선으로 보면 우리나라 고등교육의 성과와 인재 역량 수준은 4차 산업혁명을 주도적으로 진행할 수 있는 위상을 가지나, 이는 우리나라의 특유한 교육환경을 고려하지 않은 조사방법에서 기인하였으며, 특히 교육현장의 구성원들이 피부로 느끼는 괴리감은 더욱 심각하다.

3 최근 서구의 지성계에서 진행되는 고등교육 담론에서도 다음과 같이 제목에서부터 대학과 고등교육의 위기의식을 반영하는 경우가 두드러지는 추세이다. Beyond the university(2015), Crisis in higher education(2015), Education's End(2007), The innovative university(2011), Remaking college(2014) 등.

▷ 연결적 사고(connective thinking)

▷ 은유화 사고(metaphorical thinking)

기호학은 4차 산업혁명이 촉발한 새로운 융복합 생태계에 부응하는 '신인문학(Neo-Humanities)'의 개념 정립과 이의 실현을 위한 구체적인 방안을 제시하는 이론적 틀이 된다. 신인문학은 새로운 인문학이 아니라 전통적인 인문학(humanities)의 재발견과 재규정을 말한다. 우리가 말하는 인문학은 '인문대학'의 교수들이 연구하고 가르치는 학문은 결코 아니며 일반적으로 알고 있는 문학, 사학, 철학과 같은 좁은 범주에 머무르는 것도 아니다. 인문학은 모든 제도적 인문학의 근저에 깔려 있는 인간됨, 혹은 르네상스 시대에서부터 추구하였던 '더욱 인간적인 존재(humanior)'를 만들어내는 정신을 구현하는 학문이다. 이것이 바로 뒤에서 다시 거론할 '자유학예교육(Liberal Arts Education)'의 전통이다.

자유학예교육의 궁극적 목표 중 하나는 '심층적 사고(deep thinking)'능력의 함양이다. 이는 기존의 사고와는 차별화되는 사고의 전환을 말한다. 인간의 생각은 때론 모순되기도 하고 논리를 뛰어넘기도 하고 일관되지 못하고 변덕스럽기도 하다. 바로 이러한 인간의 사고야말로 현대사회의 예기치 못한 문제, 그리고 기계와 기술이 대처할 수 없는 문제를 해결할 수 있을 것이며 바로 그러한 이유 때문에 심층적 사고는 현대사회에 절실히 필요하다.

4차 산업혁명은 테크놀로지의 혁신이 주도하고 있다. 인간의 자리에는 인공지능과 로봇이, 인간의 지식과 기억이 있던 자리에는 빅데이터가 들어왔다. 결국 4차 산업혁명의 가장 큰 변화이자 위기는 인간성 상실이라는 값비싼 대가를 치를 가능성이 높다. 근대화를 거쳐 산업시대에서 인간 소외가 문제가 되었다면 오늘날은 아예 인간 존재가 상실될 위기에 처해 있는 것이다. 인간과 기계의 상호작용이 활발해지면서 둘 간의 경계가 모호해지고, 인공지능을 통해 인간의 기능과 역할이 대체되면 필연적으로 인간의 존재 이유 자체가 문제된다.

4차 산업혁명이 만들어내는 디스토피아는 결국 인간이 기계의 지배를 받거나 사라지게 되는 결과를 가정한다. 이런 상황에서, 우리는 전통적인 의미의 인문학이 시대적 상황에서 새로운 임무를 부여받아 다시 태어난 인문학을 신인문학(Neo-Humanities)이라 명명한다. 신인문학이 추구하는 교육목표를 달성하기 위한 교수학습법은 최근 대두되는 '자기결정 학습(heutagogy, self-determined learning)'으로 진행될 필요가 있다. 이는 4차 산업혁명 담론이 진행되기 전부터 교육철학 발전의 논리적 귀결로 '새로운 시대의 교수학습법'으로 정립되었다. 이는 학생들로 하여금 단순히 지식을 습득하는 것이 아니라 능동적으로 '학습하는 방법을 학습(learning to learn)'하도록 함으로써 4차 산업혁명이 요구하는 교육 생태계에 부합하는 것이다.

교육기호학의 대두

최근 학계 일부에서 교양기초교육에 대한 새로운 인식이 확산되기 시작하였으나 여전히 일선 교육에서는 교양기초교육 과정이나 교육편제 개선 노력을 정부의 재정지원 사업 등을 의식한 준비 정도로 여기는 경향이 보인다. 설혹 교양기초교육 혁신의 의미를 다소간 이해한다 하더라도 대부분은, 예를 들어, 제4차 산업혁명 담론에서 빠지지 않는 '미래 · 미지의 직업교육을 위한 교육정책 변화 모색은 필요하다'는 정도의 수준을 넘지 않는다. 그러나 교양기초교육의 이념은 외부에서 만들어지는 것이 아니라 교육 담론의 내부에서 형성되어야 한다.

교양기초교육의 이념에 대한 깊은 성찰 없이 최근 각 대학이 경쟁적으로 이른바 '학부대학'이라는 정체성이 모호한 기관을 만들고 설익은 교육과정 · 편제 개편에 착수하는 움직임은 또 다른 고등교육의 위기로 이어질 가능성이 크다.

고등교육의 위기는 글로벌 무대 전역에서 감지되지만 특히 우리나라에서 고등교육의 상황은 심각하다. 전공 분야와 일자리의 불일치, 학령인구 감소에 따른 고등교육기관의 위기, 구조조정 혹은 존폐의 위기를 앞두고도 개인 · 학과 · 대학의 이해관계를 앞세우는 교수 · 학습자의 개인 · 집단 이기주의, 신자유주의에 따른 교육 기회와 결과의 불평등을 둘러싼 논의들은 이미 진부할 정도이다.

국내 고등교육의 총체적 난맥상은 표면적 현상에만 접근하는 대증처방으로는 해결은커녕 진단할 수도 없다. 오늘날의 왜곡된 고등교육의 근간을 이루어온 기존의 교육철학을 원점에서부터 재고하여 대안을 모색하고, 진정한 교양기초교육의 의미와 실천 방안을 제안할 필요가 있는 것이다. 기호학은 기존의 교육철학을 대체하는 패러다임으로 스스로 진화할 인식론적 배경으로 복무할 필요가 있다.

(1) 이론적 배경

2010년을 기점으로 서구의 지성계에서는 기존 교육철학의 맥락을 넘어서는 새로운 움직임이 나타나기 시작하였다.[4] 캐나다 기호학자 다네시(Marcel Danesi)는 『기호학적 교육 경험』[5]의 서문에서 최초로 '교육기호학(EduSemiotics)'의 도래를 선언하면서, 인간은 기호

---

4 이와 같이 교육기호학의 역사는 일천하다. 그렇기 때문에 국내 학계도 이 분야에서 경쟁력을 가지고 궁극적으로는 글로벌 차원에서 선도적 지위를 누릴 수 있으며, 이 점이 본 연구의 필요성과 중요성을 더해준다.

5 Semetsky, I. ed., *Semiotics Education Experience(Educational Futures: Rethinking Theory and Practice)*, New York: Sense Publishers, 2010.

사용 체계(semiosphere) 가운데에서 태어나 기호를 해석하고 기호를 만들어 가는 과정을 포함하는 경험적 탐구를 통해 세상을 본다고 주장하였다. 교육기호학의 관점에서 보면 인간의 지식 영역은 'brute fact', 즉 명시적으로 설명할 수 없는 수많은 사실들뿐 아니라 잠재적으로 의미를 가지는 모든 현상과 대상의 해석(interpretation)을 포함한다. 해석의 문제는 다양한 학문 영역 가운데에서도 특히 시각기호학과 밀접한 관계가 있다.

21세기의 교육 정책 어젠다는 현재를 '비판적 태도 혹은 에토스'로 관찰하여 미래의 '에듀토피아(edutipoia)'를 설계하는 것이다. 에듀토피아는 오늘날 지식경제학의 상황을 진단하고 이를 해결하는 이론과 실천의 협동 작업을 통해 만들어진다. 이 과정에서 교육기호학은 기호학 특유의 총체적 접근을 통해 다른 교육사상과 철학이 견지해온 영역들을 넘어서는 인식론적 대안을 제시할 필요가 있다. 여전히 오늘날의 교육을 지배하는 데카르트 식의 이분법과 지식의 파편화에 맞서서 교육기호학은 초학제적 이론을 개발하고 윤리적 교육에 강조점을 두는 패러다임을 채택하면서 이론적 지식과 실천적 행동을 구별하지 않는 입장을 취한다.

역사가 일천한 교육기호학이 모든 교육 문제에 대답을 줄 수는 없겠지만, 교육기호학의 텍스트 가운데에서 교육기호학은 "기억작용(학습)은 기호를 통해 이루어진다"라는 비고츠키(L. S. Vygotsky)의 가르침을 이어받았다는 내용, 학습이란 단순한 도구가 아니라 인간의 삶에서 떼어낼 수 없는(*sine qua non*) 본질적 양상이라는 더 오래된 5세기 철학자 보에티우스(Boëthius)의 가르침을 환기하는 부분을 만났다. 이를 통해 필자는 이와 같은 깊이와 내적 역사를 가지는 교육기호학의 관점이라면 오늘날의 교양기초교육과 고등교육에서 돌출되는 다양한 문제의 원인을 진단하고 근본적인 처방을 내릴 수 있는 기회와 단서를 제공해줄 것이라 믿게 되었다.

(2) '교양기초교육' 확산

'교양교육'은 교육의 유용성보다는 인간성을 회복하고 함양하는 것을 목적으로 한다. 실은 교육사는 '교양교육사'였다. 교양교육의 이념은 그리스의 파이데이아(Paideia)에서 시작하여 로마 이후 중세, 르네상스의 후마니타스(Humanitas), 훔볼트를 필두로 한 신인문주의의 도야(Bildung)를 거쳐 오늘날에 이른다. 근대 이후 영국, 미국에서 확립된 교양교육의 이념은 이러한 전통 위에서 수립되었다.

영국의 뉴먼(J. Henry Newman), 밀(J. S. Mill), 헉슬리(T. Huxley) 등은 영국의 산업화에 따르는 인문학의 위기를 이성적 교양인, 사회적 공민, 과학적 실용인 양성을 지향하는 교육의 체계화로 극복하였다. 미국의 듀이(J. Dewey)는 개인과 사회의 민주적 숙성을 교육의 사명으로 보고 지식의 도구성을 중시하면서 결과적으로는 이성과 경험, 사고와 행위, 지식과 실천의 통합을 설파하였다.

오늘날 고등교육기관에서의 교양교육은 시카고 대학 총장을 역임한 허친스(R. M. Hutchins)와 하버드 대학교 총장을 역임한 엘리엇(C. W. Elliot)의 선도적 노력으로 체계화되었다. 허친스는 〈위대한 대화 The Great Conversation〉 프로그램을 통해 고전을 통한 비판적 사고 진작을 핵심 교육과정으로 세계시민을 양성하고자 하였고, 엘리엇과 그의 후배들은 〈자유사회에서의 일반교육 General Education in a Free Society〉, 일명 〈일차 하버드 보고서〉와 뒤를 이은 지난한 논쟁을 통해 기초학문을 강화하는 교육과정, 즉 '중핵 교육과정' 제도를 도입하여 오늘날 앞서가는 미국 특유의 고등교육의 뿌리가 된 것은 주지의 사실이다.

우리나라에서 '교양기초교육'에 대한 진지한 사고와 실천은 2006년 한국교양교육학회, 2011년 한국교양기초교육원의 발족과 함께 공식화되었다. 특히 한국교양기초교육원은 그동안 일선에서 잠재해왔던 교양교육 혁신 움직임을 수렴하여 짧은 시간에 교양교육의 지평 확산을 위한 이념적 · 제도적 노력의 구심점이 되었으며, 2016년 〈대학기초교양교육의 표준 모델〉을 발표하는 데 이르렀다. 여기에서 '교양기초교육'이란 다음과 같이 전통적 의미의 교양교육과 함께 '기초학문교육'을 포함하는 개념이다.[6]

"대학교육 전반에 요구되는 기본적 지식 및 자율적 학구능력의 함양을 포함하여 인간, 사회, 자연에 대한 폭넓은 이해를 바탕으로 올바른 세계관과 건전한 가치관을 확립하는 데 기여하는 교육으로, 학업 분야의 다양한 전문성을 넘어서서 모든 학생들에게 요구되는 보편적 교육이다. 특히 글로벌 정보사회라는 새로운 시대상을 맞아 비판적 · 창의적 사고와 원활하고 개방적인 의사소통을 통해 공동체의 문화적 삶을 자율적으로 주도할 수 있는 자질을 함양하는 교육이다."

교육기호학 기반 교양기초 교과목 사례

국내에서 기호학의 발전은 주로 프랑스를 중심으로 서구 학풍의 세례를 받은 인문학자들이 주도해온 만큼, 아직은 국내 교육학자들이 기호학을 만났다는 징후는 없다. 반대로 교양교육 차원에 기호학이 어떤 형식으로든 도입된 사례들은 있다. 최근에 대두된 교육기호학에서처럼 교육학과 기호학의 인식론적 관계를 논하는 단계도 없이 바로 기호학이 국내 대학의 교양교육 과정에 도입된 구체적 사례가 있음은 국내 기호학 연구의 역량이 상당히 자라난 것으로도 볼 수 있을 것이다. 여기에서 소개하는 두 사례는 한국교양기초교육원이 공모한 융 · 복합 교양교과목 개발사업에서 2013년과 2014년 연이어 선정된 것이다. 이 두

6 http://konige.kr/sub02_08.php.

교과목 사례에도 성격에서 차이가 있다. 〈그림 읽기로 세상 보기〉는 사실상 시각기호학의 쟁점을 쉽게 교양교육의 장에 접목한 교과목이다. 두 번째 사례인 〈SciArt 들여다보기〉는 예술과 과학의 융·복합을 구현한 교과목이지만, 그 가운데에는 기호학이 추구하는 '가로지르기'라는 원칙과 실천이 숨어들어있다.

(1) 〈그림 읽기로 세상 보기〉 연구 개발

이 연구는 대학 교양교육의 혁신 움직임에 동참하면서 인문학과 예술이 융합된 새로운 교과목을 개발하여야 할 필요성과 이론적 배경을 밝히고, 실제로 신규 교과목 〈그림 읽기로 세상 보기〉를 개발하고자 하였다. 이 수업은 다음과 같은 목표를 달성하기 위해 설계되었다.

- ▷ 현대사회를 특징짓는 이미지의 폭증 현상과 이미지의 소재, 이미지의 오·남용을 인식한다.
- ▷ 본질적으로 다의적인 이미지에 시각기호학이 발전시킨 방법을 적용함으로써, 최대한 객관적으로 그 의미를 '읽어내는' 능력과 그 이미지가 가진 커뮤니케이션의 메커니즘을 이해하도록 한다.
- ▷ 건강한 교양인으로서 현대의 다양한 이미지를 읽어내는 체험과 난해한 현대미술을 이해하기 위한 기초적 자질을 키운다.
- ▷ 이미지를 글로 번역해내는 이미지 리터러시를 함양한다.

이를 위해 기호학, 미학, 미술치유 전문가로 구성된 연구진은 먼저 관련 국내외 연구 경향을 분석하여 개발의 방향성을 파악하였다. 이론적 배경과 연구방법은 시각기호학이며 여기에는 이미지 리터러시와 도상해석학, 문화연구가 포함된다.

연구진은 예상 수강생들을 면담하여 수요를 파악하고 이에 맞추어 콘텐츠 시안을 만들어 이를 예술과 인문학 융·복합 전문가, 글쓰기 교육 전문가, 교양교육 정책 전문가의 자문을 받아 수정·보완하였다. 12주차의 강의실 강의, 2회의 미술관 방문, 2차례의 교수학습 지원시스템(LMS)을 통한 온라인 토론과 팀프로젝트로 수업을 구성하고, 매 주차당 A4용지 4쪽 기준의 교안과 1쪽의 수업 유의점, 20매의 강의용 파워포인트 슬라이드를 제작하였다.

한편 이 수업은 이미지 리터러시를 구현하기 위해 시각언어를 구두언어로 번역하는 데 중점을 두었다. 이를 위해 이 수업은 엄밀한 글쓰기 교육과 실천을 포함하게 되었다. 융·복합 교과목이란 단순히 상이한 학문 분야들의 교집합이 아니라 새로운 문제를 제기하고 그 해결책을 모색하는 것이라 생각하는 연구진은 기존의 학문 분야는 처음부터 염두에 두지 않고 오로지 학생들에게 필요한 미적 체험, 정서적 체험, 신체적 요구를 반영하려고 하였다. 〈표 18-1〉은 주차별 강의계획이다.

〈표 18-1〉〈그림 읽기로 세상 보기〉 주차별 강의계획서

주차	강의계획
1주차	단원 1: 이미지의 재발견 이미지의 시대와 이미지의 보고(寶庫) 수업 목표, 수업 진행 및 평가 안내 인터넷의 이미지 보고
2주차	이미지의 관념과 윤리 '본다'는 것은? 이미지를 통한 커뮤니케이션 원리 이해
3주차	이미지의 재발견 - 이미지는 모두 예술작품이다? - 이미지를 통한 커뮤니케이션 온라인 토론 1 진행

4주차	단원 2: 이미지 읽기: 글과 그림 - 글과 그림의 상호 관계: 구체시, 칼리그램, 광고, 그림책 - 현대의 상형문자: 타이포그래피, 캘리그래피, 문자도, 동파문자
5주차	이미지 분석의 이론과 실제: 이제석 따라하기 - 이미지는 왜 분석해야 하는가? - 이미지 분석의 한 방법: 도상해석학적 접근방법
6주차	이미지의 현장을 찾아서 - 르네상스의 본거지 피렌체 안내 - 현대미술의 본거지 가상 방문 1회차: 피렌체 미술관 가상 탐방 2회차: 상하이 모간산루, 도쿄 롯본기 삼각지 가상 탐방 토론 2 진행
7주차	미술관 방문(구상 작품 위주): 이미지의 체험과 글쓰기 1
8주차	다시 정의되는 이미지: 새로운 이미지에 대한 기초적 이론 이해 - 기술사회에서 이미지의 복제(팀프로젝트 시작)
9주차	단원 3: 이미지의 확장: 현대미술의 특징 - 현대미술은 왜 어려운가?
10주차	현대미술에서 이미지의 변형 - 레디메이드와 이미지의 소멸 - 복제에서 패러디로
11주차	현대미술의 확장 - 소통과 치유로서의 미술 - 사고의 확장과 환경을 위한 미술
12주차	미술관 방문(비구상 혹은 미디어아트): 이미지의 체험과 글쓰기 2
13주차	팀프로젝트 발표(1)
14주차	팀프로젝트 발표(2) 및 평가
15주차	정기고사
16주차	(예비주)

(2) 〈SciArt 들여다보기〉 연구 개발

과학과 예술의 융 · 복합 교과목 〈SciArt 들여다보기〉 연구 개발의 취지는 과학과 예술의 동력으로서 창조성의 중요도를 학생들에게 일깨우면서, 이를 통해 정체되고 일률적인 차원에서 행해진 학습방식을 과감하게 탈피하여, 다원적이며 열린 차원의 새로운 사고의 틀에 입각한 교육 방향을 제시하는 것이었다. 이를 위해 기호학, 미학, 미술 치유학자들이 공동으로 새로운 교과목을 개발하였다.

수업의 목표는 예술과 과학기술이 융합된 새로운 예술형식인 'SciArt(Science+Art)'의 이념, 방법, 현황과 과제를 고찰함으로써 융 · 복합적 사고력과 창의성을 함양하려는 것이었다. 이 수업의 매 차시별 강의 내용, 교수 · 학습 방법, 과제는 다음과 같은 교수자들의 공통 인식에서 설계되었다.

과학과 예술은 창의성이라는 공통의 어머니로부터 태어났다. 이들의 조화는 서로의 성장과 진화를 촉구하는 매개의 양분이 되어왔다. 예술과 과학이 서로의 간격을 좁히고 그 관계를 밀착하기 위해서는 창의성이라는 중재물이 필요하다. 창조성의 원천을 밝히고, 우리의 현대적 삶 속에서 그 본래의 기능을 회복시킴으로써, 새로운 삶의 방식을 실현하기 위한 동력으로 부각시키고자 한다. 이를 통해 이른바 SciArt의 개념 규정을 시도한다.

강의는 모두 4부로 진행된다. 제1부 '융합의 전략과 창조적 상상력'의 첫 단계는 과학과 예술의 융합을 실현한 다재다능한 인간으로 레오나르도 다 빈치의 지적 세계를 이해하고 SciArt의 개념을 정리한다. 이를 통해 창조성의 원천과 그 과정을 파악하여 과학과 예술의 융합을 위한 매개로서의 역할과 창조의 동인을 검토한다.

제2부 '과학기술과 예술의 만남'은 과학과 예술이 만나 융합으로 가

는 근간을 조성하는 바를 역사적 맥락으로 모색한다. 이 단계에서는 기술의 진보와 새로운 예술의 탄생에 대해 예술의 근본 개념을 파악하고, 새로운 매체의 등장과 기술의 진보가 인간의 삶을 변화시키고 인간의 정신과 인간 자체가 진화하도록 한다는 것을 파악한다. 이 단계는 동시대의 SciArt를 형성하기 위한 실험의 단계로 수학과 예술, 의학과 예술과 같은 예술과 과학의 조우에 대한 여러 사례와 현상을 관찰한다.

제3부 '뉴미디어의 시대의 과학과 예술'은 뉴미디어 시대를 맞이하여 과학과 예술이라는 이종접합과 융합의 현상을 파악하고 이에 따라 변화하는 인간의 지각체계와 경험을 분석한다. 새로운 매체는 인간의 몸의 한계와 시간과 공간의 경계면을 가로지르며 인간감각과 경험의 영역을 확장한다. 이 단계에서는 소위 말하는 '포스트휴먼' 시대의 문제와 관련된 사이보그, 하이브리드 예술과 디지털 환경이라는 새로운 공간에서 형성되는 사이버 공동체와 기술복제의 문제를 다루면서 인간이 살아가는 환경의 변화와 이에 반응하는 SciArt의 관계를 밝힌다. 제 4부 '창조적 삶의 디자인'에서는 SciArt를 도구로 창조적 삶의 디자인을 시도한다. SciArt의 현재를 앞서 주지하고 이를 바탕으로 미래와 관련된 청사진을 설계한다. 인간의 삶 전반에 대한 창의적 기획을 통해 미래지향적인 과학도시, 인류의 진보를 향한 젊은 상상력을 육성하고자 창의성 발휘를 위한 기획안을 구상한다. 〈표 18-2〉는 이 수업의 주차별 강의계획서이다.

〈표 18-2〉 SciArt 주차별 강의계획서

주차	강의계획
1주차	과학과 예술의 경계 횡단 - 1회차: 'SciArt'의 세계:오리엔테이션 - 2회차: 피카소와 아인슈타인 - 3회차: 창조활동의 미학적 기반

2주차	레오나르도 다 빈치의 지적 모험 - 1회차: 르네상스 시대의 지적 풍토 - 2회차: 만능의 천재 - 3회차: 관찰과 표현
3주차	창조성의 원천 - 1회차: 창조성의 개념과 의의 - 2회차: 인간의 창조활동 - 3회차: 융합의 창조성
4주차	오프라인 수업 - 1회차: 온라인 수업 유의점 - 2회차: 토론활동 tip 안내 - 3회차: 1~3주차 내용 복습 및 향후 수업 내용 안내
5주차	기계와 예술 - 1회차: 기계에 대한 찬미와 항거 - 2회차: 기하학적 추상과 옵아트 - 3회차: 장치로서의 예술: 키네틱아트와 라이트아트
6주차	기술의 진보와 새로운 패러다임 - 1회차: 테크네(techne)와 아르스(ars) - 2회차: 기술의 변화와 사고의 변화 - 3회차: 기술적 상상력
7주차	수학과 예술 - 1회차: 비례(proportion)의 미학: 카논(canon) - 2회차: 황금분할(golden section)의 원리 - 3회차: 원근법의 발견과 응용
8주차	경험세계의 확장 - 1회차: 새로운 시지각 영역 - 2회차: 공감각의 세계 - 3회차: 사이보그 인간의 열린 경험
9주차	의학과 예술 - 1회차: 몸과 예술: 해부학 - 2회차: 과학의 시각화: 동식물도감 - 3회차: 예술과 치유

10주차	로보틱스와 SciArt - 1회차: 하이브리드 예술과 퍼포먼스 - 2회차: 기계인간의 가능성 - 3회차: 로봇 예술의 현주소
11주차	상호작용성과 SciArt - 1회차: 생산과 소비의 상호작용 - 2회차: 미디어아트에서의 상호작용 - 3회차: 공(共)창조의 미학과 윤리
12주차	디지털 환경과 SciArt - 1회차: 미디어 파사드 - 2회차: 복제기술과 이미지 생산 - 3회차: 사이버 공동체에서의 예술
13주차	과학예술 도시의 상상력 - 1회차: 건축예술의 장래 - 2회차: 창조도시의 이념과 실천 - 3회차: 미래도시의 꿈
14주차	버추얼 공간에서 삶과 문화 - 1회차: SF세계의 매력과 마력 - 2회차: 실재감을 통한 상상력의 복원 - 3회차: 기계론적 인간관의 비판
15주차	총정리
16주차	정기고사

(3) 기호학의 새로운 사명

기호학은 태생에서부터 초학제적 성격을 가지는 학문 분야였으며, 오늘날 교양기초교육의 패러다임이 전통적인 분학의 기초지식 습득에서부터 학제적 접근을 통한 창의성의 제고라는 방향으로 선회하면서 이 두 분야의 만남은 자연스럽고 필연적인 수순이라 볼 수 있다. 이 지점에서 기호학의 관점에서는 기호학이 교양교육 과정의 혁신 모델을 제시할 수 있을 것이라는 희망을 가지게 된다.

그런데 이러한 입장은 기호학의 위상을 학문이 아닌 하나의 방법으로 격하시킨다는 비판을 받을 수 있겠다. 물론 기호학은 하나의 학문, 그것도 21세기에도 발전을 멈추지 않을 첨단의 초학제적 학문이다. 비록 인근 분야, 특히 영상문화 연구의 급속한 발전에 발맞추어 가지 못한 측면이 있고, 특히 미학 분야에서는 기호학 특유의 생경한 용어체계와 난해한 도식, 초기 언어 모델에서 벗어나지 못한 차원의 연구결과만 수용된 사실 등에 기인한 오해와 비판을 받고 있는 현실이지만 여전히 기호학의 사명과, 특히 텍스트 해석에서 보이는 정치한 분석 수단은 그 어느 인접학문에서도 따라올 수 없는 수준에 도달해 있다.

기호학이 교양기초교육에 관심을 가지자는 주장은 기호학이 다른 분학의 수준으로 '내려오는' 것을 의미하는 것이 아니다. 여전히 교양기초교육을 도구 과목, 특정 학문의 기초로 인식하는 관점으로는 기호학의 위상을 낮추는 것으로 생각될 수 있다. 그러나 오늘날 교양기초교육의 장에서 조용히 진행되는 혁신의 물결은 더 이상 교양기초교육을 전공교육과 대립되는 '입문'으로 생각하지 않는다. 교양기초교육이 추구하는 것은 융합을 통한 새로운 창의적 사고의 배양이며 새로운 시대의 새로운 인문학을 개척해나가자는 것이다. 일찌감치 그리스에서 태동된 후 르네상스와 계몽주의 시대를 통해 서구의 사상적 지주가 되었지만 산업혁명 이후 모든 것을 물질로 치환하는 근대성의 물결에 휩쓸려 잠시 그 진면모가 가려졌던 '인문주의(humanism)'를 다시 복구하자는 것이다.

오늘날 교양기초교육의 장에서 벌어지는 노력들은 어쩌면 '르네상스의 르네상스'일지도 모른다. 기호학이 교양기초교육, 나아가 '자유학예교육'의 사상적 배경을 수립하고 실천적 차원에서는 교양기초교육 과정의 혁신에 동참하자는 호소는 따라서 기호학이 '내려가는' 것이 아니라 교양기초교육이 다시 원래의 자리로 '올라오는' 것을 의미한다.

결론:
시각기호학의 유산과 21세기에서의 승계 발전 방향

이 책은 시각기호학의 목표와 대상, 보편적 연구방법론을 통시적으로 모색하여 궁극적으로 시각기호학을 자치적 학문으로 정립하고자 하였다. 1990년대에 대상별, 학파별로 활발히 진행되던 시각 메시지의 기호학적 연구는 태생적 한계와 기본적인 에피스테메(지식 또는 과학) 개발 노력의 부재라는 내재적 요인과 2000년대 이후 발전된 문화연구의 새로운 패러다임에 밀려 퇴조하는 양상을 보였다. 그러나 시각기호학의 터전이 되었던 초기 기호학 모델과 도상해석학의 한계를 극복하고, 문자학을 도입하고, 시각 메시지의 다중양상을 재고할 경우, 시각기호학의 전통은 디지털 환경으로 만들어진 다매체 시대의 시각문화를 규명할 수 있는 새로운 융합 학문으로 태어날 수 있다.

이 책은 독자적 학문으로서 국내외를 막론하고 시각기호학을 수립하는 최초의 저서가 될 것이다. 초기 선구자들의 작업에서 시각기호학은 광고 이미지 등의 개별 텍스트에 초점을 두었으나 연구대상을 유일무이한 개별 작품으로 보는 예술사와 문학사의 전통적인 견해를 채택하는 경향이 나오기도 했다. 몇몇 기호학자들이 이미지의 세미오시스에서 찾아낼 수 있는 폭넓은 규칙성들에 대한 분석 모델을 제시했지만 여전히 시각기호학이 일반기호학의 한 부분을 이루기 위해서는 모든 종류의 이미지들을 다루어야 한다. 또한 경험적으로 발생하는 온갖 종류의 이미지는 물론 이미지로서 인지될 수 있는 잠재적 대상들에도 적용될 수 있는 원칙들을 정식화해야 한다는 인식이 필요하였다.

인지과학과 현상학 등의 발전은 기존의 기호학에 방법론적 진화를 가져다주었다. 지난 반세기 이상 국지적, 각개약진 식으로 진행되어온 시각기호학 연구는 한차례 대차대조표를 받아들일 때가 되었으며, 인접 인문학의 최근 발전까지 수용하는 정치한 메타언어로 재무장해야 한다. 이것이 이 책의 목적이었으며, 그 결과는 국제적 차원에서도 시각기호학의 발전에 기여할 수 있을 것이다.

한편, 시각기호학이 기호학에서 차지하는 인식론적 위치와 자격을 볼 때, 이 책은 무엇보다도 다소 기형적으로 수용 · 발전된 국내 기호학 연구의 빈틈을 메워줄 것이다. 또한 21세기를 규정해주는 영상문화 담론에 풍성한 시각기호학의 방법과 연구 성과를 제공해줄 것이다. 시각기호학은 그 자체로서 탐구해야 할 분야이지만 동시에 인접 분야의 학문과 심지어 실무현장에서도 구체적인 기여를 가져올 것이기 때문이다. 날로 폭증하는 영상담론에서는 물론, 사진, 광고, 영화 등의 영상물 제작에도 시각기호학의 연구 성과는 한 단계 높은 인문학적인 영감을 불러일으킨다면 더할 나위가 없을 것이다.

이 지점에서 다시 현대 학문 가운데에서 기호학의 위상을 생각해본다. 기호학의 태동과 발전기는 물론, 이 시점에서조차 기호학자들이 합의하는 유일한 사항은 연구대상을 '의미체계'로 설정한다는 것뿐이다. 그런데 의미체계라는 것은 실은 이 세상 모두를 말한다. 기호학의 연구가 진행되면서 '의미작용 체계'는 통제하기 어려울 정도로 발견되고 확장되었으며, 대상에 따라 요구되는 방법론 역시 백화만발의 양상을 보일 수밖에 없게 된 것은 필연적인 수순이었다. 특히 오늘날과 같은 미디어의 급속한 발전과 디지털 생태계로 대표되는 혁신의 시대에서 이 '의미체계'는 그 종류와 유형마저도 제대로 파악하기가 쉽지 않다. 기호학이 하위 영역을 정하려는 노력을 하지 않은 것은 아니다. 그러나 그 기준은 인식론적 모델이 아니라 경험적 모델이었으며, 이는 기호학 관련 학술대회의 프로그램이나 기호학 아카이브 등에도 그대로 반영되었다.

이미 진부해졌지만 4차산업 담론 이후 좁게는 미래의 일자리, 넓게는 학문과 사상의 발전양상을 언급하는 것이 더 어려워졌다. 특히 교육 분야에서 4차 산업혁명은 미래의 불확실한 고용시장을 고려하여 일자리를 준비하는 교육이 필요하다는 일반적 차원의 인식에서 나아가, 교육이란 기존 지식의 보급이 아니라 새로운 지식의 생산을 위한 창의성의 플랫폼이 되어야 한다는 인식론적 전회(epistemological turn)와 인간의 삶의 질을 향상시킬 수 있는, 더 절박하게는 인간 그 자체를 존속시킬 수 있는 혁신적인 패러다임 수립 · 실천을 요구한다. 그러나 어떤 산업혁명도 인간 자신이 그 최종적 목적이 되도록 해야 한다. 지금까지의 산업혁명은 우리의 삶을 보다 풍요롭게 만들었지만 그 열매를 탐닉하게끔 우리를 끝없이 몰아붙이면서 생명을 경시하면서 도구적 존재로 전락시켰다. 이러한 삶의 방향에서 한 발짝 물러서서 이 방향을 역전시킴으로써 자기 자신을 쉴 수 있게 만드는 것에는 인색했던 것이다.

4차 산업혁명이 요구하는 학문과 교육의 이념은 '생각하는 방법을 학습하는 것(Learning to Think)'과 '배우는 것을 학습(Learning to Learn)'하는 것이며, 이를 구현하기 위한 교육목표와 교육과정은 창의적 사고, 비판적 사고, 수리적 사고, 컴퓨팅 사고, 심층적 사고, 연결적 사고, 은유화 사고와 같은 사고 능력을 함양하는 것이라는 데 많은 전문가들이 의견을 같이한다. 필자는 이것이 기호학 연구의 자세와 본질적으로 다르지 않다고 생각한다.

이는 오늘날의 학문과 교육의 장에서 르네상스를 재발견하자는 일부의 움직임과 궤를 같이한다.

“인류가 가장 아름다웠던 시대”이며 “오래된 미래”인 르네상스는 4차 산업혁명이 초래하는 초지식, 초지능, 초연결 사회에서도 여전히 유효할 인문사상과 이념의 보고이다. 르네상스 시대의 사상과 학문은 학문의 분화 · 파편화 이전의 원형으로, 오늘날 장벽으로 둘러쳐진 인문학 연구 · 교육의 폐단을 개선하려는 흐름 가운데 다시 그 가치가 되돌아 보인다. 르네상스를 다시 발견한다는 것은 고등교육이 지향하여야 하는 시대적 사명, 즉 융합 · 창의 · 비판적 사고의 장을 구현한다는 의미로, 이러한 정신을 구현하는 학문 분야를 오늘날의 학문 편제 가운데에서 찾자면 기호학이 그 궁극적 사례가 된다. 이는 곧, 기호학은 모든 시대를 관통하는 보편적 사유도구로서 자유학예학문(Liberal Arts & Science)이 되어야 할 것을 의미한다.

참고문헌

그레고리 커리 지음, 김숙 옮김(2007),『이미지와 마음: 영화, 철학 그리고 인지과학』, 서울: 한울. 김숙 옮김(2007),『이미지와 마음: 영화, 철학 그리고 인지과학』, 서울: 한울.

기호학연대(2002),『기호학으로 세상 읽기』, 서울: 소명출판.

김경용(2001),『기호학의 즐거움』, 서울: 민음사.

김광현(2000),『기호인가 기만인가』, 서울: 열린책들.

김민수 · 정홍섭 · 박성필 · 이현재(2010),『도시 공간의 이미지와 상상력』, 서울: 메이데이.

김석철(2011),『건축과 도시의 인문학』, 서울: 돌베개.

김성도(2002),『구조에서 감성으로: 그레마스의 기호학 및 일반 의미론의 연구』, 서울: 고려대학교 출판부.

______(2003),『디지털 언어와 인문학의 변형: 기호학, 인식론, 고고학』, 서울: 경성대학교 출판부.

______(2007),『기호, 리듬, 우주: 기호학적 상상력을 위하여』, 서울: 인간사랑.

김영순(2001),『신체언어 커뮤니케이션의 기호학』, 서울: 커뮤니케이션북스.

김영식(2009),『인문학과 과학: 과학기술 시대 인문학의 반성과 과제』, 서울: 돌베개.

김영욱(2010),『그림책 영화를 만나다』, 서울: 교보.

김용권(2008),『민화의 원류 조선시대 세화』, 서울: 학연사.

김윤상(2011),『완성될 수 없는 모던의 기획』, 서울: 서강대학교 출판부.

김윤아(2010),『예술로서의 애니메이션』, 서울: 일지사.

김정수(2010), 『역주 삼강행실도』, 서울: 세종대왕기념사업회(사).
김지수(2009), 『재미있는 민화 속의 문양이야기: 의미와 상징편』, 서울: 한지이야기.
김창수(2012), 『이미지의 영토』, 서울: 푸른사상.
대니얼 챈들러 지음, 강인규 옮김(2006), 『미디어 기호학』, 서울: 소명출판.
데이비드 매카시 지음, 조은영 옮김(2003), 『팝아트』, 서울: 열화당.
데이비드 크로우 지음, 박영원 옮김(2006), 『기호학으로 읽는 시각디자인』, 서울: 안그라픽스.
로저 에커치 지음, 조한욱 옮김(2008), 『밤의 문화사』, 서울: 돌베개.
마리아니콜라예바 · 캐롤스콧 지음, 서정숙 · 고선주 · 송정 옮김(2011), 『그림책을 보는 눈』, 서울: 마루벌.
마크 기로워드 지음, 민유기 옮김(2009), 『도시와 인간: 중세부터 현대까지 서양도시문화사』, 서울: 책과함께.
마틴 솔즈베리 · 모랙 스타일스 지음, 서남희 옮김(2012), 『그림책의 모든 것』, 서울: 시공아.
미학대계 간행회(2007a), 『미학의 역사: 미학대계 제1권』, 서울: 서울대학교출판문화원.
______(2007b), 『미학의 문제와 방법: 미학대계 제2권』, 서울: 서울대학교출판문화원.
______(2007c), 『현대의 예술과 미학: 미학대계 제3권』, 서울: 서울대학교출판문화원.
박미정(2011), 『한일 시사만화 번역의 기호학적 연구』, 서울: 지금여기.
박병철(2011), 『박병철의 캘리그라피 마음이야기: 자연스럽게』, 서울: Wood－Book.
박상수(2009), 『영상 저널리즘 분석방법』, 서울: 이채.
박성수(2005), 『애니메이션 미학』, 서울: 향연.
박인철(2003), 『파리 학파의 기호학』, 서울: 민음사.
발터 벤야민 지음, 최성만 옮김(2008), 『언어 일반과 인간의 언어에 대하여 번역자의 과제 외』, 서울: 길.
발터 벤야민 지음, 김영옥 · 황현산 옮김(2010), 『보들레르의 작품에 나타난 제2제정기의 파리: 보들레르의 몇 가지 모티프에 관하여 외』, 서울: 길.
백선기(2001), 『텔레비전 문화의 기호학』, 서울: 커뮤니케이션북스.
______(2004), 『대중문화 그 기호학적 해석의 즐거움』, 서울: 커뮤니케이션북스.
______(2007a), 『미디어 그 기호학적 해석의 즐거움』, 서울: 커뮤니케이션북스.
______(2007b), 『영화 그 기호학적 해석의 즐거움』, 서울: 커뮤니케이션북스.
______(2010), 『광고기호학: 광고와 에로티시즘, 계급, 물신성, 신화, 지역성 그리고 이데올로기』, 서울: 커뮤니케이션북스.
백승수(2017), 「4차 산업혁명 시대의 교양교육의 방향 모색」, 『교양교육연구』 11(2), 2017, pp. 14-51.
블라디미르 프로프 지음, 어건주 옮김(2009), 『민담형태론』, 서울: 지만지.

서현(2004),『인문적 건축 이야기: 건축, 음악처럼 듣고 미술처럼 보다』, 서울: 효형출판.

신준형(2008),『파노프스키와 뒤러: 르네상스 미술과 유럽중심주의』, 서울: 시공사.

신혜선(2011),『유아그림책의 기호학적 이해』, 서울: 한국학술정보.

아키야마 데루카즈 지음, 이성미 옮김(2010),『일본회화사』, 서울: 소와당.

앤드루 그레이엄 딕슨 지음, 김석희 옮김(2002),『르네상스 미술기행』, 서울: 한길사.

에르빈 파노프스키 지음, 이한순 옮김(2001),『도상해석학 연구: 르네상스 미술에서의 인문주의적 주제들』, 서울: 시공사.

에르빈 파노프스키 지음, 임산 옮김(2006),『인문주의 예술가 뒤러 1』, 서울: 한길아트.

______(2006),『인문주의 예술가 뒤러 2』, 서울: 한길아트.

에른스트 카시러 지음, 박찬국 옮김(2011),『상징형식의 철학 제1권: 언어』, 서울: 아카넷.

에른스트 카시러 지음, 심철민 옮김(2012),『상징 신화 문화: 에른스트 카시러의 1935-45년 에세이 및 강의』, 서울: 아카넷.

연희원(2011),『에코의 기호학: 미학과 대중문화로 풀어내다』, 서울: 한국학술정보㈜.

오장근(2010),『기호학적 접근방법에 의한 축제의 의미와 의미구조』, 서울: 한국학술정보㈜.

왕우신 · 양승남 지음, 하영삼 옮김(2011),『갑골학 일백 년. 1 – 5』, 서울: 소명출판.

요하네스 페르(2002),『소쉬르, 언어학과 기호학 사이』, 서울: 인간사랑.

유영옥(2007),『상징과 기호의 사회과학』, 서울: 홍익재.

이규복(2008),『캘리그라피: 디자인의 만남 속에서 찾는 우리네 디자인』, 서울: 안그라픽스.

이기영 · 서공임(2010),『민화에 홀리다: 조선 민화, 현대의 옷을 입다』, 서울: 효형출판.

이명구(2005),『동양의 타이포그래피, 문자도』, 서울: Leedia.

이명석(2002),『만화, 쾌락의 급소 찾기』, 서울: 시지락.

이성백 · 심광현 · 곽노완 · 이현재(2010),『글로벌폴리스의 양가성과 도시인문학의 모색』, 서울: 메이데이.

이은상(2012),『이미지로 읽는 중국의 감성: 형초와 파촉 문화 이미지 자료집』, 서울: 한국학술정보.

이종관(2003),『사이버 문화와 예술의 유혹』, 서울: 문예출판사.

______(2012),『공간의 현상학, 풍경 그리고 건축』, 서울: 성균관대학교 출판부.

이중희(2010),『일본 근현대 미술사』, 서울: 예경.

임영방(2011),『바로크: 17세기 미술을 중심으로』, 서울: 한길아트.

임영주(2011),『한국의 전통 문양』, 서울: 대원사.

임진수(2005),『환상의 정신 분석』, 서울: 현대문학.

______(2010a),『네 가지 담화』, 서울: 파워북.

______(2010b),『위상학적 정신분석』, 서울: 파워북.

______(2010c), 『정신분석에서 자아의 문제』, 서울: 파워북.
______(2011), 『남근의 의미작용』, 서울: 파워북.
______(2012), 『상징계 실재계 상상계』, 서울: 파워북.
임철규(2004), 『눈의 역사 눈의 미학』, 서울: 한길사.
장문정(2005), 『메를로 뽕띠의 살의 기호학』, 서울: 한국학술정보㈜.
장치췬 지음, 신정근 · 안인환 · 송인재 옮김(2012), 『중국 현대 미학사: 중국 근현대 사상가 11인의 심미적 사유』, 서울: 성균관대학교출판부.
전동열(2005), 『기호학』, 서울: 연세대학교 출판부.
정병모(2011), 『무명화가들의 반란 민화: 민화 속에 펼쳐진 상상의 정원을 자유롭게 걸어본다』, 서울: 다할미디어.
정재서(2000), 『도교와 문학 그리고 상상력: 현실과 상상의 세계를 비추는 아나모르포즈』, 서울: 푸른숲.
______(2006), 『한국 도교의 기원과 역사』, 서울: 이화여자대학교출판부.
______(2011), 『중국신화의 세계: 상상력, 이미지, 스토리』, 서울: 돌베개.
조광제 · 김시천(2008), 『예술, 인문학과 통하다』, 서울: 웅진지식하우스.
조르주 디디-위베르망 지음, 김홍기 옮김(2012), 『반딧불의 잔존: 이미지의 정치학』, 서울: 길.
조선대학교 인문학연구원 이미지연구소(2010), 『몸 이미지 권력: 이미지에 속박당한 몸, 권력이 속박한 이미지』, 서울: 앨피.
조용훈(2004), 『문화기호학으로 읽는 문학과 그림』, 서울: 효형출판.
조윤경(2012), 『보는 텍스트, 읽는 이미지: 텍스트와 이미지 사이』, 서울: 그린비.
조정환 · 전선자 · 김진호(2011), 『플럭서스 예술혁명: 예술체험과 예술창조의 새로운 가능조건에 대한 미학적 탐구』, 서울: 갈무리.
존 러스킨 지음, 현미정 옮김(2012), 『건축의 일곱 등불』, 서울: 마로니에북스.
지그문트 프로이트 지음, 김인순 옮김(2004), 『꿈의 해석』, 서울: 열린책들.
찰스 샌더스 퍼스 지음, 김동식 · 이유선 옮김(2008), 『퍼스의 기호학』, 서울: 나남.
최준석(2012), 『서울의 건축, 좋아하세요?』, 서울: 휴먼아트.
최준식(2000), 『한국미, 그 자유분방함의 미학』, 서울: 효형출판.
칸딘스키(2004), 『예술에서의 정신적인 것에 대하여』, 서울: 열화당.
토머스 웨스트 지음, 김성훈 옮김(2011), 『글자로만 생각하는 사람 이미지로 창조하는 사람』, 서울: 지식갤러리.
한국도가철학회(2001), 『노자에서 데리다까지: 도가 철학과 서양 철학의 만남』, 서울: 예문서원.
핼 포스터 지음, 최연희 옮김(2004), 『시각과 시각성』, 부산: 경성대학교 출판부.
현은자(2005), 『그림책의 이해 2』, 서울: 사계절.

_____(2008), 『그림책의 그림읽기』, 서울: 마루벌.

현은자 · 김세희(2007), 『그림책의 이해 1』(2판), 서울: 사계절.

홍장선(2008), 『광고, 도상학과의 키스: 파노프스키와 레저광고』, 서울: 이안에.

후지모리 데루노부 지음, 한은미 옮김(2012), 『인문학으로 읽는 건축이야기: 인류와 건축의 역사에 관한 흥미로운 탐색』, 서울: 이순.

Agamben, Giorgio (2008), *Qu'est-ce que le contemporain?*, Paris: Rivages poche.

Aida, Makoto (2013), *Monument For Nothing*, Tokyo: Seigensha.

Albertoni, Margherita et al. (2011), *The Capitoline Museums: Guide*, Rome: Electa.

Amihay, Ofra and Lauren Walsh (2012), *The Future of Text and Image: Collected Essays on Literary and Visual Conjunctures*, Newcastle upon Tyne: Cambridge Scholars Publishing.

Anderson, Nancy and Michael R. Dietrich eds. (2012), *The Educated Eye: Visual Culture and Pedagogy in the Life Sciences*, Hanover: Dartmouth College Press.

Arasse, Daniel (2000), *On n'y voit rien: Descriptions*, Bussiere a Saint-Amand: Editions Denoël.

Arnheim, Rudolf (1966), *Towards a psychology of art*, London: Faber & Faber.

_____ (1969), *Visual thinking*, Berkeley & Los Angeles: University of California Press.

Atkins, E. Taylor (2010), *Primitive Selves: Koreana in the Japanese Colonial Gaze, 1910-1945*, Berkeley: University of California Press.

Barthes, Roland (1961), "Le message photographique," *Communications* 1: 128-130.

_____ (1964a), "Éements de sémiologie," *Communications* 4: 91-135.

_____ (1964b), "Rhéorique de l'image," *Communications* 4: 40-51.

Baqué, Dominique (2004), *Photographie plasticienne, l'extrême contemporain*, Paris: Editions du Regard.

Barrett, Terry (2003), *Interpreting Art: Reflecting, Wondering, and Responding*, New York: McGraw-Hill.

Basta, C. and S. Moroni (2013), *Ethics, Design and Planning of the Built Environment* (Urban and Landscape Perspectives), New York: Springer.

Battistini, Matilde, Stephen Sartarelli trans. (2005), *Symbols and Allegories in Art*, Los Angeles: Getty Publication.

Baudrillard, Jean (1968), *Le système des objets*, Paris: Gallimard (Pocket edition 1978).

_____ (1970), *La société de consommation*, Paris: Gallimard.

_____ (1972), *Pour une critique de l'éonomie politique du signe*, Paris: Gallimard.

Bayles, David and Ted Orland (2001), *Art & Fear: Observations On the Perils (and Rewards) of Artmaking*, New York: Image Continuum Press.

Beasley, Ron and Marcel Danesi eds. (2002), *Persuasive Signs: the Semiotics of Advertising*, Berlin: Mouton de Gruyter.

Benveniste, Emile (1969), "Sémiologie de la langue," *Semiotica* I.1: 1-12 and I.2: 127-135.

Bergström, Bo (2008), *Essentials of Visual Communication*, London: Laurence King Publishing.

Bernas, Steven (2001), *Les écrits mexicains de S. M. Eisenstein*, Paris: L'Harmattan.

_____ (2006a), *La croyance dans l'image*, Paris: L'Harmattan.

_____ (2006b), *Les archaïsmes violents et l'image*, Paris: L'Harmattan.

_____ (2009), *La photographie et le sensible: Les enjeux du sensible dans la représentation*, Paris: L'Harmattan.

Bertrand, Denis and Jacques Fontanille eds. (2006), *Régimes sémiotiques de la temporalité*, Paris: PUF.

Bogdan, Catalina (2002), *The Semiotics of Visual Languages*, Boulder: East European Monographs.

Bordon, Emmanuelle (2004), *L'interprétation des pictogrammes*, Paris: L'Harmattan.

Bordron, Jean-François (2011), *L'iconicité et ses images: études sémiotiques*, Paris: PUF.

Boudon, Pierre (1979), "Logique spéulaire et iconicité," *Canadian Journal of research in semiotics* VI, 3, VII, 1 ss: 43-55.

Bouissac, Paul (1997), "New epistemological perspectives for the archaeology of writing," *Archaeology and Language I*, Blench, Roger, & Spriggs, Matthew eds.: 53-62, London & New York: Routledge.

_____ (2010), *Semiotics at the Circus*, Berlin: De Gruyter Mouton.

Bourgine, Paul and Annick Lesne (2006), *Morphogenèse: L'origine des formes*, Paris: Belin.

Brandt, Kim (2007), *Kingdom of Beauty: Mingei and the Politics of Folk Art in Imperial Japan*, Durham: Duke University Press.

Bringhurst, Robert (2001), *Being in Being: The Collected Works of a Master Haida Mythteller* (Skaay of the Qquuna Qiighawaay), Vancouver: Douglas & McIntyre.

_____ (2004), *The Elements of Typographic Style*, 3rd ed., Vancouver: Hartley and Marks Publishers.

Bronckart, Jean-Paul, Ecaterina Bulea and Cristian Bota eds. (2010), *Le projet de Ferdinand de Saussure*, Paris: Librairie Droz.

Brotherton, Barbara, Sheila Farr and John Haworth (2013), *Robert Davidson: Abstract Impulse*, Seattle: Seattle Art Museum.

Buckland, Warren (2003), *Teach Yourself: Film Studies*, Chicago: McGraw-Hill.

Burgess, Jean and Joshua Green (2009), *YouTube: Online Video and Participatory Culture*, Cambridge: Polity.

Cabe, Patrick (1980), "Picture perception nonhuman subjects," *The perception of pictures*, Volume II: Dürer' devices, Hagen, Margaret, (ed.): 305-343, New York: Academic Press.

Caliandro, Stefania (2008), *Images d'images: Le métavisuel dans l'art visuel*, Paris: L'Harmattan.

Campbell, Stephen J. and Michael W. Cole (2012), *A New History of Italian Renaissance Art*, London: Thames & Hudson.

Carani, Marie (1987), "Sémiotique de l'bstraction picturale," *Semiotica* 67(1-2): 1-38.

_____ (1988a), "Sémiotique de la perspective picturale," *Proté* 16(1-2): 171-181.

_____ (1998b), "Bilan des sémiotiques visuelles contemporaines," Introduction intempestive au débat organisé sur les sémiotiques visuelles, Séminaire intersémiotique de Paris (Jacques Fontanille et Denis Bertrand resp.), Institut Universitaire de France, 18 décembre 1998(http://www.visio.hst.ulaval.ca/bilan.htm).

Carani, Marie ed. (1992), *De l'histoire de l'art à la sémiotique visuelle*, Sillery: Les éditions du Septentrion.

Carlo, Elisa Del (2012), "The Brancacci Chapel: in the Church of Santa Maria del Carmine in Florence," Firenze: Mandragora S. R. L.

Cassirer, Ernst (1957), *The Philosophy of symbolic forms*, Ralph Mannheim. Trans., New Haven: Yale University Press.

Cavallo, Guglielmo and Roger Chartier (2001), *Histoire de la lecture dans le monde occidenta*, Paris: Editions du Seuil.

Chadwick, Whitney (2012), *Women, Art, and Society*, 5th ed., London: Thames & Hudson.

Chandler, Daniel (2002), *Semiotics: The Basics*, New York: Routledge.

Chaptal, Jocelyne (2012a), *Renaissance et baroque, Tome1, Les charmes de l'analogie*, Paris: L'Harmattan.

_____ (2012b), *Renaissance et baroque, Tome 2, Les charmes de l'image*, Paris: L'Harmattan.

Chateau, Dominique (2007), *Sémiotique et esthétique de l'image: Théorie de l'iconicité*, Paris: L'Harmattan.

Chen, Dan and H-William (2012), *Tibetan Murals*, Beijing: China Intercontinental Press.

Chen, Tingyou and Gong Jieshi trans. (2011), *La calligraphie chinoise*, Beijing: China Intercontinental Press(五洲传播出版社).

Choi, Yong-Ho (2002), *Le problème du temps chez Ferdinand de Saussure*, Paris: L'Harmattan.

Christiansen, Keith (2008), *Duccio and the Origins of Western Painting*, New York: The Metropolitan Museum.

Cobley, Paul and LitzaJansz (2010), *Introducing Semiotics: A Graphic Guide*, London: Icon Books Ltd.

Cobley, Paul ed. (2001), *The Routledge Companion to Semiotics and Linguistics*, New York: Routledge.

Coccia, Emanuele (2010), *La Vie sensible*, Paris: Bibliotheque Rivages.

Cocula, B. and C. Peyroutet (1986), *Sémantique de l'image: pour une approche méthodique des messages visuels*, Paris: Librairie Delagrave.

Costantini, Michel (2002), *L'image du sujet*, Paris: L'Harmattan.

_____ (2007), *Ecce Femina*, Paris: L'Harmattan.

_____ (2010), *La sémiotique visuelle: nouveaux paradigmes*, Paris: L'Harmattan.

Cote, Charlotte and Micah McCarty (2010), *Spirits of our Whaling Ancestors*, Seattle: University of Washington Press.

Crow, David (2006), *Left to Right: The Cultural Shift from Words to Pictures*, Lausanne: AVA Publishing.

_____ (2010), *Visible Signs: An Introduction to Semiotics in the Visual Arts*, 2nd ed., Lausanne: AVA Publishing.

Damisch, Huber (1979), "Sur la sémiologie de la peinture. A semiotic landscape/Panorama," *Actes du premier congrès de l'asspciation internationale de sémiotique*, Milan, juin 1974, Chatman, S, Eco, U. and Klinkenberg, Jean-Marie, éds.: 128-136, The Hague & Paris: Mouton.

Danesi, Marcel (2007), *The Quest for Meaning: A Guide to Semiotic Theory and Practice*, Toronto: University of Toronto Press.

Danto, Arthur C. (2003), *The Abuse of Beauty: Aesthetics and the Concept of Art*, Chicago: Open Court.

_____ (2013), *What Art Is*, London: Yale University Press.

Darrault-Harris, Ivan and Jacques Fontanille eds.(2008), *Les âges de la vie: Sémiotique de la culture et du temps*, Paris: PUF.

Daston, Lorraine and Peter Galison (2010), *Objectivity*, New York: Zone Books.

Daston, Lorraine ed. (2004), *Things that Talk: Object Lessons from Art and Science*, New York: Zone Books.

De Barros, Manuela (2011), *Duchamp et Malevitch: art et théories du langage*, Paris: L' Harmattan.

Deely, John (1982), *Introducing semiotic. Its history and doctrine*, Bloomington: Indiana University Press.

Delporte, Christian, Laurent Gervereau and Denis Maréchal dirs. (2008), *Quelle est la place des images en Histoire?*, Paris: Nouveau Monde éditions.

Derrida, J. (1967), *De la grammatologie*, Paris: Les Edioin de Minuit.

Deregowski, Jan (1970), "A note on the possible determinant of 'plit representation'as an artistic style," *International Journal of Psychology* 5(1): 21-26.

_____ (1972), "Pictorial representation and culture," *Scientific American* 225(5): 82-88.

_____ (1973), "Illusion and culture," Illusion in Nature and Art, Gregory, R. L., and Gombrich, E. H., (eds.): 160-191, London: Duckworth & Co, Ltd, Third impression 1980.

_____ (1976), "On seeing a picture for the first time," *Leonardo* 9(1): 19-23.

_____ (1984), "Distortion in art," *The eye and the mind*, London: Routledge & Kegan Paul.

Desgoutte, Jean-Paul (2003), *Le verbe et l'image: Essais de sémiotique audiovisuelle*, Paris: L' Harmattan.

Dikovitskaya, Margaret (2009), *From Art History to Visual Culture: The Study of the Visual after the Cultural Turn*, New York: VDM Verlag Dr. Müller.

Didi-Huberman, Georges (2001), *L'homme qui marchait dans la couleur*, Paris: Editions de Minuit.

_____ (2002), *L'image survivante: Histoire de l'art et temps des fantômes selon Aby Warburg*, Paris: Les Editions de Minuit.

_____ (2003a), *Images in Spite of All: Four Photographs from Auschwitz*, Chicago: The University of Chicago Press.

_____ (2003b), *Images malgré tout*, Paris: Les Editions de Minuit.

_____ (2005a), *Confronting Images: Questioning The Ends Of A Certain History Of Art*, University Park, PA: Penn State Press.

_____ (2005b), *Gestes d'air et de pierre*, Paris: Editions de Minuit.

_____ (2006), *Le danseur des solitudes*, Paris: Editions de Minuit.

_____ (2007), *L'image ouverte: Motifs de l'incarnation dans les arts visuels*, Paris: Gallimard.

_____ (2009a), *Comment les images font*, Paris: Les Editions de Minuit.

_____ (2009b), *L'oeil de l'histoire: Tome 1, Quand les images prennent position*, Paris: Les Editions de Minuit.

_____ (2009c), *Survivance des lucioles*, Paris: Editions de Minuit.

_____ (2010a), *L'oeil de l'histoire: Tome 2, Remontages du temps subi*, Paris: Les Editions de Minuit.

_____ (2010b), *Remontages du temps subi*, Paris: Les Editions de Minuit.

_____ (2011), *L'oeil de l'histoire: Tome 3, Atlas ou le gai savoir inquiet*, Paris: Les Editions de Minuit.

_____ (2012), *L'oeil de l'histoire: Tome 4, Peuples exposés, peuples figurants*, Paris: Les Editions de Minuit.

Didi-Huberman, Georges, Alisa Hartz trans. (2003), *Invention of Hysteria: Charcot and the Photographic Iconography of the Salpêtrière*, Cambridge, MA: Mit Press.

Dondero, Maria Giulia (2009), *Le sacré dans l'image photographique: Etudessémiotiques*, Paris: Hermes Science Publications.

Duchamp, Marcel, Michel Sanouillet, Paul Matisse, Anne Sanouillet and Paul B. Franklin (2008), *Duchamp du signe, suivi de Notes*, Paris: Flammarion.

Duncum, Paul (2006), *Visual Culture in the Art Class: Case Studies*, Reston: National Art Education Association.

Duprat, Annie (2007), *Images et Histoire: Outils et méthodes d'analyse des documents iconographiques*, Paris: Editions Belin.

Eco, Umberto (1976), *A theory of semiotics*, Bloomington: Indiana University Press.

_____ (1977), "The influence of Roman Jakobson on the development of semiotics," D. Armstrong, and C. H. van Schooneveld (eds.), *Roman Jakobson: Echoes of his scholarship*, Lisse. Peter de Ridder: 39-58.

_____ (1984), *Semiotics and the philosophy of language*, Bloomington: Indiana University Press.

_____ (1998), "Rélexions à propos du débat sur l'iconisme (1968-1998)," *Visio* 3(1): 9-32.

Eco, Umberto, Georges Didi-Huberman and Marc Augé (2011), *L'expérience des images*, Paris: INA.

Elkins, James (1997), *Our beautiful, dry, and distant texts. Art history as writing*, University Park: Pennsylvania State University.

_____ (2003), *Visual Studies: A Skeptical Introduction*, New York: Routledge.

_____ (2007), *Visual Literacy*, New York: Routledge.

Elkins, James, Kristi McGuire, Maureen Burns, Alicia Chester and Joel Kuennen (2013), *Theorizing Visual Studies: Writing Through the Discipline*, New York: Routledge.

_____ (2012), *Art Critiques: A Guide*, 2nd ed., Washington, D. C.: New Academia Publishing.

Enwezor, Okwui, Jean Fisher and Georges Didi-Huberman (2013), *Steve McQueen: Works*, Berlin: Kehrer Verlag.

Everaert-Desmedt, Nicole (2006), *Interpréter l'art contemporain: La sémiotique peircienne appliquée aux oeuvres de Magritte, Klein, Duras, Wenders, Chavez, Parant et Corillon*, Bruxelles: De Boeck Supérieur.

Fang, Huawen (2011), *Chinese Folk Customs*, Beijing: China Intercontinental Press.

Falletti, Franca, Marcella Anglani (2011), *Accademia Gallery: The Official Guide all of the works (English)*, Florence: Giunti.

Ferguson, George (2012), *Signs & Symbols in Christian Art*, New York: Oxford University Press.

Fernande, Saint-Martin (1980), *Les fondements topologiques de la peinture*, Montréal:

Hurtubise. New edition 1989.

_____ (1987), *Sémiologie du langage visuel*, Québec: Presse de l'université du Québec.

_____ (1988), "De la fonction perceptive dans la constitution du champ textuel," *Proté* 16(1-2): 202-213.

_____ (1990), *La théorie de la Gestalt et l'art visual*, Québec: Presse de l'université du Québec.

_____ (1994), "Avant-propos: pour en finir avec la mutité de la peinture," *Nouveaux Actes sémiotiques* 34, 35, 36(1-3).

_____ (2007), *Le sens du langage visuel: Essai de sémantique visuelle psychanalytique*, Quebec: Presses de l'Université du Québec.

Fischer, Steven Roger (2001), *A History of Writing*, London: Reaktion Books.

Fischl, Eric and Michael Stone (2013), *Bad Boy: My Life On and Off the Canvas*, New York: Crown.

Floch, Jean-Marie (1978), "Quelques positions pour une sémiotique visuelle/Roland Barthes: Sémiotique de l'mage," *Bulletin du Groupe de recherches séio-linguistiquss* 4(5): 1-16, 27-32.

_____ (1984), *Petites mythologies de l'oeil et l'esprit*, Paris: Hadès.

_____ (1990), *Sémiotique, marketing et communication. Sous les signes, les stratéies*, Paris: PUF.

_____ (1995), *Identité visuelles*, Paris: PUF.

Fontanille, Jacques (1995), *Sémiotique du visible. Des mondes de lumière*, Paris: P.U.F.

_____ (1999), *Sémiotique et littérature: essais de méthode*, Paris: P.U.F.

_____ (2000), *Sémiotique du discours*, Limoges: Pulim (réédition 2003).

_____ (2008), *Pratiques sémiotiques*, Paris: PUF.

_____ (2011), *Corps et sens*, Paris: PUF.

Fontanille, Jacques and A. J. Greimas (1991), *Sémiotique des passions. Des états de choses aux états d'âme*, Paris: Le Seuil.

Fontanille, Jacques and Cl. Zilberberg (1998), *Tension et signification*, Liège: Mardaga.

Fossali, Pierluigi Basso and Maria Giulia Dondero (2011), *Sémiotique de la photographie*, Limoges: Presses Universitaires de Limoges et du Limousin.

Fossi, Gloria (2009), *Uffizi Gallery: The Official Guide all of the works*, Firenze: Giunti.

Foster, Hal (2011a), *Art Since 1900-1900 to 1944, 1*, 2nd ed., London: Thames & Hudson.

_____ (2011b), *Art Since 1900-1945 to the Present*, 2, 2nd ed., London: Thames & Hudson.

Freedman, Kerry (2003), *Teaching Visual Culture: Curriculum, Aesthetics, and the Social Life of Art*, New York: Teachers College Press.

Garrigues, Emmanuel (2000), *L'Écriture photographique: Essai de sociologie visuelle*, Paris: L'Harmattan.

Gaudelius, Yvonne and Peg Speirs (2001), *Contemporary Issues in Art Education*, Upper Saddle River, New Jersey: Pearson.

Gervereau, Laurent (2003), *Histoire du visuel au XXe siècle*, Paris: Editions du Seuil.

______ (2004), *Voir, comprendre, analyser les images*, Paris: La Découverte.

______ (2008), *Images, Une Histoire Mondiale*, Paris: Nouveau Monde éditions.

______ (2010), *Dictionnaire mondial des images*, Paris: Nouveau Monde éditions.

Gibson, James (1966), *The senses considered as perceptual systems*, Bonston: Houghton Mifflin Co.

______ (1971), "The information available in pictures," *Leonardo* 4(1), 27-35.

______ (1978), "The ecological approach to visual perception of pictures," *Leonardo* 11(3): 227-235.

______ (1980), "A prefatory essay on the perception of surfaces versus the perception of markings on a surface," *The perception of pictures, 1: Alberti's window*, Margaret Hagen (ed.): 14-17, New York: Academic Press.

Gnanadesikan, Amalia E. (2009), *The Writing Revolution: Cuneiform to the Internet*, Chichester: Wiley-Blackwell.

Goldberg, Rose Lee (2001), *Performance Art: From Futurism to the Present*, New York: Thames & Hudson.

Gombrich, E. H. (1960), *Art and Illusion*, London: Phaidon Press. 2nd ed., 1962.

Goodman, Jim (2012), *Children of the Jade Dragon: the Naxi and Yi of Northwest Yunnan*, Kindle Edition.

Goodman, Nelson (1968), *Languages of art*, London: Oxford University Press.

Goody, Jack (2006), *La Peur des représentations: l'ambivalence à l'égard des images, du théâtre, de la fiction, des reliques et de la sexualité*, Paris: Editions La Découverte.

Goody, Jack, Claire Maniez and Jean-Marie Privat trans. (2007), Pouvoirs et savoirs de l'écrit, Paris: La Dispute.

Greimas, A. J. (1966), *Sémantique structurale*, Paris: Larousse.

______ (1970), *Du sens I*, Paris: Seuil.

______ (1983), *Du sens II*, Paris: Seuil.

Groensteen, Thierry (1999), *Système de la bande dessinée*, Paris: PUF.

______ (2011), *Bande dessinée et narration: Système de la bande dessinée 2*, Paris: PUF.

Groupe Eidos (2003), *Sémiotique du beau*, Paris: L'Harmattan.

Groupe μ (Dubois, J., Dubois, Ph., Edeline, Fr., Klinkenberg, J. M., Minguet, Ph, Pire, Fr., and Trinon, H.) (1966), *Studies in Phenomenology and Psychology*, Evanston: Northwestern University Press.

_____ (1970), *Rhétorique générale*, Paris: Larousse.

_____ (1974), *Phenomenology and the Theory of Science*, Evanston: Northwestern University Press.

_____ (1979), *Iconique et plastique: sur un fondement de la rhétorique visuelle*, Revue d' éthéique: 1-2: 173-192.

_____ (1980), "Plan d'un rhéorique de l'image," *Kodikas/Code* 3, 249-268.

_____ (1985), "Structure et rhéorique du signe iconique," *Exigences et perspective de la sémiotique. Recueil d'hommages pour A. J. Greimas*, H. Parret, & H. G. Ruprecht. (eds.), 1: 449-462, Amsterdam: Benjamins Publishing Co.

_____ (1992), *Traité du signe visuel, Pour une rhéorique de l'image*, Paris: Seuil.

Girouard, Mark (1985), *Cities and People: A Social and Architectural History*, New Haven: Yale University Press.

Hagen, Margaret (1980a), "Generative theory: a perceptual theory of pictorial representation," *The perception of pictures, 2: Düer's devices*, Margaret Hagen, (ed.): 3-46, New York: Academic Press.

_____ (1980b), *The perception of pictures, 1: Alberti' window, 2: Dürer' devices*, New York: Academic Press.

Handa, Carolyn ed. (2004), *Visual Rhetoric in a Digital World: a Critical Sourcebook*, Boston: Bedford/St. Martin's.

Hénault, Anne and Anne Beyaert (2004), *Ateliers de sémiotique visuelle*, Paris: PUF.

Hénault, Anne dir. (2002), *Questions de sémiotique*, Paris: PUF.

Heusser, Martin, Michèle Hannoosh, Eric Haskell, Leo Hoek, David Scott and Peter de Voogd eds. (2005), *On Verbal/Visual Representation: Word & Image Interactions IV*, Amsterdam: Editions Rodopi B. V.

Hill, Charles and Marguerite Helmers eds. (2004), *Defining Visual Rhetorics*, New York: Routledge.

Hillaire, Pauline and Gregory P. Fields (2013), *A Totem Pole History: The Work of Lummi Carver Joe Hillaire*, London: University of Nebraska Press.

Hochberg, Julian (1980), "Pictorial functions and perceptual structures," *The perception of pictures 2: Düer's devices*, Margaret Hagen, (ed.): 47-93, New York: Academic Press.

_____ (2004), "Images as interstellar messages," *Between worlds: the art and science of interstellar message composition*, Vakoch, D, ed., Harvard: MIT Press.

Hoffman, Donald (1998), *Visual intelligence. how we create what we see*, New York: Norton.

Huang, Yao (2011), *Rediscovered Talent. Huang Yao: Cartoonist/Scholar/Painter*, Shanghai: Shanghai Art Museum.

Jappy, Tony (2000), "Iconicity, Hypoiconicity," Quiroz, João, ed. The Digital Encyclopaedia of

Charles S. Peirce, http://www.digitalpeirce.org/jappy/hypjap.htm.

_____ (2013), *Introduction to Peircean Visual Semiotics*, New York: Bloomsbury Academic.

Jenkins, Henry (2008), *Convergence Culture: Where Old and New Media Collide* (revised ed.), New York: New York University Press.

Jin, Zhilin and Lisa Carducci trans. (2011), *Les arts populaires chinois*, Beijing: China Intercontinental Press.

Johansen, Jørgen Dines (1993), *Dialogic semiosis*, Bloomington: Indiana University Press.

Joly, Martine (2008), *L'image et les signes: Approche sémiologique de l'image fixe*, Paris: Armand Colin.

Jonaitis, Aldona (2006), *Art of the Northwest Coast*, Seattle: University of Washington Press.

Jones, Rebecca, and Margaret Hagen (1980), "A perspective on cross-cultural picture perception," *The perception of pictures, 2: Dürer' devices*, Hagen, Margaret, (ed.): 193-226, New York: Academic Press.

Keqin, Lu (2010), *China in New Year Paintings*, Beijing: China Intercontinental Press.

Kerbrat-Orecchioni, Catherine (1977), *De la semantique lexicale à la semantique de l'éonciation*, Lyon: Universitéde Lyon, Three volumes.

_____ (1977), *La connotation*, Lyon: Presses universitaires de Lyon.

Klinkenberg, Jean-Marie (2000), *Précis de sémiotique générale*, Paris: De Boeck, Larcier, S.A.

Kostelnick, Charles and Michael Hassett (2003), *Shaping Information: the Rhetoric of Visual Conventions*, Carbondale: Southern Illinois University Press.

Krampen, Martin (1991), *Children' Drawings. Iconic coding of the environment*, New York: Plenum Press.

Kress, Gunther (2010), *Multimodality: a Social Semiotic Approach to Contemporary Communication*, London: Routledge.

Kress, Gunther and Theo van Leeuwen (2006), *Reading Images: The Grammar of Visual Design*, 2nd ed., London: Routledge.

Kress, Gunther, and van Leeuwen Theo van (1996), *Reading images. The grammar of visual design*, London & New York: Routledge.

Küng, Guido (1973), "Husserl on pictures and intentional objects," *Review of metaphysics*, June, 36(4): 670-680.

Landowski, Eric (2004), *Passions sans nom*, Paris: PUF.

Leconte, Bernard (1980), *Propositions pour l'analyse de l'image*, Paris: Les cahiers de l' audiovisuel.

Leeuwen, Theo Van and Carey Jewitt eds. (2001), *Handbook of Visual Analysis*, Los Angeles: SAGE Publications Ltd.

Leppänen, Helena, Aila Svenskberg, Leena Svinhufvud, Merja Vilhunen (2013), *Ideology/form/ materia: The Collections of Design Museum Helsinki*, Helsinki: Designmuseo.

Leroi-Gouhrant, A. (1964-1965), *Le Geste et la Parole, 1: Technique et langage, 2: Mémoire et les Rythmes*, Paris: Albin Michel.

Lester, Paul Martin (2010), *Visual Communication: Images with Messages*, 5th ed., Boston: Wadsworth.

Lester, Toby (2012), *Da Vinci's Ghost: Genius, Obsession, and How Leonardo Created the World in His Own Image*, New York: Free Press.

Lin, Ci and Lisa Carducci trans. (2011), *La peinture chinoise*, Beijing: China Intercontinental Press.

Linda Gallery (2007), *Appearance: Guo Jin's Return 1992-2007*, Beijing: Linda Gallery.

Lindekens, René (1976), *Eléments de sémiotique visuelle*, Paris: Klincksieck.

Lister, Martin, Jon Dovey, Seth Giddings, Iain Grant and Kieran Kelly (2009), *New Media: a Critical Introduction*, 2nd ed., New York: Routledge.

Livingstone, Margaret S. (2002), *Vision and Art: The Biology of Seeing*, New York: Abrams.

Lothe, Jakob (2000), *Narrative in Fiction and Film: An Introduction*, New York: Oxford University Press.

Lou, Qingxi and Chen Shun trans. (2011), *Le jardin chinois*, Beijing: China Intercontinental Press.

Lunde, Paul (2009), *The Book of Codes: Understanding the World of Hidden Messages*, Los Angeles: University of California Press.

Lynch, Kevin (1960), *The Image of the City*, Cambridge: The MIT Press.

Lyotard, Jean-Francois (1971), *Discours, figure*, Paris: Klincksieck.

MacGill, Peter and Gerhard Steidl (2012), *Rodchenko*, Göttingen: Steidl.

Malamed, Connie (2009), *Visual Language for Designers: Principles for Creating Graphics that People Understand*, Beverly: Rockport Publishers. INC.

Malévitch, Kazimir and Gérard Conio trans. (2011), *Le suprématisme: Le monde sans-objet ou le repos éternel*, Gollion: Infolio.

Manovich, Lev (2001), *The Language of New Media*, Cambridge, MA: The MIT Press.

Matejka, Ladislav and Irwin R. Titunik eds. (1976), *Semiotics of Art: Prague School Contributions*, Cambridge: The MIT Press.

Mathet, Marie-Thérèse (2003), *L'Incompréhensible: Littérature, réel, visuel*, Paris: L'Harmattan.

Metz, Christian (1968), *Essais sur la signification au cinèa I*, Paris: Klincksieck.

______ (1970), "Problèmes de déotation dans le film de fiction," *Sign, language, culture*,

Greimas, A. J. et al., eds.: 403-413, The Hague & Paris: Mouton.

_____ (1973), *Essais sur la signification au cinéma II*, Paris: Klincksieck.

_____ (1977), *Essais sémiotiques*, Paris: Klincksieck.

Meyu (2012), *Top Brand Design*, Hong Kong: MEYU.

Michaud, Philippe-Alain and Sophie Hawkes trans. (2004), *Aby Warburg and the Image in Motion*, New York: Zone Books.

Mitchell, W. J. T. (2005), *What Do Pictures Want?: the Lives and Loves of Images*, Chicago: The University of Chicago Press.

Morgan, Margaret and Rosemary Buczek (2006), *The Bible of Illuminated Letters: a Treasury of Decorative Calligraphy*, New York: Barron's Educational Series.

Morizot, Jacques (2004), *Interfaces: texte et image: Pour prendre du recul vis-à-vis de la sémiotique*, Rennes: PU Rennes.

Nadin, M. (1984), "On the Meaning of the Visual. 12 Theses regarding the visual and its interpretation," *Semiotica* 52(3/4): 335-377.

National Museum of Ethnology (2014), *The Power of Images: The National Museum of Ethnology Collection*, Suita: National Museum of Ethnology.

National Museum of Korea ed. (2007), *National Museum of Korea*, Seoul: National Museum of Korea.

Neisser, Ulric (1987), "From direct perception to conceptual structure," *Concepts and conceptual development: ecological and intellectual factors in categorization*, Ulric Neisser, (ed.): 11-24, Cambridge & London:Cambridge University Press.

Nöth, Winfried and Nina Bishara eds. (2007), *Self-Reference in the Media*, Berlin: Mouton de Gruyter.

Odin, R. (1990), *Cinema et production de sens*, Paris: Armand Colin.

Oh Young Kyun (2013), *Engraving Virtue: The Printing History of a Premodern Korean Moral Primer*, Boston: BRILL.

Olson, David R. (2010), *L'univers de l'écrit: Comment la culture écrite donne forme à la pensée*, Paris: Retz.

O'Neill, Shaleph (2008), *Interactive Media: the Semiotics of Embodied Interaction*, London: Springer.

Paglia, Camille (2012), *Glittering Images: a Journey Through Art From Egypt to Star Wars*, New York: Pantheon Books.

Panofsky, Erwin (1955), *Meaning in the visual arts*, New York: Doubleday Anchor.

Panzanelli, Roberta (2008), *Ephemeral Bodies: Wax Sculpture and the Human Figure*, Los Angeles: Getty Research Institute.

Papadimitropoulos, Panayotis (2010), *Le sujet photographique*, Paris: L'Harmattan.

Parouty-David, Françoise and Claude Zilberberg dirs. (2003), *Sémiotique et esthétique*, Limoges: Presses Universitaires de Limoges.

Patrick De Rynck (2008), *How to Read Bible Stories and Myths in Art: Decoding the Old Masters from Giotto to Goya*, New York: Harry N. Abrams.

______ (2009), *Understanding Paintings: Bible Stories and Classical Myths in Art*, London: Thames & Hudson.

Peirce, Charles Sanders (1931-1958), *Collected Papers I-VIII*, Hartshorne, C, Weiss, P, and Burks, A. (eds.), Cambridge, MA: Harvard University Press.

______ (1998), *The Essential Peirce, 2*, the Peirce Edition Project (ed.), Bloomington and Indianapolis: Indiana University Press.

Petitot, Jean (2004), *Morphologie et esthétique*, Paris: Maisonneuve et Larose.

Peucker, Brigitte (2007), *The Material Image: Art and the Real in Film*, Stanford: Stanford University Press.

Piaget, Jean (1945), *La formation du symbole chez l'nfant*, Neuchatel: Delachaux & Niestlé.

______ (1967), *La psychologie de l'ntelligence*, Paris: Armand Colin.

PIE Books (2013), *Manga: The Pre-History of Japanese Comics*, Tokyo: PIE Books.

Posner, Roland (1989), "What is culture? Toward a semiotic explication of anthropological concepts," *The Nature of Culture*, Koch, Walter, ed.: 240-295, Bochum.: Brochmeyer.

Prior, Paul A. and Julie A. Hengst eds. (2010), *Exploring Semiotic Remediation as Discourse Practice*, London: Palgrave Macmillan.

Prochiantz, Alain (2012), *Geometries du vivant*, Paris: Fayard/Collège de France.

Rancière, Jacques (2003), *Le destin des images*, Paris: La fabrique.

______ (2008), *Le spectateur émancipé*, Paris: La Fabrique.

Ranciere, Jacques and Gregory Elliott trans. (2003), *The Future of the Image*, London: Verso.

Rebecca, Blanchard and Nancy Davenport (2005), *Contemporary Coast Salish Art*, Seattle: University of Washington Press.

Ricoeur, Paul (1975), *La métaphore vive*, Paris: Seuil.

Robinson, Andrew (2007), *The Story of Writing: Alphabets, Hieroglyphs & Pictograms*, 2nd ed., London: Thames & Hudson.

______ (2009), *Lost Languages: the Enigma of the World's Undeciphered Scripts*, New York: Thames & Hudson.

Roth, Leland M. (2006), *Understanding Architecture: Its Elements, History, And Meaning*, 2nd ed., Boulder, Colorado: Westview.

Roth, W. M. (2003), *Toward an Anthropology of Graphing: Semiotic and Activity - Theoretic Perspectives*, Kindle Edition: Springer.

Ryan, Marie-Laure ed. (2004), *Narrative Across Media: the Languages of Storytelling*, Lincoln: University of Nebraska Press.

Ryan, Michael and Gregory Castle eds. (2011), *The Encyclopedia of Literary and Cultural Theory, 1, Literary Theory from 1900 to 1966*, Chichester: Wiley-Blackwell.

Ryan, Michael and M. Keith Booker (2011), *The Encyclopedia of Literary and Cultural Theory, 3, Cultural Theory*, Chichester: Wiley-Blackwell.

Ryan, Michael and Rober Eaglestone eds. (2011), *The Encyclopedia of Literary and Cultural Theory, 2, Literary Theory from 1966 to the present*, Chichester: Wiley-Blackwell.

Ryan, William and Theodore E. Conover (2004), *Graphic Communications Today*, 4th ed., New York: Delmar.

Sackel, Sarah, Walter Gobel and Noha Hamdy eds. (2009), *Semiotic Encounters: Text, Image and Trans-nation*, Amsterdam: Rodopi B. V.

Sadao, Tsuneko S. and Stephanie Wada (2010), *Discovering the Arts of Japan: A Historical Overview*, New York: Abbeville Press.

Saussure, F. (1968/1974), *Cours de linguistique générale, Edition critique par Rudolf Engler. Tome 1-II*, Harrossowitz: Wiesbaden.

Schaeffer, Jean-Marie (1987), *L'image précaire*, Paris: Seuil.

Schneider, Roland (2003), *Cinéma et spiritualité de l'Orient extrême: Japon et Corée*, Paris: L' Harmattan.

Sean, Hall (2007), *This Means This, This Means That: a User's Guide to Semiotics*, London: Laurence king.

Sebeok, Thomas A. (2001), *Global Semiotics*, Bloomington: Indiana University Press.

Sebeok, Thomas A. and Marcel Danesi (2000), *The Forms of Meaning: Modeling Systems Theory and Semiotic Analysis*, Berlin: Walter de Gruyter.

Seigensha Art Publishing (2012), *Yokai Manga Vol. 1: Parade of Monstrous Creatures*, Tokyo: Seigensha Art Publishing.

______ (2012), *Yokai Manga Vol. 2: Ukiyoe of Monstrous Creatures*, Tokyo: Seigensha Art Publishing.

Shen Qibin (2006), *The Self-Made Generation: 2005 A Retrospective of New Chinese Painting*, Shanghai: Shanghai Zendai Museum of Modern Art.

Shirky, Clay (2010), *Cognitive Surplus: How Technology Makes Consumers Into Collaborators*, London: Penguin Books.

Siemons, Mark and Ai Weiwei (2009), *Ai Weiwei: So Sorry*, Munich: Prestel.

Silverman, Jonathan and Dean Rader (2011), *The World is a Text: Writing, Reading, and Thinking about Visual and Popular Culture*, 4th ed., Boston: Prentice Hall.

Simpkins, Scott (2001), *Literary Semiotics: a Critical Approach*, Boston: Lexington Books.

Sonesson, Göran (1989), *Pictorial concepts. Inquiries into the semiotic heritage and its relevance for the analysis of the visual world*, Lund: Aris/Lund University Press.

_____ (1992a), "The semiotic function and the genesis of pictorial meaning," *Center/Periphery in representations and institutions, Proceedings from the Conference of The International Semiotics Institute, Imatra, Finland, July 16-21, 1990*, Tarasti, Eero (ed.): 211-156, Imatra: Acta Semiotica Fennica.

_____ (1992b), "Comment le sens vient aux images. Un autre discours de la méthode," *De l'histoire de l'art àla sémiotique visuelle*, Carani, Marie (ed.): 29-84, Québéc: Les éditions du Septentrion/CÉAT.

_____ (1993), "Pictorial semiotics, Gestalt psychology, and the ecology of perception," Review of Saint-Martin, Fernande, La théorie de la Gestalt et l'art visuel, *Semiotica* 99(3/4): 319-399.

_____ (1994a), "Prolegomena to the semiotic analysis of prehistoric visual displays," *Semiotica*, 100(3): 267-332.

_____ (1994b), "Sémiotique visuelle et écologie sémiotique," *RSSI* 14(1-2), printemps: 31-48.

_____ (1995), "On pictorality. The impact of the perceptual model in the development of visual semiotics," *The semiotic web 1992/93: Advances in visual semiotics*, Sebeok, Th. and Umiker-Sebeok, J. eds.: 67-108, Berlin & New York: Mouton de Gruyter.

_____ (1996a), "An essay concerning images. From rhetoric to semiotics by way of ecologicalphysics," Review of Groupe μ, Traité du signe visuel, in *Semiotica* 109(1/2): 41-140.

_____ (1996b), "Le silence parlant des images," *Proté* 24(1): 37-46.

_____ (1996c), "Iconicité de l'image: Imaginaire de l'iconicité De la ressemblance à la vraisemblance," Actes du Premier Congrès de l'association internationale de sémiologie de l' mage, Blois, november de 1990, in *Visio* 1(1): 23-34.

_____ (1997a), "Approaches to the Lifeworld core of visual rhetoric," *Visio* 1(3): 49-76.

_____ (1997b), "The ecological foundations of iconicity," in Semiotics Around the World, *Synthesis in Diversity. Proceedings of the Fifth International Congress of the IASS*, Berkeley, June 12-18, 1994, Rauch, Irmgard and Carr, Gerald F., (eds.): 739-742, Berlin & New York: Mouton de Gruyter.

_____ (2000), "Iconicity in the ecology of semiosis," in *Iconicity - A Fundamental Problem in Semiotics*, Johansson, Troels Deng, Martin Skov and Berit Brogaard (eds.): 59-80, Aarhus:

NSU Press.

_____ (2001), "De l'iconicité de l'image àl'iconicité des gestes," *Actes du congrè ORAGE 2001 Oralité et Gestualité Aix-en-Provence, June 18-22, 2001*, Cave, Ch., Guaïtella, I, and Santi, S. (eds): 47-55, Paris: L'Harmattan.

Stafford, Barbara Maria (2007), *Echo Objects: the Cognitive Work of Image*, Chicago: The University of Chicago Press.

Steffler, Alva (2002), *Symbols of the Christian Faith*, Cambridge, U.K.: Wm. B. Eerdmans Publishing Com.

Stemp,Richard (2010), *The Secret Language of Churches & Cathedrals: Decoding the Sacred Symbolism of Christianity's Holy Buildings*, London: Duncan Baird.

Stocchetti, Matteo and Karin Kukkonen eds. (2011), *Images in Use: Towards the Critical Analysis of Visual Communication*, Amsterdam: John Benjamins Publishing Company.

Strangelove, Michael (2010), *Watching YouTube: Extraordinary Videos by Ordinary People*, Toronto: University of Toronto Press.

Straten, Roelof van (2007), *An Introduction to Iconography*, New York: Taylor-Francis.

Sturken, Marita and Lisa Cartwright (2009), *Practices of Looking: An Introduction to Visual Culture*, 2nd ed., Oxford: Oxford University Press.

Suzhou Museum Redact (2006), *The Paintings and Calligraphy of Ming and Qing Dynasties collected by Suzhou Museum*, Beijing: Cultural Relics Publishing House.

Tamisier, Marc (2007), *Sur la photographie contemporaine*, Paris: L'Harmattan.

_____ (2009), *Texte, art et photographie: La théorisation de la photographie contemporaine*, Paris: L'Harmattan.

Tamisier, Marc and Michel Costantini (2009), *Opinion, information, rumeur, propagande: par ou avec les images*, Paris: L'Harmattan.

Tarasti, Eero (2002), *Signs of Music: A Guide to Musical Semiotics*, Berlin: Mouton de Gruyter.

The Saatchi Gallery (2008), *The Revolution Continues: New Art From China*, New York: Rizzoli.

Tomkins, Calvin (2013), *Marcel Duchamp: The Afternoon Interviews*, New York: Badlands Unlimited.

Thomson, Belinda (2000), *Impressionism: Origins, Practice, Reception*, London: Thames & Hudson.

Thülemann, Féix (1982), *Paul Klee. Analyse sémiotique de trois peintures*, Lausanne: L'age d' hommes.

Thurlow, Crispin and Adam Jaworski eds. (2010), *Semiotic Landscapes: Language, Image, Space*, London: Continuum International Publishing Group.

Thwaites, Tony, Lloyd Davis and Warwick Mules (2002), *Introducing Cultural and Media*

Studies: A Semiotic Approach, New York: Palgrave.

Tondo, Doni (2010), *Michelangelo: Artist's life*, Florence: Giunti.

Tribe, Mark and Reena Jana (2006), *New Media Art*, Köln: Taschen.

Uspenskij, Boris, A. (1976a), *The semiotics of the Russian icon*, Lisse: Peter de Ridder Press.

Vanlier, Henri (1983), *Philosophie de la photographie*, Laplume: Les cahiers de la photographie.

Vine, Richard (2009), *New China, New Art*, München: Prestel.

Vitruvius, Pollio (2012), *The Ten Books on Architecture*, Lexington: Architecture Classics.

Wang, Nanming and Tang Lingjie trans. (2011), *The Rise of Critical Art: Chinese Problem Situation and Theories of Liberal Society*, Shanghai: Alte Brücke Verlag.

Wright, Robin K. and Kathryn Bunn-Marcuse (2013), *In the Spirit of the Ancestors: Contemporary Northwest Coast Art at the Burke Museum*, Seattle: University of Washington Press.

Wu, Hung and Katherine R. Tsiang eds. (2005), *Body and face in Chinese Visual Culture*, London: Harvard University Asia Center.

Wu, Hung and Peggy Wang (2010), *Contemporary Chinese Art: Primary Documents*, Durham: Duke University Press Books.

Yang Guiping (2012), *Islamic Art in China*, Beijing: China Intercontinental Press.

Zantieds, Evripides ed. (2014), *Semiotics and Visual Comunication: Concepts and Practices*, Cambridge: Cambridge Scholar's Publishing.

Zheng Zhonghua (2011), *Guide to Chinese Brush Painting*, CYPI Press.

Zilberberg, Claude (2011), *Des formes de vie aux valeurs*, Paris: PUF.

Zlatev, Jordan (2002), "Mimesis: The 'missing link' between signals and symbols in phylogeny and ontogeny," *Mimesis, sign, and the evolution of language*, Pajunen, Anneli (ed.): 93-122, Turku: University of Turku.

______ (2003), "Meaning = Life (+ Culture). An outline of a unified biocultural theory of meaning," *Evolution of Communication* 4(2): 253-296.

찾아보기

ㄱ

ㅅ

ㅇ